W0217324

BASTEI LÜBBE TASCHENBUCH

Weitere Titel des Autors:

Honor Harrington:
Bd. 1: Auf verlorenem Posten
Bd. 2: Die Ehre der Königin
Bd. 3: Ein schneller Sieg
Bd. 4: Mit Schimpf und Schande
Bd. 5: Im Exil
Bd. 6: Ehre unter Feinden
Bd. 7: In Feindes Hand
Bd. 8: Die Siedler von Sphinx (D. Weber u. a.)
Bd. 9: Der Stolz der Flotte
Bd. 11: Wie Phönix aus der Asche
Bd. 12: Die Raumkadettin von Sphinx (D. Weber u. a.)
Bd. 13: Ein neuer Krieg
Bd. 14: Honors Krieg
Bd. 15: Die Spione von Sphinx (D. Weber u. a.)
Bd. 16: Der Sklavenplanet (D. Weber u. a.)
Bd. 17: Um jeden Preis
Bd. 18: Auf Biegen und Brechen
Bd. 19: Der Schatten von Saganami
Bd. 20: An Bord der Hexapuma
Bd. 21: Die Achte Flotte
Bd. 22: Sturm der Schatten
Bd. 23: Jeremy X (D. Weber u. a.)
Bd. 24: Die Fackel der Freiheit (D. Weber u. a.)
Bd. 25: Honors Mission
Bd. 26: Der letzte Befehl
Bd. 27: Die Feuertaufe
Bd. 28: Im Donner der Schlacht
Bd. 29: Das Mesa-Komplott
Bd. 30: Superdreadnought
Bd. 31: Schatten der Freiheit
Bd. 32: Rückkehr nach Mesa (D. Weber u. a.)
Bd. 33: Die Rebellen von Mesa (D. Weber u. a.)
Bd. 34: Aller Ehre Anfang (D. Weber u. a.)
Bd. 35: Operation Janus
Bd. 36: Schmiede des Zorns

Der Aufstieg Manticores:
Bd. 1: Im Namen der Ehre (D. Weber u. a.)
Bd. 2: Ruf zu den Waffen (D. Weber u. a.)
Bd. 3: Zwischen den Fronten (D. Weber u. a.)

Stephanie Harrington:
Bd. 1: Begegnung auf Sphinx (D. Weber u. a.)
Bd: 2: Flammenzeit (D. Weber u. a.)
Bd. 3: Krieg der Baumkatzen (D. Weber u. a.)

Nimue Alban:
Bd. 11: Kampf um die Siddarmark
Bd. 12: Der Kriegermönch
Bd. 13: Die Streitmacht
Bd. 14: Mit Dampf und Donner
Bd. 15: Der vergessene Orden
Bd. 16: Gefährliche Offenbarungen
Bd. 17: Kampf um Safehold ◊ ET noch nicht fest
Bd. 18: Auf Gefechtsstation ◊ ET noch nicht fest

Einige Titel auch als Hörbuch erhältlich

Als E-Book erhältlich

Honor Harrington:
Bd. 10: Die Baumkatzen von Sphinx (D. Weber u. a.)

Nimue Alban:
Bd. 1: Operation Arche
Bd. 2: Der Krieg der Ketzer
Bd. 3: Codename: Merlin
Bd. 4: Die Flotte von Charis
Bd. 5: Die Invasion
Bd. 6: Caylebs Plan
Bd. 7: Die Eiserne Festung
Bd. 8: Haus der Lügen
Bd. 9: Die Übermacht
Bd. 10: Der Verrat

Marduk-Zyklus
Bd. 1: Das Bronze-Bataillon (mit John Ringo)
Bd. 2: Die Marduk-Mission (mit John Ringo)
Bd. 3: Marsch zu den Sternen (mit John Ringo)
Bd. 4: Das trojanische Schiff (mit John Ringo

Die Abenteuer des Colin Macintyre
Der Mond der Meuterer
Das Armageddon-Vermächtnis
Die Erben des Imperiums

Der Zorn der Gerechten
Der Widerstand
Die Excalibur-Alternative
Die Kriegerin

DAVID WEBER & TIMOTHY ZAHN
MIT THOMAS POPE

DER AUFSTIEG MANTICORES

Zwischen den Fronten

Roman

Aus dem amerikanischen Englisch von
Dr. Ulf Ritgen

BASTEI LÜBBE
TASCHENBUCH

BASTEI LÜBBE TASCHENBUCH
Band 20935

MIX
Papier aus verantwortungsvollen Quellen
FSC® C083411

Dieser Titel ist auch als Hörbuch und E-Book erschienen

Vollständige Taschenbuchausgabe

Deutsche Erstausgabe

Für die Originalausgabe:
Copyright © 2015 by Words of Weber, Inc., Timothy Zahn and Thomas Pope
Titel der amerikanischen Originalausgabe:
»A Call to Vengeance: Book III of Manticore Ascendant«
Originalverlag: Baen Books, USA
Published by Arrangement with Baen Books, Wake Forest, NC, USA
Dieses Werk wurde vermittelt durch die
Literarische Agentur Thomas Schlück GmbH, 30161 Hannover

Für die deutschsprachige Ausgabe:
Copyright © 2019 by Bastei Lübbe AG, Köln
Textredaktion: Beke Ritgen, Bonn
Titelillustration: Arndt Drechsler, Leipzig
Umschlaggestaltung: Guter Punkt, München | www.guter-punkt.de
Satz: hanseatenSatz-bremen, Bremen
Gesetzt aus der Baskerville
Druck und Verarbeitung: CPI books GmbH, Leck – Germany
ISBN 978-3-404-20935-4

2 4 5 3 1

Sie finden uns im Internet unter
www.luebbe.de
Bitte beachten Sie auch: www.lesejury.de

Ein verlagsneues Buch kostet in Deutschland und Österreich jeweils überall dasselbe. Damit die kulturelle Vielfalt erhalten und für die Leser bezahlbar bleibt, gibt es die gesetzliche Buchpreisbindung. Ob im Internet, in der Großbuchhandlung, beim lokalen Buchhändler, im Dorf oder in der Großstadt – überall bekommen Sie Ihre verlagsneuen Bücher zum selben Preis.

BUCH EINS

1543 P. D.

1

In Alterdes gewaltgetränkter Geschichte war die spanische Inquisition keineswegs die erste Institution, die politisch-religiös motiviert Hexenjagd betrieben hatte – und auch nicht die letzte. Mitnichten aber war sie die Institution, die am meisten Blut vergossen hatte. Doch aus irgendeinem Grund war gerade jene lange Schreckensherrschaft hartnäckig im kollektiven Gedächtnis der Menschheit haften geblieben, und das weit über die Zeit der Diaspora hinaus, durch alle seither vergangenen Jahrhunderte.

Den Grund dafür kannte Lieutenant Travis Uriah Long, zuletzt mit Verwendung auf HMS *Casey*, nicht. Vielleicht lag es ja an der einprägsamen, aber fantasieanregenden Verknüpfung von Adjektiv, ›spanisch‹, und Substantiv, ›Inquisition‹. Doch auch ohne den Grund zu kennen, war Travis Long mit der Geschichte dieser speziellen Verkörperung menschlicher Grausamkeit und Niedertracht vertraut, und die Frage hatte ihn von jeher umgetrieben, wie sich die Opfer unter den mitleidlosen Blicken der Ankläger gefühlt hatten.

Vermutlich so ähnlich wie er selbst gerade.

»… das schwöre ich feierlich«, soufflierte ihm der Schreiber.

»Das schwöre ich feierlich«, wiederholte Travis.

Der Schreiber nickte knapp und hob die Stimme. »Lang lebe der König!«

»Lang lebe der König!«, wiederholte Travis.

Dieses Mal stimmten sämtliche Anwesenden ihm gegenüber im Anhörungssaal mit ein, und sie alle waren sich zweifellos der Ironie der Situation bewusst.

Lang lebe der König …

Auf seinem Platz in der Mitte des langen, geschwungenen Pultes räusperte sich nun Premierminister Davis Harper, Herzog von Burgundy. »Wir haben uns heute hier versammelt«, setzte er an, »um die Geschehnisse und Entscheidungen zu begutachten, die zum Verlust Seiner Majestät Korvette *Hercules* führten sowie …«, er legte eine merkliche Pause ein, »… zum Tod von Kronprinz Richard Winton. Haben Sie das verstanden, Lieutenant Long?«

»Jawohl, Euer Gnaden«, bestätigte Travis. *Nobody expects the Spanish Inquisition.*

In diesem Fall allerdings rechneten nicht nur alle mit der spanischen Inquisition, sie war bereits im Gange.

Dass vier weitere Schiffe der Royal Manticoran Navy zerstört und deren gesamte Besatzungen ums Leben gekommen waren, spielte für den Ausschuss keine Rolle. Dass ein halbes Dutzend weiterer Schiffe zum Teil schwere Schäden davongetragen hatte und auch dort zahlreiche Besatzungsmitglieder gestorben oder schwer verletzt worden waren, spielte ebenfalls keine Rolle. Tote und Traumatisierte hatte es bei der Schlacht von Manticore ja wahrhaftig genug gegeben.

All die Gefallenen aber waren namenlos geblieben – außer für ihre Angehörigen und Freunde, von denen sie schmerzhaft vermisst wurden. Richards Name hingegen, Richards Gesicht war jedem im Sternenkönigreich von Manticore geläufig. Er war zum Symbol für die verzweifelte Gegenwehr der Navy geworden und deshalb zum Dreh- und Angelpunkt des Wie, Wo und Warum.

Im ganzen Sternenkönigreich fokussierte man sich auf Richard. Für Abgeordnete galt das gleich doppelt … und dreifach für jene unter ihnen, die im Flottenausschuss saßen.

Zweifellos waren die Ausschussmitglieder fest entschlossen, Travis' Kommandierenden, Commodore Rudolph Heissman, unter dem Travis gern diente, persönlich für den Tod des Kronprinzen verantwortlich zu machen.

Lächerlich, und völlige Zeitverschwendung obendrein! Der Navy-Untersuchungsausschuss hatte Heissman bereits von jeglichen Vorwürfen des Fehlverhaltens freigesprochen. Die restlichen langwierigen offiziellen Anhörungen hatten schließlich vor einer Woche ein Ende gefunden. Was hier und jetzt geschah, war nichts anderes als politisches Tamtam.

Politisches Tamtam aber verabscheute Travis.

Burgundy ging gerade die gesamte Höflichkeitsroutine durch, dankte Travis dafür, der Krone zu dienen, und betonte erneut die Wichtigkeit seiner Zeugenaussage. Travis hörte nur halb zu und ließ währenddessen den Blick über die Männer und Frauen schweifen, die ihm gegenübersaßen, und bei jedem machte er sich Gedanken darüber, wie sie die Lage jeweils einschätzten.

Der Schatzkanzler des Sternenkönigreichs, Anderson L'Estrange, Earl von Breakwater, wollte offenkundig Blut sehen. Dabei war nicht wichtig, dass Commodore Heissman auf dem heißen Stuhl saß – Travis bezweifelte, dass der Schatzkanzler Heissman überhaupt kannte. Entscheidend war für Breakwater allein, dem Ruf der Royal Manticoran Navy zu schaden und damit seinen eigenen Manticoran Patrol and Rescue Service automatisch in ein besseres Licht zu rücken. Der Beitrag des MPARS zur Schlacht von Manticore war minimal gewesen. Schließlich waren überhaupt nur zwei Schiffe dieses systemweit tätigen Patrouillen- und Rettungsdienstes dem Geschehen nahe genug gewesen, um einzugreifen.

Aber diese beiden Schiffe hatten ihre Bewährungsprobe bestanden.

Damit aber, die Lorbeeren einzuheimsen, gab Breakwater sich nicht zufrieden. Nein, er zog es vor, und das immer schon, sich mit der einen Hand den Lorbeerkranz aufzusetzen und mit der anderen dem Gegenspieler dessen Kranz vom Haupt zu schlagen.

Besagter Gegenspieler war Verteidigungsminister James Mantegna, Earl von Dapplelake: Dapplelake würde versuchen, die Anhörung in die genau entgegengesetzte Richtung zu lenken – aus ähnlichen, nur sozusagen spiegelverkehrt gelagerten Motiven. Die Navy hatte bei der Schlacht gewaltige Verluste hinnehmen müssen, und Dapplelake hatte nicht die Absicht, zuzulassen, dass von ohnehin nur sehr beschränkt vorhandenen Fachkräften und Werftkapazitäten mehr als unbedingt unerlässlich für den MPARS abgeschöpft würden.

Mittlerweile diente Travis schon seit vierzehn T-Jahren in der Navy. Seitdem und wahrscheinlich sogar noch länger waren die beiden Politiker Rivalen, ihre Weltanschauungen hätten gegensätzlicher nicht sein können. Die meisten Ausschussmitglieder waren zumindest seit einem Großteil dieser Zeit in der Politik und auf Posten und Pöstchen. Schon lange wussten sie, welchem der beiden Teams sie die Treue zu halten gedachten. Lisa Tufele, ihres Zeichens Baronin von Coldwater und Ministerin für Biowissenschaften, stellte sich gemeinhin ebenso hinter Dapplelake wie Werftenbeauftragter John Garner, Baron von Low Delhi: Die Familien Low Delhi und Dapplelake waren eng miteinander befreundet, deshalb die Allianz der beiden. Coldwater hingegen stand auf Dapplelakes Seite, weil die Erhöhung von Navy-Zuwendungen häufig auch *ihr* Budgetsteigerungen einbrachte. Erster Gerichtslord Deborah Scannabecchi, Herzogin von New Bern, und Carolynne

Jhomper, Direktorin für Schürfvorhaben im Gürtel, stimmten dagegen in der Regel für Breakwater: New Bern war Verfechterin rechtlicher Ausgewogenheit und vertrat die Ansicht, die Navy nehme sich viel zu wichtig, und für Jhomper galt: Je mehr MPARS-Schiffe sich in ihrem Zuständigkeitsbereich fanden, desto besser. Wirtschaftsminister Julian Mulholland, seines Zeichens Baron von Harwich, und Außenministerin Susan Tarleton hegten keine Vorlieben: Harwich freute sich über jedes sich ergebende Schiffbauprojekt, und Tarleton war sich bewusst, dass ihr Posten vornehmlich repräsentativer Natur war, Außenministerin nur ein Ehrentitel. Also würde ohnehin kaum jemand auf sie achten.

Premierminister Burgundy nun, der Ausschussvorsitzende, würde sich nach Kräften um Neutralität bemühen. Doch als enger Verbündeter und persönlicher Freund Seiner Majestät König Edwards war er, dessen war sich Travis sicher, zumindest in gewissem Maße voreingenommen.

In welche Richtung die Voreingenommenheit ging, war eine andere Frage. In der Öffentlichkeit hatte der König sorgsam vermieden, mehr verlauten zu lassen als die Bestätigung, sein Sohn sei gefallen. Was er im privaten Gespräch sagte, das wussten, so schätzte Travis, kaum mehr als eine Handvoll Menschen.

»Beginnen wir mit Grundsätzlichem, Lieutenant«, sagte Burgundy nun. »Wo befanden Sie sich, als offenkundig wurde, dass der Hilferuf, auf den Sie gerade reagierten, tatsächlich auf eine Invasion zurückzuführen war?«

»Diese Erkenntnis war eher die Folge eines fortwährenden Prozesses als die eines einzelnen Datensatzes oder eines spontanen Begreifens, Euer Gnaden«, erwiderte Travis. »Aber um Ihre Frage zu beantworten: Während der fraglichen Zeit habe ich mich auf der Brücke der *Casey* befunden.«

»Ich verstehe«, gab Burgundy zurück.

Travis glaubte, in den Augen des Premierministers kurz beifällige Zustimmung aufblitzen zu sehen. Es war natürlich allzu leicht, im Nachhinein Entscheidungen und Vorgehensweisen zu kritisieren. Doch für jeden, der sich mitten in einer solchen Situation befand, war die Lage nur selten offenkundig und eindeutig. Dass Travis eine entsprechende Ergänzung zu Burgundys Frage eingeworfen hatte, mochte dazu beitragen, dass auch der Rest des Ausschusses sich dieser oft unschönen Wahrheit bewusst würde.

»Als schließlich offenkundig geworden war oder man zumindest davon *ausgehen* musste, es tatsächlich mit einer Invasion zu tun zu haben: Wie sah die Reaktion von Commodore Heissman aus?«

»Insbesondere interessiert uns der Einsatz der vier Schiffe seiner Kampfgruppe Janus«, warf Breakwater ein. »Warum wurde die *Gorgon* als Signalrelais zur Nachhut bestimmt und nicht das Schiff des Kronprinzen, die *Hercules?*«

Kurz war Travis versucht, die sprichwörtliche Leine ein wenig schießen zu lassen – in der vagen Hoffnung, Breakwater würde es tatsächlich schaffen, sich damit früher oder später selbst zu erhängen. Doch er widerstand der Versuchung. Breakwater war ein Meister der Manipulation und ein Politiker, und sollte Travis versuchen, Spielchen mit ihm zu spielen, würde ihn der Schatzkanzler mühelos zum Frühstück verspeisen. Die besten Chancen hätte er hier mit der Wahrheit – der reinen, schlichten Wahrheit. »Die *Hercules* war eine Korvette, Mylord«, erklärte er. »Die *Gorgon* war ein Zerstörer. Damit verfügte die *Gorgon* über Heckgeschütze – insbesondere die Schnellfeuerkanone –, während das für die *Hercules* nicht galt. Da sich die *Gorgon* zu dem Zeitpunkt von Schubumkehr und Einleiten des Bremsmanövers bereits am weitesten vom Feind entfernt hatte und damit die größten Chancen besaß, die Eröffnungssalve des Feindes zu überleben, hat Commodore Heissman entschieden, sie dort zurückzulassen, weil sie so die besten Aussichten hätte, einen vollständigen Sensordatensatz an Kampfgruppe Aegis weiterzuleiten.«

»Tatsächlich?«, setzte Breakwater mit offenkundig gespieltem Erstaunen nach. »Ich hatte angenommen, die *Casey* selbst, mit einer Schnellfeuerkanone und einem Lasergeschütz am Heck, hätte die besten Überlebenschancen gehabt. Warum also hat Commodore Heissman nicht sein eigenes Schiff in besagte Position gebracht?« Er blickte der Reihe nach kurz alle am großen Pult versammelten Personen an, als suchte er nach Zustimmung. »Und das vielleicht, nachdem er zunächst den Kronprinzen an Bord genommen hätte?«

Dapplelake konnte kaum noch an sich halten. »Ein solcher Personentransfer hätte erfordert, dass die gesamte Kampfgruppe das Abbremsmanöver abbricht, damit ein Shuttle den Transport übernehmen könnte. Schon so hatten sie erschreckend wenig Zeit, sich auf die Lage einzustellen. Hätten wir eine weitere Stunde verloren, dann hätten sie …«

»Dann hätten sie … was?«, fiel ihm Breakwater ins Wort. »Commodore Heissman hat schon so drei Viertel seiner gesamten Mannstärke verloren – dreihundertfünfzig gute Männer und Frauen, darunter den Kronprinzen.«

Travis straffte die Schultern. Was zu viel war, war zu viel. »Wenn Sie gestatten, Mylord?«, ergriff nun er das Wort, während Dapplelake schon den Mund öffnete, um eine weitere verbale Salve abzusetzen.

Breakwater nahm Travis in den Blick. Einen kurzen Moment lang glaubte er schon, nun geharnischt zurechtgewiesen zu werden, hatte er es doch gewagt, die beiden Kontrahenten zu unterbrechen. Doch dann schien sich Breakwater wieder daran zu erinnern, wo er sich gerade befand, und die verblüffte Empörung verschwand aus seiner Mimik. »Selbstverständlich, Lieutenant«, sagte er. »Sie wollten gerade sagen …?«

»Ich wollte gerade erklären, warum Commodore Heissman so und nicht anders entschieden hat, Mylord«, sagte Travis. »Zunächst einmal hätte es, wie Earl Dapplelake soeben schon gesagt hat, eine Stunde gedauert, Prinz Richard zur *Casey* zu bringen, und während eines Großteils dieses Zeitfensters hätte unser Impellerkeil gesenkt sein müssen. Zu diesem Zeitpunkt bestand unser Auftrag darin, so lange wie möglich die Stellung zwischen den Invasoren und Manticore zu halten. Somit ließ es sich nicht vermeiden, dass wir nur für sehr kurze Zeit in Raketenreichweite zum Feind waren. Wäre dieses Zeitfenster noch weiter verkleinert worden, hätten wir noch weniger Gelegenheit gehabt, dem Feind Schaden zuzufügen.«

»Ganz genau«, murmelte Dapplelake, und aus dem Augenwinkel glaubte Travis erneut beifällige Zustimmung im Blick des Verteidigungsministers aufblitzen zu sehen.

»Wichtiger jedoch waren die taktischen Gegebenheiten der Lage«, fuhr Travis fort. »Die *Casey* verfügte zusätzlich zu ihrer Schnellfeuerkanone auch über Antiraketen. Die *Gorgon*, die *Hercules* und die *Gemini* hingegen besaßen *nur* Schnellfeuerkanonen. Die *Casey* zur Nachhut der Formation zu machen hätte bedeutet, dass wir unsere Antiraketen nicht zur Verteidigung der anderen Schiffe hätten zum Einsatz bringen können.«

Dann hielt er den Atem an und rechnete damit, Breakwater oder einer der anderen würde das als Unfug abtun. Theoretisch gesehen hatte Travis natürlich recht: Mit einer Salve Antiraketen konnte die *Casey* den anderen Schiffen tatsächlich ein wenig Schutz bieten. Doch praktisch wurde eine solche Abschirmformation meist nur dann genutzt, wenn ein Schlachtkreuzer oder ein anderes Schiff von gesteigertem Wert im Spiel war. Da die *Casey* selbst das größte und schlagkräftigste Schiff ihrer Kampfgruppe gewesen war, dienten ihre Antiraketen vornehmlich auch ihrem eigenen Schutz.

Doch niemand sagte etwas. Diejenigen, die mit derlei militärischen Details nicht vertraut waren – was vermutlich auf die Mehrheit der hier Versammelten zutraf –, waren offenkundig bereit, Travis' Argumentation widerspruchslos hinzunehmen. Und Dapplelake, der *ganz genau* wusste, wie in solchen Situationen gemeinhin verfahren wurde, würde ganz gewiss nichts tun, was Travis' Aussage in irgendeiner Weise unterminierte.

»Sie wollen damit also sagen«, fuhr Breakwater nach kurzem Schweigen fort, »dass sich Commodore Heissman ganz auf den bevorstehenden Kampf konzentriert hat … und dass das Leben des Kronprinzen damit in seiner gesamten Strategie gänzlich unberücksichtigt geblieben ist?«

»Berücksichtigt wurde in dieser Situation das Leben *sämtlicher* Offiziere und *sämtlicher* Mannschaftsdienstgrade, Mylord«, erwiderte Travis. »Doch sogar noch wichtiger waren hier das Sternenkönigreich und dessen Bevölkerung. Notfalls unser Leben dafür hinzugeben, das Sternenkönigreich und das Volk von Manticore zu beschützen, gehört zum Eid, den wir alle leisten, wenn wir die Uniform der Royal Manticoran Navy tragen.« Er blickte zu Burgundy hinüber. »Wir *alle.* Einschließlich des Kronprinzen.«

Mit Applaus für seine kurze Rede hatte er natürlich nicht gerechnet, ganz im Gegenteil. Aber auf Breakwaters nur wenig verhohlenen Sarkasmus war er nicht vorbereitet gewesen. »Ja, gewiss würde sich auch Prinz Richard darauf berufen, wenn er nun hier wäre«, sagte der Schatzkanzler. »Was nun einmal nicht der Fall ist. Mir scheint, Commodore Heissman ist doch ziemlich überrascht gewesen ob des unvermittelten Auftauchens von ... wie wurden sie seinerzeit genannt? Ach ja, Sie hatten sie als Bogey zwo markiert. Die beiden feindlichen Zerstörer, die Ihnen die MPARS-Korvetten Aries und Taurus abgenommen haben.«

Travis biss die Zähne zusammen. So war es nicht gewesen. Nicht ganz zumindest. »Diese Schiffe sind im freien Fall, also antriebslos und mit gesenkten Keilen, in das System vorgestoßen, Mylord«, erklärte er steif. »Unter derartigen Bedingungen ist die Sensorreichweite extrem begrenzt.«

»Und trotzdem hat Commodore Heissman gewusst, dass sie sich dort draußen befanden«, versetzte Breakwater. »Hätte er da nicht vorsichtiger sein müssen?«

»Wir hatten mit den Schiffen des Haupt-Angriffsverbands genug zu tun.«

»Sie können sich nicht auf zwei Dinge gleichzeitig konzentrieren?«

»Das ist keine Frage der Konzentration, sondern der Feuerkraft«, erklärte Travis. »Wir wussten, wo sich der Hauptverband befand, und wenn wir uns nur einem *potenziell* von der Flanke aus angreifenden zwoten Verband zugewandt hätten, dann hätte uns das lediglich für den Angriff des Hauptverbands exponiert.« Er zögerte kurz. »Um ganz ehrlich zu sein, Mylord: Vermutlich hatte Commodore Heissman nicht damit gerechnet, dass überhaupt jemand von uns dieses Gefecht überlebt. Zu diesem Zeitpunkt war sein Ziel, dem Feind ein Maximum an Schaden zuzufügen und so viele Daten wie möglich zu Aegis zu übermitteln.«

Breakwater stieß ein Schnauben aus. »Also ziehen Offiziere der Royal Manticoran Navy heutzutage in die Schlacht und gehen schon im Vorfeld davon aus, dass sämtliche ihnen unterstellten Männer und Frauen in den Tod gehen?«

»Hin und wieder müssen Angehörige der Navy ganz genau das tun«, sagte Travis und spürte, wie Zorn in ihm aufstieg. »Vor allem, wenn unsere Schiffe unterbesetzt und unzureichend ausgestattet sind und von gewissen Personen schlichtweg nicht genug gewürdigt werden.«

Ein leises Raunen ging durch die Reihen der Anwesenden. Travis musste sich sehr zusammennehmen, nicht gequält das Gesicht zu verziehen: Erst jetzt begriff er, dass er zu weit gegangen war. »Ich bitte um Entschuldigung, Mylords and Myladys … Eure Gnaden«, sagte er. »Es sollte nicht so klingen, als wollte ich mich beschweren.«

»Haben Sie sich aber«, bemerkte Breakwater spitz. »Vielleicht sollten wir Ihnen gestatten, sich einen Augenblick zu sammeln, bevor wir fortfahren.« Er wandte sich Burgundy zu und neigte den Kopf. »Wenn Sie gestatten, heißt das natürlich, Euer Gnaden.«

»Ich meine, wir können den Rest von Lieutenant Longs Aussage auch auf morgen früh verschieben«, entschied Burgundy und warf einen Blick auf sein Tablet. »Morgen um null neun null null, Lieutenant. Wegtreten.«

»Jawohl, Euer Gnaden«, erwiderte Travis und ärgerte sich darüber, wieder einmal mit beiden Beinen ins Fettnäpfchen gesprungen zu sein. Er griff nach seinem Tablet und schob den Stuhl zurück.

»Oh, verzeihen Sie – eine letzte Frage noch«, war unvermittelt wieder Breakwater zu vernehmen. »Dieser Trick, mit der letztendlich der feindliche Schlachtkreuzer zerstört wurde – sehr clever, wirklich. Von wem genau stammte diese Idee?«

Travis spürte, wie sich sein Magen zusammenkrampfte. Breakwater wusste ganz genau, wessen Idee das seinerzeit gewesen war. »Von mir, Mylord.«

»Nicht von Commodore Heissman?«, setzte Breakwater

nach. »Oder von Commander Belokas oder vom Taktischen Offizier Woodburn? Wirklich von Ihnen?«

»Jawohl, Mylord.«

»Ich verstehe.« Erneut senkte Breakwater kurz den Kopf. »Ich danke Ihnen, Lieutenant. Sie dürfen jetzt gehen.«

»Jawohl, Mylord.«

Neunzig Sekunden später ging Travis den breiten Korridor hinab, auf dem Weg zum Ausgang, der dem Besucherparkplatz am nächsten lag. Dabei fragte er sich, auf was Breakwater mit dieser letzten Frage hinausgewollt hatte.

Vielleicht dachte er darüber sogar ein bisschen zu angestrengt nach. Dass irgendjemand seinen Namen rief, bemerkte er kaum.

»Wird hier gerade die ganze Welt ignoriert? Oder bloß ich persönlich?«

Travis zuckte zusammen, vor Überraschung, Schuldgefühlen und weil ihm die Situation peinlich war. »Nein, natürlich nicht«, erklärte er hastig. »Ich meine ...«

»Entschuldigung angenommen, Travis«, fiel ihm Lieutenant Commander Lisa Donnelly ins Wort. Der warme Blick aus Augen, in denen eigentlich fast immer der Schalk blitzte, ließ jegliche Vermutung verfliegen, sie könnte ernstlich verärgert sein. »Ich bin ja schon erstaunt, dass nach so einer Tortur überhaupt noch genug Hirnschmalz zum Nachdenken vorhanden ist.« Mit dem Kinn deutete sie in Richtung des Saales, den er soeben verlassen hatte. »Schatzkanzler Breakwater hat wieder eines seiner üblichen Spielchen abgezogen, richtig geraten?«

»Jawohl ... Ma'am«, setzte Travis noch ein bisschen verspätet hinzu. Lisa und er waren nun schon seit vier Jahren eng befreundet. Sie war vielleicht der einzige Mensch, bei dem er sich wirklich ganz und gar entspannen konnte. Soweit er das beurteilen konnte, fühlte sie sich in seiner Gegenwart ebenso wohl wie er in der ihren.

Zugleich war sie ihm gegenüber aufgrund ihres höheren Dienstranges auch weisungsbefugt, und zumindest hier in der Öffentlichkeit musste das militärische Protokoll strikt gewahrt bleiben. »Und ich bin mir ziemlich sicher, dass er gewonnen hat.«

»Nur *ziemlich* sicher?«

»Ja – hauptsächlich allerdings, weil ich keine Ahnung habe, worum es bei seinen Spielchen überhaupt geht.«

»Ach so.« Lisa blickte sich um und deutete dann auf eine Reihe freier Sessel, die in einer Gesprächsecke gleich neben dem Korridor rings um einen kleinen Tisch aufgestellt waren. »Setzen wir uns, dann können wir in Ruhe darüber sprechen. Wenn die Zeit dafür reicht, heißt das.«

»Jawohl, Ma'am, auf jeden Fall«, erwiderte Travis und spürte schon, wie die Anspannung von ihm abfiel. Vor der Schlacht hatte er mehrere Wochen lang keinerlei Gelegenheit gehabt, Lisa zu sehen, und die Vorstellung, jetzt Zeit mit ihr zu verbringen, auch wenn es nur eine einzige Stunde wäre, sagte ihm sehr zu. »Ich werde erst morgen früh wieder hier erwartet.«

»Gut.« Verschwörerisch blickte sie sich nach beiden Seiten um, während sie auf die Nische zugingen. »Und wenn wir nicht allzu laut reden, brauchst du mich nicht einmal ›Ma'am‹ zu nennen, ja?«

Travis' Wangen erhitzten sich merklich. Lisa zog ihn nicht ständig damit auf, dass er so viel Wert darauf legte, sich an die Regeln zu halten … aber *wenn* es geschah, dann traf sie dabei mit schmerzhafter Effizienz stets den Nagel auf den Kopf. »Jawohl, Ma'am … ich mein: ja, ist gut.«

»*Morgen* also, sagst du«, griff Lisa seine letzten Worte wieder auf. »Klingt ganz, als hätte Breakwater bekommen, worum es ihm gegangen ist. Okay, dann schauen wir doch mal, ob wir herausfinden, was er vorhat. Hat es irgendeinen Moment gegeben, an dem er mit der Situation irgendwie zufriedener gewirkt hat als sonst heute?«

»Na ja, nachdem eigentlich schon Wegtreten befohlen war, hat er mir noch ein paar letzte Fragen gestellt«, berichtete Travis, während sie beide Platz nahmen. »Und er hat sich redlich Mühe gegeben, noch einmal allen Anwesenden ins Gedächtnis zurückzurufen, dass seine zwo MPARS-Schiffe einen von Tamerlanes Zerstörern ausgeschaltet haben.«

»Er wird nicht zulassen, dass man das je vergisst«, pflichtete ihm Lisa bei. »Vor allem, nachdem Cazenestro den MPARS ausdrücklich angewiesen hatte, sich mit seinen Schiffen zurückzuhalten. Hätten Hardasty und Kostava das nicht ignoriert und nicht trotz dieses Befehls eingegriffen, hätte die Lage deutlich unschöner werden können.« Ihr Blick zuckte über Travis' Schulter hinweg. »Wenn man vom Teufel spricht …« Sie hob die Hand und rief dann: »Townsend? Hier drüben!«

Travis spürte, wie sich schlagartig neuerliche Spannung aufbaute, während er sich in seinem Sessel umdrehte. Und natürlich: Der breitschultrige, muskelbepackte Sphinxianer, der mit schweren Schritten auf sie zukam, war niemand anderes als Petty Officer Charles Townsend. Für seine Freunde *Chomps* Townsend.

Zu diesen Freunden hatte auch ein gewisser Travis Long gehört. Aus und vorbei.

Chomps war schlau genug, sich seine Abneigung einem ranghöheren Offizier gegenüber zumindest in der Öffentlichkeit nicht anmerken zu lassen. Aus ein paar Schritt Entfernung lächelte er Lisa an und schenkte das gleiche freundliche Lächeln auch Travis. Schließlich nahm er zackig vor den beiden Haltung an und salutierte. »Commander Donnelly, Lieutenant Long«, begrüßte er sie. »Wenn die Frage gestattet ist: Welcher abscheulichen Verbrechen haben Sie sich schuldig gemacht, damit man Sie in diese Niederungen politischer Schlammschlachten und Verwirrspiele zitiert?«

»Ach, *Sie* wollen Ahnung von parlamentarischer Demokratie haben?«, gab Lisa zurück.

»Oh, ich durfte diese Gewässer erst kürzlich befahren, Ma'am«, beantwortete Chomps ihre Frage. »Tatsächlich sogar erst vor zwo Tagen. Und möglicherweise steht mir heute noch einmal Ähnliches bevor, sollten die Eierköpfe da drinnen wirklich eine Wiederholung wegen des großen Erfolgs durchziehen wollen.« Sein Blick glitt zum Chronometer an der Wand hinüber. »Aber vermutlich erst nach dem Mittagessen.«

»Dann müssen Sie wenigstens nicht mit leerem Magen in die Löwengrube«, meinte Lisa trocken. »Ich vermute, wir sind alle aus demselben Grund hier.«

»Und der wäre?«

»Genau das versuchen Lieutenant Long und ich gerade herauszufinden«, antwortete sie. »Haben Sie Lust, sich dazuzugesellen?«

»Ich danke Ihnen, Ma'am«, sagte Chomps. »Wenn ich mir einen Vorschlag gestatten darf: Es ist jetzt Mittagszeit. Hätten Sie beide wohl Lust, mir bei einem kleinen Imbiss Gesellschaft zu leisten? Selbstverständlich wären Sie eingeladen.«

»Hmm«, sinnierte Lisa und legte ihre Stirn in gespielter Unsicherheit in Falten. »Ich weiß nicht recht … Ein Mannschaftsdienstgrad und dann auch noch beim MPARS. Was meinen Sie, Long? Wäre es überhaupt rechtens von uns, eine derartige Einladung anzunehmen?«

»Wenn es hilft«, schlug Chomps vor, »könnten wir es als meine Wiedergutmachung dafür ansehen, Sie in Gegenwart

Ihrer Offizierskameraden mit dem Vornamen angesprochen zu haben.«

Sofort setzte sich Travis im Sessel auf. »Wann das?«, fragte er vorsichtig.

»Ist schon okay«, versicherte Lisa ihm, und ihre Augen funkelten vor Belustigung. »Das war auf Casca, und die Cascaner legen nicht sonderlich viel Wert auf Förmlichkeit und militärisches Protokoll.«

»Wollte meinen Hals retten, Sir«, setzte Chomps an Travis gewandt hinzu. »Und eine ganze Weile hat es so ausgesehen, als würden die Cascaner auch darauf nicht sonderlich viel Wert legen.«

»Aber wie wir sehen, haben Sie es ja letztendlich überstanden«, brachte Lisa dieses Thema zum Abschluss und stand auf. »Also gut, Townsend, wir nehmen die Einladung an. In die Cafeteria?«

»Oder zu dem kleinen Restaurant gleich um die Ecke, Ma'am.« Chomps wölbte beide Augenbrauen und blickte zu Travis hinüber. »Ist ein Italiener, Sir. Ich meine mich zu erinnern, Sie würden italienische Küche mögen.«

»Stimmt«, bestätigte Travis misstrauisch und suchte in der Miene seines Gegenübers nach Anzeichen für Abneigung oder gar Hass – eines davon musste es sein, was sonst, nachdem es doch Travis' Bericht über Chomps Computer-Hackerei gewesen war, der seiner Karriere so massiv geschadet hatte.

Sollte sein alter Kamerad – sie kannten einander immerhin schon seit Casey-Rosewood – eines der beiden Gefühle für ihn hegen, war ihm nichts dergleichen anzumerken. Chomps schien fröhlich und entspannt, ging mit Lisa ebenso wie mit ihm einfach freundlich und freundschaftlich um … und er schien sich der MPARS-Uniform, die er nun trug, keineswegs zu schämen.

Doch Travis war schließlich nie gut darin gewesen, andere Menschen zu durchschauen. Für ihn wäre es ebenso gut möglich, dass Chomps gerade hier und jetzt plante, wie, wann und wo er Travis am besten ein Messer zwischen die Rippen jagen könnte.

»Travis?«

Er blickte zu Lisa hinüber. Sie schaute ihn nachdenklich, ja sogar fragend an. Als wäre diese Sache mit einem gemeinsamen Lunch seine Entscheidung, nicht ihre.

Er straffte die Schultern und blickte wieder in Chomps' Richtung. Falls sein Gegenüber tatsächlich Rachepläne hegte, könnten sie es genauso gut gleich jetzt hinter sich bringen. »Klingt gut«, sagte er. »Bitte nach Ihnen.«

2

Captain Trina Clegg betätigte den Auslöser. Augenblicklich glitt die Luke zur Seite und gewährte ihr Zutritt zur Brücke der *Vanguard.* Clegg packte den nächstgelegenen Handgriff, und wie jedes Mal bemerkte sie auf der Lukeninnenseite den winzigen Spalt zwischen zwei Paneelen der Wandverkleidung. Beizeiten gälte es das zu reparieren. Nun, die *Vanguard* zählte zu den betagteren Damen, und auf älteren Schiffen verzogen sich Wandverkleidungen im Laufe der Zeit – eine unvermeidbare Folge von Raketenstarts und hoher Beschleunigung.

Wie jedes Mal riss Clegg entschlossen den Blick von diesem Makel ihres Schiffes und zog sich durch die Luke hindurch. Es würde noch eine ganze Menge an der *Vanguard* getan werden müssen, bis sie wieder zu ihrer alten Kampfstärke zurückfände. Schönheitsfehler wie diese Innenverkleidung standen auf der Prioritätenliste nicht sonderlich weit oben.

Der Ensign an der Ortungsstation blickte auf und schrak zusammen. »Captain auf der Brücke!«, rief sie.

Im Kommandostuhl fuhr Commander Bertinelli herum. Kurz, aber gerade noch merklich, presste er die Lippen zusammen, ehe er seine Mimik wieder im Griff hatte.

»Willkommen, Captain«, begrüßte er Clegg gesetzt.

Es waren die richtigen Worte im richtigen Tonfall. Doch Clegg ließ sich nicht täuschen: In Bertinellis Augen war sie ein Eindringling, ein Neuling obendrein, und hatte auf seinem Schiff nichts zu suchen.

Flaggkommandantin der jüngst umstrukturierten Kampfgruppe Aegis zu sein stand ihr gewiss ebensowenig zu.

Clegg fand das bis zu einem gewissen Punkt leicht nachzuvollziehen. Bertinelli wünschte sich das Kommando über einen Schlachtkreuzer, so sehr, dass er sicher Fieberträume davon hatte. Vor wenigen Jahren hatte man ihm den Kreuzer *Gryphon* angeboten, doch er hatte abgelehnt. Er hatte es vorgezogen, stattdessen als Eins-O weiterhin an Bord der *Vanguard* zu bleiben. Wahrscheinlich hatte er sich gedacht, wenn er bliebe, wo er ohnehin schon war, brächte ihn das, was die *Vanguard* anging, an die Spitze der Warteschlange für den Kommandantenposten.

Sollte das tatsächlich sein Beweggrund gewesen sein, war er bitterlich enttäuscht worden: Vor sechs Monaten hatte der bereits ein wenig tatterige Captain Davison angekündigt, in den Ruhestand zu gehen. Vermutlich hatte Bertinelli gleich am nächsten Tag den Champagner bestellt, um seine unmittelbar bevorstehende Beförderung zum Captain und seinen neuen Posten als Kommandant der *Vanguard* angemessen zu feiern … und war vermutlich der Einzige, der überrascht gewesen war, als beides ausblieb.

Clegg hingegen überraschte, dass Bertinelli nach seiner Entscheidung, die Versetzung auf den Kreuzer abzulehnen, überhaupt noch eine Karriere hatte. Vermutlich hatte er es nur Beziehungen zu höchsten Kreisen zu verdanken, dass er nicht auf einem Abstellgleis gelandet war – was normalerweise all jenen bevorstand, die nicht sofort Platz nahmen, wenn ihnen zum ersten Mal der Sessel des Kommandanten zurechtgerückt wurde.

Alle, die ihn kannten, überraschte nicht, dass Bertinelli die Lage anders sah: Er gab allein Clegg die Schuld.

»Keine Vorkommnisse, Captain«, fuhr Bertinelli fort und löste seine Haltegurte. Wieder gab es an Wortwahl und Tonfall nichts auszusetzen. Doch Clegg wurde das Gefühl nicht los, der Commander wäre fest davon überzeugt, der aktuelle, höchst unmilitärische Zustand des Universums – völlige Entspanntheit! – sei ebenfalls irgendwie *ihre* Schuld. »Völlig ruhig dort draußen.«

»Ruhig ist gut, Eins-O«, gab Clegg zurück, und während sie an den Displays vorbeischwebte, nahm sie jeden der Bildschirme kurz, aber konzentriert in den Blick. »Das hat unsere jüngste Übung doch deutlich gezeigt, finden Sie nicht auch? Ach, wo wir gerade dabei sind: Was ist eigentlich mit dem Seitenschildschlamassel der *Bellerophon?*«

»Der letzten Meldung zufolge wurde noch daran gearbeitet, Ma'am.«

»Und von wann war diese Meldung?«

Sie blickte gerade rechtzeitig zu Bertinelli hinüber, um zu bemerken, wie erneut sein Mundwinkel zuckte.

»Von vor ungefähr drei Stunden, Ma'am.«

Drei Stunden. Clegg brachte das Kunststück fertig, nicht die Augen zu verdrehen, doch ihre Stimme klang ein wenig spitzer, als sie sich nun der Signalstation zuwandte.

»Signal, kontaktieren Sie die *Bellerophon.* Ich wünsche einen Statusbericht hinsichtlich ihres Seitenschilds.«

»Jawohl, Ma'am.« Rasch – vielleicht ein wenig zu rasch – wandte sich der Petty Officer seinen Instrumenten zu.

Bertinellis Miene war wie aus Stein gemeißelt.

»Haben Sie etwas anzumerken, Eins-O?«, fragte Clegg.

Der Commander atmete tief ein. »Nein, Ma'am«, sagte er dann steif. »Allerdings hatte ich die *Bellerophon* angewiesen, sich im Falle einer Statusänderung umgehend zu melden. Ich bezweifle, dass das dort drüben vergessen wurde.«

Nachdenklich blickte Clegg ihn an und fragte sich, wie dumm dieser Mann tatsächlich war. Vor mehr als zehn Stunden war Kampfgruppe Aegis von ihrer jüngsten Übung zu ihrer Sicherungsposition im Orbit von Manticore zurückgekehrt. Vieles hatte dafür gesprochen, einfach im Orbit zu verbleiben und dort nur Simulationsübungen durchzuführen. Doch was das betraf, teilte Clegg Admiral Kyle Eigens Ansicht: Wollte man wirklich wissen, ob man sich auf die Systeme eines Kriegsschiffs auch verlassen konnte, so musste man diese Systeme *nutzen* und nicht nur so *tun*, als würden sie genutzt. In ganz besonderem Maße galt das natürlich für Schiffe, die schon so viele Jahre auf dem Buckel hatten und für die Ersatzteile echte Mangelware geworden waren wie die Schiffe der Royal Manticoran Navy. Genau auf diesen Punkt war das gesamte Sternenkönigreich vor gerade einmal drei Wochen schmerzhaft deutlich hingewiesen worden, als ein nur allzu großer Teil eben dieser Navy unvermittelt in einen Trümmerhaufen verwandelt worden war.

Nun hatte sich der Captain der *Bellerophon* genötigt gesehen, zu melden, dass sein Seitenschildgenerator Nummer zwo aus Wartungsgründen deaktiviert werden musste. Commander Bertinelli war dabei die unbedeutende Kleinigkeit entgangen, dass Captain Stillman diese Meldung *vor Beginn* der Übung hätte einreichen müssen, nicht nach deren Beginn.

Leider war der Seitenschild beileibe nicht das einzige System, dessen Versagen erst im Zuge der Übung bekannt geworden war. Die uralte Kunst des ›Füße-Stillhaltens‹ – Unerfreuliches, was ein schlechtes Licht auf Schiff oder Offiziere werfen könnte, unerwähnt zu lassen – erfreute sich nach wie vor immenser Beliebtheit.

In der immer kleiner werdenden und unterfinanzierten Royal Manticoran Navy aus Friedenszeiten war derartiges Verhalten verachtenswert, mehr nicht. Doch vor drei Wochen war daraus sträfliche, schuldhafte Pflichtverletzung geworden.

Das allerdings schien sich noch nicht überall herumgesprochen zu haben. Deswegen hatte Clegg Statusberichte nach Ablauf jeder Wache an Bord der *Bellerophon* angefordert – wie sie es für jedes Schiff der Kampfgruppe befohlen hatte: Es ging um Ausfälle jedweder technischer Natur, den aktuellen Wartungs- und Reparaturstatus, die geschätzte und die tatsächliche Dauer bis zum Abschluss der Reparaturen. Da der Wachwechsel bereits vor über einer Stunde erfolgt war, hätte sie beim Eintreffen auf der Brücke Captain Stillmans Bericht in ihrem Eingangskorb mit den bislang noch unbearbeiteten Nachrichten vorfinden müssen. Ein Eins-O, der in der Lage wäre, auch ohne fremde Hilfe – außer vielleicht einem aktiven Radar – seinen eigenen Hintern zu finden, hätte sich längst, natürlich ganz respektvoll, bei Stillman erkundigen müssen, wo besagter Bericht denn bliebe.

Dann hätte er die Angelegenheit an die Flaggkommandantin des Kampfverbands weiterleiten müssen, die vielleicht auch ein *bisschen* weniger respektvoll hätte um den Bericht nachfragen können.

»Vermutlich hat sich nichts geändert«, räumte sie ein. »Aber es kann nie schaden, sich dessen auch zu vergewissern.«

Was Sie natürlich nur dank Ihrer langen und glorreichen Karriere bei der Navy so genau wissen! Bertinelli sprach es nicht aus, doch die beißende Bemerkung stand ihm überdeutlich auf die Stirn geschrieben.

»Verstanden, Ma'am«, sagte er, und wieder gelang es ihm, dabei einen Tonfall anzuschlagen, der hinreichend viel Abstand zur Insubordination wahrte. »Darf ich darauf hinweisen …«

»Brücke? OPZ hier«, drang Lieutenant McKenzies Stimme angespannt aus dem Brückenlautsprecher und unterbrach damit Bertinelli. »Commander, wir orten einen Hyperabdruck, relativ zum Planeten auf zwo acht neun zu null null zwo. Entfernung zehn Komma sechs zwo Lichtminuten – grob eins neun null Millionen Kilometer.«

»Verstanden, Lieutenant«, erwiderte Clegg. »Commander Bertinelli, ich habe das Schiff«, setzte sie dann förmlich hinzu, umschloss mit einer Hand den Haltegriff an der Rückenlehne der Werferstation. Bisher hatte sie entspannt in der Schwerelosigkeit geschwebt, jetzt verwandelte sie sich auf diese Weise geschickt in ein zielgerichtetes menschliches Projektil. Bertinelli blieb gerade noch genug Zeit, sich von der Kommandostation zurückzuziehen, bevor seine Kommandantin dort eintraf, ein rasches Abbrems- und Wendemanöver vollzog – das hatte sie während ihrer Zeit als Lieutenant entwickelt – und sich in einer fließenden Bewegung in den Kommandosessel gleiten ließ. »Astro: Berechnen Sie mir einen Abfangkurs. Maschinenraum: Impeller in sofortige Bereitschaft versetzen, aber den Keil noch nicht hochfahren. Signal: Informieren Sie die *Bellerophon* und die *Gryphon* über die Lage. Ordnen Sie Alarmstufe zwo an, aber informieren Sie beide Schiffe, dass sie nicht – ich wiederhole: *nicht* – ihre Keile hochfahren oder ihre Transponder aktivieren sollen.«

»Aye, aye, Captain.«

Clegg atmete tief durch und klappte dann die Schutzabdeckung über dem Alarmknopf zurück. Kaum hatte sie ihn berührt, drang auch schon das ohrenbetäubende Heulen der Sirenen aus sämtlichen Intercom-Lautsprechern. Drei Sekunden lang behielt sie die volle Lautstärke bei, dann reduzierte sie das Heulen auf ein nach wie vor deutlich zu vernehmendes Hintergrundgeräusch.

»Klar Schiff zum Gefecht, Klar Schiff zum Gefecht«, verkündete sie. »Auf dem gesamten Schiff gilt Alarmstufe zwo. Ich wiederhole: Auf dem gesamten Schiff gilt Alarmstufe zwo. Admiral Eigen, bitte melden Sie sich auf der Brücke.«

Sie schaltete ihr Mikrofon wieder auf den Kanal um, der für die Operationszentrale reserviert war. »Dann mal raus mit der Sprache, Lieutenant!«

»Jawohl, Ma'am«, erwiderte McKenzie. »Konkrete Zahlen liegen uns noch nicht vor, aber es sind eindeutig fünf oder mehr. Genaueres kann ich erst sagen, wenn sie dichter aufgekommen sind oder weit genug ausschwärmen, dass ich an den vordersten Keilen vorbeispähen kann.«

»Aber dieses Minimum ist belastbar?«

»Jawohl, Ma'am«, erklärte McKenzie. »Ortung ist sich sicher, mindestens fünf Impellersignaturen zu erkennen.«

Aus Cleggs Ohrhörer drang ein leises Klingeln. »Brücke? Eigen hier«, war dann die Stimme des Admirals zu hören. »Wie ist die Lage, Captain?«

»Unbekannte Schiffe sind auf manticoranisches Territorium vorgestoßen, Sir. Sie stehen derzeit etwa dreißigtausend Kilometer jenseits der Hypergrenze und ungefähr zwo Grad über der Ekliptik. Mehr haben wir derzeit noch nicht.«

»Ist System Command bereits verständigt?«

»Nein, Sir, noch nicht.«

»Na ja, denen liegen jetzt vermutlich die gleichen Informationen vor wie uns, aber Sie sollten denen trotzdem eine Vorwarnung zukommen lassen. Haben Sie die *Gryphon* und die *Bellerophon* schon informiert?«

»Jawohl, Sir. Zudem wurde Alarmstufe zwo verhängt.«

»Gut. Berechnen Sie einen Abfangkurs und sagen Sie OPZ, sie sollen aus dem Äther noch das letzte bisschen Information herausquetschen. Bin in fünf Minuten da.«

»Jawohl, Sir.«

Der Admiral schaltete ab, und Clegg blickte zu Bertinelli hinüber, der steif in der engen Nische zwischen ihr und dem Rudergänger schwebte.

»Wollten Sie etwas anmerken, Eins-O?«

Sein Blick zuckte zu dem Display über ihrem Kopf, das gerade von Statusdaten aus dem Maschinenraum auf die taktische Darstellung umschaltete.

»Nein, Captain«, sagte er, »nichts.«

Clegg nickte und widmete ihre Aufmerksamkeit dann dem Manövrierdisplay. In ihrer Magengrube breitete sich ein sonderbares Gefühl der Leere aus. Vor drei Wochen hatte sie sich an Bord der *Vanguard* befunden und dort gerade die jüngsten Arbeiten am Schlachtkreuzer beaufsichtigt, als Admiral Tamerlane ins System eingedrungen war, Kampfgruppe Janus zerstört hatte und das Gleiche beinahe auch noch mit Admiral Carlton Locatellis großer, prächtiger Kampfgruppe Aegis getan hätte. Fast augenblicklich hatte sich der sorgfältige Wiederaufbau der *Vanguard* in ein völlig anderes Problem verwandelt: Damals hatte es vor allem gegolten, in aller Hektik den Keil hochzufahren, damit sich Clegg anschließend mit dem unbewaffneten, unterbesetzten Schlachtschiff-Papiertiger dem Feind hatte entgegenstellen können. Ein reiner Bluff, doch in Kombination mit der unerwartet brillanten Abwehr, die Navy und MPARS aus dem Stegreif zusammenimprovisiert hatten, hatte es tatsächlich funktioniert.

Damals war Clegg enorm frustriert darüber gewesen, dass ihr Schiff und sie nichts anderes hatten tun können. Nun sah es ganz danach aus, als gäbe ihr das Universum tatsächlich eine zweite Chance.

Denn es gab keinen Grund, dass derart viele Schiffe gleichzeitig ins Manticore-System transistierten. Überhaupt keinen.

Es sei denn, das wäre Welle zwo der Invasion.

»System Command hat an alle Kommandos und Einheiten Fall Zulu ausgegeben, Ma'am«, meldete Signal.

»Sehr gut«, bestätigte Clegg.

»Alle Abteilungen melden Alarmstufe zwo«, kam die Meldung von der Taktischen Station.

»Bestätigt«, sagte Clegg und spürte, wie ihre Mundwinkel zu einem kühlen Lächeln ansetzten. Die *Vanguard* war immer noch unterbesetzt, und sie war immer noch deutlich unterbewaffnet.

Aber sie war kein Papiertiger mehr. Sie konnte kämpfen.

Und das würde sie auch, verdammt noch eins!

»… und so ist er entkommen«, beendete Lisa ihre Geschichte. »Mit ausgefallenen Emittern konnten wir nichts dagegen tun.«

»Hm«, sagte Travis und nahm eine Gabel Ravioli.

Um ehrlich zu sein, waren es sehr fade Ravioli. Aber das lag nicht an den Ravioli, sondern an ihm selbst. An diesem Tisch herrschte einfach zu viel unbehagliche Kameraderie, als dass er sich genug auf sein Essen konzentrieren könnte.

Schlimm genug, dass die beiden, Chomps und Lisa, während der Schlacht von Manticore ein wirklich cleveres Manöver ersonnen hatten. Denn damit hatten die beiden eine Verbindung und eine persönliche Geschichte, an der Travis niemals beteiligt sein würde.

Doch diese Casca-Sache machte alles noch schlimmer: Wie es vor Jahren zu diesen Morden gekommen war und was sich in der Folge ereignet hatte, hatte Lise ihm unmittelbar nach ihrer Rückkehr kurz geschildert. Doch erst jetzt hatte Travis begriffen, wie eng Chomps und sie zusammengearbeitet hatten, um die Geschehnisse zu diesem Abschluss zu bringen.

Es störte ihn. Es war ihm sogar sich selbst gegenüber peinlich, sich das einzugestehen, aber es *störte* ihn.

Natürlich war er froh, dass Lisa noch lebte. Ebenso froh war er, dass sie mit ihrer Klugheit Chomps' Ableben verhindert hatte – auf Casca ebenso wie während dieses jüngsten Gefechts.

Aber warum mussten die beiden darüber so glücklich und so froh sein und einander so deutlich zeigen, wie eng *befreundet* sie waren?

Eine kindische Reaktion, das wusste er selbst. Das zu wissen aber, machte es umso schlimmer.

Er hatte sich so sehr bemüht, jemand zu werden, der in Lisas Leben eine einzigartige Rolle spielte. Und jetzt saß sie hier und lachte mit einem anderen über gemeinsame Insiderwitze!

»Travis?«

Er riss sich zusammen, blinzelte ein paar Male und vertrieb so sein grüblerisches Schweigen. Erstaunt und verwirrt starrten ihn Lisa und Chomps an.

Zwei identisch erstaunte und verwirrte Gesichter.

»Was ist?«, fragte er.

»Du warst irgendwie eine Million Lichtjahre weit fort«, sagte Lisa. »Alles in Ordnung?«

»Selbstverständlich«, sagte er. »Ma'am.«

Die Falten auf Lisas gerunzelter Stirn vertieften sich. Chomps' Gesichtszüge hingegen entspannten sich. Belustigte ihn etwa Travis' Verlegenheit? Wahrscheinlich.

»Wenn wir dich hier langweilen …«, setzte Lisa an, doch dann verstummte sie abrupt, hob ihr Handgelenk und tippte ihr UniLink an. »Donnelly«, meldete sie sich und runzelte die Stirn noch mehr.

Aufmerksam beobachtete Travis sie. Wie steif sie auf einmal wurde, wie sie die Augen eine Winzigkeit zusammenkniff …

»Verstanden, Sir«, sagte sie mit angespannter, förmlicher Stimme. »Ich bin schon auf dem Weg.« Sie deaktivierte die

Verbindung und schob ihren Stuhl zurück. »Ich muss los, Travis.«

»Was ist los?«, setzte Travis nach, während Chomps und er ebenfalls aufstanden.

»Hyperabdruck«, erklärte Chomps und ließ den Arm sinken. Erstaunt blickte ihn Travis an; er hatte so sehr auf Lisa geachtet, dass ihm das Eintreffen einer Nachricht bei Chomps völlig entgangen war. »Kampfgruppe Aegis hat ihn unmittelbar vor der Hypergrenze aufgefangen. Ich gehe davon aus, dass die *Excellent* die Daten mittlerweile ebenfalls hat.«

»Wir wurden gerade zu unseren Schiffen zurückbeordert«, sagte Lisa und steuerte schon den Ausgang des Restaurants an. »Cazenestro möchte, dass alles, was den Orbit verlassen kann, schon vor dreißig Minuten aufgebrochen ist.«

Travis verbiss sich einen Fluch. Die *Casey* stand mit vollständig zerlegtem Seitenschildgenerator steuerbords im Raumdock, und ein Drittel ihrer Emitter wurde gerade gewartet. Was auch immer nun geschehen mochte: Sein Schiff und er würden daran nicht teilhaben.

»Oh, Moment … die Rechnung«, sagte Chomps und blieb unvermittelt stehen. »Ich muss noch …«

»Ich mach das schon«, fiel ihm Travis ins Wort. »Los jetzt.«

»Danke, Sir«, sagte Chomps; er war schon halb durch die Tür getreten, Lisa dicht hinter sich. »Natürlich gebe ich Ihnen das zurück.«

Wenn du überlebst, was euch da gerade bevorsteht. Travis verzog das Gesicht. Er schämte sich dafür, so abgebrüht und hartherzig über einen Kameraden zu denken. Er hatte Berichte über die Kampfbereitschaft der Navy gelesen: Gut sah es nicht aus. Praktisch jedes Schiff, das an der Schlacht beteiligt gewesen war, hatte Schäden davongetragen – entweder direkt durch den Feind verursacht, oder es waren Folgen von Verschleiß oder Systemversagen durch unzureichende Wartung – von Systemen, die weit über die viel zu kurzsichtigen Erwartungen der Verantwortlichen hinaus hatten belastet werden müssen.

Der Kellner war bereits auf dem Weg zu ihm, in der Hand seinen Tablet-Rechner. Travis legte den Daumen auf den Scanner und tippte dann für die Geldübermittlung auf das Tablet. Der Kellner und er nickten einander zu, dann eilte auch Travis in Richtung Tür …

… und stieß beinahe mit Lisa zusammen, die mit großen Schritten wieder hereinkam.

»Komm!«, sagte sie mit unverkennbarem Nachdruck. »Townsend holt schon seinen Flugwagen.«

»Ich?« Verwirrt blieb Travis stehen. »Aber ich wurde doch gar nicht …«

»Nein, du wurdest nicht zurückbeordert«, übernahm Lisa, packte ihn am Arm und schob ihn in Richtung Tür. »Weiß ich. Aber mir ist gerade eingefallen, dass unser Zwoter Taktischer Offizier auf die *Vanguard* versetzt worden ist, und bislang haben wir noch keinen Ersatz erhalten. Vielleicht kannst du ja seinen Posten übernehmen.«

Drei Sekunden später standen sie im Freien.

»Aber ich brauche doch einen Marschbefehl«, protestierte Travis, während ihn Lisa auf einen Flugwagen zuführte, der gerade vor ihnen aufsetzte. »Ohne Marschbefehl kann ich überhaupt nicht an Bord.«

»Sie kann während der Fahrt an Bord anrufen, Sir«, rief ihm Chomps durch das offene Seitenfenster zu. »Und wenn das nicht klappt, dann können Sie wenigstens die Fahrt genießen!«

»Okay«, entschied Travis.

Das hier ging alles entschieden zu schnell und widersprach entschieden der vorgeschriebenen Vorgehensweise. Aber während der Schlacht vor drei Wochen waren entschieden zu viele Menschen gefallen. Wenn nun tatsächlich eine Fortsetzung dieser Invasion anstand, würde die Navy jeden brauchen, den sie bekommen konnte, einen gewissen Travis Uriah Long eingeschlossen.

Noch vor einer Woche hatte Travis bei der Anhörung auf die Bereitschaft hingewiesen, notfalls sein Leben für das Sternenkönigreich hinzugeben, und man hatte ihn gewarnt, es könne sehr gut sein, dass er schon bald Gelegenheit dazu hätte.

Vielleicht war diese Gelegenheit gekommen.

Die mit der Transition einhergehende Übelkeit klang ab, und Jeremiah Llyn aktivierte die Wiederholdisplays in der privaten Kontrollzentrale der *Pacemaker*. Wenn sich bei der Transition alle an seine Anweisungen gehalten hatten …

Hatten sie. Weitestgehend zumindest. Sechs Schiffe hatten die avisierte Position minimal verfehlt. Angesichts der Schwierigkeiten, die jegliche Hyperastrogation nun einmal mit sich brachte, war das als Leistung anerkennenswert – auch und gerade von der Königlichen Sternenflotte des Freien Herzogtums Barca. Zu dieser Flotte mit dem lächerlich großspurigen Titel (für eine derart winzige Flotte jedenfalls, aber so war Barca nun einmal) gehörten nämlich die sechs Schiffe. Wenigstens standen die beiden Truppentransporter wunschgemäß hinter den Kreuzern und dem Kaperer, sie alle Llyns kompakt gebautem Kurierboot einige tausend Kilometer voraus.

Hinter der *Pacemaker*, weit im Hintergrund, befanden sich die beiden Frachter von recht bescheidener Größe.

Für Frachter waren sie tatsächlich von sehr bescheidener Größe, ja winzig: Jedes Schiff brachte es gerade einmal auf fünfhunderttausend Tonnen. Sie waren nicht annähernd so effizient wie die üblichen Ein- bis Zwei-Millionen-Tonnen-Schiffe, und wenn sie einen Raumhafen anliefen, bespöttelten die Besatzungen größerer Frachter sie – oft als Einstieg ins Frachtgeschäft für Leute, deren Ehrgeiz weit größer als die Kreditwürdigkeit sei.

Doch wenn man sich auf exotische – und kostspielige – Luxusgüter spezialisierte, vermochten auch kleinere Schiffe den Lebensunterhalt einzubringen. Wer aber über die Minifrachter lachte, vergaß sie anschließend rasch wieder, beschäftigt mit wichtigeren Dingen.

Genau deswegen mochte Llyn sie so sehr. Kriegsschiffe wurden *niemals* ignoriert. Aber niemand achtete auf kleine Frachter – selbst nicht auf kleine Frachter, die unbemerkt mit der Feuerkraft eines Zerstörer- oder Kreuzer-Spitzenmodells ausgestattet worden waren.

»Signal von der *Shrike* und der *Banshee*«, drang Captain Lionel Katuras Stimme aus dem Intercom der *Pacemaker*. »Sie melden ein halbes Dutzend ziviler Transponder in Reichweite, aber nichts Militärisches.«

»Ich danke Ihnen, Captain«, erwiderte Llyn, als die Transponderpositionen auf seinem Wiederholdisplay aufflammten. Die Sensoren der *Pacemaker* selbst hatten sie noch nicht aufgefangen, aber das war nicht weiter verwunderlich: Die Ortungssysteme der Frachter waren ebenso hochleistungsfähig wie das Smart-Material ihrer Schiffsrümpfe, ihre Waffen und ihre Eloka-Ausstattung.

Llyn war zu Ohren gekommen, einige Angehörige des Vorstandes der Axelrod Corporation hätten sich energisch gegen den Bau von Schiffen wie der *Shrike* und der *Banshee* ausgesprochen. Immerhin verschlang die Entwicklung dieser Schiffe Unsummen. Llyn selbst hingegen hätte sich keinen besseren

Verwendungszweck für hohe Summen vorstellen können als für die Schattenkommando-Divisionen der Corporation.

Diplomatie, Bestechung, Schmeichelei, Druck, Manipulation und schiere Kaufkraft: Für das alles gab es bei geschäftlichen Verhandlungen den rechten Ort und die rechte Zeit. Manchmal jedoch lief es einfach auf pure Schlagkraft hinaus. War es dann so weit, dann war es stets ratsam, genau davon genug in der Hinterhand zu haben.

Abgesehen davon gab es für Frachter hier draußen im Nirgendwo immer wieder Momente, in denen man auf Verteidigungssysteme *angewiesen* war. Das bot natürlich eine sehr schöne Deckung, falls im Haifischbecken namens Axelrod doch jemand gezielte Fragen hinsichtlich bewaffneter Schiffe stellen sollte.

Nicht, dass heute sonderlich viel Schlagkraft erforderlich sein würde. Vor drei Wochen hatten die Volsung-Söldner das System mit mehr als genug Schiffen, Raketen und Kampferfahrung angegriffen, um mit der völlig veralteten Royal Manticoran Navy kurzen Prozess zu machen. Womöglich hatten einige der kleineren Schiffe der Mantys der Zerstörung entrinnen können und hielten sich nun verschreckt im Orbit von Gryphon und Manticore-B, aber Ärger würden sie gewiss nicht machen. Solange Landing City und der geliebte König des Sternenkönigreichs in die Mündungen der Volsung-Geschütze starrten, sollte Llyn problemlos Barcas Forderung nach Manticores bedingungsloser Kapitulation vor dem Freien Herzogtum übermitteln können.

Anschließend zöge sich Llyn zurück und überließe Major General Sigismund Haus und seinem Axelrod-Beraterstab das Feld. Wären die Barca-Besatzungstruppen erst einmal angelandet und hätte Haus den Königlichen Palast eingenommen, würden Llyn und die beiden Schattenkommando-Schiffe in aller Gemütsruhe das System bereisen und sicherstellen, dass es dort auch wirklich keinerlei ernst zu nehmende Gefahren mehr gab. Anschließend hieße es für Llyn, nach Barca zurückzukehren, um Truppen für die dauerhafte Besetzung des Systems sowie das zivile Verwaltungskorps zusammenzustellen und sie hierher zu geleiten. Danach wäre das Sternenkönigreich von Manticore Geschichte, dem frisch erweiterten Freien Herzogtum Barca einverleibt.

Anschließend würde Haven dann wohl ein bisschen Rabatz machen. Die Solare Liga nähme die Geschehnisse zumindest zur Kenntnis, aber mehr als ein paar erstaunt-missbilligend gewölbte Augenbrauen erwartete Llyn nicht als Reaktion. Doch selbst dieses bisschen Missbilligung würde sich schon rasch wieder legen. Eroberungsbestrebungen waren zwar nicht gerade gang und gäbe – schon gar nicht derart weit vom Territorium des Eroberersystems entfernt –, aber beispiellos waren sie nun wahrlich nicht. Letztendlich würden sich Manticores Nachbarn mit den neuen Gegebenheiten abfinden, und das Leben ginge einfach weiter seinen Gang.

Irgendwann würde dann das Freie Herzogtum hinsichtlich gewisser Rechte und Handelserleichterungen heimlich, still und leise zu einer Übereinkunft mit Axelrod kommen – einer Übereinkunft, von der wohl niemand etwas mitbekäme. Und wenn Barca dann den manticoranischen Wurmlochknoten ›entdeckte‹, befände sich Axelrod in der perfekten Position, diesen Knoten für das Freie Herzogtum zu ›verwalten‹.

Die Axelrod Corporation, schon jetzt immens erfolgreich und immens wohlhabend, würde dann noch viel, viel erfolgreicher und wohlhabender werden.

Llyn lehnte sich in seinem Sessel zurück, den Blick auf dem Wiederholdisplay, während seine Flottille systemeinwärts beschleunigte.

3

»Jetzt, wo die georteten Schiffe systemeinwärts vorrücken, ist es uns gelungen, die Originaldaten genauer auszuwerten«, erklärte Admiral (a.D.) Thomas P. Cazenestro, Erster Lord der Admiralität, kaum dass König Edward in seinem Sessel im Zentralen Kommandoraum unterhalb des Palastes Platz genommen hatte. »Bislang liegen uns noch keine Identifikationen vor, aber sie halten sich seit etwa elfeinhalb Minuten im N-Raum auf. Ohne jeden Zweifel steuern sie Manticore an, genauso zweifelsfrei sind es neun Schiffe. Bislang haben sie erst fünfhundertundvierzig Kps erreicht und sind immer noch mehr als einhundertneunzig Millionen Kilometer entfernt. Alles, was wir haben, wird gerade hastig einsatzbereit gemacht. Aber vorerst unterstützt Admiral Locatelli Rear Admiral Eigens Entscheidung, Kampfgruppe Aegis im Orbit stehen zu lassen, bis sie durch all das unterstützt wird, was ich in der verbleibenden Zeit herbeischaffen kann.«

»Locatelli ist immer noch mit der Inspektion von Thorson beschäftigt, nehme ich an?«, erkundigte sich Edward.

Cazenestro nickte. »Er ist alles andere als glücklich darüber, dort festzusitzen. Aber es ist völlig unmöglich, ihn dort abzuholen und zu Eigen zu schaffen. Aber dank der *Excellent* hat er wenigsten gute Kommunikationsmöglichkeiten.«

»Stimmt«, sagte Edward. Genau das konnte entscheidend sein, wo doch der derzeitige Flottenbestand über das gesamte System verteilt war.

»Wer auch immer die Eindringlinge sind«, fuhr Cazenestro

fort, »sie beschränken sich bei ihrer Beschleunigung auf etwa achtzig Gravos. Also bleibt uns noch ein wenig Zeit. Sollte man es wirklich auf ein Rendezvous mit dem Planeten anlegen und diese Beschleunigung beibehalten, wird erst in mehr als vier Stunden der Schubumkehrpunkt erreicht.«

Edward nickte und spürte in seinen Handflächen ein unangenehmes Kribbeln, so fest umklammerten seine Finger die Armlehnen des Sessels – genau die gleichen Armlehnen, die er auch vor kaum drei Wochen umklammert hatte … als er hatte zusehen müssen, wie die manticoranische Flotte verzweifelt in die Schlacht gezogen und um das Leben ihres Sternenkönigreichs gekämpft hatte.

Als er hatte zusehen müssen, wie sein einziger Sohn starb.

Seitdem war es ihm gelungen, alles, was damit einherging, Gedanken, Gefühle, zu verbannen. Es hatte so viel Tod und Zerstörung gegeben, dass es wirkte, als hätte fast jeder auf Manticore mindestens einen Angehörigen oder Freund verloren. In Wahrheit war es natürlich nicht so: Dafür war die Navy des Sternenkönigreichs zu klein, zu unterbesetzt. Es war schlichtweg unmöglich, dass sämtliche seiner Untertanen einen direkten oder indirekten Verlust hatten hinnehmen müssen. Doch in gewisser Hinsicht waren Manticores Gefallene die Gefallenen des gesamten Volkes, und als König dieses Volkes durfte Edwards Trauer die Trauer der Nation nicht überschreiten und er sich von seinem persönlichen Verlust nicht überwältigen lassen.

Seine Ratgeber hatten ihm versichert, das Volk werde es verstehen, wenn er sich ein wenig Zeit für ganz persönliche Trauer nähme. Edward wusste das zu schätzen. Ebenso aber wusste er um seine Pflichten.

Das Leben eines Königs ist nicht dessen Privatangelegenheit. Das hatte ihm sein Vater Michael vor vier Jahren ins Gedächtnis zurückgerufen – an jenem Tag, als er zu Edwards Gunsten abgedankt hatte.

Michael durfte um seinen Enkel trauern. Edwards Tochter Sophie durfte ihren Bruder betrauern, Königin Cynthia ihren Sohn ... und Edwards Halbschwester Elizabeth durfte über den Tod ihres Neffen klagen, doch Edward selbst nicht um seinen Sohn trauern. Nicht so, wie er gewollt hätte. Nicht jetzt.

Vielleicht niemals.

»Das Ironische an der Sache ist, dass Clegg eigentlich überhaupt nicht an Bord der *Vanguard* hätte sein sollen«, erklärte Lisa, während Chomps ihren Flugwagen durch den Verkehr von Landing lotste.

Natürlich übertrat er dabei jegliche Geschwindigkeitsbegrenzungen und ignorierte sämtliche Verkehrsregeln. Bei jeder Kreuzung, über die er hinwegraste, verzog Travis gequält das Gesicht. Doch hier und jetzt gab es eindeutig gute Gründe dafür, Regeln zu missachten.

»Ach, nicht?«, fragte er, um sich von Chomps' Fahrstil abzulenken.

»Nein, eigentlich hätte es ihr zugestanden, als Locatellis Flaggkommandantin an Bord der *Invincible* zu gehen«, setzte Lisa ihre Erläuterung fort. Vielleicht war sie ebenso angelegentlich daran interessiert, nicht über Chomps' Fahrweise nachdenken zu müssen wie Travis selbst. »Aber sie hat den Posten nicht bekommen.«

»Warum nicht? Was ist denn passiert?«

»Secour ist passiert«, antwortete Lisa. »Nach den Leistungen, die Metzger dort an den Tag gelegt hat, hat Locatelli wohl reichlich Beziehung spielen lassen, um sie auf der Liste weiter nach oben zu schubsen. Deshalb hat sie und nicht Clegg den goldenen Stern für die *Invincible* bekommen.«

»Ich könnte mir vorstellen, dass Clegg darüber ein wenig verstimmt gewesen ist.«

»Der richtige Ausdruck wäre wohl ›stinksauer‹, Sir«, rief ihm Chomps über die Schulter hinweg zu.

»Offiziere werden nicht stinksauer, Townsend«, tadelte ihn Lisa. »Und wo wir gerade dabei sind: Frauen schwitzen auch nicht – wir glänzen.«

»Verstanden, Ma'am. Verzeihen Sie.«

»Tatsächlich weiß ich gar nicht, ob sie verstimmt gewesen ist«, fuhr Lisa dann fort. »Nach allem, was ich gehört habe, war sie vor allem frustriert darüber, dass sie während der Schlacht mit der Überholung der *Vanguard* beschäftigt war und deswegen am Gefecht nicht teilnehmen konnte.«

»Na, vielleicht bekommt sie ja jetzt doch noch die Gelegenheit dazu«, versetzte Travis grimmig.

»Genau das habe ich mir auch gedacht«, meinte Lisa. »Daher ja auch die Ironie des Ganzen. Warte mal.« Sie hob ihr UniLink. »Donnelly.« Mehrere Sekunden lauschte sie konzentriert. »Verstanden Sir«, sagte sie dann. »Er ist hier – ich bringe ihn auf meinem Shuttle mit ... Jawohl, Sir.«

Sie unterbrach die Verbindung.

»Du bist dabei«, sagte sie. »Dein Marschbefehl wird dich im Shuttle schon erwarten.«

Travis nickte. *Ich habe das selbst so gewollt!*, mahnte er sich innerlich. *Ich wollte nicht einfach nur auf dem Boden herumhocken und tatenlos zusehen!* Statt also von der Seitenlinie aus zuzuschauen, würde er nun geradewegs ins Gefecht zurückkehren.

Aber dass so etwas geschehen konnte, hatte er in dem Moment gewusst, da er sich für die Uniform entschieden hatte.

»Danke, Ma'am.«

»Danke mir bloß nicht zu früh«, warnte ihn Lisa. »Das Schiff verfügt nur über ein einziges funktionsfähiges Rohr.

Was auch immer uns bevorstehen mag: Wir ziehen los und haben dabei praktisch einen Arm in Gips.« Sie beugte sich zu ihm hinüber und drückte ihm die Hand. »Aber das bisschen, was wir haben … ich bin mir sicher, dass dir irgend eine clevere Idee kommen wird, das optimal auszunutzen.«

Travis musste schlucken. »Jawohl, Ma'am. Ich werde mich bemühen.«

Llyns taktisches Wiederholdisplay zeigte nach wie vor keinerlei nützliche Informationen an. Nachdenklich runzelte er die Stirn.

In Ortungsreichweite fanden sich reichlich zivile Transponder – nun ja, zumindest für ein Hinterwäldler-Sonnensystem wie dieses. Aber er fand keine einzige militärische Kennung.

Das allerdings musste nicht unbedingt Anlass zur Beunruhigung sein. Admiral Cutler Gensonne, der derzeit Herr über dieses System war, konnte ja bei Neuankömmlingen nie wissen, um wen es sich gerade handelte. Gensonne kannte zwar den Zeitplan, aber Zeitpläne neigten nun einmal dazu, angesichts interstellarer Entfernungen durcheinanderzugeraten. Daher war nachvollziehbar, dass er Vorsicht walten ließ – zumindest, bis er die Neuankömmlinge eindeutig identifizieren könnte. Dafür hatte Llyn Verständnis.

Nun, überraschend war nur, dass Gensonne so viel Vernunft und Vorsicht an den Tag legte. Alltäglich war das beim Oberkommandierenden der Volsungs nun wahrlich nicht.

»Immer noch keine Identifizierung, Sir«, grollte Commander Bertinellis Stimme aus dem OPZ-Lautsprecher. »Darf ich den Admiral daran erinnern, dass Bogey eins jetzt seit mehr als fünfzehn Minuten systemeinwärts beschleunigt? Diese Zeit reicht mehr als aus, um die Transponder ans Laufen zu bringen.«

Hinter ihrer Konsole verzog Captain Clegg gequält das Gesicht. Wie stets hatte sich Bertinelli eines in jeglicher Hinsicht angemessenen Tonfalls befleißigt, und doch war sich die Kommandantin sicher, dass Admiral Eigen die in den Worten des Commanders mitschwingende Ungeduld nicht entgangen war.

Das war ein Problem – und zwar eines, das wohl nicht innerhalb kürzester Zeit einfach wieder verschwinden würde. Es war natürlich unerlässlich, dass Eigen zumindest offiziell nicht das Geringste von etwaigen Spannungen innerhalb der Weisungskette seines Flaggschiffs wusste, dessen war sich Clegg bewusst. Aber er hatte ihr dezent und doch unmissverständlich zu verstehen gegeben, dass er von ihr erwartete, ihre Leute besser im Griff zu haben.

Zu recht. Für Idioten hatte Clegg noch nie sonderlich viel übrig gehabt, und sie hatte sich auch nur äußerst selten darum bemüht, sich das nicht anmerken zu lassen.

Doch in den drei Wochen, die vergangen waren, nachdem Eigen das Kommando über Kampfgruppe Aegis zugefallen war, musste er ganz eigenständig zu dem Schluss gekommen sein, Bertinelli falle tatsächlich in genau diese Kategorie. Ganz offensichtlich glaubte dieser Mann allen Ernstes, die Brücke der *Vanguard* sei sein ganz persönliches Territorium – und ebenso offenkundig war, wie sehr er es der Kommandantin verübelte, von ihr in die Operationszentrale des Schiffes verbannt worden zu sein.

Clegg wusste noch nicht einzuschätzen, ob Bertinelli prinzipiell Veränderung ablehnte oder weil ihm auf diese Weise die Gelegenheit verwehrt wurde, vor den Augen seines neuen Verbandskommandeurs zu glänzen. Beides warf kein gutes Licht auf ihn.

»Danke, Commander«, entgegneten Admiral Eigen ruhig. »Ich habe die verstrichene Zeit im Blick.«

»Jawohl, Sir.«

Wieder verzog Clegg das Gesicht. Ein verbaler Treffer voll auf die Zwölf, und Bertinelli hatte es wahrscheinlich noch nicht einmal bemerkt.

Trotzdem fragte sie sich, ob sie sich nicht selbst in diese Lage gebracht hatte, zumindest teilweise: Vielleicht hätte sie ihren Vorgesetzten erklären sollen, warum sie die Besetzung der Gefechtsstationen verändert hatte. Der jüngst erfolgte Angriff nämlich war ein unerwarteter Leistungstest gewesen und hatte eines deutlich gezeigt: Die bisherige Vorgehensweise der Royal Manticoran Navy, sämtliche Leitenden Offiziere auf der Brücke zu konzentrieren, beschwor Katastrophen geradezu herauf. Die Schäden und Verluste während des Gefechts hatten belegt, wie unerlässlich es war, die Ressortoffiziere eines Schiffes so großflächig wie irgend möglich zu verteilen, um sicherzustellen, dass selbst dann noch jemand vor Ort war, der das Kommando übernehmen konnte, wenn die Brücke einen direkten Treffer erlitt.

Eigen hatte Cleggs Lageanalyse und auch deren Lösung dafür zugestimmt, und er hatte ihr auch versichert, früher oder später werde der gesamte Rest der Navy zum gleichen Schluss kommen. Bislang jedoch war das nicht geschehen. Und was noch bedauerlicher war: Auch Bertinelli war dieser Argumentation bislang noch nicht gefolgt.

Der Mann musste dringend eine paar goldene Worte zum Thema ›Karriere bei der Navy‹ zu hören bekommen! Aber hier und jetzt war weder der richtige Zeitpunkt noch der richtige Ort dafür.

»Bereitschaftsstatus, Captain?«, erkundigte sich Eigen.

»Die Schiffe sind zur Gefechtsformation zusammengezogen, Sir«, meldete Clegg in aller Förmlichkeit, sobald sie sich ihrem Vorgesetzten zugewandt hatte. »Impeller sind in voller Bereitschaft.«

»Gut.« Eigens Lächeln wirkte freudlos. »Gewiss werden unsere Besucher in angemessenem Rahmen überrascht sein, wenn wir unsere Keile hochfahren und die Transponder aktivieren.«

Einen Moment lang fragte sich Clegg, ob seine letzten Worte eine dezente Kritik an ihrer Entscheidung wären, die Transponder von Kampfgruppe Aegis deaktiviert zu lassen. Die Dienstvorschriften verlangten nämlich, nachdem die Schiffe auf Alarmstufe zwo gegangen waren, maximale Sendeleistung anzulegen. Sie öffnete schon den Mund, um zu einer Erklärung anzusetzen …

»Es ist immer gut, eine Überraschung in der Hinterhand zu haben«, setzte der Admiral hinzu. »Wie ist der Status des Flaggschiffs?«

Also hatte er verstanden, was sie tat. Gut. »Bereiter geht es nicht, Sir«, sagte sie. »Wir verfügen nur über elf Raketen, und Laser eins meldet immer noch diskontinuierliche Störungen, denen die Techniker nach wie vor auf der Spur sind. Kommen wir zum Positiven: Die Energietorpedowerfer scheinen voll und ganz funktionstüchtig.«

»Für den Fall, dass wir jemals dicht genug aufkommen, sie zum Einsatz zu bringen.«

»Jawohl, Sir, stimmt«, räumte Clegg ein.

»Soll aber trotzdem gelegentlich vorkommen, nicht wahr?«, fuhr Eigen mit einem weiteren, düsteren Lächeln fort.

»Jawohl, Sir, soll es«, bestätigte Clegg und erwiderte das Lächeln.

Während ihres langen Aufstiegs die Karriereleiter hinauf hatte sie mit ihren Offizierskameraden mehr als eine Diskussion über den relativen Wert von Raketen, Lasern und Energietorpedos geführt. Die meisten Kameraden hatten die übliche Überzeugung ›erprobterer‹ Navys wie der Solaren Liga geteilt, *die* entscheidende Waffe sei die Rakete. Nicht einmal ein Großkampfschiff wie die *Vanguard* hätte sonderlich große Chancen, einen direkten Raketentreffer zu überstehen, ja, selbst ein Nahtreffer mochte zur Gefechtsunfähigkeit führen. Natürlich ließen sich Raketen zumindest theoretisch auch abfangen, oder man konnte ihnen ausweichen – aber es bedurfte eben trotzdem nur *eines einzelnen* Treffers. Dieser lasse sich, so die übliche Meinung, auch schon lange bevor der Gegner in Reichweite von Energiewaffen komme erzielen.

Manöver zu Friedenszeiten hatten diese Sichtweise bei den weitaus meisten von Cleggs Kameraden bestätigt. Doch Clegg selbst hatte daran stets gezweifelt, massiv sogar. Raketen waren teuer: Man verschwendete sie nicht einmal im Rahmen von Gefechtsübungen mit scharfer Munition. Cleggs Ansicht nach wurden im Zuge der Simulationen sowohl Treffgenauigkeit als auch Effizienz dieser Waffen übertrieben – ebenso die mangelnde Effizienz der Raketenabwehr. Clegg hatte stets kritisiert, bei Gefechtsübungen werde die Bedeutung von Kurzstreckenwaffen für den direkten Beschuss sträflich vernachlässigt.

Vor drei Wochen hatten Raketen während der Anfangsphase des Gefechts tatsächlich ein Blutbad angerichtet. Doch es waren die *Energietorpedos* von HMS *Casey* gewesen, die den ersten Schlachtkreuzer auf der Trefferliste der Royal Manticoran Navy zerstört hatten. Auch Laser hatten während des letzten Schlagabtauschs, bevor sich der Feind aus dem System zurückgezogen hatte, eine entscheidende Rolle gespielt.

Dass gerade die meist so missachteten Kurzstreckenwaffen, für die Clegg seit so vielen Jahren eine Lanze brach, von derart großer Bedeutung gewesen waren, steigerte nur noch ihre Frustration, das Gefecht verpasst zu haben.

Seiner Majestät Raumstation *Orpheus* war ein Tollhaus.

Gemeinsam mit Lisa schwamm Travis gerade zügig durch die Mikroschwerkraft-Sektion der Station, ihr Ziel die Einstiegsröhre der *Damocles.* Travis schaffte es nicht, den Blick vom allgegenwärtigen Chaos zu nehmen, ja, sein Kopf schien sich ohne sein Zutun, wie er meinte, stets an einer Drehung um dreihundertsechzig Grad zu versuchen. Ihn beschlich das irrationale Gefühl, würde er auch nur einmal den Blick abwenden, könnte das fatale Konsequenzen haben.

Seit drei Wochen schon sorgte man sich, die Angreifer könnten in das Sternenkönigreich zurückkehren. Während eben jener drei Wochen hatte man verzweifelt gehofft, diese Sorge wäre unbegründet. Denn die schwer angeschlagene Royal Manticoran Navy wäre definitiv nicht in der Lage, auch noch einen Nachfolgeangriff abzuwehren. Bei zwei Schlachtkreuzern, einem Schwerem Kreuzer und bei der *Casey* selbst standen größere Reparaturen an, und ungefähr die Hälfte der Schiffe, die sich derzeit nicht in der einen oder anderen Werft befanden, gehörten dringend dorthin. Man hatte ihnen nur die wichtigeren Schiffe vorgezogen, ihnen einen Platz in der Warteschleife zugewiesen, doch damit waren sie noch lange nicht kampftauglich – nein, nicht einmal ansatzweise.

Jene Schiffe, die man zumindest theoretisch als kampftauglich einstuften durfte, waren nach Travis' Ansicht entschieden zu weit über das gesamte Doppelsternsystem von Manticore verstreut. Jedes kampftüchtige Schiff, das mit der Verteidigung der Hauptwelt beauftragt worden war – insgesamt die schwindelerregende Anzahl von drei! –, gehörte Kampfgruppe Aegis an. Dass von den anderen Schiffen im Orbit von Manticore – von denen viele zumindest leichte Schäden davongetragen hatten – überhaupt auch nur eines in der Lage wäre, sie zu unterstützen, war zumindest fraglich. Wie es um die *Damocles* bestellt war, vermochte Travis nicht zu beurteilen. Theoretisch aber waren sie, der Schwere Kreuzer *Perseus*, der Zerstörer *Erinye* und die Korvetten *Aries* und *Taurus* derzeit die gesamte Systemverteidigungsreserve.

Die drei erstgenannten Schiffe hatten während der Schlacht leichte Schäden davongetragen. Die beiden Korvetten hatten zwar unbeschadet entkommen können, aber ihren gesamten Raketenbestand aufgebraucht – und Raketen hatte die Royal Manticoran Navy noch nie in hinreichender Stückzahl zur Verfügung gehabt. Der MPARS hatte die Navy dazu bewegen wollen, ihm zumindest einige der ihr noch verbliebenen Vögelchen zur Verfügung zu stellen; dieses Ersuchen war, bedauerlicherweise musste man sagen, auf taube Ohren gestoßen.

Jetzt endlich hatte man anscheinend begriffen, dass Raketen an Bord von fahrtüchtigen Schiffen ungleich nützlicher waren – und wenn es sich dabei nur um jämmerliche, kleine Korvetten handelte. In Laderäumen oder Magazinen prächtiger Kreuzer und Zerstörer, die zu nichts zu gebrauchen waren, waren sie jedenfalls derzeit verschwendet.

Leider war das Umladen impellergetriebener Raketen selbst unter Idealbedingungen alles andere als trivial.

Travis schnitt eine Grimasse, als einer der leuchtend gelben Kaltschub-Traktoren mindestens doppelt so schnell durch die überfüllte Hangargallerie sauste, wie die Geschwindigkeitsbeschränkungen gestattet hätten – und das auch noch außerhalb der eigentlich dafür vorgesehenen und freigehaltenen Spur. Der Fahrer bremste nicht einmal ab, sondern betätigte nur lautstark die Hupe, damit Fußgänger ihm hastig auswichen wie ein von einem Hai aufgescheuchter Fischschwarm. Seine beiden Anhänger waren mit Energie-Shunts für einen Seitenschildgenerator beladen, und Travis fragte sich, welches Schiff er wohl anfahren würde.

Er hoffte, es wäre nicht die *Damocles.*

Der durchgeknallte Traktorfahrer war nicht der einzige Wahnsinnige, der frei auf der Station herumlief. Wohin Travis auch blickte: Überall ignorierten die Werftheinis jede nur erdenkliche Sicherheitsvorschrift, so hastig arbeiteten sie daran, die Kriegsschiffe wieder fahrtüchtig zu bekommen. Hektisch bauten Arbeitstrupps Gerüste ab, und selbst noch das nächststehende der hier festgemachten Schiffe hing in mindestens achthundert Metern Entfernung zu *Orpheus* an einer Vielzahl von Einstiegstunneln und Wartungsnabelschnüren. Die gelben Schalenanzüge der Instandsetzungstrupps, die sich ihren Weg durch diesen Strudel aus hektischer Betriebsamkeit bahnten, waren eigentlich darauf ausgelegt, unübersehbar zu sein, und Travis Kiefermuskeln spannten sich an, als er sah, wie einer dieser Instandsetzungstruppler von einem achtlos abgelösten Gerüstbauteil getroffen wurde und sich von der Rakete, die den Mann bislang befördert hatte, unkontrolliert entfernte. Hier war mindestens ein Knochen gebrochen … wenn nicht noch etwas Schlimmeres passiert war.

Travis wusste, dass er sich mehr als die meisten anderen an Dienstanweisungen und Vorschriften hielt, und gemeinhin hatte er nicht viel übrig für all jene, die es anders hielten. Doch obwohl gerade dieses allgegenwärtige Chaos nur noch betonte, weswegen derlei Vorschriften einst erlassen worden waren, ertappte er sich dabei, all jene, die hier gegen sie verstießen, tief in seinem Herzen anzufeuern.

Endlich hatten sie den eintausend Meter langen Einstiegstunnel der *Damocles* erreicht und schwammen hastig auf das Schiff zu. Dieses Mal erschien Travis die Passagierröhre deutlich länger als ein Kilometer, und der Verkehr darin war auch wirklich dicht. Doch wie von Zauberhand wurde ihnen freie Bahn gewährt, als Lisa lautstark danach verlangte.

Schließlich erreichten sie das andere Ende des Tunnels, und vor dem Ensign, der an diesem Tag als Hangaroffizier vom Dienst eingeteilt war, salutierte Lisa eilig, ohne auch nur einen Deut langsamer zu werden.

»Status der *Aries* und der *Taurus?*«, erkundigte sich Admiral Eigen leise, ohne den Blick vom Hauptplot abzuwenden. Vor einer halben Stunde war Bogey eins in den N-Raum transistiert und hatte seitdem fast zwei Millionen Meilen in Richtung Manticore zurückgelegt. Die Geschwindigkeit der Fremden betrug nun 1.412 Kps und nahm angesichts der stetigen Beschleunigung von achtzig Gravos immer weiter zu.

»Die *Aries* hat derzeit drei Vögelchen an Bord, zwo weitere werden gerade aufgenommen«, erwiderte Bertinelli aus der OPZ. »Die *Taurus* verfügt bereits über zwo, zwo weitere kommen gerade an Bord.«

»Verluste bei den Beladungstrupps?«

»Unbekannt, Admiral.« Bertinelli klang ein wenig überrascht.

Eigen biss die Zähne zusammen. »Dann sollten Sie das wohl lieber herausfinden«, stieß er hervor.

»Jawohl, Sir«, erwiderte Bertinelli.

Eigen atmete tief durch. Er hätte nicht in dieser Weise die Beherrschung verlieren dürfen! Nicht, wo er sich doch gerade darauf vorbereitete, seinen Verband in die Schlacht zu führen. Seine Offiziere und Mannschaftsdienstgrade mussten wissen, dass er die Lage voll und ganz im Griff hatte und völlig ruhig war.

»*Orpheus* meldet bislang drei Verletzte, Admiral«, war dann wieder Bertinellis Stimme zu hören – ungewohnt gedämpft. »Einer davon schwer.«

Auf der Brücke der *Damocles* war ein Gewirr leiser, angespannter Stimmen zu vernehmen, und überall flackerten Displays, als Lisa und Travis durch die Luke schlüpften.

»Taktischer Offizier meldet sich zum Dienst, Sir«, rief Lisa, während sie sich durch das enge Labyrinth aus Konsolen und Displays, vorbei an den anderen Anwesenden, ihren Weg zum Posten des Kommandanten bahnte.

Der Mann und die Frau, die gemeinsam vor der Konsole schwebten, drehten sich zu ihr um. Den Mann erkannte Travis sofort: Captain Hari Marcello. Die Frau kannte er zwar nicht, doch ihre Rangabzeichen verrieten ihm, dass es sich offenkundig um den Ersten Offizier des Schiffes handelte, Commander Susan Shiflett.

»Willkommen zurück, Commander«, begrüßte Marcello nun Lisa. Dann zuckte sein Blick zu Travis. »Sie müssen Lieutenant Long sein. Willkommen an Bord.«

»Danke, Sir«, erwiderte Travis und salutierte, so zackig er konnte. »Ich wurde angewiesen, an Bord zu kommen …«

»Ja, ich weiß«, fiel ihm Marcello ins Wort. »Ich habe diese Anweisung abgesegnet. An die Ausstattung von Zerstörern werden Sie sich doch wohl noch erinnern?«

»Jawohl, Sir«, bestätigte Travis und dachte sofort an seine Verwendungen an Bord der *Guardian* und der *Phoenix* zurück.

»Gut.« Mit einer Kopfbewegung deutete Marcello auf die Gemeinschaftskonsole für den Ersten und den Zwoten Taktischen Offizier im vordersten Teil der Brücke. »Dann schnallen Sie sich an und führen Sie die ersten Tests durch. Und Sie, T-O«, wandte er sich dann an Lisa und hob mahnend einen Finger, »denken daran, dass Ihnen nur der Ventralwerfer zur Verfügung steht.«

»Jawohl, Sir.«

Lisa stieß sich vom Haltegriff der Werferstation ab und

glitt am Captain vorbei zur Taktischen Station hinüber. Travis folgte ihr dichtauf.

Er hatte tatsächlich schon an Bord von zwei verschiedenen Zerstörern Dienst getan. Aber an Bord der *Guardian* war er nur ein einfacher Gravitationstechniker Dritter Klasse gewesen; auf der *Phoenix* hatte er den Posten des Vorschiffbewaffnungsoffiziers bekleidet. Beide Verwendungen hatten ihm nicht gerade viel Zeit auf der Brücke des Schiffes beschert – und schon gar nicht an der Station des Zwoten Taktischen Offiziers.

Glücklicherweise waren die Instrumente hier denen an Bord der *Casey* sehr ähnlich – und die hatte er reichlich Zeit kennenzulernen. Er schnallte sich an und begutachtete alle Instrumente kurz. Dabei prägte er sich sämtliche – meist eher kleinen – Unterschiede sofort ein.

»Was soll ich als Erstes tun, Ma'am?«, fragte er dann Lisa.

»Die Schnellfeuerkanonen überprüfen – doppelt«, entschied sie. »Erst Bug, dann Heck. Die Geschützbedienungen sind unterbesetzt, und wir haben Schwierigkeiten mit der Datenübertragung der Statusanzeige. Chief Wrenner arbeitet gerade an der Laser-Plasmazuleitung. Bleiben Sie über Intercom mit ihm in Verbindung, bis er fertig ist, und dann führen Sie eine Ferndiagnose des Lasers durch. Ich kümmere mich um die Raketen und den Werfer.«

»Jawohl, Ma'am«, bestätigte Travis. Ein kurzer Blick auf das taktische Display … »Noch drei Stunden bis zum Aktivieren der Impeller?«

»Im Maschinenraum wird immer noch der Reaktor hochgefahren«, gab Lisa zurück. Er blickte sie an, und sie zuckte mit den Schultern. »Ist Vorschrift«, sagte sie und grinste schief.

»Jawohl, Ma'am«, sagte er. Eine weitere an sich durchaus

sinnvolle Vorschrift aus Friedenszeiten, die ihnen allen jetzt gewaltig ins Hinterteil biss. Sowohl aus Gründen der Sicherheit als auch im Hinblick auf die Reaktoreffizienz war es sinnvoll, dass Schiffe, die an einer Raumstation festgemacht waren, unter Minimalleistung betrieben wurden.

Zu Friedenszeiten.

Travis warf einen Blick auf ein Seitendisplay, und ein dumpfes Gefühl breitete sich in seiner Magengrube aus, während er die Icons der Schiffe betrachtete, die zumindest theoretisch zum Auslaufen vorbereitet waren, um Kampfgruppe Aegis zu unterstützen: die *Damocles,* die *Erinye* und die *Perseus.* Nicht eines davon würde weniger als drei Stunden brauchen, um sich überhaupt in Bewegung zu setzen. Bis dahin wären die Eindringlinge kaum noch zwanzig Minuten vom Schubumkehrpunkt für ein Rendezvous mit Manticore entfernt.

Und wenn die Eindringlinge an Aegis und deren – theoretischer – Unterstützung vorbeikämen, stünde zwischen ihnen und der Hauptwelt … niemand mehr.

4

»… wäre so ungefähr alles, Euer Majestät«, erklärte Cazenestro und blickte von dem Display auf, das vor ihm in die Tischplatte eingelassen war. »Uns liegen jetzt bessere Daten über die Eindringlinge vor, aber als ›gut‹ würde ich sie trotzdem nicht bezeichnen. Und unsere Schiffe …«

»Ja«, sagte Edward leise, den Blick fest auf den Bildschirm gerichtet. Vor sechs Jahren, als er noch Captain Winton gewesen war, da hatte er reichlich taktische Displays gesehen, doch nicht eines davon hatte Düstereres gezeigt als dieses hier: Positionen, Beschleunigungswerte, wie viel Zeit noch blieb, bis Keile hochgefahren werden könnten, erwartete Ankunftszeit vor Manticore.

Doch letztendlich lief das alles nur auf eines hinaus: Zu viele Schiffe der Navy standen derzeit noch draußen nahe Sphinx und Gryphon, und nicht eines davon würde vor den Eindringlingen hier eintreffen. »Nun, damit werden wir jetzt arbeiten müssen. Wir sollten uns darauf konzentrieren, was uns diese detaillierteren Daten verraten.«

»Jawohl, Euer Majestät«, bestätigte Cazenestro. »Ich möchte nur noch anmerken, dass Admiral Locatellis Beobachtungen von der *Excellent* aus weitgehend mit dem übereinstimmen, was uns Eigen und die Kampfgruppe Aegis melden.«

»Darf ich davon ausgehen, dass auch die Werfer der *Excellent* einsatzbereit sind?«, setzte Edward nach und wandte sich dem Com-Bildschirm zu, der ihn mit Admiral Locatelli im Thorson-Kommandoraum verband.

»So bereit, wie das eben geht«, bestätigte Locatelli schmallippig auf dem Bildschirm. Dass er sich seit Jahren dafür aussprach, die Raketenwerfer auf der einzigen Mondbasis von Manticore überholen zu lassen, wusste Edward, doch dafür war nie Geld da gewesen.

Trotzdem: Die Raketen, die sich dort befanden, boten zumindest einen theoretischen letzten Verteidigungsschirm.

»Vier Kriegsschiffe haben wir mit zufriedenstellender Zuverlässigkeit identifizieren können«, fuhr Cazenestro fort. »Laut OPZ der *Vanguard* liegt sie bei fünfundsiebzig Prozent; Commander Osgoods Leute an Bord der *Excellent* gehen sogar von fünfund*achtzig* Prozent aus. Wir haben zwar immer noch keinen wirklich befriedigenden Blick auf die Eindringlinge selbst werfen können, aber wir haben aktive Emissionen von mindestens zwei Punktquellen aufgefangen, die erschreckend nach HighLink-Siebenern oder -Achtern aussehen. Zusammen mit der Formation, die konstant gehalten wird, sieht es nach mindestens vier Kriegsschiffen aus – den Keilen nach zu urteilen wahrscheinlich nichts, was größer wäre als ein Kreuzer. Und die sichern vier oder fünf Schiffe ab, die typische Beschleunigungswerte für Zivilschiffe vorlegen.«

Edward schürzte die Lippen. Das solarische HighLink-Radarsystem war bei Navy-Schiffen praktisch allgegenwärtig – auch die Royal Manticoran Navy nutzte sie. Doch wegen dessen Kosten und des hohen Wartungsbedarfs war es bei Handelsschiffen nur selten zu finden. »Vier oder fünf Transporter, meinen Sie?«

»Ich wüsste nicht, was es sonst sein sollte, Euer Majestät«, sagte Cazenestro düster. »Ich weiß nicht, warum diese Schiffe drei Wochen nach dem Angriff hier eintreffen, aber das alles sieht ganz nach einer Besatzungsmacht aus, die hierhergekommen ist, um ein wenig aufzuräumen.«

»Vielleicht.« Edward stützte die Arme auf die Tischplatte. »Aber Sie sagten es ja gerade schon selbst: Warum haben die erst noch drei Wochen gewartet? Warum sind die nicht gleich mit dem Angriffsverband angereist und haben jenseits der Hypergrenze abgewartet, bis die Ballerei vorbei war? Oder sie hätten einen Abstand von einigen Lichtstunden halten können und abwarten, bis ein Kurier sie herbeiruft.«

»Eine Erklärung dafür haben wir auch nicht«, entgegnete Locatelli. »Ich vermute ja, dass die einfach nur ihre ursprünglich geplante Koordination verbockt haben. Wir wissen nicht, von wo aus der Angriff seinen Anfang genommen hat, und wir wissen auch nicht, wie es um deren Logistik und deren geplantes Timing bestellt gewesen ist. Vielleicht hat es eine Verzögerung bei der Einschiffung der Bodentruppen gegeben, einer der Transporter hatte technische Schwierigkeiten, oder sie wurden wegen erforderlicher Reparaturen aufgehalten.« Er deutete auf irgendetwas, das sich außerhalb des Aufzeichnerbereiches befand. »Aber die Tatsache, dass die sich schon seit mehr als einer halben Stunde im Systeminneren befinden und bislang noch kein Wort von sich gegeben haben, legt doch die Vermutung nahe, dass sie nicht hierhergekommen sind, um neue Freunde zu finden. Nach meinem Dafürhalten sollten wir vom Worst-Case-Szenario ausgehen und annehmen, dass wir genau das vor uns haben, wonach es aussieht.«

»Zugegeben«, bestätigte Edward, »die Frage ist nun, wie wir darauf reagieren. Ich bin ja geneigt, mich der Meinung anzuschließen, dass wir so Gelegenheit haben, zumindest ein wenig mehr dringend benötigte Aufklärungsdaten zu erhalten. Wenn wir die Eindringlinge weiter ins Systeminnere vorstoßen lassen, verschafft uns das vielleicht die Möglichkeit, ein paar Gefangene zu machen – und wenn wir *richtig* viel Glück haben, können wir womöglich sogar an ein mehr oder minder intaktes Computersystem gelangen.«

»Aber lassen wir sie *zu tief* ins Systeminnere vorstoßen, können wir sie nicht beschießen«, setzte Locatelli hinzu. »Die scheinen mir entschieden zu viel Zeit und Aufwand zu investieren, um dann einfach zu kapitulieren oder die Flucht anzutreten. Allerdings bin ich ebenfalls der Ansicht, dass wir mehr über sie in Erfahrung bringen müssen, Euer Majestät. Andererseits scheint es mir derzeit noch mehr geboten, sie von Manticore fernzuhalten.«

»So sehe ich das auch«, ergänzte Cazenestro.

»Also gut«, meinte Edward. Als König konnte er seine Berater jederzeit noch überstimmen. Aber so wichtig es war, zu erfahren, wer die Invasoren waren, die sein Volk bedrohten, bestand seine vordringlichste Aufgabe darin, sein Volk zu schützen. »Ich wünschte einfach nur, wir wüssten besser, womit wir es zu tun haben. Wenn das Größte, was die haben, wirklich ein Kreuzer ist, dann sollten die keinerlei Interesse daran haben, sich einem Schlachtkreuzer entgegenzustellen, der von einem Kreuzer und einem Zerstörer unterstützt wird. Aber wenn das wirklich Tamerlanes Ersatztruppen sind, dann sind die uns technisch vermutlich deutlich überlegen, und *das* dürfte andere Unterschiede dann mehr als ausgleichen.«

»Wir werden uns bemühen, Ihnen so viele Informationen wie irgend möglich zukommen zu lassen, Euer Majestät«, versprach Locatelli.

Schweigend nickte Edward. Er hoffte einfach nur, es wäre dann nicht schon zu spät, die Informationen auch noch *nutzen* zu können.

»Verzeihen Sie, Mr. Llyn?«

Jeremiah Llyn blickte auf, als der Kommandant der *Pacemaker* auf dem Intercom-Display erschien. »Ja, Captain?«

»Ein Signal von der *Hamilcar,* Sir«, sagte Katura. »General Haus fragt … erneut …, ob er loslegen und den Kontakt herstellen soll.«

»Fängt er an, sich Sorgen zu machen?«, erkundigte sich Llyn.

»So würde er das wohl nicht ausdrücken, Sir.«

»Nein, gewiss nicht«, bestätigte Llyn und warf stirnrunzelnd einen Blick auf sein Chronometer. Der Axelrod/Barca-Verband steuerte seit fast vierzig Minuten das Systeminnere an, und er hatte immer noch nichts von Gensonne gehört.

Llyn hätte einige mögliche Gründe nennen können, weswegen sich der Volsung-Kommandeur Zeit ließ, sich zu melden. Es mochten vielleicht keine *guten* Gründe sein, aber Gensonne hatte schon immer Spaß daran gehabt, sich als besonders schlau aufzuführen.

Trotzdem: Llyn hatte es sich stets zu eigen gemacht, nichts der Bösartigkeit zuzuschreiben, was sich auch mit reiner Dummheit erklären ließ – vor allem, wenn das betreffende Individuum Dummheit derart im Übermaß vorzuweisen hatte.

Die ganze Überfahrt nach Manticore hinweg war ihm General Haus auf die Nerven gegangen. Hier und jetzt jedoch hatte er wirklich recht: Seine vier Schiffe waren ein beachtlicher Teil der gesamten Königlichen Sternenflotte des Freien Herzogtums Barca, und an Bord der Transporter befand sich ein ebenfalls beachtlicher Teil der Barca-Truppenstärke. Unter diesen Umständen war es durchaus nachvollziehbar, dass er angesichts der anhaltenden Funkstille allmählich nervös wurde.

»Also gut«, sagte LLyn zu Katura. »Stellen Sie mich durch.«

»Jawohl, Sir.«

Katuras Abbild verschwand, und einen kurzen Moment später erschien auf dem Display der mit markantem Kinn und grauem Haar stets distinguiert wirkende Haus.

»General«, begrüßte ihn Llyn höflich, »was kann ich für Sie tun?«

»Ich habe mir gerade Admiral Gensonnes Zeitplan angeschaut, Mr. Ichabod«, erwiderte Haus. Wie stets überbetonte er den Namen ein wenig – eine nicht sonderlich subtile Art, Llyn wissen zu lassen, dass er keine Sekunde lang glaubte, das wäre der wahre Name des Einsatzorganisators. »Mir scheint, er hätte uns eigentlich umgehend kontaktieren müssen. Da das nicht geschehen ist, schlage ich vor, dass wir loslegen und direkten Kontakt mit dem Planeten aufnehmen.«

»Meines Erachtens sollten wir damit noch warten, Sir«, widersprach Llyn. »Admiral Gensonnes Schlagkraft war eindeutig mehr als groß genug für die Manticoran Navy. Aber es ist durchaus möglich, dass er dabei Schaden genommen hat – oder er kümmert sich um flüchtende Manticoraner, die derzeit noch im System herumspringen. Wenn er aus irgendeinem Grund tiefer ins System hat vorstoßen müssen, dann hat er möglicherweise unsere Keile noch nicht geortet.«

»Hätte er dann denn nicht wenigstens eine seine leichteren Einheiten im Orbit des Planeten zurücklassen müssen?«

»Gewiss wären Sie so vorgegangen«, bestätigte Llyn, »und ich ebenfalls. Aber vielleicht haben sich die Manticoraner ja dafür entschieden, ein wenig aufsässiger zu sein.«

»Vielleicht«, räumte Haus ein und vollführte eine ungeduldige Handbewegung. »Aber der Admiral sollte uns lieber innerhalb der nächsten zwo oder drei Stunden kontaktieren. Sonst werden wir beide, Sie und ich, schon bald ein weiteres Gespräch führen.«

»Es gibt gewiss keinerlei Anlass zur Beunruhigung«, verkündete Llyn stoisch. »Wirklich keinerlei Anlass.«

»Bereit zum Auslaufen, Mylady«, meldete Captain Ermolai Beckett.

»Danke, Ermolai«, erwiderte Admiral White Haven, ohne den Blick von den Icons auf dem Hauptschirm von HMS *Nike* abzuwenden. Bislang waren die Informationen, die über Bogey eins vorlagen, noch deutlich spärlicher, als ihr lieb war. Sie war jedoch zuversichtlich, dass sich weitere Daten bereits auf dem Weg zu ihr befanden. Es dauerte nun einmal seine Zeit, bis eine Nachrichtenübertragung eine Strecke von achtundzwanzig Lichtminuten zurückgelegt hatte.

Und wenn zwei Kriegsschiffe diese Strecke zu überwinden hatten, dauerte es sogar noch länger.

»Mylady«, ergriff Beckett erneut das Wort, »ich bin der Ansicht, wir …«

»Ich weiß, welcher Ansicht Sie sind, Captain«, fiel ihm White Haven ins Wort. »Aber Mikrosprünge sind zu riskant. Sie wissen doch selbst, wie leicht man bei einem längeren Sprung um vier oder fünf Millionen Kilometer danebenliegen kann. Und bei Mikrosprüngen steigt der Fehlerspielraum drastisch an.«

»Dessen bin ich mir bewusst, Mylady, aber …«

»Locatelli und Eigen können es jetzt wirklich nicht gebrauchen, dass wir plötzlich irgendwo auftauchen, wo sie überhaupt nicht mit uns rechnen. Und *wir* können es nicht gebrauchen, dass die Invasoren – wer auch immer sie sein mögen – weit genug auf unser Territorium vorstoßen, Eigen in aller Ruhe zu erledigen, bevor wir uns mit ihm zusammentun können.«

Einen langen Moment schwieg Beckett. Nun wandte sich

White Haven doch vom Display ab und erwiderte kühl den Blick des Captains. Einen Moment lang hielt er dem Blick stand, ehe er die Augen niederschlug.

»Bei allem schuldigen Respekt, Mylady, aber ich habe die Absicht, ausdrücklich im Logbuch zu verzeichnen, dass ich mit Ihrer Entscheidung nicht einverstanden bin.«

»Tun Sie, was immer Sie für richtig halten«, gab White Haven in noch eisigerem Tonfall zurück. »Trotzdem werden Sie den Verband in Marsch setzen.«

»Jawohl, Mylady«, bestätigte Beckett. Er blickte zu Rudergänger und Astrogator der *Nike* hinüber – die beide voller Beflissenheit nichts von diesem Gespräch mitbekommen zu haben vorgaben. »Weitermachen, wie befohlen«, wies er sie an.

»Aye, aye, Captain.«

Einen Augenblick später setzte sich die *Nike* in Bewegung, beschleunigte mit 1,57 Kps2 von Sphinx fort. Das war zwar eine doppelt so große Beschleunigung, wie sie von Bogey eins gemeldet worden war, aber das Schiff musste ja auch eine deutlich längere Strecke zurücklegen. Die unerfreuliche Wahrheit blieb: Es war völlig unmöglich für sie, rechtzeitig vor Manticore einzutreffen, um bei dem anstehenden Gefecht auch nur den geringsten Unterschied zu machen.

Wir hätten von Anfang an niemals hierhin verlegt werden dürfen, dachte White Haven verbittert. Dass sie genau das seinerzeit gesagt hatte, war nicht gerade tröstlich, wo sie und der Rest ihres Sternenkönigreichs jetzt den Folgen dieser katastrophalen Fehlentscheidung geradewegs ins Antlitz blicken mussten.

Erneut ging ihr Verstand die gnadenlosen Berechnungen durch. Die *Nike* war zehn Stunden von der Umlaufbahn Manticores entfernt; Bogey eins würde den Orbit des Planeten in nur drei Stunden und vierzig Minuten erreichen.

Sie mochte gerade rechtzeitig eintreffen, um noch etwaige letzte Überreste einzusammeln. Mehr konnte sie nicht tun.

»Ich verstehe, Sir«, sagte Eigen und versuchte auf dem Com-Display Locatellis Mimik zu ergründen – wie stets vergeblich. Es ließ sich nicht sagen, welches der beiden Szenarien ihm mehr schmeckte: Gefangene machen und Informationen erhalten oder den Gegner auf Abstand halten. Offenkundig wusste Locatelli im politischen Spiel mitzumischen.

»Dessen bin ich mir sicher, Kyle«, erwiderte Admiral Locatelli. »Und lassen Sie mich noch einmal betonen, dass wirklich niemand anderer Ansicht ist: Wir müssen sämtliche Informationen bekommen, die sich dort nur herausquetschen lassen.«

»Aber eben aus größerer Entfernung.«

»Ganz genau«, bestätigte Locatelli. »Wie rasch können Sie die Umlaufbahn verlassen?«

»Die *Vanguard*, die *Gryphon* und die *Bellerophon* sind schon marschbereit. Die *Aries* und die *Taurus* allerdings nehmen noch Raketen auf, und der Rest der Reserve wird erst in mehr als einer Stunde die Impeller aktivieren. Ich möchte sichergestellt wissen, dass die Korvetten so weit wie nur möglich auf Vollbewaffnung kommen, bevor wir auslaufen … Die Reserve sollte dichtauf folgen, sonst wirkt sie sich nicht auf die Lageeinschätzung des Gegners aus.«

Locatelli runzelte die Stirn. Vermutlich, Eigen war sich dessen sogar fast sicher, dachte er darüber nach, wohin die *Vanguard* fahren sollte und welch vernachlässigbar winzigen Beitrag eine Korvette zu einem Gefecht vermutlich würde leisten können.

Zumindest theoretisch. Denn Eigen wusste auch, dass Locatelli unweigerlich daran zurückdenken musste, welchen

Beitrag die Korvette HMS *Phoenix* zu dem Gefecht vor drei Wochen geleistet hatte – einen Beitrag, der weit über jegliche Erwartungen hinausgegangen war.

Aber die *Phoenix* hatte einen hohen Preis dafür zahlen müssen – einen entsetzlich hohen Preis.

Locatelli rührte sich, und Eigen meinte tatsächlich mitansehen zu können, wie der Admiral die Erinnerungen abschüttelte. »Das mit den Korvetten ist natürlich auch eine Ermessensfrage«, meinte er dann, der Tonfall bemerkenswert neutral.

»Ich weiß, Sir«, bestätigte Eigen. »Aber wenn die Idee von dem Gefecht ist, den Feind durch eine Machtdemonstration dazu zu bewegen, sich doch lieber zu verziehen, dann gilt: Je mehr Schiffe ich habe, desto besser. Und wenn ich sie in Gefahr bringe, dann wäre mir lieb, sie könnten notfalls auf die bösen Jungs da draußen auch schießen.«

»Dagegen ist nichts einzuwenden«, gab Locatelli grimmig zurück. Wieder schob er offenkundig Erinnerungen beiseite. »Wann wollen Sie aus dem Orbit ausschwenken?«

»So spät wie möglich, solange ich mir immer noch sicher sein kann, dass der Gegner mich schon vor Erreichen des Schubumkehrpunktes kommen sieht«, antwortete Eigen. »Je länger ich abwarten kann, desto besser vorbereitet werden unsere Leute sein. Und desto genauer kann ich auch die tatsächliche Einsatzbereitschaft der Reserve einschätzen. Aber mir ist durchaus bewusst, dass wir einen gewissen Zeitpuffer brauchen. Sagen wir: fünfzig Minuten, während der die Korvetten Vögelchen aufnehmen, und dann noch dreißig oder vierzig, allerhöchstens fünfundvierzig, wenn ich noch auf die Reserve warten soll.«

»Dann bleibt gerade knapp eine Stunde bis zum Schubumkehrpunkt«, gab Locatelli zu bedenken.

»Ich weiß, Sir.« Kurz blickte Eigen quer über die Brücke zu Clegg hinüber. »Das wäre nach meinem Dafürhalten das optimale Timing. Wenn sich Admiral White Haven und die *Nike* im Orbit von Sphinx befunden haben, als die Neuigkeiten dort eingetroffen sind, wird der Admiral selbst dann, wenn sie einen zeitoptimierten Kurs anlegt, noch mindestens fünfeinhalb Stunden vom Orbit von Manticore entfernt sein. Falls sich unsere Besucher also nicht wirklich reichlich Zeit nehmen, heißt das, dass die *Nike* wahrscheinlich höchstens in der Lage sein wird, einzusammeln, was dann noch übrig geblieben ist.«

»Das stimmt«, bestätigte Locatelli grimmig. »Andererseits: Wenn Sie den Gegner derart lang hinhalten können, dann hat White Haven *vielleicht* eine Chance, sich am Gefecht zu beteiligen.«

»Nicht, wenn Bogey eins auch nur ein bisschen aufpasst. Aber davon einmal abgesehen, wäre es einfach nett zu wissen, ob ich mit der Reserve arbeiten kann, wenn ich dort eintreffe. Und wenn ich ganz ehrlich sein darf: Noch wichtiger wäre zu wissen, wenn ich mit der Reserve *eben nicht* arbeiten kann.«

»Guter Punkt«, räumte Locatelli ein. »Sie haben Zeit, bis die Werfer der Korvetten voll beladen sind oder es keine weiteren Vögelchen mehr gibt, die aufgenommen werden können. Wenn wir zu lange warten, Präsenz zu zeigen, kommen unsere Besucher womöglich noch auf die Idee, wir setzten nicht uneingeschränktes Vertrauen in unsere bordgestützten Systeme. Und wie Sie selbst gerade schon sagten: Die sollen vor dem Erreichen ihres Schubumkehrpunktes die Lage so ausführlich wie irgend möglich durchdenken können.«

»Jawohl, Sir«, sagte Eigen. »Ich habe die Absicht, eine Anfangsbeschleunigung von nur einhundertzwanzig Gravos vorzulegen. Ein gutes Tempo, meine ich, sobald das die Raketenbeladung gestattet, und damit verraten wir Bogey eins, dass wir uns auf dem Weg befinden. Aber unsere Beschleunigung wird immer noch niedrig genug sein, dass die Reserve uns einholen kann, bevor wir auf Angriffsentfernung aufkommen. Und wenn sie dann hinter der *Victory*, der *Gryphon*, der *Bellerophon* und den Korvetten noch eine zwote Staffel herannahen sehen, bringt sie das vielleicht gleich noch einmal mehr zum Nachdenken.«

»Klingt vernünftig«, meinte Locatelli. »Und wie Sie Ihren Verband einsetzen, ist natürlich Ihre Sache. Ich werde jegliche Ihrer Entscheidungen mittragen und gutheißen. Auf der Oberfläche des Planeten wird es niemanden geben, der Sie überstimmt. Davon jedenfalls gehe ich aus.« Kurz blickte der Admiral zu etwas hinüber, was sich außerhalb des Aufzeichnerbereichs befand, dann verzog er abschätzig die Lippen. »Und gerade, wo wir es so prima gebrauchen können, gibt es hier gleich *noch* eine schlechte Nachricht. Anscheinend hat Admiral White Haven entschieden, eine Rückkehr mit angemessener Geschwindigkeit bedeute eine Fahrt geradewegs durch den N-Raum … und anschließend sei dann der Planet selbst anzusteuern.«

Eigen und Clegg blickten einander erstaunt an. »Sie tut *was?*«, fragte er nach.

»Sie steuert Manticore selbst an«, bestätigte Locatelli verbittert. »Und zwar durch den N-Raum.«

Eigen verkniff sich einen Fluch. Er wusste ja schon seit Jahren, dass Karina Alexander eine Idiotin war, die ihren Dienstgrad ausschließlich ihrem Geld und ihrem politischen Einfluss zu verdanken hatte. Aber erst jetzt begriff er, dass sie wirklich eine ausgewachsene *Voll*idiotin war. »Besteht die Chance, ihre Befehle zu widerrufen?«, fragte er und gab eine kurze Berechnung ein. Wenn White Haven die Hypergrenze ansteuerte und dann einen Mikrosprung durchführen ließe, könnte sie hinter Bogey eins gelangen. Damit wäre sie zwar immer noch nicht in der Lage, die Geschehnisse vor Ort in irgendeiner Weise aktiv zu beeinflussen, aber sie wäre wenigstens ein weiterer Einschüchterungsfaktor.

»Ich kann widerrufen, soviel ich will«, antwortete Locatelli, »nutzen würde es nichts. Wenn der Befehl schließlich bei ihr einträfe und sie abbremst und den Kurs ändert, wäre sie bloß *noch* weiter vom Schuss. Keine sinnvolle Alternative.«

Bedächtig nickte Eigen, während er den Blick über die Ergebnisse seiner Berechnung wandern ließ. Locatelli hatte recht. »Also hat sie die *Nike* effektiv aus jeglichen taktischen Überlegungen herausgestrichen.«

»Könnte man so sagen«, bestätigte Locatelli. »Und jetzt, wo Flannery und die *Victory* vor Gryphon stehen ...«

Erneut nickte Eigen. Admiral Thomas Flannery und seine Kampfgruppe Rot saßen tatenlos im System Manticore-B und hatten keine Ahnung, was gerade geschah. »Also ist das, was wir hier haben, wirklich alles, womit wir arbeiten können.«

»So sieht's aus«, bestätigte Locatelli. »Wollen Sie immer noch Ihren ursprünglichen Zeitplan einhalten?«

Eigen blickte zu Clegg hinüber. Die Miene der Flaggkommandantin war ebenfalls grimmig, doch sie nickte zustimmend. »Jawohl, Sir«, sagte er dann zu Locatelli.

»Also gut.« Der Berater des Ersten Lords der Admiralität schürzte die Lippen. »Ich wäre ebenso froh wie Sie, wenn heute niemand ums Leben käme, Admiral. Aber wenn es sich schon nicht vermeiden lassen sollte, dann tun Sie Ihr Bestes, dass der Gegner dran glauben muss, nicht unsere Leute.«

»Mache ich, Sir. Eigen, Ende.«

Der Bildschirm wurde schwarz, und Eigen blickte wieder zu Clegg hinüber.

»Geben Sie es an den Rest des Geschwaders weiter, Trina, und dann kontaktieren Sie Captain Timberlake. Sagen Sie ihm, ich brauche kontinuierliche Updates darüber, wann die *Erinye* denn nun fertiggestellt wird.«

»Das Problem mit der Plasmazuleitung des Lasers scheint mir jetzt gelöst, Ma'am«, meldete Travis und blickte zu Lisa auf. »Chief Wrenner meint, mit einer Wahrscheinlichkeit von achtzig Prozent wird sie halten.«

Lisa drückte eine Taste und holte sich so eine Zusammenfassung von Travis' Daten auf ihr Display. Angespannt beobachtete er sie dabei, wie ihr Blick in hastiger Lektüre über die Zeilen zuckte.

»Sieht gut aus«, entschied sie dann. »Auf jeden Fall nicht schlimmer als das, womit alle anderen ihre Systeme durchhalten lassen. Und wir haben immer noch das Sekundärsystem – das kann zumindest ansatzweise als Backup angesehen werden.«

»Irgendwie schon, ja«, bestätigte Travis und betrachtete erneut die Daten zu Wrenners Provisorien. Er war darüber keinen Deut glücklicher als Lisa, aber das war einfach das Beste, was er hier und jetzt bekommen konnte.

»Dieses ›irgendwie schon‹ hat's in letzter Zeit leider häufig«, gab Lisa zurück. »Ist aber immer noch besser als ›Ohgottohgott-ich-hoffe-das-funktioniert‹. Okay, dann starten Sie eine vollständige Diagnose.«

»Jawohl, Ma'am.«

Travis rief die Laserdaten auf seinem Multifunktionsdisplay auf und warf, während das Material noch zusammengestellt wurde, einen kurzen Blick auf die Hauptstatustafel: noch siebzig Minuten, bis Kampfgruppe Aegis die Impeller vollständig hochfuhr und aus dem Orbit ausschwenkte. Bei der *Damo-*

cles und dem Rest der Reserve würde es noch fünfundsiebzig Minuten dauern, bis die Impeller überhaupt erst *initial*-aktiviert würden.

Vierzig Minuten hinter Aegis … und das war immer noch besser als alles, was er ursprünglich zu hoffen gewagt hatte. Großartig war die Lage trotzdem nicht, aber wenigstens würden sie nun dicht genug hinter Admiral Eigen sein, dass er sie durch ein Abbremsmanöver oder sogar eine Schubumkehr zu seinem eigenen Verband aufkommen lassen konnte, bevor man in Gefechtsreichweite käme.

Vorausgesetzt natürlich, es liefe nicht noch irgendetwas schief. Gequält verzog Travis das Gesicht, als er die Verlustliste sah: dreißig Verletzte, Gott sei Dank nur ein Todesfall.

Bislang.

Als sich die Laserdaten vollständig auf seinem Display aufgebaut hatten, drang aus Travis' Ohrhörer ein leises Klingeln. Sofort schob er jegliche Gedanken an die Statustafel beiseite und machte sich wieder an die Arbeit.

»Captain Timberlake lässt ausrichten, dass die *Erinye* schon fast einsatzbereit ist, Sir«, meldete Clegg und warf einen Blick auf den Lagebericht. »Er sucht nur immer noch nach der Ursache für diese Seitenschildmacke.«

»Verstanden«, bestätigte Eigen. Dann senkte er die Stimme. »Lassen Sie sich davon nicht beeinträchtigen«, setzte er leise hinzu.

Mit gerunzelter Stirn blickte Clegg ihn an. »Sir?«

»Dieses Schwachsinnsmanöver von White Haven«, erklärte er. »Man sieht Ihnen an, dass Sie deswegen innerlich immer noch kochen.«

Eine Sekunde lang fragte sich Clegg, ob das Protokoll wohl von ihr verlangte, alles abzustreiten. Allgemein wurde es nicht gern gesehen, wenn über einen Vorgesetzten schlecht gesprochen wurde – vor allem in Gegenwart eines anderen Vorgesetzten.

Zum Teufel mit dem Protokoll! »Jawohl, Sir, stimmt«, gab sie zu. »Vom Admiral selbst war ich noch nie sonderlich beeindruckt, aber von Captain Beckett hatte ich mehr Vernunft erwartet.«

»Oh, ich zweifle kein bisschen daran, dass Beckett versucht hat, es ihr auszureden«, gab Eigen zurück. »Aber sie ist eben Admiral und er nur Captain, und damit lag die Entscheidung bei ihr.«

»Jawohl, Sir.« Wenn es in der Galaxis wirklich so etwas wie Gerechtigkeit gab, dann wäre das die letzte Entscheidung, die White Haven jemals aus der Funktion eines kommandierenden Flaggoffiziers heraus getroffen hatte.

Düster blickte Clegg zum Hauptschirm hinüber – wobei es ihr vor allem darum ging, ihren lodernden Zorn auf ein statthaftes Maß zu reduzieren. Aber es half nichts: Ständig war sie in Gedanken mit White Havens Fehlentscheidung beschäftigt. Der Admiral und ihre Flottille waren ihnen nahe genug gewesen, so dass sie wirklich innerhalb eines halbwegs brauchbaren Zeitrahmens zumindest irgendetwas hätten unternehmen können. Und hätte Thomas Flannery zu diesem Zeitpunkt vor Sphinx gestanden, dann wäre auch genau das geschehen.

Aber Flannery stand vor Gryphon, in dreizehn Lichtstunden Entfernung. Selbst wenn es möglich gewesen wäre, eine Nachricht dorthin zu übermitteln, wäre alles schon lange vorbei, bevor er überhaupt erführe, was geschah.

Sie kniff die Augen zusammen. Es sei denn …

Sie aktivierte ihr Mikro.

»OPZ, hier spricht der Captain«, sagte sie. »Melden Sie mir

Details über …«, sie verrenkte sich fast den Hals, um einen Blick auf das Display zu werfen, »… Kontakt Sierra drei.«

»Sierra drei, Ma'am?«, wiederholte Commander Bertinelli offenkundig überrascht.

»Muss ich den Befehl wiederholen, Commander?«, schoss Clegg eisig zurück.

»Nein, Ma'am.« Einen Moment lang herrschte völlige Stille. »Sierra drei ist als RMS *Hyderabad* registriert, Ma'am«, beantwortete er ihre Frage dann erkennbar steif. »Achthunderttausend Tonnen, zugelassen auf Samuel Tilliotson, als Navy-Transporter gechartert.«

»Ich *danke* Ihnen.« Clegg drehte sich zu Eigen um. »Sir, mir ist da gerade eine Idee gekommen.«

Captain Estelle O'Higgins, Kommandantin von RMS *Hyderabad*, betrachtete ihren Plot und spürte, wie sich in ihrer Magengrube ein dumpfes Gefühl ausbreitete. *Nicht schon wieder!*, dachte sie. *Oh Gott*, bitte *nicht schon wieder!*

Die grafische Darstellung flackerte, als der Plot den projizierten Vektor des lodernden Icons auf den neuesten Stand brachte – und das Icon stand für die Position der Eindringlinge. Acht Schiffe, vielleicht sogar mehr, die auf Manticore zuhielten.

Schon wieder fielen Feinde ins Sternenkönigreich ein!

»Signal vom MPARS, Ma'am«, meldete Lieutenant Slocum. O'Higgins spürte sofort, dass er sich bemühte, sich seine Angst nicht anmerken zu lassen – allerdings nicht sonderlich erfolgreich. »Im Prinzip genau der gleiche Fall Zulu, den System Command schon vor einer Stunde übermittelt hat.«

O'Higgins nickte. Derzeit stand die *Hyderabad* weniger als drei Minuten vor der Hypergrenze von Manticore-A und hatte entlang der Frachtroute zwischen den beiden Sternen Kurs auf Manticore-B angelegt. Gewöhnlich wurde der Verkehr zwischen den beiden Komponenten des Doppelsternsystems von Manticore von deutlich kostengünstigeren unterlichtschnellen Frachtern übernommen. Sie legten die Strecke dann im Normalraum innerhalb von drei Tagen zurück, statt ihr Ziel durch den Hyperraum innerhalb von einer halben Stunde zu erreichen. Da Manticore nur über eine sehr beschränkte Anzahl von hyperraumtüchtigen Frachtern verfügte, wurde als Verschwendung angesehen, eines davon auf dieser Strecke einzusetzen, bloß um bei Hin- und Rückfahrt insgesamt etwa eine Woche zu sparen.

Doch vor drei Wochen hatte sich die allgemeine Meinung geändert: Im Nachgang des Angriffs auf Manticore, wo nun möglichst kurze Transportzeiten überlebenswichtig sein mochten, war die *Hyderabad* requiriert worden, um wichtige Ersatzteile, Navy-Truppen und auch Raketen zu der Flottille zu schaffen, die damit beauftragt war, den Planeten Gryphon im Falle eines weiteren Angriffs zu verteidigen.

Die Flottille – O'Higgins konnte nicht anders, als daran zu denken – stand derzeit an genau dem falschen Ort, um den Planeten Manticore zu verteidigen.

Manticore … und O'Higgins' Sohn Brian.

Denn während die *Hyderabad* hier draußen, so nahe der Hypergrenze, fernab von jeglicher Gefahr war, galt das ganz und gar nicht für Brian und dessen Schiff, HMS *Taurus.*

Und es gab nichts, was O'Higgins hätte unternehmen können, um ihm zu helfen. Überhaupt nichts.

»Ma'am?« Lieutenant Slocums Stimme drang in ihr düsteres Grübeln vor. »Ich habe gerade den Eingang einer Nachricht von System Command quittiert.«

»Korrigierte Details zum Fall Zulu?«, fragte O'Higgins und legte die Stirn in Falten. Irgendetwas am Tonfall ihres Signaloffiziers kam ihr sonderbar vor.

»Nein, Ma'am. Ein Rafferspruch von Admiral Locatelli … und er ist ausdrücklich an Sie persönlich gerichtet.«

»Jasmine! *Weg da, Jazz!* Das Vögelchen wi…«

Deutlich spürte Lieutenant Brian O'Higgins, Taktischer Offizier von HMS *Taurus*, wie sich seine Kiefermuskeln anspannten, als ihn über sein Link zu den Lademannschaften der Warnschrei erreichte. Auf seinem Bildschirm flammte sofort die ID des Urhebers auf: der Master Chief, der die Beladung des Heck-Viererwerfers beaufsichtigte. Der Blick des Lieutenants zuckte zu dem Bildschirm hinüber, der ihn mit Informationen über die Mannschaft des Master Chiefs versorgte.

Ach du lieber Himmel!, dachte O'Higgins, als er sah, wie die Zwanzig-Meter-Rakete ins Trudeln geriet, weil eine der Sicherheitsleinen gerissen war. Es hatte ihm überhaupt nicht gepasst, derart viele Sicherheitsvorschriften zu missachten, aber angesichts der Umstände war ihm nicht einmal der Gedanke gekommen, dagegen zu protestieren. Bislang hatte die *Taurus* Glück gehabt: Es hatte nur zwei Verletzte gegeben, und beide hatten nichts Ernstes davongetragen.

Aber jetzt …

Langsam drehte sich die Rakete um die eigene Achse, doch die Lademannschaft wusste ganz genau, dass jede Sekunde zählte: Sie missachteten noch mehr Sicherheitsvorschriften, als zu missachten man sie ausdrücklich angewiesen hatte. O'Higgins schloss die Augen, als das Dreihundert-Tonnen-Geschoss gegen den Rumpf der *Taurus* prallte … und eines der grünen Icons auf seinem Display plötzlich scharlachrot wurde. Wie nur allzu viele ihrer Kameraden hatte auch Petty Officer Jasmine Falcone nur einen Raumanzug in Standardausführung getragen, nicht den Hardsuit, den die Vorschriften verlangten. Aber wahrscheinlich hätte in diesem Fall auch die vorschriftsmäßige Schutzmontur keinen Unterschied mehr gemacht.

»Schafft das von ihr runter!«, bellte der Master Chief, auch wenn ihm ebenso bewusst wie O'Higgins sein musste, dass es viel zu spät war. »Bringt sie hier raus!«

Unvermittelt flammte ein weiterer scharlachroter Code auf O'Higgins' Konsole auf, und der Lieutenant fluchte heftig.

»Captain, wir haben Rohr Nummer drei des Ventralgeschützes verloren«, meldete er. »Das Vögelchen, das gerade eingeladen wurde, hat sich auf dem Weg in den Schacht verkantet. Sieht ganz so aus, als hätte es mindestens die Hälfte aller Stellmotoraufhängungen erwischt.«

»Wie lange dauert die Reparatur?«, verlangte Captain Carpenter zu wissen.

»Wahrscheinlich mindestens fünfunddreißig bis vierzig Minuten. Wenn allerdings ein vollständiger Austausch erforderlich sein sollte, dann sind das eher zwo bis drei *Stunden.*«

Und diese Schätzung basierte schon auf der Annahme, dass auf *Orpheus* die richtigen Ersatzteile verfügbar wären – was vermutlich nicht der Fall sein würde.

Eine Sekunde später durchzuckte O'Higgins ein ernüchternder Gedanke nachgerade schmerzhaft.

Warum zum Teufel regte er sich so über einen ausgefallenen Werfer auf, wenn doch gerade eben jemand beim Versuch ums Leben gekommen war, einen Werfer zu beladen?

»Status der Rakete?«, erkundigte sich der Captain.

»Unbekannt.«

»Dann finden Sie's raus! Wenn sie noch funktioniert, kann man sie ja vielleicht zur *Aries* hinüberschicken.«

»Bestätigt«, sagte Admiral Flannery und betrachtete aufmerksam das Gesicht auf dem Com-Bildschirm seines Arbeitszimmers. Gesehen hatte er Estelle O'Higgins noch nie zuvor, aber er konnte sich nicht vorstellen, dass sie immer so angespannt und abgekämpft aussah.

Oder so, als wäre ihr speiübel. Selbst wenn Flannery nicht im Hintergrund noch jemanden hätte würgen hören, wäre für ihn offensichtlich gewesen, dass der Skipper der *Hyderabad* vor der Rückkehr in den N-Raum keine Zeit auf eine Abbremsung verschwendet hatte. »Gute Arbeit, Captain! Ich bin froh, dass Sie in der richtigen Position gestanden haben, Kurier zu spielen.«

»Und *ich* bin froh, dass Sie nicht im Orbit des Planeten gestanden haben«, gab O'Higgins zurück. »Admiral Locatelli hatte nämlich gesagt, das wäre möglich.«

Flannery wölbte eine Augenbraue. Er war sich recht sicher, dass Locatelli nichts von ›möglich‹ gesagt hatte. »Die Sterne waren gnädig«, sagte er und ließ damit diese ganze Frage hinter sich. »Sie, Captain, können sich jetzt entspannen und Ihrer Besatzung ein wenig Erholung gönnen.«

Sein Blick wanderte zum zweiten Gesicht auf seinem Bildschirm hinüber. »Haben Sie das alles?«

»Jawohl, Sir«, bestätigte Adelaide Meyers, seine Flaggkommandantin. »Laut Abschätzung der Astrogation dauert es noch etwa einhundert Minuten, bevor wir in den Hyperraum transistieren können.«

Flannery nickte. Für eine derartige Situation wie hier und jetzt gab es keine Dauerbefehle – *obwohl es die verdammt noch mal dringend geben sollte!*, dachte er grimmig. Aber Meyers gehörte zu der Sorte Offizier, die auch Eigeninitiative an den Tag legten. »Ausführung«, wies er sie an. »ETA bis zur Hypergrenze von Manticore-A?«

»Astrogation geht, von jetzt an gezählt, von zweieinhalb Stunden aus – einhundertdreiundvierzig Minuten, um genau zu sein«, erwiderte Meyers. »Weitere sechs Stunden später ist mit dem Eintreten in die Umlaufbahn zu rechnen.«

Mürrisch verzog Flannery das Gesicht. Noch achteinhalb Stunden, bevor sie *irgendetwas* unternehmen könnten!

Ein aktives Eingreifen hätte noch sehr viel länger auf sich warten lassen, wenn er wirklich feinsäuberlich im Orbit von Gryphon gestanden hätte – so wie es sein offizieller Marschbefehl verlangt und Locatelli entsprechend auch erwartet hatte.

Als Flannery den Ersten Lord der Admiralität, Admiral Cazenestro, darum ersucht hatte, besagten Marschbefehl ein wenig weitläufiger auslegen zu dürfen, hatte er sich ironischerweise vornehmlich Sorgen darum gemacht, es könnte an Bord zu akuter Langeweile kommen. Abgesehen von den manticoranischen Bürgerinnen und Bürgern auf Gryphon gab es im ganzen System ganz genau *gar nichts*, was es zu beschützen galt, und den ganzen Tag nur herumzusitzen und Tee zu trinken war ein sehr gutes Rezept dafür, eine ganze Besatzung aus der Übung kommen zu lassen. Glücklicherweise hatte Cazenestro diese Besorgnis sofort geteilt, und so hatte sich Flannery auch nicht allzu unwohl dabei gefühlt, ihn darum zu bitten, zumindest einen Teil der Zeit hier draußen mit Übungen, Manövern und Drill verbringen zu dürfen.

Und genau das hatte er auch getan. Er hatte Schiffe und Besatzungen durch die anspruchsvollste Reihe von Übungen, Manövern, Drills und taktischen Problemen gescheucht, die er nur hatte ersinnen können. Wenn Tamerlane jemals wieder zurückkäme, dann sollte zumindest Kampfgruppe Rot allen Herausforderungen gewachsen sein, die er ihnen entgegenschleudern mochte: Genau das schwebte Flannery vor.

Natürlich hatte er sorgsam darauf geachtet, seine Schiffe stets zwischen Gryphon und der Hypergrenze zu positionieren. Ob Manticore-B nun der beste Ort war, an dem sich Kampfgruppe Rot derzeit aufhalten konnte, oder eben nicht: Das änderte nichts an der Tatsache, dass Flannerys Hauptaufgabe immer noch darin bestand, die Bevölkerung von Gryphon zu schützen. Aber es war kein Zufall, dass er sich deutlich näher an der Hypergrenze positioniert hatte, als das in einer Umlaufbahn um den Planeten je der Fall gewesen wäre.

Und wegen dieses – eventuell ein wenig Paranoia verratenden – Weitblicks stand Kampfgruppe Rot weniger als zwei, nicht neun Lichtminuten vor der Hypergrenze, wie es gemäß dem Wortlaut seines Marschbefehls hätte sein sollen. Hier draußen war er der Hypergrenze – und damit Manticore-A ganze dreieinhalb Stunden näher als in der für ihn eigentlich vorgesehenen Position.

Unwillkürlich kniff er die Augen zusammen, als er das Datenpaket begutachtete, das ihm die *Hyderabad* gebracht hatte. Wenn die Zahlen stimmten, würde die *Victory* ihre Alpha-Transition zurück in den N-Raum ziemlich genau dann durchführen, wenn Bogey eins den Schubumkehrpunkt erreichte.

Und wenn das geschah …

»Kampfgruppe Rot ist auf dem Weg, Admiral«, meldete Captain Meyers. »Sie gehen schon in Formation zu uns.«

»Gut«, sagte Flannery. »Sorgen Sie dafür, dass auch die anderen Captains das Datenpaket erhalten. Ich möchte, dass alle absolut auf Linie sind.«

»Das werden sie sein, Sir«, versicherte ihm Meyers. »Dafür haben Sie schon gesorgt.« Sie warf ihm ein angespanntes Lächeln zu. »Dann haben Manöver also tatsächlich ihr Gutes.«

»Allerdings«, bestätigte Flannery. »Hoffen wir, dass Schatzkanzler Breakwater das bei der nächsten Budgetsitzung im Hinterkopf hat.«

In der Führungsebene von Axelrod sprach sich so mancher dafür aus, gelegentlich Regel Nummer dreizehn anzuwenden: Dabei wurde jemandem, der seinen Vorgesetzten so richtig, *richtig* sauer gemacht hatte, vor den Augen seiner versammelten Untergebenen geradewegs zwischen die Augen geschossen.

Dergleichen würde Llyn niemals tun. Das war rüde, das gab eine Riesenschweinerei, und – das Schlimmste von allem – es gab immer Zeugen. Aber wenn Cutler Gensonne wirklich kindische Spielchen mit ihm zu treiben beliebte, würde er ernstlich in Erwägung ziehen, ebenfalls zu Regel Nummer dreizehn zu greifen.

Das Beunruhigendste an der ganzen Sache: Es fühlte sich mittlerweile nicht mehr an wie ein Spielchen – kindisch oder nicht.

Llyns Problem: Er hatte zwei einander widersprechende unvollständige Informationsdatensätze – beziehungsweise *Nicht*informationsdatensätze. Zum einen war da Gensonnes hartnäckige (und äußerst ärgerliche) Abwesenheit. Llyns Verband befand sich nun seit zwei Stunden und vierzig Minuten im System, und immer noch gab es keinerlei Anzeichen dafür, dass die Volsungs hier waren. Gewiss: Wenn sich Gensonne an irgendeinem anderen Ort aufhielt, tiefer im Systeminneren, war es durchaus möglich, dass er von ihrem Eintreffen noch nichts mitbekommen hatte. Aber er kannte den Zeitplan des Einsatzes, und Llyn hatte bei seinem Beitrag dazu auch die typische Barca-Ineffizienz berücksichtigt, sodass es ihnen gelungen war, fast genau zum avisierten Zeitpunkt einzutreffen.

Es war natürlich immer noch möglich, dass Gensonne genau hier im Orbit saß und sich einfach nur nicht rührte. Hätten die Volsungs schwerere Schäden und Verluste hinnehmen müssen, als im Vorfeld erwartet, hätten sie Llyns Eintreffen vielleicht ebenfalls noch nicht bemerkt.

Bedauerlicherweise gab es aber auch noch eine andere Möglichkeit. Es war vorstellbar – wenngleich unwahrscheinlich –, dass Gensonne tatsächlich das Kunststück fertiggebracht hatte, das Gefecht zu *verlieren.* Allerdings standen die Chancen dafür derart schlecht, dass Llyn echte Schwierigkeiten hatte, diese Möglichkeit ernsthaft in Betracht zu ziehen.

Aber selbst wenn es Gensonne tatsächlich geschafft hatte, gegen die praktisch zusammenimprovisierte Manticoran Navy zu verlieren: Warum hatte dann das Sternenkönigreich die Schiffe, die geradewegs auf die Hauptwelt des Systems zuhielten, nicht angefunkt oder ihnen anderweitig eine Nachricht zukommen lassen? Das Überqueren einer Hypergrenze ohne angemessene Kennung war ein Verstoß gegen interstellar geltendes Recht – und hätte somit zumindest zu in geharnischtem Ton hervorgebrachten Forderungen nach einer Identifikation führen sollen. Vor allem im Nachgang von Gensonnes Angriff, erfolgreich oder nicht.

Das war der zweite Nichtinformationsdatensatz. Jemand hielt sich hier über Gebühr zurück: entweder Gensonne oder die Manticoraner.

Aber selbst wenn Manticore die Volsungs tatsächlich zurückgeschlagen haben sollte, hatten diese der Royal Manticoran Navy doch gewiss schmerzliche Verluste beigebracht. Angesichts ihrer rein zahlenmäßigen Überlegenheit konnte Llyn schlichtweg nicht glauben, die Söldner hätten nicht mindestens ebenso viel Schaden angerichtet wie selbst eingesteckt.

Das allerdings erklärte immer noch nicht das Ausbleiben jeglicher Kommunikation seitens der Manticoraner … es sei denn, sie hielten wirklich sämtliche von Llyns Einheiten für genau das, was sie zu sein vorgaben.

Das war natürlich möglich. Vielleicht glaubten sie angesichts ihrer Sensordaten, sie hätten es hier nur mit drei oder vier Kreuzern und vier Frachtern zu tun. Falls Gensonne ihnen nicht so sehr zugesetzt hatte, dass an Widerstand und Gegenwehr nicht einmal mehr zu denken war, glaubten sie vielleicht, sie könnten es sich leisten, Llyn so weit zu sich aufkommen zu lassen, und dass sein Verband zu weit von der Hypergrenze entfernt wäre, wenn sie sich schließlich zeigten.

Das mochte dann der letzte Fehler ihres Lebens sein. Sie wussten nichts von der *Shrike* oder der *Banshee*, und sie wussten auch nicht, dass sie es hier in Wahrheit mit dem Gegenstück zu *sechs* Kreuzern zu tun hatten, nicht bloß vier … oder dass die zwei Kriegsschiffe, von deren Existenz sie nichts ahnten, deutlich neuer, moderner und ungleich gefährlicher waren als jegliche Kreuzer der Royal Manticoran Navy – vor allem wenn sie bis auf Raketenreichweite aufkämen.

Wenn es also noch Überreste der Flotte von Manticore zusammenzukehren gäbe, hatte Llyn genau den richtigen Besen mitgebracht.

»Irgendwelche Neuigkeiten über das Startrohr, Taktik?«, verlangte Captain Vincent Carpenter zu wissen.

»Nein, Sir«, gab Brian O'Higgins kopfschüttelnd zurück. »Wir warten immer noch auf eine Reaktion von *Orpheus*, wegen der Hardware.«

»Dann richten Sie denen aus, sie könnten es vergessen«, knurrte Carpenter. »In zehn Minuten legen wir ab.«

»Sir«, setzte O'Higgins respektvoll an, »einige Stationsangehörige sind immer noch mit den Wartungsnabelschnüren an zwo unserer Vögelchen beschäftigt.«

»Ich weiß«, sagte Carpenter, den Blick nun auf die Displays gerichtet. »Sagen Sie denen, sie sollen sich ein bisschen beeilen, sonst gehen sie vielleicht bald auf eine unvorhergesehene Reise.«

»Der Verband wird vorgehen wie befohlen, Captain«, sagte Admiral Kyle Eigen förmlich.

»Aye, aye, Sir«, erwiderte Clegg ebenso förmlich und nickte dem Rudergänger der *Vanguard* zu. »Bringen Sie uns raus, Chief! Signal, der Rest des Verbandes hat sich unseren Bewegungen anzupassen.« Sie schürzte die Lippen. »Und falls immer noch jemand an den Raketen der Korvetten arbeitet, dann sollten die allmählich in die Hufe kommen.«

»Wenn das erledigt ist, Lieutenant«, setzte Eigen hinzu, »halten Sie sich bereit, unsere Besucher zu kontaktieren.«

»Da fahren sie«, meinte Lisa leise, und Travis blickte gerade in dem Moment von dem Diagnoseprogramm auf, das er erst kürzlich aufgerufen hatte, als sich auf dem taktischen Display etwas veränderte.

Abrupt wechselten die Datencodes von Kampfgruppe Aegis, mehrere offene Dreiecke erschienen darüber – jedes stand für einen aktiven Impellerkeil. Travis spürte, wie sich sein Magen zusammenkrampfte, als sie sich auf dem Display bewegten, begleitet von den beiden Korvetten, die man ihnen im letzten Moment noch zugewiesen hatte. Wenn man die Icons so sah, schien es, als liefen die Schiffe stolz und selbstbewusst aus. Travis aber wusste es besser. Denn er wusste um die Fehleranfälligkeit der Systeme dieser Schiffe.

Außerdem erinnerte er sich daran, was vor gerade einmal

drei Wochen nur allzu vielen ganz ähnlichen Icons, die für stolze, selbstbewusste Schiffe gestanden hatten, widerfahren war.

Einen Moment lang starrte er die grafische Darstellung schweigend an, dann blickte er zu Lisa hinüber, nickte knapp und widmete seine Aufmerksamkeit wieder ganz den Datencodes, die über sein Display strömten.

»Impelleraktivierung in sieben Minuten, Captain«, meldete der Leitende Ingenieur der *Damocles* über das Intercom.

5

»Mr. Llyn? Das hier sollten Sie sich lieber ansehen.«

Katura klang deutlich angespannter als sonst, und Llyn blickte von dem Buchchip auf, in dem er gerade gelesen hatte. Das Buch war eigentlich recht langweilig, aber Llyn hatte gelernt, dass man mit beiläufigen Aktivitäten gut professionelle Gelassenheit zur Schau stellen konnte – vor allem angesichts allgemeiner Ungewissheit und zunehmender Spannung. Kaum hatte er die Miene des Captains gesehen, wanderte sein Blick auch schon zum Navigationsdisplay.

Unwillkürlich verspannten sich seine Gesichtsmuskeln. Fünf Icons, jedes im flammenden Scharlachrot eines unidentifizierten Schiffes, waren aus dem Orbit von Manticore ausgeschwenkt.

Und im Gegensatz zu der Handvoll offenkundig ziviler Impellersignaturen, die von den Sensoren der *Pacemaker* und seinem Sonderkommandoschiff geortet worden waren, hielten diese Schiffe geradewegs auf die Eindringlinge zu, statt vor ihnen zurückzuweichen.

»Was wissen wir über die?«, erkundigte sich Llyn und achtete sorgfältig darauf, nach wie vor ruhig und gelassen zu wirken.

»Bislang nicht viel«, antwortete Katura. »Mindestens eines davon ist wahrscheinlich ein Schlachtkreuzer – allein schon wegen der Impellerstärke. Bei den anderen ist das schwerer zu beurteilen, aber zumindest ein paar sehen deutlich kleiner aus. Die Beschleunigung liegt bei eins-zwo-null Gravos, also sind das offensichtlich Militärschiffe, aber für Schlachtkreuzer ist dieser Wert ein bisschen arg niedrig. Mehr haben wir noch nicht. Wird noch sieben oder acht Minuten dauern, bis hier, egal was, mit Lichtgeschwindigkeit eintrifft.«

Llyn runzelte die Stirn. Was den Beschleunigungswert betraf, hatte Katura recht: Der war für ein Kriegsschiff wirklich niedrig. Aber eigentlich ging es hier nicht um deren Beschleunigungsprofil, sondern darum, wer das denn nun eigentlich *war.*

Es konnte immer noch Gensonne sein. Ja, angesichts des beharrlichen Schweigens der manticoranischen Obrigkeit *musste* das dort vorn eigentlich Gensonne sein, auch wenn sich bislang noch nicht einmal erahnen ließ, was für ein sonderbares Spielchen er da wohl trieb.

Nun ja, auch was die Schwierigkeiten lichtschneller Übertragungen betraf, hatte Katura recht. Selbst wenn man davon ausging, dass die Schiffe, die hier durch Icons symbolisiert wurden, ihre Transponder im gleichen Moment aktiviert hatten, in dem auch ihre Impeller hochgefahren worden waren, würde es noch – Llyn warf einen Blick auf die Zeitanzeige – sechseinhalb Minuten dauern, bevor die Kennungen der Schiffe die *Pacemaker* erreichten.

Llyn lehnte sich in seinem Sessel zurück und wartete.

»Der Verband meldet: Sämtliche Einheiten sind aufgebrochen, Sir«, verkündete Clegg – ganz genau so, wie es die Dienstanweisungen vorsahen.

Völlig unnötigerweise, sinnierte Eigen. Schließlich hatte ihm sein eigenes Display genau das gezeigt. »Darf ich davon ausgehen, dass sich die Werftheinis alle noch rechtzeitig in Sicherheit haben bringen können?«

»Jawohl, Sir.« Seine sonst so strenge Flaggkommandantin

stieß ein leises Schnauben aus. »Aber gegen Ende haben sie doch beim Bewegen ungewohnten Enthusiasmus an den Tag gelegt.«

»Das kann ich mir vorstellen.« Eigen warf einen Blick auf das Chrono. »Also gut, jetzt hatten sie genug Zeit, unsere ID zu begutachten. Signal: Übertragung einleiten.«

»Jawohl, Sir.« Offenkundig wappnete sich Lieutenant Messner innerlich, bevor er die *Senden*-Taste drückte.

»Wir empfangen Transpondersignale, Sir«, meldete Katura.

Llyn beobachtete, wie sich die Icons veränderten. Sie glommen zwar nach wie vor im gleichen Scharlachrot, doch nun erschienen daneben Datencodes.

»Laut ihrer ID handelt es sich um manticoranische Kriegsschiffe«, fuhr Katura fort. Seine Stimme geriet zwar nicht ins Zittern, aber eine gewisse Besorgnis war ihm doch anzumerken. »HMS *Vanguard*, *Gryphon* und *Bellerophon* – ein Schlachtkreuzer und zwo Kreuzer. Die beiden anderen sind als Korvetten gekennzeichnet: HMS *Aries* und *Taurus*.«

Llyn kniff die Augen zusammen. Trotz aller bisherigen Geschehnisse hatte er sich während der letzten Minuten doch die Hoffnung gestattet, es handle sich um Gensonne. Aber diese Schiffskennungen hatten dieser Hoffnung ein jähes Ende gesetzt.

Oder auch nicht. Es war zumindest möglich, dass Gensonne die Schiffe neu benannt hatte, um etwaige nichts ahnende Besucher hinters Licht zu führen, bevor sie begriffen, dass in dieser Region des Alls das Management gewechselt hatte.

Es wäre, zugegeben, eine sehr effiziente Methode, Besucher bis auf eine Distanz aufkommen zu lassen, die ihnen dann gar keine andere Wahl mehr ließe, als umgehend zu kapitulieren. Wahrscheinlich hätte es überhaupt keinen Unterschied gemacht, wenn besagter Neuankömmling im System bereits auf die Idee gekommen wäre, Manticore habe den Besitzer gewechselt. Aber es wäre auf jeden Fall deutlich komfortabler, mit dieser Information hinter dem Berg zu halten, bis die Truppen angelandet waren und dafür sorgten, dass diese nicht ganz unbedeutende Veränderung vor Ort auch von Dauer bliebe.

Bedauerlicherweise hätte das nicht nur mehr Verstand und mehr Fantasie erfordert, als Gensonne bislang je zur Schau gestellt hatte: Es passte auch nicht zu dem, was Llyn hier auf seinem Display zu sehen bekam. Es sei denn, die Volsungs wären deutlich härter getroffen worden, als wahrscheinlich war. Außerdem: Wenn es sich bei diesen kleineren Schiffen tatsächlich um Korvetten handelte, nicht um Zerstörer mit falschem Transpondercode, dann konnten das unmöglich Gensonnes Schiffe sein, denn etwas derart Kleines hatte er nicht nach Manticore mitgenommen.

Konnte dieser Idiot die Schlacht tatsächlich verloren haben? Selbst jetzt, wo die Ungewissheit rings um Llyn anwuchs und alle einzuhüllen schien, konnte er immer noch nicht so recht daran glauben. Gewiss, bei der letzten Aufklärungsfahrt vor Gefechtsbeginn hatte er unerwarteterweise Schiffe der Royal Manticoran Navy geortet, die eigentlich schon eingemottet gewesen waren und die das Sternenkönigreich nun doch wieder in Dienst gestellt hatte. Aber Manticores Navy war so eingerostet wie kampfunerfahren, dass Gensonnes Erfolgschancen mindestens siebzig zu dreißig betragen hatten. Wie hatten die Manticoraner angesichts derartiger Unterlegenheit die Schlacht *gewinnen* können?

Oder, um es einmal anders auszudrücken: Wie konnte Gensonne bei derartiger Überlegenheit so viel Mist bauen, dass er tatsächlich *verloren* hatte?

»Sir, sollen wir ebenfalls die Transponder aktivieren?«, erkundigte sich Katura.

Nachdenklich nagte Llyn an seiner Unterlippe. Die Manticoraner übermittelten zwar ihre Kennungen, aber davon abgesehen unternahmen sie keinerlei weiteren Versuch einer Kontaktaufnahme. Unter diesen Umständen war er nicht geneigt, ihnen auch nur die geringste Information zukommen zu lassen.

»Negativ«, entschied er. »Lassen Sie die erst noch dichter aufkommen.«

»Jawohl, Sir.«

»Impelleraktivierungssequenz eingeleitet, Sir«, meldete der Maschinist der *Damocles.* »Jetzt liegt alles im Optimalbereich.«

»Danke, Commander Papadakis«, quittierte Captain Marcello die Meldung.

»Travis, bereiten Sie sich darauf vor, den Seitenschildgenerator testweise hochzufahren«, wies Lisa ihren Zwoten TO an.

»Aye, aye, Ma'am«, gab Travis zurück und gab sofort die ersten Befehle ein. Da ein Seitenschild immer in Kontakt mit dem Keil des Schiffes stand, ließ er sich nur testen, wenn die Beta-Emitter Saft hatten. Genau genommen musste der Maschinenraum die Impeller zehn Minuten vorher aktiviert haben (oder mindestens fünf), bevor sich der Generator überhaupt anwerfen ließ.

Wenigstens sah alles andere wirklich gut aus. Oder, wie Lisa es ausdrücken würde: Es sah deutlich besser aus als *Ohgottohgott-ich-hoffe-das-funktioniert.*

»Mr. Llyn, eine Übertragung trifft ein.«

Katuras Tonfall verriet deutlich, von wem besagte Übertragung stammen musste. Oder, was noch viel wichtiger war: von wem sie *nicht* stammte. »Auf meinen Schirm«, wies ihn Llyn an.

»Jawohl, Sir.«

Ein Moment verstrich, dann erschien auf dem Hauptdisplay das Abbild eines stämmigen, breitschultrigen Mannes mit dunklem Haar und geradezu beunruhigend stechenden grauen Augen. Wer auch immer das war, er trug die Uniform eines manticoranischen Admirals und wirkte in diesem Moment nicht gerade sehr erfreut.

»Unidentifizierter Verband, hier sprich Admiral Kyle Eigen von der Royal Manticoran Navy, Kommandant Seiner Majestät Sternenschiff *Vanguard.*« Eigens Stimme war sehr kräftig und klang unerträglich selbstbewusst. »Sie verletzen manticoranischen Hoheitsraum. Sie sind hiermit angewiesen, sich zu identifizieren und umgehend den Schub umzukehren. Sollte das nicht geschehen, werden Sie als feindlich angesehen und entsprechend behandelt.«

Zwei weitere Sekunden lang blickte er kühl geradewegs in den Aufzeichner, dann nickte er knapp. »Eigen, Ende.«

Während Eigens Nachricht wiederholt wurde, starrte Llyn das Display an, und unbändiger Zorn schien wie Eiswasser durch seine Adern zu pulsieren.

Er hatte recht gehabt. Gensonne hatte es verbockt. Der verdammte, blöde, *arrogante* Hurensohn hatte es nach Strich und Faden verbockt!

Und nun war auch Llyns eigener Plan im Eimer – ja, sogar der gesamte Grund für sein Hiersein.

Eigen hatte kaum zur zweiten Wiederholung seiner Nachricht angesetzt, als die ersten Angstreaktionen zu vernehmen waren.

»Signal von der *Hamilcar,* Sir«, meldete Katura mit angespannter Stimme. »General Haus hat uns eine Kopie der

Nachricht von der *Vanguard* übermittelt und verlangt nun zu wissen, was Sie zu unternehmen gedenken.«

»Danke, Captain«, gab Llyn zurück, und zu seinem Zorn kam nun auch noch Verachtung hinzu. Der General hatte ihnen eine Kopie der Nachricht zugesandt? Glaubte er vielleicht, Llyn habe die Erklärung des Manticoraners irgendwie überhört? Und nun verlangte er auch noch verängstigt, dass etwas unternommen werde – als hätte Llyn nicht längst für alle Fälle einen Notfallplan vorbereitet!

Das richtig Ärgerliche daran war: Das hatte Llyn nicht.

Sämtliche Pläne basierten auf der Erwartung, Gensonne ginge als Sieger aus dem Gefecht hervor. Nein, das war nicht ganz richtig: Er hatte durchaus auch Überlegungen in die Richtung angestellt, Gensonne könnte das Gefecht tatsächlich verlieren, im Zuge dessen aber die gesamte manticoranische Abwehr voll und ganz zerstören.

Was Llyn nicht berücksichtigt hatte, war die Möglichkeit, es könnte auch nur ein einziger verdammter Schlachtkreuzer unbeschadet aus dem Gefecht mit Gensonne hervorgehen.

Dumm. Sträflich dumm sogar. Llyn hatte sich von der Tatsache einlullen lassen, dass bis dahin wirklich jeder einzelne Teilschritt der Operation ziemlich genau und reibungslos nach Plan verlaufen war. Und nun hatte ihn das Unerwartete geradewegs in den Hintern gebissen.

Diesen Fehler würde er kein zweites Mal begehen.

»Zeit bis zur Raketenreichweite?«, fragte er.

»Vorausgesetzt, Beschleunigung beider Seiten bleibt konstant: neunundsiebzig Minuten«, erwiderte Katura. Offenkundig hatte er die Zahlen bereits eingegeben, während Llyn noch innerlich Gensonne verflucht hatte.

»Und wenn wir auf Schubumkehr gehen?«

»Wenn wir auf Schubumkehr gehen und dabei eins zwo null Gravos beibehalten, kommen wir in etwas mehr als einhundert Minuten in Raketenreichweite, Sir. Die Aufschließgeschwindigkeit wird dann dreizehn Komma fünf tausend Kps betragen.«

»Und wenn wir auf Schubumkehr gehen und *die nicht* weiter beschleunigen?«

»Dann kämen wir nach anderthalb Stunden in Raketenreichweite, und erst zwanzig Minuten später würden wir zu Manticore auf relative Nullgeschwindigkeit kommen. Würden wir jetzt umgehend Schubumkehr anlegen, bräuchten wir bis zum Überqueren der Hypergrenze immer noch sechs Stunden und zwanzig Minuten.«

Mürrisch verzog Llyn das Gesicht. Nicht nur sein *Plan* war im Eimer: *Er selbst* war es auch. Falls die Manticoraner nicht selbst den Schub umkehrten, würde Llyn früher oder später auf jeden Fall in Raketenreichweite kommen, ganz egal, was er nun unternahm. Wenn die Manticoraner es also auf einen Kampf anlegten, könnte Llyn ihn unmöglich verhindern.

Er schürzte die Lippen, und sein bis zu diesem Zeitpunkt so gut wie eingefrorenes Gehirn nahm wieder seine gewohnte Tätigkeit auf. Vielleicht war die Lage doch nicht ganz so aussichtslos, wie sie im Moment schien. Zu jenem Kampfverband dort draußen gehörte nur ein einziger Schlachtkreuzer, und die Beschleunigung, die er vorlegte, entsprach nur drei Vierteln des Listenwerts dieser Schiffsklasse. Das ließ vermuten, dass das Schiff Schaden genommen hatte – vielleicht sogar ernstlich Schaden. Die *Hamilcar*, die *Hasdrubal* und die *Mago* mochten ja nach dem Maßstab der Solaren Liga nicht gerade auf dem neuesten Stand der Technik sein, aber sie waren ungleich moderner und leistungsfähiger als praktisch alles, was Manticore vorzuweisen hatte, und zwar, ehe es mit Gensonne

Bekanntschaft gemacht hatte. Die *Mylae* war nicht ganz so schwer bewaffnet, aber ebenso modern, und die *Shrike* und die *Banshee* waren dabei noch gar nicht berücksichtigt.

Sollte die *Vanguard* also nicht noch irgendetwas in der Hinterhand haben, konnte Llyns Verband mit ihr fertigwerden, ohne auch nur ins Schwitzen zu geraten. Daran würden auch zwei Korvetten nicht allzu viel ändern.

Und wenn die Royal Manticoran Navy noch mehr zu bieten hätte, hätte sie das doch gewiss mittlerweile herbeigerufen.

»Signal an die Barcaner«, wies er Katura an, während er nach seinen Schminkutensilien griff. »Sie sollen ihre Transponder aktivieren, aber ihr aktuelles Profil beibehalten. Und Sie sollen nur ihre ID freischalten«, setzte er dann noch hinzu. »Auf allen anderen Coms muss absolute Funkstille herrschen. Sehen Sie zu, dass die das auch wirklich begreifen.«

»Jawohl, Sir.«

Zu den selbst auferlegten Regeln, auf die Llyn am meisten Wert legte, gehörte, dass außerhalb des Kreises seiner unmittelbaren Kollegen und ausgewählter, vertrauenswürdiger Axelrod-Kunden niemand sein wahres Gesicht sehen durfte. Am Com kam zur Maskerade vor allem computergeneriertes Bildmaterial zum Einsatz – das war nun einmal schneller und einfacher als Perücke, Gesichtsbehaarung und Gesichtszüge verzerrende Plastikstreifen. In vielen Firmen, darunter auch bei Axelrod, gingen die Angehörigen der oberen Ränge in genau dieser Weise vor.

Doch Llyn war Perfektionist. Und was noch wichtiger war: Er wusste, dass man computergeneriertes Bildmaterial, das mit der Originalaufzeichnung überlagert wurde, auch als solches erkennen konnte, wenn man sich genug Zeit dafür nahm und gründlich genug arbeitete. Wenn man dann auch noch genug Einfallsreichtum an den Tag legte, mochte man sie sogar ausblenden, sodass man das Originalgesicht in all seiner Pracht und Schönheit zu sehen bekam.

Eine derartige Analyse könnte dann belegen, dass ein so modifiziertes Gesicht nicht echt war. Aber ein physisch modifiziertes Gesicht konnte unmöglich in gleicher Weise elektronisch entzaubert werden wie computergeneriertes Bildmaterial.

Lebewohl, Jeremiah Llyn, dachte er, während er die Verwandlung einleitete. *Willkommen, Graf Ernst Bloch.*

Mit einem erleichterten Seufzen lehnte sich Travis in seinem Sitz zurück, als der Seitenschildgenerator der *Damocles* ohne jeglichen Widerstand hochfuhr. Natürlich wäre Travis nie davon ausgegangen, die Systeme des Zerstörers liefen jetzt zuverlässig, aber zumindest *lief* alles, was hier und jetzt entscheidend war. Wenn er ehrlich war, waren die Systeme hier an Bord auch nicht weniger zuverlässig als die, an die sich im Laufe ihrer Karriere die gesamte Royal Manticoran Navy unglücklicherweise hatte gewöhnen müssen. Noch dreißig Minuten, dann sollten sie eigentlich …

»Captain«, ergriff unvermittelt Lydia Ulvestand am Signalstand das Wort. Der Chief Petty Officer sprach klar und deutlich, doch es war jene professionelle Klarheit und Deutlichkeit, mit der etwas völlig anderes übertüncht wurde. »Wir haben gerade eine Nachricht der *Perseus* an die *Vanguard* und an die *Orpheus* weitergeleitet. Captain Conroy meldet, dass sich sein gesamter Backbord-Seitenschild reproduzierbar nicht aktivieren lässt.«

»Verstanden«, bestätigte Marcello ruhig. »Bitten Sie Captain Conroy um eine Einschätzung, wie lange die Reparatur dauern wird.«

»Aye, aye, Sir. Ich …« Ulvestad stockte. »Sir, die *Perseus* meldet jetzt, dass ihr Buggenerator vollständig wird ersetzt werden müssen. Ihr Ingenieur geht davon aus, dass es mindestens – ich wiederhole: mindestens – noch fünf Stunden dauert, bis der Heckgenerator wieder hochfährt.«

Eine unsichtbare Faust schien Travis geradewegs in die Magengrube zu boxen. Ohne Seitenschild wäre die *Perseus* empfindlich im Nachteil, sollte Conroy mit ihr ins Gefecht ziehen – in einem Nachteil, der nur allzu leicht tödlich sein mochte.

Aber ohne den Kreuzer wäre der Reservekampfverband wohl kaum in der Lage, auch wirklich in den Kampf zu ziehen, schließlich bestünde er dann nur aus der *Damocles* und der *Erinye*.

Travis' Blick zuckte zur Zeitanzeige zurück, die rückwärts unaufhaltsam bis zur Zündung der Impeller zählte, und sein Verstand gebärdete sich wie ein Bodenfahrzeug auf vereister Fahrbahn.

»Admiral Eigen, hier spricht Graf Ernst Bloch aus dem Freien Herzogtum Barca.«

Dröhnend drang die Stimme aus dem Lautsprecher, und Clegg blickte rasch zum Display auf. *Vom Aussehen her kommt das auf jeden Fall hin*, entschied sie. Blochs Abbild zitterte ein wenig – sie mussten fast außerhalb der Reichweite von Blochs Signallaser sein … was auch erklärte, warum er sich nicht früher bei ihnen gemeldet hatte. Doch zittriges Bild hin oder her: Bloch sah wirklich in jeglicher Hinsicht aus, wie man sich einen Aristokraten vorstellte: Silbergraues Haar, dessen Schimmer durch eine einzelne pechschwarze Strähne nur noch betont wurde, dazu ein faltiges Gesicht, dem Alter und Weisheit ebenso anzusehen waren wie die offenkundige Vorliebe für ein Leben in der freien Natur, eine Stimme, die augenblicklich Aufmerksamkeit und Gehorsam forderte, und ein so stechender Blick, als könnte er mit diesen Augen geradewegs in die Seele seines Gegenübers blicken.

In vielerlei Hinsicht erinnerte er Clegg an ihren Vater. Noch viel mehr erinnerte er sie an den Mann, den sie, wenn es nach ihrem Vater gegangen wäre, geheiratet hätte.

Gott sei Dank hatte es ja die Navy gegeben!

»Ich möchte Ihre Vorgesetzten sprechen«, fuhr Bloch fort, und seine gestrenge Stimme wurde noch ein wenig schärfer. »Ich möchte ganz genau erfahren, in welcher Beziehung das Sternenkönigreich von Manticore zu einer Gruppe von Piraten steht, die unser Territorium heimgesucht haben.«

»Wie bitte?«, raunte Eigen im Flüsterton. Dann räusperte er sich.

»Es tut mir leid, Herr Graf, aber ich habe keine Ahnung, wovon Sie sprechen. Ich leite Ihre Nachricht an Admiral Locatelli von System Command weiter, aber ich kann Ihnen versichern, dass wir mit jedweder Sorte Piraten nicht das Geringste zu schaffen haben. Ganz im Gegenteil: Wir haben das gesamte vergangene Jahrzehnt vornehmlich darauf verwandt, derartige Räuber und Plünderer aufzuspüren und auszuschalten. Eigen, Ende.«

Er vollführte eine Geste, und die Antwort machte sich auf die lange Reise zu seinem Gesprächspartner.

»Bogey eins zu Kampfverband Barca umbenennen«, wies er an. »Nein, machen Sie Barca Alpha daraus – vielleicht sind noch weitere von denen auf dem Weg hierher. Sämtliche Aufzeichnungen an System Command übermitteln, und ersuchen Sie auch darum, dass mir jemand alles heraussucht, was wir über dieses Freie Herzogtum Barca wissen.«

»Jawohl, Sir«, bestätigte Ulvestad.

»Davon abgesehen, Captain«, fuhr Eigen fort und wandte

sich Clegg zu, »sieht es ganz so aus, als wäre die Lage hier durch etwas grundlegend Neues verändert worden. Mir scheint …«

»Verzeihen Sie, Admiral«, fiel ihm Chief Petty Officer Ulvestad ins Wort, »soeben trifft ein Überrangsignal der *Perseus* ein.«

Die Signaltransferzeit zwischen der *Vanguard* und Barca Alpha betrug nur noch vierzehn Minuten und schrumpfte stetig weiter zusammen. Zwischen der *Vanguard* und Manticore hingegen lag sie bei weniger als zwei Sekunden. Innerhalb von zwei Minuten hatte ONI in den Archiven alles über Barca und die dortige Bevölkerung zusammengetragen. Drei weitere Minuten später hatte Clegg das gesamte Material auch schon durchgeschaut.

Viel war es nicht und alles obendrein mindestens fünfzehn Jahre alt.

Das System lag etwa zweihundertachtundsechzig Lichtjahre südöstlich von Manticore, fast vierhundert Lichtjahre von Sol entfernt. Besiedelt worden war es vor einigen T-Jahrhunderten und besaß, den letzten Berichten zufolge, eine stabile Wirtschaft, wenngleich das nicht zu sonderlich viel Wohlstand geführt hatte.

Hinweise darauf, warum man in Barca glaubte, Manticore mache gemeinsame Sache mit Piraten, fand Clegg nicht. Doch dass Barca einen Schiffsverband auf eine viereinhalb Monate lange Reise hierher geschickt hatte, zeigte, dass man dort einen verdammt guten Grund zu haben glaubte.

Clegg war sehr gespannt darauf, diesen Grund zu erfahren.

Natürlich setzte das voraus, dass ihre Besucher wirklich die waren, die zu sein sie behaupteten. Dass sie vor der direkten Kontaktaufnahme durch die Royal Manticoran Navy nicht einmal ihre Kennung übermittelt hatten, war unverkennbar ein Verstoß gegen interstellar geltendes Recht, durchaus als feindlicher Akt zu interpretieren. Aber vielleicht waren die Barcaner einfach nur vorsichtig – vor allem, wenn sie glaubten, das Sternenkönigreich stecke mit Piraten unter einer Decke.

Clegg hoffte nur, ihre Besucher neigten nicht dazu, erst die Waffen sprechen zu lassen und dann die Datenlage zu prüfen. Neben Graf Blochs Kurierboot gehörten zum barcanischen Verband laut übermittelter Kennungen vier Kreuzer und vier Frachter. Angesichts des Zustands, in dem sich die Abwehrsysteme der *Vanguard* befanden, konnten vier Kreuzer eine ernst zu nehmende Bedrohung sein – selbst wenn die *Gryphon*, die *Bellerophon* und beide Korvetten den Schlachtkreuzer unterstützten.

Oder, anders ausgedrückt, solange die *Vanguard* auf die Unterstützung durch die *Perseus* verzichten musste.

Das war auch System Command offenkundig nicht entgangen. Acht Minuten nach dem Eintreffen von Eigens Nachricht hatte Admiral Locatelli eine Antwort zur Weiterleitung an den Grafen abgesandt: Darin wiederholte er Eigens Beteuerung, das Sternenkönigreich unterstütze in keiner Weise Piraterie. Der eigentlichen Nachricht angehängt war eine große Datei mit lückenloser Aufstellung aller in Jahrzehnten gegen Piraten unternommenen Aktionen. Auch diese, so wurde Eigen angewiesen, sei an Kampfverband Barca weiterzuleiten.

Augenblicklich kam die *Vanguard* dieser Anweisung nach.

Sechs Minuten später traf Blochs Antwort auf Eigens letzte Nachricht ein.

»Sie werden mir verzeihen, Admiral, dass ich Sie in dieser Hinsicht nicht einfach beim Wort nehmen kann«, sagte der Graf. »Vor acht Monaten wurde unser System von einem schlagkräftigen Verband Piraten angegriffen, und die Daten, die wir in den Trümmern gefunden haben, bezogen sich auf das Sternenkönigreich von Manticore. Ich will damit keineswegs behaupten, zwischen Ihnen persönlich oder Ihrer Regierung und diesen Räubern bestünde eine Absprache, aber Tatsache ist und bleibt nun einmal, dass uns die Spur zu Ihnen geführt hat. Unsere Absicht ist herauszufinden, warum dem so ist.«

»Wir verstehen Ihren Zorn ebenso wie Ihre Entschlossenheit, Graf Bloch«, erwiderte Eigen. »Aber ich kann Ihnen meinerseits versichern, dass es in diesem System keinen Ort gibt, an dem sich ein derartiger Verband verbergen könnte. Und was vielleicht noch wichtiger ist: Wir selbst wurden erst kürzlich von einem unbekannten Verband angegriffen. Wenn Ihre Piraten über Informationen verfügt haben, die sich auf Manticore beziehen, dann hat Ihre Spur Sie womöglich nicht zu deren Rückzugsort geführt, sondern vielmehr zu deren nächsten Einsatzgebiet. So oder so, ich habe Ihnen gerade sämtliche Daten über unsere Feldzüge der vergangenen Jahre gegen jegliche Form der Piraterie zukommen lassen und möchte Ihnen vorschlagen, dass Sie sich diese Aufzeichnungen zunächst einmal anschauen, bevor Sie irgendwelche Schlussfolgerungen ziehen.«

Wieder schloss sich eine Wartephase an. Mit einer gewissen Beklemmung stellte Clegg fest, dass die Barcaner immer noch auf Manticore selbst zuhielten und die *Vanguard* und deren Begleiter ignorierten. Bloch musste sich seiner Sache sehr sicher sein.

Vielleicht hatte er sogar noch mehr Grund dazu, als er selbst ahnte.

»Captain Conroy, bei allem schuldigen Respekt: Ohne Seitenschild ist die *Perseus* nicht kampftauglich«, erklärte Captain Marcello mit fester Stimme. »Falls *irgendetwas* an Ihrer Nahbereichsabwehr vorbeikommt …«

»Ich verstehe durchaus, worauf Sie hinauswollen, Captain«, erwiderte Conroys Abbild auf Marcellos Com-Display. »Aber wenn es wirklich zum Gefecht kommt, werden die *Vanguard* und der Rest Ihres Verbandes unsere Antiraketen brauchen. Seien wir doch ehrlich: Zumindest der erste Schusswechsel wird frontal erfolgen, und da machen Seitenschilde nun wirklich nicht viel aus.«

»Captain … Pierre«, setzte Marcello erneut an, »wenn diese Leute sind, wofür sie sich ausgeben, wird es zum Gefecht überhaupt nicht kommen … nun, wahrscheinlich zumindest. Und wenn doch – und wenn die Abstände genauso zusammenschrumpfen wie beim letzten Mal –, dann ist die Gefahr für Ihr Schiff, verstehen Sie das jetzt bitte nicht falsch, um ein Vielfaches größer als jeglicher Beitrag, den die *Perseus* in diesem Gefecht würde leisten können.«

»Ich verstehe Ihren Standpunkt.« Conroy klang deutlich kühler als zuvor. »Er ist nur momentan irrelevant. Selbst wenn, wie Sie sagen, diese Leute sind, was zu sein sie vorgeben, stellt sich immer noch die Frage, ob sie vernünftigen Argumenten gegenüber aufgeschlossen sind oder nicht. Wenn nicht, halte ich es mit Admiral Eigen: Dann müssen wir ihnen nämlich das schlagkräftigste Argument dafür liefern, sich vernünftigen Argumenten gegenüber *doch noch* aufgeschlossen zu zeigen. Und ein Kreuzer und zwo Zerstörer zusammen wären wohl deutlich schlagkräftiger als zwo Zerstörer allein.«

Marcello möchte das ausdiskutieren, dachte Travis. Bedauerlicherweise jedoch waren Marcello und Conroy zwar gute Freunde, aber Marcello rangniedriger als Conroy. Außerdem hatte der Kreuzerkommandant sehr gute Argumente vorgebracht – insbesondere, was den psychologischen Aspekt anging.

Travis hatte die gleichen Daten durchgeschaut, die Clegg erhalten hatte. Sein Augenmerk galt Informationen über Barcas militärische Schlagkraft. Viel hatte er nicht gefunden – außer dem Hinweis, dass Barca, anders als das Sternenkönigreich, seine eigenen Kriegsschiffe baute. Viel zu bedeuten hatte das nicht, nur eines vielleicht: Da das Freie Herzogtum gerade einmal zwanzig Jahren über die dafür erforderlichen technischen Mittel verfügte, mussten die barcanischen Schiffe deutlich jünger und moderner sein als alles, was Manticore aufzubieten hatte.

Das wiederum bedeutete, dass im direkten Vergleich der Schiffsmassen diese vier Kreuzer dort draußen deutlich gefährlicher waren als die aus den Beständen der Royal Manticoran Navy. Das galt selbst dann, wenn die Leistungsfähigkeit ihrer Systeme an sich vergleichbar wäre.

Was höchstwahrscheinlich nicht der Fall war.

Letztendlich lief es darauf hinaus, dass Conroy schlichtweg recht hatte. Sollte Graf Bloch der Sinn nach einem Gefecht stehen, würde Eigen jegliches Argument *für* Friedfertigkeit brauchen.

»Interessant«, sagte Bloch auf dem Com-Display. »Wie ich sehe, haben Sie sich ganz schön umgetan. Lassen Sie mir ein paar Minuten Zeit, das Material durchzuschauen, dann können wir reden.«

»Selbstverständlich«, erwiderte Eigen. »Ich warte dann auf Ihre Antwort.« Er unterbrach die Verbindung.

»Was natürlich nicht heißen soll, dass wir hier nur tatenlos herumsitzen«, wandte er sich an die Brückenbesatzung der *Vanguard.* »OPZ? Vier dieser Schiffe identifizieren sich selbst als Kreuzer. Haben wir Hinweise darauf, dass das zutrifft?«

»Sir, wir geben unser Bestes«, war sofort Bertinellis Stimme zu vernehmen. »Aber der Abstand ist immer noch zu groß, als dass wir Ihnen Weiteres berichten könnten. Bislang können wir uns nur an deren Keilen orientieren, und die lassen vermuten, dass sie tatsächlich sind, was sie zu sein behaupten. Aber garantieren kann ich Ihnen das natürlich nicht.«

Clegg bemerkte, dass ihr Eins-O das Kunststück vollbracht hatte, gleichzeitig weinerlich zu klingen und sie spüren zu lassen, er müsste sich eines gänzlich unberechtigten Vorwurfes wegen verteidigen ... dabei war alles, was er gesagt hatte, völlig offenkundig. Andererseits hatte er damit nicht die Frage beantwortet, die Eigen ihm gestellt hatte.

Und für einen kompetenten Taktischen Offizier gab es noch andere Quellen als Emissionssignaturen, die Rückschlüsse gestatteten.

Das entscheidende Wörtchen hier war ›kompetent‹.

»Sir«, ergriff nun Clegg das Wort und deutete dabei auf den Hauptschirm, »was die Impeller von Barca Alpha betrifft, gebe ich Commander Bertinelli recht. Aber ich frage mich eben doch, warum sie mit *vier* Frachtern hierhergekommen sind. Natürlich könnte es sich dabei auch um Transporter handeln, die Platz für genug Bodentruppen bieten, um unser Territorium zu besetzen, falls die Barcaner zu dem Schluss kommen sollten, das Sternenkönigreich stecke mit den Piraten tatsächlich unter einer Decke. Aber schauen Sie sich doch bitte einmal Barca acht und Barca neun an.«

»Was ist denn mit denen?«, fragte Eigen nach kurzer aufmerksamer Betrachtung der Daten.

»Für mich sieht das ganz so aus, als würde Bloch sie ausschwärmen lassen, statt sie dicht hinter seinen Kreuzern zu bündeln«, antwortete Clegg. »Solch ein Vorgehen würde ich bei Frachtern nicht erwarten, wenn die Gefahr besteht, dass früher oder später Raketen durchs All jagen. Vor allem dann nicht, wenn diese Frachter tatsächlich mit Truppen und Kampfausrüstung vollgestopft sind.«

»Stimmt …«, meinte Eigen gedehnt und rieb sich nachdenklich das Kinn. »Aber genau so würde ein Verbandskommandeur vorgehen, der bei seinen Einheiten für freie Sensoren sorgen will.«

»Auch mein Gedanke, Sir. In gleicher Weise würde auch ein Kommandeur vorgehen, der seine Raketenplattformen ausbreiten will. Diese Schiffe übertragen Händler-IDs, und möglicherweise basieren sie auch auf typischen Frachter-Rümpfen. Aber auch wenn sie deutlich kleiner sind als die beiden anderen, kommen sie wahrscheinlich immer noch auf mindestens eine halbe Million Tonnen, und damit sind sie sechs- oder siebenmal größer als die Kreuzer dort. Handelsschiff-Transpondercodes garantieren nicht, dass es sich nicht doch um Q-Schiffe handelt oder um etwas noch Unschöneres. Und was für eine Feuerkraft sich in einen derart massigen Rumpf einbauen ließe, weiß nur Gott allein. Und das bedeutet …«

»Das bedeutet, dass die Lage noch deutlich unschöner sein könnte, als sie derzeit scheint«, beendete Eigen die Überlegung für sie. »Ja. Prächtig, ganz prächtig!«

»Weisen Sie die Barcaner an, die Beschleunigung einzustellen«, befahl Llyn.

»Die Beschleunigung *einzustellen*, Sir? Nicht den Schub umzukehren?« Katura klang, als müsse er sich unbedingt vergewissern, sich nicht verhört zu haben.

Oder aber er wollte dezent anmerken, dass er hinsichtlich des soeben gehörten Befehls gewisse Vorbehalte hegte.

»Ganz genau«, bestätigte Llyn und ließ seine Stimme dabei ein wenig eisiger klingen als sonst.

»Jawohl, Sir.«

Llyn nickte zufrieden.

Allerdings vermutete er, als Einziger im Augenblick mit seinem Handeln und dessen Ergebnissen zufrieden zu sein – von Vaagen und Rhamas einmal abgesehen. Mit ihrer aktuellen Beschleunigung dauerte es nur noch vierzehn Minuten bis zur Schubumkehr für ein Rendezvous mit Manticore. Wenn sie das Beschleunigen einstellten, würde es bis zur Schubumkehr noch achtundzwanzig Minuten dauern, und das verschaffte ihm wenigstens ein bisschen mehr Zeit.

Andererseits: Sollte dieser Admiral Eigen beschließen, die ganze Sache zu forcieren, wären sie schon jetzt zu weit von der Hypergrenze entfernt und waren viel zu schnell, um die manticoranischen Kriegsschiffe davon abzuhalten, bis auf Raketenreichweite zu ihnen aufzukommen. Und wenn das, was er allmählich hinsichtlich der Royal Manticoran Navy ahnte, wirklich zutraf, dann wäre das eine Konfrontation, auf die er wirklich gern verzichtet hätte.

Er lehnte sich in seinem Sitz zurück, fuhr mit einer Fingerspitze über die Kunstfalten seiner Wange und dachte angestrengt nach.

»Die kommen immer noch auf uns zu«, flüsterte Lisa.

Travis blickte von seinen Instrumenten auf. Barca Alpha blieb tatsächlich nach wie vor auf Kurs Richtung Manticore, auch wenn sie mittlerweile nicht mehr beschleunigten.

»Meinst du, das ist ein Täuschungsmanöver?«, fragte er, ebenfalls im Flüsterton.

»Sieht auf jeden Fall genau danach aus«, bestätigte sie. »Nur …« Sie winkte ab. »Ich sehe keine Unterstützungstruppen, die ebenfalls auf uns zuhalten würden.«

»Vielleicht hängen die weit zurück. Das könnte auch der Grund dafür sein, dass sie nicht mehr beschleunigen. Wenn die sich erst einmal nur anschauen wollten, was wir überhaupt zu bieten haben, haben die ihre Aufschließgeschwindigkeit vielleicht vermindert, damit das, was derzeit noch weit achtern ist, zu ihnen aufschließen kann.«

»Aegis hat nichts aufgefangen. Noch nicht, zumindest.«

»Ich weiß.« Travis sog Luft durch die Zähne. »Weißt du, wir brauchen hier draußen so was wie eine dauerhaft eingerichtete Patrouille … oder eine Art Sensorbojen-System nahe der Hypergrenze. Vielleicht könnte man das ja noch auf die NavSat-Gruppe aufpfropfen.«

»Ja, vielleicht«, meinte Lisa. »Aber wir können nicht alles gleichzeitig hinbekommen. Ich bin ja immer noch dafür, zunächst einmal die eingemotteten Kreuzer und Schlachtkreuzer wieder in Dienst zu stellen und mit voller Gefechtsstärke zu bemannen, bevor wir ein Sensornetzwerk einrichten. Wenn diese Leute da draußen wirklich etwas im Schilde führen und wir noch einen oder zwo Schlachtkreuzer zur Unterstützung von Aegis hätten …«

»Stimmt, Ma'am«, gab Travis ihr recht, und das mit der angemessenen Anrede. Er konnte so ungezwungen mit Lisa sprechen, dass er beinahe vergessen hätte, wo sie sich gerade befanden: Auf der Brücke eines Schiffes, auf der es noch eine ganze Reihe anderer Navy-Angehörige gab. »Tatsächlich …«

Unvermittelt stockte ihm der Atem. *Die Schlachtkreuzer mit voller Gefechtsstärke zu bemannen …*

»Travis?«, fragte Lisa sofort.

Travis bekam zwar mit, dass sie ihn etwas fragte, doch seine ganze Aufmerksamkeit galt nun seinen Instrumenten, und seine Finger flogen über die Tastatur, als er den Impeller-Status der *Damocles* abrief. Die Plasma-Zuleitung ... die Alpha-Emitter ... die Beta-Emitter ...

»Lieutenant Long?« Die Frage klang ein wenig schärfer – und deutlich förmlicher – als Lisas. Travis zuckte zusammen und drehte sich hastig um. Captain Marcello und Lisa blickten ihn erwartungsvoll an.

Ebenso wie alle anderen Anwesenden auf der Brücke.

»Haben Sie etwas gefunden, Zwo-T-O?«, forderte ihn Marcello auf, etwas von sich zu geben.

Diese Frage riss Travis wieder ganz in die Realität zurück. Er blickte noch einmal zu Lisa hinüber, als ihm bewusst wurde, dass sie den Captain auf ihn aufmerksam gemacht haben musste, während er ganz in seine Zahlen vertieft gewesen war.

»Jawohl, Sir«, bestätigte er dann und richtete den Blick ordnungsgemäß wieder auf Marcello. »Was immer dieser Graf Bloch planen mag, die *Perseus* kann sich nicht an einem Gefecht beteiligen – oder *sollte* es zumindest nicht tun. Aber so wie ich das einschätze, wollen wir das hier ja ohne ein Gefecht zum Abschluss bringen.«

Sein Tonfall verwandelte den letzten Satz in eine Frage, und Marcello nickte.

»Davon dürfen Sie wohl ausgehen, Lieutenant.«

»Dann, Sir, könnten wir dafür sorgen, dass wir für die Gegenseite wie ein Schlachtkreuzer aussehen.«

Irgendjemand im hinteren Teil der Brücke stieß einen Laut aus, der bemerkenswert nach einem Kichern klang. Marcellos Miene hingegen veränderte sich keinen Deut.

»Erklären Sie das«, sagte er nur.

»Über diese Möglichkeit bin ich während meines Dienstes

auf der *Casey* gestolpert, Sir. Ich hatte gerade einen ganzen Stapel redundanter Dateien katalogisiert und das Archiv aufgeräumt. Dabei habe ich eine alte Ausgabe eines Buches von Vladislav Tremain gefunden, einem Solly-Admiral aus dem letzten Jahrhundert. Das Buch befand sich in den Dateien an Bord der *Triumph*, die die Navy übernommen hat. Hauptsächlich geht es darin um die Entwicklung neuer Taktiken. Dabei wurde auch ein richtig, richtig alter Trick erwähnt – ein Täuschmanöver. Tremain hat das zwar nur kurz angesprochen, aber ich habe mich daraufhin ein wenig umgeschaut, was zur Umsetzung denn so erforderlich wäre … und ich glaube, wir bekämen das hin.«

»Fahren Sie fort«, forderte ihn Marcello auf. Noch immer ließ sein Tonfall keinerlei Rückschluss darauf zu, wie er über Travis' Idee dachte.

Travis nahm seinen ganzen Mut zusammen. »Im Prinzip läuft es auf Folgendes hinaus: Wenn wir die Impeller über die noch als sicher eingestufte Leistung hinaus belasten und dabei während der Fahrt die eigene Beschleunigung begrenzen, wird eine hinreichend weit entfernte Gravitationssonde uns für ein deutlich größeres Schiff halten, das mit noch sicherer Leistung maximal beschleunigt. Einen Zerstörer sollten wir damit bis zu einem Schlachtkreuzer aufblasen können – zumindest eine Zeit lang, und sofern der Abstand wenigstens mehrere Lichtminuten beträgt.«

»Klingt riskant«, warnte Commander Shiflett. »Außerdem: Wenn der Trick so alt ist, kennt den denn dann nicht jeder?«

»Vielleicht nicht«, gab Marcello zurück und kniff die Augen zusammen. »Ich zumindest habe davon nie auch nur *gehört*. Und selbst wenn Bloch den Trick tatsächlich kennen sollte, denkt er sich vielleicht, wir könnten schlau genug sein zu begreifen, dass *er* schlau genug ist, einen Bluff als solchen auch zu erkennen. Commander Papadakis? Irgendwelche Ideen?«

»Ich weiß nicht recht, Sir«, erwiderte eine sehr ernste Stimme. »Offen gestanden: Ich habe so etwas wirklich noch nie gehört.«

»Sir, in den üblichen Handbüchern findet sich das auch nicht«, räumte Travis ein. »Ich habe es bislang wirklich nur in Tremains Buch gefunden.«

»Ja, das hatten Sie gesagt.« Sonderlich begeistert klang Papadakis immer noch nicht. »Und ich darf den Captain daran erinnern, dass die Alpha-Emitter immer noch ein wenig launisch sind. Wenn wir das durchziehen, was unser Zwo-T-O hier vorschlägt, könnten die ausbrennen, und dann wären wir völlig hilflos. Und selbst wenn die ihr bestes Betragen an den Tag legen, kostet die das mehrere Monate ihrer Lebenszeit, und wir hätten nur ein paar Stunden, bis wir wieder zu unserer normalen Größe zurückkehren müssten. Und gestatten Sie mir das bitte noch einmal zu betonen: Soweit ich weiß, hat seit *mindestens* fünfzig Jahren niemand Emitter in diesem Maß belastet – mit richtigen Impellern. Ausnahmen mögen höchstens Testläufe während des Kriegsschiffbaus gewesen sein. Und wir haben so etwas nicht mehr gemacht seit den Probeläufen der *Nike*, und das war vor fast einem Jahrhundert … und wurde damals nur fünfzehn oder zwanzig Minuten lang durchgeführt.«

»Also raten Sie davon ab?«

»Einen Moment, Sir, ich gehe gerade die Zahlen durch.«

»Machen Sie schneller«, mahnte ihn Marcello, den Blick auf Travis gerichtet.

Travis wartete mit äußerst unangenehm hämmerndem Puls. Sorgsam vermied er, Lisa anzuschauen. Sie hatte schließlich Marcello auf das Ganze aufmerksam gemacht. Wenn das hier schiefginge, würde ihr Kopf ebenso in der Schlinge stecken wie seiner.

»Okay, Sir«, war dann wieder Papadakis zu vernehmen. »Die Zahlen sind … sagen wir: wackelig.«

»Also raten Sie davon ab?«

»Das hängt davon ab, was Sie erreichen möchten, Sir«, gab Papadakis zurück. »Wenn Sie dafür sorgen wollen, dass sich Barca Alpha zwomal überlegt, sich mit uns anzulegen, dann scheint mir das ein angemessenes Risiko zu sein. Deutlich fragwürdiger wird das Ganze, wenn die trotzdem beschließen sollten, weiter zu uns aufzukommen. Im besten Falle klappt der Bluff, und die ziehen sich zurück. Bestmögliches Endergebnis, falls es *schlecht* laufen sollte: Die kommen weiter auf uns zu, und wir stehen als manövrierunfähige Raketenplattform hilflos im All, während die mit ihrem Fleischwolf in Reichweite kommen. Schlimmstenfalls zerschießen wir einen Emitter und uns verdampft ein Impellerring. Mindestens einer. Und wenn es dabei zu einem Rückschlag in die Plasmazuleitungen kommt …«

Sein Tonfall und das sich anschließende Schweigen waren das unverkennbare akustische Gegenstück zu einem Achselzucken. Travis musste sich sehr zusammenreißen, angesichts der Vorstellungen, die jene letzten Worte heraufbeschworen, nicht gequält das Gesicht zu verziehen.

»Verstanden.« Marcello wandte sich der Signalstation zu. »Chief Ulvestad, Aufzeichnung zur Übertragung an Admiral Locatelli vorbereiten.«

»Aye, aye, Sir«, erwiderte Ulvestad sofort.

Marcello blickte wieder zu Travis hinüber, und seine Lippen verzogen sich zur Andeutung eines Lächelns. »Wer Alpha sagt, muss auch Beta sagen, Lieutenant. Finden Sie nicht auch?«

»Jawohl, Sir«, bestätigte Travis und achtete sorgsam darauf, nicht die Miene zu verziehen. Denn nun würde sein Vorschlag Admiral Carlton Locatelli vorgetragen. Über die Jahre war die Beziehung zwischen Travis und dem Admiral nicht gerade herzlich gewesen. Er konnte nur hoffen, dass Locatelli, wenn Marcello ihm die Idee vortrug, einfach davon ausginge, sie stammte vom Captain selbst, und Travis' Name bliebe unerwähnt. Er öffnete schon den Mund, um genau das vorzuschlagen …

… und schloss ihn wieder. Er hatte sich ohnehin schon viel zu weit vorgewagt. Nun wollte und sollte er dem Captain nicht auch noch einen Vortrag über die politischen Fallstricke dieser Angelegenheit halten.

Er hoffte das Beste. Denn tief in seinem Herzen war er sich sicher, dass es schlecht wäre, den Plan zu verwerfen. Schlecht für das Sternenkönigreich, und schlecht für Admiral Eigens Verband.

»Mikro aktiv, Sir«, meldete Ulvestad.

Bitte erwähnen Sie meinen Namen nicht, dachte er intensiv in Richtung des Captains. *Bitte!*

»Captain Marcello hier, Admiral«, sprach der Captain in seinen Aufzeichner. »Sir, unser Zwo-T-O, Lieutenant Long, hatte da eine Idee, die mir durchaus beachtlich erscheint.«

»Ich muss zugeben, dass es riskant ist, Euer Majestät«, sagte Locatelli vom Bildschirm aus. »Und es ist unwahrscheinlich, dass sie das mehr als nur einige wenige Stunden lang werden aufrechterhalten können.«

»Ja«, bestätigte Edward, den Blick fest auf das große taktische Display gerichtet. »Aber ›einige wenige Stunden‹ sollten ausreichen, um diesen Grafen Bloch zur Heimkehr zu bewegen. Wenn er erst einmal den Vektor ändert, kann der

Reserve-Kampfverband die Belastung wieder abbauen und so tun, als würden sie in den normalen Standby-Modus übergehen.«

»Ganz genau«, bestätigte Locatelli, und eine gewisse Schärfe schwang in seiner Stimme mit. Offenkundig war er nicht erbaut über die aktuellen Entwicklungen.

Edward konnte es ihm kaum verübeln. Die Ausgabe taktischer Befehle oblag dem System Commander. Zumindest offiziell kam König und Erstem Lord lediglich die Beobachterrolle zu.

Doch Edward und Cazenestro waren beide zuvor Offiziere der Navy gewesen: Edward Captain, der Erste Lord Admiral. Sie kannten sich durchaus mit Strategie und Taktik aus. Aber während der Erste Lord noch bereit war, dem Protokoll zu folgen – sich zurückzuhalten und auf die Berichte von Locatellis Stab zu warten –, traf das auf Edward nicht zu. Er war der König, es waren sein Reich und sein Volk, auf das hier schon wieder das Feuer eröffnet zu werden drohte, und bei Gott dem Allmächtigen: Er würde diesen entscheidenden Sitzungen zumindest beiwohnen!

»Marcello ist ein Captain mit einer exzellenten Personalakte«, setzte Locatelli hinzu. »Er hätte diese Idee niemals vorgetragen, wenn er sich nicht sicher wäre, das auch hinzubekommen.« Er schürzte die Lippen. »Außerdem stammte die Idee selbst von Lieutenant Travis Long, und dieser Offizier ist nun schon mehrmals dadurch in Erscheinung getreten, dass er völlig abseitige Idee vorgebracht hat, die sich dann als lohnenswert herausgestellt haben.«

»Klingt ganz so, als wäre es den Versuch wert. Dann erteilen Sie den entsprechenden Befehl, Admiral«, sagte Edward.

Locatellis Lippen verzogen sich zu einem kleinen Lächeln. »Danke, Euer Majestät. Ist bereits geschehen.«

»Letzte Nabelschnur an Zelle zwo, Petty Officer Townsend«, meldete Spacer Second Class Huvoski, und trotz des dumpfen Grollens in seiner Magengrube nickte Chomps zufrieden.

In der Schlacht von Manticore hatten *Aries* und *Taurus* sämtliche ihrer Raketen aufgebraucht, und obwohl sich bei Chomps nach wie vor ein gewisses Gefühl der Verbundenheit zur Navy hielt, war er doch ebenso wie fast alle Angehörigen des MPARS der Ansicht, im Nachgang der Schlacht nichts gegen die leeren Raketenschächte unternommen zu haben sei ganz besonders töricht von der Navy gewesen. Bedauerlicherweise jedoch war er nur ein kleiner Petty Officer, und somit besaß seine Meinung zumindest offiziell nur sehr wenig Gewicht.

Wenigstens hatten sie nun fünf Vögelchen an Bord, obwohl die Instandsetzungstrupps von *Orpheus* bei dreien davon noch die letzten Verbindungen installieren mussten. Nein, jetzt nur noch bei zweien. Gott sei Dank. Wenn jetzt auch noch …

Das UniLink an seinem Handgelenk vibrierte: Eine Nachricht traf ein.

Huvoski schwebte hinter ihm in der beengten Sektion und begutachtete den Fortschritt bei der Arbeit am Doppelzwillingswerfer. Unauffällig aktivierte Chomps das UniLink und fragte sich dabei, worum es denn dieses Mal wohl ginge. Offizielle Nachrichten wurden gemeinhin über das schiffseigene Intercom oder die bordeigenen Computersysteme übermittelt. Wer ihm eine Nachricht über das UniLink zukommen lassen wollte, musste dafür eine Hintertür des Com-Systems der *Aries* nutzen – und der einzige Grund dafür, dass jemand sich diese Mühe machen sollte, konnte nur sein, dass besagte Nachricht streng geheim war.

Chomps hätte genau eine einzige Person benennen können, die dazu willens und in der Lage wäre.

Er lag richtig mit seiner Vermutung.

Umgehend Video-Nachricht von Barca Alpha überprüfen. GDF-3329-TDR. C.

»Gut, Jacob«, sagte Chomps, »ich leite jetzt die Diagnostik ein. Während ich mich damit herumschlage, gehen Sie schon zu Werfer eins. Schauen Sie doch mal, ob Sie Mittel und Wege finden, die dezent ein bisschen auf Trab zu bringen.«

»Alles klar, Chief.« Huvoski löste die Haltegurte und schwebte in beachtlichem Tempo durch den Wartungsschacht in Richtung des Dorsal-Doppelzwillingswerfers der *Aries*. Chomps wartete, bis er außer Sichtweite war, dann drehte er sein Status-Display zur Seite, sodass es nicht schon von der offen stehenden Luke aus eingesehen werden konnte, verband das Display dann mit seinem UniLink und öffnete die angehängte Datei.

Ohne Zweifel: Das war der Kommunikationsdatensatz der Barcaner, in dem irgendein Aristokrat mit silbergrauem Haar irgendetwas von Piraten und Rache und Wer-weiß-was-noch schwafelte. Chomps schaute sich den gesamten Dialog an – dankenswerterweise waren sämtliche der Signalverzögerung geschuldeten Pausen herausgeschnitten – und fragte sich dabei, warum um alles in der Welt jemand *seine* Meinung dazu würde hören wollen. Derlei Dinge waren gewöhnlich Admirälen, Diplomaten oder dem Oberhaus vorbehalten.

Just da lächelte Graf Bloch.

Chomps drückte die Pausentaste und schaffte es tatsächlich, dieses Lächeln einzufangen. Er starrte das Standbild an, drückte einige Tasten seines UniLinks und hoffte darauf, dass die Hintertür, die offenkundig in sein Gerät eingebaut worden war, auch duplex funktionierte.

Tat sie.

»Haben Sie es gesehen?«, fragte die Frau.

»Ja«, bestätigte Chomps, »das ist er.«

»Keine Zweifel?«

»Nein«, sagte er, »Haare und Gesicht sind anders, aber dieses Lächeln kann man einfach nicht tarnen.«

»Wahrscheinlich *könnte* er das schon, aber er wird nie das Bedürfnis danach verspürt haben.« Nachdenklich sog sie Luft zwischen den Zähnen hindurch. »Ich wünschte, wir könnten damit irgendetwas anfangen.«

»Abgesehen davon, ihn in seine Atome zu zerlegen?«

»Das wird nicht geschehen. Sie wissen doch selbst, in welchem Zustand sich die Navy derzeit befindet, Seine Majestät weiß, in welchem Zustand sich die Navy derzeit befindet, und sogar die Navy weiß, in welchem Zustand sich die Navy derzeit befindet. Wenn wir gegen die vorgeblichen Barcaner nicht kämpfen *müssen*, wird niemand ein Gefecht *wollen*.«

»Als einer derjenigen, die im Zweifelsfall ins Gefecht ziehen müssten, schließe ich mich dieser Meinung an«, meinte Chomps zögerlich. »Wir werden wohl keinen der anderen Verbände dazu bewegen können, uns zu unterstützen, oder?«

»Wahrscheinlich nicht.« Chomps konnte das Kopfschütteln am anderen Ende der Verbindung nicht sehen, aber er wusste trotzdem, dass es da war. »Wenn es Bloch nicht darauf ankommen lässt und weiterhin auf uns zukommt, wird er wahrscheinlich wieder dorthin zurückkehren, woher er gekommen ist – wo auch immer das sein mag. Wir werden wahrscheinlich nicht rechtzeitig genug Feuerkraft herbeirufen können, um ihn davon abzuhalten, die Hypergrenze zu überqueren.«

Chomps nickte und bedachte das immer noch eingefrorene Lächeln mit einem finsteren Blick. Mit dem Mann, der sich hinter diesem Lächeln verbarg, hatte er noch eine Rechnung offen, und die Vorstellung, dass der Kerl ein weiteres

Mal ungeschoren davonkommen sollte, machte ihn so richtig, *richtig* sauer. Wenn er doch nur …

Mitten im Gedanken brach er ab, und irgendwo in seinem Hinterkopf breiteten sich die ersten Grundzüge einer Idee aus.

»Okay«, sagte er langsam und bedächtig, »wir können ihn nicht umbringen, und wir kriegen ihn auch nicht in die Finger. Aber vielleicht können wir wenigstens ein bisschen an seiner Leine zerren.«

»Ich höre.«

Chomps rief das taktische Display auf. Nein, *da* nicht. Einen Moment lang dachte er angestrengt nach, dann wechselte er zum Astrogationsplot.

Volltreffer!

»Was würde unser Freund wohl tun, wenn man ihn auf die Idee brächte, wir würden über ein systemweites Sensornetzwerk verfügen, von dessen Existenz er zuvor nichts gewusst hat?«

»Das würde ihm wahrscheinlich nicht gefallen«, erwiderte sie. »Aber leider haben wir so etwas ja nicht.«

»Nein«, sagte Chomps mit einem nachgerade boshaften Grinsen. »Aber wir haben die NavSat-Konstellation an der Hypergrenze.«

»Ja, und das weiß auch jeder. Und er kann es auf seinem Astrogationsdisplay sehen.«

»Nein«, wiederholte Chomps. »Was er da sieht, ist die *neue* Konstellation.«

»Die neu…«

Seine Gesprächspartnerin stockte, und vor seinem geistigen Auge sah er sie konzentriert einige Berechnungen anstellen. Jeder Planet des Sternenkönigreichs verfügte an den Lagrange-Punkten über seine eigene Konstellation von Astrogationssatelliten, die immer noch mit dem archaischen Akronym NavSat bezeichnet wurden – und das nicht einmal ganz zu Unrecht: Schließlich wurden sie auf den Planeten, die sie umkreisten, durchaus auch zu Navigationszwecken genutzt. Auch jede stellare Komponente des Binärsystems besaß seine eigene Hypergrenzen-Konstellation: jeweils vierundzwanzig einzelne Satelliten, die im gleichen Abstand zueinander über die gesamte Hypergrenze verteilt waren.

Im Augenblick jedoch standen an der Hypergrenze von Manticore-A *sechsunddreißig* NavSats. Zu den Infrastrukturprojekten des Earls von Breakwater gehörte auch der Austausch der ursprünglichen, mittlerweile eindeutig in die Jahre gekommenen Konstellation. Doch die Hälfte der alten Satelliten hatte man vor Ort belassen – als Backup-System, für den Fall, dass das neue System technische Kinderkrankheiten haben sollte. Außerdem sollte bei Routinewartungen, bei denen die Satellitensysteme heruntergefahren werden mussten, stets einer der alten Satelliten für einen der neuen einspringen können.

Die Kennungsfunkfeuer sämtlicher vierundzwanzig Satelliten der neuen Konstellation wurden zweifellos unverkennbar auf Blochs Astrogationsdisplay angezeigt.

Aber …

»Interessant«, sagte sie nach kurzem Schweigen und klang fasziniert. »Vielleicht bringen wir ihn wirklich zum Staunen. Noch besser wäre es natürlich, wenn wir ihn dazu brächten, sich zurückzuziehen und sich eine etwaige Rückkehr gründlich zu überlegen. Vielleicht können wir ihn glauben machen, wir könnten ihn auch noch in deutlich größerer Entfernung orten … und das wäre dann natürlich gleich ein ordentliches Stück Desinformation. Wenn er glaubt, in seinen Aufklärungsdaten über uns fehle etwas derart Eklatantes, muss er sich doch fragen, was ihm sonst noch an Wichtigem entgangen ist, oder?«

»Da gebe ich Ihnen gleich zweimal recht«, sagte Chomps. »Aber ich weiß nicht genau, wie wir das durchziehen könnten.«

»Überlassen Sie das mir«, beruhigte sie ihn. »Und jetzt sollten Sie sich wohl lieber wieder um Ihre offiziellen Aufgaben kümmern. Unser spezieller Freund da draußen hat zwar das Beschleunigen eingestellt, aber noch kein Bremsmanöver eingeleitet. Vielleicht wird er ja doch noch versuchen, sich auf uns zu stürzen.«

»Sir, die haben den Schub umgekehrt«, meldete Katura. »Und nicht nur das: Sie haben die Beschleunigung um vierzig Gravos gesteigert.«

»Den Schub umgekehrt?«, wiederholte Llyn in einem Tonfall, der kein bisschen erkennen ließ, welche Erleichterung gerade in ihm aufkeimte. Wenn sich Admiral Eigen doch noch dafür entschieden hatte, das Gefecht zu vermeiden, wäre Llyns Lage wahrscheinlich noch günstiger, als bislang angenommen. Und wäre dem so …«

»Weitere Keile geortet, Sir«, meldete Katura unvermittelt nur einen Moment später. »Im Orbit von Manticore. Der Computer berechnet schon Positionen und Kampfstärke.«

»Ich seh's«, bestätigte Llyn und betrachtete das Display, während die Computer der *Pacemaker* die Daten der weit entfernten Keile analysierten und die Ergebnisse auf den Bildschirm spuckten.

Die Daten raubten ihm fast den Atem: Drei der Schiffe im Orbit des Planeten hatten ihre Keile hochgefahren.

Alle wurden als Schlachtkreuzer ausgewiesen.

Durch zusammengebissene Zähne stieß er einen leisen Fluch aus. Also hatten mindestens vier der fünf manticoranischen Schlachtkreuzer das Gefecht überstanden! Achtzig Prozent! Gensonne war sogar noch unfähiger gewesen, als Llyn bislang bewusst gewesen war.

Es sei denn, natürlich, bei einem der Kriegsschiffe würde es sich um keinen Manticoraner handeln! Bislang waren die nur lichtschnellen Transpondercodes der neuen Schiffe noch nicht bei der *Pacemaker* angekommen. Möglicherweise gehörte eines davon ja wirklich einem Besucher – oder vielleicht sogar zwei?

Der einzig mögliche Kandidat für einen Besuch hier war Haven. Niemand sonst wäre großzügig genug, dem Sternenkönigreich zu Hilfe zu kommen.

Das Problem dabei: In den drei Wochen, die seit dem Gefecht vergangen waren, konnte die Republik unmöglich davon erfahren und Hilfe ausgesandt haben. Wenn also eines dieser Schiffe wirklich havenitischen Ursprungs war, dann musste es sich auch schon *vor* dem Gefecht hier befunden haben.

Hatte Gensonne vielleicht genau deswegen verloren?

»Sir, General Haus meldet sich«, unterbrach Katura seine Überlegungen. »Er legt uns nachdrücklich nahe, sich umgehend und zügig zurückzuziehen.«

»Das überrascht mich nicht«, knurrte Llyn.

Natürlich hatte der General recht. Hier und jetzt war es völlig bedeutungslos, wem die Schiffe im Manticore-System gehörten. Von Bedeutung war nur, dass Llyns Kampfverband soeben von der Kategorie ›wahrscheinlich überlegen‹ in die Kategorie ›hoffnungslos deklassiert‹ abgestiegen war.

Es dürfte knifflig werden, hier einen würdevollen, plausiblen Rückzug hinzulegen, statt den Eindruck zu erwecken, einfach nur Reißaus zu nehmen. Vermutlich waren die Manticoraner des unangekündigten Eintreffens der Barcaner wegen ohnehin schon misstrauisch. Wenn die ungebetenen Besucher nun eine Panikreaktion zeigten, mochte das dem Misstrauen der Einheimischen nur noch Vorschub leisten. Und wenn aus dem Misstrauen auch nur eine Fünfzig-Prozent-Gewissheit würde, schickte ihnen Locatelli vermutlich alles entgegen, was er aufzubieten hatte.

Wenn die Manticoraner das täten, könnten Llyns Schiffe unmöglich rasch genug ihre Geschwindigkeit abbauen und einen Fluchtvektor anlegen, bevor sie bis zur entscheidenden Entfernung zu den Manticoranern aufkämen. Und das wiederum bedeutete …

Wieder wurde die Anzeige auf den neuesten Stand gebracht: Die Transponder der neuen Schlachtkreuzer hatten endlich das Signal ihrer Keile eingeholt: HMS *Invincible*, HMS *Nike* und HMS *Swiftsure*.

Wieder fluchte Llyn leise. Bauerntrampel in einer Möchtegern-Sternnation waren das, und dann auch noch mitten im Nirgendwo! Es war doch völlig unmöglich, dass Hinterwäldler wie die Manticoraner einem erfahrenen Söldnertrupp derart das Fell über die Ohren gezogen haben sollten!

Eben diese Erkenntnis, so begriff er jetzt, ließ ihm das Blut in den Adern gefrieren. Ja, es beunruhigte ihn noch ungleich mehr als die Tatsache, dass er vermutlich innerhalb der nächsten ein bis zwei Stunden sterben würde. Es erboste ihn zutiefst, dass ihn Hinterwäldler derart mühelos hinters Licht geführt hatte – Hinterwäldler, die noch nicht einmal gewusst hatte, dass er auf dem Weg zu ihnen war!

Aber vielleicht hatten die Manticoraner ja *sehr wohl* gewusst, dass er und die Barcaner auf dem Weg hierher waren. Wenn sie Gensonne nicht nur besiegt, sondern auch gefangen genommen hatten, dann hätte er, wenn er damit den eigenen Hals zu retten glaubte, innerhalb von einer Minute alles ausgeplaudert, was er wusste.

Aber es war bedeutungslos, was diese Hinterwäldler nun wussten oder nicht. Von Bedeutung war, dass sie ihn nach Strich und Faden hereingelegt hatten. Sie hatten auf Reaktionen verzichtet, während er mit immer weiter gesteigerter Geschwindigkeit systemeinwärts gefahren war und sich so weiter und weiter von jeglicher Fluchtmöglichkeit über die Hypergrenze hinweg entfernt hatte. Dann hatten sie ihn lediglich die Schiffe dieses Admirals Eigen orten lassen, damit er, der Gegner, sähe, wie sehr der Kampf gegen Gensonne Manticore geschwächt hatte.

Jetzt hingegen wusste er ganz genau, warum sie nur so moderat beschleunigt hatten: Sie hatten überhaupt nicht die Absicht gehabt, genug Geschwindigkeit aufzubauen. Das hätte ja verhindert, dass die Schlachtkreuzer, die sich im Orbit versteckt gehalten hatten, zu Eigen stießen, bevor das Feuer eröffnet würde. Doch nun, da Eigen ihn viel zu tief in seine Falle hineingelockt hatte, bremste der Admiral ganz offen ab, um das Rendezvous mit seiner Verstärkung noch rascher zu ermöglichen.

Danach würden die vereinigten Kampfverbände wieder genau die vollen einhundertsechzig Gravos anlegen, mit denen die Neuankömmlinge derzeit beschleunigten … und dann würden sie Llyns Schiffe – selbst die barcanischen Kreuzer – noch weit vor der Hypergrenze abfangen.

Wenigstens würden sie keine modernen Waffen zum Einsatz bringen. Aber das war nur ein sehr schwacher Trost: Altmodische Raketen würden reichen, um sie zu erledigen – vor allem, wenn die Raketen in der Stückzahl zum Einsatz kamen, wie sie ein Schlachtkreuzer nun einmal abzusetzen in der Lage war.

Schon oft hatte Llyn in äußerst brenzligen Situationen eine Entscheidung treffen müssen, aber es hatte immer irgendeinen Ausweg gegeben. Dieses Mal jedoch …

»Sir!«, sagte Katura laut.

»Was?«, fauchte Llyn.

»Sir, die *Banshee* hat einen Hyperabdruck jenseits der Hypergrenze geortet. Captain Vaagen meldet drei neue Impellerkeile.« Der Captain der *Pacemaker* fluchte leise. »Wenigstens einer davon scheint zu einem weiteren Schlachtkreuzer zu gehören.«

Noch ein Schlachtkreuzer? Zorn, so heiß wie glühende Lava, brodelte durch Llyns Adern. Also hatten alle fünf Schlachtkreuzer der Royal Manticoran Navy das Gefecht überlebt? Hatte sich Gensonne überhaupt die Mühe gemacht, zu dem Gefecht zu *erscheinen?!*

Das unvermittelte Auftauchen eines weiteren manticoranischen Verbandes achteraus war beinahe noch verstörender als die Tatsache, dass die Volsungs den Manticoranern so wenig Schaden zugefügt hatten. Llyn wusste – wusste ganz genau! –, dass sie diese perfekte kleine Mausefalle unmöglich im Vorfeld hatten vorbereiten können. Niemand hätte das tut können! Doch so frisch die Bedrohung auch sein mochte: Die zugehörigen Icons auf dem Plot der *Pacemaker* glommen auch nach jeder Lage-Aktualisierung mit gleicher Helligkeit. Wie auch immer diese Dreckskerle das hinbekommen hatten: Llyn musste sich seine völlige Niederlage eingestehen, unfähig, diese noch abzuwenden.

Und dann, immer noch sieben Minuten vom Schubumkehrpunkt entfernt, ab dem ihm überhaupt keine andere Wahl mehr bliebe und er bis zum Orbit von Manticore weiterfahren müsste, präsentierte ihm Locatelli die Lösung für das ganze Problem auf dem sprichwörtlichen Silbertablett.

»Graf Bloch, hier spricht Admiral Locatelli«, drang die Stimme des Oberbefehlshabers von System Command aus dem Com. »Mir scheint, wir haben wohl beide ein wenig aneinander vorbeigeredet. Wir haben mit den Piraten, die in der Nähe von Barca tätig waren, nicht das Geringste zu schaffen, und das belegen unsere Unterlagen eindeutig. Wir haben keinerlei Interesse daran, selbst unsere entfernteren Nachbarn gegen uns aufzubringen. Andererseits haben wir hier im Sternenkönigreich in letzter Zeit selbst einige unschöne Erfahrung machen müssen und sind deswegen derzeit nicht daran interessiert, einem fremden Kampfverband gastfreundlich zu begegnen. Ich muss Sie daher respektvoll darum ersuchen, mit Ihrem Kampfverband den manticoranischen Hoheitsraum zu verlassen.

Mir ist durchaus bewusst, dass Sie, solange Sie unser Datenmaterial noch nicht haben begutachten können, keinerlei Grund haben, unseren Unschuldsbeteuerungen zu glauben. Aber wir können uns gewiss darauf einigen, dass es, bis beide Seiten jeweils von der Aufrichtigkeit des Gegenübers überzeugt sind, deutlich weiser wäre, potenzielle Zwischenfälle zu vermeiden, die aus sich fortsetzenden Missverständnissen erwachsen könnten. Entsprechend habe ich Admiral Eigen angewiesen abzubremsen, damit er außerhalb seines tatsächlichen Angriffsbereichs zu Ihren Einheiten bleibt. Zudem habe ich eine Anweisung an Admiral Flannery übermittelt, der den Verband achteraus zu Ihnen befehligt: Er soll einen Kurs nach Manticore anlegen, mit dem er außerhalb der Reichweite Ihres Verbandes bleibt, während Sie sich zurückziehen.« Dann verhärtete sich die Miene des manticoranischen Admirals. »Allerdings wurde ich über die Entscheidung Seiner Majestät in Kenntnis gesetzt, die Einstufung Ihres Verbandes als nicht feindlich zu überdenken, sollten Sie sich gegen einen Rückzug aus manticoranischem Hoheitsgebiet entscheiden.«

Llyn gestattete sich einen erleichterten Seufzer – aus tiefstem Herzen und zugleich völlig unbemerkt.

Also hatten sie aus Gensonne doch keine Informationen herausgeprügelt. Die waren tatsächlich bereit zu glauben, Barca sei auf Piratenjagd.

»Andererseits haben wir keine Einwände dagegen, dass Sie und ein einzelnes Geleitschiff die Fahrt nach Manticore fortsetzen«, fuhr Locatelli fort. »Das würde uns eine Gelegenheit verschaffen, uns über die jeweiligen Kampferfahrungen auszutauschen. Eine angemessene Analyse der Daten gestattet uns möglicherweise sogar herauszufinden, ob die Angriffe von der gleichen Piratengruppe durchgeführt wurden, also von zwei Gruppen, die der gleichen Bande angehören, oder ob beide Ereignisse in keinem Zusammenhang stehen.«

Na klar, dachte Llyn sarkastisch. *Sobald die Hölle zugefroren ist, wieder auftaut und erneut zufriert.*

Er neigte den Kopf, musste dagegen ankämpfen, sich seine Erleichterung anmerken zu lassen. Es fiel ihm deutlich schwerer als sonst.

»An alle Einheiten: Schubumkehr«, wies er Katura an. Er bemerkte die unverkennbare Erleichterung in der Miene des Captains, dann drückte er erneut den Sendeknopf seines Coms.

»Sie werden gewiss verstehen, dass der Großherzog es als Pflichtverletzung ansähe, würde ich mich einer Sternnation, bei der die Möglichkeit der Zusammenarbeit mit Piraten noch nicht vollständig ausgeräumt ist, als potenzielle Geisel anbieten«, erklärte er. »Sind die Daten, die Sie uns zur Verfügung gestellt haben, erst einmal ausgewertet, wird es uns vielleicht gelingen, die Zweifel des Großherzogs an Manticores Rechtschaffenheit zu zerstreuen. Wir könnten dann unser Gespräch zu einem späteren Zeitpunkt fortsetzen.« Dann ging ihm noch ein Gedanke durch den Kopf. »Wenn Sie uns auch noch die Daten zu dem Gefecht zukommen lassen könnten, das Sie erwähnt hatten«, setzte er hinzu, »würde das erwähnten Prozess gewiss beschleunigen. Aber da wir hier derzeit nicht willkommen sind, werden wir uns selbstverständlich umgehend verabschieden.«

Weitere sechs Minuten vergingen – sechs endlos lange Minuten, während derer Admiral Eigen immer weiter in Richtung Manticore abbremste und die drei Schlachtkreuzer, die aus dem Orbit des Planeten ausgeschwenkt waren, stetig auf sie zuhielten. Die *Pacemaker* und ihre Geleitschiffe fuhren ebenfalls weiter in Richtung des Planeten. Während der Wartezeit legten sie etwas mehr als vier Millionen Kilometer zurück. Doch ihre Geschwindigkeit fiel im gleichen Zeitraum um beinahe dreihundert Kps, und ihr Schwung trug sie bis achtundneunzigeinhalb Millionen Kilometer dicht an die Umlaufbahn von Manticore heran. Wenn sich die Manticoraner nicht doch noch umentschieden und auf einen Kampf bestünden, würden sie in vier Stunden bei vierzehn Millionen Kilometern Entfernung relativ zu dieser Welt zum Stillstand kommen – und in weniger als sechs Stunden könnten sie dann die Hypergrenze überqueren.

Wieder vorausgesetzt, dass sich die Manticoraner nicht unvermittelt umentschieden.

Es war fast wie ein Schock für ihn, als plötzlich wieder Locatellis Stimme aus dem Com dröhnte.

»Gewiss wären diese Daten für Sie sehr nützlich«, erklärte der Admiral. »Aber da wir sie bislang selbst noch nicht vollständig ausgewertet haben, kann das Sternenkönigreich sie unmöglich schon zu diesem Zeitpunkt Außenstehenden zukommen lassen. Das verstehen Sie gewiss. Wie dem auch sei: Ich wünsche Ihnen eine sichere Heimreise. Wir freuen uns auf einen Erfahrungsaustausch in absehbarer Zeit.«

»Das geht mir ebenso«, versicherte ihm Llyn. »Im Namen

Seiner Hoheit, des Großherzogs von Barca, sage ich Lebewohl.«

Er deaktivierte das Com.

»Weitere Anweisungen, Sir?«, erkundigte sich Katura.

»Wohl nicht, Captain«, gab Llyn zurück. »Es ist vorbei.«

6

»Statusänderung, Captain«, meldete Travis neben Lisa. Dank der disziplinierten Ruhe auf der Brücke der *Damocles* war seine Stimme klar und deutlich zu vernehmen. »Barca Alpha hat Schubumkehr angelegt.«

»OPZ?«, wandte sich Marcello an das Intercom.

»Vektorveränderung bestätigt, Captain«, lautete die Antwort aus der Operationszentrale. »Barca Alpha hat mit achtzig Gravos einen reziproken Kurs angelegt, und zwar vor genau zwo Minuten ab … jetzt.«

Lisa stieß einen kaum hörbaren Seufzer aus. Sie hatte zwar durchaus darauf vertraut, Travis' Trick würde funktionieren. Aber das Leben und der Krieg, das waren beides Situationen, in denen man sich *nie* sicher sein konnte. Daher war es eine Beruhigung, wenn Theorie und Realität zusammenpassten.

»Brücke? Maschinenleitstand hier«, war dann Papadakis' Stimme zu hören. »Sollen wir die Impeller jetzt entlasten, Sir?«

»Halten Sie noch eine Weile die aktuelle Einstellung aufrecht«, antwortete Marcello.

»Sir, wenn Barca Alpha wirklich das System verlässt, sollten wir die Emitter nicht unnötig belasten«, beharrte Papadakis. »Jede Minute, die wir die aktuellen Einstellungen beibehalten, kostet sie *zehn* Minuten ihrer zu erwartenden Gesamtlebenszeit.«

»Ich gebe Ihnen recht – *sofern* Barca-Alpha das System wirklich verlässt«, sagte Marcello. »Dessen möchte ich mir sicher sein, bevor ich die Belastung abbaue. Außerdem hat System Command uns bislang noch nicht gestattet, die Kampfvorbereitungen abzubrechen. Das kann höchstens noch ein paar Stunden dauern«, setzte er dann beruhigend hinzu.

»Aye, aye, Sir«, erwiderte Papadakis nach kurzem Schweigen. Falls er angesichts der Entscheidung seines Captains erbost, nervös oder beunruhigt sein sollte, konnte Lisa das seinem Tonfall zumindest nicht entnehmen.

»Aber wir können zumindest Klarschiff Ende geben«, ergänzte Marcello. »Eins-O, gehen Sie mit dem gesamten Schiff auf Bereitschaftsstufe zwo.«

»Aye, aye, Sir«, bestätigte Shiflett, und Lisa erkannte im Tonfall der Frau das gleiche Ausmaß an Erleichterung, das sie selbst empfand. Offiziere und Besatzung der *Damocles* waren ebenso mutig, tapfer und engagiert wie alle anderen bei der Navy, aber mit einem nur halb gefechtsfähigen Schiff in die Schlacht zu ziehen, das war für niemanden ein Spaß.

Die *Pacemaker* und die anderen Schiffe hatten endlich ihren Schub in Richtung Manticore abgebaut und beschleunigten seit fast sechseinhalb Stunden in Richtung der Sicherheit verheißenden Hypergrenze. Mittlerweile war der Abstand zwischen der *Pacemaker* und Manticore wieder auf mehr als einunddreißig Millionen Kilometer angewachsen, das Schiff steuerte die Hypergrenze mit mehr als siebentausend Kps an, und der Verband, der hinter ihnen eingetroffen war – am deutlichsten stach der Transpondercode von HMS *Victory* auf den Displays hervor –, hatte tatsächlich einen Kurs angelegt, mit dem er außerhalb der Reichweite der barcanischen Raketen bliebe.

So weit, so gut.

Doch Llyn hatte die manticoranischen Schiffe die ganze

Zeit über fest im Blick behalten und sich gefragt, ob Locatelli vielleicht doch noch in letzter Minute darauf bestünde, dass die unangekündigten Besucher zur Planetenoberfläche reisten – zu einer Einladung auf Kaffee und Kuchen, oder was auch immer Könige auf kleinen Hinterwäldlerwelten wie dieser hier zu speisen pflegten.

Doch die *Vanguard* und deren Geleitschiffe hatten weiterhin abgebremst, bis ihre Geschwindigkeit relativ zum Planeten auf null abgefallen war, und die anderen drei Schlachtkreuzer hatten ihre Beschleunigung so weit gedrosselt, dass sie an genau diesem Punkt zu Eigen stießen. Dann hatten sie dort gestanden und gewartet, die Stärke ihrer Keile auf Bereitschaftsleistung heruntergefahren. Währenddessen steuerte die *Victory* auf sie zu, um sich zu ihnen zu gesellen und einen wachsamen Blick auf Llyns Schiffe zu werfen. Die Ratten waren verjagt, und damit waren die Terrier offenkundig zufrieden.

Llyn hoffte, dass sich die Terrier über ihren kleinen Sieg freuten. Es war sehr wahrscheinlich, dass es der einzige Sieg bliebe, den sie je erringen würden.

Sie waren noch drei Stunden und annähernd einhundertfünfundvierzig Millionen Kilometer von der Hypergrenze entfernt, und Llyn hatte gerade gewagt, sich ein wenig zu entspannen, als die ganze Sache schon wieder aus dem Ruder lief.

In äußerst bizarrer Art und Weise.

»Eine Übertragung? Von welcher Art Übertragung reden wir hier?«, verlangte er zu wissen.

»Standard-Signallaser.« Captain Vaagens Stimme aus dem Lautsprecher klang unverkennbar angespannt. »Im Halbrafferverfahren, ausgerichtet auf Manticore. Wir bekommen das nur gerade so mit, weil wir so weit von der Quelle entfernt sind. Die Nachricht scheint verschlüsselt zu sein – in einer Art und Weise, die wir noch nie gesehen haben. Zumindest haben wir nichts darüber in den Datenbanken.«

»Natürlich haben wir das nicht in den Datenbanken«, gab Llyn mit zur Schau gestellter Geduld zurück. »Das hier ist Manticore, nicht die Liga. Können Sie das entschlüsseln?«

»Wir arbeiten daran. Bislang hat der Computer in dem Ganzen noch nicht einmal ein System erkennen können.«

»Ehrlich gesagt wüsste ich überhaupt nicht, was die zu übermitteln haben könnten, Mr. Llyn«, warf Captain Rhamas ein. »Wer auch immer da sendet, er verwendet keine aktiven Sensoren oder Ortungsgeräte – die hätten wir auf der Fahrt ins Systeminnere bemerkt. Ich weiß überhaupt nicht, was die über diese Entfernung hinweg auffangen können.«

»Na, auf jeden Fall fangen die *irgendetwas* auf«, versetzte Llyn und bedachte das Icon, das auf dem Hauptschirm aufgetaucht war, mit einem finsteren Blick. Natürlich hatte Rhamas recht. Theoretisch sollte etwas, das weiter entfernt war als sie und dabei nur über passive Sensoren verfügte, nicht den Hauch einer Chance haben, noch irgendetwas anderes aufzufangen als die Impellerkeile der Schiffe.

Aber wenn das wirklich alles war, was es hier gab: Warum diese plötzliche Übermittlung verschlüsselter Daten gen Manticore?

Vorsicht ist besser als Nachsicht – vorausgesetzt, es war nicht schon zu spät.

»Herumrollen des Keiles vorbereiten«, befahl er. »Sämtliche Schiffe. Rollen Sie gerade weit genug herum, um …«

»Den Keil herumrollen?«, fiel ihm Rhamas ungläubig ins Wort. »Sir, damit …«

»Gerade weit genug, um deren Satelliten den Blick in unsere Rachen zu versperren«, unterbrach ihn seinerseits Llyn. »Ja, damit dauert es ein bisschen länger, bis wir dieses System verlassen, na und? Die Manticoraner versuchen doch nicht einmal, uns zu folgen. Ja, wahrscheinlich ist genau das der einzige Grund dafür, dass uns die *Victory* so verdammt höflich ausweicht. Die brauchten überhaupt nicht so zu manövrieren, dass sie einen Blick in unseren Rachen werfen könnten – die konnten sich ja auf dieses Ding da vorn verlassen.« Mürrisch blickte er zum Display hinüber. »Was auch immer die da herausfinden – oder herauszufinden glauben: Ich will, dass das sofort aufhört.«

»Jawohl, Sir«, bestätigte Katura forsch. »Berechne Neupositionierung … und übermittle die Daten an die barcanischen Schiffe.«

»Ausführung, sobald die Bestätigung eingetroffen ist.«

»Jawohl, Sir. Ausführung … jetzt.«

Auf dem Display beobachtete Llyn, wie die Icons ihre Positionen veränderten. Der extrapolierte Vektor der *Pacemaker* verschob sich etwas weniger als vierzig Grad aufwärts. Allzu viel war das nicht, aber was auch immer dieser verdammte Satellit bislang gesehen hatte: Damit war jetzt Schluss.

»Und der neue Kurs verlängert unsere Ausreisezeit um … sieht nach etwas weniger als zwo Stunden und fünfundvierzig Minuten aus«, setzte Katura hinzu.

»Das reicht«, entschied Llyn. Noch einmal durchbohrte er mit stechendem Blick das Icon, das die Stelle markierte, von der aus die Übertragung gekommen war. »Und untersuchen Sie das vor uns liegende Terrain gründlich. Wenn uns noch mehr von diesen Satelliten im Weg stehen, dann will ich das wissen!«

»Sir?«, rief Chief Ulvestad zögerlich von der Signalstation aus. »Wir fangen hier etwas Komisches von NavSat HL-22B auf. Oder vielmehr: von irgendetwas *gleich neben* HL-22B.«

»Inwiefern komisch?«, fragte Marcello. »Und was meinen Sie mit ›gleich neben‹?«

»Nun, es kommt nicht vom Satelliten selbst, Sir«, antwortete Ulvestad. »Der strahlt nach wie vor das Standard-Funkfeuer ab.«

»Bestätigt, Sir«, meldete Lisa nach einem Blick auf das taktische Display. »Der Chief hat recht – das kommt eindeutig von irgendwo anders. Und wo auch immer das ist: Das ist höchstens ein paar tausend Kilometer von HL-22B entfernt.«

»Könnte das einer der alten NavSats sein?«, schlug Commander Shiflett vor. »Etwas anderes dürfte doch hier draußen gar nicht herumschwirren. Außerdem wäre das wohl auch das Einzige, dem eine Annäherung an Plattformen in dieser Konstellation bis auf zehntausend Kilometer überhaupt gestattet wäre.«

»Und was genau ist das für eine Übertragung, Chief?«

»Ich weiß nicht, Sir. Das ist … na ja, reines Kauderwelsch.«

»Und wir können uns sicher sein, dass es aus der Konstellation kommt? Nicht von Barca Alpha?«

»Definitiv, Sir«, bestätigte Lisa und deutete mit einer Hand auf das taktische Display. »Das liegt gute zwo Grad abseits von deren aktuellem Kurs und ist deutlich weiter entfernt.«

»Könnten die irgendwie einen der Satelliten gekapert haben?«

»Warum sollten die so etwas tun?«, fragte Lisa und runzelte die Stirn, als Travis auf einen Datenfeed neben ihrem Ellenbogen zugriff. Gemeinsam betrachteten sie ihn, dann blickten sie einander schweigend und in fast der gleichen Art und Weise stirnrunzelnd an. Ulvestad hatte recht: Der Computer kam bei der Entschlüsselung des Datenstroms kein bisschen weiter.

»Vielleicht ist das eine Nachricht, die gezielt für jemanden auf Manticore gedacht ist«, schlug Travis düster vor. »Irgendwer, mit dem die nicht direkt in Verbindung gebracht werden wollen.«

»Übertragen Sie das sofort an System Command«, entschied Marcello. »Das Krypto-Team sollte doch herausfinden können, was das ist.«

»Interessant«, sagte Admiral Locatelli vom Hauptschirm aus.

Edward blickte von dem Update auf, das gerade auf seinem eigenen Display erschienen war.

»Kommen die zurück?«, fragte er.

»Nein, Euer Majestät, sie steuern immer noch die Hypergrenze an«, beantwortete Cazenestro die Frage. »Sie haben nur gerade in ungewöhnlicher Weise den Vektor geändert: Jetzt bewegen Sie sich in einem Vierzig-Grad-Winkel zur Ekliptik.«

Mit gerunzelter Stirn betrachtete Edward das große taktische Display. Ihm ging auf, dass er zwischen den Rollen, die er zu spielen gewohnt war, hin und her sprang: Einen kurzen Moment lang war er wieder Offizier der Navy, der geistig all die eingetrichterten Erinnerungen an Simulationen durchging. Er verlor sich in den Details über Impeller, Waffensysteme und Manöver, versuchte, noch aus der letzten Nuance im Zucken und Stöhnen des Gegners Informationen zu gewinnen …

»Falls die Barcaner etwas ausweichen, weiß ich verdammt noch eins nicht, was das sein könnte«, bemerkte Locatelli. »Da draußen gibt es nichts anderes als die NavSats.«

»Stimmt«, bestätigte Edward. »Na ja, behalten Sie sie im Auge, Admiral. Und bitte übermitteln Sie allen Beteiligten meinen Dank und meine Anerkennung. Dieser Besuch hat uns wirklich und wahrhaftig auf dem falschen Fuß erwischt, aber unsere Leute haben großartige Arbeit geleistet. Sehen Sie zu, dass allen Beteiligten klar ist, wie bewusst mir das ist. Und in absehbarer Zeit werde ich es ihnen auch noch einmal persönlich sagen.«

»Jawohl, Euer Majestät, selbstverständlich.« Locatelli verneigte sich, und die Anspannung, die ihm am Gesicht immer noch abzulesen war, wurde tatsächlich für kurze Zeit von der Freude über das Lob Seiner Majestät getilgt. Ehe Locatelli seine Verneigung beenden konnte, hatte Edward die Signalverbindung schon unterbrochen.

Er atmete einmal tief durch und wandte sich an Cazenestro. »Und Ihre Meinung dazu?«

»Ich meine«, antwortete der Erste Lord mit einem boshaften Lächeln, »dass sich Graf Bloch im Alleingang selbst ausgetrickst hat.«

»Danach sieht es aus«, pflichtete ihm Edward bei.

Bislang war es bloße Vermutung gewesen, etwas stimme mit Blochs Verband nicht … gestützt vor allem durch den Gesetzesverstoß, die Hypergrenze ohne offizielle Identifizierung zu überqueren. Aber einen belastbaren Hinweis darauf, dass Graf Bloch nicht der war, der er zu sein behauptete, hatten sie nicht gehabt.

Doch das hatte sich mit einem – privaten – Com-Anruf geändert, den Edward und Cazenestro erhalten hatten. Man hatte sie darin über einen ganz bestimmten Einfall informiert, der jemandem gekommen war. Edward hatte offen gestanden nicht damit gerechnet, dass Bloch anbeißen würde, doch genau das war geschehen. Dass er offenkundig versuchte, sich vor dem mutmaßlichen Sensorsatelliten zu verbergen, war die Bestätigung, dass er tatsächlich etwas zu verbergen hatte … und zwar etwas, das er dem Sternenkönigreich gegenüber nicht preisgeben wollte.

Etwas, das verraten hätte, dass sein Verband etwas anderes war, als er vorgab.

Damit fehlte natürlich immer noch jeglicher Hinweis darauf, *was* er niemanden in Manticore wissen lassen wollte. Das zu erfahren wäre natürlich außerordentlich wichtig gewesen. Nun, im Krieg mochte sich *jeder* Fetzen Information irgendwann als nützlich erweisen.

Im Krieg. Edward schnürte es die Kehle zu, und wieder wechselte er zur nächsten Rolle. Jetzt war er nicht mehr Offizier der Royal Manticoran Navy, sondern König: In seiner Verantwortung lagen Sicherheit und Wohlergehen des gesamten Sternenkönigreichs.

Und von diesem Blickwinkel aus betrachtet …

»Vielleicht sollten wir sie noch ein wenig näher aufkommen lassen«, sagte er, mehr zu sich selbst. »Wenigstens weit genug, dass wir zumindest ein paar anständige Daten auffangen.«

Cazenestro warf ihm einen erstaunten Blick zu. »Bei allem schuldigen Respekt, Euer Majestät, nach meinem Dafürhalten macht Admiral Locatelli da genau das Richtige«, sagte er. »Zum jetzigen Zeitpunkt sind wir keineswegs in der Lage, in die Schlacht zu ziehen. Es ist viel besser, wenn diese Eindringlinge später noch einmal zurückkehren – wenn wir kampfstärker sind als jetzt.«

»Ich weiß«, bestätigte Edward seufzend. »Aber wir wissen jetzt, dass unsere Besucher Böses planen. Denn es wäre unangemessen leichtgläubig, von einem Zufall auszugehen, wenn innerhalb eines Monats zwei Banditentrupps, die absolut nichts miteinander zu tun haben, das Sternenkönigreich angreifen. Wir müssen uns unbedingt neu aufstellen und schlagkräftiger werden.«

»Und unsere Dislozierungen überdenken«, brummte Cazenestro.

Edward wandte den Blick ab, finster starrte er den Hauptschirm an. Einerseits war die Dislozierung der Schiffe, die beinahe zur Vernichtung des ganzen Sternenkönigreichs geführt hätte, nicht seine Idee gewesen.

Andererseits jedoch schon.

Cazenestro und Locatelli hatten sich – energisch und mit Nachdruck – dagegen ausgesprochen, die Navy des Sternenkönigreichs in dieser Art und Weise aufzuteilen. Edward war ganz ihrer Meinung gewesen. Auf Sphinx lebten nicht einmal fünfhunderttausend Menschen, und das war nun einmal etwas anderes als die drei Millionen Untertanen Edwards, die auf Manticore lebten.

Andererseits gab es gute Gründe dafür, Schiffe in das Untersystem von Manticore B zu entsenden. Auf Gryphon lebten auch nur eine Viertelmillion Menschen – die meisten davon Nachfahren der ursprünglichen Kolonisierungsbesatzung der TRMN. Doch in diesem System wurden Rohstoffe auf Asteroiden abgebaut, und es gab einen Forschungs- und Entwicklungsstützpunkt der Royal Manticoran Navy. Trotzdem fiel das System angesichts der überwältigenden Notwendigkeit, die Hauptwelt zu beschützen, eindeutig in die Kategorie ›ferner liefen‹. Manticore war ohne jeden Zweifel sowohl das wertvollste als auch das einzig logische Angriffsziel im Sternenkönigreich.

Wäre es nach Edward, der Admiralität und Carlton Locatelli gegangen, wären die ihnen zur Verfügung stehenden Einheiten entsprechend eingesetzt worden. Doch so dünn besiedelt Sphinx und Gryphon auch sein mochten: Auf diesen beiden Planeten befanden sich immer noch mehr als ein Drittel aller Ländereien einflussreicher Peers.

Verständlicherweise legte der grundbesitzende Adelsstand immensen Wert darauf, auch beschützt zu werden. Und da die Verfassung nun einmal eindeutig die Aristokratie in den Vordergrund stellte, besaß der Adel unverhältnismäßig großen politischen Einfluss.

Die ausdrückliche Forderung nach Schutz durch die Navy wäre unter allen Umständen zumindest lästig gewesen. Doch nun war es noch deutlich mehr als das – weil sich Schatzkanzler Breakwater auf die Seite der beharrlich ihre Forderungen vorbringenden Peers gestellt hatte.

Bei Sphinx hatte er auf die stetig anwachsende orbitale Infrastruktur hingewiesen und erklärt, sie sei mittlerweile zu wertvoll, um sie Invasoren mir nichts, dir nichts zu überlassen. Was Gryphon anging, hatte er besonders viel Kreativität an den Tag gelegt. Angesichts ihrer Herkunft stand die Bevölkerung von Gryphon besonders treu zur Krone – weswegen Schatzkanzler Breakwater kaum zu ihren Lieblingspolitikern gehörte. Indem er lautstark verlangte, auch für Gryphons Schutz sei zu sorgen, hoffte er, auf diese Weise dort neue Parteigänger zu gewinnen.

Edward persönlich vermutete dahinter noch ein anderes Motiv: Anderson L'Estrange mühte sich stets darum, sich Gunst zu erkaufen, denn er suchte nach Unterstützung, um seine Machtbasis im Oberhaus zu festigen. Dergleichen jedoch konnte und durfte niemals öffentlich eingestanden werden, und das wiederum machte die Tatsache, dass er hier die Karte ›Verteidigung von Gryphon‹ ausspielte, außerordentlich vielsagend. Es ging schließlich um unschuldige Zivilisten, die den Schutz durch die Navy wirklich verdient hatten – was Breakwaters perfekte Tarnung für sein auf Gryphon Gunst erkaufendes Manöver war. Weil aber Admiralität und Krone die – menschliche – Schwäche hatten, jene am liebsten zu beschützen, die sie auf ihrer Seite wähnten, würde das zweifellos die Schärfe mildern, mit der sich Admiralität und Krone seinen Argumenten entgegenstellten.

Breakwater und die betroffenen Lords waren es gewesen, die die Navy dazu gedrängt hatten, die Flotte aufzuteilen. Dieser Teil der aktuellen Lage war also mitnichten Edwards Schuld.

Doch er war nun einmal der König, und er hätte die ganze Debatte mit einem Machtwort beenden müssen – mit jener Art Machtwort, das man von einem König in einer Lage wie dieser erwarten durfte. Dass Edward das nicht getan hatte, war einzig und allein seine Schuld, verdammt noch eins!

»Zweifellos, wir werden unsere Dislozierungen überdenken«, versprach er Cazenestro.

»Danke, Euer Majestät«, sagte dieser.

»Und: Ja, wenn wir erst einmal Zeit genug hatten, wieder zu Atem zu kommen, werden wir auch unsere Kampfkraft erhöhen«, fuhr Edward fort. »Das Problem ist nur: Das gilt für unsere Gegner da draußen ganz genauso. Mehr Informationen über sie wären also mehr als wünschenswert.«

»Ganz meine Meinung«, bestätigte Cazenestro. »Richtig, wir sind noch einmal davongekommen, aber ich bin fest davon überzeugt, nur so gerade eben. Wenn wir den Gegner jetzt in die Enge treiben und ihm nichts anderes als das Gefecht bleibt, dürfte er sehr rasch bemerken, dass wir gegen ihn nur einen einzigen Schlachtkreuzer ins Feld schicken können. Und wir würden womöglich herausfinden, dass *uns* deutlich mehr als nur vier Kreuzer entgegenstehen.«

»Ich weiß«, meinte Edward leise. »Und wenn wir so vorgegangen wären, dann hätten auch deutlich mehr Männer und Frauen ihr Leben verloren. Und trotzdem wünschte ich …« Er beendete den Satz nicht.

Natürlich hatte Cazenestro recht – zumindest von der taktischen Warte aus betrachtet. Hätten sie einen Kampf forciert und hätte sich dann herausgestellt, dass es sich bei den beiden

›Frachtern‹ wirklich um Q-Schiffe handelte, hätte das katastrophale Folgen gehabt. Die *Vanguard* und ihre beiden einzig kampftauglichen Begleitschiffe wären zerstört worden, und es hätte keinen Schutzwall mehr zwischen den Invasoren und der Hauptwelt des Sternenkönigreichs gegeben. Flannery und Kampfgruppe Rot standen viel zu weit achteraus zu den Invasoren, um noch eingreifen zu können.

Als Soldat verstand Edward das sofort. Als König wusste er, dass zum Erlangen entscheidender Informationen Bauernopfer gelegentlich unerlässlich waren – und dass es sich bei besagten Bauern um Menschen aus Fleisch und Blut handelte.

König Edward Winton war so zu denken zutiefst zuwider. Aber es gehörte zu seiner *Verantwortung*, so zu denken und gegebenenfalls zu handeln.

Also nahm der König Cazenestros Lageanalyse zwar zur Kenntnis, bedauerte aber weiterhin die dünne Datenlage, die sein Volk in Bedrängnis bringen konnte.

Er hätte die *Vanguard* sofort und ohne mit der Wimper zu zucken geopfert, wenn ihm das die Informationen verschafft hätte, die er so dringend benötigte. Er hätte sich selbst dafür gehasst, aber er hätte es getan.

Aber nicht an diesem Tag. Cazenestro hatte recht: Nicht, solange sich das Sternenkönigreich noch von den Verheerungen der Schlacht von Manticore erholte. Später vielleicht, an einem anderen Tag, aber nicht heute.

»Ich darf also davon ausgehen, dass wir unmittelbar nach Graf Blochs Transition die Reparaturen wiederaufnehmen?«, wechselte er wissentlich das Thema.

»Jawohl, Euer Majestät«, bestätigte Cazenestro, und seine Miene verfinsterte sich ein wenig, während er in Richtung des Wiederholdisplays im Arbeitszimmer des Kommandanten von HMSS *Orpheus* wies. »Wir arbeiten immer noch daran, die tatsächlichen Verluste zu ermitteln«, fuhr der Erste Lord der Admiralität mit schwerer Stimme fort. »Bislang sieht es so aus, als wären nur zwo Personen ums Leben gekommen …«

Edward musste sich sehr beherrschen, nicht das Gesicht zu verziehen. *Nur* zwo Personen.

»… aber mindestens fünf weitere sind zum Teil lebensgefährlich verletzt, und wie viele kleinere Verletzungen es an Bord gibt, weiß Gott allein. Noch nicht berücksichtigt ist, wie stark bei dem Versuch, die Reserve so rasch auf den Weg zu bringen, Schiffe selbst beschädigt wurden – und die Anlagen von *Orpheus*.« Er schüttelte den Kopf. »Wir hatten heute unverschämtes Glück, Euer Majestät, aber ich wäre sehr erstaunt, wenn wir durch diese Aktion die Reparaturzeiten der *Damocles* und der *Perseus* nicht um mehrere Monate verlängert hätten – vor allem bei der *Damocles*, wenn man sich auf die Schätzungen von Marcellos Technikern hinsichtlich der Emitter verlassen kann. Die *Erinye* scheint nicht ganz so heftig in Mitleidenschaft gezogen zu sein – was nicht viel heißt.«

»Richtig«, nickte Edward düster und betrachtete die Verlustmeldungen auf dem Wiederholdisplay. Anscheinend war es ihm *doch* gelungen, an diesem Tag ein paar Bauern zu opfern.

Er sprang auf. »Ich bin in meinem Arbeitszimmer«, sagte er. »Rufen Sie mich, wenn sich die Lage ändert.«

Mit großen Schritten stürmte er davon, bevor Cazenestro auch nur Gelegenheit zu einer Erwiderung hatte. Edwards Gedanken kreisten um Locatelli, der in seinem Hauptquartier auf Thorson saß. Was der System Commander wohl dachte, während er zuschaute, wie sich Bloch und dessen Schiff der Hypergrenze näherten? Jetzt, wo die unmittelbare Gefahr vorbei war?

Vermutlich betrauert er seinen Neffen, dachte Edward. So sollte es auch sein. Dass dieser zweite Versuch einer Invasion ohne eben jene Sorte Gefecht abgewendet worden war, die beim ersten Versuch so viele tapfere Männer und Frauen das Leben gekostet hatte, sollte Grund genug dafür sein, all derer zu gedenken, die jenen ersten Versuch vereitelt hatten.

So war es also nur recht und billig, dass Locatelli um seinen Neffen trauerte. Ebenso, wie es nur recht und billig für Edward wäre, um seinen Sohn zu trauern.

Später vielleicht, aber nicht an diesem Tag, nicht heute.

Ohne weitere dramatische Entwicklungen und ohne weitere Kommunikation mit Manticore erreichten die *Pacemaker* und ihr Verband die Hypergrenze.

Zwei Minuten später hatten sie das Alpha-Band erreicht und waren damit endgültig in Sicherheit.

»Kurs, Sir?«, erkundigte sich Katura.

»Wir kehren zum Rendezvouspunkt zurück«, erklärte ihm Llyn. »Wir übermitteln unseren Bericht, ziehen unsere Leute von den barcanischen Schiffen ab und schicken alle nach Hause.«

»Die Barcaner werden nicht gerade glücklich darüber sein«, warnte ihn Katura.

»Glücklich zu sein stand nicht mehr zur Disposition, seit wir in dieses verdammte System vorgestoßen sind«, versetzte Llyn beißend.

»Ich meinte doch bloß …«

»Ich weiß, was Sie gemeint haben«, knurrte Llyn. »Keine Angst, wir sorgen schon dafür, dass der Großherzog auch seine zweite Zahlung erhält.«

»Jawohl, Sir«, sagte Katura. »Wünschen Sie Begleitung durch die *Shrike* oder die *Banshee*? Ich habe gehört, vor allem Captain Vaagen habe sich in Bezug auf den Großherzog mittlerweile zu einem wirklich guten Diplomaten entwickelt. Ihm könnte es durchaus gelingen, etwaigen Unmut angesichts dieses Rückschlags zumindest ein wenig zu beschwichtigen.«

Mürrisch betrachtete Llyn seine Instrumente. Ja, das war wirklich ein Rückschlag. Aber der ließe sich wieder aufholen. Die Axelrod Corporation wollte Manticore und den Wurmlochknoten haben, von dessen Existenz diese Idioten vor Ort nicht einmal etwas ahnten. Und was Axelrod haben wollte, bekam Axelrod auch.

Doch der Großherzog mochte anders darüber denken. Und wenn er nur nervös genug würde … und sich womöglich dafür entschied, sich den geheimnisvollen Wohltäter, der ihm das Sternenkönigreich von Manticore angeboten hatte, genauer anzuschauen …

»Nein«, beantwortete er Katuras Frage. »Wir weisen unseren Kontaktmann am Rendezvouspunkt mit einer codierten Nachricht an, das Geld freizugeben, und dann folgen wir den Barcanern in deren Heimat. Der Bursche kann alles über sich ergehen lassen, was ihm der Großherzog möglicherweise wird an den Kopf werfen wollen.«

»Dann wäre vielleicht eine Bonuszahlung angemessen«, schlug Katura vor.

Llyn stieß ein Schnauben aus. Eine Bonuszahlung? Dafür, dass die Barcaner die ganze Zeit nichts anderes taten als hilflos mit den Armen zu wedeln, endlos zu jammern und anderen im Weg herumzustehen? Ja, mittlerweile gab es entschieden zu viele Leute, die der Ansicht waren, genau so habe das Universum gefälligst zu funktionieren. »Einen Bonus kann der Großherzog bekommen, wenn er ihn sich verdient«, grollte er. »Verzeihung, das muss natürlich heißen: *falls* er ihn sich verdient.«

»Jawohl, Sir«, antwortete Katura unverkennbar skeptisch. »Haben Sie schon über Gensonne nachgedacht?«

»An den habe ich in letzter Zeit sogar ziemlich häufig gedacht«, gab Llyn säuerlich zurück. »Hatten Sie da irgendetwas Spezielles im Sinn?«

»Ich hatte mir nur gedacht, dass er ja vielleicht Hilfe braucht, wenn's ihn derart hart getroffen hat.«

»Sollte er lang genug überlebt haben, um nach Telmach zurückzukehren, dann wird der auch wieder«, versicherte ihm Llyn. »Sein *Schiff* wird Hilfe benötigen – wahrscheinlich sogar reichlich –, aber der Mann selbst erholt sich wieder.«

»Jawohl, Sir«, wiederholte Katura. »Ich sollte darauf hinweisen, dass wir immer noch die *Shrike* oder die *Banshee* dafür freistellen könnten, einen Bericht zum Rendezvouspunkt zu bringen.«

Llyn schürzte die Lippen. Einen Bericht? Worüber denn? Dass Gensonne gescheitert war – und damit indirekt auch Llyn selbst?

So nicht! Noch bestand die Möglichkeit, die Lage zu retten. Llyn musste sie nur finden.

»Nein, ich will beide Schiffe an meiner Seite wissen«, entschied er. »Wenn wir uns am Rendezvouspunkt von General Haus verabschiedet haben – und wir ihn also endlich los sind –, steuern wir Telmach an.«

»Verstanden.« Eine kurze Pause schloss sich an. »Erwarten Sie Schwierigkeiten, Sir? An welchem der beiden Orte auch immer?«

»Ich *erwarte* sie nicht unbedingt, Captain«, erwiderte Llyn. »Aber ich habe die feste Absicht, auf diese Möglichkeit vorbereitet zu sein.«

7

Unter den geschlossenen Lidern zuckten ruhelos die Augäpfel des jungen Mannes. *Wahrscheinlich träumt er,* dachte Elizabeth Winton-De Quieroz, während sie sorgfältig das Tuch über seinem Schlüsselbein zurechtzog.

Höchstwahrscheinlich war es ein Albtraum.

Ihr Blick wanderte vom schmerzverzerrten Gesicht hinauf zum Kopfverband. Er gehörte zu den Verletzten von der *Damocles.* Die Druckwelle hatte ihn erfasst, als der Dorsal-Werfer explodiert war und todbringende Splitter drei Korridore weit geschleudert hatte. *Spacer Third Class* Belgrand war an Kopf und Brust getroffen worden – die Ärzte vermuteten, von einem Trümmerstück einer Monitorkonsole.

Er hatte Glück gehabt. Fünf seiner Kameraden waren ebenfalls verletzt worden, zwei von ihnen schwerer als er. Die anderen drei waren sofort tot gewesen.

Tot. Ebenso wie alle Besatzungsmitglieder der *Phoenix* und der *Sphinx,* der *Gemini,* der *Gorgon* und der *Hercules.*

Einschließlich ihres Neffen Richard.

Belgrands Gesicht verschwamm, als Elizabeth Tränen in die Augen stiegen. Mit den Tränen kam eine Erinnerung: Vor vier Jahren, kurz nach dem Tod ihres geliebten Ehemannes Carmichael, hatte sie nach der Abdankung ihres Vaters Michael mit Richard im Palast gesessen. Richard war damals gerade achtzehn Jahre alt gewesen, doch seine Klugheit, sein Mitgefühl und das Verständnis, das er für sie aufbrachte, hatten sie in Erstaunen versetzt. Trotz der tiefen Trauer, in der sie sich befand, war ihr das nicht entgangen, im Gegenteil: Sie erinnerte sich noch bestens daran. Sie hatte mit Erstaunen und Dankbarkeit festgestellt, wie reif er bereits war, und sich vorgestellt, dass er zu wahrer Größe fände, wenn er dereinst den Thron bestiege.

Nun würde dieser Tag nie kommen.

Sie blinzelte heftig, um die Tränen zu vertreiben. Für Trauer gab es die rechte Zeit und den rechten Ort. Richard war nicht mehr zu helfen, für die Männer und Frauen auf der Krankenstation galt das nicht. Es wurde Zeit, dass sich Elizabeth ganz darauf konzentrierte, zu helfen, wo sie nur konnte.

Sie warf einen letzten Blick auf Belgrand, dann verließ sie leise sein Krankenzimmer und ging den langen Korridor hinab, vorbei an den anderen ebenso stillen Zimmern. Im Hintergrund waren leise die Stimmen der Ärzte und Schwestern zu hören. Dass ein Mitglied der königlichen Familie die körperlich Verwundeten besuchte, war vor allem ein symbolischer Akt: die Schwester des Königs, die Trost spendete und Decken verteilte, so etwas eben. Elizabeths eigentliche Aufgabe war, sich der seelisch Verwundeten anzunehmen – all jener, bei denen die Stunden in der Hölle keine körperlich sichtbaren, aber ebenso unverkennbar schmerzende Narben hinterlassen hatten.

Noch zwanzig Minuten blieben ihr bis zu ihrem ersten Termin an diesem Tag. Die Zeit reichte mehr als aus, um noch einmal ihre Notizen durchzugehen und sich auf die vor ihr liegenden Aufgaben vorzubereiten. Gleich hinter dem Korridor, an dessen Ende das Beratungszimmer lag, befand sich eine kleine Lounge, die um diese Uhrzeit meist ungenutzt war. Diese steuerte Elizabeth nun an und nickte dabei der Handvoll ärztlichem Personal zu, an dem sie vorbeikam.

Der ersten Hinweis darauf, dass die Lounge heute *nicht* leer war, bestand darin, dass sie, als sie um die Ecke bog, zwei Männer sah, die beiläufig vor der Tür standen. Große Männer. Wachsame Männer. Bewaffnete Männer.

Beinahe hätte Elizabeth kehrtgemacht und wäre wieder gegangen. Seit zwei Monaten bedrängte ihr Bruder sie nun schon – dezent und subtil, aber eben doch merklich –, und sie war wirklich nicht in der Stimmung, sich jetzt *schon wieder* Anspornendes darüber anzuhören, dass sie unbedingt wieder ihr eigenes Leben führen müsste. Außerdem hatte sie Wichtigeres zu tun.

Sie ging weiter, zu Ärger mischte sich Resignation. Nun, ehrlich gesagt, blieb ihr kaum eine Wahl, wenn Seine Majestät der König sie sprechen wollte.

Erst als sie den Männern nahe genug war, ging ihr auf, dass das nicht Edwards Wachen waren.

Sie beschleunigte den Schritt. Unter allen im Palast gab es nur eine Person, mit der sie tatsächlich würde sprechen wollen …

Kronprinzessin Sophie saß auf einem der Sofas, die Beine untergeschlagen, den Ellenbogen auf dessen Lehne, das Gesicht in die Hand geschmiegt. Der Blick ging zum Fenster hinaus, durch das in der Ferne das Sonnenlicht auf den Wellen der Jasonbai funkelte. Selbst im Profil verriet allein Sophies Körpersprache Schmerz und Leid. Elizabeth verzog gequält das Gesicht.

»Hallo, Sophie«, begrüßte sie ihre Nichte, »was führt dich denn an diesem Morgen hierher?«

»Hallo, Tante Elizabeth«, erwiderte Sophie, ohne sich umzudrehen. »Ich weiß auch nicht. Ich musste einfach nur einmal aus dem Palast heraus.«

»Ah«, gab Elizabeth zurück und setzte sich neben sie auf

das Sofa. Das Mädchen hatte sich immer noch nicht umgedreht. »Zu viele Erinnerungen?«

»Zu viele gebrochene Menschen«, antwortete Sophie. »Mom und Dad … sie versuchen, sich nichts anmerken zu lassen. Aber man sieht es trotzdem. Man sieht es an *allem*, was sie tun und was sie sagen.«

»Und an allem, was sie *nicht* sagen, was?«

Kurz zuckten ihre Schultern. »Das ist das Schlimmste. Weißt du, was ich meine? Das, was sie *nicht* sagen. Das ist, als … als würden sie leiden, aber sie dürften es nicht zeigen. Nicht einmal mir. Nicht einmal einander.«

»Er ist der König«, rief Elizabeth ihr ins Gedächtnis zurück. »Er denkt wahrscheinlich, er müsste stets den Schein wahren.«

»Ich weiß«, sagte Sophie. »Genau das erschreckt mich ja so.«

»Wieso?«

Sophie atmete aus wie in Zeitlupe; es klang unendlich müde. »Weil eines Tages *mir* genau das Gleiche bevorsteht«, sagte sie, beinahe zu leise, um es noch zu verstehen. »Und ich glaube nicht, dass ich das hinbekomme.« Nun wandte sie sich doch um.

Elizabeth musste sich sehr zusammenreißen. Sie hatte gerötete Augen erwartet, Spuren von Tränen auf den Wangen und all die anderen Folgen langen, bitteren Weinens.

Stattdessen sah sie ein Gesicht voller Härte und Kälte: Jegliche Emotion war daraus verschwunden. »Sophie?«, fragte sie besorgt.

»Siehst du?« Sophie schluckte – das einzige Anzeichen dafür, dass sich hinter dieser starren Maske doch eine Regung verbarg. »Ich tue mein Bestes – ganz ehrlich. Aber das ist alles, was ich fertigbringe. Entweder das hier oder …« Sie beendete den Satz nicht. »Wie *macht* er das, Tante Elizabeth? Wie schafft er es, so zu tun, als wäre alles in bester Ordnung? Wie kann er *lächeln?*«

»Keine Ahnung«, gestand Elizabeth. »Aber *du* brauchst das nicht zu tun. Du bist nicht er, Sophie. Niemals wirst du *er* sein müssen.«

»Nein, ich muss einfach nur die Kronprinzessin sein.« Sophie schloss die Augen, und einen winzigen Moment lang brachen sich doch all die eingeschlossenen Gefühle Bahn. »Ich *will* das nicht, Tante Elizabeth. Ich habe das *nie* gewollt!«

»Ich weiß, Schätzchen«, versuchte Elizabeth sie zu trösten. Sie rutschte ein wenig näher an die junge Frau heran und legte ihr den Arm um die Schultern. »Das ist in Ordnung. Alles wird wieder gut.«

Eine Minute lang saßen sie schweigend da, hielten einander fest und sinnierten still über ihre Trauer. Schließlich richtete sich Sophie ein wenig auf. »Danke«, wisperte sie.

»Gern geschehen«, erwiderte Elizabeth. »Dafür hat man doch Familie.«

»Zumindest die, die noch übrig ist.« Tief atmete Sophie durch. Elizabeth konnte sehen, wie Furcht und Niedergeschlagenheit aus der Miene ihrer Nichte verschwanden. An ihre Stelle traten die Stärke, die Würde und die Willenskraft ihres Vaters. »Also gut«, sagte die junge Frau.

»Bist du jetzt bereit, wieder Kronprinzessin zu sein?«, fragte Elizabeth.

»Schätze schon«, antwortete Sophie. »Du bist in so etwas *richtig gut,* Tante Elizabeth. Du solltest in die Politik gehen!«

»Keine Chance«, gab Elizabeth mit fester Stimme zurück. »Es ist mir allemal lieber, den Verwundeten die Hand zu halten, als mich mit Dapplelake und Breakwater herumzuschlagen!«

»Das kann ich dir nicht verdenken.« Sophie rümpfte die Nase. »Ich hoffe einfach, dass die nicht immer noch aufeinander herumhacken, wenn ich eines Tages den Thron besteige.«

»Keine Chance«, wiederholte Elizabeth. »Dein Vater bleibt bestimmt noch dreißig Jahre lang König, wahrscheinlich sogar eher vierzig oder fünfzig. Nein, du wirst irgendwann mit ganz neuen Problemen und ganz neuen unfassbar enervierenden Leuten gesegnet sein.«

»Na, vielen Dank auch«, meinte Sophie mit einem kleinen Lächeln, doch es verflog rasch wieder. »Aber ... ach, ich weiß nicht. Die Politik kann einen wirklich in den Wahnsinn treiben. Bist du dir sicher, dass das bei diesem Job hier nicht ganz genauso ist?«

»Wie meinst du das?«, fragte Elizabeth und hörte selbst, dass sie dabei ein wenig herausfordernd klang.

»Ich meine bloß ... also gut. Kennst du den Ausdruck ›an einer Wunde herumkratzen‹?«

Elizabeth hatte plötzlich einen Kloß im Hals.

»Ich vermisse ihn, Sophie«, sagte sie leise. »Ich vermisse ihn ganz schrecklich. Aber meine Arbeit hier ist nicht nur eine Art Beschäftigungstherapie, um nicht in Selbstmitleid zu verfallen. Viele der Leute, um die ich mich kümmere, fühlen sich schuldig, weil *sie* überlebt haben, ihre Freunde aber nicht. Ich weiß, wie sich das anfühlt – dieser Gipfelbär hätte genauso gut mich angreifen können, nicht Carmichael. Ich rede mit denen auf Augenhöhe, weil ich ganz genau *weiß*, wie sie sich fühlen.«

»Ich weiß«, kam von Sophie. »Ich sehe Männer und Frauen von der Navy überall in Landing, und immer wieder ertappe ich mich bei der Frage, wieso sie überleben durften, Richard aber nicht. Ich ... ich will einfach nur nicht, dass du dich hier vergräbst, während du Größeres erreichen könntest.«

»Im Moment ist das, was ich hier tue, groß genug.«

»Okay«, gab Sophie nach, »aber manchmal … mache ich mir eben Sorgen um dich.«

»Geht mir bei dir genauso«, erklärte Elizabeth. »Auch dafür hat man schließlich Familie.« Sie tätschelte ihrer Nichte das Knie. »Ich weiß, dass sich das im Augenblick wahrscheinlich nicht so anfühlt, Sophie, aber eines Tages wirst du eine wirklich gute Königin sein. Das spüre ich.«

»Na, hoffentlich.« Sophie schnitt ein Gesicht. »Aber … ach, ich weiß nicht. *Königin Sophie* klingt so … so kindisch, muss ich wohl sagen.«

»Wollen wir die Namen tauschen?«, gab Elizabeth trocken zurück. »Mir hat deiner immer besser gefallen als meiner.«

»Wirklich?«

»Wirklich«, versicherte ihr Elizabeth. »›Sophie‹ bedeutet ›Weisheit‹, ›Elizabeth‹ nur, dass mein Vater viel Wert darauf gelegt hat, bei seiner Mutter gut dazustehen.«

»Nein, heißt es nicht«, spottete Sophie. »Es heißt ›Gott gewidmet‹ oder auch ›Gott ist Fülle‹. Außerdem: Zweimal ›Königin Elizabeth‹? Dann denkt doch jeder, dem Königshaus Winton seien die Namen für Kinder ausgegangen.«

»Es könnte schlimmer sein«, gab Elizabeth zurück. »Ich kenne Brüder, die jeweils eine ›Sherrie‹ geheiratet haben. Ab da hießen sie dann immer nur ›Matts Sherrie‹ und ›Marks Sherrie‹, damit sie nicht ständig verwechselt werden. Und außerdem hättest du dann ein ›die Zweite‹ hinter deinem Namen.«

»Ich werd's mir überlegen«, versprach Sophie. »Du weißt sicher, was das heißt, oder?«

»In unserer Familie? Aber klar«, versicherte ihr Elizabeth. »Das hat dein Vater während meiner Jugend jahrelang so gemacht – meistens, wenn ich wollte, dass er für mich etwas tut, was er selbst nicht tun wollte.«

»Du warst als kleine Schwester bestimmt ganz schön nervig, oder?«

»Das kannst du dir überhaupt nicht vorstellen.« Elizabeth atmete tief durch und seufzte dann lautstark. »Wir tun, was wir eben tun müssen, Sophie. Und das ist nicht immer das, was wir tun *wollen.*«

»So wie sich zwischen Dapplelake und Breakwater zu positionieren?«

Elizabeth rang sich ein Lächeln ab. »Ich werd's mir überlegen. Aber bis dahin passt du auf dich auf, ja? Und auch auf deine Eltern. Du bist die Einzige, die das hinbekommt.«

»Ich weiß.« Nun war es an Sophie, sich zu einem Lächeln zu zwingen. »Ich gebe mein Bestes.«

»Du bist eine Winton«, erinnerte Elizabeth sie. »Du wirst herausfinden, dass ›dein Bestes‹ mehr ist, als du jemals für möglich gehalten hast.«

»Ich hoffe, du hast recht.« Sophie stand auf. »Mach's gut, Tante Elizabeth.«

»Mach's gut, Sophie.«

Sie blickte ihrer Nichte hinterher, die nun, die Leibwächter im Schlepptau, auf den Lift zuschritt, der sie ins Freie bringen würde.

Und Elizabeth fühlte sich schuldig.

Ja, die Wintons waren stark. Zumindest historisch betrachtet hatten sie sich schon immer all den Herausforderungen gestellt, die mit ihrer Autorität einhergegangen waren.

Doch das hatte seinen Preis. Sophie sah bereits am Horizont aufziehen, was sie zu bezahlen hätte. Bis sie innerlich gereift und gewachsen war, sich ihrer Aufgabe zu stellen, oder bis sie selbst den Thron bestieg, wäre sie noch geschützt davor, was genau sie Thron und Macht tatsächlich kosten würden.

Vieles davon würde ihr bis dahin nicht einmal in den Sinn kommen.

Elizabeth schüttelte den Kopf. Das wären die Dinge, die die schlimmsten waren – und sei es nur, weil sie sich immer im unerwartetsten und ungünstigsten Moment zu Wort meldeten.

Vielleicht hätte sie das Mädchen davor warnen sollen? Aber das war Edwards Aufgabe. Elizabeth hatte genug eigene Probleme. Sie musste sich darum kümmern, dass ihre drei Stiefkinder die Gegebenheiten des Lebens kennenlernten. Deswegen konnte sie diese Aufgabe nicht auch noch für die Tochter eines anderen übernehmen. Selbst wenn diese Tochter ihre Nichte war.

Außerdem lag all das noch in ferner Zukunft. Hier und jetzt, das war die Gegenwart mit all ihren Aufgaben, die es zu erfüllen galt. *Jeder Tag hat genug an seiner eigenen Plage.*

Sie holte ihr Tablet aus der Tasche, rief das Profil ihres ersten Patienten auf und machte sich an die Lektüre.

»Sie hören mir nicht zu!«, knurrte Schatzkanzler Breakwater in sein UniLink. »Es ist mir völlig egal, wer das genehmigt hat – Cazenestro, Dapplelake oder meinetwegen sogar König Edward persönlich! Ich möchte wissen, wer zum Teufel diesen Befehl überhaupt erst ausgegeben hat, verdammt noch mal!«

Gavin Vellacott, seines Zeichens Baron Winterfall, saß am Schreibtisch von Breakwaters Sekretärin und konzentrierte sich ganz auf die Vorschriften, die durchzuarbeiten man ihm aufgetragen hatte. Dabei bemühte er sich nach Kräften, die kontrollierte Kernschmelze zu ignorieren, deren Zeuge er gerade durch die offen stehende Tür zu Breakwaters Büro wurde.

So ganz vermochte er diese Kernschmelze nicht zu begreifen. Breakwaters Hauptaugenmerk war wie stets ganz darauf ausgerichtet, den MPARS bestmöglich zu präsentieren. Bedauerlicherweise – zumindest für den Schatzkanzler des Sternenkönigreichs von Manticore – war es kein Angehöriger des MPARS gewesen, der auf die Idee gekommen war, die Impellerkeile der beiden Korvetten so aufzublähen, dass sie für jeden Sensor wie Schwere Kreuzer wirkten – in etwa wie sich ein Kugelfrosch auf die doppelte Größe aufblähte, um Raubtiere abzuschrecken.

Von Winterfalls Warte aus betrachtet war es völlig bedeutungslos, von wem die Idee stammte oder wer wann welchen Befehl ausgegeben hatte. Nichts davon schmälerte auch nur im Mindesten den Erfolg der Besatzung, ihre Impeller derart überlastet und vier Stunden lang diese übersteigerte Leistung aufrecht gehalten zu haben, ohne dass die Keile zusammengebrochen oder irgendwelche Emitter ausgefallen waren. Allzu viel wusste Winterfall über die technischen Aspekte dieser Glanzleistung nicht, aber doch genug, um beurteilen zu können, dass es durchaus eine Glanzleistung *war*.

Doch Breakwater hatte sich noch nie damit zufriedengegeben, nur einen Teil des Ruhms einzuheimsen. Für ihn war geteilte Ehre verlorene Ehre.

»Ja, dann finden Sie's eben 'raus!« Mit einem letzten Fauchen deaktivierte Breakwater das UniLink. Er stürmte durch die Tür … und erstarrte, als er Winterfall sah. »Was machen *Sie* denn hier?«

Winterfall blickte ihn erstaunt an. »Sie hatten mich hergerufen, Mylord«, antwortete er. »Sie wollten einen Bericht über das Zusammentreffen von Harwich mit Gräfin Acton …«

»Ich meine: Was machen Sie an Angelas Schreibtisch?«

»Ich führe gerade für einen Auftraggeber eine Vorschriftsrecherche durch«, erklärte Winterfall. Das war nichts als die

Wahrheit – wenngleich nicht die *ganze* Wahrheit. »Ich hatte gesehen, dass Sie noch beschäftigt waren, und da der Schreibtisch nicht mit Beschlag belegt war … Angela wird wohl für heute bereits Feierabend gemacht haben. Da dachte ich mir, ich könnte die Zeit noch sinnvoll nutzen.« Mit dem Kinn deutete er in Richtung von Breakwaters UniLink. »Wenn Sie gestatten, Mylord: Es wurde bereits offiziell vermerkt, dass der Befehl an die *Aries* und die *Taurus*, ihre Keile zu vergrößern, von Admiral Locatelli gekommen ist.«

»Versuchen Sie gerade vom Thema abzulenken, Gavin?«, grollte Breakwater und kniff die Augen zusammen. »Schließlich war *ich* es, der Ihnen beigebracht hat, wie man ein Gespräch in die gewünschte Richtung lenkt.«

»Ich *versuche* hier gar nichts, Mylord«, protestierte Winterfall und kämpfte gegen den Rechtfertigungsreflex an. Jemand anderen in die Rechtfertigungshaltung zu treiben war eine weitere Technik, die ihm Breakwater beigebracht hatte. »Ich bin lediglich ein wenig verwirrt. Wird denn plötzlich behauptet, Locatelli habe diesen Befehl *nicht* ausgegeben?«

Einen langen Moment durchbohrte ihn Breakwater mit seinem Blick. Dann schürzte er die Lippen. »Das ist nicht der Befehl, um den es mir hier geht«, erklärte er. »Ich versuche herauszufinden, wer die MPARS-Kommandostelle von Sphinx angewiesen hat, einen unserer Navigationssatelliten so umzuprogrammieren, dass er völlig unsinnige Radiosignale mitten ins Nichts schickt.«

»Ich dachte, dahinter steckt ein Programmfehler.«

»Sphinx Command hat mir versichert, dass die Veränderung des Sendeprofils unmöglich durch Zufall erfolgt sein kann«, widersprach Breakwater. »Nein, jemand hat den Satelliten aktiv dazu *angewiesen*.«

Langsam und bedächtig nickte Winterfall. Dann war die

Frage wirklich interessant. Schließlich hätten alle wichtigeren Befehle oder Entscheidungen über die weitere Vorgehensweise, die irgendetwas mit dem MPARS zu tun hatten, Breakwater zumindest gemeldet werden müssen.

Besonders interessant wurde es dadurch, dass die Anzahl der möglichen Verdächtigen verschwindend klein war. Die Einzigen, die Winterfall hätte benennen können, waren Verteidigungsminister Dapplelake, Erster Lord der Admiralität Cazenestro und System Commander Locatelli. Er öffnete schon den Mund, um genau darauf hinzuweisen …

»Ja, es gibt nur drei Möglichkeiten«, knurrte Breakwater. »Und von denen war es keiner. Oder wenn doch, dann gesteht der Übeltäter es zumindest nicht offen ein.«

Übeltäter. Eine sonderbare Wortwahl. »Na ja, die eigentliche Umprogrammierung wird wohl irgendein Techniker vorgenommen haben«, gab Winterfall zu bedenken. »Den Burschen – oder die Frau – sollten wir ausfindig machen können, und dann kann man die Weisungskette ja zurückverfolgen.«

»Sollte man annehmen, nicht wahr?«, versetzte Breakwater beißend. »Nur dass auch dieser Ansatz bislang erfolglos geblieben ist! Wer auch immer das getan hat, scheint nicht willens, seinen Anteil des Ruhms einzuheimsen.«

»Ruhm?«, wiederholte Winterfall und runzelte die Stirn. »Da ist Ruhm im Spiel?«

»Natürlich nicht«, presste Breakwater zwischen den Zähnen hindurch. »Aber irgendjemand hat das offenkundig ganz bewusst getan, und ich nehme an, er oder sie hatte auch einen Grund dafür. Nur dass ich eben niemanden dazu bewegen kann, mir diesen Grund zu nennen.«

»Interessant«, murmelte Winterfall. In den drei Wochen, die seit der Schlacht von Manticore vergangen waren, hatte es noch mehrere weitere Fälle gegeben, in denen Informationen zurückgehalten wurden. Meist lag es nur daran, dass man beim Auswerten der Daten noch hinterherhinkte oder dass Daten an die falsche Person weitergeleitet worden waren. Aber in mindestens einem Fall sah es doch ganz danach aus, als wollte die Admiralität die betreffenden Daten nicht mit ihrem kleinen, ungeliebten Cousin MPARS teilen. »Soll ich Kontakt mit meinen Informanten aufnehmen?«

»Ihren Bruder, meinen Sie?« Breakwater stieß ein Schnauben aus. »Machen Sie sich da mal nicht zu große Hoffnungen. Soweit ich das beurteilen kann, ist er in den oberen Rängen beachtlich in Ungnade gefallen. Sie haben doch selbst gesehen, wie angelegentlich jede Spur seines Beitrags zur Schlacht verwischt wurde. Ich weiß zwar nicht, warum Locatelli ihn nicht mag, aber dass Spannungen zwischen ihnen herrschen, ist ja nun offensichtlich. Nein, ich bezweifle, dass die Admiralität ihm überhaupt nur *zuhören* würde. Auf jeden Fall *reden* sie nicht mit ihm.«

»Da haben Sie wahrscheinlich recht«, sagte Winterfall in bewusst neutralem Tonfall.

Er selbst hatte einige Nachforschungen angestellt und war dabei zu anderen Ergebnissen gekommen. Die Navy mochte ja vielleicht nicht *mit* Lieutenant Travis Uriah Long sprechen, aber sie sprach auf jeden Fall *über* ihn.

Natürlich nicht die ganze Navy, und es gab auch keinerlei Aufzeichnungen darüber. Inoffiziell geschah es durchaus. Was aber die Leistungen von Gavin Vellacotts Halbbruder betraf, äußerten sich sämtliche von dessen Vorgesetzten stets zwar zurückhaltend, aber immer lobend über ihn.

Hier und dort ging es sogar noch darüber hinaus. Obwohl Travis nicht durch eine offene lobende Erwähnung angesichts seiner Beteiligung am Vorgehen gegen Tamerlane geehrt worden war, hatte der Kommandant der *Casey* doch eindeutig – und auch offiziell – ausgesagt, das Verdienst für das Überleben des Kreuzers während dessen Beteiligung an der Schlacht stehe vor allem Travis zu.

Kompetente Offiziere ignorierten Talente nicht, wenn sie einmal als solche erkannt waren. Leitende Offiziere wie Locatelli ergingen sich auch nicht in persönlichen Fehden mit Offizieren von derart untergeordnetem Rang. Letztendlich hatte sich Winterfall gezwungen gesehen, die einzige sich noch anbietende Erklärung zu akzeptieren.

Travis' Leistungen wurden heruntergespielt, weil die Admiralität verhindern wollte, dass auch nur das kleinste bisschen davon auf Winterfall abfärbte … und damit indirekt auf Breakwater.

Winterfall hielt das für kleinlich und kleingeistig – noch deutlich kleinlicher und kleingeistiger als Breakwaters Arbeitshypothese, es bestehe wechselseitige Abneigung zwischen Travis und Locatelli.

Außerdem war das nachgerade aufreizend kontraproduktiv! Navy und MPARS standen schließlich auf der gleichen Seite: Beiden Streitkräften kam die Aufgabe zu, das Sternenkönigreich zu verteidigen. Sie vertraten lediglich unterschiedliche Ansichten, wie das am besten zu geschehen habe.

Doch es wurde noch schlimmer: Während die Navy einerseits den Sieg für sich beanspruchte und sich Locatelli in der öffentlichen Zustimmung sonnte, sah sich die Admiralität andererseits mit einer schrecklichen, unbestreitbaren Tatsache konfrontiert: dass Breakwater recht hatte.

Sämtliche Aufzeichnungen sprachen für sich. Alle drei der Invasoren-Schiffe, die während der Schlacht zerstört worden waren – zwei davon ausgewachsene Schlachtkreuzer –, hatten im Gefecht nur einem Leichten Kreuzer, einem Zerstörer und einer MPARS-Korvette gegenübergestanden. In allen drei Fällen eine klassische David-gegen-Goliath-Situation, und jedes Mal hatte das kleinere Schiff gewonnen. Trotz ihrer Größe und ihres Rufes hatten Locatellis Schlachtkreuzer ganz genau *gar nichts* ausgerichtet.

Das Sternenkönigreich brauchte nicht ein paar richtig große Kriegsschiffe, so wie Dapplelake und Cazenestro das stets behaupteten: Was Manticore brauchte, das war eine deutlich größere Anzahl kleinerer Schiffe, die jederzeit bereit wären, Gegner zu überrennen, die es wagten, die Hypergrenze zu überschreiten.

Genau das hatte Breakwater während der ganzen vergangenen vierzehn T-Jahre immer und immer wieder betont.

Dessen war sich die Admiralität bewusst. Das allein war schon Grund genug für sie, Breakwater wichtige Informationen vorzuenthalten – ein hinreichend starkes Motiv, um die Tatsache zurückzudrängen, dass sich das Blatt zugunsten des MPARS gewendet hatte.

Doch wie die Umprogrammierung eines beliebigen NavSat in die große Verschwörung hineinpasste, wüsste Winterfall auch nicht zu sagen.

»Ich schaue es mir trotzdem an«, versprach er Breakwater. »Was das Treffen mit Harwich betrifft …«

»Später«, entschied Breakwater und wandte sich der Bürotür zu. Er war, das konnte Winterfall sehen, geistig schon eine Million Kilometer weit fort. »Sie hatten gesagt, Sie würden eine Vorschriftsrecherche durchführen. Haben Sie die Materie durchdrungen?«

»Jawohl, Mylord.«

»Dann rufen Sie besagten Auftraggeber an«, wies ihn Breakwater an. »Aber von Ihrem eigenen Büro aus. Und seien Sie in einer Stunde wieder zurück.«

»Jawohl, Mylord.«

Für diese Aufgabe bräuchte Winterfall nicht den ganzen Weg bis zu seinem eigenen Büro zurückzulegen. Doch Breakwater hatte es ihm aufgetragen, und in letzter Zeit schien der Schatzkanzler besonders sorgsam darauf zu achten, dass seine Anweisungen auch wortwörtlich umgesetzt wurden. Also kehrte Gavin Vellacott in sein Büro zurück.

Und rief, geschützt durch die Privatsphäre dieses Büros, seine Mutter an.

Erst nach dem siebten Klingeln nahm sie das Gespräch an. Das war, so war Winterfalls Erfahrung, recht typisch für sie. Vermutlich kümmerte sie sich um ihre Hunde, so wie fast immer. Immerhin befand sie sich nicht gerade mitten in einer Krise, die es ihr unmöglich machte, das Gespräch überhaupt anzunehmen. Die Verbindung wurde aufgebaut … »Hallo, Gavin«, drang Melisande Vellacott Longs Stimme aus Winterfalls UniLink. »Ich hatte nicht damit gerechnet, dass du gerade zur Essenszeit anrufst.«

»Ebenfalls hallo, Mutter«, sagte Winterfall. »Wessen Essenszeit? Deine? Oder die der Hunde?«

»Der Hunde natürlich«, gab sie zurück, als wäre sie erstaunt, dass er überhaupt nachfragen musste. »Ich esse doch nie so früh. Hast du die Vorschrift gefunden, nach der ich gefragt hatte?«

»Habe ich«, bestätigte er. »Du hattest sie voll und ganz richtig im Kopf.«

»Also kann ich neben meiner gewöhnlichen Zucht hier auch noch eine *in-vitro*-Zucht aufmachen, ja? Wunderbar! Wo war die Vorschrift denn versteckt?«

»Ach, so richtig versteckt war sie nicht«, antwortete ihr Sohn. »Sie ist halt Bestandteil der allgemeinen Nutzungsbedingungen von Landbesitz in Landing. Und sie erwähnt weder Hunde, Haustiere noch *in-vitro*-Verfahren ausdrücklich.

Deswegen hast du sie bei deiner Recherche auch nicht gefunden.«

»Ah ja, gut«, meinte Melisande. »Dann kann ich mir diesen kleinen Bürokraten endlich vom Hals halten. Schickst du mir den Link?«

»Ist schon abgeschickt«, erwiderte Winterfall. »Ach, was ich dich schon die ganze Zeit fragen wollte: Hast du letztlich irgendwann mit Travis gesprochen?«

»Nein, warum? Sollte ich?«

»Ach, ich dachte nur«, gab Winterfall zurück, ein wenig erstaunt. Die Beiläufigkeit, mit der sie diese Vorstellung zurückwies ... »Es hat da heute Nachmittag ein bisschen Aufregung gegeben. Ich dachte, du hättest vielleicht die Nachrichten gesehen und dich erkundigt, ob es Travis gut geht.«

»So spät am Tag schaue ich mir keine Nachrichten mehr an«, versetzte Melisande ein wenig pikiert. »Wenn es mit Travis irgendwelche Probleme gäbe, dann hättest du doch bestimmt angerufen.«

Winterfall runzelte die Stirn. »Mutter ... wann *hast* du denn eigentlich das letzte Mal mit Travis gesprochen?«

»Ach, was weiß ich«, antwortete sie im gleichen desinteressierten Tonfall. »Ich muss Schluss machen – Miggles hat schon wieder Schwierigkeiten mit den Lefzen.«

»Warte mal«, sagte Winterfall rasch. »Vor drei Wochen – nach der Schlacht ... hast du ihn nicht einmal da angerufen?«

»Er hat mich ja auch nicht angerufen«, erwiderte Melisande. »Warum sollte ich also?«

»Weil er hätte *sterben* können?«

»Na, dann hättest du doch bestimmt angerufen«, wiederholte sie. »Und ich muss jetzt wirklich Schluss machen. Wir reden später noch mal.« Ohne eine Antwort abzuwarten, unterbrach sie die Verbindung.

Winterfall starrte sein UniLink an. *Na, dann hättest du doch bestimmt angerufen?* Was zum Teufel war *das* denn für eine Reaktion?

Die Reaktion einer Frau, der ihr Jüngster ziemlich egal war.

Langsam ließ Winterfall den Arm auf die Schreibtischplatte sinken, und ein sonderbares Gefühl der Beklommenheit beschlich ihn. Vor Jahren, während eines ihrer nur sehr unregelmäßigen Treffen, hatte Travis versucht, seinem älteren Halbbruder zu erzählen, welch tiefe Kluft sich zwischen ihm und ihrer gemeinsamen Mutter auftat. Damals war Winterfall viel zu beschäftigt gewesen, um dem Ganzen allzu viel Aufmerksamkeit zu widmen … und das bisschen, was er dennoch mitbekommen hatte, hatte ihn das Ganze als typische Übertreibung eines frustrierten Teenagers abtun lassen.

Offenkundig hatte sich die Situation noch verschlimmert.

Vielleicht sogar in bedrohlichem Maße. Kurz fragte er sich, ob er seiner Mutter zureden und sie zu einer Therapie bewegen sollte – oder ob sie nicht wenigstens einmal mit einem psychologischen Berater sprechen könnte. Sich Travis gegenüber ausgesprochen reserviert zu verhalten, das war das eine. Aber sich keinen Deut darum zu scheren, ob er nun lebte oder starb, das war um Größenordnungen schlimmer.

Vellacotts Mundwinkel zuckten. Nicht, dass er für sich moralische Überlegenheit würde in Anspruch nehmen können. Wieder und wieder hatte er sich in den letzten Jahren Gelegenheiten entgehen lassen, seinen Bruder zu sehen oder auch nur anzurufen. Vor drei Wochen, als ihm bewusst geworden war, dass das Sternenkönigreich angegriffen wurde und Travis vermutlich in den Tod ginge, da war ihm das geradezu sträflich nachlässig erschienen. Er hatte sich geschworen, sich eine solche Gelegenheit keineswegs ein weiteres Mal entgehen zu lassen.

Nun, drei Wochen später, müsste er immer noch Zeit freischaufeln, um wenigstens mit ihm essen zu gehen.

Er verbiss sich einen Fluch. Na ja, das würde sich bald ändern. Nein, nicht bald: jetzt sofort. Er hob erneut das Uni-Link …

Es klingelte, bevor er es aktivieren konnte.

Dann knirschte Gavin Vellacott mit den Zähnen. Breakwater. »Jawohl, Mylord?«

»Haben Sie die jüngste Bekanntgabe des Königs mitbekommen?«, verlangte der Schatzkanzler zu wissen.

»Nein, Mylord«, antwortete Winterfall und runzelte die Stirn, während er seinen Computer aktivierte. *Bekanntgaben des Königlichen Palastes* … da war sie schon. »Sie meinen den Freiluft-Gedächtnisgottesdienst und die Trauerfeier für die Gefallenen im kommenden Monat?«

»Lesen Sie weiter«, forderte ihn Breakwater steif auf. »Das über den Dank des Monarchen, etwas früher am gleichen Nachmittag.«

Winterfall überflog die Bekanntgabe. Die Leitenden Offiziere der Schiffe, die an der Schlacht beteiligt gewesen waren, würden an Bord der Königlichen Jacht *Samantha* vom Palast für ein offizielles Bankett zum Privatsitz der Königlichen Familie auf Triton Island gebracht werden und rechtzeitig für den Trauergottesdienst wieder nach Landing zurückkehren. »Scheint mir eine nette Geste zu sein«, sagte Gavin und fragte sich, was Breakwater sah, was ihm entging.

»Schauen Sie es sich genauer an«, knurrte Breakwater. »Eingeladen sind die Leitenden Offiziere der *Navy*. Die *Aries* und die *Taurus* werden nirgends erwähnt.«

Winterfall las die Bekanntgabe genauer. Der Kanzler hatte recht: Die beiden MPARS-Schiffe tauchten nicht auf.

Andererseits waren sie aber auch nicht ausdrücklich ausgeschlossen. Vermutlich interpretierte Breakwater in diese Bekanntgabe mehr hinein, als eigentlich damit gemeint war.

»Das ist gewiss nur ein Versehen, Mylord«, sagte er und entschied sich damit für die diplomatischste Herangehensweise an die Situation. »Wenn Sie wünschen, melde ich mich gern beim Palast und kläre die Angelegenheit.«

»Tun Sie das«, wies ihn Breakwater an. »Und stellen Sie deutlich heraus, dass der MPARS bei der Schlacht eine beachtliche Rolle gespielt hat und wir nicht hinnehmen werden, dass diese Rolle der Öffentlichkeit gegenüber verschwiegen wird.«

»Jawohl, Mylord.«

»Und wenn Sie damit fertig sind, kommen Sie wieder hierher zurück«, fuhr der Schatzkanzler fort. »Ich möchte wissen, was Harwich und Acton einander zu sagen hatten.«

8

Die kurzzeitige Grenzverletzung seitens der Barcaner hatte geschäftiges Treiben hervorgerufen. Berichte und Datensatzanalysen hatten sich angeschlossen. Daher dauerte es drei weitere Tage, bis die Anhörungen des Ausschusses fortgesetzt wurden. Während dieser Zeit gestattete sich Travis die leise Hoffnung, sie hätten ihn vielleicht vergessen, und die gleißenden Suchscheinwerfer würden sich ein anderes Ziel suchen.

Dieses Glück war ihm nicht beschieden. Am zweiten Tag der wiederaufgenommenen Anhörungen wurde er angewiesen, sich für die offizielle Zeugenaussage zu melden.

Er musste feststellen, dass Breakwater noch einmal nachgelegt hatte. Nicht nur Travis hatte es getroffen: Commodore Heissman war ebenfalls einbestellt worden und saß nun gemeinsam mit ihm auf dem heißen Stuhl.

Mehr als eine halbe Stunde lang saßen sie dort, beantworteten Fragen, gaben Erklärungen ab und bemerkten hin und wieder, dass der Schatzkanzler Andeutungen machte, dezente Unterstellungen in den Raum stellte und hin und wieder inhaltsverzerrende Mutmaßungen über die Schlacht, deren Verlauf und das Verhalten der daran beteiligten Personen von sich gab, denen sie respektvoll zu widersprechen hatten. Travis kam diese Befragung länger vor als die eigentliche Schlacht.

Als die Sitzung schließlich beendet war und man sie aus dem Zeugenstand entlassen hatte, erfuhren sie endlich, was das eigentliche Ziel des Schatzkanzlers gewesen war.

»Es erscheint mir offenkundig, Mylords«, intonierte Breakwater, als Travis und Heissman ihre Tablets und den Rest ihrer Ausrüstung wieder an sich genommen hatten und den Ausgang des Anhörungsaals ansteuerten, »dass sich die Kadettenanstalt der Flotte als nachgerade sträflich unzureichend dabei erwiesen hat, den ihr obliegenden Pflichten nachzukommen. Es dürfte doch wohl klar geworden sein, dass sich die befehlshabenden Offiziere der beteiligten Schiffe des Sternenkönigreichs, von wenigen Ausnahmen einmal abgesehen, in der Situation vor Ort vornehmlich auf ihr Glück verlassen haben.«

Travis verhielt mitten in der Bewegung und wandte sich halb um. Sie hatten sich auf ihr *Glück* verlassen?

»Lassen Sie es dabei bewenden, Lieutenant«, raunte ihm Heissman zu.

»Wir brauchen etwas Besseres als das«, fuhr Breakwater fort. »Daher ist es meine Absicht, bei der Regierung um die Einrichtung einer neuen Schulungsstätte ausschließlich für MPARS-Angehörige zu ersuchen.«

Schlagartig sprangen Travis' Gedanken in seine Zeit in Casey-Rosewood und der Kadettenanstalt zurück und zu den jüngsten Gruselgeschichten, die ihm zu Ohren gekommen waren: wie ein stetiges Rinnsal hinzukommender MPARS-Angehöriger die Reihen der Rekruten so weit hatte anschwellen lassen, dass die Ressourcen der Navy bereits bis zum Anschlag ausgereizt waren. Wenn Breakwater besagte Ressourcen nun plünderte, um sie einer neuen Schulungsstätte zukommen zu lassen …

»Denn das Letzte, was wir uns leisten können, sind genau jene abgeschmackten Strategien und Taktiken streng nach Vorschrift, wie wir sie kürzlich haben miterleben müssen«, endete Breakwater.

Travis war voll und ganz bereit gewesen, den Mund zu halten, ganz so wie ihm Heissman das gerade nahegelegt hatte, und einfach den Raum zu verlassen. Aber das hier konnte er unmöglich so stehen lassen!

»Verzeihen Sie, Mylord«, ergriff er unaufgefordert das Wort. »Aber das ist ungerecht.«

Alle am Tisch Versammelten wandten sich ihm zu. »Ungerecht?«, wiederholte Breakwater mit gespieltem Erstaunen. »Ungerecht? Sagen Sie mir, Lieutenant, was genau lässt meine Analyse der Lage angesichts ihrer gewaltigen militärischen Erfahrung denn ungerecht erscheinen?«

Travis knirschte mit den Zähnen. Wieder einmal hatte er seine Zunge nicht im Zaum gehalten, ohne die ganze Situation vorher gründlich zu durchdenken. Er musste wirklich damit aufhören!

Doch nun war es zu spät, sich noch zurückzuziehen. »Bei allem schuldigen Respekt, Mylord, die Taktik der Abwehr wird stets durch die Taktik des Angriffs bestimmt. Die Vektoren und das Timing hat Tamerlane festgelegt. Die Kommandeure der jeweiligen manticoranischen Gruppen haben die Lage geschickt und effizient eingeschätzt und in angemessener Weise reagiert.«

»Die Navy hat fünf Schiffe verloren«, gab Breakwater zu bedenken. »Tamerlane nur drei. Entspricht das Ihren Vorstellung von Effizienz?«

»Zwo dieser drei Schiffe waren Schlachtkreuzer«, versetzte Travis. »Ich meine, damit kann man sagen, letztendlich liegt der Sieg auf unserer Seite.«

»Lassen Sie es mich noch klarer ausdrücken«, erklärte Breakwater ruhig. »Die *Navy* hat fünf Schiffe verloren, der MPARS kein einziges. Zudem war es eine MPARS-Korvette, die eines der feindlichen Schiffe zerstört hat.«

»Unterstützt durch einen Zerstörer der Navy«, ergänzte Travis. »Und in allen Fällen war der Sieg dem Geschick und dem Einfallsreichtum der Offiziere und der Besatzungsmitglieder zu verdanken.«

»Das wohl«, pflichtete ihm Breakwater bei. »Aber wir sprechen hier erneut vom Einfallsreichtum von Subalternoffizieren und niederen Mannschaftsdienstgraden.« Er hob die Hand und zählte an seinen Fingern ab. »Petty Officer Charles Townsend. Senior Chief Petty Officer Lorelei Osterman – ja, diese Feuerleittechnikerin ist durchaus ranghöher, aber eben ein *Mannschafts*dienstgrad. Dann haben wir noch Ensign Fenton Locatelli und ... wenn ich mir erlauben darf, das hinzuzusetzen – einen gewissen Lieutenant Travis Uriah Long.«

Er bedachte Travis mit einem schmallippigen Lächeln. »Aber ich danke Ihnen, Lieutenant, mir ein derart starkes Argument geliefert zu haben.« Das Lächeln verschwand. »Und nun dürfen Sie und Commodore Heissman sich zurückziehen.«

Während des langen Weges den Korridor hinab bis zum Ausgang hüllte sich Heissman in Schweigen. Er brach es erst, als sie schon im Flugwagen saßen und wieder ihren Shuttle ansteuerten. Selbst dann beschränkte er sich auf Aussagen über den aktuellen Stand der Reparaturen an der *Casey* und über Details der noch anstehenden Arbeiten.

Travis seinerseits wagte es nicht, auf seine Dummheit einzugehen: Er war Breakwater geradewegs in die Falle getappt. Doch es wäre auch kaum erforderlich gewesen, ihn darauf hinzuweisen. Früher oder später, das wusste Travis, würde Heissman dieses Fiasko sehr wohl zur Sprache bringen müssen – möglicherweise im Rahmen einer förmlichen Disziplinierung, möglicherweise auch im Rahmen einer beiläufigen, inoffiziellen Standpauke. Wie es auch käme: Travis hätte es ganz gewiss verdient.

Doch nichts davon kam. Heissman ging nie wieder auf diesen Zwischenfall ein.

Was nicht heißen musste, dass er mit dem Lauf der Dinge einverstanden gewesen wäre. Travis war sich ziemlich sicher, dass dem nicht so war. Und es bedeutete auch nicht, dass der Commodore nicht eine scharf formulierte Notiz in Travis' Personalakte hinterlassen hätte. Da war sich Travis beinahe sicher.

Zweifellos würde es Konsequenzen haben, Breakwater bei dessen Privatkrieg gegen die Navy auch noch zusätzliche Munition geliefert zu haben. Es blieb nur die Frage, wer diese Konsequenzen würde tragen müssen … und wann sie sich manifestierten.

»Bedauerlicherweise, Euer Majestät«, sagte Dapplelake mit schwerer Stimme, »hat der Mann ausnahmsweise einmal recht.«

»Ach, tatsächlich?«, gab König Edward zurück, und dank seiner langen Erfahrung – zunächst bei der Navy, dann in der manticoranischen Politik – gelang es ihm, sich nichts von seinen Gefühlen anmerken zu lassen. »Das dürfte für Sie ja fast ein Novum sein.«

»Wohl wahr«, bestätigte Dapplelake säuerlich. »Aber wenn ich jedes Mal den Finger in die Wunde lege, sobald er falschliegt, gebietet es die Fairness auch, zuzugeben, wenn er recht hat. Und Casey-Rosewood und die Kadettenanstalt können unmöglich so viele Neuzugänge aufnehmen, wie der MPARS schon in naher Zukunft brauchen wird. Wir können ja so kaum die Stellung halten.«

»Wenn wir Breakwater nicht seine eigene Schulungsstätte zugestehen«, sagte Locatelli, der neben James Mantegna saß,

»werden wir bei der Ausbildung der Navy-Angehörigen Abstriche machen müssen. Und dafür ist gerade jetzt der denkbar ungeeignetste Zeitpunkt.«

»Dieser Ansicht bin ich auch«, meinte Edward und studierte mit zusammengekniffenen Augen die Zahlen, die der Verteidigungsminister ihm soeben auf das Tablet übermittelt hatte.

Die Zahlen waren beeindruckend. Edward hatte erwartet, die gewaltige Anzahl an Toten, die die Schlacht von Manticore gefordert hatte, werde die Zahl der Freiwilligen für die Navy erkennbar sinken lassen. Doch genau das Gegenteil war passiert: Gewiss, ganz Manticore trauerte, aber es war eben auch ganz Manticore fuchsteufelswild. Die Anwerbungsoffiziere waren überwältigt, und die Datenschubser hatten ihre liebe Not, die Daten sämtlicher Bewerber, die zu den Anwerbebüros strömten, zu verarbeiten und weiterzuleiten.

Es war zutiefst befriedigend, zu erleben, wie seine Untertanen sich trotzig dem unbekannten Feind entgegenzustellen wagten. Doch diese Welle aus trotziger Herausforderung hielte nicht ewig. Sobald die Erinnerungen an den schrecklichen Tag auch nur ein wenig verblassten, würden die Menschen wieder zu ihrem ganz normalen Alltagsleben zurückkehren, zu ihren alten Hoffnungen, zu den Dingen, nach denen sie auch schon vor der großen Schlacht gestrebt hatten. Hier und jetzt, das war die Zeit, so viele Menschen wie möglich zur Navy zu bringen – und das wussten alle am Konferenztisch.

Gleiches galt zweifellos auch für Breakwater. Freiwilligenmeldungen zum MPARS waren nicht annähernd so hoch wie die zur Navy, doch auch dort war ein Anstieg unverkennbar. Nun, wo es so viele gab, die ganz aufgeregt waren angesichts der Vorstellung, das Sternenkönigreich zu verteidigen, war es wirklich nicht an der Zeit, ihnen Steine in den Weg zu legen und ihnen damit Zeit zu geben, ihr Mütchen zu kühlen.

»Wenn er seine eigene Schulungsstätte erhält, müssen Sie dieser die entsprechenden Ausbilder zukommen lassen«, rief Edward Dapplelake ins Gedächtnis zurück. »Vermutlich für sämtliche Planstellen. Können Sie es sich leisten, derart viele Ihrer Leute abzuziehen?«

»Nein, aber die Lage ist nicht ganz so schlimm, wie sie aussieht«, gab Dapplelake zurück und tippte auf sein Tablet. Edwards Bildschirm flackerte, und eine neue Reihe Namen erschien darauf. »Wir hatten uns überlegt, ihm die kleinstmögliche Anzahl an Ausbildern zu überstellen, die man uns durchgehen lassen wird, und dann alle weiteren freien Stellen überall dort, wo es eben gebraucht wird, mit Offizieren zu besetzen, deren Schiffe sich derzeit noch in Reparatur befinden. Die meisten dieser Offiziere und Chiefs sind ja gerade sowieso unterbeschäftigt, also können wir sie auch tatsächlich entbehren. Auf diese Weise bekommt Breakwater, was er will ... und was das Sternenkönigreich anscheinend braucht. Gleichzeitig wird der Ausbau der Truppenstärke der Navy nicht im Übermaß behindert.«

»Das scheint mir die bestmögliche sämtlicher nun wahrlich nicht idealen Alternativen zu sein«, pflichtete Edward seinem Verteidigungsminister bei und ließ den Blick erneut über die Liste wandern. Eine beachtliche Anzahl der Namen darauf waren ihm vertraut, und bei den meisten erinnerte er sich auch daran, dass die Männer und Frauen echte Kompetenz an den Tag gelegt hatten. Einige würden sich natürlich beklagen – vor allem einige der Offiziere aus der Peerage, die zur Navy gegangen waren, weil das nun einmal Prestige brachte und sie zugleich geglaubt hatten, dabei einen lauen Job machen zu können. Der König wäre sogar bereit gewesen, größere Summen zu verwetten, dass ein ganz bestimmter Offizier aus dem Hochadel des Sternenkönigreichs angesichts der Vorstellung, an die Ausbildungsstätte des MPARS abkommandiert zu werden, zur Beschreibung ›sich unter das einfache Volk mischen‹ greifen würde.

Doch derzeit scherte sich Edward nicht um etwaige Unbequemlichkeiten oder angeschlagene Egos. Wenn das Sternenkönigreich eine neue Ausbildungsstätte brauchte, dann würde es die auch bekommen.

Während er die Liste weiterscrollte, erschien in einer Ecke des Displays unvermittelt ein Pop-Up.

Prinzessin mit Gleiter auf dem Dach. Anweisungen?

Edward schoss einen finsteren Blick auf das unschuldige Tablet ab. *Schon wieder?*

Warum machte seine Tochter so etwas immer dann, wenn Cindy nicht zu Hause war, um ihr bei Bedarf die Ohren langzuziehen? Sie wusste es doch wirklich besser – oder anders: Falls sie es *nicht* besser wusste, dann lag das auf jeden Fall nicht daran, dass man ihr das nicht oft genug gesagt hätte.

Einen Augenblick später verwandelte sich der kurz in ihm aufgekochte Ärger in echte Schuldgefühle. Bei manchen Jugendlichen wäre ein solches Verhalten in Wahrheit ein Hilferuf oder ein massives Bemühen um Aufmerksamkeit. Bei Sophie hingegen lag es daran, dass sie einfach machen wollte, was ihr Spaß machte. Ihr Ärger über all die neuen Regeln, die in ihrem Leben nun eine so große Rolle spielten, ging tief.

Als Vater konnte Edward das bestens verstehen. Verdammt, *er selbst* ärgerte sich über all die neuen Regeln!

Was das Timing betraf: Als erfahrener Navy-Offizier wusste er ganz genau, warum seine Tochter derlei Aktionen gerade dann durchführte, wenn ihre Mutter nicht zu Hause war. So etwas nannte man Taktik.

Trotzdem musste es ein Ende damit haben. Beim Versuch, seiner Tochter die Lage zu erklären, hatte sich Edward den Mund fusselig geredet. Aber zu ihr durchgedrungen war wohl nicht allzu viel. Vielleicht wurde es jetzt Zeit, dass sich jemand anderes daran versuchte.

Rufen Sie ihre Tante Elizabeth an und bitten Sie sie, sich darum zu kümmern, gab er ein.

»Euer Majestät?«, verlangte Dapplelake Aufmerksamkeit.

»Ich bitte um Verzeihung«, sagte Edward und blickte auf. »Was sagten Sie gerade?«

»Ich hatte nur die Einrichtungen von Casey-Rosewood aufgezählt, die wir entbehren könnten«, sagte Dapplelake und übermittelte eine weitere Liste an Edwards Tablet. »Wir hatten uns gedacht, wir könnten wohl einige der Fortgeschrittenen-Kurse in die Kadettenanstalt verlegen. Dafür werden wir zwar ein wenig mit den Dienst- und Stundenplänen jonglieren müssen, aber ich glaube, das bekommen wir hin.« Er schnitt ein Gesicht. »Gut, die Kadetten werden nicht gerade begeistert sein, dass sie sich den Platz jetzt mit Mannschaftsdienstgraden teilen müssen. Aber das ist mir derzeit herzlich egal.«

»So sollte das auch sein«, pflichtete ihm Edward bei. »Also gut. Dann fassen Sie Ihren Vorschlag schriftlich zusammen und wir legen ihn dem Kabinett und dem Flottenausschuss vor.« Er tippte auf sein Tablet, um einen neuen Ordner zu öffnen. »Nächster Punkt. Dem letzten Bericht zufolge haben wir beachtliche Trümmermengen der zerstörten Schlachtkreuzer einsammeln können. Ich würde gern erfahren, was die jüngsten Analysen erbracht haben. Wir müssen wissen, wer das war und woher die Angreifer gekommen sind.

Und, was wohl das Wichtigste ist: was es im Sternenkönigreich so Wertvolles gibt, dass es sich lohnt, dafür einen Krieg anzuzetteln.«

Der Tag war schon anstrengend genug gewesen, und Elizabeth hatte sich gerade mit einer entspannenden Tasse Tee an den Tisch gesetzt, als die Nachricht – und die Anweisung – des Königs eintraf.

Der Bau des Towers – anders wurde das Gebäude nie genannt – hatte zu den Projekten gehört, die König Michael vor einem Jahrzehnt mit Nachdruck vorangetrieben hatte. Da das Gebäude wirklich einem klassischen Burgturm ähnelte, war Elizabeth schon immer der Ansicht gewesen, es wirke im Vergleich zum Rest von Mount Royal Palace ein wenig fehl am Platze. Doch Michael war nun einmal König, und so hatten man ihm seinen Willen gelassen.

Damals war niemandem bewusst gewesen, dass er auf diese Weise heimlich, still und leise einen Ort hatte schaffen lassen, in den er sich eines Tages würde zurückziehen können – was er dann nach seiner unerwarteten Abdankung vor vier Jahren auch getan hatte. Der Tower bot durch hinreichenden Abstand zum Mount Royal Palace Privatsphäre, lag aber immer noch auf dem Palastgelände.

Dass der Tower das höchste aller Gebäude auf diesem Gelände war, machte ihn natürlich auch zum idealen Startplatz dafür, mit dem Drachensegler andere Teile des Geländes anzusteuern.

Einen Großteil der Strecke, die Elizabeth zu Fuß und mit dem Fahrstuhl zurücklegte, wurde sie von der Frage umgetrieben, ob sie es ihrem Bruder verübeln sollte, sie derart herrisch anzuweisen, sich um ihre Nichte zu kümmern. Auch wenn es ihr nicht passte: Er war nun einmal der König, und wenn es im ganzen Sternenkönigreich *irgendjemanden* gab, der das Recht hatte, sich herrisch aufzuführen, dann war das wohl ihr Bruder.

Genau in der Mitte des Daches traf sie auf eine äußerst

mürrisch und unglücklich dreinblickende Sophie. Sie hatte sich einen Kontragravgurt um Taille und Schultern geschlungen, zu ihren Füßen lag ein halb zusammengesetzter Drachenflieger, und zu beiden Seiten wurde sie von zwei ebenfalls unglücklich dreinblickenden Wachen flankiert. »Lass mich raten«, eröffnete Elizabeth das Gespräch, während sie auf die drei zuging, »diese beiden freundlichen Herren lassen nicht zu, dass du vom Dach springst, richtig?«

»Ich mache schon Drachenfliegen, seit ich zehn T-Jahre alt bin«, erklärte Sophie und legte dabei die weibliche Form genau jener hochmütigen Empörung an den Tag, an die sich Elizabeth noch bestens beim Vater der hier vor ihr stehenden jungen Frau erinnern konnte – aus ihrer gemeinsamen Jugend. »Wir reden hier von meinem halben Leben und von mindestens zweihundert Flügen. Ich glaube nicht, dass ich im letzten Monat schlagartig vergessen habe, wie das geht.«

Elizabeth seufzte. Das Mädchen wusste doch ganz genau, was sich geändert hatte! Sie erkundete gerade ihre Grenzen, suchte nach einem Ausweg aus dem mit Samt und Seide ausgeschlagenen Käfig, der sich unerbittlich um sie geschlossen hatte. »Du bist die Thronerbin, Sophie«, sagte sie sanft. »Da dürfen deine Freizeitvergnügen nicht mehr unnötig gefährlich sein.«

»Macht mein Großvater doch auch!«, versetzte Sophie.

»Dein Großvater hat auch vor vier T-Jahren abgedankt. Jetzt ist er ein ganz normaler Bürger und kann tun und lassen, was er will.«

»Auch als er noch König war, ist er Jetboot-Rennen gefahren«, schoss Sophie streitlustig zurück.

»Ich weiß«, sagte Elizabeth, und ein äußerst unschöner Schauer lief ihr über den Rücken. Noch nie hatte sie Verständnis für diese ganze Höher-schneller-noch-verrückter-Begeisterung aufbringen können, von der ihr Bruder ebenso besessen war wie ihr Vater und ihr Großvater. Lange Zeit hatte sie angenommen, das wäre ein Baufehler des Winton'schen Y-Chromosoms. Doch dann hatte sich herausgestellt, dass Sophie ebenfalls befallen war, was diese Arbeitshypothese hinfällig machte. Dann lag es wohl an Anlage *und* Umwelt – und Elizabeth konnte nur Gott dafür danken, dass wenigstens sie selbst diesen Einflüssen gegenüber immun gewesen war. »Letztendlich läuft es darauf hinaus, dass ein König tun und lassen kann, was er will. Für eine Kronprinzessin gilt das nicht. Ja, fair ist anders, aber so funktioniert das Universum nun einmal. Ich wünschte auch, dass es anders wäre.«

Sophie seufzte schwer. »Nein, tust du nicht«, beschwerte sie sich leise. »Wenn es nach dir ginge, würde alles schön am Boden bleiben: Jedes Jetboot, jeder Drachenflieger, jeder Jagd…« Sie stockte.

»Jeder Jagdgleiter?«, beendete Elizabeth den Satz leise für sie.

»Es tut mir leid, Tante Elizabeth«, sagte Sophie. Zorn und Frustration waren wie fortgeblasen. An ihre Stelle waren Schuldgefühl und Scham getreten. »Wirklich, ich wollte nicht …« Sie beendete den Satz nicht.

»Ist schon in Ordnung«, sagte Elizabeth und kämpfte innerlich gegen den Knoten in ihrer Magengrube an. »Du brauchst mich nicht ausdrücklich daran zu erinnern, dass Carmichael nicht mehr lebt. Daran erinnert mich die ganze Welt – jeden Tag meines Lebens aufs Neue.«

Sophie schloss die Augen, und über jede ihrer Wangen rollte eine einzelne Träne. »Was ist bloß los mit unserer Familie, Tante Elizabeth?«, fragte die junge Frau voller Elend in der Stimme. »Mein Bruder … dein Mann … so viele von uns. Schau dir doch unseren Stammbaum an: *So viele* von uns!«

»Mit den Wintons an sich ist alles in Ordnung, Schätzchen«, versicherte ihr Elizabeth. »Die meisten Todesfälle waren doch auf die Seuche zurückzuführen – und da erging es ihnen nicht anders als allen anderen Familien. Das Pendel schlägt eben immer in beide Richtungen aus: Manchmal ist jemand anderes dran, und manchmal eben jemand aus unseren eigenen Reihen.«

»Ja, stimmt wohl.« Sophies Blick fiel auf den Drachenflieger, und sie blinzelte mehrmals, um die Tränen zu vertreiben. »So oder so: Dann gibt's wohl kein Drachenfliegen.«

»Heute nicht«, bestätigte Elizabeth. »Aber gib die Hoffnung nicht auf. Dein Vater ist erst siebenundfünfzig T-Jahre alt und erfreut sich, soweit ich weiß, bester Gesundheit. Deine Mutter und er könnten durchaus noch ein weiteres Kind bekommen.«

Nun wirkte Sophies Miene regelrecht schockiert. »Hui! Ich hatte nicht damit gerechnet, dass unser Gespräch ausgerechnet *diese* Wendung nimmt.«

»Na, Kopf hoch, Kleine – Liebe regiert nun einmal die Welten. Aber jetzt pass auf: Wenn die beiden noch ein weiteres Kind haben, dann brauchst du nur ein paar Jahre abzuwarten, und wenn du dann zu seinen oder ihren Gunsten abdankst, kannst du noch am gleichen Nachmittag wieder Drachenfliegen gehen.«

»Das geht wirklich?«, fragte Sophie stirnrunzelnd.

»Hat dein Großvater doch auch gemacht«, rief ihr Elizabeth ins Gedächtnis zurück. »Du würdest es halt bloß deutlich früher machen als er.«

»Ja, schon möglich«, sagte Sophie und legte die Stirn in noch tiefere Falten. »Ach, ich weiß nicht. Kommt mir ein bisschen wie Schummeln vor.«

»Das hat sogar ganz schön viel mit Schummeln zu tun«, bestätigte Elizabeth. »Aber wenn du den Job wirklich nicht haben willst, dann ist genau das dein Ausweg.«

Die Falten verschwanden von Sophies Stirn. Stattdessen breitete sich ein schelmisches, beinahe schon boshaftes Lächeln auf ihrem Gesicht aus.

»Und wenn ich nicht will, dass mein Name und die Ehre meiner ganzen Familie durch den Dreck gezogen wird, dann bleibe ich letztendlich *doch* dabei? Willst du darauf hinaus?«

Elizabeth zuckte mit den Schultern.

»Ich will auf überhaupt nichts hinaus, Sophie. Wirklich. Ich versuche dir bloß dabei zu helfen, das herauszufinden, was du tief in deinem Herzen schon längst weißt.«

»Jou, klar.« Sophie holte tief Luft und atmete dann laut seufzend aus. »Danke, Tante Elizabeth. Wenn meine Eltern noch ein Mädchen bekommen, dann hoffe ich, dass sie es nach dir benennen.«

»Ich dachte, *du* würdest meinen Namen übernehmen«, griff Elizabeth ein Gespräch zwischen ihnen auf, das noch gar nicht allzu lang zurücklag. »Wie viele Elizabeths willst du hier denn herumlaufen haben?«

»Nun, von Elizabeths, glaube ich, kann man gar nicht genug haben.«

»Na, vielen Dank«, gab Elizabeth zurück. »Aber ich glaube trotzdem, dass dein Vater einen ausgewachsenen Rappel bekommen würde, wenn du das wirklich versuchst.«

»Das allein reicht als Grund doch schon voll und ganz aus! Vielleicht würde das ja ihn und Mom dazu ermutigen, sich an der Produktion eines weiteren Thronerben zu versuchen.« Erneut seufzte Sophie. »Also gut. Wenn eine Kronprinzessin nicht Drachenfliegen darf, was darf sie *denn*?«

»Also, *ich* wollte gerade einen Tee trinken.«

Sophie verdrehte die Augen. »Na toll. Ach, ist ja auch egal. Dann trinken wir jetzt eben Tee.«

»Den wirst du mögen«, versprach ihr Elizabeth, nahm die

junge Frau bei der Hand und führte sie um den ein wenig verloren daliegenden Drachenflieger herum. »Und wenn wir schon dabei sind, kann ich dich in all die feinen Nuancen der Etikette einer Teegesellschaft einführen.«

»Na, sicher doch. Übertreib's nicht.«

Travis blickte von seinem jüngsten Einsatzbefehl auf, und das Herz sank ihm bis in die Kniekehlen. »Das verstehe ich nicht, Sir.«

»Der Einsatzbefehl ist doch wohl ziemlich selbsterklärend, Lieutenant«, gab Heissman zurück, sein Gesicht eine unbewegte, unergründliche Maske. »Sie sind dafür vorgesehen, heute in drei Monaten in das Gebäude der Admiralität versetzt zu werden, um dort ihre neue Verwendung als Dozent des Taktik-Einführungskurses für das neue MPARS-Offizierskontingent anzutreten.«

Travis stierte wieder auf den Befehl. Das war's jetzt also. Nach allem, was geschehen war – nach dem Angriff der Secour-Piraten und der Tamerlane-Invasion ... nachdem er hilflos hatte mitansehen müssen, wie Freunde und Schiffskameraden entsetzliche Tode gestorben waren –, würde er nun von der *Casey* abgezogen. Und nicht nur, dass er jetzt als Ausbilder tätig sein würde, nein! Er würde MPARS-Weicheier unterrichten müssen!

Und das alles nur, weil er nicht genug gesunden Menschenverstand hatte zusammenkratzen können, um den Mund zu halten, als Kanzler Breakwater besagte Freunde und Schiffskameraden schlechtredete.

»Gibt es ...?« Er hielt inne. Natürlich gab es keine Möglichkeit, gegen diese neue Verwendung Einspruch zu erheben. *BuPers hat's gegeben, und BuPers hat's genommen*, wie es so schön hieß. Und niemals ließ sich BuPers seine Entscheidungen durch irgendwelche Subalternoffiziere zerreden. »Jawohl, Sir«, sagte er stattdessen und fragte sich dabei, ob er irgendetwas darüber sagen sollte, wie sehr er es vermissen würde, an Bord der *Damocles* Dienst zu tun. Wahrscheinlich besser nicht.

»Bis es so weit ist, sind Sie selbstverständlich nach wie vor einer meiner Offiziere«, rief ihm Heissman ins Gedächtnis zurück. »Entsprechend wird von Ihnen erwartet, dass Sie sämtliche Ihrer Pflichten mit aller gebührenden Sorgfalt und uneingeschränkter Leistungsbereitschaft erfüllen.«

»Selbstverständlich, Sir«, sagte Travis.

»Gut«, gab Heissman zurück. »Dann wäre da noch etwas, Lieutenant.« Er reichte Travis einen Ausdruck.

Stirnrunzelnd nahm Travis das Schriftstück entgegen und las den ersten Absatz.

Unwillkürlich weiteten sich seine Augen.

›Von Admiral (a.D.) Thomas P. Cazenestro, Erster Lord der Admiralität der Royal Manticoran Navy, an Lieutenant Travis Uriah Long, Royal Manticoran Navy. Sir, Sie sind hiermit eingeladen, am sechzehnten Tag des vierzehnten Monats des Jahres vierundsiebzig nach der Ladung um elf Uhr im Königlichen Palast den Dank des Monarchen entgegenzunehmen.‹

Als Travis wieder aufblickte, waren seine Augen immer noch geweitet. Heissmans Miene war so unergründlich wie eh und je, und doch hatte Travis den Eindruck, als würden die Mundwinkel des Commodores *beinahe* von einem Lächeln umspielt. Beinahe. »Hat's Ihnen die Sprache verschlagen, Travis?«, fragte sein Vorgesetzter leise.

Unter beachtlicher Kraftanstrengung fand Travis tatsächlich die Stimme wieder. »Sir … verzeihen Sie, aber ich hatte den Eindruck, es würden stets nur die ranghöchsten Offiziere eines jeden Schiffes eingeladen.«

»Dem war auch so«, bestätigte Heissman. »Aber wie Sie

selbst sehen, gehört zu den Einladungen, die an unser Schiff ergangen sind, auch eine für Sie persönlich.« Er hob die Augenbrauen. »Anscheinend gibt es da ein paar Personen, die Sie gern persönlich kennenlernen möchten.«

Travis öffnete den Mund … und schloss ihn wieder. Wie so oft in seinem Leben hatte er keine Ahnung, was er sagen sollte.

»Oh«, war letztendlich das, wofür er sich entschied.

»Sehen Sie einfach nur zu, dass Sie rechtzeitig im Palast eintreffen.« Mahnend hob Heissman einen Finger. »Und sollten Sie zufälligerweise auf Kanzler Breakwater stoßen, tun Sie uns allen einen Gefallen: Bitten Sie darum, Sie zu entschuldigen, drehen Sie sich um und gehen Sie. Oder noch besser: Drehen Sie sich gleich um und gehen Sie.«

»Jawohl, Sir«, bestätigte Travis mit einem Seufzer. »Mache ich.«

9

0600 Sonntag
Ausschiffung anlässlich des Dankes des Monarchen in fünf Stunden.

Sergeant Robert Herzog schwitzte Blut und Wasser. In sehr, sehr großen Mengen.

Die ganze Sache war doch einfach lächerlich. Ganz und gar lächerlich.

Es reichte ja nicht, dass der König, die Kronprinzessin, der ehemalige König, der Premierminister und das halbe Kabinett gemeinsam einen kleinen Ausflug machten. Oh nein! Die gesamte Führungsspitze der manticoranischen Regierung, an Bord eines einzelnen Hochseeschiffes: durch ein paar gutplatzierte Raketenwerfer oder Langstreckenmörser am Ufer mühelos erreichbar. Das war die gleiche Art Einladung zum Attentat, die der König jedes Mal erneut aussprach, wenn er mit seiner Familie nach Triton Island aufbrach oder auch nur auf eine kleine Rundfahrt in der Jasonbai hinausfuhr.

Und jedes Mal durften Herzog und der Rest des King's Own Regiment einen Eiertanz aufführen, bis ihr Monarch endlich wieder in die Sicherheit des Palastes zurückgekehrt war.

Doch dieses Mal war es schlimmer. Viel schlimmer. Bei dieser Fahrt hatte Seine Majestät der König den Einsatz effektiv verdoppelt.

Denn er hatte auch noch die wichtigsten Offiziere der Navy an Bord geladen – genau jene Offiziere, die es gewagt hatten, sich Tamerlanes überlegenen Streitkräften entgegenzustellen, die ihn zurückgeschlagen und dann aus dem System verjagt hatten.

Das bedeutete, dass besagte wohlplatzierte Rakete oder Mörsergranate nicht nur die gesamte politische Führungsspitze des Sternenkönigreichs ausschalten würde, sondern auch gleich noch die wichtigsten militärischen Anführer.

War das dem König nicht bewusst?!

Wahrscheinlich nicht. Herzog vermutete, dass Edward, was mögliche Attentate betraf, die gleiche entspannte und ein wenig naive Einstellung hatte wie sein Vater. Sie ließ sich einfach zusammenfassen: Er werde vom manticoranischen Volk so sehr geliebt, dass ihm niemand jemals etwas würde anhaben wollen. Und wenn es aus unerfindlichen Gründen doch einmal jemand versuchte, dann würde das King's Own ihn schon beschützen.

Unter gewöhnlichen Umständen hätte Herzog seinem Monarchen in beiderlei Hinsicht recht gegeben. Gewiss dienten beim King's Own die Besten der Besten des gesamten Sternenkönigreichs.

Doch derzeit waren die Umstände alles andere als gewöhnlich. Das Sternenkönigreich hatte soeben eine Invasion zurückgeschlagen … und alles, was Herzog zum Thema Militärgeschichte gelesen hatte, legte nahe, dass vor etwaigen Invasionen das Zielgebiet häufig von feindlichen Agenten infiltriert wurde. Agenten, denen die Aufgabe zufiele, den Angriff von außen durch Angriffe aus dem Inneren des Zielgebiets zu unterstützen.

Das allein war schon bedrohlich genug. Schlimmer noch war, dass sie immer noch nicht wussten, woher Tamerlane gekommen war. Unmöglich also zu erahnen, welche Agenten und welche Art von Waffen womöglich zum Einsatz gebracht würden.

Der König selbst mochte ja kein Gespür für die bestehenden Risiken besitzen, auch wenn er selbst einst Offizier der Navy gewesen war. Mittlerweile war er es gewohnt, stets von anderen entschlossenen, aufopferungsbereiten Offizieren umgeben und stets durch mehrere Zentimeter Panzerung und einen verdammt großen, undurchdringlichen Impellerkeil geschützt zu sein. Vielleicht war ihm wirklich nicht bewusst, wie verwundbar er hier unten, am Boden des Gravitationstrichters, doch war.

Doch wenn der König es nicht verstand, so verstand es Major Blackburn zweifellos. Seit der Bekanntgabe dieser Reise scheuchte er seine Leute wie einen Bienenschwarm umher. Alles, was sich in hinreichender Nähe zum Palast und zur Jacht befand, um für einen Angriff genutzt werden zu können, wurde doppelt und dreifach überprüft.

Das war gut so, ja. Aber letztendlich würden die letzten Stunden entscheiden. Jene letzten Stunden, in denen jemand unbemerkt eine hinreichend leistungsstarke Waffe in Reichweite bringen mochte und dann nur noch Minuten abwarten müsste, um den Lauf der Geschichte zu verändern.

Doch am heutigen Tag würde das nicht geschehen. Nicht, solange Sergeant Herzog Dienst tat.

Der Wind war kühl und kräftig, und er frischte noch weiter auf, als die Sonnenstrahlen die Luft erwärmten. Doch das war Herzog egal. Er mochte Dächer: Je höher, desto besser. Langsam vollzog er ein weiteres Mal eine vollständige Umdrehung um die eigene Achse, suchte durch das externe Visier, das mit der Computersteuerung seines dreibein-gestützten Überschall-Scharfschützengewehrs Modell M5A1 gekoppelt war, die Dächer sämtlicher umliegender Gebäude ab. Auf den Dächern der anderen höchsten Gebäude von Landing waren weitere Wachen postiert, aber von hier aus hatte man den besten Blick auf Palast und Jacht. Jeder Attentäter, der diese Bezeichnung auch verdiente, würde sich irgendwo hier verstecken.

Und Herzog stünde bereit, ihm das Handwerk zu legen. Kontinuierlich überwachte der M5A1-Computer Luftdruck und -feuchtigkeit, Windvorhalt, Entfernung und jeden anderen Faktor, der sich auf die Flugbahn eines Projektils auswirkte. Beim ersten Anzeichen von Ärger – oder auch nur dem ersten Anzeichen dafür, dass jemand ein Scharfschützennest einzurichten versuchte –, könnte Herzog den in sein externes Visier eingebauten Zielerfassungslaser auf das sich anbahnende Problem richten und den Abzug betätigen. Das Gewehr würde dann über eine Entfernung von drei Kilometern hinweg den anvisierten Zielpunkt um maximal zwei Zentimeter verfehlen.

Er hielt inne. Dort unten, am Dock der *Samantha*, zwischen all den Leuten, die dort geschäftig ihren verschiedenen Aufgaben nachkamen …

Er aktivierte das Mikro. »Nitro? Herzog hier«, sagte er leise. »Ich sehe da jemanden, den ich nicht kenne. Bei dir auf zehn Uhr, in zehn Metern Entfernung.«

»Blaues Hemd?«, kam die Reaktion umgehend. »Der ist okay – der hat einen ID-Anstecker.«

»Jou, das sehe ich auch«, versetzte Herzog beißend. »Aber ich kenne den Typen trotzdem nicht.«

»Warten Sie, ich überprüfe das.«

Stille im Ohrhörer. Noch eine weitere Sekunde lang betrachtete Herzog konzentriert den Fremden, dann nahm er seinen ursprünglichen Umgebungsscan wieder auf. Gezielt eine Sicherheitsanomalie an der auffallendsten Stelle zu positionieren war eine klassische Ablenkungstaktik, und er war fest entschlossen, darauf nicht hereinzufallen.

Weiteres Auffälliges hatte er nicht bemerkt, als sich Nitro schon wieder bei ihm meldete. »Herzog? Nitro hier. Das ist okay – der gehört zu den Caterern.«

»Zu den Caterern?«, wiederholte Herzog stirnrunzelnd. Der Palast verfügte doch über genügend Küchenpersonal!

»Genau genommen den Caterern von Sphinx«, bestätigte Nitro. »Einige Gäste bei dieser Kreuzfahrt stammen von Sphinx, und der König wollte sicherstellen, dass sie auch authentisches Essen bekommen. Machen Sie sich keine Sorgen! Unsere Leute haben die Zubereitung sämtlicher Speisen überwacht und die üblichen Tests durchgeführt … und anschließend wurde alles vollständig versiegelt zum Palast geschickt.«

»Und die Siegel sind noch intakt?«, beharrte Herzog, den Blick durch die Zieleinrichtung jetzt wieder auf den Mann gerichtet, der sich weit unter ihm am Dock befand.

»Hab sie persönlich überprüft«, versicherte ihm Nitro. »Entspannen Sie sich, okay? Ihr Falken zieht da oben euren Job durch, und wir Erdhörnchen kümmern uns um alles hier unten, ja?«

Herzog nickte und fühlte sich tatsächlich ein ganz klein bisschen besser. ›Adler‹ und ›Erdmännchen‹ hätte bedeutet, dass Nitro durch irgendetwas unter Druck gesetzt wurde oder zumindest einen Verdacht hegte, den er nicht offen über Funk verbreitet wissen wollte. Aber alle anderen Tiernamen hießen, dass alles in Ordnung war.

Zumindest dort unten. Wie es hier oben aussah … nun, dazu war das letzte Wort noch nicht gesprochen.

Herzog ließ das Visier vom Dock fort weiterwandern. Kurz ruhte sein Blick auf der fernen Grünfläche, auf halber Strecke zum wässrigen Horizont. Landing City war natürlich ebenfalls wichtig. Von dort aus würde die *Samantha* in See stechen, und dorthin würde sie auch wieder zurückkehren.

Doch noch wichtiger war Triton Island selbst. Dort würden sie alle an diesem Tag drei oder vier Stunden verbringen.

Zugegeben: Eine Insel war schon ein beachtlich großes Zielgebiet … zugleich aber eben auch ein *stationäres* Zielgebiet. Und mit einer hinreichend großen Waffe konnte selbst ein unausgebildeter Vollidiot ein unbewegtes Ziel treffen.

Herzog ging durch den Kopf, dass einige aus seinem Sicherheitstrupp ihn für paranoid hielten, während andere der Ansicht waren, er wäre völlig bekloppt. Aber derlei Schmähungen machten ihm nichts aus. Ja, vielleicht war es nicht immer ganz einfach, mit ihm zusammenzuarbeiten – auch das wurde von mehr als einem Angehörigen seines Teams behauptet. Aber wenigstens musste sich niemand Sorgen darum machen, Robert Herzog könne eine potenzielle Bedrohung übersehen oder leichthin abtun.

Er wusste, dass er seinen Bereich der Gefahrenzone fest im Griff hatte. Er konnte nur darauf hoffen, dass das am anderen Ende der Gefahrenzone genauso war.

0700 Sonntag
Ausschiffung anlässlich des Dankes des Monarchen in vier Stunden.
Ankunft vor Triton Island in sechs Stunden.

Major B.A. Felton, der in den Hügeln außerhalb von Landing aufgewachsen war, hatte die Wälder immer geliebt. Hier auf Triton Island begann er sie allmählich zu hassen.

Es war nicht immer so gewesen. Felton war alt genug – und diente schon lange genug im King's Own Regiment –, um äußerst angenehme Erinnerungen daran zu haben, wie Kronprinz Richard und Prinzessin Sophie in diesen Wäldern wandern waren. Häufig waren die Wanderungen in ein Versteckspiel ausgeartet – wobei meist Richard versucht hatte, seine kleine Schwester abzuschütteln. Meistens war es auch ein Spiel geblieben, aber hin und wieder hatte sich Richard hinreichend darüber geärgert, stets einen halbwüchsigen Schatten hinter sich zu wissen, dass er ernstlich versucht hatte, sie abzuschütteln.

Was Sophie nicht im Mindesten gestört hatte. Hartnäckig hatte sie ihn jedes Mal aufs Neue verfolgt, auch wenn sie sich dabei manchmal so verausgabt hatte, dass die Wachen sie zu The Lodge hatten tragen müssen – jenem großen Steingebäude, das schon seit der Regentschaft von Königin Elizabeth dem ganzen Geschlecht der Wintons als Einfach-mal-rauskommen-und-den-Kopf-Auslüften-Rückzugsort diente.

Doch nun war Richard tot, Sophie die Thronerbin, und das Sternenkönigreich war angegriffen worden.

Kinder, die spielten, Erwachsene, die spazieren gingen – die Wälder waren dafür nicht mehr der rechte Ort.

In Wäldern konnten sich Fremde verstecken. In Wäldern konnte man Fallen aufstellen – erst recht in den dichten Wäldern auf der Westseite der Insel, zwischen The Lodge und dem Meer.

Dennoch hatte eine Insel einen unbestreitbaren Vorteil: Wenn sie erst einmal angemessen gesichert war, bliebe sie das auch. Während die offizielle Bekanntgabe des Banketts anlässlich des Dankes des Monarchen schon vor Monaten erfolgt war, kam die deutlich weniger lautstark verkündete Entscheidung, die Veranstaltung werde auf Triton Island abgehalten, erst vor sechs Tagen. Innerhalb der ersten drei Stunden nach dieser Bekanntgabe hatte man die Insel vollständig abgeriegelt und sämtliche Besucher, die gerade die öffentlichen Parkanlagen nutzten, zu ihren Booten eskortiert und heimgeschickt … und dann das gesamte Gelände Millimeter für Millimeter abgesucht. Zwei Tage später hatte Felton persönlich die Insel als gesichert gemeldet.

Doch es gab immer Mittel und Wege, wie ein hinreichend einfallsreiches Individuum die Abriegelung selbst der gesichertsten Territorien zu unterlaufen vermochte. Und so wurde die Insel, sechs Stunden vor der avisierten Ankunft der *Samantha*, erneut abgesucht.

»Major Felton?« Die Stimme, die aus Feltons Ohrhörer drang, gehörte Private First Class Patricia Gauzweiller. »Könnte ein Problem bei The Lodge geben. Da sieht was … sonderbar aus.«

»Schon unterwegs«, sagte Felton und machte sich im Laufschritt auf den Weg, die Hand schon am Griff seiner Handfeuerwaffe. »Nicht anfassen!«

»Aye, aye, Sir. Das geht so einfach gar nicht.«

Das Stirnrunzeln, das diese Bemerkung auslöste, blieb Felton erhalten, bis er The Lodge erreicht hatte. Gauzweiller stand vor der Südwestecke des Gebäudes und suchte mit ihrem Fernglas die Hauswand ab. »Wo ist das Problem?«, fragte Felton.

»Da oben«, antwortete Gauzweiller und deutete in Richtung Dach. »Oben auf dem Schornstein. Sieht aus wie ein Vogelnest.«

Sofort richtete Felton das eigene Fernglas auf die angegebene Stelle. Ja, das sah wirklich aus wie ein Nest.

»In der letzten Meldung war davon keine Rede. Deswegen dachte ich mir, jemand sollte sich das mal ansehen«, fuhr Gauzweiller fort. »Soll ich das übernehmen?«

»Nein, das mache ich selbst«, gab Felton zurück. Er aktivierte seinen Kontragravgürtel, gab behutsam Schub und schwebte dann langsam an der Seitenwand des Gebäudes empor. Wachsam und mit allen Sinnen achtete er auf leiseste Anzeichen für Schwierigkeiten. Ohne Zwischenfall erreichte er den Schornstein …

Um dann festzustellen, dass es sich bei der formlosen Masse aus Zweigen und Erdklumpen tatsächlich um ein Vogelnest handelte.

Trotzdem hatte Gauzweiller alles richtig gemacht. Das Nest hätte schon bei der letzten Begutachtung der Insel entfernt oder zumindest vermerkt werden müssen! Entweder hatte jemand aus Feltons Team schlampig gearbeitet, oder auf Triton lebte ein echter Nestbau-Weltmeister.

»Sieht okay aus«, rief er zu ihr hinunter. Dennoch schob er eine Sonde an verschiedenen Stellen tief in das Nest hinein, nur zur Sicherheit. Vielleicht hatten sie es ja doch mit einer äußerst clever getarnten Bombe zu tun. Er fand nichts. Es war einfach nur ein Nest.

»Eier?«, rief Gauzweiller zurück.

»Nö«, versicherte ihr Felton, während er das Nest vorsichtig vom Schornstein ablöste. Eines war sich Felton ganz sicher: Wäre Sergeant Herzog der Triton-Abordnung zugewiesen worden, ginge er nach Abschluss dieses Einsatzes vermutlich sämtliche Unterlagen durch. Er fände denjenigen, der dieses Nest bei der ersten Begehung der Insel übersehen hatte. Es hätte sich nur noch die Frage gestellt, worunter der Schuldige letztendlich mehr leiden müsste: unter dem Einsatz selbst oder der Standpauke wegen Schlamperei, wo keine sein durfte, gar keine, nämlich wenn es um das Leben der königlichen Familie ging.

Im Augenwinkel nahm der Major eine Bewegung wahr und blickte hinaus auf die blauen Wellen, die im Schein der Morgensonne glitzerten und funkelten. Zwischen Triton Island und den Wolkenkratzern der Stadt in der Ferne waren ein paar Dutzend kleiner Sport- und Vergnügungsboote zu erkennen. Wer sich an Bord befand, hoffte vermutlich darauf, einen Blick auf den König erhaschen zu können, während die

Samantha vorbeiglitte. Darunter waren sicher auch Sonntagsausflügler und Hobbyfischer, die anderes vorhatten. Vermutlich trafen auf manche alle drei Möglichkeiten gleichermaßen zu.

Sie alle würden enttäuscht werden. Zwei Küstenwachboote erschienen bereits am Horizont und pflügten rasch durch die Wellen, geradewegs den verstreuten Ausflugsbooten entgegen. Jedes Boot würde angerufen, dann jeder einzelne Passagier mit dem manticoranischen Bürgerverzeichnis abgeglichen ... und dann würden Boote und Passagiere angewiesen, den Korridor freizuhalten, auf dem die *Samantha* schon bald die Insel anfahren würde.

Unausweichlich würde das bei der Zivilbevölkerung natürlich für Enttäuschung oder gar Verärgerung sorgen, und Felton beneidete die Küstenwache keineswegs um diese ihre Pflicht. Doch es musste nun einmal sein. Nach der vollständigen Abriegelung von Triton Island bestand die entscheidende Aufgabe nun darin, Unbefugte davon abzuhalten, sich der Jacht zu nähern.

Aber die Besatzungen der beiden Boote hatten reichlich Erfahrung mit derlei Einsätzen. Patzer würden ihr heute gewiss nicht unterlaufen.

0800 Sonntag
Ausschiffung anlässlich des Dankes des Monarchen in drei Stunden.
Durchqueren dieses Teils der Jasonbai in etwa viereinhalb Stunden.

Die leidenschaftlichen Seefahrer aus der Region rings um Landing waren alles andere als glücklich.

Lieutenant David Bozwell, Kommandant von CGC *Jackstraw,* konnte es ihnen nicht verübeln. Triton Island war nun einmal Rückzugsort der königlichen Familie, und der Palast kündigte etwaige Besuche dort nur selten rechtzeitig genug an. Normalsterbliche schafften es in der Regel also nicht, in die Jasonbai hinauszufahren und zuzuschauen, wie die *Samantha* majestätisch die Wellen durchschnitt.

Bozwell wünschte sich inständig, der Palast hätte auch dieses Mal einfach kollektiv die Klappe gehalten. Tja, vermutlich wusste der König, wie verwirrt und besorgt seine Untertanen waren. Deswegen wollte er ihnen vielleicht Gelegenheit verschaffen, sich entlang der Route zu positionieren, die sein Schiff nehmen würde, wenn er und die Helden der Schlacht von Manticore nach Triton Island fuhren.

Dennoch hatte die Bekanntgabe Sicherheitsaufgaben um eine Zehnerpotenz erschwert. Niemandem aus dem King's Own Regiment gefiel das Ganze. Sergeant Herzog hatte sich besonders lautstark zu diesem Thema geäußert. Dummheit hatte er den Ausflug genannt und geschäumt. Jedem Möchtegern-Attentäter auch noch unter die Nase zu reiben, wann sich die gesamte verflixte königliche Familie mit einem Schlag versenken ließe … und das alles nur für einen verflixten Publicity-Knaller!

Dabei würden die Sicherheitserfordernisse all das, was sich der König von dieser Publicity erhoffte, weitestgehend zunichtemachen. Die meisten Bürgerinnen und Bürger, die dem hohen Besuch zujubeln wollten, würden noch vor Tagesanbruch aufstehen müssen, um rechtzeitig einzutreffen. Viele davon würden dafür auch ihre Kinder ungebührlich früh aus den Betten scheuchen – was Bozwells Ansicht nach einer erfolgreich geführten Raumschlacht in etwa gleichkam.

Diese Frühaufsteher wären alles andere als erfreut über die Anweisung, nach Landing zurückzukehren oder zur *Samantha* wenigstens einen Sicherheitsabstand von mindestens fünf Kilometern zu halten. Und ebenso wenig erbaut war Bozwell darüber, dass ausgerechnet ihm die Aufgabe zufiel, entsprechende Anweisungen zu erteilen.

Aber wenigstens hatte er sein Pflichtprogramm fast hinter sich gebracht. Derzeit befanden sich nur noch fünf Boote innerhalb der Sicherheitszone, zwei davon im Patrouillengebiet der *Argus*. Bozwell und der *Jackstraw* standen noch drei unschöne Konfrontationen gegenüber, dann könnten sie wieder zum normalen Patrouillendienst übergehen.

Bedauerlicherweise würde das nächste Gespräch vermutlich etwas anstrengender werden. Die *Happily Ever* war ein ziemlich großes Schiff: ein Kabinenkreuzer, wie sie gerade jene Leute bevorzugten, die zwar nicht so richtig stinkreich waren, aber andere gern genau das glauben machen wollten. Bozwells einschlägigen Erfahrungen nach trug dieses Klientel die Nase gern besonders hoch – besonders gern gegenüber Vertretern der Obrigkeit.

Der Kabinenkreuzer voraus spielte die Neureichen-Rolle voll aus. Während die *Jackstraw* noch zur *Happily Ever* aufkam, konnte Bozwell schon auf dem Achterdeck ein halbes Dutzend Gestalten in Liegestühlen ausmachen. Ganz am Heck, gleich an der niedrigen Reling, standen ein Eiskühler mit bunten Getränkedosen und ein flacher Grill mit offenkundig frisch gefangenem Fisch: Graeling-Meerforelle, vermutete er, für diese Sorte Fisch entschieden zu überwürzt.

Alle sechs Passagiere beobachteten die *Jackstraw*, die nun geradewegs auf sie zuhielt. Einer der Männer, das entging Bozwell nicht, wirkte auffallend besorgt, wohl der Schiffseigner. Laut den Unterlagen ein Mister Basil Moore. Vermutlich fragte er sich, ob sein kostbares Schiff wohl gleich gerammt würde.

Zu seinem Glück verstand der Rudergänger der *Jackstraw* sein Handwerk. Im letzten Moment ging der Antrieb des Küstenwachkreuzers auf Gegenschub, und das Schiff lag nach einer letzten Korrektur am Ruder keinen Meter von der *Happily Ever* entfernt quer vor dessen Heck bewegungslos im Wasser. *Falls Moore jetzt nicht beeindruckt ist,* dachte Bozwell, *dann nur, weil er keine Ahnung hat.*

»Ahoi!«, rief er, während er aus dem Ruderhaus an das Deck der *Jackstraw* trat. »Entschuldigen Sie die Störung, aber …«

»Was zum Teufel machen Sie da?«, fiel ihm Moore zornig ins Wort. *Offensichtlich nicht beeindruckt.* »Wollen Sie uns rammen?«

»Ganz und gar nicht, Sir«, widersprach Bozwell und hielt sich brav an die Vorschriften der Küstenwache, die stets respektvolle Höflichkeit verlangten. »Im Zuge der Vorbereitungen für die später am heutigen Vormittag anstehende Durchfahrt der *Samantha* wird diese Seestraße geräumt. Ich muss Sie leider bitten, diesen Abschnitt der Jasonbai zu verlassen.«

Die meisten Personen, mit denen Bozwell an diesem Morgen schon gesprochen hatte, reagierten entweder überrascht, enttäuscht oder verärgert. Moore hingegen reagierte wie ein verzogenes reiches Kind, das gerade ein neues Spielzeug bekommen hatte. »Das können Sie vergessen!«, spie er aus. »Das hier ist die Jasonbai. Die gehört allen Manticoranern. Der König will eine Kreuzfahrt machen? Soll er doch – für die Durchfahrt hat er genau eine Bootsbreite Platz, so wie jeder andere auch.«

»Es tut mir leid, dass Sie das so sehen, Sir«, gab Bozwell zurück. Moores Begleiter, das bemerkte er aus dem Augenwinkel, blickte zunehmend unbehaglich drein. Eine der Frauen – sie saß unmittelbar hinter dem Gastgeber – rückte ihren Liegestuhl leise und dezent ein wenig zur Seite, um bloß nicht in die eine oder andere Form von Schusslinie zu geraten. Anscheinend neigte Moore zu recht unbeherrschtem Verhalten. »Und unter gewöhnlichen Umständen wäre es sogar Ihr gutes Recht, sich auf die Freiheit der Meere zu berufen. Aber nicht heute.«

»Ach wirklich?«, höhnte Moore. »Was gibt's denn heute so Besonderes? Verzärtelte Politiker und Uniformschnösel, die ein paar Extratanks Wasserstoff verblasen wollen, nur damit sie in sechzig Kilometern Entfernung zum ungewaschenen einfachen Volk dinieren können?«

»Nein, Sir«, widersprach Bozwell erneut und bedauerte zutiefst, dass die Vorschriften der Küstenwache hinsichtlich respektvoller Höflichkeit sehr unmissverständlich abgefasst waren. »Das Besondere an dem heutigen Tag sind zusätzliche Sicherheitsaspekte.«

»Ach, jetzt geht's also auf einmal um Sicherheit, ja?«, setzte Moore nach. »Na gut, dann lassen Sie sich von mir mal ein paar Takte zum Thema Sicherheit erzählen.« Mit der Hand vollführte er eine ausladende Bewegung. »Wir haben Sie beobachtet. Da draußen war eine schöne, kleine, kompakte Gruppe von Booten unterwegs, und Sie haben ungefähr die letzte Stunde damit verbracht, sie in alle vier Winde zu zerstreuen. Und was passiert jetzt, wenn eines von denen ein Problem bekommt? Was, wenn eines von denen leck schlägt und sinkt? Werden Sie und Ihre Kumpels dann rechtzeitig vor Ort sein? Oder können sie dann nur darauf hoffen, dass die für alle an Bord genug Kontragravgurte haben und nicht im Wasser landen, bevor sie die aktivieren können?«

»Wir wissen durchaus, welche Risiken damit verbunden sind, dass jemand ein Wasserfahrzeug auf das offene Meer hinaussteuert«, gab Bozwell zurück. Unter den Füßen spürte er das Deck kaum merklich vibrieren; mit gleichmäßigen, aber schweren Schritten näherte sich jemand vom Steuerhaus.

»Aber wir können nur das tun, was uns mit unseren eingeschränkten Ressourcen möglich ist.«

»Und was wollen Sie damit sagen?«

»Verzeihen Sie, Lieutenant«, fiel ihm eine tiefe Stimme ins Wort.

Aus dem Augenwinkel sah Bozwell Sergeant Brian VanHoose aus dem Steuerhaus treten. Sein Hauptaugenmerk galt nach wie vor Moore, und das mit gutem Grund.

Er wurde nicht enttäuscht. Die meisten Sphinxianer waren von Natur aus groß und muskulös, doch selbst für Sphinxianer war VanHoose groß und muskelbepackt. Als er neben Moore erschien, weiteten sich die Augen des Schiffseigners. Er prallte einen Schritt zurück – nichts als ein Reflex. Rasch hatte er sich wieder in der Gewalt. Sein Blick huschte VanHooses' sphinxianische Muskelmasse hinauf und blieb auf einem völlig ausdruckslosen Gesicht mit den meist halb-geschlossenen Augenlidern hängen, die bei den meisten Menschen zu der Annahme führten, allzu viel ginge in dem Schädel, in dem sie steckten, nicht vor.

Ein schwerer Fehler. VanHoose mochte ja aussehen wie ein gutmütiger Idioten-Riese, doch er beherrschte die Dienstvorschriften und Gesetze wie kein zweiter.

»Jawohl, Sergeant?«, fragte Bozwell gelassen. »Sie wollten mir etwas melden?«

»Mir scheint, Sir, der Gentleman und seine Passagiere haben getrunken«, erklärte VanHoose ebenso gelassen. »Küstenwachen-Dienstvorschrift Gamma vier null sechs, Abschnitt drei, Satz eins, besagt eindeutig, dass es, sollte Bootsführer/Bootsführerin leistungseingeschränkt sein, der Küstenwache obliegt, das Boot zu übernehmen und unbeschadet in den Hafen zu steuern.«

»Und mir scheint, Sie haben recht, Sergeant«, sagte Bozwell, die Stirn nachdenklich in Falten gelegt. »Na, das wird ja gewiss kein Problem sein. Den Rest der Terrainsicherung kann ich allein übernehmen, während Sie die *Happily Ever* nach Landing zurückbringen.«

Endlich hatte Moore die Sprache wiedergefunden. »He da, warten Sie mal«, setzte er an, und seine arrogante Fassade bekam unverkennbare Risse, die von Nervosität kündeten. »Hier ist niemand leistungseingeschränkt!«

»Ich weiß nicht recht«, gab Bozwell zurück, den Blick auf den Kühler mit dem Eis gerichtet. »Ich sehe hier wirklich *reichlich* Bier. Sergeant, sagen die Dienstvorschriften irgendetwas darüber aus, ab welchem Blutalkoholwert eine Leistungseinschränkung vorliegt?«

»Wir könnten den Alkoholtester holen«, antwortete VanHoose. »Aber Sie wissen ja selbst, dass der in letzter Zeit ein bisschen rumspinnt.«

»Außerdem wirkt Alkohol auf Menschen sehr unterschiedlich«, gab Bozwell zu bedenken. »Wenn ich Sie das Kommando über dieses Schiff übernehmen lasse, versprechen Sie dann, vorsichtiger damit umzugehen als beim letzten Mal?«

»He, Sir, der Flammenball war doch nicht meine Schuld!«, protestierte VanHoose. »Der Tankregulator war kaputt. Wenn ich nicht das Dock gestreift hätte, dann hätte der ganz bestimmt irgendwo anders Rumms gemacht!«

»Gestreift?«, wiederholte Bozwell. »So würden Sie das nennen? Gestreift?« Abwehrend hob er die Hände. »Ist ja auch egal – für so eine Diskussion haben wir jetzt nicht die Zeit. Sergeant Brian VanHoose, gemäß Küstenwachen-Dienstvorschrift … wie auch immer die Nummer jetzt war, hiermit weise ich Sie an …«

»Okay, okay«, entschied Moore rasch, »wir verziehen uns ja schon!«

»Aber machen Sie hinne, ja?«, setzte Bozwell hinzu.

»So rasch wir können«, versprach Moore und zog ein Gesicht, als wollte er einem aufkommenden Sturm Konkurrenz machen.

»Gut«, sagte Bozwell. »Sergeant, dann bringen Sie uns bitte zum nächsten Schiff. Einen schönen Tag noch, Mr. Moore.«

Eine Minute später ließ die *Jackstraw* die *Happily Ever* schon hinter sich und flitzte zum nächsten Boot in der Warteschlange hinüber.

»Ihnen ist aber schon klar«, fragte Bozwell der Vollständigkeit halber, nachdem er durch die offene Tür des Steuerhauses der *Happily Ever* hinterherstarrte, die rasch in der Ferne kleiner wurde, »dass die beim Wenden alles verloren haben, was am hinteren Ende des Achterdecks gestanden hat, so eilig hatten sie's – und alles nur Ihretwegen und wegen Ihrer netten kleinen Idee?«

»Kein großer Verlust«, erklärte VanHoose und winkte beiläufig ab. »Das war der billigste Kühler, den es überhaupt zu kaufen gibt – ich hab selbst so einen. Die kosten bloß ein paar Dollar. Und genug Bier hatten die ohnehin schon intus.«

Bozwell warf einen weiteren Blick auf die *Happily Ever* und sah, wie Moore hektisch im Wasser achtern herumfischte. VanHoose hatte recht: Der Kühler war ein billiges Plastikding gewesen, und jemand, der den Snobismus in solche Höhen trieb wie Moore, sollte dringend auch hier höhere Standards anlegen. »Und der Grill?«

»Zu viel Heckmeck auf der Forelle«, erklärte VanHoose. »Damit habe ich wirklich allen Beteiligten einen Gefallen getan.«

»Ach so«, gab Bozwell nur zurück. Irgendwie bezweifelte er, dass Moore das genauso sehen würde.

0900 Sonntag
Ausschiffung anlässlich des Dankes des Monarchen in zwei Stunden. Überfahrt zur Annäherung an Triton Island in etwa vier Stunden.

»Bravo sechs, Ende«, drang eine gedämpfte Stimme aus Sergeant Sara Feltons Ohrhörer. »Wechsele zu Bravo sieben.«

»Verstanden«, bestätigte Sara. Sie wusste nicht, warum ihr das ausgerechnet jetzt in den Sinn kam, aber früher war ihr ihre eigene Stimme immer extrem sonderbar vorgekommen, wenn sie von der Scheibe des Taucherhelms zurückgeworfen wurde. Mittlerweile, nach zehn Jahren im aktiven Dienst, bemerkte sie das nicht einmal mehr.

Gut so. Schließlich brauchte sie jedes bisschen Hirnleistung für die vor ihr liegende Aufgabe. Gemäß der letzten Meldung waren Triton Island und Landing jetzt gesichert, und schon bald würde das auch für die Seestraße gelten, die beide miteinander verband.

Es wurde Zeit, das auch für das Territorium unterhalb der Oberfläche sicherzustellen.

»Sara?«, hörte sie nun die Stimme ihres Cousins B.A. »Wie läuft's?«

»Wir kommen voran«, antwortete Sara. In Gegenwart Dritter waren sie füreinander natürlich *Major Felton* und *Sergeant Felton,* was für ihre Kameradinnen und Kameraden steter Quell der Freude war. Auf abgesicherten Kanälen wie jetzt durften sie sich gewisse Formlosigkeiten erlauben. »Der Zuweg wurde überprüft und gesichert, und vom restlichen Meeresgrund haben wir schon ungefähr drei Viertel durch. Wie steht's bei dir?«

»Vogelnest in einem der Schornsteine«, antwortete B.A., »sonst nichts. Wir sind dann durch hier oben.«

Sara stieß ein Grunzen aus, das im Helm beachtlich widerhallte. »Gut, dass Herzog nicht bei euch ist. Dafür würde sich der Verantwortliche garantiert einen Einlauf fangen, der sich gewaschen hat!«

»Stimmt. Vielleicht sollte ich das nächste Woche mal erwähnen. Könnte unterhaltsam werden, wenn Herzog sich wieder mal aufregt.«

»Solange man selbst nicht derjenige ist, über den er sich aufregt, ist alles gut«, bestätigte Sara. »Erzähl's mir noch mal: Warum genau ließ sich dieses Bankett nicht einfach im Palast abhalten?«

»Das ist was Politisches«, meinte B.A. »Der König muss in die Welt hinausspazieren und allen zeigen, dass er vor nichts und niemandem Angst hat. Was allen anderen dann beweisen soll, dass sie auch keine Angst zu haben brauchen.«

Sara rümpfte die Nase. Aber wahrscheinlich hatte ihr Cousin recht. Große Gesten gehörten zu hohen Ämtern einfach dazu, und noch höher als König ging ja nun kaum. »Ich hoffe, die da oben wissen das auch zu schätzen.«

»Zumindest jeder, der zählt«, versicherte ihr B.A. »Der Rest von denen bekommt von uns wahrscheinlich überhaupt nichts mit.«

»Gehört wohl alles zum Job.«

»Jou«, bestätigte B.A. »Hör mal, kannst du mir einen Gefallen tun? Einer der Annäherungssensoren scheint mir ein bisschen zu flattern. Wenn du mit deinem aktuellen Sektor fertig bist, könntest du dir das kurz anschauen? Wahrscheinlich ein Fehlalarm, aber es wäre mir lieber, wenn du das noch mal persönlich überprüfen könntest.«

Sara lächelte und rief schon den betreffenden Datensatz auf. »Kein Problem, großer Cousin. Nummer vierundvierzig?«

»Genau der«, bestätigte B.A.

Zehn Minuten später hatte Sara den problematischen Sensor erreicht.

»Tja, steht schief, das Ding«, berichtete sie, während sie vor dem aus dem Meeresgrund ragenden Gerät – einem schmalen, zwei Meter langen Stab mit rundem Kopf – im Wasser schwebte. »Weicht ungefähr vierzig Grad von der Vertikalen ab. Scheint aber nicht beschädigt oder irgendwie bewusst manipuliert worden zu sein. Wahrscheinlich haben das bloß ein paar Meeresgrundbewohner umgestoßen – vielleicht beim Versuch, sich einzugraben, oder beim Nestbau.«

»Möglich«, räumte B.A. ein, klang aber skeptisch. »Wir tauschen's trotzdem aus. Ich schick dir Keating mit 'nem neuen Gerät runter – sie legt gerade schon den Anzug an. Warte bitte auf sie und hilf ihr, das Ding zu installieren und zu vernetzen, ja?«

»Okay«, bestätigte Sara und ließ den Lichtkegel ihrer Lampe zum nächsten Sensor in der Reihe hinüberwandern. »Sag mir Bescheid, wenn sie im Wasser ist. Ich schaue mir gerade einmal rasch die nächstgelegenen Sensoren an.«

Als Private First Class Bridget Keating eintraf, war Sara bei keinem der anderen Sensoren auf ein Problem gestoßen. Gemeinsam tauschten sie den schief stehenden Sensor aus, vernetzten das Ersatzgerät mit den anderen und ließen ein kurzes Diagnoseprogramm durchlaufen. Nachdem B.A. bestätigt hatte, dass für die gesamte Sensorenkette jetzt alle Systeme einwandfrei liefen, machte sich Keating wieder auf den Weg zurück, und Sara nahm ihre Überprüfung der Untiefen von Triton Island wieder auf.

Währenddessen musste sie B.A. recht geben: Wenn alles gut liefe, würde den meisten, die schon bald an Bord der *Samantha* gingen, nie bewusst, welcher Aufwand betrieben worden war, um für ihre Sicherheit zu sorgen.

10

Damals, im zweiten Jahr auf der Highschool, war Travis einmal fälschlicherweise einem Kurs für das Abschlusssemester zugeteilt worden. Die Verwaltung hatte drei Tage gebraucht, um das Durcheinander zu entwirren und ihn wieder in den richtigen Kurs zurückzuschicken.

Was während dieser drei Tage fachlich von ihm verlangt worden war, war gar nicht so schlimm gewesen. Schlimm an jenen drei Tagen war dieses Gefühl gewesen, am falschen Platz zu sein. Er hinkte allen anderen zwei Jahre hinterher, er kannte niemanden, er war nicht einmal in den sozialen Kontext der Klasse eingewiesen, und so hatte er keine Ahnung, wie er sich wem gegenüber verhalten sollte.

Seit Jahren hatte er nicht mehr daran gedacht, wie sehr ihn diese Situation damals belastet hatte. Das änderte sich schlagartig, als er sich an Bord der königlichen Jacht *Samantha* wiederfand und sich unvermittelt exakt dem Stress von damals ausgesetzt sah.

Und das auch noch aus exakt den gleichen Gründen: Herrje, Travis war ein einfacher Lieutenant! Alle anderen Uniformträger an Bord standen mindestens im Rang eines Lieutenant Commanders, und ihre Uniformjacken strotzten vor Medaillen, Bändern und Litzen, ständig musste man aufpassen, nicht in Galadegen hineinzulaufen.

Wieder einmal war er der Fast-Neuling in der Abschlussklasse.

»Alles okay?«, raunte ihm Lisa von der Seite aus zu.

Travis atmete tief durch und gab sich redlich Mühe, das unangenehme Gefühl abzuschütteln. Die Highschool-Zeit hatte er schließlich schon lange hinter sich. Außerdem hatte er Lisa zur moralischen Unterstützung an seiner Seite. »Bin nur ein wenig überwältigt, Ma'am«, antwortete er. »Ich weiß immer noch nicht genau, was ich hier eigentlich soll.«

»Du befolgst doch einen direkten Befehl, oder?«

»Na ja ... das schon«, räumte Travis ein. »Trotzdem frage ich mich ...«

»Lieutenant Long?«, hörte er hinter sich jemanden rufen.

Travis wandte sich um, und zumindest ein Teil der neuerlich aufkochenden Anspannung legte sich, als er ein vertrautes Gesicht erkannte: Captain Allegra Metzger, seine Kommandantin während des Secour-Zwischenfalls an Bord der *Guardian*. »Jawohl, Ma'am«, bestätigte er und salutierte mustergültig.

»Ich hatte schon gehört, dass Sie an Bord kämen«, sagte Metzger, erwiderte den militärischen Gruß und schenkte Travis ein unerwartet warmherziges Lächeln. »Gratuliere zu Ihrer ausgezeichneten Arbeit an Bord der *Casey*. Das war eine glänzende Idee.«

»Danke, Ma'am«, erwiderte Travis. »Es war einfach Glück, dass sie mir rechtzeitig gekommen ist.«

»Vorsicht, Lieutenant«, warnte ihn Metzger, und ihr Lächeln nahm ihren Worten jegliche Schärfe. »Ihr Captain hört es überhaupt nicht gern, wenn seine Offiziere dieses Wort benutzen.«

Unwillentlich, was vermutlich vermessen war, schließlich war Metzger immer noch eine Vorgesetzte, umspielte ein Lächeln Travis' Lippen. »Sie meinen ›Glück‹, Ma'am?«

»Ganz genau.« Metzgers Blick wanderte zu Lisa hinüber. »Commander Donnelly«, begrüßte sie diese, »gut sehen Sie aus.«

»Danke, Ma'am«, gab Lisa zurück.

»Und was ich gerade über Lieutenant Longs Manöver gesagt habe, gilt ebenso für Sie«, fuhr Metzger fort. »Ihre Koordination mit den MPARS-Korvetten war ebenfalls eine glänzende Idee – und offenkundig erfolgreich.«

»Danke, Ma'am«, wiederholte Lisa. »Aber wenn wir schon Buch führen, dann gehört angemerkt, dass Mr. Longs Schlachtkreuzer unseren kleinen Zerstörer natürlich aussticht.«

»Da ist was dran«, pflichtete ihr Metzger bei. »Schade, dass man auf die Rümpfe großer Schiffe keine Abschuss-Silhouetten malt, so wie das bei Stingships üblich ist. Vielleicht sollten wir damit eine neue Tradition begründen. Wurden Sie beide schon Seiner Majestät dem König vorgestellt?«

Erstaunt blinzelte Travis. Der abrupte Themenwechsel hatte ihn völlig überrascht.

»Äh … nein, Ma'am, öhm …« Hilflos blickte er zu Lisa hinüber.

»Nein, noch nicht, Ma'am«, antwortete Lisa deutlich ruhiger.

»Dann wird es aber Zeit«, entschied Metzger. »Kommen Sie … ich übernehme das.«

Sie marschierte los und bahnte ihnen den Weg zwischen den Grüppchen Plaudernder, die sich über das gesamte Deck der *Samantha* verteilt hatten. Travis blickte ihr hinterher, und unvermittelt ließ hochkochende Panik sein Hirn in Schockstarre verfallen. Sie wollte ihn *dem König* vorstellen?

Er zuckte zusammen, als Lisa ihm beruhigend die Hand auf den Arm legte. »Komm schon, Travis«, wisperte sie, »du hast eine Raumschlacht überlebt, dann wirst du auch das hier überstehen!«

Der König unterhielt sich mit einer kleinen Zahl Umstehender, deren Mienen ernst und nachdenklich wirkten. Eine der Frauen erkannte Travis sogar: Prinzessin Elizabeth, die Halbschwester des Königs. Die anderen drei Personen – zwei Männer, eine Frau – trugen Zivilkleidung, und Travis wurde das nagende Gefühl nicht los, eigentlich müsste er sie alle drei auch kennen … natürlich nur vom Sehen.

Doch nun war es zu spät, sich unbemerkt zurückzuziehen und erst noch ein wenig Aufklärung zu betreiben. Metzger hatte bereits die beiden Leibwächter auf dieser Seite der Gruppe passiert, und der König hatte auch schon sein aktuelles Gespräch unterbrochen. Als er den Blick auf die beiden Gäste richtete, bemühte er sich nach Kräften, heiterer und aufgeräumter als eben noch zu wirken. Nun blieb Travis nichts anderes mehr übrig, als durchzuziehen, in was ihn Metzger manövriert hatte, und dabei einen möglichst guten Eindruck zu hinterlassen.

In der kurzen Einführung in höfisches Gebaren, die er überflogen hatte, wurde ausdrücklich darauf hingewiesen, dass ein Gast stets Seiner Majestät die Gelegenheit einzuräumen hatte, als Erster das Wort zu ergreifen. Glücklicherweise wurde diese Hürde rasch und mühelos überwunden. »Captain Metzger«, sagte der König und nickte Travis' ehemaliger Kommandantin mit einem freundlichen Lächeln zur Begrüßung zu. »Wie schön, Sie wiederzusehen.« Sein nächstes Nicken galt Lisa und Travis. »Würden Sie mir wohl Ihre Kameraden vorstellen?«

»Es wäre mir eine Ehre, Euer Majestät«, erwiderte Metzger und verneigte sich kurz. Dann wies sie mit einer dezenten Handbewegung auf Travis und Lisa. »Ich darf Ihnen Lieutenant Commander Lisa Donnelly vorstellen, derzeit diensttuend auf Seiner Majestät Schiff *Damocles*, und Lieutenant Travis Uriah Long, derzeit diensttuend auf Seiner Majestät Schiff *Casey*. Commander, Lieutenant: Seine Majestät, König Edward.«

»Commander Donnelly«, begrüßte der König sie förmlich und deutete ein Nicken an. »Und Lieutenant Long«, fuhr er dann fort, kaum dass sein Blick weitergewandert war.

Travis hatte das Gefühl, in den Augen seines Monarchen flamme beachtliches Interesse auf.

»Ich habe über Ihr Vorgehen und das Vorgehen Ihrer Schiffe während der Schlacht von Manticore gelesen«, fuhr der König fort. »Das Sternenkönigreich steht in Ihrer Schuld.«

»Ich danke Ihnen, Euer Majestät«, sagte Lisa und verneigte sich in der gleichen Art und Weise wie zuvor Metzger.

»Ich danke Ihnen, Euer Majestät«, folgte Travis ihrem Vorbild.

»Gestatten Sie mir, Ihnen einige weitere Verteidiger Manticores vorzustellen«, ergriff nun wieder der König das Wort und deutete auf seine bisherigen Gesprächspartner. »Dies ist Davis Harper, seines Zeichens Herzog von Burgundy und der Premierminister des Sternenkönigreichs. Neben ihm James Mantegna, Earl von Dapplelake und Verteidigungsminister. Und bei der Lady handelt es sich um Clara Sumner, Herzogin von Calvingdell.«

Travis musste sich sehr zusammenreißen, damit ihm seine Gesichtszüge nicht entglitten. Die Herzogin war die ehemalige Verteidigungsministerin. Sie war vor vier T-Jahren aus dem Amt geschieden, nachdem Edward den Thron bestiegen und Dapplelake erneut für diesen Posten eingesetzt hatte.

Und da stand sie nun und unterhielt sich zwanglos mit dem Mann, der sie aus dem Amt gedrängt hatte, und dem Mann, der an ihre Stelle getreten war.

Travis war nicht sonderlich gut darin, die Gefühlswelt anderer Menschen zu erkennen – vor allem, wenn besagte andere Menschen gerade das bestmögliche Benehmen an den Tag zu legen strebten. Doch er zweifelte keinen Moment daran, dass hier unter der Oberfläche beachtliche Spannungen herrschten.

»Es ist mir eine Freude, Sie kennenzulernen«, ergriff nun Burgundy das Wort, und die beiden anderen murmelten Zustimmung. Anscheinend verlangte das Protokoll, dass er für sie alle drei sprach.

»Es ist mir eine Freude, Sie kennenzulernen, Euer Gnaden … Mylord … Mylady«, erwiderte Metzger und nickte ihnen der Reihe nach zu. »Und wenn ich mir erlauben darf, würde ich gern meinerseits unserem Dank für all das Ausdruck verleihen, was Sie unternommen haben, um der Navy die zur Verteidigung des Sternenkönigreichs erforderlichen Truppen ebenso zu stellen wie die dafür erforderliche Ausrüstung.«

»Danke, Captain«, sagte Burgundy sehr gesetzt. »Im Nachhinein bedauere ich nur, dass wir nicht noch mehr Druck gemacht haben.«

»Mir scheint gefahrlos zu behaupten, die Prioritäten des Kabinetts werden diesen Umstand und den damit einhergehenden Fokus in der sehr nahen Zukunft widerspiegeln.«

Innerlich verkrampfte sich Travis. *Und jetzt?* War es jetzt an *ihm*, etwas zu sagen? Ja, *was* denn? Was für eine Art Smalltalk führte man denn mit seinem König? *Danke für die Einladung, Euer Majestät? Ich finde, Sie machen einen prima Job? Ihre Krawatte gefällt mir?*

Der Blick des Monarchen wanderte zu etwas, das sich hinter Travis befinden musste. »Wenn Sie alle mich entschuldigen wollten«, sagte er und steuerte auf die kleine Lücke zwischen Metzger und Travis zu. »Ich hätte da noch eine Kleinigkeit zu erledigen.«

»Selbstverständlich, Euer Majestät«, erwiderte Dapplelake und sprach offenkundig erneut für die gesamte Runde. Rasch trat Travis einen Schritt zur Seite, und der König und zwei seiner Leibwächter eilten an ihm vorbei. Dabei warf der König Travis erneut ein freundliches Lächeln zu.

»Erneut: Gratulation«, sagte Burgundy und verrenkte sich fast den Hals bei dem Versuch, jemanden anzublicken, der ein gutes Stück weiter deckabwärts zu ihm stand. »Und nun bitte ich Sie, mich zu entschuldigen. Da vorn sehe ich jemanden, den ich dringend sprechen muss.«

»Selbstverständlich, Euer Gnaden.« Mit einer Handbewegung bedeutete Metzger Travis und Lisa, in die entgegengesetzte Richtung davonzuschlendern.

Und damit war die Vorstellung schlagartig vorbei.

Travis hatte den Eindruck, Lisa neben ihm würde ein wenig in sich zusammenfallen.

»Tja …«, sagte sie.

»Tja was?«, fragte Metzger sofort und klang dabei ein wenig belustigt.

»Ehrlich gesagt nur ›tja‹, Ma'am«, antwortete Lisa. »Ich habe … das ist das erste Mal, dass ich jemandem aus dem Königshaus persönlich begegnet bin.«

»Na, dann empfehle ich Ihnen dringend, sich daran zu gewöhnen, Commander«, gab Metzger zurück. Travis warf ihr einen Blick aus dem Augenwinkel zu, doch die Belustigung, die er zuvor wahrgenommen zu haben glaubte, war nun fort. »Sie sind ein aufsteigender Stern, und das bedeutet heutzutage, dass Sie sich früher oder später bis zum Hals in der Politik wiederfinden.«

»Prächtig«, entfuhr es Lisa leise.

»Glücklicherweise liegt das noch ein gutes Stück in der Zukunft«, ergänzte Metzger beruhigend. »Im Moment haben Cazenestro und Locatelli das Ganze noch fest im Griff. Aber die werden auch nicht ewig im Amt bleiben – und wenn sie abtreten, dann hängt alles an Offizieren wie Ihnen.« Ihr Blick wanderte zu Travis hinüber, »und Ihnen, Lieutenant«, setzte sie hinzu.

»Das will ich nicht hoffen, Ma'am«, gab Travis zurück. »Wenn Commander Donnelly das nicht hinbekommt, dann ich erst recht nicht.«

»Doch, das werden Sie«, widersprach Metzger. Ihr Blick wanderte zum Horizont, an dem in weiter Ferne nur die höchsten Gebäude von Landing noch zu erkennen waren. »Aber wie ich gerade schon gesagt habe: Das liegt noch ein gutes Stück in der Zukunft. Momentan ist wohl eher von Interesse, dass gerade am Heck ein Vorspeisenbüffet aufgebaut wird. Zeigen wir diesen Politikern und MPARS-Offizieren doch einmal, wie man gemeinsam anständig und erfolgreich das Territorium erkundet.«

Halb versteckt und gut geschützt vor dem doch recht frischen Meereswind stand Sophie in einem der Alkoven, in denen sich die Zugänge zu den Kabinen befanden, als Edward sie erreichte.

Er musste feststellen, dass er sich bei dem, was er vor wenigen Momenten aus dem Augenwinkel halb gesehen zu haben glaubte, tatsächlich nicht getäuscht hatte.

Die Kronprinzessin war nicht allein, sie hatte einen Begleiter.

Edward biss die Zähne zusammen. Ausgerechnet hier und ausgerechnet jetzt!

Und ausgerechten *diesen* Begleiter!

Sophie lächelte ihm zu, als er näher trat. Das Lächeln geriet ein wenig ins Wanken, als sie das Gesicht sah, das er zog. Doch noch bevor der König sie erreicht hatte, hatte sie ihr Mienenspiel wieder im Griff. »Hallo, Vater«, begrüßte sie ihn und neigte respektvoll das Haupt. »Hier ist jemand, den ich dir gern vorstellen möchte.« Sie ergriff den Arm des jungen Mannes an ihrer Seite und zog ihn so ein wenig dichter zu sich heran. Die Miene ihres Begleiters, das entging Edward nicht, war nicht ansatzweise so ruhig und beherrscht wie die Sophies. »Das hier ist Peter Young, der älteste Sohn von Hadrian Young, Earl von North Hollow.«

»Euer Majestät«, stieß Young hastig hervor und verneigte sich so tief, als hoffe er darauf, eine hinreichend offensichtliche Ehrbezeugung würde ihn unsichtbar machen.

Edward wünschte sich, dem wäre so.

»Ja, ich weiß«, sagte er und nickte dem Jungen knapp zu. »Ich muss dich kurz allein sprechen, Sophie. Wenn Sie uns entschuldigen würden, Mr. Young?«

»Selbstverständlich, Euer Majestät«, erwiderte Young. Erneut verneigte er sich, dann schob er sich hastig an Edward vorbei und machte sich eilends davon.

Edwards Blick galt wieder seiner Tochter. Sie wirkte besorgt, doch sie bemühte sich, entschlossen dreinzublicken. Schweigend wies er auf die Kabinentür hinter ihnen. Die Lippen seiner Tochter zuckten, doch gehorsam griff sie hinter sich, drehte den Knauf und öffnete die Tür. Einen Moment später standen sie allein in der Kajüte, und die Tür schloss sich wieder, um ungebetene Störungen zu verhindern.

»Lass mich raten«, seufzte sie, »ich hätte dich um Erlaubnis bitten müssen, ihn als mein Date mitzunehmen.«

Also sah auch *sie* hierin ein Date! Na, prächtig!

»Aber mit Colonel Jackson habe ich das abgesprochen«, fuhr sie fort. »Und North Hollow hat viel für Tante Elizabeths Versehrtenstiftung getan, die …«

»Sophie«, fiel ihr ihr Vater ins Wort und nahm ihre Hände, »es geht hier nicht um Peter Young, und auch nicht um Sophie Winton. Es geht um Kronprinzessin Sophie.«

Sophie runzelte die Stirn. »Was soll das denn heißen?«

»Falls du es vergessen haben solltest«, setzte Edward an, »darf ich dir vielleicht ins Gedächtnis zurückrufen, dass die Verfassung vorschreibt, der Monarch oder die Monarchin müssen einen oder eine Bürgerliche ehelichen.«

Die Art und Weise, in der sie die Augen aufriss, verriet Überraschung ebenso wie echte Empörung. »Dad, ich habe nicht die Absicht, ihn zu *ehelichen*«, protestierte sie. »Das ist doch bloß ein einfaches, unverbindliches Date!«

»Jede Eheschließung auf Manticore hat mit einem einfachen, unverbindlichen Date angefangen«, gab er zurück. »Was passiert, wenn aus einem dieser ›unverbindlichen Dates‹ doch mehr wird? Bist du bereit für den herzzerreißenden Abschied?«

»Was soll das heißen? Dass ich nie Freunde mit Adelstitel haben darf?«, schoss sie zurück. »Auch aus *Freunden* werden ja manchmal Ehemänner, oder nicht?«

»Und genau deswegen musst du auch bei deinen Freundschaften aufpassen«, sagte er sanft. »Es tut mir leid, Sophie, wirklich! Ich hatte nie geplant, dass es für dich einmal so kommt. Aber so ist es jetzt nun einmal, und das wirst du akzeptieren müssen.«

Sophie wandte den Blick ab. »Das ist ungerecht«, sagte sie leise. »Das alles.«

»Wenn du erst einmal Königin bist, kannst du ja die Verfassung ändern lassen«, sagte er. »Aber ich kann dir jetzt schon sagen: Das wird ein harter Kampf.«

»Jou.«

Einen Moment lang herrschte völlige Stille in der Kajüte. Dann atmete Sophie tief durch. »Na, wenigstens wirst du ihn nicht nach Hause schwimmen lassen«, sagte sie dann, und in ihrer Stimme schwang ein Hauch des üblichen Sophie-Humors durch. »So hast du nämlich eben dreingeblickt.« Dann kniff sie die Augen zusammen. »Oder doch?«

»Natürlich nicht«, versicherte er ihr. »Aber das bringt uns gleich zum nächsten Punkt. Hier an Bord wird das jeder verstehen und damit keinerlei Schwierigkeiten haben. Aber wenn wir zurückkehren, werden am Kai Leute stehen, auf die das vielleicht *nicht* zutrifft. Und unter den Leuten, die uns dann beobachten, sind bestimmt auch ein paar, die einfach viel Spaß daran haben, Gerüchte und Andeutungen zu verbreiten. Denen würde ich ungern noch Wasserstoff in die Flammen blasen, wenn du verstehst, was ich meine.«

»Also soll er *doch* nach Hause schwimmen.«

»Nein, aber es würde nichts schaden, ihn in eine der Heck-Kabinen zu stecken, wenn wir uns Landing nähern«, sagte Edward. »Ich werde Major Fergueson anweisen, ihn herauszulassen, wenn der Rest von uns von Bord gegangen ist und sich schon auf dem Weg zum Gedenkgottesdienst befindet.«

»Klar«, gab Sophie spitzfindig zu bedenken, »natürlich wird niemand große Augen machen, wenn Peter plötzlich vom Radar verschwindet!«

»Nein, wird niemand, wenn er zuvor nie auf dem Radar war, ist das jetzt klar?«

»Na ja …« Ein tiefer Seufzer. »Okay, ich sag's ihm.«

»Danke.« Edward hatte sich schon zur Kajütentür umgedreht, doch nun wandte er sich noch einmal um. »Ach, bevor ich's vergesse: Er wird *allein* in der Kabine bleiben.«

»Dad«, entfuhr es Sophie, es klang schockiert, »ich habe doch gesagt, es ist ein *unverbindliches* Date!«

Unter seinen Füßen spürte Edward, wie sich die Vibrationen ein wenig veränderten: Die Antriebe der *Samantha* verlangsamten sich. Genau nach Zeitplan. »Ah ja«, sagte er, »ist mir wohl kurzzeitig entfallen.«

»Sollte es aber nicht.« Sophie zog die Nase kraus. »Tante Elizabeth hat gemeint, Kronprinzessin zu sein habe seinen Preis. Dass das hier auch dazugehört, hat sie nicht erwähnt.«

»Ich weiß«, sagte Edward, »und ganz ehrlich: Es tut mir leid.« Er hob einen Finger. »Aber es hat auch seinen Vorteil, Monarch zu sein«, erläuterte er. »Man darf zum Beispiel Dinge tun, von denen alle anderen behaupten, so etwas tue man nicht.«

»Ah ja«, machte Sophie, und wieder legte sie die Stirn in Falten. »Was denn so? Rotwein zum Fisch trinken?«

»Genau.« Mit der unmisserverständlichen Bewegung seines Zeigefingers lockte er sie hinter sich her: »Komm, komm mit, ich zeig dir was.«

Travis hatte die rasch aufkommenden Boote schon erspäht, kaum dass sie am Horizont erschienen waren. Er zeigte sie Lisa. Noch während sie gemeinsamen darüber nachdachten, ob und wen sie darauf aufmerksam machen sollten, entdeckte Lisa, dass die Männer und Frauen vom King's Own am Heck der *Samantha* die aufkommenden Wasserfahrzeuge ebenfalls im Blick hatten und keinerlei Beunruhigung zeigten. Wenige Minuten später, als sich diese als zwei schnittige Renngleitboote erwiesen, veränderte sich das allgegenwärtige Brummen der Motoren der königlichen Jacht: Die *Samantha* verringerte die Fahrt, bis sie nur noch auf den Wellen dümpelte. Die Leibwachen wirkten entspannt und unbesorgt, Bedrohliches ging hier wohl nicht vor.

Da sah Travis Prinzessin Elizabeth an der Reling stehen und die aufkommenden Boote beobachten. Die Schwester des Königs wirkte alles andere als glücklich.

»Da drüben«, raunte ihm Lisa zu und deutete zu einer freien Stelle an der Reling. Einige der anderen Gäste bewegten sich voller Neugier ebenfalls zum Heck der Jacht. »Komm!«

»Was?«, fragte Travis nach und bemühte sich, sie einzuholen. »Warum?«

»Ich will sehen, was da los ist«, erklärte ihm Lisa über die Schulter hinweg. »Komm in die Hufe – der König und Prinzessin Sophie sind auf dem Weg.«

Als König Edward und Kronprinzessin Sophie Prinzessin Elizabeth erreichten, hatten Travis und Lisa schon den gewünschten Platz an der Backbordreling erreicht – abwindig von Elizabeth, wie Travis bemerkte. Das Gespräch des hier versammelten manticoranischen Hochadels sollten sie also gut mitbekommen.

Anscheinend galt die Vorschrift, der König habe immer das erste Wort, nicht für Familienangehörige.

»Das ist nicht dein Ernst!«, erregte sich Elizabeth.

»Sogar mein voller Ernst«, versicherte ihr Edward. »Du machst dir völlig grundlos Sorgen.«

Einige Personen in Zivil, denen offenkundig aufgefallen war, dass man glauben könnte, sie würden lauschen, zogen sich höflich von der Reling zurück. Lisa hingegen, die hinter Travis stand, versetzte ihm einen kleinen Stoß, damit er seinem Monarchen noch etwas näher käme.

»Die See ist glatt, der Wind ist perfekt«, hörten sie den König sagen.

»Bei dreihundert Stundenkilometern braucht es auch keine hohen Wellen, um …«

»Es wird das letzte Mal sein.«

Elizabeth stockte. »Was soll das denn heißen?«

»Genau das, was ich sage: Es wird das letzte Mal sein«, wiederholte der König. Von Prinzessin Elizabeth teilweise verdeckt, konnte Travis das Gesicht seines Monarchen nicht ganz erkennen, doch er schien sehr ernst. »Zumindest für lange Zeit. Sophie hat verstanden, dass sie in ihrer neuen Rolle Aktivitäten wie diese wird aufgeben müssen. Und so habe ich mir gedacht – als eine Art Abschiedsgeschenk –, sie und ich könnten noch eine letzte Fahrt machen, bevor die Schnellboote fürs Erste eingemottet werden. Und auch die Drachenflieger, die Strudelwirbler und alles andere, was ihrem Leben Spannung und Aufregung verschafft.«

»Jetzt versuchst du bloß, mich schlecht dastehen zu lassen«, meinte Elizabeth. »Also willst du heute nicht einfach nur dein übliches Rennen fahren?«

»Kein Rennen«, versicherte ihr Edward. »Heute will nur ein Vater mit seiner Tochter aufs Meer hinausfahren, um den Wind in den Haaren zu spüren. Nun, meine Idee war, wir fahren voraus und sehen zu, dass für das Bankett auch wirklich alles vorbereitet ist.«

»Und ihr wollt keine waghalsigen Manöver hinlegen?«

»Na ja, also ich zumindest nicht«, versicherte Edward. »Sophie, hast du waghalsige Manöver geplant?«

»Nein, Euer Majestät«, antwortete sie ernst.

»Das King's Own hat das gesamte Gebiet gesichert?«

»Alles im Umkreis von fünf Kilometern.«

»Die Boote wurden gründlich überprüft?«

»Beide jeweils zwomal, und das von unterschiedlichen Technikern.«

»Und ihr bleibt unter zweihundert Stundenkilometern?«

König und Kronprinzessin blickten einander an. »Wenn du dich damit besser fühlst, dann ja«, gestand der König seiner Schwester zu.

Ein lautloser Seufzer, sichtbar allein dadurch, dass Elizabeths Schultern herabsackten. »Und ich kann euch sowieso nicht davon abhalten, oder?«

»Bitte, Tante Elizabeth«, schmeichelte Sophie, »kannst du dich nicht einfach zusammen mit mir darüber freuen, dass mir noch eine letzte Fahrt zugestanden wird, bevor ich ganz sittsam und tugendhaft werden muss?«

»Und langweilig?«, flüsterte ihr der König zu.

Elizabeth schüttelte den Kopf. »Ihr beide seid unmöglich«, sagte sie. »Also gut. Aber wenn ich hierbei schon zuschauen muss, Sophie, dann erwarte ja nicht von mir, beim nächsten Drachenseglerausflug auch dabei zu sein!«

»Na gut«, entschied Sophie. »Danke!«

»So, nachdem das jetzt geklärt wäre«, sagte der König, »wird es Zeit, sich vorzubereiten. Deine Ausrüstung ist in Kabine drei, Sophie. Wer als Letzter im Boot ist …«

»Edward!«, unterbrach ihn Elizabeth warnend. »Kein Rennen, hast du versprochen!«

Kurz runzelte der König die Stirn, dann lächelte er und deutete eine Verneigung an. »Stimmt, habe ich«, räumte er ein. »Also gut: Sophie, wer als Letzter im Boot ist, ist als Letzter im Boot. Okay so?«

»Niemand, nicht einmal ein König sollte seine kleine Schwester verspotten, verstanden?«, empörte sich Elizabeth. »Aber ja, okay. Leg den Schutzanzug an, Sophie. Und versprich mir eines: Wenn du auf Triton ankommst, sorg dafür, dass sich dein Vater nicht alle Krabbenpuffer unter den Nagel reißt.«

»Mache ich«, versprach Sophie. Sie schloss ihre Tante kurz in die Arme, ehe sie davonstürmte.

»Sei vorsichtig«, mahnte Elizabeth so leise, dass Travis es kaum verstand, »und sieh zu, dass auch Sophie vorsichtig ist!«

»Mache ich«, entgegnete der König und drückte ihr die Hand. »Und ich verspreche: Das ist wirklich das letzte Mal. Zumindest, bis sie Königin ist und dich ganz ohne meine Hilfe mit so etwas in den Wahnsinn treiben kann.«

»Danke aber auch! Da fühle ich mich doch gleich besser.«

Manticores Monarch schenkte ihr ein letztes Lächeln, dann eilte er mit großen Schritten seiner Tochter hinterher.

Lisa stubste Travis gegen den Arm, und gemeinsam zogen sie sich unauffällig von der Reling zurück.

»Was hältst du davon?«, fragte sie.

Travis schüttelte den Kopf. »Gefällt mir nicht.«

»Ein *bisschen* riskant ist das schon«, räumte Lisa ein. »Wenn man derart schnell fährt, kann einiges schiefgehen.«

»Aber die beiden wissen doch sicher, was sie da tun«, meinte Travis. »Es erscheint mir nur für den Anlass heute etwas unpassend. Heute Nachmittag soll es um Dankbarkeit gehen und heute Abend der Gefallenen gedacht werden. Da sollte ein König nicht mit dem Schnellboot hinausfahren, als wäre es ein ganz normaler Ausflugstag.«

»Ja, vielleicht …«, meinte Lisa skeptisch. »Aber er ist und bleibt der König. Wer, wenn nicht er, darf tun, was ihm gefällt!«

»Stimmt schon. Aber sollte er als König nicht eigentlich tun, was gut und angemessen ist?«

»Stimmt schon.« Einen kurzen Augenblick wirkte Lisa sehr nachdenklich. »Weißt du was? Wenn du eines Tages König wirst, erstellst du einfach eine Liste aller guten und angemessenen Dinge, nach der sich zukünftige Könige zu richten haben.«

Aus dem Augenwinkel blickte Travis zu ihr hinüber und runzelte die Stirn. Machte sie sich gerade über ihn lustig?

Wohl schon. Aber das war in Ordnung. Aus irgendeinem Grund schmerzten ihre Sticheleien überhaupt nicht. »Großartige Idee«, sagte er. »Ich fange gleich morgen an, eine Strategie für die Wahlkampagne zu ersinnen.«

»Klingt nach einem guten Plan!«, bekräftigte Lisa. »Aber

jetzt wäre es strategisch wohl noch vorteilhafter, dieses köstlich aussehende knusprige Gebäck aus Mandelblättchen, kandierten Früchten und Schokolade vom Vorspeisenbüffet zu ergattern.«

Travis verrenkte sich fast den Hals beim Versuch, die Köstlichkeit auf dem Büffet zu erspähen. Doch, die kleinen Mandelberge sahen wirklich lecker aus. »War das ein Befehl, Commander?«

»Selbstverständlich, Lieutenant.« Mit einer Kopfbewegung deutete sie in Richtung des großen Tisches. »Ich übernehme die Führung. Geben Sie mir Deckung!«

11

Genau wie Edward erwartet hatte, war nicht jeder mit seiner Entscheidung einverstanden.

Natürlich sagte man ihm das nicht. Er war schließlich der König, und solange eine seiner Entscheidungen nicht die nationale Sicherheit oder die nationalen Finanzen tangierte, hatte niemand ein Mitspracherecht. Doch es war den Anwesenden am Gesicht abzulesen, wer zur königlichen Entscheidung neutral stand, wer sie vornehmlich positiv einschätzte und wer offenkundig dagegen war.

Edwards Ehefrau Cynthia war eifrig darauf bedacht, neutral zu wirken. Ebenso wie Elizabeth hielt sie persönlich nicht viel von Sport wie diesem. Die Erfahrung jedoch hatte sie gelehrt, dass solche Ausflüge für ihren Mann und ihre Tochter als Mittel zum Stressabbau unerlässlich waren. Im Laufe der Jahre hatte Cynthia auch gelernt, dass beide wussten, was sie taten, und Widerspruch ohnehin zu nichts führte.

Das war eine Lektion, die auch die anderen tunlichst zu lernen hatten. Edward war der König, er wollte das hier für seine Tochter tun … und deswegen würden sie es auch tun. Punkt.

Trotzdem: Als sich die beiden Schnellboote von der *Samantha* entfernten, verspürte der König einen Anflug von Trauer. Wenn das hier wirklich Sophies letzter unbeschwerter Ausflug für die nächsten zwanzig oder dreißig T-Jahre sein sollte, müsste das auch für Edward der letzte Ausflug dieser Art sein. Es war die Pflicht eines jeden Königs, durch sein Vorbild zu führen – vor allem innerhalb seiner Familie.

Einzig positiv daran war, dass Elizabeth ihm von nun an nicht mehr *den Blick* zuwerfen würde, wann immer er etwas auch nur entfernt Riskantes plante. Sie hatte *den Blick* im zarten Alter von acht Jahren gelernt, und seitdem hatte sie ihn bis zur Perfektion verfeinert.

Natürlich kamen zu ihrer Besorgnis um das Wohlergehen ihres Bruders seit dem tragischen Tod ihres Ehemannes vor vier T-Jahren zusätzlich Schuldgefühle und Trauer dazu. Edward wäre sehr froh, *den Blick* zumindest in diesem Zusammenhang niemals wieder sehen zu müssen.

»Und wie funktioniert das jetzt, wenn wir uns kein Rennen liefern dürfen?«, drang Sophies Stimme aus seinem Ohrhörer. »Nur um Missverständnisse auszuräumen.«

»Wir fahren einfach elegant und geschmeidig quer durch die Jasonbai«, erklärte Edward, schmiegte sich in den Steuersitz und lugte zwischen den Streben seines Schutzkäfigs hindurch. Fünfzig Meter vor sich konnte er Sophie ausmachen, die sich ebenfalls bereits angeschnallt hatte. Durch die Streben ihres Käfigs war ihre leuchtend rote Kombination aus Schutzanzug und Rettungsweste bestens zu erkennen.

»Und geschmeidig heißt schnell, oder?«

»Bis zu zwohundert Stundenkilometer, ja«, gab Edward zurück. »Wir haben's Tante Elizabeth versprochen, erinnere dich!«

»Schätze ja«, grummelte Sophie.

»Und es werden keine Donuts gefahren, es wird nicht gesprungen, und es gibt auch keine Schleuderwendungen«, setzte er mahnend hinzu.

»Ja, ja, schon verstanden.« Sophie seufzte vernehmlich. »Sie kann einem wirklich den ganzen Spaß verderben, was?«

»Und ob!«, bestätigte Edward. »Sie hätte es verdient, wenn

du ihr sagst, dass du bei der Thronbesteigung doch nicht ihren Namen annimmst.«

»Was?!« Sophie keuchte auf. »Das hat sie dir erzählt?!«

»Beiläufig erwähnt wohl eher«, gab Edward zurück und lächelte. »Oder es war einer deiner Leibwächter.«

»Niemals, das würden sie nicht wagen!«

»Nein, wohl nicht«, räumte Edward ein. »Aber lass dir das gleich eine Lehre für die Zukunft sein: In der Öffentlichkeit kann alles, was du irgendwann einmal sagst, auch bekannt werden. Merk es dir!«

»Oh, *das* merke ich mir, keine Sorge!«, knurrte Sophie. »Und wenn ich doch ihren Namen annehme, dann werde ich ihn falsch schreiben. So, das hat sie jetzt davon!«

»Genau, das kann sie sich dann hinter die Ohren schreiben«, pflichtete ihr Edward bei. Auf seinem Display meldeten sämtliche Instrumente grün. »Okay, meine Selbstdiagnose ist abgeschlossen. Wie sieht's bei dir aus?«

»Noch nicht ganz ... jetzt fertig. Alles im grünen Bereich, und die Tanks sind auch voll. Sollen wir dann jetzt geschmeidig werden?«

»Ja«, bestätigte Edward, »aber nicht vergessen: Unter zwohundert bleiben!«

Ihre Unterwasserdüsen röhrten auf, und sie jagten, gehüllt in aufgewirbelte Gischt, über die Wellen davon.

Es war wirklich ein prächtiger Tag für eine Bootsfahrt. Edward beschrieb einen großen Kreis um die *Samantha* und behielt genauestens Sophies Fahrstil und auch ihre Steuerpräzision im Blick, als sie es ihm gleichtat. Es lag schon eine Weile zurück, dass sie mit den Schnellbooten hinausgefahren waren. Schnellbootfahren erforderte viel Geschick und Konzentration, da rostete man schnell ein und kam aus der Übung.

Doch Sophie hielt mühelos mit ihm Schritt, und ihre

Wendungen und Ausgleichssteuermanöver zeigten keinerlei Anzeichen von Zögerlichkeit oder Übersteuerung. Und dass sie ihre Geschwindigkeit deutlich unterhalb der Dreihundert-Stundenkilometer-Begrenzung ihrer Boote halten würden, schadete gewiss auch nicht.

»Also bringen wir nur die Jacht zum Schaukeln und schauen, ob wir wenigstens dass Vorspeisenbüffet umkippen können?«, erkundigte sich Sophie nach der dritten Umrundung.

»Ich wollte nur sichergehen, dass wir auch wirklich noch alles draufhaben«, versicherte ihr Edward. »Hast du Triton schon auf deinem Navigationsdisplay eingeloggt?«

»Jou«, bestätigte Sophie. »Gemeldet werden siebenundachtzig Kilometer schnurgerader Kurs. Wenn wir ein bisschen trödeln, dauert das eine halbe Stunde.«

»Oder wenn wir nicht ganz den direkten Kurs anlegen«, versetzte Edward. »Vergiss nicht, wir haben einen Spielraum von fünf Kilometern.«

»Die Idee gefällt mir«, meinte Sophie. »Wenn wir also erst einmal aus Tante Elizabeths Blickfeld verschwunden sind …«

»Werden immer noch keine Donuts gefahren«, entschied Edward mit fester Stimme. »Und auch bei den abrupten Wendungen übertreibst du bitte nicht, ja? Tante Elizabeth mag uns ja vielleicht nicht beobachten können, aber das King's Own steht mit drei Stingships geradewegs über uns. Und hinterher wird sich Elizabeth deren Aufzeichnungen anschauen können!«

»Stimmt«, meinte Sophie. »Also, worauf warten wir dann noch?«

»Ich wüsste nichts zu benennen«, beantwortete Edward ihre Frage. »Also los!«

Das ließ sich Sophie nicht zweimal sagen: Mit einem vibrierenden Hüpfer stieß sich ihr Schnellboot von den Wellen ab.

Edward lächelte, als er sich fünfhundert Meter weit hinter ihr positionierte, seitlich um einhundert Meter versetzt. Trotz ihres Genörgels über die von ihrer Tante auferlegten Beschränkungen hielt sich Sophie an die vereinbarte Geschwindigkeitsbegrenzung. Sie blieb schön zwischen einhundertsiebzig und einhundertneunzig. Auch die Kurven, die sie beschrieb, waren durchaus vorsichtig: Statt der von ihr so geliebten scharfen Zickzack-Kurven beschränkte sie sich vornehmlich auf deutlich sanftere S-Kurven, wie sie weniger erfahrene Schnellbootpiloten bevorzugten.

Und trotzdem schien sie wild entschlossen, das Beste aus ihrem letzten Ausflug herauszuholen. Sie flitzte zwischen den beiden Grenzen ihrer vorbestimmten Route hin und her, so dass sie sich der Insel nur sehr langsam näherten: Auf diese Weise konnte sie ein Maximum an Zeit auf dem Wasser verbringen, ohne dafür zur *Samantha* zurückfahren zu müssen.

Auch das könnten sie natürlich jederzeit tun. Sie hatten schließlich Zeit, und ihre Tanks waren, wie Sophie schon angemerkt hatte, vollständig befüllt. Ja, wenn sie erst einmal vor Triton einträfen, hatte Edward vor, noch ein paar Kreise um die Insel zu ziehen, bevor sie schließlich anlegten.

Die *Samantha* war gerade hinter dem Horizont achteraus zu ihnen verschwunden, und weit vor ihnen waren die Wipfel der höchsten Bäume von Triton Island zu erkennen, als Sophies Schnellboot unerwartet nach Steuerbord gierte. Edwards Verstand hatte den Steuerungsfehler gerade erst registriert, als das Boot erneut gierte, zunächst zurück zum ursprünglichen Kurs und dann weiter nach Backbord …

Und bevor Edward auch nur entsetzt aufkeuchen konnte, verriss seine Tochter so hart das Steuer, dass ihr Boot kenterte. Kieloben pflügte es ungebremst durch die Wellen.

Nein! Wie ein Schrei durchfuhr der Gedanke Edwards Verstand. Er bemerkte kaum die Stimmen, die ihm in den Ohrhörer brüllten – das King's Own Regiment raste in seinen Flugwagen auf das Boot zu, das vom eigenen Schwung getragen, aber ungelenkt immer noch die Wellen durchschnitt.

Sie würden es niemals rechtzeitig schaffen. Gleich als Edward maximale Beschleunigung anlegte, um seiner Tochter hinterherzujagen, sah er den Riss im Rumpf des Bootes, ganz in der Nähe des Treibstofftanks. Wenn der Tank selbst ebenfalls beschädigt wäre und sich jetzt Wasserstoff im Rumpfinneren sammelte …

Nach wie vor kieloben verlor Sophies Schnellboot den letzten Rest seines Schwungs, der es vorwärtsgetrieben hatte, und dümpelte nun in den sanften Wellen. Das Boot wirkte sonderbar verloren. Edward erreichte es schließlich, eine scharfe Wende, wenige Sekunden lang Schub aus den Düsen, und schon trieb er längsseits neben dem gekenterten Schnellboot.

Dem Wrack.

Sophie war nirgends zu sehen.

»Sie ist noch da drin«, fauchte er in sein Mikrofon, während er schon die Haltegurte löste und die Seitenwand seines Schutzkäfigs aufstieß. Wieder drangen ihm Stimmen ins Ohr: Sie forderten ihn auf, zu bleiben, wo er war, doch alle Helferinnen und Helfer waren noch viel zu weit entfernt, während ihn nur fünf Meter von seiner Tochter trennten, und … er verwünschte seine Dummheit, seinen Stolz, die ihn dazu getrieben hatten, diesen Ausflug zu machen! Ein Schlag gegen seinen Taucherhelm versiegelte die Dichtungen, dann aktivierte Edward die Sauerstoffzufuhr und hechtete über Bord.

Das eiskalte Wasser auf der Haut war wie ein Schock, der Herz und Glieder erreichte, als könnte er sie lähmen. Edward bemerkte es kaum. Einige rasche Schwimmstöße brachten ihn ans gekenterte Schnellboot, dann tauchte er unter das Wrack.

Im matten Schein der immer noch aktiven Instrumente und Displays erkannte er Sophie. Kopfüber hing sie in ihrem Schutzkäfig, immer noch angeschnallt, regungslos. Ihr Schutzanzug hatte ordnungsgemäß funktioniert, und die Anzeigen verrieten ihm, dass sich auch ihr Sauerstofftank aktiviert hatte und sie nun mit Luft versorgte.

Doch was sie eigentlich schützen sollte, brachte sie jetzt gerade in Gefahr. Zu dem Wasserstoff, der in feinen Blasen aus den gerissenen Treibstofftanks aufstieg, gesellten sich nun die kleinen Bläschen aus Sophies Sauerstoffversorgung. Wenn dieses Gemisch irgendwo mit den heißen Oberflächen des Schnellbootes in Kontakt käme, ginge alles in einem gewaltigen Feuerball hoch.

Irgendjemand an Bord der Flugwagen musste die Gasblasen ebenfalls entdeckt haben. Wieder Gebrüll aus Edwards Ohrhörern: Man befahl ihm, sich sofort zurückzuziehen.

Doch anders als sie war *er* hier vor Ort, und ihm blieben vielleicht nur noch Sekunden, um Sophie zu retten. Er schwamm zum Cockpit hinüber, stemmte den Schutzkäfig auf und löste ihre Haltegurte.

Er wuchtete seine Tochter gerade aus dem Sitz, als das Schnellboot explodierte.

Das einzige Anzeichen dafür, dass Unvorhergesehenes geschah, bestand darin, dass die Maschinen der *Samantha* unvermittelt Schub gaben – so abrupt, dass die Passagiere an Deck gegeneinander und gegen Mobiliar und Reling prallten.

Travis' erster Gedanke war, die Angehörigen des King's Own müssten in ihren Flugwagen und Hochleistungsstingships hoch über ihnen eine Bedrohung ausgemacht haben, vor der die Jacht nun floh. Ein Blick zum Himmel hinauf schien diese Vermutung zu bestätigen: Die Handvoll Wachfahrzeuge hatten ihre bisherige Formation aufgegeben und rasten nun mit voller Geschwindigkeit auf die Insel zu. Ganz offenkundig war die Lage ernst, sehr ernst.

Und dann, beinahe übertönt vom tosenden Wind und dem Wellenrauschen vor dem Bug der *Samantha*, hörte er in der Ferne den Knall – eine Explosion.

»Wir fahren nicht zurück«, meinte Lisa leise und hielt mit der einen Hand seinen Arm fest, mit der anderen die Reling, gegen die es sie beide geschleudert hatte. »Die fliegen voraus, und wir fahren in die gleiche Richtung.«

Travis spürte, wie sich sein Magen zusammenkrampfte. Lisa hatte recht. Und wenn die Flugwagen geradewegs auf die Gefahrenquelle zuhielten … und die *Samantha* nicht in die entgegengesetzte Richtung fuhr …

»Komm!«, sagte er und ergriff ihre Hand.

Gemeinsam eilten sie bugwärts, bahnten sich den Weg zwischen den Zivilisten und Navy-Angehörigen hindurch, die zum gleichen Schluss gekommen sein mussten. Sie waren noch etwa zwanzig Meter vom Bug der Jacht entfernt, als Travis das Funkeln von Sonnenlicht auf Metall bemerkte: Zwei Flugwagen hielten aufeinander zu, gingen parallel zueinander …

… und flogen in die Richtung, in die der König und die Kronprinzessin aufgebrochen waren.

Jemand keuchte. Jemand anderes fluchte. Dann herrschte völlige Stille. Weitere Flugwagen steuerten den Ort des Geschehens an, und weitere Stingships stießen vom Himmel herab wie Raubvögel. Währenddessen fuhr die *Samantha* unter vollem Schub weiter.

Doch es war zu spät. Tief in seinem Herzen spürte Travis die kalte, bittere Gewissheit, dass es zu spät war.

»Travis?«, zerriss eine leise Stimme die Stille.

Er wandte sich um. Lisa stand unmittelbar neben ihm, drückte sich an ihn, und ihre Hand umklammerte die seine. In ihren Augen glitzerten Tränen, während sie blicklos auf die See hinausschaute.

Dann wurde ihr Gesicht unvermittelt unscharf, und Travis ging auf, dass ihm Tränen in den Augen standen.

Und dann begann irgendwo nahe dem Bug jemand zu weinen.

Elizabeth hatte sich gerade auf der Brücke befunden und ein kleineres Schlamassel mit den Küchenchefs in The Lodge klären müssen, als die Meldung über die Katastrophe einging. Sie brauchte fünf Sekunden, um für die *Samantha* Maximalgeschwindigkeit anzuordnen und das King's Own anzuweisen, Cynthia umgehend auf die Brücke zu bringen.

Die Königsgemahlin traf soeben ein. Sie sah, wie weit voraus die Flugwagen aufeinanderstießen, und ihr Gesicht verriet Furcht und Entsetzen.

»Oh Gott«, murmelte Cynthia, den Blick fest auf den Horizont gerichtet, während Elizabeth auf sie zueilte. »Oh Gott! Elizabeth … bitte, lieber Gott!«

Alles ist gut, waren die ersten tröstlichen Worte, die Elizabeth durch den Kopf gingen. »Ich bin da, Cynthia«, sagte sie stattdessen.

Denn es war nicht alles gut. Ganz bestimmt nicht.

Und das wussten sie beide.

Gemeinsam standen sie da, hielten sich schweigend im Arm, als die ersten Meldungen eintrafen.

Dass eines der Rennboote völlig zerstört war.

Dass das andere Rennboot nur geringfügigen Schaden durch die Druckwelle genommen habe.

Einige Minuten lang gestattete sich Elizabeth noch Hoffnung. In Cynthias Stoßgebeten zu Gott blitzte vorsichtig Dankbarkeit auf.

Doch heute war nicht der Tag für Hoffnung. Fünf Minuten später traf die letzte, entsetzliche Nachricht ein.

Kronprinzessin Sophie: tot.

König Edward: tot.

Cynthia, die immer noch neben Elizabeth stand, warf sich ihrer Schwägerin an den Hals, sackte dann in sich zusammen und brach in hemmungsloses Schluchzen aus.

Elizabeth hielt sie fest, obwohl ihr selbst das Herz brach. Hunderte von Erinnerungen schossen ihr durch den Kopf: Erinnerung an ihren Bruder, ihre Nichte, an Lachen und Ärger und Liebe und Tränen. Erinnerungen, die nun für alle Zeiten unter einem dunklen Schatten liegen würden.

Und während Cynthia in bitterster Trauer die Tränen über die Wangen strömten, fragte sich Elizabeth, warum sie selbst nicht weinte.

Hatte sie ihren Bruder und ihre Nichte etwa nicht geliebt? Oh doch! Liebte sie Cynthia nicht genug, um in ihre Trauer und ihren Zorn mitleidend einzustimmen? Oh doch!

Ein Windhauch strich ihr über die Wange. Colonel Petrov Jackson, der Kommandeur des King's Own, trat neben sie beide, das Gesicht wie in Granit gemeißelt. »Ja, Colonel?«, fragte Elizabeth. Ihre Stimme schien über die gleiche unerklärlich übermenschliche Beherrschtheit zu verfügen, die man ihren Tränenkanälen zusprechen musste.

»Major Felton wurde informiert, Eure Hoheit«, sagte er leise. »Die Vorbereitungen in The Lodge werden fortgesetzt – es sei denn, Sie würden eine Rückkehr nach Landing vorziehen.«

Elizabeth musste hart schlucken. Warum war das jetzt auf einmal ihre Entscheidung?

Weil das so war.

»Wir fahren weiter nach Triton«, entgegnete sie. »Das ist näher und man hat … mehr Privatsphäre. Kümmern Sie sich um … Sie wissen schon, oder? Was auch immer noch vorbereitet werden muss?«

»Verstanden, Eure Hoheit«, bestätigte Jackson. »Kann ich sonst noch etwas für Sie tun?« Sein Blick zuckte zu Cynthia hinüber. »Für Sie beide?«

Elizabeth strich Cynthia sanft über das Haar. »Nein, vielen Dank«, sagte sie. »Später vielleicht.«

»Jawohl, Eure Hoheit.« Dann huschte ein Schatten über das Gesicht des Offiziers, die Miene unergründlich. »Eure Majestät«, verbesserte er sich und deutete eine Verneigung an. Dann machte er auf dem Absatz kehrt und marschierte auf die Com-Konsole zu.

Wispernd hallten seine letzten Worte in Elizabeths Verstand nach.

Eure Majestät.

Und deswegen, das wurde ihr nun klar, weinte sie nicht.

Edwards Gemahlin durfte um ihren toten Ehemann trauern. Sophies Mutter durfte um ihre Tochter trauern. Das Sternenkönigreich durfte um sie beide trauern.

Aber Elizabeth durfte das nicht. Noch nicht. Nicht in dem Maße, wie sie es sich gewünscht hätte.

Denn ihr Leben gehörte ihr nicht mehr.

Es gab keine Elizabeth Winton-De Quieroz mehr. Es gab nur noch Königin Elizabeth die Zweite.

Noch nie im Leben hatte sie sich einsamer gefühlt.

12

Elizabeth Winton-De Quieroz stand vor dem gewaltigen Wandbildschirm, den Erzbischof Bradford eigens für sie organisiert hatte. *Ein angemessen historischer Moment,* dachte sie. Für Geschichte allerdings hatte sie sich nie im gleichen Maß begeistern können wie Edward.

Nicht einmal in ihren schlimmsten Albträumen hatte sie sich ausmalen können, dass ihr Bruder und sie einmal für diesen historischen Moment sorgen würden.

Ihre Augen brannten. Das taten sie häufig, wenn sie an ihren Bruder und ihre Nichte dachte – und in den letzten Tagen hatte sie sehr viel an die beiden gedacht. Aus schmerzlicher Erfahrung wusste sie bereits, dass ihre Augen eines Tages nicht mehr automatisch brennen würden, wann immer sie an die beiden dachte. Aber der Tag, wo sie um die beiden nicht mehr tief in ihrem Herzen weinte, bliebe aus.

Na, höchst angemessen, gerade heute selbstmitleidig Trübsal zu blasen, Beth, hörte sie irgendwo in ihrem Hinterkopf eine Stimme, die bemerkenswert nach Edward klang. *Nur weiter so, Beth!*

Ein dünnes, trauerumflortes Lächeln huschte ihr über das Gesicht, und sie zwang sich, einmal tief durchzuatmen, während erhabene Orgelmusik aus den Lautsprechern des Wandbildschirms drang. Die gewaltige Kathedrale, die ihr Vater vor sechzehn Jahren in Auftrag gegeben hatte, war ein einziges Farbenmeer – vor allem in den Sitzreihen zur Linken des Hauptschiffs, die an diesem Tage für die Peerage des Sternenkönigreichs reserviert waren.

Wieder zuckten ihre Mundwinkel: Sie musste an die beißende Bemerkung ihrer Großmutter denken, als seinerzeit Adel und Hochadel die Mode begründeten, sich in den Farben ihres Geschlechts zu kleiden. Von der Aristokratie des Sternenkönigreichs war die erste Elizabeth Winton nicht sonderlich beeindruckt gewesen.

Ja, sie hatte Vorbehalte gegen die Gründung des Sternenkönigreichs gehabt. Als junges Mädchen hatte Elizabeth das Tagebuch ihrer Großmutter gelesen, und sie wusste, dass beide Großeltern nicht von der Vorstellung einer Gesellschaft angetan gewesen waren, in der es ausdrücklich Aristokratie geben sollte, von einer Erbmonarchie ganz zu schweigen. Elizabeth hielt für wahrscheinlich, dass revisionistisch eingestellte Historiker früher oder später zu dem Schluss kämen, dieser Wahrheit die Ehre zu geben sei eine unhaltbare Behauptung, grober Unfug, ganz egal, was Elizabeth Winton in ihr Tagebuch geschrieben haben mochte. Schließlich hatte die neue Verfassung dem Geschlecht der Wintons beachtliche Macht verliehen.

Doch Elizabeth hatte ihre Großmutter gut gekannt. Sie wusste, dass Roger und Elizabeth Winton nur diese eine Möglichkeit gehabt hatten, die Zustimmung für das staatlich subventionierte Immigrationsprogramm zu erhalten. Weil aber dieses Programm nach der Seuche für den Wiederaufbau der Sternnation dringend nötig war, blieb ihnen nur, die privilegierte Position der ursprünglichen Anteilseigner durch Institutionalisierung ihrer Privilegien vor eben jener Flut neuer manticoranischer Bürger zu schützen.

Elizabeth wusste auch, dass es ihre Großmutter gewesen war, die auf dem Passus bestanden hatte, der Thronerbe von Manticore müsse einen oder eine Bürgerliche ehelichen, keinen Nachkommen der frisch geschaffenen Aristokratie. In der

Öffentlichkeit hatte Elizabeth – die anschließend zu *Königin Elisabeth I.* gekrönt worden war – betont, sich der Symbolkraft wegen dafür ausgesprochen zu haben.

Ihr Tagebuch aber verriet, dass die Entscheidung einem komplexeren Gedankengang gefolgt und von Ängsten diktiert gewesen war. Elizabeth I. hatte gehofft, auf diese Weise das Band zwischen Krone und Volk zu stärken, und sie war der festen Überzeugung gewesen, eben jenes Band sei unerlässlich, um zu verhindern, dass aus der Aristokratie des Sternenkönigreichs eben jene Sorte Oligarchie erwüchse, die schon seit der Diaspora in so vielen Sonnensystemen das einfache Volk ausplünderte.

Auch wenn die Kronprinzessin, die nun bald *Königin Elizabeth II.* würde, nicht das gleiche historische Interesse besaß wie einst ihr Bruder oder ihr Vater, hatte sie doch genug gelesen, um für den Weitblick ihrer Großmutter gottverdammt dankbar zu sein.

Elizabeth I. hätte bespöttelt, was ihrer Enkelin nun bevorstand – und was sie zweifellos als ›all das Tralala‹ bezeichnet hätte. Doch der vor ihrer Krönung stehenden Elizabeth machte das gar nicht so viel aus. Die Krönung ihrer Großmutter war eine recht bescheidene Veranstaltung gewesen – nicht weiter überraschend: Immerhin hatte sie den Thron lange vor dem Abklingen der Seuche bestiegen. Im Jahr 47 n. d. L. hatten die Leute wirklich andere Sorgen gehabt.

So war das damals, aber heute war eben heute. Auch jetzt hatten die Leute ihre Sorgen – und die hatten nichts mit gnadenlosen Mikroorganismen oder Krankheiten zu tun. Was alle in Manticore brauchten, war Zuversicht, Beruhigendes.

Elizabeth war da keine Ausnahme, wie sie sich selbst eingestehen musste.

Es gab noch einen weiteren Grund für die schlichte Krönung Elizabeths I.: Damals stand die Kathedrale noch nicht. Erst König Michael hatte nach seiner Thronbesteigung die Gelegenheit gehabt, zumindest einen Teil seiner Aufmerksamkeit einem derartigen Projekt zu widmen.

Nicht, dass Roger oder Elizabeth I. das in irgendeiner Weise missbilligt hätten … was auch immer Letztere wohl über ›all das Tralala‹ gesagt hätte.

Die Verfassung untersagte ausdrücklich eine Staatsreligion – das war ein weiterer Punkt, auf den Elizabeths Großmutter sehr viel Wert gelegt hatte. Doch die Familie Winton gehörte schon lange vor dem Aufbruch des Kolonistenschiffs *Jason* aus dem Solsystem dem katholischen Glauben an. Daran hatte sich nichts geändert, und es war ein wirklich tief empfundener Glaube. Und so hatte Michael Winton aus dem Privatvermögen der Familie eine Kathedrale errichten lassen. Bei Kathedralen, Münstern und Domen auf Alterde aus der Zeit vor der Industrialisierung hatte der Bau oft mehrere Jahrhunderte bis zum Abschluss gedauert. Doch wo genug Geld und moderne Technik einsetzbar waren wie auf Manticore, gelang das Ganze in nur sechs T-Jahren.

Natürlich war in den öffentlichen Foren auch Kritik geäußert worden. Einige argumentierten, wenn das regierende Geschlecht eine Kirche errichtete, hieße das, der Öffentlichkeit eine Staatsreligion *de facto* zu suggerieren – was auch immer die Verfassung verlangte und unabhängig davon, wer das Bauwerk nun tatsächlich bezahlte.

Dieses Argument hielt Elizabeth für albern. Die Wintons hatten sich nie gescheut, auch in der Öffentlichkeit zu ihrem Glauben zu stehen, und das war gewiss deutlich eher dazu angetan, die öffentliche Meinung zu beeinflussen, als der Bau einer Kathedrale. König Michael hatte die Verfechter dieser albernen These gern belächelt – zumindest privat, wenn auch nicht in der Öffentlichkeit. Elizabeth erinnerte sich noch bestens daran, wie ihr Vater dem Herzog von Burgundy mit todernster Miene aufgetragen hatte, er solle Kritikern doch erklären, es sei Brauch für katholische Monarchen, Kathedralen zu errichten, und es sei nicht an Michael, sich der Tradition zu widersetzen.

Offiziell hieß das prachtvolle Gebäude nur ›Kathedrale von Landing‹, doch allgemein sprach man – formlos – nur von der King Michael's Cathedral. Elizabeth vermutete, der offizielle Name hielte sich nur bis zum Tode ihres Vaters.

Wenn dem so wäre, konnte sie nur hoffen und beten, dass man weiter von der ›Kathedrale von Landing‹ spräche und ihr keine anderen Namen gäbe.

Wieder brannten ihre Augen. Sie schniefte kurz und befahl ihren ungehörigen Sehwerkzeugen, sofort damit aufzuhören.

Die Orgelmusik schwoll weiter an, und die Tür zum Vorraum öffnete sich.

Es war so weit.

Elizabeth folgte dem Kreuzträger das endlos scheinende Kirchenschiff entlang, während der Chor der Kathedrale lauter und lauter sang. Die Verfassung mochte ja eine Staatsreligion untersagen, aber sie untersagte keineswegs das Ausüben der Religionsfreiheit seitens des Monarchen. Das hatte Kronprinz Michael Winton während seiner eigenen Krönung unmissverständlich zum Ausdruck gebracht. Obwohl einige Gruppierungen Kronprinz Edward unter Druck gesetzt hatten und ihn dazu bewegen wollten, sich anders als sein Vater diesbezüglich doch ein wenig zu zügeln, war Edward der erste Monarch von Manticore gewesen, der in der Kathedrale seines Vaters gekrönt worden war. Und nun sollte Kronprinzessin Elizabeth das zweite Regierungsoberhaupt werden, auf das dies zutraf.

Innerhalb von nur vier T-Jahren.

Sie war nicht willens, mit der Tradition zu brechen, die ihr Vater und ihr Bruder begründet hatten, und so schritt sie das Hauptschiff der Kathedrale hinauf, eingehüllt in das majestätische Zusammenspiel von Musik und Stimmen. Vor ihr gingen der Kruziferar, der Thuriferar und die Ceroferare, die Kreuz-, Weihrauch- und Leuchterträger und -trägerinnen. Elizabeth selbst hielt die Bibel ihrer Großmutter in Händen.

Hinter ihr glitt ihre lange Schleppe über den polierten Marmorboden. Das förmliche Krönungsgewand glitzerte und schimmerte vor lauter Stickereien und Edelsteinbesatz, und das an sich leichte Diadem, das zu tragen Elizabeth sonst stets vermieden hatte, lastete schwer auf ihrem Kopf.

Ach, sicher nicht so schwer wie die Krone, die schon bald an die Stelle des Diadems treten sollte! Ihre Großmutter hatte versucht, die Einführung offizieller manticoranischer Kronjuwelen und Herrschaftszeichen zu verhindern, doch diesen Kampf verloren. Eine Staatskrone war das erste Herrschaftszeichen, das angefertigt worden war.

Elizabeth hätte alles dafür gegeben, jetzt an einem anderen Ort zu sein und zu sehen, wie immer noch ihr Bruder die Krone trug, von der sie selbst so sehr gehofft hatte, sie bliebe ihr erspart.

Der Mittelgang schien endlos, dann aber stand Elizabeth doch vor dem Altar. Die anderen Angehörigen der Prozession nahmen die ihnen zugewiesenen Positionen ein, und Elizabeth stand schließlich allein vor der kleinen Gruppe aus Männern und Frauen, die vor dem Altar auf sie warteten.

Wallace Bradford als Erzbischof von Landing und damit Gastgeber stand in der Mitte der kleinen Gruppe. Flankiert wurde er von Manticores anderen allgemein anerkannten spirituellen Führungspersönlichkeiten: Rabbi Malcham Saltzman, Imam Acharya Hu-Jiang und Guru Bagaskro Shrivastava. Elizabeth erreichte die Schranke zum Altarraum, das Holz so ausgiebig poliert, dass es glänzte und Elizabeth meinte, sie könnte sich darin spiegeln. Als sie auf dem reich bestickten Kissen vor den Geistlichen niederkniete, hob Bradford die Hände zum Segen, und seine Kollegen taten es ihm gleich. Die Musik schwoll ein letztes Mal an, ehe sie verstummte.

Es herrschte absolute Stille. Vielleicht fünfzehn Sekunden lang ließ Bradford diese Stille in der Kathedrale wirken, ehe er einen halben Schritt vortrat und den Blick über die vollbesetzten Bankreihen wandern ließ. Schließlich erhob er die Stimme.

»Wir sind hier anlässlich eines feierlichen Staatsaktes zusammengekommen«, hallte es in die Stille hinein. »Wir sind ein vielfältiges Volk. Wir wissen, dass Gott in vielerlei Gestalt existiert und viele Namen trägt. Manche zweifeln an Seiner Existenz, manche leugnen sie – und so sollte es vielleicht auch sein in einem Königreich, das sich der Freiheit des Denkens und der Freiheit des Gewissens verschrieben hat. Doch Kronprinzessin Elizabeth ist eine tiefgläubige Frau. Für sie ist dieser Staatsakt ebenso spiritueller wie säkularer Natur, denn am heutigen Tag nimmt sie sich einen Gemahl: das Volk von Manticore. Ebenso wie zuvor ihr Bruder hat sie sich dafür entschieden, diesen Anlass ebenso in aller Öffentlichkeit und unter Gottes Augen zu feiern wie unter dem Schirm und gemäß den Erfordernissen unserer Verfassung. Sie lädt euch alle nun dazu ein, in diesem Moment an ihrer Seite zu stehen und bittet euch darum – ob ihr nun persönlich in der Kathedrale anwesend seid oder auf elektronischem Wege dieser Feierlichkeit beiwohnt –, euch zusammen mit ihr und mit ganzem

Herzen, all unserem Denken und Fühlen und mit all unserem Mut dazu zu bekennen, das Sternenkönigreich von Manticore zu beschützen. Sie schwört, dass das Sternenkönigreich und sie selbst stets dem Volke gegenüber zur Rechenschaft verpflichtet sind.«

Dann schwieg er und lud mit einer weit ausholenden Geste Rabbi, Imam und Guru dazu ein, sich an seine Seite zu begeben. Dann ergriff der Erzbischof erneut das Wort.

»Herr der Schöpfung, wir bitten Dich, welchen Namen Du auch tragen magst und in welcher Form Du Dich uns offenbart hast: Gib Deinen Töchtern und Deinen Söhnen Kraft, vor allem Deiner Tochter Elizabeth, die nun die große Aufgabe auf sich nimmt, zu der sie berufen wurde. Es ist eine schwere, zermürbende, oft beängstigende Aufgabe, und sie ist nur eine einfache Sterbliche. Alle Sterblichen sind fehlbar, und alle Sterblichen verspüren dann und wann Furcht, doch an diesem Tage wendet sie sich an Dich mit einer einfachen Bitte, und wir alle tragen sie Dir in ihrem Namen vor. Wir bitten dich: Stehe an ihrer Seite! Segne sie, stärke sie und schenke ihr stets die Kraft, in ihr Herz zu schauen und dort die Liebe ihres Volkes und die Liebe für ihr Volk zu erkennen! Lass sie die Kraft finden, stets die Bedürfnisse ihres Volkes über alles andere zu stellen, und den Willen und den Mut, unermüdlich für das zu streiten, was sie als das Richtige erkannt hat. Darum bittet sie in Deinem Namen, und wir bitten Dich darum, ihre Gebete zu erhören, in unser aller Namen. Amen.«

Aus den vollbesetzten Reihen der Kathedrale rollte ihnen ein gemeinschaftliches Amen entgegen, und alle vier spirituellen Führer von Landing legten Elizabeth kurz die Hand auf den Kopf. Dann machten sie mit einem Schritt rücklings Platz, und Adelaide Summervale, Herzogin von Cromarty, und Kenneth Pavón, Sprecher des Unterhauses, traten vor. Cromarty hielt das Szepter in der Hand, während Pavón das Samtkissen trug, auf dem die edelsteinbesetzte Staatskrone funkelte.

»Wir stehen hier im Namen der Peers, der Bürgerlichen und aller Untertanen des Sternenkönigreichs von Manticore«, erklärte Cromarty. Sie war schon ein wenig älter, wurde allmählich gebrechlich, und nach dem kraftvollen und bestens geschulten Bariton des Erzbischofs klang ihre Stimme beunruhigend dünn. Sie war aber nun einmal die zweithöchste Angehörige der manticoranischen Peerage und ranghöchste Angehörige des Oberhauses.

»Wie es unsere Verfassung vorsieht, sind wir erschienen, um den Krönungseid unserer neuen Monarchin zu hören«, übernahm nun Pavón. Er war kaum halb so alt wie Summervale, und auch wenn seine Stimme es nicht mit der Bradfords aufnehmen konnte, war er doch klar und deutlich zu verstehen. »Im Gegenzug sind wir hier als Vertreter der Peers und der Bürgerlichen, um vor unserer Monarchin im Namen aller Untertanen der Krone unseren Lehenseid zu leisten.«

Einen Moment lang hielt er inne, dann richtete er den Blick auf die Frau, die vor ihm kniete.

»Elizabeth Antonia Adrienne Winton-De Quieroz«, begann er.

In den Sitzreihen kam es zu dezenter, kaum bemerkbarer Unruhe. Manche hatten sich nachdrücklich dafür ausgesprochen, Elizabeth möge den angeheirateten Nachnamen ablegen. Schließlich sollte sie die Krone des Sternenkönigreichs als Erbin des Hauses Winton annehmen, nicht als Erbin des Hauses De Quieroz.

»Sie sind nachweislich und erwiesenermaßen die rechtmäßige Erbin der Krone von Manticore, in direkter Erbfolge Ihres Vaters Michael und Ihres Bruders Edward. Werden Sie nun, vor den Augen der hier Versammelten und vor dem gesamten Volk des Sternenkönigreichs von Manticore, diese Krone annehmen?«

»Das werde ich«, sagte Elizabeth mit einer Klarheit und Stärke, von der sie selbst nicht sicher gewesen war, sie hier und jetzt zustande zu bringen.

»Werden Sie die Gesetze und die Verfassung des Sternenkönigreichs von Manticore ehren, achten, respektieren, einhalten und vollstrecken?«, fragte nun Cromarty.

»Das werde ich«, wiederholte sie.

»Werden Sie dem Volk des Sternenkönigreichs von Manticore und all Ihren anderen Untertanen, gleich welchen Status sie besitzen mögen, wahrhaftig, unerschrocken und gerecht dienen?«, übernahm wieder Pavón.

»Das werde ich.«

»Werden Sie das Sternenkönigreich von Manticore und all seine Bürgerinnen und Bürger beschützen und vor allen Bedrohungen bewahren, ob sie nun von außen kommen oder aus dem Inneren des Sternenkönigreichs?«

»Das werde ich.« Dieses Mal klang Elizabeths Stimme hart und eisig, und sie spürte, wie sich in der ganzen Kathedrale eine Mischung aus Befriedigung und Furcht wie eine Welle ausbreitete.

»Geben Sie diese Versprechen aus freien Stücken und ohne Vorbehalte in Gedanken, Worten oder Absichten?«

»Das tue ich.«

Pavón und Cromarty gingen je einen Schritt auseinander, und Bradford trat zwischen sie. Dann nahm er der zu krönenden Monarchin die Bibel Elizabeths I. aus den Händen und hielt sie ihr entgegen. Die zukünftige Elizabeth II. wappnete sich innerlich, legte die rechte Hand auf das Buch und blickte auf, als die Herzogin und der Sprecher des Unterhauses ihre Hände auf die ihre legten.

»Ich, Elizabeth Antonia Adrienne Winton-De Quieroz«, sagte sie, »schwöre im Vollbesitz meiner geistigen Kräfte, jedes an diesem Tag dem Volk und der Verfassung des Sternenkönigreichs von Manticore gegenüber abgelegte Versprechen treulich zu ehren. Ich nehme die Krone entgegen eingedenk dieser Versprechen, unter den Augen meiner Untertanen und gemäß der Verfassung. Ich schwöre, die Gesetze des Sternenkönigreichs gerecht und unvoreingenommen einzuhalten und zu vollstrecken, die Verfassung zu ehren und zu achten und das Volk des Sternenkönigreichs vor jedwedem Feind zu beschützen, so wahr mir Gott helfe.«

Die letzten fünf Worte waren kein rechtsverbindlicher Teil des offiziellen Krönungseides, doch Elizabeth Winton-De Quieroz war der fünfte Monarch Manticores, der sie ausgesprochen hatte, und sie meinte jedes Wort ganz und gar ernst. Sie fragte sich, ob ihrem Vater und Edward wohl ebenso bewusst gewesen war wie ihr selbst in diesem Moment, wie dringend sie Gottes Hilfe brauchte.

Die beiden Hände lösten sich von der ihren, und einen Moment lang blickte der Erzbischof Elizabeth schweigend an. Dann legte er ihr sanft die Hand aufs Haupt und schloss zum kurzen, stillen Segensgebet die Augen.

»Im Namen der Peers und der Bürgerlichen des Sternenkönigreichs und als Wahrende der Verfassung nehmen wir Ihren Eid entgegen«, erklärte Cromarty, während Elizabeth die Bibel aus Bradfords Händen entgegennahm. Einen Augenblick später spürte sie das Gewicht des Diadems, das sie als Kronprinzessin auswies, verschwinden: Der Erzbischof hatte es ihr abgenommen.

»Im Namen der Bürgerlichen und der Peers des Sternenkönigreichs schwören wir Ihnen unsere Treue, unsere Dienstpflicht und unsere Lehenspflicht, so wie es die Verfassung vorsieht«, erklärte Pavón. »Als Zeichen dessen krönen wir Sie zur Königin von Manticore.«

In Wirklichkeit wog die Staatskrone keineswegs dreißig Kilogramm. Das wusste Elizabeth genau. Doch als sich die Krone mit ihrem Gewicht nun auf ihren Kopf herabsenkte, war das, was Elizabeth wusste, völlig bedeutungslos angesichts all dessen, wofür diese Krone stand.

»Wir überreichen Ihnen dieses Szepter«, ergriff erneut Cromarty das Wort, »das Symbol und Zeichen der Macht und der Autorität, die Ihnen als Oberste Richterin des Sternenkönigreichs zustehen, als Staatsoberhaupt, als Regierungsoberhaupt und als Oberbefehlshaberin.«

Die Herzogin streckte ihr das Staatsszepter entgegen. Elizabeth würde es mit beiden Händen entgegennehmen müssen. Also legte sie die Bibel ab. Als die zukünftige Regentin das Szepter annahm, spürte sie noch die Wärme von Cromartys Hand an den Stellen, an denen die Vertreterin des Oberhauses es festgehalten hatte. Elizabeths Augen brannten, als sie sich daran erinnerte, wie ihr Vater ihr am Vortag seiner Krönung den Symbolismus der Krönungsinsignien erläutert hatte.

»Das ist ein Streitkolben, Beth«, hatte er ernst gesagt. *»Sieht zwar schön aus, aber nichts anderes ist es: eine Waffe. Eine Waffe, mit der man Schädel einschlagen und Knochen zertrümmern kann, ein Symbol der Macht, die mit der Krone einhergeht. Ich habe so etwas nie gewollt, aber so muss das wohl sein. Ein Regent tut, was er tun* muss. *Denn* jemand *muss diese Macht haben und einsetzen. Das ist eines jeden Monarchen Aufgabe und Pflicht. Edward freut sich nicht auf diese Aufgabe und Pflichten, ich weiß. Aber er ist ein gutes Kind und wird eines Tages zu einem noch besseren Mann heranwachsen. Sei für ihn da, wenn ihm das alles zu viel wird, Schätzchen! Glaub mir, er wird dich brauchen.«*

Ich bin hier, Dad, dachte sie, als sie das schiere Gewicht des Szepters spürte. *Für ihn, aber ich wünschte bei Gott, er wäre hier. Jetzt ist es an dir, für* mich *da zu sein.*

»Im Namen des Volkes …«

Plötzlich war ihre Stimme belegt. Elizabeth stockte und räusperte sich.

»Im Namen des Volkes von Manticore«, wiederholte sie, und nun klang ihre Stimme klar und fest, »nehme ich dieses Szepter entgegen. Möge es stets gerecht und durch Milde gemäßigt geschwungen werden.«

»Dann erheben Sie sich«, forderte Pavón sie auf, und Elizabeth war selbst überrascht, wie geschmeidig und mühelos ihr dies gelang – dabei hatte sie das Gefühl, eigentlich müssten ihre Knie zittern und unter ihr nachgeben.

»Wenden Sie sich um«, sagte er, und Elizabeth wandte sich den vollbesetzten Bankreihen zu, den zahllosen Kameras und all den Millionen manticoranischen Bürgerinnen und Bürgern, die dank dieser Optiken jedes Detail der Geschehnisse mitverfolgten. In diesem Moment, als sich alle in der Kathedrale Anwesenden erhoben, fühlte Elizabeth Winton-De Quieroz das Gewicht der Hoffnung zahlloser Menschen auf sich lasten, das Gewicht ihrer Wünsche und Bedürfnisse.

»Staatsangehörige des Sternenkönigreichs!« Unvermittelt klang Cromartys zuvor so dünne Stimme ebenso klar und kräftig wie die Elizabeths. »Ich präsentiere Ihre Majestät Elizabeth die Zweite, Königin von Manticore. Gott schütze die Königin!«

Unwillkürlich weiteten sich Elizabeths Augen ein wenig, als die Herzogin die letzten vier Worte aussprach. Sie gehörten ebenfalls nicht zum Krönungsprotokoll, und …

»Gott schütze die Königin!«, antworteten tausend Stimmen ohne auch nur den Hauch eines Zögerns.

Vor Elizabeth Antonia Adrienne Winton-De Quieroz, Königin Elizabeth II. von Manticore, verschwammen plötzlich all die bunten Farben, so dicht war der Schleier ihrer Tränen.

BUCH ZWEI

1544 P. D.

13

Sonderlich gut bezahlt war der Posten als Direktor einer der Lagerhallen im Orbit von Solway wirklich nicht. Dieser Gedanke wollte Greez Paco durch den Kopf, während er in der rotierenden Ringsektion an den feinsäuberlich aufgestapelten Kisten vorbeiging. Als Direktionsassistent verdiente man noch weniger, und ein stellvertretender Direktionsassistent stand noch schlechter da.

Ein stellvertretender Direktionsassistent, dessen Lagerhalle von Rothand-Piraten genutzt wurde, verdiente hingegen wirklich ordentlich.

»Ja, ich hab sie«, bestätigte Paco in sein UniLink, kaum dass er neben sechs drei Meter hohen Kisten stehen geblieben war. »Eine Umladung von Beowulf, bestimmt für Haven.«

Der Mann am anderen Ende der Verbindung schnaubte. »Na klar«, sagte er, »Maschinenteile, was?«

»Maschinenteile, genau«, bestätigte Paco. Was auch sonst? Das waren ebenso Maschinenteile, wie der Mann, mit dem er gerade sprach, der offizielle Zahlmeister eines legitimierten Frachters war. »Sie wollen wohl andocken und die Kisten überprüfen, bevor ich sie in Ihren Container einlade, ja?«

»Bevor *wir* sie einladen«, korrigierte ihn der Mann, und nun klang seine Stimme ein bisschen weniger freundlich. »Haben Sie Probleme, etwas im Gedächtnis zu behalten?«

»Nein, natürlich nicht«, gab Paco hastig zurück. »Ich dachte bloß … Ich hatte Ihnen doch diese neue Dienstanweisung zukommen lassen. Die über die Nutzung der Kranbrücke durch Außenstehende, meine ich.«

»Jou, haben Sie«, bestätigte der Mann. »Und? Meinen Sie, die würden mich interessieren?«

Paco verzog das Gesicht. »Nein, ich meinte nur … okay, klar. Ich warte dann an der Kranbrücke auf Sie und aktiviere sie, wenn Sie eintreffen. Ich dachte halt bloß …«

»Nicht denken«, fiel ihm der Mann ins Wort. »Das ist nicht gut für Sie. Machen Sie einfach, was Ihnen gesagt wird, und freuen Sie sich des Lebens.«

»Klar«, bestätigte Paco. *Nicht denken, nicht fragen, und immer schön wegschauen.* Genau das hatte ihm der Mann vor zehn T-Jahren gesagt, als die Geschäftsbeziehung mit der Roten Hand ihren Anfang genommen hatte, und seitdem hatte sich der stehende Dauerbefehl nicht geändert.

Seinen Namen hatte der Mann Paco nie genannt. Manchmal fragte sich Paco, wie sein Ansprechpartner wohl heißen mochte, aber das legte sich rasch wieder. Sich – etwas – fragen war auch nicht gut.

»Der Shuttle wird in zwanzig Minuten eintreffen«, fuhr der Mann fort. »Sehen Sie nur zu, dass alles bereit ist.«

»Klar«, bestätigte Paco. »Ich überprüfe den Datenkram gleich jetzt.«

»Machen Sie das. Und passen Sie auf diese Kisten auf. Aber richtig gut, klar?«

Die Verbindung wurde gekappt. »Worauf du dich verlassen kannst«, murmelte Paco in die Leere hinein. Er deaktivierte sein UniLink, nur um ganz auf der sicheren Seite zu sein, und steuerte dann das Terminal im dritten Quadranten an, um sicherzugehen, dass wirklich alles nach Plan liefe. Einen Knüppel zwischen die Beine geworfen zu bekommen, könnte er jetzt wirklich nicht gebrauchen.

Er war genau drei Schritte weit gekommen, als er plötzlich hinter den Kisten ein leises Geräusch hörte.

Sofort blieb er stehen und spitzte die Ohren. Er hatte es geschafft und allen anderen Mitarbeitern Aufgaben in den anderen Quadranten des Ringes zugeteilt. Niemand sollte hier herumschnüffeln, wenn die Rothand-Piraten kämen, um ihre Fracht aufzunehmen. Woher kam dann das Geräusch? Von einer Ratte oder irgendeinem anderen kleinen Tier, das es irgendwie von der Oberfläche des Planeten hierher geschafft hatte?

Es gab nur eine Möglichkeit, das herauszufinden. Er zog seine kleine Coltline-3-Millimeter aus der Tasche und bewegte sich so lautlos wie möglich zu den Kisten hinüber. Mit dem Daumen entsicherte er die Waffe, ehe er um die Ecke schlich.

Eine alte Frau hockte dort. Sie trug einen Lagerarbeiter-overall und kniete in dem schmalen Korridor zwischen den Kisten. Ihre Augen waren geschlossen, die Hände hatte sie vor der Brust gefaltet.

»Was zum Teufel machen Sie hier?«, fauchte Paco.

Erschrocken fuhr die Frau zusammen, dann riss sie die Augen auf. »Verzeihen Sie, Sir, es tut mir so leid«, keuchte sie, während sie mühsam auf die Beine kam. »Bitte … ich wollte wirklich nicht stören.«

»Ja, klar doch«, gab Paco zurück und trat stirnrunzelnd auf sie zu. Sie war doch nicht so alt, wie er zunächst gedacht hatte: höchstens Ende vierzig oder Anfang fünfzig. An der Brusttasche ihres Overalls war ein offizielles ID-Schildchen befestigt. Paco aber konnte sich nicht erinnern, diese Frau je zuvor gesehen zu haben. Auch ihr Akzent kam ihm komisch vor … havenitisch, aber da war noch etwas … »Wer sind Sie?«

»Ich bin Elsie, Sir«, antwortete sie und griff nach dem ID-Schildchen. Vielmehr: Sie tastete danach. Ihre Hände zitterten viel zu sehr, als dass sie die Befestigung hätte lösen können. Spöttisch stellte Paco fest, dass ihre zittrigen Finger einen netten Kontrapunkt zum Zittern ihrer Unterlippe bildeten. Ja, diese Frau hatte wirklich *so richtig* Angst.

Völlig zu Recht. Falls sie Pacos UniLink-Gespräch belauscht haben sollte, nur etwas davon aufgeschnappt haben sollte, wäre es aus mit ihr. »Was machen Sie hier?«, verlangte er zu wissen.

»Ich wollte hier beten.« Die Frau gab endgültig den Versuch auf, das ID-Schildchen zu lösen, und faltete stattdessen die Hände – genauso wie in dem Moment, da Paco sie entdeckt hatte. »Die anderen … die lachen mich nur aus und machen sich über mich lustig, wenn ich bete. Ich komme hierhin, um mich ins Sonnenlicht zu knien und zum Herrn zu sprechen.«

Paco blickte sich um. Tatsächlich: Eines der winzigen, vor Schmutz starrenden Bullaugen der Lagerhalle befand sich ihr genau gegenüber, und das Sonnenlicht fiel hin und wieder – dank der Eigenrotation der Station – geradewegs hindurch.

»Jou«, sagte er und richtete den Blick wieder auf sie. »Aber ich hatte alle angewiesen, diesem Bereich der Station fernzubleiben. Haben Sie nicht zugehört?«

»Ich hatte doch gerade Pause«, protestierte Elsie. Vor Aufregung hatte sie die verkrampften Hände wieder gelöst. Nun rang sie sie, eine Geste purer Nervosität. »Mir wurde gesagt … ich *musste* zum Beten hierhin. Die anderen hätten mich bloß wieder ausgelacht.«

Paco seufzte. Damit hatte sie auf jeden Fall recht. Die Lagerarbeiter hier scherten sich nicht sonderlich um Religion – egal welche –, und jedem gegenüber, der das anders hielt, konnten sie ganz schön unangenehm werden.

Obwohl Paco mit den Arbeitern einer Meinung war, hatte

sich seine Schwester doch tatsächlich vor ein paar Jahren ganz der Religion verschrieben. Unter gewöhnlichen Umständen hätte er ein Auge zugedrückt, Elsie verwarnt, sie noch einmal klar und deutlich angewiesen, niemals wieder seine Befehle zu ignorieren, und sie dann ihres Weges ziehen lassen.

Bedauerlicherweise herrschten gerade keine gewöhnlichen Umstände.

»Ich verstehe«, sagte er. »Aber Sie haben einen direkten Befehl missachtet, Elsie. Das muss offiziell verzeichnet werden.«

»Ich verstehe«, wiederholte Elsie seine Worte und blickte mit hängenden Schultern zu Boden. »Muss dass jetzt gleich sein?«

»Unbedingt«, entschied Paco mürrisch. *Verdammt soll sie sein!* Auch das noch, noch rasch eine Leiche verschwinden lassen, bevor die Rothände ihre Kisten abholten! Er konnte Elsie nicht einfach aus der Luftschleuse befördern: Objekte, die sich auf einer gemeinsamen Umlaufbahn befanden, neigten dazu, sie auch beizubehalten. Besser, die Piraten nähmen sich selbst der ungebetenen Zeugin an – irgendwann zwischen dem Aufnehmen der Fracht, dem Transport hinüber zu ihrem getarnten Schiff und dem Überqueren der Hypergrenze. Dann stünde ein ganzes Universum zur Verfügung, massenhaft leerer Raum, wo man eine Leiche gut verschwinden lassen konnte.

Andererseits war es vielleicht eine dumme Idee, die Rote Hand um einen derartigen Gefallen zu bitten. Wenn Paco auch nur andeutete, jemand könnte das Gespräch belauscht haben, stünden die Chancen gut, dass er gemeinsam mit Elsie durch das All triebe, geradewegs in die Unendlichkeit hinein.

Also würde er sie wohl im Büro einschließen und dann den Rothänden ihr Zeug aushändigen. Danach könnte er sich immer noch überlegen, was zum Teufel er mit ihr anstellen sollte.

Wenigstens fände sie im Angesicht des Todes Trost in der Religion. Vielleicht gab es ja wirklich da draußen einen Gott, der sich ihrer annähme. Oder so was in der Art.

»Gehen wir«, sagte er und wedelte mit der Waffe. »Das Büro ist da drüben.«

»Ja, natürlich«, sagte sie, immer noch mit hängendem Kopf und Schultern. Sie stolperte auf Paco zu, hob kaum die Füße vom Boden. Auf seiner Höhe blieb ihr Fuß hängen, und sie stolperte vorwärts. Reflexartig packte Paco sie mit der freien Hand am Arm, um sie aufzufangen.

Das Letzte, was er sah, bevor das Licht ausging, war ihr anderer Arm, der auf seine Schläfe niedersauste.

Als der Shuttle eintraf, hatte sie die Kisten schon im Bereitschaftsraum aufgestapelt. Die Männer, die aus dem Shuttle stiegen, waren raubeinige Muskelberge und schwer bewaffnet.

Und misstrauisch. Sehr misstrauisch.

»Wer sind *Sie* denn?«, verlangte einer, offenkundig der Anführer, zu wissen und kam mit großen Schritten auf sie zu.

»Elsie Dorrman«, antwortete sie und tippte auf ihr ID-Schildchen. »Paco geht's nicht so gut, deswegen hat er mich geschickt.«

»Ach, wirklich?«, sagte der Mann und warf einen Blick über die Schulter. »Und Sie sind …?«

»Habe ich Ihnen doch schon gesagt: Elsie Dorrman. Ich bin Pacos Partnerin.«

»Eine Partnerin hat er nie erwähnt.«

Sie zuckte mit den Schultern. »Ich bin neu dabei.«

»Wie neu?«

»Ach …« Sie warf einen Blick auf ihr Chrono. »Seit ungefähr fünfzehn Minuten. Da hat Paco es zumindest herausgefunden. *Ich* weiß es seit einem Jahr.«

»Ach, ja?« Der Mann ließ die Hand auf den Knauf seiner Handfeuerwaffe fallen.

»Entspannen Sie sich!«, meinte sie spöttisch. »Die Kisten sind hier, und damit alles, was Sie haben wollen. *Sie* sind hier, und sämtliche Daten über Ihr Schiff lassen sich innerhalb von zwei Minuten aus dem Navigationsdatensatz löschen. Wäre ich ein Cop, oder würde ich einer rivalisierenden Bande angehören, würden wir doch gar nicht mehr miteinander reden.«

»Klar«, gab der Mann misstrauisch zurück. »Bosc? Überprüf mal die Versiegelung der Kisten, ja? Und dann mach eine davon auf.«

Es dauerte drei Minuten, bis sämtliche Versiegelungen überprüft waren und der Mann die erste Kiste geöffnet hatte. Vorsichtig tastete er die oberste Schicht des Inhalts ab. Die ganze Zeit über hatte der Anführer Elsie schweigend angestarrt. *Erinnert mich an ein paar erste Dates,* dachte sie trocken.

»Sieht gut aus«, meldete Bosc schließlich. »Es fehlt nichts, und daran herumgefuhrwerkt hat wohl auch niemand. Soll ich die Kiste wieder versiegeln?«

»Jou, und dann schaff alles an Bord.« Er neigte den Kopf zur Seite. »Ich nehme an, Sie haben die Kranbrücke schon aktiviert, damit wir sie nutzen können?«

Elsie deutete auf den großen Kran, der hoch über den Kisten stand. »Bedienen Sie sich!«

Einer der anderen Piraten war schon in das Führerhaus geklettert. Schweigend schaute Elsie zu, wie die erste Kiste angehoben wurde und dann in dem bereitstehenden Container verschwand. »Also haben wir es dann ab jetzt mit Ihnen zu tun?«, fragte der Boss der Truppe, als die zweite Kiste den Weg in die Tiefe antrat.

»Wenn Sie weiterhin das Lager nutzen wollen, ja«, sagte Elsie. »Und wenn nicht, auch okay. Zuerst bin ich von einer einmaligen Sache ausgegangen, bis ich spitzgekriegt habe, mit wem Paco Geschäfte macht. Wenn Sie weitermachen wollen, lassen Sie es mich wissen – verwenden Sie ruhig weiterhin Pacos UniLink-Nummer.« Sie streckte ihm die leere Hand entgegen. »Aber wie auch immer Sie sich entscheiden: Ich hätte die Bezahlung für diese Transaktion gern jetzt sofort.«

Einen langen Moment starrte er sie wortlos an. Dann lachte er glucksend, zog einen Chip aus der Tasche und warf ihn ihr zu. »Du hast Mumm, Elsie, das muss ich zugeben. Wir melden uns. Vielleicht.«

»Ich freu mich drauf«, gab sie zurück, fing den Chip geschickt auf und ließ ihn in der Tasche verschwinden. »Vielleicht.«

Er warf ihr ein angespanntes Lächeln zu und wandte sich zum Gehen. Zehn Minuten später befanden sich alle sechs Kisten sicher verpackt in dem Container. Die Männer versiegelten die Luke und machten sich auf den Weg zum Shuttle. Durch das Seiten-Bullauge beobachtete Elsie, wie sie den Shuttle zum Container hinübersteuerten, ihn mit Greifarmen umfassten und davonschwebten.

Sie blickte ihnen hinterher, bis sie das Glimmen des Antriebs nicht mehr durch das kleine Bullauge neben der Luke erkennen konnte. Dann ging sie den Weg zurück, auf dem sie gekommen war, und gestattete sich einen erleichterten Seufzer. Das war knapp gewesen! Erst das peinliche Scharren ihres Fußes über das Deck, durch den sie Paco überhaupt erst auf sich aufmerksam gemacht hatte, als sie gerade das versteckte Fach in der letzten Kiste versiegelte, und dann die hastig improvisierte Rolle, die sie den Piraten hatte vorspielen müssen.

Aber es hatte geklappt. Bislang zumindest.

Nun, in der relativen Privatsphäre der Lagerhalle, zog sie ihr UniLink hervor und aktivierte es. »Eule eins an Eule«, sagte sie knapp. »Die Jungeulen haben das Nest verlassen. Die Mäusejagd beginnt. Ich wiederhole: Die Mäusejagd beginnt.«

»Die Mäusejagd beginnt, verstanden«, gab die Frau am anderen Ende der Verbindung ebenso knapp zurück.

»Bin in fünfzehn Minuten da«, meldete Elsie und streifte mit einer Hand schon den Overall ab. Darunter trug sie unauffällige Zivilkleidung. »Ende.«

Zwei Minuten später befand sie sich schon im Aufzug, auf dem Weg zu ihrem eigenen Shuttle. Die Obrigkeit von Solway wäre höchst verstimmt gewesen, hätte sie von ihrer Anwesenheit gewusst. Richtig wütend aber würden sie wohl erst, wenn ihre Kollegen und sie das ganze Schmiergeldnetzwerk auffliegen ließen. Bisher hatte man auf Solway von jahrelanger Zusammenarbeit mit Piraten, Plünderern, Schmugglern und unter dem Radar arbeitenden Söldner wunderbar profitiert.

Grund zur Sorge war diese vorhersehbare Wut nicht. Auf Solway war die *Republic of Haven Navy* niemandem Rechenschaft schuldig. Nur einer einzigen Person schuldete der Angriffstrupp des 303. Expeditionskommandos Rechenschaft.

Deswegen würde es heute auch ein Ende mit der Roten Hand haben. Dafür würde Major Elsie Dorrman, von Brigadier Jean Massingill persönlich für diesen Einsatz ausgewählt, verdammt noch eins sorgen!

Nachdem RHNS *Terrier* die Hypergrenze von Solway überquert und das Alpha-Band erreicht hatte, benötigte das Schiff noch gut zwei Stunden, bis sie die *Bloodlust* aufgespürt hatte.

»Endlich«, entfuhr es Sonderbotschafter Louis Joffre von seinem Platz hinter Massingills Konsole aus, als OPZ endlich durchgab, bei dem Fahrzeug in der Ferne handle es sich tatsächlich um das gesuchte Piratenschiff. »Ich hatte schon befürchtet, die wären uns entwischt.«

»Die Gefahr hat nie bestanden«, versicherte ihm Massingill und achtete dabei sorgsam darauf, sich ihre eigene Erleichterung nicht anmerken zu lassen. Was Frachtgüter, Piraten und Bürokratie betraf, war Elsie Dorrman eine Meisterin, und Lieutenant Bastonges vierzig Mann starker Zug gehörte zu den besten Teams im gesamten Trupp. Doch wie bei jedem Militäreinsatz bestand auch hier die Gefahr, dass etwas entsetzlich schieflaufen konnte.

Doch in diesem Fall nicht. Die *Bloodlust* stand friedlich mitten im Nirgendwo; ihr Keil war heruntergefahren, ihre Emitter kalt. Nachdem einige ihrer Emitter ohnehin ausgefallen waren und ihr Hyperantrieb vermutlich Bastonges letzten Bemühungen zum Opfer gefallen war …

Ein Klingeln drang aus dem Com. »Eule zwo an Eule eins«, drang Bastonges Stimme aus dem Lautsprecher. »Die Maus sitzt in der Falle. Ich wiederhole: Die Maus sitzt in der Falle.«

… und nachdem es auch gelungen war, das Com-System der *Bloodlust* anzuzapfen, saß der 303. Trupp ganz offiziell auf einem Logenplatz.

Massingill lächelte – es war das erste echte, aufrichtige Lächeln, seit das Team vor sechs Tagen in Solway-Territorium eingetroffen war. »Eule hat verstanden«, sagte sie. »Bereithalten.«

»Das war's jetzt?«, erkundigte sich Joffre. »Ist es jetzt vorbei?«

»Sehr bald schon«, versicherte ihm Massingill. »Signal?«

Der Signaloffizier nickte. »Bereit, Ma'am.«

Mit einer Hand rückte Massingill den Kragen ihrer Uniform zurecht, mit der anderen aktivierte sie das Mikrofon. »Piratenschiff *Bloodlust*, hier spricht Brigadier Jean Massingill an

Bord des Republic of Haven Fast Transport Ship *Terrier*. Ich bin die Kommandeurin des Trupps, der Ihr Schiff infiltriert und Ihre Impeller und Ihren Hyperantrieb funktionsunfähig gemacht hat.« Kurz dachte sie nach. »Angesichts der Feuerkraft, mit der meine Truppen zu Ihnen an Bord gekommen sind, dürfte ihr Hyperantrieb vermutlich in Wahrheit weniger funktionsunfähig sein als vielmehr ein Haufen versengter Metallsplitter.«

Sie hielt inne, wartete auf die übliche Entrüstung und Dementis. Doch der Skipper der *Bloodlust* hatte sich offenkundig dafür entschieden, diese Seite des Drehbuchs zu überspringen.

»Also, folgendermaßen geht es weiter«, fuhr sie dann fort. »Sie werden augenblicklich Ihren Reaktor deaktivieren – um sicherzustellen, dass niemand etwas Unüberlegtes tut. Dann versammeln Sie Ihre gesamte Mannschaft in den Impellerräumen und bereiten sich darauf vor, Enterer an Bord zu lassen. Weitere Enterer, sollte ich wohl sagen.«

»Hier spricht Captain Blaine von der *Cornucopia*«, war eine düstere Stimme zu hören. Anscheinend hatte er jetzt endlich seine Seiten des Drehbuchs gefunden. »Ich weiß ja nicht, für wen Sie sich halten, *Terrier*, aber die Gesetzeshüter von Solway werden nicht gerade erbaut sein über diese eklatante Missachtung ihrer Jurisdiktion und Autorität. Um genau zu sein, machen *Sie* sich gerade der Piraterie schuldig, und …«

Massingill ließ ihn den ganzen Wortschwall über die Lippen bringen. Machmal glaubten solche Leute, ihr Protest wäre von Bedeutung. Meist jedoch war es ihnen vor allem wichtig, dass besagter Wortschwall aufgezeichnet wurde.

Irgendwann war der – vorgebliche – Blaine fertig.

»Ich weiß Ihre rechtlichen und ethischen Sorgen zu schätzen«, entgegnete Massingill. »Aber nun gestatten Sie mir, Sie auf einige Dinge aufmerksam zu machen, über die *Sie* sich den einen oder anderen Gedanken machen sollten. Ohne Impeller kommen Sie nirgendwohin. Ohne Hyperantrieb hängen Sie im Alpha-Band fest … ohne dabei irgendwo hinzukommen. Kurz gesagt: Sie kommen nirgendwohin. Vorher geht Ihnen die Luft aus, oder Sie verhungern.«

Sie wartete auf neuerlichen Protest, doch er blieb aus.

Was nicht weiter überraschend war. Über den Schaden an seinem Schiff wusste ›Blaine‹ gewiss genauestens Bescheid – und das hieß: Wenn die *Terrier* davonführe, wäre er selbst ebenso tot wie alle anderen an Bord.

»Ich lasse Ihnen die Wahl«, erklärte Massingill also. »Sie können hier sterben, oder Sie kapitulieren und lassen sich von uns nach Haven schleppen.«

»Und was ist mit Ihren Leuten?«, stieß Blaine hervor und spielte damit seine letzte Karte aus. »Wollen Sie die etwa auch hier sterben lassen?«

»Ach, ich bin mir sicher, die wissen längst, mit welchem Shuttle sie zu uns herüberkommen«, gab Massingill zurück. »Nichts davon ändert an Ihrer Lage das Geringste. Sie kapitulieren, oder Sie sterben. Für was auch immer Sie sich entscheiden: Mit der Piraterie der Roten Hand hat es auf jeden Fall ein Ende.«

»Und wenn wir auf Ihre ungeheuerlichen Forderungen eingehen?«

»Dann hat es mit der Piraterie trotzdem ein Ende«, sagte Massingill. »Aber Sie würden immerhin noch leben.«

»Zumindest bis zum Ende des Gerichtsverfahrens, richtig?«

»Vielleicht kommt es gar nicht zum Verfahren«, erwiderte Massingill. »Vor der Hauptverhandlung gibt es reichlich Vernehmungen, und oft kann man da schon den einen oder anderen Deal aushandeln. Wir sind beispielsweise sehr an Details über Ihre Zusammenarbeit mit den drei anderen Banden interessiert, die seit geraumer Zeit auf der Beowulf-Haven-Route tätig sind.«

»Ich habe keine Ahnung, wovon Sie reden.«

»Pah, das wird Ihnen gewiss wieder einfallen!«, meinte Massingill. »Das hoffe ich zumindest für Sie. Denn wenn Sie uns nichts zu erzählen haben, bleibt uns nichts anderes übrig, als zu genau der Hauptverhandlung überzugehen, die Sie eben schon erwähnten.« Ihr Finger schwebte bereits über dem entsprechenden Schalter auf ihrer Konsole. »Ich starte jetzt meine Shuttles. Ich empfehle Ihnen, sie in Empfang zu nehmen. Ganz friedlich, natürlich.«

»Natürlich«, gab der Captain bitter zurück. »Was haben wir denn schon für eine andere Wahl?«

»Sie könnten noch vor dem Mittagessen sterben«, sagte Brigadier Massingill spitz. »Ich wünsche Ihnen einen schönen Tag, Captain, und freue mich darauf, Sie persönlich kennenzulernen. Massingill, Ende.«

Sie legte den Schalter um und wandte sich zu Joffre um. »*Jetzt* ist es vorbei«, erklärte sie ihm.

»Gut«, gab Joffre zurück und atmete vor Erleichterung hörbar aus. »Aber in einer Hinsicht hatte er recht: Wir könnten wirklich Schwierigkeiten bekommen, sollten uns die Gesetzeshüter von Solway einholen.«

»Das passiert nicht«, versicherte ihm Massingill und widerstand dem Verlangen, die Augen zu verdrehen. Auf Haven hatte sie sich seinerzeit dagegen ausgesprochen, Joffre auf ihr Schiff zu nehmen. Es war schlichtweg unmöglich, dass die lokale Obrigkeit die Anwesenheit ihres Teams im System spitzkriegte. Also könnte man sie auch nicht auf frischer Tat dabei ertappen, das Hauptschiff der Roten Hand festzunageln, und es gab überhaupt keinen Grund, sie mit einem Diplomaten zu belasten.

Doch die Lamettahengste – oder besser: die Politiker, die besagten Lamettahengsten ihre Anweisungen erteilten – hatten das anders gesehen. Sie hatten darauf bestanden, dass Joffre als offizieller Repräsentant der Republik Haven mitführe – nur für den Fall, dass Massingill etwas aufwühlte, was es zu besänftigen gälte.

Völlige Zeitverschwendung, wie sich herausgestellt hatte – und verschwendet wurde vor allem *Joffres* Zeit. Doch der Mann hatte sich während der Fahrt als leidlicher Reisegenosse erwiesen, und die meisten seiner Fragen hatte er zurückgestellt, bis Massingill nicht mit Wichtigem beschäftigt gewesen war.

Trotzdem war die Situation, einen Politiker bei einem rein militärischen Einsatz an der Seite zu haben, ein Präzedenzfall, der dem Brigardier nicht sonderlich zusagte. Es stand zu hoffen, dass der Flottennachrichtendienst schon bald sämtliche Spuren ausgewertet hätte und es dem 303ten gelänge, alle Piratennester auszuräuchern. Dann, so hoffte sie, würde der politische Aspekt des Ganzen wieder ordnungsgemäß abgespeichert und archiviert … und vergessen.

»Das will ich hoffen«, sagte Joffre. »Nun, da gerade Zeit ist: Darf ich Ihnen eine Frage stellen?«

Wieder gelang es Massingill, nicht die Augen zu verdrehen. »Selbstverständlich.«

»Ich meine gehört zu haben, Sie seien auf Manticore aufgewachsen«, setzte Joffre an. »Ich hatte mich gefragt …«

»Eigentlich sind mein Mann und ich auf der Erde aufgewachsen«, fiel ihm Massingill korrigierend ins Wort. »Vor fünfundzwanzig T-Jahren wurden wir von Manticore angeheuert, und vor zehn T-Jahren sind wir nach Haven emigriert – was alles in meiner Personalakte steht.«

»Aha«, meinte Joffre. »Ich bitte um Verzeihung. Das sollte mir eine Lehre sein, nicht bloß die Zusammenfassung am Datensatzbeginn zu überfliegen. Ich hatte mich nur gefragt, wie Sie über den Doppelhaken denken, den das Sternenkönigreich letztlich abbekommen hat.«

Massingill wandte sich ab. Sie war sich nicht sicher, einen neutralen Gesichtsausdruck beibehalten zu können. Der unvermittelte, brutale Angriff auf Manticore, gefolgt von dem ebenso unvermittelten und brutalen Tod König Edwards und Kronprinzessin Sophies ... Die Nachrichten hatten Solway zwar schon einige Wochen vor dem Eintreffen der *Terrier* erreicht, aber Massingill spürte immer noch, dass sie wie betäubt war, wann immer sie daran dachte.

Sie hatte beachtlich viel Zeit in Pläne investiert, die sie als Empfehlung ihren Vorgesetzten unterbreiten würde: Die Republik möge dem Sternenkönigreich die helfende Hand entgegenstrecken. Wie genau diese Hilfe aussehen sollte, wusste sie selbst noch nicht so recht – militärische Unterstützung, Hilfe bei den Ermittlungen oder vielleicht auch gesteigerte Patrouillen in dem betroffenen Territorium.

Doch leicht würde das alles nicht. Nouveau Paris steckte nicht nur äußerst ungern seine Nase in fremder Sternnationen Angelegenheiten, sondern legte zudem Wert darauf, die eigenen Ressourcen nicht übermäßig zu beanspruchen. Jegliche Form der Hilfe für Manticore mochte als entweder das eine oder das andere aufgenommen werden. Die Meldung, die in Solway eingetroffen war, enthielt nur wenige Details, doch Massingill war gut darin, zwischen den Zeilen zu lesen. Ihr war schmerzhaft bewusst, dass Manticore praktisch nichts würde tun können, sollte dieser Tamerlane über eine hinreichend schlagkräftige Reserve in der Hinterhand verfügen, um einen zweiten Angriff einzuleiten.

»Mir scheinen die Manticoraner deutlich zäher als allgemein bewusst«, erwiderte sie Joffre. »Außerdem bin ich zuversichtlich, dass die Regierung sich zusammenraufen und Verfassungskrisen bereinigen kann, die der Tod des Königs und der Thronanwärterin ausgelöst haben könnten.«

»Ja«, brummte Joffre, »da gibt es doch ein altes Sprichwort … Hatte irgendetwas mit einem Schiff und einem Floß zu tun, aber genauer habe ich das nicht mehr im Kopf.«

»›Eine Monarchie ist ein Handelsschiff, das gut fährt, aber hin und wieder auf einen Felsen aufläuft und sinkt‹«, zitierte Massingill. »›Eine Republik ist ein Floß, das zwar niemals sinkt, aber auf dem man mit den Füßen immer im Wasser steht.‹ Von wem das stammt, weiß ich leider nicht mehr.«

»Ich bin beeindruckt«, merkte Joffre an. »Wirklich! Ich hatte keine Ahnung, dass Sie so viel Ahnung von Politik haben!«

»Habe ich gar nicht«, gab Massingill zurück. »Alvis ist über dieses Zitat gestolpert, als wir zum ersten Mal darüber nachdachten, nach Manticore auszuwandern. Dort haben sie nicht die einzige Monarchie da draußen, ich weiß, aber ein bisschen Sorgen hat uns das seinerzeit schon gemacht. Die Mantys scheinen das Ganze aber gut im Griff zu haben.«

»Na, dann wollen wir hoffen, dass sie jetzt nicht doch noch auf einen Felsen auflaufen«, meinte Joffre. »Im Laufe der Jahre haben sie sich als anständige Verbündete und sogar Freunde erwiesen. Ich mag ja mit deren Regierungsform nicht einverstanden sein, aber ich möchte trotzdem nicht erleben müssen, wie dort alles zusammenbricht.«

»Sehe ich auch so.« Massingill hob die Augenbrauen. »Vielleicht wären Sie ja bereit, diesen Wunsch durch Taten zu unterstützen?«

»Was für Taten?«, gab er zurück, und sein Gesicht erhellte

das Lächeln eines warmherzigen Menschen, der genau wusste, dass man ihn nun um einen Gefallen bitten würde.

»Nichts Drastisches«, versicherte ihm Massingill. »Ich weiß, dass Sie in Regierungskreisen einflussreiche Bekannte haben. Ich hatte mir gedacht, Sie wären vielleicht bereit, ihnen vorzuschlagen, Haven und Manticore könnten bei den noch anstehenden Untersuchungen und den dann erforderlichen Einsätzen zusammenarbeiten.«

»Sie möchten, dass Nouveau Paris offen Schiffe zur Verteidigung von Manticore abstellt?«

»Übermäßig viel Schlagkraft wäre ja gar nicht erforderlich«, führte Massingill die Idee weiter aus. »Und lange dauern würde es auch nicht. Manticore verfügt über eine leistungsstarke Industrie. Ich könnte mir vorstellen, dass man sämtliche beschädigten Schiffe innerhalb weniger Monate wieder repariert. Auch die derzeit eingemotteten Schiffe dürften so rasch wie möglich wieder in Dienst gestellt werden.«

»Hmm.« Einen Moment lang dachte Joffre nach. »Dafür müssten die Manticoraner bereit sein, eine ganze Gruppe fremder Kriegsschiffe im Orbit über ihrer Hauptstadt stehen zu haben. Vielleicht ist dem ja nicht so … und dann hätten unsere Schiffe die weite Überfahrt ganz umsonst gemacht.«

Massingill verzog – eine Art Reflex – missbilligend die Lippen. Leider hatte der Sonderbotschafter recht. Sie hatte damals zwar Admiral Locatelli und den Ersten Lord Cazenestro als vernünftige Männer kennengelernt, aber Bündnisentscheidungen lägen allein bei der Krone, und die frischgebackene Königin Elizabeth war für sie ein völlig unbeschriebenes Blatt. »Da haben Sie recht«, räumte sie ein. »Dann werden wir wohl abwarten müssen, bis Manticore um Unterstützung ersucht.«

»Das ist gemeinhin das Beste«, bestätigte Joffre. »Bedauerlicherweise haben wir das Problem mit der Zeitverzögerung zu bedenken: Selbst wenn sie schon morgen um Unterstützung ersuchen sollten, bräuchten wir fast ein Jahr, um ihnen diese Unterstützung auch zukommen zu lassen. Und genau *innerhalb* dieses Jahres bräuchten sie unsere Unterstützung natürlich am dringendsten.«

»Stimmt«, räumte Massingill zögerlich ein. »Ich hoffe daher, dass Nouveau Paris jemanden schickt, sobald man dort von dem Angriff erfährt – wenn Manticore die Meldung darüber nach Solway geschickt hat, dann gewiss auch nach Haven. Ich befürchte nur, dass sie sich bislang noch nicht so recht entscheiden können.«

»Mir ist durchaus bewusst, dass Politik frustrierend sein kann«, meinte Joffre. »Aber reflexartige Reaktionen, über die man vorher nicht genug nachgedacht hat, können nun mal in die Katastrophe führen. Als wir Solway als einen der Umschlagpunkte für die Rote Hand ausgemacht haben, ist mir nicht entgangen, wie überlegt Sie Ihre Vorbereitungen trafen: Sie haben die Schiffe nicht einfach nur beladen lassen, um sich dann geradewegs ins Gefecht zu stürzen. Sie haben sich die Zeit genommen, die Lage erst einmal zu durchdenken, Pläne aufzustellen und das Territorium zu erkunden ... und erst dann haben Sie Ihren Zug gemacht.« Er deutete auf das Display. »Und wir sehen ja gerade, wie sehr sich diese Vorbereitung ausgezahlt hat.«

»Ja, stimmt«, gab Massingill zu, »aber das ist nicht ganz das Gleiche, wie ein paar Schiffe, die wir derzeit nicht zur Selbstverteidigung brauchen, einem Freund zur Unterstützung zukommen zu lassen.«

»Ja, aber was, wenn wir sie plötzlich *doch* zur Selbstverteidigung brauchen?«, versetzte Joffre sofort. »Was, wenn es sich bei den Leuten, die Manticore angegriffen haben, um eine Art neue Freie Bruderschaft handelt? Schicken wir dann ein paar unserer Schlachtkreuzer in die Ferne, könnte gerade das den Unterschied zwischen Sieg und völliger Vernichtung der Republik ausmachen!«

Mürrisch verzog Massingill das Gesicht. Dieses Szenario war natürlich extrem weit hergeholt … aber weit hergeholt hieß noch lange nicht falsch oder unsinnig.

Joffre hatte wieder recht: Die wichtigste Aufgabe der Republic of Haven Navy war natürlich die Verteidigung der Republik von Haven. Wenn es hart auf hart käme, müsste Manticore allein zurechtkommen.

»Aber mit einem haben Sie recht«, fuhr Joffre fort. »Falls und sobald Manticore um Hilfe ersucht, gleich welcher Art, werde ich dafür sorgen, dass man diesem Gesuch in Nouveau Paris Aufmerksamkeit widmet. Wenn es uns möglich ist, Manticore zu helfen, ohne damit unser eigenes Volk zu gefährden, werde ich mein Bestes geben, dafür zu sorgen, dass das auch geschieht. In Ordnung?«

»In Ordnung«, sagte Massingill. Joffres Entgegenkommen war natürlich weitgehend bedeutungslos, gerade angesichts all der Ungewissheiten, mit welchem Gegner es Manticore überhaupt zu tun gehabt hatte. Aber Entgegenkommen war alles, was Massingill hier und jetzt erreichen konnte.

Vielleicht würde sich die Lage später ja ändern. Sollte dem so sein, stünde sie bereit, Joffre an dieses Gespräch zu erinnern.

»Brigadier?«, hörte sie den Signaloffizier fragen. »Sergeant Cochran meldet, dass sein Shuttle angedockt hat. Sergeant Gnoli ist zwo Minuten hinter ihm; beide bereiten ihre Teams auf eine gemeinsame Enterung vor.«

Massingill atmete tief durch. Dann war es jetzt wohl an der Zeit, sich wieder dem Hier und Jetzt zuzuwenden. »Informieren Sie Lieutenant Bastonge«, befahl sie. »Vielleicht möchte er ja ausrücken, während die Rothand-Piraten noch abgelenkt sind. Vor allem dürfte es denen die Entscheidungsfindung erleichtern, wenn sie sehen, was von ihrem Hyperantrieb noch übrig ist.«

»Jawohl, Ma'am.«

»Und weisen Sie die Entermannschaften an, trotzdem vorsichtig vorzugehen«, setzte sie unnötigerweise hinzu. »Womöglich entscheiden sich die Piraten ja doch dafür, heute ein Maximum an Dummheit an den Tag zu legen.«

14

Premierminister Burgundy und Schatzkanzler Breakwater warteten bereits, als Elizabeth im Konferenzzimmer des Mount Royal Palace eintraf. Die beiden Männer – sie standen auf entgegengesetzten Seiten des langen Tisches – wandten sich gleichzeitig der Tür zu und verneigten sich, als ihre Monarchin eintrat.

»Eure Majestät«, begrüßte Burgundy sie in ihrer beider Namen.

»Euer Durchlaucht. Mylord«, erwiderte Elizabeth den Gruß und fragte sich voller innerer Unruhe, was wohl vorging. Die vergangenen zwei T-Monate waren chaotisch gewesen, und wann immer man sie mit ›Majestät‹ ansprach, hatte sie das Gefühl gehabt, in einem Albtraum oder einem äußerst unschönen Drogenrausch gefangen zu sein. Dieses Gefühl immerhin hatte sich gelegt.

Was die Aufgaben anging, die mit dem Titel einhergingen, das stand auf einem anderen Blatt. Ganz besonders verabscheute sie es, uninformiert mit einer neuen Lage konfrontiert zu werden. Wie jetzt. Davis Harper hatte ihr lediglich mitgeteilt, Breakwater wolle einige Dinge besprechen, die schon bald auch dem Oberhaus vorgelegt werden sollten, und es sei angemessen, sie im Vorfeld darüber zu informieren.

Alles andere als eine beruhigende Vorstellung! Anderson L'Estrange war nicht der einzige Minister, der zu rechtlichen Fragen Wert auf die Meinung oder die Zustimmung der Königin legte, bevor das Thema dann in der Öffentlichkeit erörtert wurde. Darüber hatte Elizabeth sich gewundert, bis Burgundy ihr gesagt hatte, das alles gehöre zum Prozess, ein gewisses Gespür für die neue Königin zu entwickeln. Nach Edwards Thronbesteigung seien dieselben Minister in exakt der gleichen Art und Weise auch bei ihm vorgegangen, so hatte er ihr berichtet und ihr dann versichert, die Gesuche um Privataudienz würden weniger.

Was Elizabeth hier und jetzt beunruhigte, war die Tatsache, dass Harper darauf bestanden hatte, den Schatzkanzler bei diesem Gespräch zu begleiten. Damit war bereits jetzt klar, dass es hier nicht nur um eine Terrainsondierung der oben genannten Art ging.

Die neue Königin von Manticore hatte schon immer gewusst, dass Politik äußerst komplex war, geheimen Regeln folgte und undurchschaubar blieb. Die hohe Kunst der Politik war wahrhaft vielschichtig, ein wahres Minenfeld!

Und dass man sie, Elizabeth, geradewegs ins kalte Wasser gestoßen hatte – und das auch noch am tiefen Ende des sprichwörtlichen Schwimmbeckens –, war nicht gerade hilfreich gewesen. Edward hatte sorgsam darauf geachtet, Richard auf dem jeweiligen Stand der Staatsangelegenheiten zu halten, und in der kurzen Zeit, die Sophie als Kronprinzessin erste Anwärterin auf den Thron gewesen war, hatte sich ihr Vater auch ihr gegenüber bemüht, ihr in ähnlicher Weise den Einstieg zu erleichtern.

Niemand hatte je auch nur darüber nachgedacht, dass Elizabeth ähnliche Einweisungen hätte gebrauchen können … nicht einmal Elizabeth selbst. Das gehörte zu den vielen, vielen Dingen, die es zu ändern gegolten hatte.

Mittlerweile war sie schon einige Monate im Amt, und allmählich hatte sie den Bogen raus. Ein wenig zumindest. Es stand zu hoffen, dass Breakwater ihr nun etwas vortragen würde, mit dem sie bereits umzugehen gelernt hatte.

»Wir wissen zu schätzen, dass Sie es derart kurzfristig haben einrichten können, Eure Majestät«, fuhr Burgundy fort, nachdem Elizabeth am Kopfende des Tisches Platz genommen hatte. Sobald das geschehen war, setzte er sich ebenfalls – in den übernächsten Sessel zur Rechten seiner Monarchin, so dass er ihr nahe genug saß, um mühelos ein Gespräch zu führen, aber doch weit genug entfernt, als dass er keineswegs die persönliche Distanz unterschritt. L'Estrange entschied sich, vermutlich aus denselben Gründen, für den Sitzplatz dem Premierminister genau gegenüber am Tisch. »Wie zuvor schon erwähnt, möchte der Earl von Breakwater Sie auf zwei Dinge aufmerksam machen.«

»Verstehe.« Elizabeth richtete den Blick auf L'Estrange. »Bitte, Mylord.«

»Ich danke Ihnen, Eure Majestät«, erwiderte Breakwater gesetzt. »Gestatten Sie mir, es kurz zu machen. Als Erstes wollte ich Sie gern wissen lassen, dass Angehörige des Oberhauses morgen vorschlagen, Commodore Rudolph Heissman offiziell dafür rügen zu lassen, dass er sich als außer Stande erwiesen hat, Kronprinz Richard während der Schlacht von Manticore angemessen zu beschützen.«

Elizabeths Blick zuckte zu Harper hinüber. Der Premierminister biss offenkundig die Zähne zusammen, ansonsten blieb seine Miene unbewegt.

»Interessant, Mylord«, sagte sie dann, an Breakwater gewandt, »vor allem, da doch die Navy ihn in dieser Hinsicht bereits von jeglichem Fehlverhalten freigesprochen hat.«

»Die Navy verfolgt natürlich ihre ureigensten Pläne«, gab L'Estrange zu bedenken. »Und: Ja, mir ist das Navy-Argument bereits zu Ohren gekommen, die Zeit bis zum Eintreffen der

Angreifer habe nicht ausgereicht, um Prinz Richards Schiff angemessen abbremsen und fliehen zu lassen.« Er hob einen Finger. »Aber erstaunlicherweise hat die Zeit *sehr wohl* für genau jenes Schwalbenschwanz-Manöver gereicht, das Heissman letztendlich sämtliche der ihm noch verbliebenen Schiffe hat vollführen lassen. Wäre die *Hercules* in gleicher Weise verfahren, sobald Heissmann über die Größe und Schlagkraft von Tamerlanes Verband informiert worden war, hätte sich das Schiff des Kronprinzen zum Zeitpunkt des Eintreffens besagten Verbandes weit außerhalb von dessen Raketenreichweite befunden.«

»Und es hätte verhindert, dass Heissman eines seiner Schiffe im Gefecht zum Einsatz bringen konnte«, gab Burgundy zu bedenken.

»Was womöglich überhaupt keinen Unterschied gemacht hätte«, versetzte Breakwater. »Es war allein das Vorgehen der *Casey*, das in diesem speziellen Fall für einen Unterschied gesorgt hat.«

»Das konnte Heissman im Vorfeld unmöglich wissen«, gab Elizabeth zu bedenken. »Es war seine Pflicht – und es war auch *Richards* Pflicht! –, sich zum Wohle des Sternenkönigreichs jeglicher Bedrohung in den Weg zu stellen.«

»Nun, das mag sein«, sagte L'Estrange. »Mir, Eure Majestät, ging es darum, Sie im Vorfeld über diesen Beschluss zu informieren, damit die damit einhergehende ... Erinnerung ... an das Ableben Ihres Neffen Sie nicht unangenehm überrascht.«

»Ich weiß Ihre Besorgnis zu schätzen, Mylord«, gab Elizabeth zurück und ließ nur einen Hauch von Sarkasmus in ihren ansonsten makellosen *offiziellen Tonfall* einfließen. Breakwater hatte von ›Angehörigen des Oberhauses‹ gesprochen, die den Vorschlag einbringen wollten: Als ob sein Herz und seine

Hände sauber und rein wie frisch gefallener Schnee wären! Doch Elizabeth wusste es besser, und Harpers Miene verriet, dass für ihren Premierminister das Gleiche galt. L'Estrange war Drahtzieher und Machtmensch – ein sehr ehrgeiziger Machtmensch. Es war unverkennbar, dass sich seine Fingerabdrücke überall finden ließen.

Wie sie damit umgehen würde … nun, darüber würde sie noch nachdenken müssen. »Sie sprachen von zwei Dingen, die es zu besprechen gäbe, nicht wahr?«

»Jawohl, Eure Majestät«, bestätigte Breakwater. Aus dem Augenwinkel heraus bemerkte Elizabeth, dass Burgundys Miene sich noch mehr verfinsterte. »Diese Angelegenheit ist ein wenig … nun, man wird wohl sagen müssen: heikler.«

»Machen Sie schon!«, knurrte Harper.

Breakwater neigte den Kopf. »Also gut. Wie Sie vermutlich wissen, Eure Majestät, verlangt die Verfassung vom Souverän den Eheschluss mit einem oder einer Bürgerlichen. Ihr derzeitiger Familienstand widerspricht den Erfordernissen der …«

»Verzeihen Sie, Mylord«, fiel ihm Elizabeth ins Wort, in ihrem Magen ein Klumpen Blei. »Wenn Sie andeuten wollen, was ich vermute, sollten Sie *sehr*, sehr vorsichtig sein.«

Wie zur Beschwichtigung spreizte Anderson L'Estrange die Finger beider abwehrend erhobener Hände.

»Ich will hier keinerlei eigenständig Andeutungen machen, Eure Majestät«, protestierte er. »Ich weise lediglich auf etwas hin, das andernorts bereits gemunkelt wird: Dass die Monarchin der Verfassung zuwiderhandelt. Sie werden in derart ungewissen Zeiten doch sicherlich keine weiteren Ungewissheiten …«

Er sprach weiter. Doch Elizabeth hörte ihn nicht mehr. Sie hörte nur Carmichaels Stimme: Vor ihrem geistigen Auge sah sie sein Gesicht, auf der Haut spürte sie seine Berührung. Sein Lächeln … sein Stirnrunzeln … sein Lachen …

»Wir sind hier fertig«, verkündete sie abrupt.

Sie hatte das dumpfe Gefühl, dass Breakwater gerade mitten in einem Satz war. Es war ihr einerlei.

»Sie werden jetzt gehen«, entschied sie. Sie hörte das Zittern ihrer Stimme, und auch das war ihr egal. »Sie beide.«

Wie durch einen Schleier bekam sie mit, dass Burgundy die üblichen Verabschiedungsfloskeln abspulte, dann erhoben sich die beiden und gingen zur Tür.

Nichts davon sah Elizabeth. In ihrem Schädel flackerte ein ganzes Kaleidoskop ihres gemeinsamen Lebens mit Carmichael auf. Die Liebe, der Trost, die Tränen, das Entsetzen ob seines Todes …

Nach und nach verklangen die Erinnerungen – so zögerlich wie das Wasser bei Ebbe zogen sie sich in die verborgenen Kammern ihres Herzens zurück. Sie hatte geglaubt, sie hätte großartige Erfolge dabei erzielt, diese Bilder im Laufe der viereinhalb T-Jahre, seit er ihr so unvermittelt entrissen worden war, vergraben zu haben.

Es hatte einer taktlosen Bemerkung bedurft, um sie alle zurückzuholen.

Sie fluchte leise und voller Inbrunst. Als sie den Thron bestiegen hatte, da hatte das gesamte Kabinett seinen Rücktritt erklärt – ganz so, wie es der Brauch vorschrieb. Auf Burgundys Vorschlag hin hatte Elizabeth jeden wieder in sein ursprüngliches Amt zurückberufen, damit in der politischen Arena ein Maximum an Kontinuität gewahrt bliebe, bis sich Regierung und Volk vom Schock über Edwards Tod erholt hätten.

Auch Breakwater hatte zu jenen gehört, die Elizabeth wieder ins Amt zurückberufen hatte. Jetzt wünschte sie sich von Herzen, sie hätte ihn fortgejagt.

Theoretisch stand ihr diese Möglichkeit immer noch offen: Sie könnte Burgundy jetzt zu sich beordern und ihn auffordern, eine neue Regierung aufzustellen – eine Regierung, der ein gewisser Anderson L'Estrange nicht mehr angehörte.

Praktisch war das lange nicht so einfach. Breakwater genoss Rückhalt im Oberhaus, und wenn die Monarchin den Schatzkanzler ohne Begründung entließe, würden die betreffenden Lords und Ladys das wohl kaum wohlwollend aufnehmen. Nach Elizabeths derzeitigem Eindruck stellten sie nicht die Mehrheit. Doch sie mochten einflussreich genug sein, um ein Misstrauensvotum zu erzwingen und damit jede Regierung zu stürzen, die Burgundy ohne ihren ›Anführer‹ auf die Beine zu stellen versuchte. Da man im Sternenkönigreich der Ereignisse der vergangenen Monate wegen ohnehin schon nervös genug war, würde das vermutlich eher schaden als nützen.

Abgesehen davon war Breakwater ein wirklich guter Schatzkanzler. In dieser Hinsicht waren sich alle einig, seine Unterstützer ebenso wie seine politischen Gegner. Er kümmerte sich um die Finanzen des Sternenkönigreichs: ruhig, effizient und in jeder Hinsicht beispielhaft.

Bislang hatte er sich auch weitgehend vernünftig benommen. Es hatte einige kritische Reden gegeben – in den meisten war es um Schwierigkeiten gegangen, die es in seinen neuen MPARS-Schulungsstätten auszumerzen gälte. Doch selbst diese Reden waren von einem angemessen zurückhaltenden Tonfall geprägt gewesen, deutlich eher informativ als aufrührerisch. Im Laufe der letzten Monate hatte Elizabeth beinahe vergessen, dass sie vor ihrem Schatzkanzlers stets auf der Hut sein musste.

All das hatte sich jetzt geändert: Ebenso wie dieser Heissman-Beschluss stammte auch der Vorwurf des nicht verfassungsgemäßen Familienstandes ganz offenkundig nicht von *irgendwelchen* Angehörigen des Oberhauses. Beides war ersonnen, umgesetzt und angetrieben von Breakwater selbst. Mit einem Angriff von hinten, einem Schlag in die Magengrube, hatte Anderson L'Estrange den Waffenstillstand zwischen ihnen beendet.

Sie schüttelte über sich selbst den Kopf. *Wie soll denn ein Angriff von hinten in der Magengrube landen?!* An ihren Metaphern musste sie dringend noch arbeiten. Selbst an denen, die nicht für die Öffentlichkeit bestimmt waren.

Langsam erhob sie sich und wandte sich um. Adler und Penescu, ihre beiden Leibwachen, standen schweigend zu beiden Seiten der großen Tür. Geduldig warteten sie darauf, dass ihre Monarchin entweder selbst den Raum verließ oder ihnen neue Anweisungen erteilte. So dicht Elizabeth dem Thron auch zuvor gewesen war: Bislang hatte sie sich nie mit jenen alles durchdringenden – und äußerst aufdringlichen – Sicherheitsvorkehrungen herumschlagen müssen, von denen die Königin von Manticore in jeder Minute ihres Lebens umgeben war. Das war noch so etwas, was sie an diesem Job abgrundtief verabscheute.

Natürlich hatten die beiden jedes Wort mitangehört. Irgendwo in ihrem Hinterkopf fragte sich Elizabeth, wie die beiden wohl über ihre Reaktion dachten.

»Na, das war interessant«, sagte sie. Sie wusste nicht, ob eine Königin beiläufig mit ihren Leibwachen plaudern durfte. Doch so hatte sie es von Anfang an gehalten, und sie sah keinen Grund, daran jetzt irgendetwas zu ändern. »Zurück ins Büro.«

Die Leibwachen tauschten Blicke aus.

»Ihr Büro, Eure Majestät?«, fragte Penescu nach.

»Ja«, bestätigte Elizabeth und blickte ihn stirnrunzelnd an. »Warum? Gibt es da ein Problem?«

Ein erneuter Blickwechsel.

»Premierminister Burgundy hat uns wissen lassen, er warte in der Bibliothek«, erklärte Adler, die Stirn leicht gerunzelt. »Er hat gesagt, Sie würden ihn wohl sprechen wollen.«

Elizabeth schürzte die Lippen. Genau genommen war es ebenso ein Missbrauch seines gesellschaftlichen Ranges wie seines Amtes, sich selbst zu einem Gespräch mit seiner Monarchin einzuladen, statt förmlich eine Audienz zu erbitten.

Aber wo Adler das nun erwähnte, stellte Elizabeth fest, dass sie Davis Harper wirklich dringend sprechen wollte – und sei es auch nur, um herauszufinden, ob er im Vorfeld von Breakwaters kleiner Bombe Bescheid gewusst hatte.

»Also gut«, sagte sie, »dann sollten wir ihn wohl nicht warten lassen.«

In der Bibliothek des Mount Royal Palace gab es mehrere bequeme Sessel und Sofas. Elizabeth fand Burgundy in einem Sessel mit Blick auf das königliche Wappen an der Wand.

Ihm gegenüber, genau unter besagtem Wappen, saß der ehemalige König Michael.

Während der vergangenen zwei Wochen hatte Elizabeth ihren Vater nicht allzu oft zu Gesicht bekommen, obwohl er und Elizabeths Mutter Mary während des ersten Monats nach dem Unfall fast täglich zu Besuch gekommen waren. Hin und wieder hatte sich auch Edwards Witwe Cynthia zu ihnen gesellt. Gemeinsam hatten sie, der spärliche Rest Familie, der noch vorhanden war, getrauert.

Cynthia war in den Schoß ihrer eigenen Familie zurückgekehrt, und Michael und Mary hatten sich in den Tower zurückgezogen – ›Abgeschiedenheit gesucht‹, wie es die offiziellen Verlautbarungen nannten. Michael hatte es seiner

Tochter gegenüber so erklärt: Sie bräuchten die Privatsphäre dort, um zu trauern, und sie wollten verhindern, dass eine ganze Nation von ihrer neuen Monarchin abgelenkt werde, indem Bilder des ehemaligen Monarchen, der ziellos durch den Palast streiche, die Runde machten.

Letzteres wäre wohl kein so großes Problem mehr, wie Michael annahm. Seit dem Unfall war er sichtlich gealtert – so sehr, dass ein beiläufiger Betrachter ihn womöglich überhaupt nicht erkennen würde … auf den ersten Blick schon gar nicht.

Aber wenngleich sein Gesicht noch faltiger und sein Haar noch dünner geworden war, waren seine Augen so hell und wachsam wie stets.

»Darf ich davon ausgehen, dass es noch etwas zu sagen gibt, Euer Gnaden?«, fragte Elizabeth, kaum dass sie den Raum betreten hatte.

»Eure Majestät«, erwiderte der Premierminister, kam eilends auf die Beine und verneigte sich vor ihr. »Es tut mir leid … ich hatte erwartet, dass Sie noch länger … ach, ist ja auch egal. Ich wollte lediglich um Verzeihung bitten für die … na ja, für alles, muss ich wohl sagen. Es tut mir sehr leid.«

»Das sollte es auch«, versetzte Elizabeth, deutlich harscher, als sie es eigentlich beabsichtigt hatte. »Wussten Sie im Vorfeld davon?«

»Ganz ruhig, Elizabeth«, sagte Michael leise. »Nichts davon ist seine Schuld.«

Elizabeth verzog das Gesicht. Er hatte ja recht.

»Ich weiß«, sagte sie. »Ich bitte um Verzeihung, Euer Gnaden.«

»Das ist nicht notwendig, Eure Majestät«, versicherte ihr Burgundy. »Und um Ihre Frage zu beantworten: Nein, ich habe nicht davon gewusst.« Seine Lippen zuckten. »Zumindest nicht früh genug. Ich wusste wohl vom ersten Punkt, den er ansprechen würde – deswegen habe ich ja überhaupt nur Wert darauf gelegt, ihn zu begleiten. Wir befanden uns bereits auf dem Weg zum Palast, als er mir verraten hat, was sein zweiter Punkt sein würde. Und daraufhin«, setzte er hinzu, und seine Miene verfinsterte sich noch weiter, »war ich erst recht froh, ihn begleitet zu haben.«

»Ich verstehe.« Der emotionale Tumult, der von Elizabeth angesichts dieses Themas Besitz ergriffen hatte, hatte sich nun schon wieder so weit gelegt, dass ihr Verstand allmählich wieder in Gang kam, und die erste rationale Frage musste lauten: »Gibt es einen entsprechenden Rechtsanspruch?«

»Das weiß ich nicht, Eure Majestät«, gestand Harper. »Die Verfassung verlangt unmissverständlich, dass der Erbe des Throns einen Bürgerlichen ehelichen muss. Bedauerlicherweise geht aus dieser Forderung nicht eindeutig hervor, ob der Thronerbe unbedingt verheiratet sein *muss*, oder ob gemeint ist, dass der Thronerbe, *falls* er oder sie heiratet, nur jemanden Bürgerliches ehelichen darf. Und der Wortlaut der Verfassung bezieht sich ausdrücklich auf den *Erben* oder die *Erbin* des Throns.«

»Tja, die *Erbin* des Throns bin ich ja nun nicht«, bemerkte Elizabeth unverkennbar verbittert.

»Das stimmt, Eure Majestät«, erwiderte Burgundy leise. »Das Problem ist, dass die Peers, von denen Breakwater gesprochen hat, den Wortlaut der Verfassung deutlich weitläufiger auslegen, als er nach meinem Dafürhalten gemeint war. Sie vertreten den Standpunkt, dass dieser Passus das Ziel verfolgt, jeder zukünftige Monarch gleich welchen Geschlechts solle immer ein Elternteil haben, das nicht aus den Reihen der Aristokratie stammt. Aus genau diesem Grund verlangt die Verfassung ja auch, dass der Thronerbe jemanden Bürgerliches heiratet. Bedauerlicherweise ist nun diese Eheschließungsbedingung im selben Passus der Verfassung festgeschrieben wie die Forderung, dass der neue Monarch der *leibliche Erbe* des bisherigen Monarchen sein muss, es sei denn, besagter Monarch habe zum Zeitpunkt seines Ablebens keine direkten Nachkommen hinterlassen.«

»Sie sagen, das sei nur *eine* mögliche Interpretation der Verfassung?«

»Jawohl, Eure Majestät.« Burgundy deutete eine Verneigung an. »Eine dem widersprechende Interpretation lautet, dass vom Erben oder der Erbin zwar gefordert wird, bürgerlich zu ehelichen. Es gelte ja sicherzustellen, dass – wie es die Verfassung selbst ausdrückt – ›Krone und Bürgerliche auf ewig vermählt sind‹. Aber dieser Wortlaut deckt außergewöhnliche Umstände nicht ab – Umstände, wie sie etwa auf Sie zutreffen, Eure Majestät. Nach meiner persönlichen Meinung entspricht das auch dem, was die Verfasserinnen und Verfasser seinerzeit beabsichtigten.«

»Das Problem ist nur, dass die Verfassung jung ist – sozusagen immer noch in den Kinderschuhen steckt«, setzte Michael hinzu. »Oder bestenfalls in der Pubertät.«

»Ganz genau«, bestätigte Harper und nickte. »Ihr Bruder König Edward, Eure Majestät, war ja der erste Thronerbe, der seit der Ratifizierung der Verfassung *überhaupt* geheiratet hat. Ihre Großmutter und Ihr Herr Vater waren beide schon verheiratet, bevor von der Verfassung überhaupt nur ein erster Entwurf entstanden war. Die Wahrheit ist die: Da bislang noch kein regierender Monarch je eine Ehe geschlossen hat, befinden wir uns in einer, wie es der Rechtsgelehrte gern nennt, Grauzone – und es gibt vermutlich reichlich Leute, die erpicht darauf sein dürften, die Verfassung in *ihrem* Sinne interpretiert zu sehen, und das gleich aus einer ganzen Reihe von

Gründen. Wir erleben ja schon jetzt mehr als genug Debatten über puren Konstruktionismus oder hören Interpretationen der Verfassung als lebendiges Dokument, wenn es um bestimmte Punkte geht, bei denen manche der Ansicht sind, sie seien nicht in hinreichendem Maße abgedeckt oder die Umstände hätten sich seit der Niederschrift der Verfassung signifikant verändert.«

Elizabeth blickte ihren Vater an.

»So sehe ich das auch«, nickte Michael. »Wir können natürlich einen Juristen hinzuziehen, der das Ganze noch etwas klarer darlegt, aber ich wette, es läuft auf widerstreitende Standpunkte hinaus. Natürlich sind weder Davis noch ich selbst Verfassungsrechtler, aber wir waren beide bei der Abfassung der Verfassung dabei. Leider habe ich damals wohl längst nicht so genau aufgepasst wie er – und genau das hätte ich tun *müssen.* Schließlich habe ich ja gewusst, welch immensen Einfluss dieses Dokument auf unsere Familie haben würde. So wie ich das in Erinnerung habe, hat Davis ganz und gar recht, aber recht hat er eben auch noch in einer ganz anderen Hinsicht: Schon jetzt entwickelt sich blühend und wirtschaftlich erfolgreich das Geschäft mit dem Verfassungsrecht. Ehrlich gesagt, neige ich sehr zur Seite der strikten Konstruktionisten.«

»Gleiches galt für Ihre Frau Großmutter und Ihren Herrn Großvater«, bemerkte Burgundy. »Auf eines haben beide mit beachtlichem Nachdruck gedrängt: Wenn die verfassunggebende Versammlung schon die Art und Weise, in der diese Sternnation regiert wird, von Grund auf neu festlegt, dann sollten die dabei festgelegten Regeln auch *feste Regeln* sein, nicht bloß ein Wortlaut, den wir nach Bedarf ändern.«

»Ganz genau«, bestätigte Michael. »Ich erinnere mich noch, wie Mom – also deine Großmutter – gesagt hat, das

Beste, was wir als Familie und als künftige Monarchen tun könnten, sei, dem System so viel Stabilität zu verschaffen wie nur irgend möglich. Für Stabilität zu sorgen sei sogar unsere Hauptaufgabe. Aber davon einmal abgesehen, sollten wir jetzt wohl die Meinung aktueller Experten dazu einholen.«

»Das wird nicht nötig sein«, widersprach Elizabeth. »Denn ich *werde* nicht erneut heiraten. Zumindest noch nicht. Und *ganz bestimmt* nicht, bloß weil jemand mir sagt, ich müsse das tun.«

»Das verstehe ich, Eli…« Burgundys Blick zuckte zu den Leibwachen an der Tür hinüber, »Eure Majestät«, korrigierte er sich dann.

Elizabeth schnürte es die Kehle zu. Selbst ein Mann, alt genug, um ihr Großvater zu sein, der sie hatte aufwachsen sehen, der ihr während dieser ganzen entsetzlichen Krise die Hand gehalten hatte, brachte es nicht fertig, in sich einen ihrer engsten Freunde zu sehen, nicht einen ihrer Untertanen.

Hin und wieder hatte Edward erwähnt, wie einsam sich ein Monarch fühlte. Gemeinhin hatte Elizabeth derlei Bemerkungen als überdramatisches Gejammer abgetan. Sie hatte ja keine Ahnung gehabt!

»Was mich noch mehr beunruhigt«, sagte Michael, »ist die Frage, warum er das *eben nicht* angesprochen hat. Genau genommen: Was ist mit der Erbfolge?«

Elizabeth starrte ihn an. Sie hatte sich so sehr auf Breakwaters ›Heiraten‹-Ding konzentriert, dass ihr die Frage nach der Erbfolge überhaupt nicht in den Sinn gekommen war.

»Ihr Herr Vater hat recht«, pflichtete ihm Burgundy bei. »Ihre drei Stiefkinder sind nicht erbberechtigt. Sie sind nicht Ihre leiblichen Nachkommen, und die Verfassung besagt ausdrücklich, dass die Krone nur an Nachkommen Ihres Urgroßvaters König Roger weitergegeben werden darf. Nachdem nun

Richard, Sophie und Edward nicht mehr unter uns sind …« Er schüttelte den Kopf. »Möglicherweise stehen wir hier am Rande einer Krise, die über eine Verfassungskrise hinausgeht, Eure Majestät. Möglicherweise verlieren wir die gesamte Winton-Blutlinie.« In einer fragende Geste hob er beide Hände. »Und dann?«

»Es sei denn, ich würde erneut heiraten«, murmelte Elizabeth.

»Es sei denn, Sie würden erneut heiraten.«

»Oder eine andere Lösung finden«, ergänzte Michael.

Erst jetzt bemerkte Elizabeth, dass Burgundy und sie immer noch standen.

»Wir müssen das weiter erörtern«, sagte sie und bedeutete dem Premierminister mit einer Geste, wieder Platz zu nehmen. »Hätten Sie dafür jetzt Zeit?«

»Für meine Königin habe ich immer Zeit, Eure Majestät«, erwiderte er.

»In meinem Terminkalender steht auch noch nichts«, setzte Michael trocken hinzu.

Unwillkürlich umspielte der Hauch eines Lächelns Elizabeths Lippen. Obwohl er in seiner Trauer widernatürlich rasch gealtert war, vermochte ihr Vater immer noch ihre Stimmung aufzuhellen.

»Danke«, sagte sie. »Das gilt für alle Anwesenden.« Sie setzte sich neben ihren Vater aufs Sofa. »Fangen wir damit an, uns erst einmal die Verfassung anzuschauen. Und dann sollten wir die relevanten Kommentare der vergangenen sechzig T-Jahren abrufen.«

»Und vielleicht mit ein paar der ursprünglichen Verfasser sprechen, die noch unter uns sind, so wie Davis – unter vier Augen natürlich«, ergänzte Michael.

»Gute Idee«, pflichtete Elizabeth ihrem Vater bei. »Wir

müssen genau wissen, wie der Wortlaut des Dokumentes ist, und was man mit dem Dokument aussagen wollte …«, ein kurzes Lächeln zu den beiden Männern an ihrer Seite hinüber, »… und was das Dokument laut Expertenmeinung tatsächlich aussagt.«

15

General Haus war nicht gerade glücklich darüber, dass weder Llyn noch sonst jemand aus dem Team ihn nach Barca begleitete. Doch er hatte ohne größeres Murren die zweite Rate in Empfang genommen und den Rückweg angetreten.

Nun wurde es Zeit, nach Telmach hinüberzufahren und zu schauen, wie viele von Gensonnes Leuten noch atmeten.

Natürlich mochten alle vom Volsung-Verband noch am Leben sein, wenn man bedachte, über wie viele ihrer Schlachtkreuzer die verdammten Manticoraner noch verfügten. Denn sollte Gensonne begriffen haben, dass sämtliche vor Schlachtbeginn erhaltenen Aufklärungsdaten danebengelegen hatten, und deswegen geflüchtet sein, ohne auch nur einen einzigen Schuss abzufeuern, dann dürfte keiner der Volsungs auch nur einen Kratzer abbekommen haben.

Aber wenn es eben *doch* zum Gefecht gekommen war und man berücksichtigte, dass die Manticoraner ja offenkundig nur minimale Verluste zu beklagen hatten, mochte es ihn sogar ziemlich heftig getroffen haben. Dann wäre unwahrscheinlich, dass er die Schuld bei anderen als seinen Aufklärern suchte. Das und die Tatsache, dass Gensonne im Ruf stand, ein nicht gerade übermäßig beherrschter Mensch zu sein, legten vorsichtiges Vorgehen nahe.

»Sir, wir empfangen eine Übertragung vom Zolldienst Poznan«, meldete Katura. »Klingt wie eine im Vorfeld aufgezeichnete Begrüßung in ihrem System und eine Liste der Dienste, die sie anbieten.«

»Zusammen mit den zugehörigen Preisen, wie ich sehe«, gab Llyn trocken zurück und ließ den Blick über die Liste schweifen.

Gemäß seinen – zugegebenermaßen beschränkten – Erfahrungen mit der Silesianischen Konföderation war dort Volkssport, jeden nach Strich und Faden übers Ohr zu hauen – bei jeder Handelsware und jeder Dienstleistung.

Nicht, dass es in diesem Hinterwäldlersystem allzu viel von beidem gäbe! Aber das, *was* man bekommen konnte, war zweifellos gewaltig überteuert.

Bedauerlicherweise gab es hier ein Monopol. Wenn man nicht die verlangten Preise zu zahlen bereit war, musste man das System eben wieder verlassen … vorausgesetzt, man wäre reichweitentechnisch dazu auch in der Lage.

»Schön zu sehen, dass Silesia seinen alten Charme als Grenzlandsystem beibehalten hat«, fuhr er fort. »Übermitteln Sie unseren Gruß und unsere Empfehlungen, Captain, und bestellen Sie eine vollständige Betankung, sobald wir die Station erreicht haben.«

»Das ist doch überhaupt nicht notwendig, Sir«, protestierte Katura. »Treibstoff haben wir mehr als genug.«

»Ich weiß«, gab Llyn zurück. »Aber wenn die Manticoraner Gensonne hart genug zugesetzt haben, dann ist er vielleicht auf der Rückfahrt nach Telmach – oder wo auch immer seine eigentliche Basis sein mag – hier vorbeigekommen. Poznan, Silesia und Saginaw sind die nächstliegenden Systeme, und wir haben zufälligerweise gerade jemanden auf der Obrączka-Tankstation.«

»Tatsächlich?«, fragte Katura offenkundig überrascht nach. »Das wusste ich gar nicht.«

»Das ist eher eine Art freier Mitarbeiter, aber bislang war er immer sehr zuverlässig. Er bekommt einen Anteil an den

Umsätzen der Station, und immer, wenn er eines unserer Schiffe auftankt, darf er auf die Rechnung noch fünf Extraprozent aufschlagen, ohne dass wir rumjammern.«

»Und in der Buchhaltung bekommt niemand diese fünf Extraprozent je zu Gesicht, richtig?«

»Ganz genau«, bestätigte Llyn. »In Silesia oder Saginaw haben wir ein solches Arrangement nicht, deswegen habe ich Vaagen und Rhamas dorthin geschickt, um sich ein bisschen umzusehen. Die *Banshee* und die *Shrike* sind besser als wir dafür ausgestattet, eigenständig herumzuschnüffeln.«

»Ich verstehe, Sir«, sagte Katura. Er schien ein wenig erstaunt wegen der Detailliertheit der Erklärung – an sich neigten Axelrod-Mitarbeiter nicht dazu, Informationen weiterzugeben, die für ihr jeweiliges Gegenüber nicht unerlässlich waren. Doch Katura war so offenkundig unglücklich ob der Entscheidung, die *Banshee* und die *Shrike* zu detachieren, dass Llyn zu dem Schluss gekommen war, der Captain verdiene ein wenig mehr Hintergrundwissen.

Trotzdem konnte Llyn nichts gegen das Argument vorbringen, es sei niemals eine gute Idee, einen ohnehin schon kleinen Verband noch weiter aufzuteilen.

»Ich weiß immer noch nicht, warum sich Gensonne die Mühe machen sollte, hier einen Zwischenstopp einzulegen«, meinte Katura. Er klang zwar nicht mehr ganz so unglücklich wie zuvor, doch auch Llyns Erläuterung hatte ihn offenkundig noch nicht gänzlich besänftigt. »Wenn er es bis hierher geschafft hat, dann doch auch gleich bis nach Telmach.«

»Es sei denn, er hätte damit gerechnet, dass ihm die Manticoraner auf den Fersen bleiben«, gab Llyn zu bedenken. »Dann hätte er möglicherweise in einem dieser Systeme einen Zwischenstopp eingelegt, um Einkäufe zu tätigen und zugleich die Verfolger abzuschütteln.«

»Halten Sie ihn denn für derart schlau?«

»Ach, eigentlich nicht«, räumte Llyn ein. »Aber vielleicht hat er sich ja im Gefecht umbringen lassen, und jetzt hat jemand Schlaueres das Sagen. Wie dem auch sei: Dem nachzugehen lohnt sich auf jeden Fall.«

Ein kaum hörbares Seufzen war zu vernehmen. »Jawohl, Sir.«

Llyn lächelte. Katura war ein guter Pilot und ein äußerst kompetenter Mitarbeiter. Es war reines Glück gewesen, dass er gerade verfügbar gewesen war, als Llyn eine Mannschaft benötigte – nachdem er auf Casca das Kurierboot gestohlen hatte.

Aber Glück hatte schon immer zu Llyns wichtigsten Aktivposten gehört.

Einige Agenten, die bei Schattenoperationen im Einsatz waren, hielten sich, das wusste Llyn, für unfehlbar und duldeten keinerlei Ideen oder Vorschläge anderer. Llyn jedoch hatte schon entschieden zu oft miterleben müssen, wie derlei Hybris nach hinten losging. Dass er Katura dazu ermutigte, Fragen zu stellen und seine eigene Meinung zu äußern, bedeutete nun einmal, dass ein Verstand mehr Plan und Lage begutachtete – und das war eigentlich immer positiv zu bewerten.

Zumindest bis der eigentliche Einsatz losging. Dann erwartete Llyn augenblicklichen Gehorsam, ohne Nachfragen.

Bislang hatte er noch nicht die Gelegenheit gehabt, mit Katura und dessen Crew den Ernstfall zu erproben. Doch das würde sich ändern.

»Sir?«, riss ihn Katuras Stimme erneut aus seinen Gedanken. »Bitte schauen Sie sich einmal den taktischen Plot an.«

Llyn schwenkte zum betreffenden Display herum. Er brauchte einen Moment, um das blinkende Icon zu erkennen, das der Captain gerade farblich hervorgehoben hatte: Es befand sich in einer Entfernung von etwas mehr als drei Lichtminuten zur *Pacemaker*.

»Ich sehe, was Sie meinen«, sagte er. »Was ist damit?«

»Das hat gerade den Vektor geändert, Sir«, erklärte Katura. »*Vorher* hat es auf Piec zugehalten, jetzt nicht mehr.«

Llyn runzelte die Stirn, während er die Datencodes neben dem Icon studierte. Der Transponder identifizierte das Schiff als einen andermanischen Frachter namens *Hamman*, dessen derzeitige Beschleunigung bei gemütlich-vorsichtigen achtzig Gravos lag. Drei Lichtminuten war dichter bei ihnen, als man hier in Poznan normalerweise erwarten würde, doch das lag nur daran, dass der Verkehr hier so spärlich war. Das Bemerkenswerte hier war also nicht etwa, dass zwei Schiffe einander physisch so nahe kamen, sondern vielmehr, wie unwahrscheinlich es war, dass in diesem Hinterwäldlersystem gleich zwei Schiffe praktisch gleichzeitig eintrafen.

Gleich in mehrerlei Hinsicht war Poznan eine Besonderheit unter den bewohnten Sonnensystemen. Das Auffälligste war gewiss, dass sich innerhalb der Hypergrenze, die 18,92 Lichtminuten vom Systeminneren entfernt lag, nicht nur ein, sondern sogar zwei Gasriesen befanden. Der Äußere der beiden war Obręczka, den die *Pacemaker* ansteuerte. Piec, der innere Gasriese, lag gerade außerhalb der vergleichsweise kühlen habitablen Zone des G7-Sterns, doch der Planet selbst – der Name bedeutete ›Hochofen‹ – war so heiß, dass die Oberflächentemperaturen seiner Monde fast denen auf der Erde entsprachen. Zwei der besagten Monde, Kuźna und Palenisko – ›Esse‹ und ›Feuerstelle‹ – waren schwer genug, um eine Atmosphäre und eine Hydrosphäre zu halten, und warm genug für Lebensformen. Doch beide Monde befanden sich mit dem Gasriesen in einer gebundenen Rotation, und an ihren kurzen Tag-Nacht-

Rhythmus musste man sich erst einmal gewöhnen. Sie waren die einzigen bewohnbaren Himmelskörper des Systems, also war es nicht überraschend, dass das Schiff, auf das Katura gerade hingewiesen hatte, sie ansteuerte.

Offensichtlich war die Hyperastrogation des anderen Schiffes nicht ganz optimal gelaufen. Gut, das war eigentlich fast immer so, vor allem über größere Distanzen hinweg. Astrogatoren strebten stets danach, dem Ziel innerhalb der Hypergrenze eines Sterns auf einem zeitoptimierten Kurs so nahe wie möglich zu kommen. Aber es war alles andere als beispiellos, dass die Alpha-Transition zwei oder sogar drei Lichtminuten vom avisierten Zielpunkt entfernt durchgeführt wurde. Obwohl Katura zu den besseren Astrogatoren zählte, mit denen Llyn zusammengearbeitet hatte, war die *Pacemaker* gute zwanzig Lichtsekunden vor dem gewünschten Zielpunkt aus dem Hyperraum ausgetreten. Derzeit näherten sich Piec und Obrączka der Konjunktion – beide befanden sich auf der gleichen Seite des Hauptsterns, und auf seiner engeren Umlaufbahn holte Piec allmählich Obrączka ein. Es würde noch einige Monate dauern, bis sie tatsächlich perfekt angeordnet wären. Daher überraschte nicht sonderlich, dass Schiffe, die einen der beiden Monde ansteuerten, in deren Nähe in den Normalraum zurückkehrten.

Nur: Wenn Katura recht hatte, hatte das andermanische Schiff soeben den Kurs geändert.

»Es wurde nicht nur ein anderer Kurs angelegt, Sir, sondern dabei auch noch der Keil hochgefahren«, fuhr Katura fort. »Ich habe mir die Aufzeichnung noch einmal angesehen. Wie sich herausstellt, hat das Schiff seine Impeller etwa neununddreißig Minuten lang deaktiviert gelassen, bevor es dann den Keil hochgefahren und den Kurs geändert hat.«

Llyn betrachtete den Zeit-Marker an der Vektorveränderung der *Hamman.* Für die Ortungssysteme der *Pacemaker* war die Impellersignatur des Frachters tatsächlich genau zu dem Zeitpunkt verschwunden, den Katura ihm genannt hatte.

Was vielleicht noch bedrohlicher war: Geschehen war das mehr als zweieinhalb Minuten, nachdem die *Hamman* den Transponder der *Pacemaker* aufgefangen und ausgelesen haben musste.

»Vielleicht stecken ja technische Schwierigkeiten dahinter«, schlug er vor. »Und wenn die *Hamman* Probleme hat, ist Obrączka nun einmal näher als Piec.«

»Technische Schwierigkeiten, Sir? Das glaube ich nicht«, gab Katura zurück. »Vorausgesetzt, die *Hamman* ist seit dem Überqueren der Hypergrenze bei konstanter Beschleunigung geblieben, müsste sie sich, um ihre derzeitige Position zu erreichen, mehr als eine Stunde vor unserem Eintreffen bereits im System befunden haben, und sie war nur sechseinhalb Stunden von Piec entfernt. Um ungefähr drei Stunden könnte sie das verkürzen, wenn sie stattdessen Obrączka ansteuert. Aber wenn sie wirklich ein Problem mit dem Antrieb hätte, das eine Kursänderung trotz derart geringer Zeitersparnis erforderlich machen würde, sollte sie längst ein Notsignal absetzen. Tut sie aber nicht.«

Erneute betrachtete Llyn das Display, und ein unangenehmer Schauer lief ihm über den Rücken. Das Timing war … verdächtig. Gelinde gesagt. Gewiss, es gab für alles immer mindestens zwei oder drei weitere plausible Erklärungen.

Aber im Laufe der Jahre hatte Llyn gelernt, seinen Instinkten zu vertrauen, und Katura schien ebenfalls über ausgezeichnete Instinkte zu verfügen. Wenn dem Captain das hier missfiel …

»Sir, sie hat den Vektor schon wieder verändert«, meldete Katura.

»Hab's gesehen«, gab Llyn zurück und kniff die Augen zusammen. Der Frachter hatte eine leichte Horizontaldrehung vorgenommen, sodass sein ursprünglich gen Piec weisender Vektor nun eine leichte Seitwärtskomponente erfuhr. »Extrapolieren Sie mir das!«

»Bin schon dabei, Sir, aber diese Drehung war so klein ... so, gleich haben wir's ... verdammt!«

»Genau«, pflichtete ihm Llyn bei, und aus dem unangenehmen Schauer wurde ein ernsthaftes Schaudern.

Zwei Vektoren zogen sich über das Display: Der eine zeigte den Kurs der *Pacemaker* an, die in eine Umlaufbahn um Obręczka einschwenken wollte. Der andere gehörte zur *Hamman*, die nun ebenfalls in Richtung Obręczka steuerte, aber nicht *direkt* auf den Planeten zu. Vielmehr würde der neue Kurs des Frachters den der *Pacemaker* schneiden, etwas mehr als sieben Millionen Kilometer vor dem Planeten.

Behielten beide Schiffe ihre aktuellen Profile bei, wären ihre Geschwindigkeiten fast identisch, wenn der Kurs der *Hamman* den der *Pacemaker* kreuzte. Der Abstand der beiden Schiffe betrüge dann weniger als eine halbe Million Kilometer. Die *Hamman* würde sich dabei in einem recht flachen Winkel wieder von Obręczka entfernen, doch ihre Geschwindigkeit beim Kreuzen der *Pacemaker*-Bahn läge bei weniger als zweihundert Kilometern pro Sekunde.

Der Frachter jagte die *Pacemaker*.

Dabei blieb er bemerkenswert unauffällig – er wich vom direkten Kurs nach Obręczka so wenig ab, dass die Systempatrouille das Manöver vermutlich nicht einmal bemerkte. Diese würde sich dann auch nicht fragen, was der Frachter wohl im Schilde führte. Oder aber die Kursabweichung war so gering, dass sie sich der Systempatrouille auf Nachfragen leicht und plausibel erklären ließe.

Aber es war eindeutig: Der Frachter jagte die *Pacemaker*.

Llyns Blick wanderte zur Statusanzeige hinüber. Die *Pacemaker* fuhr immer noch unter der barcanischen Kennung, die sie vor Manticore verwendet hatte – vor allem, weil sie diese Kennung nun einmal hatte und es keinerlei Grund gab, eine neue Wegwerf-Kennung zusammenzuimprovisieren.

Also: Wer zum Teufel könnte daran interessiert sein, ein nichtssagendes barcanisches Kurierboot zu belästigen?

Und dann, ganz abrupt, begriff er.

»Glauben Sie, dass ist ein Pirat?«, mutmaßte Katura.

»Das ist kein Pirat, Captain«, gab Llyn grimmig zurück. »Ich wünschte wirklich, es *wäre* einer! Das ist Gensonne!«

»*Gensonne?*«, wiederholte Katura ungläubig. »Was macht der denn an Bord eines Frachters?«

»Ich bezweifle ernsthaft, dass das dort draußen wirklich nur ein einfacher Frachter ist«, knirschte Llyn und dachte angestrengt nach.

»Aber warum sollte er unter andermanischer Kennung fahren?«

»Kennen Sie hier draußen jemanden, der sich mit den Andermanern würde anlegen wollen?«, versetzte Llyn. »Ist doch eine großartige Tarnung! Vor allem, wo doch allgemein bekannt ist, dass andermanische Frachter standardmäßig bewaffnet sind.«

Katura grunzte. »Na, prächtig!«

»Ich würde mir darüber nicht allzu viele Sorgen machen«, sagte Llyn und klang dabei deutlich zuversichtlicher, als ihm eigentlich zumute war. »Bis die unseren Kurs kreuzen, werden die Obrączka viel zu nahe sein, um etwas wirklich Auffälliges versuchen zu können.«

»Es sei denn, auch die Systempatrouille will sich nicht mit denen anlegen.«

»Die Systempatrouille weiß ziemlich genau, worin ihre Aufgabe besteht«, gab Llyn zurück, betrachtete stirnrunzelnd das taktische Display und fragte sich, was wohl gerade in Gensonnes Kopf vor sich ging.

Wie er Katura gegenüber schon angemerkt hatte, würden sie, wenn sich die Kurse der beiden Schiffe kreuzten, weniger als eine halbe Lichtminute von Obrączka entfernt sein – also praktisch in Hörweite. Bedauerlicherweise war Hörweite nicht das Gleiche wie Schussweite. Angesichts ihrer Vektoren würde der Frachter sie im Abstand von sieben Millionen Kilometern zum Planeten passieren, bevor ihr aktueller Kurs sie in einem recht flachen Winkel wieder über die Hypergrenze des Systems beförderte. Selbst wenn also im Orbit von Obrączka Einheiten der Systempatrouille stünden, wären sie zum Zeitpunkt, da sich die beiden Bahnen kreuzten, noch Millionen von Kilometern außerhalb der Raketenreichweite. Selbst wenn sie geneigt wären, einzugreifen, wären sie dazu schlichtweg nicht imstande – es sei denn, sie würden innerhalb der nächsten fünfundvierzig Minuten aufbrechen.

Schlimmer noch: Um so weit in Reichweite zu kommen, dass sie tatsächlich etwas ausrichten könnten, müssten sie eine solche Delta-Vau aufbauen, dass sie auf entgegengesetzten Vektoren mit einer Annäherungsgeschwindigkeit von mehr als elftausend Kps an der *Pacemaker* und der *Hamman* vorbeirasen würden. Falls sie also nicht sehr gute Gründe hätten, den Frachter im Vorbeirasen aus dem All zu fegen, wäre es ihnen schlichtweg unmöglich, lange genug in Gefechtsreichweite zu bleiben, um etwas auszurichten … oder auch nur zur *Hamman* aufzuschließen, bevor deren Vektor sie über die Hypergrenze hinwegtrüge und sie damit aus der Reichweite und dem Zuständigkeitsbereich der Systempatrouille brächte.

Die *Pacemaker* hingegen steuerte geradewegs systemeinwärts, und sie hatte entschieden zu viel Geschwindigkeit aufgebaut, um bremsen und Gegenkurs anlegen zu können. Sie war immer noch vierzig Minuten vom Schubumkehrpunkt für das Einschwenken in Obrączkas Orbit entfernt. Wollte die *Hamman* sie wirklich abfangen – und wäre auch bereit, das offener zu zeigen –, könnte sie den Kurs weit genug modifizieren, um die *Pacemaker* deutlich näher am Schubumkehrpunkt zu erwischen … und bevor sie allzu viel Geschwindigkeit in Richtung der Hypergrenze aufgebaut hätte. Die Bahnkreuzungsgeschwindigkeit wäre dann zwar höher, aber die *Hamman* könnte es schaffen.

Hätte sie dann noch nennenswerte Beschleunigungsreserven, könnte sie das sogar *noch früher* schaffen … oder mit einer geringeren Bahnkreuzungsgeschwindigkeit, womit sie länger innerhalb der theoretischen Raketenreichweite bliebe.

»Also gut«, entschied Llyn gedehnt, »wenn wir unser Profil beibehalten und er seine derzeitige Beschleunigung nicht ändert, kommt der Frachter bis zu vierhundertfünfzigtausend Kilometer zu uns auf. Richtig?«

»Jawohl, Sir.«

»Also, was passiert, wenn wir keine Schubumkehr einleiten? Was, wenn wir einfach immer weiter systemeinwärts beschleunigen, geradewegs an ihm vorbei?«

»Das hängt davon ab, ob das ein echter Frachter ist oder nicht«, gab Katura zurück. »Wenn achtzig Gravos dessen sichere Maximalbeschleunigung ist, dann liegt sie *ohne* jeglichen Sicherheitsspielraum für seinen Kompensator bei einhundert. Aber seine Keilstärke und seine aktuelle Beschleunigung lassen vermuten, dass er irgendetwas zwischen einer Million und eins Komma fünf Millionen Tonnen masst. Wenn das stimmt, und wenn der einen Kompensator in Militärausführung hat, dann könnte er durchaus auch das Doppelte vorlegen. Damit könnte er nur noch zwanzig oder dreißig Gravos unterhalb unserer eigenen Beschleunigung liegen.«

»Und das heißt?«

»Das heißt, er könnte deutlich schneller zusätzliche Geschwindigkeit aufbauen, als das einem Frachter möglich wäre, und im Augenblick ist er allein schon wegen seiner Grundgeschwindigkeit uns gegenüber im Vorteil. Und bis wir unseren Schubumkehrpunkt erreicht haben, wird sich das auch nicht ändern. Wenn der auf … sagen wir: achtundzwanzig Gravos unterhalb unserer Beschleunigung kommt, kann der uns immer noch einholen. Dafür müsste er nur seinen eigenen Schubumkehrpunkt ein bisschen hinauszögern.«

»Und unser Schubumkehrpunkt liegt *vor* seinem«, griff Llyn die Überlegung auf und verzog das Gesicht.

»Ganz genau. Er hätte selbst dann noch genug Zeit, sich an die veränderte Lage anzupassen, wenn wir das mit der Schubumkehr lassen.«

Nachdenklich rieb sich Llyn über die Lippen. Andererseits … Wenn sie jetzt einfach weiter beschleunigten und die *Hamman* den Kurs änderte, um sie kurz vor Obrączka abzufangen, wäre eines klar: Gensonne wäre gezwungen, sein Profil als ›unschuldiger Frachter‹ aufzugeben. Im Augenblick wäre noch glaubwürdig, dass er tatsächlich Obrączka ansteuerte. Gewiss, seine Astrogation ließe dann ein wenig zu wünschen übrig, aber er hätte noch genug Zeit, korrigierend einzugreifen, und niemand, gerade keine Systempatrouille, würde sich deswegen groß Gedanken machen.

Ja, selbst wenn er den Kurs der *Pacemaker* kreuzte, wäre die Geschwindigkeit, mit der er sich von Obrączka entfernte, derart gering, dass der Zeitpunkt bis zu einem Rendezvous mit dem Planeten nur um etwa neunzig Minuten hinausgezögert wäre.

Aber wenn er das Profil sichtlich veränderte, offenkundig in Reaktion auf die Manöver der *Pacemaker*, würde er riskieren, sämtliche Einheiten der Systempatrouille in der Nähe von Obrączka auf sich aufmerksam zu machen – und das früh genug, dass ihnen ein Eingreifen tatsächlich noch möglich wäre.

Trotzdem: Gensonne oder nicht, die *Hamman* konnte der Systempatrouille wegen nur wie ein konventionelles Handelsschiff auftreten. Es hatte Piec angesteuert und damit geradewegs auf die Systempatrouille zugehalten. Diese aber wäre nicht gerade entzückt, wenn sich ein Frachter in Wahrheit als Kriegsschiff entpuppte – und spätestens, wenn ein Kriegsschiff in echte visuelle Beobachtungsreichweite kam, war es ihm unmöglich, seine wahre Natur zu leugnen. Um was auch immer es sich also handelte: Es war zumindest weder ein Kreuzer noch ein Zerstörer.

Bedauerlicherweise hatte einer von Llyns Informanten ihn schon gewarnt, Gensonne könne über ein paar bewaffnete Frachter verfügen. Hier draußen, wo man es wirklich nur sehr selten mit Patrouillen der Flotte zu tun bekam, waren bewaffnete Handelsschiffe alles andere als selten, und solange sich diese anständig benahmen, würde sich die Systempatrouille von Poznan deswegen vermutlich keine grauen Haare wachsen lassen.

Vor allem, wenn besagtes Schiff dann auch noch vorgab, zu den Andermanern zu gehören. Gustav Anderman war ein störrischer alter Bussard, und er hatte stets viel Wert darauf gelegt, einen jeden – insbesondere Piratenbanden – ganz genau wissen zu lassen, dass *seine* Frachter ebenso schwer bewaffnet waren wie manche Kriegsschiffe. Außerdem war er jemand, den die Obrigkeit von Poznan niemals ohne guten Grund gegen sich würde aufbringen wollen.

Hier und jetzt noch wichtiger war das: Falls die *Hamman*

tatsächlich bewaffnet war, war sie der *Pacemaker* auf jeden Fall drastisch überlegen, denn die *Pacemaker* führte nicht einmal eine Spielzeugpistole mit.

Also liefe es auf Folgendes hinaus: Wenn es Gensonne gelänge, bei minimalem Unterschied ihrer Vektoren in Raketenreichweite zu kommen, und er dann die *Pacemaker* für ein Rendezvous zum Beidrehen aufforderte, bliebe dieser keine andere Wahl: Sie müsste der Forderung nachkommen. Da sie zu diesem Zeitpunkt immer noch sieben Millionen Kilometer von Obrączka entfernt wäre, könnte Gensonne die Maskerade aufgeben, Llyn gefangennehmen oder sein Schiff zerstören, und wäre fort, bevor irgendjemand in Poznan auch nur das Geringste dagegen unternehmen könnte.

Es sei denn, ihre Vektoren würden sich so drastisch unterscheiden, dass es der *Pacemaker* gelänge, sich in den Orbit von Obrączka zu zwängen – oder zumindest an der *Hamman* vorbeizuschlüpfen –, bevor Gensonne sie einholen könnte.

»Versuchen Sie mal Folgendes«, sagte Llyn. »Angenommen, er wollte uns sieben Millionen Kilometer vor Obrączka abfangen. Wir legen Schubumkehr vor, ganz träge, tumb und töricht, und unsere aktuellen Profile behalten wir bei, bis er die Schubumkehr für das Abfangmanöver anlegt. Wenn wir dann das Abbremsen einstellen und stattdessen wieder auf maximale Beschleunigung systemeinwärts gehen, könnte er uns mit seinen aktuellen Beschleunigungswerten dann noch abfangen?«

»Völlig unmöglich«, beantwortete Katura, ohne sich auch nur die Daten anzuschauen.

»Und jetzt nehmen Sie an, seine Maximalbeschleunigung läge bei zweihundert Gravos, und die würde er auch gnadenlos ausreizen.«

»Dann …« Katura hielt inne und rechnete die Situation durch. Kurz betrachtete er das Ergebnis, dann schüttelte er den Kopf. »Wenn wir wieder auf zwohundertsechzehn Gravos gehen, sobald er die Schubumkehr einleitet, wird unsere Anfangsgeschwindigkeit relativ zu Obrączka um viertausendachthundert Kps größer sein als seine. Wenn er sich dann umentscheidet und wieder auf zwohundert Gravos geht, passieren wir ihn in mehr als zwo Millionen Kilometern Entfernung, und unser Geschwindigkeitsvorteil läge dann etwa elf Kps höher als zu dem Zeitpunkt, da wir beide die Beschleunigung eingeleitet hätten.«

»Also könnte er selbst unter zweihundert Gravos nicht wieder in Raketenreichweite zu uns aufkommen?«

»Nein, Sir. Um das hinzubekommen, müsste er mindestens zwohundertzwounddreißig vorlegen, und unser Geschwindigkeitsvorteil läge immer noch bei mehr als viertausendzwohundert Kps. Also könnte er selbst bei einer solchen Beschleunigung nur weniger als drei Minuten lang in Raketenreichweite zu uns bleiben.«

»Klingt doch gut«, murmelte Llyn, den Blick immer noch fest auf das Display gerichtet. Zöge die *Pacemaker* das durch, das wusste er, wäre Gensonne fuchsteufelswild.

Hach, machmal verteilte das Universum doch tatsächlich schöne Boni!

Eine weitere Stunde lang behielten beiden Schiffe ihren jeweiligen Vektor bei. Nach vierzig Minuten leitete die *Pacemaker* die Schubumkehr ein und bremste so stetig in Richtung Obrączka-Umlaufbahn ab. Zwanzig Minuten später, genau nach Fahrplan, und mit so geringer Abweichung vom routinemäßigen Ansteuern des Orbits, dass die Systempatrouille nicht neugierig gemacht würde, legte auch die *Hamman* Schubumkehr vor.

Ein paar Sekunden lang starrte Llyn aufs Display. Er stellte sich Gensonnes Gesichtsausdruck vor, wenn er das Kaninchen so dem Fuchs geradewegs ins Maul hüpfen sähe. Dann blickte Llyn zu Katura hinüber und nickte. »Ziehen wir's durch, Captain!«

»Jawohl, Sir.« Katura gab dem Rudergänger ein Zeichen. »Ausführung.«

»Jawohl, Sir«, wiederholte der Rudergänger.

Einen Augenblick später hatte die *Pacemaker* den Schub erneut umgekehrt und beschleunigte wieder.

Llyn betrachtete das Icon der *Hamman.* Einen Moment lang geschah nichts. Dann verschwand der Keil des Frachters, und als er kurz darauf wieder auftauchte, beschleunigte das Schiff ebenfalls in Richtung des avisierten Zusammentreffens.

»Er steigert die Beschleunigung«, meldete Katura.

»Nicht überraschend«, erwiderte Llyn ruhig. Zumindest nicht, wenn man Gensonne kannte. Den meisten Skippern wäre jetzt schon klar gewesen, dass der *Pacemaker* die Flucht bereits gelungen war. Gensonne aber würde nicht einfach so aufgeben, nein, er würde die Verfolgung fortsetzen, bis sein Astrogator die neuen Daten akkurat durchgerechnet hätte, um ihm dann zögerlich zu erklären, dass …

»Sir«, sagte Katura, und in seiner Stimme schwang eindeutig Unglauben mit, »der Frachter …«

»Ich seh's«, brummte Llyn und schaute zu, wie die Vektor-Projektionen sich erneut änderten. Die *Hamman* hatte nicht auf die zweihundert Gravos beschleunigt, die zu erwarten er Katura angewiesen hatte. Stattdessen war das Schiff auf zweihundert*vierzig* Gravos gegangen. Was bedeutete … »Wie lange kann er uns in Raketenreichweite halten, wenn wir beide die aktuelle Beschleunigung beibehalten?«

Katura hatte die Daten bereits eingegeben. »Er hat sich gerade vierundzwanzig weitere Sekunden erkauft«, sagte er und konnte es offenkundig immer noch nicht so recht glauben.

Selbst wenn die *Hamman* über einen Impeller in Militärausführung verfügte, musste sie für eine derartige Beschleunigung den Sicherheitsspielraum praktisch zur Gänze ausreizen. Kein Skipper würde in dieser Art und Weise sein Schiffes riskieren .... es sei denn, er hätte dafür einen verdammt guten Grund.

»Der muss noch schärfer darauf aus sein, uns zu erwischen, als ich erwartet hatte«, meinte Llyn bemerkenswert ruhig im Ton. Ja, wenn Gensonne ihn wirklich derart dringend erwischen wollte, stand zu erwarten, dass er früher oder später tatsächlich ein paar Raketen abfeuerte – ganz egal, wie man auf Poznan darüber denken mochte.

Und dann galt: Je weniger Zeit ihm dafür bliebe, desto besser.

Tief atmete Llyn durch. »Belasten Sie den Kompensator bis in den roten Bereich hinein«, wies er den Captain an.

Mit halb geöffnetem Mund – war ihm vor Schreck der Kiefer heruntergeklappt oder hob er schon zum Protest an? – wandte sich Katura zu ihm um. »Wie bitte?«, fragte er nur.

»Sie haben schon richtig gehört«, erwiderte Llyn. »Schauen wir doch mal, wie gern er mit uns tanzen will!«

Einen Moment lang blickte ihn Katura mit unergründlichem Gesichtsausdruck an, dann nickte er dem Rudergänger zu.

»Sicherheitsspielraum null«, sagte er. »Bringen Sie uns auf zwohundertsiebzig Gravos.«

Der Rudergänger schluckte sichtlich. »Jawohl, Sir«, erwiderte er.

Llyn achtete sorgsam darauf, dass seine eigene Miene nicht mehr verhieß als ruhige Wachsamkeit, als die Beschleunigung des Kurierboots schlagartig um mehr als fünfzig Gravos anstieg. Er war darüber keinen Deut glücklicher als Katura oder der Rudergänger.

Doch nun, dank der neuen Beschleunigungswerte, würde die *Pacemaker* überhaupt nicht mehr in Raketenreichweite der *Hamman* kommen, im Gegenteil: Sie würde mehr als zwei Minuten vor dem Eintreffen des Frachters diesen jenseits von dessen Maximalreichweite passieren. Gensonne konnte Llyn also unmöglich einholen – nicht einmal, wenn er bereit wäre, über längere Zeit auf jeglichen Sicherheitsspielraum zu verzichten. Und wenn Gensonne auch nur noch einen Funken gesunden Menschenverstand besaß …

»Die *Hamman* drosselt ihre Beschleunigung, Sir«, meldete Katura plötzlich, den Blick noch einen Moment auf dem Display, ehe er zu Llyn hinüberschaute. »Sie ist wieder auf einhundert Gravos gegangen.«

Llyn betrachtete die Vektor-Projektionen: Nun divergierten sie mehr und mehr. Allmählich fiel die Spannung von ihm ab. Gensonne hatte die Botschaft verstanden. Selbst jemand wie er war nicht bereit, sein Schiff dauerhaft am Rande der Katastrophe zu halten, wenn die Beute ohnehin nicht mehr einzuholen war. Also brauchte auch Llyn die *Pacemaker* nicht mehr unnötig zu gefährden.

»Das Spiel, Captain, das sich jahrhundertelanger Beliebtheit erfreut«, erklärte er Katura, »heißt auf Alterde ›Wer zuerst zuckt‹. Anscheinend erkennt sogar Admiral Gensonne, wann es sinnvoll ist, das Spiel zu beenden.«

»Wie Sie meinen, Sir«, erwiderte Katura.

»Gehen Sie auf zweihundertdreißig Gravos«, fuhr Llyn fort. »Halten Sie gerade genug Sicherheitsspielraum ein, um ihn wissen zu lassen, dass wir schneller fortlaufen können, als er uns zu jagen vermag.«

»Jawohl, Sir. Zwohundertdreißig Gravos. Und wenn ich vielleicht erneut vorschlagen dürfte …?«

Llyn kaute auf der Innenseite seiner Wange herum. Dass

Gensonne systemeinwärts fuhr, bedeutete vermutlich, dass er gerade erst eingetroffen war und sich keines seiner anderen Schiffe bereits in Poznan befand. Nun, möglich wäre das natürlich schon, aber nicht sehr wahrscheinlich.

Trotzdem: Wenn sich im System tatsächlich noch weitere Volsung-Schiffe befänden und die *Pacemaker* nach Obrączka weiterführe, wüssten die anderen Volsungs, wo sie nach ihr zu suchen hätten.

Außerdem wussten sie, dass eine Raumschiffentführung deutlich dezenter wäre als ein Abfangen im All. Eine kleine Entermannschaft an Bord des Kurierboots, ein unaufdringlicher Wechsel auf der Kommandoebene, ohne das ganze Trara hin und her gefeuerter Raketen. Wer bekäme davon schon etwas mit?

Man sollte das Schicksal nicht herausfordern.

»Also gut, Captain«, entschied Llyn. »Berechnen Sie einen Kurs zur Hypergrenze, auf dem wir Obrączka passieren. Mir scheint, wir haben die Gastfreundschaft des Systems bereits überbeansprucht.«

Dreizehn Stunden später befand sich die *Pacemaker* wieder im Hyperraum, ohne dass es zu weiteren Zwischenfällen gekommen war.

»Ich habe Thom und Seikor alles noch einmal vollständig überprüfen lassen«, erklärte Katura, während ihm sein Boss eine Tasse Tee reichte. Gemeinhin verbrachte Llyn keine Zeit mit seinen Offizieren, doch ein wenig Sozialisation hatte sich der Captain redlich verdient. »Die Emitter haben keinen Schaden davongetragen. Der Kompensator hat bei dieser Beanspruchung natürlich gelitten, aber auch da wurde kein Schaden festgestellt. Trotzdem habe ich eine weitere Überprüfung angeordnet – um ganz auf der sicheren Seite zu sein.«

»Wenn man bedenkt, weswegen wir eigentlich hier draußen sind, kommt man nicht umhin, sich zu fragen, ob es so etwas wie ›die sichere Seite‹ überhaupt gibt«, gab Llyn zu bedenken. »Aber Sie haben natürlich recht. Machen Sie nur.«

»Mache ich, Sir.« Katura zögerte. »Glauben Sie wirklich, dass das Gensonne war?«

»Gensonne oder dessen Leute«, antwortete Llyn und goss sich eine zweite Tasse ein. »Warum? Sind Sie anderer Meinung?«

»Tja, nun, ja und nein«, meinte Katura und blickte gedankenverloren in seine Tasse. »Ich bin dem Mann nie begegnet. Aber nach allem, was Sie über ihn erzählt haben, scheint er mir eher der ›Im-Zweifel-Draufhauen‹-Typ. Der Kommandant der *Hamman* schien mir … subtiler vorzugehen, viel überlegter und schlauer.«

»Ohne eine gewisse Schläue kommt man nicht auf einen Posten, wie Gensonne ihn innehat«, rief ihm Llyn ins Gedächtnis zurück. Trotzdem hatte das Argument etwas. »Aber wenn das nicht Gensonne war, und auch nicht einer seiner Leute: Wer könnte es sonst gewesen sein?«

»Vielleicht jemand, der einen Groll gegen den Großherzog hegt?«, mutmaßte Katura. »Wir fahren schließlich immer noch unter barcanischer Kennung.«

»Stimmt«, räumte Llyn ein. »Aber von Barca sind wir ganz schön weit weg.«

»Silesia ist genau der richtige Ort, um Ware von zweifelhafter Herkunft einzukaufen. Wenn das unter die Interessen des Großherzogs fällt, stellt ihm hier niemand unbequeme Fragen«, gab Katura zu bedenken.

»Dafür gibt es doch noch andere Orte, und die liegen Barca deutlich näher«, versetzte Llyn sofort. »Sollte die *Hamman* wirklich ein andermanischer Frachter gewesen sein, drängt sich sofort die Frage auf, warum Andermaner an barcanischen Schiffen interessiert sein sollten.«

»Stimmt«, räumte Katura ein. »Könnten es Manticoraner gewesen sein?«

»Unter andermanischer Kennung?« Llyn schüttelte den Kopf. »Keine Chance! Die Andermaner würden jeden, den sie dabei erwischen, bei lebendigem Leib häuten! Unsere Leute haben sich außerdem Manticores Geheimdienst und Aufklärung genau angesehen: Beides Witznummern, sonst nichts. Die wüssten überhaupt nicht, wo sie mit ihrer Suche anfangen sollten!«

»Die könnten sich verbessert haben«, warnte ihn Katura, »so viel Motivation, wie die im Augenblick haben.«

»Motivation ist nicht dasselbe wie Kompetenz«, erklärte Llyn. »In Manticores Office of Naval Intelligence gibt es nur geistig völlig unflexible Abteilungsleiter, aus keinem anderen als politischen Gründen auf ihren Posten. Eher stirbt Gensonne an Altersschwäche, als dass Manticore ihn aufspürt, glauben Sie mir!«

»Möglich.« Katura blickte ihn nachdenklich an. »Ich darf doch wohl davon ausgehen, dass Sie, wenn *wir* ihn denn aufspüren, einen Plan haben, wie wir uns ihm entgegenstellen, richtig?«

»Oh, ich *habe* einen Plan, seien Sie unbesorgt!«, versicherte ihm Llyn. »Um genau zu sein, habe ich sogar gleich vier Pläne auf einmal.«

»Und welcher es wird, hängt davon ab, was wir in Telmach finden?«

»Davon, *was* oder wen wir in Telmach finden«, antwortete Llyn und nickte. »Wie stets hängt alles davon ab, auf welche Weise wir erreichen, was Axelrod will.«

16

Hätte Travis damals auf der Highschool jemand gesagt, er werde eines Tages selbst lehren, hätte Travis ihn schallend ausgelacht. Obwohl: So wie sich Travis damals verhalten hatte, hätte er wohl eher den Mund gehalten, sich umgedreht und wäre gegangen. Das Lehren an sich war ihm nie als möglicher Beruf erschienen.

Sicher: Einen kleinen Vorgeschmack auf diesen Beruf hatte er während der vergangenen zwei Jahre bekommen. Schließlich war er Navy-Offizier. Es gab immer Untergebene, die es einzuweisen galt, Pläne, deren Umsetzung zu erläutern war, oder Ausrüstungsgegenstände, deren Funktionstüchtigkeit wiederherzustellen, notfalls auch unter Einsatz roher Gewalt, man zu befehlen hatte.

Es war, wie es war: Nach der Schlacht von Manticore musste die *Casey* für die nötigen umfangreichen Reparaturen in die Werft. Deshalb war Travis ohne viel Federlesens in den neuen MPARS-Teil der Kadettenanstalt abkommandiert worden. Plötzlich hatte er also als Lehrer auf der anderen Seite des Tisches im Klassenzimmer gestanden – oder vielmehr: im *Schulungsraum*, was gefühlt kein großer Unterschied war.

Zu seinem eigenen großen Erstaunen stellte Travis fest, dass er richtig Spaß daran hatte.

Da war die interessante geistige Herausforderung, das zu lehrende Material so zu einer Unterrichtseinheit zusammenzufassen, dass sie so leicht nachvollziehbar, so fokussiert und so informativ war wie irgend möglich. Da war diese unaufdringliche persönliche Bestätigung seines Fachwissens, wenn er in der Lage war, eine Frage zu beantworten, über die er nie zuvor bewusst nachgedacht hatte. Und dann war da diese tiefempfundene Befriedigung, wenn die Augen eines Kadetten oder einer Kadettin plötzlich aufleuchteten, weil ein neues Konzept oder eine neue Technik plötzlich ›Klick‹ machte – der vielzitierte ›Aha!-Effekt‹ eintrat.

Und dazu kam noch etwas: Lehren bedeutete Ordnung. Es gab eine Organisation, eine klare Struktur. Das Sahnehäubchen war, dass Travis selbst festlegen konnte, wie diese Struktur angelegt und umgesetzt wurde. Das allein war schon sein Gewicht in Ersatzteilen wert.

Und das Beste von allem: Lisa befand sich nur zwei Etagen über ihm, in ihrem eigenen Schulungsraum.

Dass auch sie an der MPARS-Schulungsstätte lehrte, war für ihn ein schönes Extra, für *sie* weniger. Genau wie Travis war auch sie für den Zeitraum der Reparaturen an der *Damocles* zum Abhalten von Lehrveranstaltungen verdonnert worden, aber anders als er hasste sie den Job.

Nicht, dass sie darin nicht gut gewesen wäre. Nachdem Travis' Veranstaltung einmal ausgefallen war, hatte er die Gelegenheit genutzt, eine ihrer Veranstaltungen zu besuchen, und seines Erachtens war sie besser als fünfzig Prozent der Dozenten, die er in Casey-Rosewood erlebt hatte … und geduldiger als jeder dort.

Das Problem: Während er Struktur und Disziplin zu schätzen wusste, sah sie sich im Inneren eines Gebäudes auf der Planetenoberfläche gefangen, statt an Bord eines Schiffes ins All hinauszufahren.

Doch daran ließ sich nun einmal nichts ändern. Die Zerstörung des Raketenwerfers hatte der *Damocles* schwere Schäden zugefügt, schwerere, als man damals begriffen hatte, und dass es der Navy nach wie vor an einer angemessenen Infrastruktur für Wartung, Instandsetzung und Reparatur gebrach, hatte das ganze Problem noch verschärft. Obendrein lagen sich Dapplelake und Breakwater einmal mehr in den Haaren, als es um Gelder und Nutzungsrechte für Wartungs- und Reparaturstätten ging … für Schiffe der Navy und des MPARS. Lisa würde hier also vermutlich noch mehrere Monate länger lehren.

Die Ironie an der Sache: Er passte sich an die neue Situation schneller und besser an als sie. Das belustigte Travis, was er wohlweislich für sich behielt.

Doch angesichts beziehungsweise besser: wegen Lisas Frustration waren Travis und sie im Laufe der letzten Monate einander deutlich näher gekommen. Näher, als Travis je für möglich gehalten hatte. Gelegentlich sogar näher, als ihm recht war.

Aber es war gut so. Es war sogar sehr gut, und es fühlte sich auch weitestgehend richtig an.

Wenn sich aus dem Tod König Edwards und Prinzessin Sophies irgendeine Lehre ziehen ließ, dann wohl, dass das Leben unglaublich kostbar und erschreckend unbeständig war. Es war ebenso töricht wie gefährlich, Zeit ungenutzt verstreichen zu lassen.

Travis wusste nicht genau, wohin ihre Beziehung sich entwickeln würde. Doch hier und jetzt war er zufrieden damit, Seite an Seite mit ihr zu arbeiten, gemeinsam die Mittagspausen und die Wochenenden zu verbringen und Zukunft Zukunft sein und auf sich zukommen zu lassen.

Deswegen waren die jüngsten Befehle für ihn wie ein Schlag in die Magengrube.

»Ich verstehe das nicht, Sir«, sagte er, blickte von seinem Tablet auf und schaute Allen Innes an, den Leiter des MPARS-Schulungszentrums.

»Mir erscheint das ziemlich selbsterklärend«, versetzte Innes beißend. »Sie sollen sämtliche Unterlagen Ihrem Nachfolger übergeben und sich umgehend bei Ihrer neuen Verwendung melden.«

Erneut hing Travis' Blick auf dem Befehl. Im Gegensatz zu sämtlichen bisherigen Befehlen, die man ihm erteilt hatte, war dieser hier zum Verrücktwerden vage gehalten.

Gebäude der Admiralität. Raum 2021.

Genau im Zentrum des Gebäudes, Stockwerke 18 bis 21.

BuPers-Territorium.

Die Navy hatte ihn von seinem Schiff abgezogen und in einen Schulungsraum abkommandiert. Aber kaum dass er festgestellt hatte, dass er einen verdammt guten Lehrer abgab, stieß man ihn in den tiefsten aller Abgründe: Man verpasste ihm einen Schreibtischjob.

Und nicht bloß irgendeinen Schreibtischjob: Ihm stand der langweiligste Schreibtischjob bevor, der sich nur denken ließ.

»War meine Arbeit hier unzulänglich?«, fragte er nach.

»Diese Frage kann ich nicht beantworten, Lieutenant.« Der Leiter des Schulungszentrums zeigte auf Travis' Tablet. »Ich weiß nur, dass es in dem Befehl ›umgehend‹ heißt, und soweit ich weiß, hat Admiral Dembinski an ihre Leute keine Extraportion Geduld ausgegeben. Haben Sie Ihre Unterlagen dabei?«

Wortlos zog Travis den Datenchip aus seinem Tablet und händigte ihn aus.

»Sehr gut, Lieutenant.« Innes stockte. »Was auch immer es Ihnen bringen mag, Lieutenant: Ihre Schüler scheinen in Ihren Kursen viel gelernt zu haben. Ich wünsche Ihnen viel Glück.«

»Danke, Sir«, gab Travis zurück und unterdrückte ein Seufzen. Offenkundig bedauerte Innes, ihn ziehen lassen zu müssen. Aber er bedauerte es nicht genug, um sich dafür einzusetzen, ihn behalten zu dürfen. Das Chaos, in das der Tod des Königs alle und alles gestürzt hatte, hatte sich gerade ein wenig gelegt. War es da zu viel erhofft, die Zeiten wären vorbei, da man ihn, Travis U. Long, wie eine Flipperkugel von einer Verwendung zur nächsten geflitscht hatte?

Offenkundig war es zu viel erhofft. Allgemein bekannt war, dass Karrieren zum Sterben ins BuPers gingen.

Trotzdem: Auch die vom MPARS als Büros und Schulungsräume genutzten Räume befanden sich im Gebäude der Admiralität. Lisa wäre also auch in Zukunft immer noch bloß eine Fahrstuhlfahrt weit von ihm entfernt. Sicher: Die Fahrt würde ein bisschen länger dauern, und vermutlich hätten sie auch unterschiedliche Arbeitszeiten, aber das würde sich gewiss irgendwie unter einen Hut bringen lassen. Freunde zu haben war weitaus besser und wichtiger, als Karriere zu machen, oder nicht?

Tja, würde Lisa ihn aber nun, wo er zum BuPers gehörte, in einem anderen Licht sehen – einem Licht, das deutlich weniger schmeichelhaft war? Möglicherweise würde sie ihre Beziehung beenden!

Er war ihr vom Dienstgrad ohnehin schon untergeordnet. Jetzt, wo er ohne Aufstiegschancen bliebe, würde sie vielleicht alles noch einmal gründlich überdenken.

Was für eine wundervolle Art, einen Montag zu beginnen!

Die Fahrstuhltüren öffneten sich und rissen Travis aus seinen düsteren Gedanken. Er atmete tief durch und trat dann auf den zwanzigsten Stock hinaus. Er warf einen Blick auf den Stockwerkplan, vergewisserte sich, dass er für Raum 2021 nach rechts musste, und drehte sich um.

»Oh, hallo, Sir«, hörte er hinter sich eine vertraute Stimme. »Was für eine Überraschung, Sie hier zu treffen!«

Travis fuhr herum, und sein Magen krampfte sich zusammen. Chomps Townsend. Natürlich. Wie könnte das Universum einen schlechten Tag effizienter verschlechtern, als ihm jemanden über den Weg laufen zu lassen, der ihn abgrundtief hasste?

»Petty Officer Townsend«, grüßte er sein Gegenüber mit bewusst fester Stimme. »Oh, Verzeihung … Chief Townsend«, korrigierte er sich, als er das Abzeichen an Chomps linkem Ärmel bemerkte.

Er runzelte die Stirn, als sein Verstand ihn darauf aufmerksam machte, wie ungewöhnlich das war. Noch vor sechs Monaten, als sich absolut jeder Gedanken wegen der bevorstehenden Invasion machte, war Townsend ein einfacher Petty Officer First Class gewesen. Jetzt war dieser Mann plötzlich zu einem *Chief* Petty Officer befördert worden? Und wieso trug er wieder die Uniform der Navy, nachdem man ihn erst zum MPARS abgeschoben hatte?

Anders als Travis hatte anscheinend jemand Chomps unter die Fittiche genommen.

Aber wer das war, war alles andere als offensichtlich. Das Hemd, das Chomps trug, war nichtssagend grau, und sein Schulterabzeichen verriet nur seine Verwendung im Bodendienst.

»Jawohl, Sir«, sagte Chomps und grinste breit, während er auf Travis zuging. »Und dass ich wieder bei der Royal Manticoran Navy bin, haben Sie bestimmt auch bemerkt.«

»Habe ich, Chief«, bestätigte Travis, und ihm sank das Herz. Chomps war wieder bei der Navy, und man hatte ihn zum Chief befördert. Er stieg die Leiter empor, während es für Travis abwärts ging. »Gratuliere.«

»Danke, Sir. Und was führt Sie hierher, wenn ich fragen darf?«

»Neue Verwendung«, antwortete Travis, fest entschlossen, sich seinen Neid nicht anmerken zu lassen.

»Ah«, erwiderte Chomps. »Sie sind nicht zufälligerweise gerade auf dem Weg zu Raum 2021, oder?«

Travis runzelte die Stirn. Woher um alles in der Welt wusste Chomps das?

»Genau dort soll ich mich melden«, bestätigte er.

»Was für ein Zufall! Genau dorthin bin ich auch unterwegs. Darf ich Sie begleiten, Sir?«

Travis seufzte. Das Universum zog seine Qualen noch in die Länge! »Selbstverständlich, Chief«, antwortete er. »Und was haben Sie mit BuPers zu schaffen, wenn ich fragen darf?«

»In meine Abteilung wird ein neuer Offizier versetzt«, erklärte Chomps, während sie sich in Bewegung setzten. Der Chief Petty Officer blieb Seite an Seite mit Travis. »Ich soll den Datenkram übernehmen.«

»Ah«, machte Travis. Einen winzigen Moment lang fragte er sich, ob der neue Offizier zufälligerweise Travis Uriah Long hieß. »In welcher Abteilung sind Sie denn?«

»Ach, was Neues, was die Admiralität zusammengewürfelt hat«, meinte Chomps. »Ein bisschen kompliziert, weil leider auch politisch.«

Travis verzog das Gesicht. »Ja, was das bedeutet, weiß ich aus eigener Erfahrung.«

»Jawohl, Sir.« Chomps deutete auf eine Tür. »Da wären wir, Sir.«

Travis nickte. *Raum 2021* stand auf dem Schild. Ein zweites Schild, auf dem angegeben wäre, welcher Offizier dieses Büro nutzte, gab es nicht. Das war ungewöhnlich … und vermutlich kein gutes Zeichen.

»Da wären wir, Sir«, wiederholte Chomps.

»Gut.« Travis atmete noch einmal tief durch, dann öffnete er die Tür.

Dahinter befand sich ein kleines Vorzimmer mit einem

Schreibtisch, zwei Sesseln und einer einzelnen Topfpflanze neben einer schlichten Tür dem Eingang gegenüber. Am Schreibtisch saß eine junge Frau in Zivilkleidung. Hinter ihr, den Blick über die Schulter der Frau auf deren Schreibtischbildschirm gerichtet, stand …

Travis versteifte sich innerlich. War das wirklich …?

»Guten Morgen, Lieutenant Long«, wurde er begrüßt. »Ich bin Clara Sumner, Gräfin von Calvingdell. Sie erinnern sich gewiss an mich: Wir waren gemeinsam an jenem entsetzlichen Tag an Bord der *Samantha.*«

Unter größten Mühen fand Travis die Sprache wieder.

»Jawohl, Mylady«, sagte er und verneigte sich – wie er fand, entsetzlich ungelenk. »Ich freue mich, Sie wiederzusehen.«

»Ganz meinerseits«, erwiderte Clara Sumner. Kurz neigte sie den Kopf, als wollte sie sein Mienenspiel studieren. »Darf ich davon ausgehen, dass Sie nicht gerade übermäßig erfreut waren ob Ihrer neuen Verwendung bei BuPers? Und darf ich weiterhin davon ausgehen, dass Ihre Begeisterung noch weiter gesunken ist, nachdem Sie nun Auge in Auge der Frau gegenüberstehen, die als Verteidigungsministerin aus dem Amt gejagt und durch den Grafen von Dapplelake ersetzt wurde?«

Travis gab sich größte Mühe, sein Mienenspiel unter Kontrolle zu halten. Was sollte er denn darauf bloß antworten?

»Nun … jawohl, Mylady.«

»Gut«, gab sie aufgeräumt zurück. Nach einem neuerlichen Blick in sein Gesicht lächelte sie. »Zunächst einmal gilt es, einiges klarzustellen. Die offizielle Geschichte, ich sei aus dem Amt gejagt worden, ist die Geschichte, die wir alle *glauben machen* wollten. In Wahrheit habe ich meinen Rücktritt genommen, weil ich diesen brandneuen Nachrichtendienst übernehmen wollte. Ihrer Personalakte zufolge scheinen Sie dafür gut geeignet, weswegen Sie in den Untiefen der Bürokratie verschwinden mussten.«

Ihr Lächeln hellte sich deutlich auf, als sie Travis' verdutztes Gesicht sah, und sie blickte über Travis' Schulter hinweg Chomps an.

»Dass Lieutenant Long hier ist, ist Ihr Werk, Chief, und ich weiß, dass Sie es kaum erwarten können, ihm alles zu erklären. Also legen Sie los.«

»Jawohl, Mylady.« Mit einem äußerst selbstzufriedenen Grinsen wandte er sich Travis zu. »Willkommen in meinem neuen Zuhause, Travis. Und auch *deinem* neuen Zuhause, wenn du das willst. Willkommen beim Special Intelligence Service.«

Etwa ein halbes Dutzend Herzschläge lang starrte Travis ihn an. Jahre der Geschichte zogen in rasendem Tempo an ihm vorbei, als das ganze Universum um ihn herum ›Abteilung – kehrt!‹ spielte. Wenn Chomps gerade die Wahrheit sagte … und wenn heute nicht sein erster Arbeitstag war …

»Der Hack an Bord der *Phoenix*«, murmelte er. »Du bist nie vor Gericht gestellt worden, weil es nie zu einer Anklage *gekommen* ist!«

Als Chomps zu Calvingdell hinüberblickte, wurde sein Lächeln noch breiter. »Hab ich's Ihnen nicht gesagt? Er ist schnell, Mylady!«

»Stimmt, haben Sie und ist er«, pflichtete die Gräfin ihm bei. »Sehr gut, Lieutenant. Fahren Sie fort.«

Travis runzelte die Stirn. »Ma'am?«

»Sie gehen gerade auf Chief Townsends … überarbeiteten Lebenslauf ein«, sagte sie. »Lassen Sie mehr hören.«

»Jawohl, Ma'am«, gab Travis unbehaglich zurück. Er fühlte sich wie ein dressiertes Tier, das auf Anweisung Kunststücke vorführen sollte. »Es ist nie zu einer Anklage gekommen, weil es in Wahrheit überhaupt kein Hack gewesen ist. Du solltest ... tja, was? Solltest du nach einkommenden Frachtern Ausschau halten?«

»Nach denen und nach allem, was sonst noch einkam«, bestätigte Chomps mit einem Nicken. »Das war unser erster ... nein, besser: *Lady Claras* erster Testlauf mit Agenten an Bord. Zu meinen Pflichten gehörte, alle Daten über einkommende Schiffe zu sichten und genauestens nach Diskrepanzen, Widersprüchen, Auslassungen und allem anderen Ungewöhnlichem Ausschau zu halten. Captain Castillo und dessen Leitende Offiziere waren selbstverständlich darüber unterrichtet.«

»Deswegen habe ich auch nicht mehr als nur einen Klaps auf die Finger bekommen, obwohl ich verabsäumt habe, das ordnungsgemäß zu melden?«, setzte Travis nach.

»Genau«, bestätigte Chomps. »Irgendetwas *musste* Commander Sladek schließlich sagen – er konnte ja nicht zulassen, dass du nachher noch misstrauisch geworden wärest. Aber eine ausgewachsene Disziplinarmaßnahme konnte er auch nicht verhängen, schließlich war das Ganze ja autorisiert.«

»Was nicht heißen solle, dass Sladek nicht auch *Townsend* einen Einlauf dafür verpasst hat, weil er Sie ins Vertrauen gezogen hat«, warf Calvingdell ein.

»Oh ja, und was für einen Einlauf!«, bestätigte Chomps und verzog gequält das Gesicht. »Dann war Lady Clara an der Reihe.«

»Haben Sie ihn deswegen zum MPARS versetzt?«, fragte Travis, als ein weiteres Puzzleteil an die richtige Stelle fiel. »Als Strafe dafür, mit mir geredet zu haben?«

»Oh, das war keine Strafe«, versicherte ihm Chomps. »Ich war ohnehin schon für eine Abkommandierung dorthin vorgesehen.« Eine Augenbraue hochgezogen, blickte er Calvingdell an. »Aber vielleicht nicht ganz so rasch. Nein, Lady Clara wollte, dass ich eine ganze Reihe Leute persönlich kennenlerne, und das bei beiden Truppen – und dabei darauf achte, vielversprechende Talente zu erkennen und anzuwerben.«

»Leute wie Sie, Lieutenant«, ergänzte Calvingdell.

»Aha«, machte Travis und runzelte die Stirn. Hier gab es immer noch einiges, das keinen Sinn ergab. »Aber warum ein neuer Nachrichtendienst? Kümmert sich denn nicht schon das ONI um Aufklärung und dergleichen?«

»In gewisser Weise schon«, bestätigte Calvingdell. »Viel von unserer Arbeit findet offiziell unter dem Dach des ONI statt – beispielsweise Townsends Einsatz an Bord der *Phoenix*. Bedauerlicherweise bewegt sich das ONI auf so eingefahrenen Gleisen und ist so durch und durch politisiert, dass es unserer Einschätzung nach für das, was *uns* vorschwebt, nutzlos ist.«

»Heutzutage hat man es dort mit erzkonservativen Sturköpfen zu tun, die diplomatische Berichte studieren«, setzte Chomps hinzu. »Und in der Freizeit blättern sie solarische Waffenkataloge durch und geraten beim Anblick der ganzen coolen Hardware dort, die Breakwater uns niemals zugestehen wird, ins Sabbern.«

»Wir sind zu dem Schluss gekommen, ein grundlegender Neustart sei unerlässlich«, fasste Calvingdell die Lage zusammen. »Also wurde ich in aller Öffentlichkeit aus dem Amt gejagt, habe dann heimlich, still und leise ein paar gute Leute um mich geschart und allmählich die ersten Projekte anlaufen lassen.«

»Casca«, entfuhr es Travis, und er blickte erneut zu Chomps hinüber, als ein weiteres Puzzleteil an seinen Platz fiel. »Lisa hat gesagt, dein Hackerangriff sei auf Lady Claras Befehl hin erfolgt.«

»Ja, das stimmt«, bestätigte Calvingdell. »Aber verstehen

Sie das nicht falsch! Damals sollte das eine einmalige Sache sein. Ich hatte Townsends Onkel als Ratgeber ins Boot geholt, und er hat mir seinen Neffen für diese Art von Job empfohlen. Was dann geschah, hat mehr als genug bewiesen, dass Chief Townsend zu den Leuten gehört, die ich gern dauerhaft an meiner Seite habe.« Sie neigte den Kopf zur Seite. »Gleiches gilt für Sie, Lieutenant. Wenn Sie den Job haben wollen.«

Travis schürzte die Lippen, und sein Blick wanderte an Chomps' Uniform abwärts und wieder aufwärts. Zu Travis' gelinder Überraschung begriff sein Gegenüber sofort, welche Frage unausgesprochen geblieben war.

»Du wärest immer noch bei der Navy«, erläuterte der Chief. »Und das wäre auch nicht bloß eine Tarngeschichte – du würdest immer noch deine ganz normalen Aufgaben an Bord versehen. Das hier wäre bloß ein Extradienst, von dem nur die leitenden Offiziere wissen.«

»Verstanden«, gab Travis zurück. Nachdem sich das Puzzle durch Chomps' Ausführungen zusammenzusetzen begann und alles mit einem Mal mehr Sinn ergab, legte sich in Travis' Hirn ein Schalter um, und sein Verstand beschäftigte sich mit Zukunft statt mit Vergangenheit. »Das klingt, als hätten Sie bereits einen Einsatz für mich im Sinn, Mylady.«

»Haben wir auch«, bestätigte Calvingdell. »Flora?«

Die junge Frau am Schreibtisch, die bislang noch kein einziges Wort gesagt hatte, erhob sich und trat einen Schritt zur Seite. »Das ist übrigens Flora Taylor«, setzte Calvingdell hinzu, während sie sich auf Floras nun freigewordenen Stuhl sinken ließ und Travis mit einer Handbewegung zu sich rief. »Sie ist unsere Torwächterin. Ihre Aufgabe ist es, all die Leute mit freundlichem Lächeln abzuwimmeln, die nicht informiert sind, was hinter dieser Tür vor sich geht, und all jene durchzulassen, die Bescheid wissen.«

Travis trat wie geheißen zu Lady Clara und nickte Flora dabei freundlich zu. Sie erwiderte das Nicken und schenkte ihm ein kleines, höfliches und ganz und gar angemessenes Lächeln.

Eine Frau, die sich mit der offiziellen Etikette auskannte und sie auch einhielt. Travis mochte sie schon jetzt.

»Allzu viel Trümmer waren nach der Schlacht nicht übrig«, sagte Calvingdell, was nicht zum Thema passen zu schien. Travis sah, dass sie eine Datenliste aufgerufen hatte. »Was übrig war, war über mehrere Millionen Kubikkilometer im All verstreut. Die Navy, der MPARS und sämtliche Schlepp- und Schürfschiffe, die wir anwerben konnten, haben bis jetzt gebraucht, genug zusammenzutragen, um eine Suche nach Indizien möglich zu machen.« Mahnend hob sie den Finger. »Bitte nehmen Sie zur Kenntnis, dass das, was ich Ihnen jetzt zeige, als ›Information nur bei Bedarf‹ klassifiziert ist.«

Chomps, der immer noch in der Nähe des Eingangs stand, wurde unruhig. »Verzeihen Sie, Mylady, aber … öhm … Lieutenant Long hat sich uns noch nicht angeschlossen.«

»Ich weiß«, gab Calvingdell zurück. »Das ist in Ordnung so.«

»Jawohl, Mylady«, sagte Chomps gedehnt. »Darf ich Frau Gräfin daran erinnern, wie sehr Sie mir die Hölle heiß gemacht haben, weil ich ihm Dinge erzählt habe, die zu wissen er nicht autorisiert war?«

»Zur Kenntnis genommen«, erwiderte Calvingdell. »Das ist der Riesenvorteil, wenn man das Sagen hat, Chief: Man darf die Spielregeln ändern, wann immer man das für notwendig erachtet.« Sie warf Travis ein zuckersüßes Lächeln zu. »Lieutenant Long gehört nicht zu der Sorte Mensch, die sich auf das Wort eines anderen hin blindlings in etwas hineinstürzt. Vor allem, wenn besagtes Wort von einer in Ungnade gefallenen

Ex-Verteidigungsministerin und einem Petty Officer stammt, der ihm vorwirft, seinetwegen zum MPARS abgeschoben worden zu sein.«

»Oh … ja«, stammelte Chomps und nickte. »Ich hatte ganz vergessen, was für ein verrufener Haufen wir doch sind.«

»Eben. Und nun«, Calvingdell wies auf das Display, »schauen Sie sich das hier an, Lieutenant, und sagen Sie mir, was Sie sehen.«

Travis beugte sich vor und versuchte dabei zu ignorieren, wie nah er damit einer Angehörigen des Hochadels kam, die er praktisch nicht kannte. Die Liste auf dem Display erwies sich als Aufstellung diverser eingesammelter Trümmer, deren Zustand immerhin noch eine Identifizierung gestattete … und in manchen Fällen sogar eine Aussage über deren Herkunft.

Vieles stammte aus solarischen Beständen. Das war nicht überraschend, schließlich dominierte die Liga Frachtindustrie wie Schiffbau. Erstaunlich viel Material stammte aus Tahzeeb, was die Vermutung nahelegte, zumindest einige von Tamerlanes Schiffen könnten von dort stammen.

Doch noch interessanter …

»Was ist das da?«, fragte er und deutete auf das, was ungefähr in der Mitte der Liste aufgeführt war. »Sind das Überreste von Gravitationssensoren?«

»Ganz genau«, bestätigte Calvingdell. »Es muss Jahre her sein, dass Sie das letzte Mal eine Bestandsliste für Gravitationsmessungen gesehen haben! Sie haben ein ausgezeichnetes Gedächtnis.«

»Was einem die Navy einbläut, bleibt eingebläut«, bemerkte Chomps. »Ist an diesen Komponenten was Besonderes, Travis?«

Travis schoss ihm einen kurzen Blick zu. Ein Petty Officer

sollte keinen derart vertraulichen Ton einem Offizier gegenüber anschlagen – nicht in Gegenwart von Zivilisten. Ihm ging auf, fast gleichzeitig, dass Chomps diesen Tonfall schon anschlug, seit er zu den Erklärungen aller Geschehnisse angesetzt hatte.

Calvingdell war Travis' strafender Blick offensichtlich nicht entgangen, und sie hatte auch sofort erkannt, was dahintersteckte. »Verzeihen Sie Townsends Verhalten, Lieutenant«, sagte sie. »Unter uns gehen wir formloser miteinander um als in der Öffentlichkeit. Außerdem prägen Sie beide gemeinsame Erfahrungen. Wenn ich Sie richtig verstanden habe, wollten Sie uns gerade erklären, was an diesen Komponenten von Bedeutung ist.«

»Jawohl, Mylady«, sagte Travis. Chomps und er kannten einander ja tatsächlich schon seit dem Ausbildungslager. Wenn man unter sich war, gestattete das sicherlich ein gewisses Maß an Vertraulichkeit. »Zahlreiche Systeme in dieser Region – selbst die, die ihre eigenen Schiffe bauen – beziehen die Impeller immer noch aus der Liga oder von Haven. Das hilft uns also nicht weiter. Aber Gravitationssensoren kann praktisch jeder selbst zusammenbauen, was auch deutlich billiger als Importware ist. Deswegen scheint mir sinnvoll anzunehmen, dass das Komponenten sind, die Tamerlane aus der seiner Basis nächstgelegenen Quelle bezogen hat.«

Er deutete über Calvingdells Schulter hinweg. »Wenn die Auswertungsexperten recht haben, und diese Bauteile da stammen wirklich aus der Silesianischen Konföderation, dann schlage ich vor, dass wir genau dort mit der Suche nach Tamerlane beginnen.«

»Sehr gut, Lieutenant«, lobte Calvingdell. »Genau zu dieser Schlussfolgerung sind wir auch gekommen. Sonst noch etwas?«

Travis kaute auf der Innenseite seiner Wange. Silesia war sicherlich eine gute Spur. Aber es konnte nie schaden, noch einen zweiten Pfeil im Köcher zu haben.

Wenn er sich geschickt anstellte, könnte er damit vielleicht sogar Lisa einen Gefallen tun.

»Anscheinend wurden auch Komponenten aus havenitischer Fertigung gefunden«, sagte er. »Wenn die Haveniten von denen Seriennummern oder andere eindeutige Merkmale hervorzaubern können, lassen sich diese zum Käufer zurückverfolgen.«

»Das klingt nach einem Schuss ins Blaue«, lautete Calvingdells Kommentar. »Obendrein ein zweischneidiges Schwert – ich hoffe, Sie vergeben mir, dass ich munter Metaphern zusammenwürfele. Stimmt, ein beachtlicher Teil dieser Komponenten stammt aus Haven. Aber das *könnte* auch heißen, dass die Angreifer dort oder in der Nähe ihren Stützpunkt haben. Diese Implikation wird Nouveau Paris nicht gefallen.«

Travis musste sich ein Lächeln verkneifen. Perfekt. »Vielleicht können wir es ja ein wenig formloser angehen«, schlug er vor. »Wir könnten jemanden aussenden, der ganz inoffiziell um einen Gefallen bittet.«

»Hast du da schon jemand konkret im Blick?«, fragte Chomps in einem etwas sonderbaren Tonfall.

»Lieutenant Commander Lisa Donnelly«, antwortete Travis. »Während des Secour-Zwischenfalls hat sie mit Colonel Jean Massingill zusammengearbeitet, und der Colonel ist anschließend nach Haven umgezogen.«

»Oh, die ist nicht einfach nur nach Haven *umgezogen*«, korrigierte ihn Calvingdell trocken. »Sie hat dieses System praktisch *erobert*. Ihre Colonel Massingill ist jetzt *Brigadier* Massingill, und in diesem Rang hat sie den EKAT, die Sondereinsatztruppe von Haven, praktisch im Alleingang geschaffen und organisiert – und den EKAT befehligt sie jetzt auch.«

Travis traten fast die Augen aus den Höhlen. Das war vollkommen neu für ihn!

»Das ist … beeindruckend, Mylady«, meinte er. »Das sollte es Massingill erleichtern, die richtigen Strippen zu ziehen, um die Trümmer von der Liste analysieren zu lassen.«

»Vorausgesetzt, Manticore ist ihr hinreichend positiv im Gedächtnis geblieben. Ansonsten wird sie nicht bereit sein, dafür Gefallen einzufordern«, gab Calvingdell zu bedenken. »Vielleicht wäre es besser, für unsere Zwecke jemanden von höherem Rang zu nehmen, der ebenfalls in diese Secour-Sache involviert war. Commodore Eigen, zum Beispiel, oder Captain Metzger.«

»Ich bezweifle, dass die Navy Eigen oder Metzger derart lang wird freistellen wollen«, warnte Chomps sie.

»Und je ranghöher der Offizier, desto offizieller würde das Ganze wirken«, setzte Travis hinzu. »Und genau das wollen wir doch vermeiden, oder?«

»Aber wenn wir wirklich einen ranghöheren Offizier einsetzen wollen, dann könnten Sie doch dafür sorgen, dass Donnelly zum Commander befördert wird und den Posten des Eins-O der *Damocles* übernimmt«, schlug Chomps vor.

Travis verzog das Gesicht. Sosehr er Lisas Fähigkeiten schätzte: Ein zu rascher Aufstieg erhöhte die Gefahr, dass ein Offizier scheiterte. Travis selbst war es nur darum gegangen, dass Calvingdell die Reparatur der *Damocles* vorantriebe und so dafür sorgte, dass Lisa so rasch wie möglich aus dem verhassten Schulungsraum entkäme. Bedauerlicherweise war Chomps hier ein bisschen übereifrig geworden.

So sah es anscheinend auch Calvingdell. »Keine gute Idee«, sagte sie und schüttelte den Kopf.

»Über die nötige Erfahrung verfügt sie, Mylady«, beharrte Chomps. »Und mehr noch: Sie hat sich den Respekt der Offiziere und der Mannschaftsdienstgrade der *Damocles* erarbeitet. Und wenn ich mich nicht täusche, hat Captain Timberlake von der *Erinye* erst kürzlich angekündigt, in den Ruhestand gehen zu wollen. Dessen Posten könnte dann gut der aktuelle Eins-O der *Damocles* übernehmen, Commander Shiflett.

»Tja«, meinte Calvingdell gedehnt und blickte von Chomps zu Travis hinüber. »Ich werde dem nachgehen.« Sie hob die Augenbraue. »Sie beide können richtig gut miteinander spielen, was? Dabei haben Sie den offensichtlichen Kandidaten völlig übersehen: Lieutenant Long selbst. Wie ich höre, war Ihr Beitrag zum Einsatz der Navy in Secour doch recht entscheidend.«

»Aber wenn er nach Haven fährt, kann er nicht mit mir nach Silesia«, protestierte Chomps. »Ich dachte, das wäre der Plan.«

»Sie gehen also davon aus, dass Mr. Long sich uns anschließen wird«, bemerkte Calvingdell. »Dabei haben Sie doch vorhin erst gesagt, das stehe noch gar nicht fest.«

»Steht es doch«, entgegnete Chomps. »Oder, Travis?«

»Das ist auf jeden Fall … interessant«, erwiderte Travis. »Aber werden Sie einfach so …? Ich meine, muss ich da nicht erst noch irgendeine Eignungsprüfung ablegen oder so etwas?«

»Die haben Sie gerade hinter sich«, antwortete Calvingdell und deutete erneut auf das Display. »Ihrer Personalakte lässt sich entnehmen, dass Sie ein gutes Auge für Details haben und schnell auf neue Ideen kommen. Sodann weiß ich von Chomps, dass Sie flink sind und, wenn die Motivation stimmt, auch überzeugend lügen können. Da war irgendetwas mit Schokokeksen, wenn ich das richtig in Erinnerung habe.«

»Jawohl, Mylady«, gab Travis zu und ihm schoss das Blut ins Gesicht. An diesen Zwischenfall hatte er schon lange nicht mehr gedacht.

»Also«, fuhr Calvingdell munter fort, »das Ganze sieht so aus: Wenn Sie bei uns einsteigen, erhalten Sie sechs Wochen Einweisung und Training – das ist eigentlich nicht genug, aber mehr Zeit bleibt uns nicht, bis die Nachrüstung der *Casey* abgeschlossen und sie bereit ist, nach Silesia auszulaufen. Chomps wird als Chief an Bord sein, und er wird Ihre weitere Ausbildung übernehmen …«

»Wie meinen, Mylady?«, fiel ihr Travis stirnrunzelnd ins Wort. »Wir nehmen die *Casey*?«

»Allerdings«, bestätigte Calvingdell. »Vielleicht haben Sie das ja vergessen, oder viel eher: einfach nie gewusst, aber der ursprüngliche Plan sieht vor, dass die *Casey* die ganze Region bereist, als Anschauungsobjekt für Manticores Schiffbaufähigkeiten. Damit sollen zukünftige Geschäftsbeziehungen eingefädelt und möglicherweise gewissen Gruppierungen ein Grund geliefert werden, ein Groschengrab auszuheben, damit wir unsere eigene Impellerring-Industrie entwickeln können.«

»Klingt teuer«, meinte Travis, und die Falten auf seiner Stirn vertieften sich noch.

»Wie ich schon sagte: Groschengrab.«

»Aber besteht denn hier draußen überhaupt genug Bedarf dafür?«

»Genau das soll im Zuge dieser Tour ja herausgefunden werden«, antwortete Calvingdell. »Deswegen werden Sie auch einen Passagier an Bord haben: Heinrich Hauptmann, den Direktionsassistenten der Gräfin von Acton. Er wird während der Tour die Präsentationen übernehmen.«

»Ist natürlich reiner Zufall, dass er über Kontakte zu dortigen Werften und Zulieferern verfügt«, ergänzte Chomps.

»Das ist der wahre Grund, warum er mitfährt. Wir beide werden uns Bestandslisten anschauen, und er ist unser Eintrittsvektor dafür, an diese Listen heranzukommen.«

»Weiß er, was wir in Wirklichkeit tun?«

»Ja, er ist vollständig eingewiesen«, beantwortete Calvingdell Travis' Frage. »Aber wir sollten jetzt nicht über *ihn* reden, sondern über *Sie*: Wie sieht es aus, Lieutenant? Sind Sie dabei? Ja oder nein?«

Travis atmete tief durch. Viele gute Männer und Frauen waren in der Schlacht von Manticore gefallen. Wenn es eine Chance für ihn gab, die dafür Verantwortlichen aufzuspüren und zur Rechenschaft zu ziehen …

»Jawohl, Mylady«, entschied er, »ich bin dabei.«

»Ausgezeichnet«, sagte Calvingdell, stand auf und streckte Travis die Hand entgegen. »Willkommen an Bord. Flora, wenn Sie die beiden dann bitte einlassen würden?«

»Jawohl, Mylady.« Flora glitt zurück an ihren Schreibtisch und drückte einige Tasten. Erst jetzt bemerkte Travis, wie anmutig die Bewegungen der jungen Frau waren.

Chomps vollführte eine auffordernde Handbewegung und trat dann um den Schreibtisch herum vor die Tür neben der Topfpflanze. Er drehte den Knauf und öffnete die Tür.

Dahinter erkannte Travis einen Raum, der deutlich größer war, als er erwartet hatte. Computerterminals nahmen die eine Seite des Raumes ein. An einer Handvoll davon arbeiteten Männer und Frauen, die konzentriert auf ihre Displays starrten. Auf der anderen Seite des Raumes fanden sich drei Labortische, auf denen allerlei High-Tech-Gerätschaften aufgebaut waren – hier waren weitere Männer und Frauen eifrig in die Arbeit vertieft. Dem Eingang genau gegenüber, am anderen Ende des Raumes, befand sich eine freie Fläche, die derzeit nicht aktiv genutzt wurde: Dort waren Matten ausgelegt, wie Travis sie von den Nahkampftrainingsbereichen von Casey-Rosewood kannte.

»Entschuldige das Durcheinander«, meinte Chomps und ging voran. »Das hier sollte eigentlich unser Auswertungsbereich sein, aber die anderen drei Räume, die wir noch bekommen, sind nicht fertig. Deswegen ist jetzt alles hier so eng zusammengedrängt.«

»Wie groß wird die Abteilung denn insgesamt?«, erkundigte sich Travis.

»Es kommen auf jeden Fall noch ein paar größere Räume dazu«, antwortete Chomps. »Was das Personal betrifft, sind wir bislang bei ein paar Dutzend. Letztendlich möchte Calvingdell, dass Delphi dieses ganze Stockwerk übernimmt – und wir genug Leute haben, die die Räume auch nutzen. Aber das ist Zukunftsmusik.«

»Delphi?«, wiederholte Travis.

»So nennen wir das Ganze hier«, erklärte Chomps. »Da spart man im Vergleich zu SIS gleich eine ganze Silbe, und außerdem klingt es nett klassisch.«

Vor einem Computerterminal blieb er stehen und zog sich einen Stuhl heran. »Hier gibt's eine ganze Menge Kram zu lesen, also sollten wir wohl besser loslegen. Und, wie fühlt sich unsere Lisa denn als Schulungsleiterin beim MPARS?«

Travis' erste Reaktion auf den unvermittelten Themenwechsel war ein erstauntes Blinzeln. Seine zweite bestand in innerlicher Empörung angesichts von Chomps' beiläufiger Vertrautheit. *Unsere Lisa?* Mit welchem Recht sprach er hier von *unserer Lisa?*

Zu spät begriff er, dass es nur Frotzelei war.

»Nicht sonderlich wohl«, antwortete er. »Wenn es nach ihr ginge, befände sich Lieutenant Commander Donnelly eindeutig lieber an Bord eines Schiffes.«

»Oh, jetzt ist sie *Lieutenant Commander* Donnelly?«, setzte Chomps nach und warf Travis von der Seite einen langen Blick zu. »Mein Fehler. Ich habe gedacht, sie sei eine besonders gute Freundin von dir.«

»Sie ist eine Freundin, ja«, erklärte Travis mit fester Stimme. »Aber *nur* eine Freundin. Und *deine* besonders gute Freundin sie ist schon einmal ganz definitiv und erst recht nicht!«

»Natürlich nicht«, grinste Chomps. »Wie dem auch sei, und wer auch immer sie ist oder nicht ist: Ich glaube, wir haben Ihre Ladyschaft davon überzeugt, sie nach Haven zu schicken.« Er zuckte mit den Schultern. »*Ich* würde ja lieber lehren, als eine monatelange Überfahrt zu machen, an deren Ende nichts anderes auf mich wartet als endloses Reden. Aber jedem das seine.«

»Hoffen wir darauf, dass mehr als nur Gerede dabei herauskommt«, mahnte Travis an. »Für den Fall, dass sich diese Spur als Rohrkrepierer erweisen sollte: Haben wir überhaupt noch etwas anderes in der Hand?«

»Oh ja«, sagte Chomps und klang nun deutlich düsterer. »Erinnerst du dich noch an den kleinen Überfall letztlich? Graf Ernst Bloch und seine munteren Mannen von Barca?«

»Natürlich.«

»Na ja, unser lieber Herr Graf hat einen Fehler gemacht«, erklärte Chomps. »Inmitten seines doppelzüngigen Geredes, das er uns serviert hat, hat er gelächelt.«

Wieder runzelte Travis die Stirn. Was meinte Chomps denn bloß?

Dann, ganz plötzlich, begriff er. *Gelächelt …*

»Du machst Witze!«

»Ganz und gar nicht«, versicherte ihm Chomps. »Es war dasselbe Lächeln. Ganz genau dasselbe eiskalte Lächeln.

Graf Bloch ist unser cascanischer Massenmörder, derjenige, der deinen Secour-Piraten in der Zelle auf Haven kaltgemacht hat.«

»Der Mann kommt ja ganz schön rum«, meinte Travis leise. »Und das mit dem NavSat, das warst du?«

»Genau genommen war es Lady Clara«, verbesserte Chomps ihn. »Aber, ja, der Vorschlag kam von mir. Wir haben den Satelliten so eingerichtet, dass er völliges Kauderwelsch von sich gab, und haben gehofft, dass Bloch das für eine verschlüsselte Übermittlung halten würde. Wir wollten wissen, ob ihn das aufscheucht. Genau das ist passiert, und das hat uns zu der Schlussfolgerung gebracht, dass er etwas im Schilde führt.«

»Dein Lächeln-Ding hat nicht gereicht?«

»Erstaunlicherweise nicht«, antwortete Chomps. »Aber ich glaube, mittlerweile ist die Admiralität ganz auf unserer Seite. Das heißt natürlich nicht, dass wir nicht dringend einen Plan griffbereit haben sollten, wenn er wieder zurückkommt – oder besser: *sobald* er wieder zurückkommt.«

»Und was haben er und Tamerlane miteinander zu tun?«

»Keine Ahnung«, gestand Chomps. »Aber das herauszufinden steht auf unserer To-do-Liste ganz weit oben.« Erneut deutete er auf den Schreibtisch. »Na ja, damit fängst du hier gleich erst mal an. Es tut mir leid, dass wir das nicht einfach auf dein Tablet übertragen können, aber hier geht es um Zeug, das wir nicht durch den Äther geblasen wissen wollen. Gib deine ID ein, aktiviere deine Verschlüsselung, und dann fang an zu lesen.«

Er nickte Travis noch einmal zu, dann durchquerte er den Raum und steuerte eine der Arbeitsbänke an.

Travis zog die Schultern hoch und nahm Platz. An dieser ganzen Sache war viel, das überhaupt keinen Sinn ergab. Aber wenigstens hatten sich Delphi und die Navy darangemacht, die Puzzleteile schon einmal zusammenzutragen. Mit genug Puzzleteilen – und genug Leuten, die sich damit beschäftigten – stand zu hoffen, dass sie irgendwann auch eine Antwort fänden.

Und was Lisa betraf …

Er schaute zu Chomps hinüber und durchbohrte dessen Rücken mit einem finsteren Blick. *Sie ist keine* besonders *gute Freundin,* beharrte er innerlich. *Nicht so, wie du denkst. Nein, wirklich nicht.*

Mürrisch, das Gesicht verkniffen, gab er seine Kennung ein und machte sich an die Arbeit.

17

Deborah Scannabecchi, Herzogin von New Bern und Erster Rechtslord des Sternenkönigreichs von Manticore, legte ihr Tablet vor sich auf den Tisch. »So ist die Lage, Eure Majestät«, beendete sie ihre Ausführungen. »Die Wortwahl des Dokuments legt zwingend weder die eine noch die andere Interpretation nahe. Ich bedauere sehr, dass hier kein abschließendes Wort gesprochen werden kann.«

»Ich verstehe«, sagte Elizabeth und achtete sorgsam darauf, einen ruhigen und sachlichen Ton anzuschlagen. Aus dem Augenwinkel bemerkte sie, wie Burgundy auf der anderen Seite des Tisches unbehaglich auf seinem Stuhl herumrutschte. Offenkundig hatte er sich wohl auch eine eindeutigere Rechtslage erhofft.

Oder aber er bedauerte, dass er und die anderen Verfasser des Dokuments diesen möglichen Umstand – und damit die aktuelle Situation – seinerzeit nicht bedacht hatten.

»Und wie ist Ihre persönliche Meinung, Euer Gnaden?«, fragte Elizabeth daher nach.

»Ich habe keine *Meinung*, Eure Majestät«, gab New Bern steif zurück. »Es ist meine Aufgabe, strikt dem Gesetz zu folgen.«

»Ich verstehe. Lassen Sie es mich anders ausdrücken: Wenn Sie im Gericht über diesen Fall zu entscheiden hätten, wie *würden* Sie entscheiden?«

»Ich würde die Entscheidung fällen, die nach meinem Dafürhalten das Beste für das Sternenkönigreich ist«, erklärte

New Bern. »Ich bin davon überzeugt, dass das die Pflicht und die Bürde eines jeden ist, der unserer Sternnation dient.«

»Wie bitte?«, fuhr Burgundy auf. »Ihre Pflicht ist es zu entscheiden, was das Gesetz *besagt*, und nicht, es vor dem Hintergrund Ihrer persönlichen Befindlichkeiten zu interpretieren!«

»Und genau diese Pflicht werde ich auch weiterhin erfüllen«, gab New Bern frostig zurück. »Aber Ihre Majestät hatte mir hinsichtlich eines uneindeutigen Gesetzes eine rein hypothetische Frage gestellt, und diese habe ich beantwortet.«

»Natürlich«, sagte Burgundy und mäßigte seinen Ton. Doch Elizabeth sah es in seinen Augen aufblitzen, was verriet, dass er zu wissen glaubte, zu welchem Lager New Bern gehörte.

Nur dass er in diesem Fall falschlag. Gemeinhin gehörte New Bern zu Breakwaters Verbündeten. Sie würde also bei den meisten politischen Entscheidungen der Maßgabe des Schatzkanzlers folgen. Hier jedoch spielten Freundschaften und Seilschaften keinerlei Rolle.

Denn Elizabeth war die gesamte Verfassung durchgegangen, dazu auch noch eine Vielzahl zusätzlicher Dokumente, und sie hatte viel mit Experten diskutiert. Unter den zusätzlichen Dokumenten waren Schriftstücke, die die Mütter und Väter der Verfassung später aufgesetzt hatten, und unter den Experten viele, die damals am Konzeptionierungsprozess beteiligt gewesen waren – so wie Harper Davis, der Herzog von Burgundy.

Elizabeth war zu genau dem gleichen Schluss gekommen wie die Gräfin von New Bern: Beide Positionen hinsichtlich der Eheschließungsfrage ließen sich mit dem Wortlaut der entsprechenden Verfassungspassage sowohl vertreten wie angreifen.

Aber die Überlegung des Ersten Rechtslords, was wohl das Beste für das Sternenkönigreich wäre …

»Mir scheint die Frage nach der Eheschließung von vergleichsweise geringer Bedeutung«, meinte Burgundy nun. »Deutlich drängender erscheint mir, dass wir derzeit keinen legitimen Thronerben haben. Sie werden mir gewiss verzeihen, wenn ich dieses schmerzliche Thema noch einmal anschneide, Eure Majestät, aber das Schicksal hat uns ja gerade erst vorgeführt, wie schnell eine Monarchie König *und* Kronprinzessin verlieren kann.«

»Was nicht nur für die Winton-Blutlinie katastrophal war«, griff Elizabeth den Gedanken selbst auf, und wieder durchfuhr sie alter, vertrauter Schmerz, »sondern wohl auch für die Monarchie an sich und damit das gesamte Sternenkönigreich.«

»Ihr Herr Vater hat immerhin noch zwei Schwestern und einen Bruder«, gab Burgundy zu bedenken.

»Alle über siebzig oder achtzig und nicht sonderlich gesund«, bemerkte New Bern.

»Und keiner von ihnen hat Kinder, die gemäß dem Wortlaut der Verfassung geeignete Thronerben wären«, räumte Burgundy ein.

»Nein, wohl nicht«, murmelte Elizabeth und musterte ihren Premierminister.

Was sie sah, gefiel ihr nicht.

Soweit sie sich zurückerinnern konnte, hatte Burgundy auf sie schon immer alt gewirkt. Zugegeben: Als sie noch ein Kind gewesen war, hatte *jeder* oberhalb von fünfzehn T-Jahren alt gewirkt. Sie war älter geworden, ihre Eltern und ihr Bruder auch, sie alle hatten sich verändert – nur Burgundy nicht. Gewiss, sein Haar war immer dünner geworden, und auf seinen Handrücken zeigten sich erste Altersflecken, aber davon einmal abgesehen schien es, als würde er für alle Zeit immer derselbe bleiben. Alterslos alt.

Bis jetzt. Mit einem Mal schien er mehr und mehr in sich zusammenzufallen. Wie ein kollabierender Stern.

Er wurde immer dünner, sein Gesicht immer schmaler. Er bewegte sich, und das war nicht zu übersehen, vorsichtig, als machte er sich Sorgen um sein Knochengerüst, weil sein Gleichgewichtssinn nicht mehr funktionierte. Im Gespräch beugte er sich ein wenig vor, als wäre er besorgt, er bekäme nicht mehr alles Wichtige mit.

Elizabeth hätte den Zeitpunkt, zu dem Burgundys massiver Verfall begonnen hatte, nicht benennen können. Doch sie vermutete, er könnte durch den Tod ihres Bruders und ihrer Nichte in der Jasonbai ausgelöst worden sein.

Burgundy hatte so große Hoffnungen für das Sternenkönigreich unter Edwards Führung gehegt. Edward hatte Elizabeth davon erzählt, und was sie selbst mitbekommen hatte, stützte das. Zuverlässig hatte der Premierminister seinem König durch alle politischen Fährnisse den Weg bereitet.

Und dann, von einem Augenblick auf den anderen, war Burgundy seine Vision, seine Hoffnung auf die Zukunft genommen worden.

In Elizabeths Hinterkopf fragte eine Stimme, ob sie beleidigt sein sollte, weil Burgundy sie anders als Edward offenkundig für einen hoffnungslosen Fall hielt. Schließlich schien er aufgeben zu wollen oder aufgegeben zu haben. *Nein, das stimmt nicht,* widersprach eine andere Stimme in ihr. Burgundy war einfach nur *alt* geworden, und es war die tief empfundene Zuneigung zu seinem König gewesen, die ihn das Alter in all den Jahren nicht hatte spüren lassen.

Nun war sein König tot, und das Alter war dabei, den Sieg über Burgundy davonzutragen.

»Ich weiß, dass Sie das nicht werden hören wollen, Eure Majestät«, sagte Burgundy, »aber es muss nun einmal ausgesprochen werden: Sie brauchen einen Erben, und die Verfassung schreibt vor, dass der Vater aus den Reihen der Bürgerlichen stammen muss. Die einfachste Lösung …«

»Ich werde nicht erneut heiraten«, fiel ihm Elizabeth ins Wort. »Nicht unter derartigem Druck.«

»Eure Majestät …«

»Ich habe *nein* gesagt.«

Burgundy schürzte die Lippen, ein Muskel in seiner Wange zuckte. »Also gut. Gestatten Sie mir, einen Vorschlag zu machen. Ich werde für Sie eine Liste geeigneter … Kandidaten erstellen, nennen wir es: für den Posten des Prinzgemahls. Nur für den Fall, dass Sie sich irgendwann in der Zukunft dafür entscheiden sollten, diesen Weg zu gehen«, beendete er den Satz so hastig, als rechnete er damit, von seiner Monarchin jeden Moment zur Schnecke gemacht zu werden.

Einen winzigen Moment lang war Elizabeth ernstlich versucht, genau das zu tun. Doch ihr Gegenüber war immerhin der Herzog von Burgundy. Selbst wenn sie ganz und gar anderer Ansicht war als er, hatte er sich Respekt verdient. »Ich kann Sie nicht davon abhalten, in Ihrer Freizeit zu tun, was immer Ihnen beliebt«, sagte sie stattdessen. »Ich danke Ihnen beiden für die Zeit, die Sie sich genommen haben. Sie dürfen gehen.«

»Eure Majestät.« New Bern erhob sich, verneigte sich dann tief und ging mit großen Schritten an Elizabeths Sessel vorbei auf die Tür zu.

Elizabeth blieb am Tisch sitzen. Gleiches galt – was sie nicht im Mindesten verwunderte – für Burgundy. Schweigend saßen sie da, lauschten New Berns Schritten, die erst die beiden Wachen zu beiden Seiten der Tür passierte und dann auf den Korridor hinaustrat. Hinter ihr schlossen die Wachen die Tür …

»Die muss *weg*«, fauchte Burgundy, kaum dass sich die Tür geschlossen hatte. »›Ich würde die Entscheidung fällen, die nach meinem Dafürhalten das Beste für das Sternenkönigreich ist‹ – ist das ihr Ernst?! Sie ist schließlich *Juristin*, Herrgott noch mal!«

»Ihre Amtszeit läuft erst in fünf Jahren ab«, rief ihm Elizabeth müde ins Gedächtnis zurück. »Lassen Sie sie in Ruhe. Im Augenblick haben wir wirklich Wichtigeres, um das wir uns kümmern müssten.«

»Ich weiß.« Burgundy atmete tief durch. Es war ihm anzusehen, wie viel Mühe es ihn kostete, seine Frustration über New Bern abzuschütteln. »Zunächst einmal möchte ich für meinen Vorschlag, nach geeigneten Prinzgemahlen Ausschau zu halten, in aller Form um Entschuldigung bitten. Ich hoffe, Sie haben das nicht als persönliche Beleidigung aufgefasst.«

»Es kam mir gefühllos vor.«

»Ich habe das wirklich nicht ernst gemeint«, setzte er hastig hinzu. »Ich weiß doch, dass New Bern alles, was hier besprochen wird, sofort zu Breakwater trägt, und ich wollte ihn glauben lassen, dass Sie … ach, Sie wissen schon: dass Sie etwas zu tun gedenken. Selbstverständlich würde ich Sie niemals in dieser Form beleidigen!«

Elizabeth seufzte. »Vielleicht sollten Sie das ja.«

Er kniff die Augen zusammen. »Eure Majestät?«, fragte er vorsichtig.

»Vielleicht sollten Sie wirklich eine solche Liste erstellen«, erklärte sie sich. »Der Schritt an sich ist ja durchaus vernünftig.«

»Aber wenn Sie …« Er stockte, und ein angespanntes Lächeln steigerte die Falten um seine Lippen noch. »Damit

Breakwater glaubt, Sie würden seiner Forderung nachkommen?«

»Oder dass ich zumindest darüber nachdenke«, ergänzte Elizabeth. »Bedauerlicherweise steht er mit dieser Forderung ja nicht allein da. Aber das sollte seine Clique zumindest eine Zeitlang zum Schweigen bringen. Das verschafft mir Zeit, um eine bessere Lösung zu finden.«

»Jawohl, Eure Majestät.« Burgundy zögerte. »Wenn es denn eine solche Lösung gibt.«

»Die gibt es«, sagte sie fest, »und wir werden sie auch finden.«

»Ich hoffe, Sie haben recht.« Burgundy stützte sich mit beiden Hände auf der Tischplatte ab, um sich zu erheben. »Wenn Sie gestatten, Eure Majestät, mache ich mich dann umgehend an die Arbeit.«

»Ich danke Ihnen, Davis«, sagte sie. »Es ist tröstlich zu wissen, dass zumindest Sie fest an meiner Seite stehen.«

»Stets, Eure Majestät«, versprach er. Eine Hand immer noch auf den Tisch gestützt, verneigte er sich tief. »Ich lasse Sie wissen, wenn die Liste fertig ist. Es könnte einige Tage dauern.«

»Nehmen Sie sich so viel Zeit, wie Sie brauchen«, gab Elizabeth zurück. »Ich freue mich darauf, Sie wiederzusehen, wenn Sie so weit sind.«

»Ich danke Ihnen«, sagte er. »Ich lasse es Sie wissen.«

Mit sonderbar steifen Schritten ging er an ihrem Sessel vorbei, auf genau dem gleichen Weg, den vor wenigen Minuten New Bern genommen hatte. Dann passierte er die beiden Wachen und trat durch die Tür.

Elizabeth sah ihn niemals wieder.

Es geschah drei Tage später, kurz vor Sonnenaufgang.

Angesichts der Ruhe, die Ihre Majestät zweifellos brauchte, wartete der Kommandeur des Queen's Own Regiment, Major Jackson, noch zwei Stunden, bevor er sie informierte. Als sie in Burgundys Büro eintraf, waren die Ärzte bereits dort gewesen, wieder gegangen … und hatten den Leichnam mitgenommen.

»Woran ist er gestorben?«, fragte Elizabeth. Sie stand neben dem Schreibtisch des Premierministers, ihr Verstand wie betäubt, und ihr Blick ging suchend zu dem leeren Sessel, als könnte sie dort den Freund und Ratgeber noch finden.

»Die Ärzte sagen, es sei ein Herzanfall gewesen, Eure Majestät«, sagte leise Louisa Geary, Burgundys Privatsekretärin. Drei Stunden waren vergangen, seit sie ihn gefunden hatte. Sie weinte nicht mehr wie zuvor, doch die Augen waren immer noch gerötet. »Das war … wir wussten, dass es eines Tages passieren würde. Aber wir … vorbereitet ist man auf so etwas nie.«

»Nein, nie«, meinte Elizabeth. Schuldgefühle überfielen sie. Burgundys Büropersonal war offenkundig bewusst gewesen, dass er an Herzproblemen gelitten hatte. Wieso hatte *sie* es nicht gewusst?

Oder hatte man ihr davon berichtet, und sie hatte es vergessen, weil es so viele andere drängende Dinge zu erledigen gab?

Das Sternenkönigreich selbst und als Ganzes stand für die Königin an erster Stelle. Aber welchen Sinn hatte es, ihre Sternnation zu beschützen, wenn die, die darin lebten, für die Regentin bedeutungslos waren?

Sie riss den Blick von Schreibtisch und Sessel los und ließ ihn durch den ganzen Raum wandern. An jedem Erinnerungsstück in den Regalen blieb er hängen. Burgundy hatte ein langes, produktives Leben geführt, vier Monarchen hatte er treu gedient. Das war ein Erbe, auf das seine Familie und er stolz sein konnten.

Irgendwo im Hinterkopf fragte sie sich, ob eines Tages jemand diesen Rekord einholen würde.

»Eure Majestät?«

Elizabeth zuckte zusammen. Erst jetzt begriff sie, dass sie in den ›Introspektionsmodus‹ umgeschaltet hatte. Eigentlich versuchte sie das in der Öffentlichkeit zu vermeiden. »Ja, Ms. Geary?«

Die Sekretärin hielt ihr einen Datenchip entgegen. »Ich habe kurz vor Ihrem Eintreffen die jüngste Arbeit Seiner Gnaden angeschaut«, erklärte sie. »Ich dachte, da sei vielleicht etwas Entscheidendes dabei, das dem Parlament vorgelegt werden müsse oder …« Sie stockte und blinzelte wiederaufsteigende Tränen fort. »Die jüngste Datei war mit *Für die Königin* markiert. Das war … er hat wohl daran gearbeitet, als …« Sie beendete den Satz nicht.

»Danke«, sagte Elizabeth und nahm ihr zögernd den Chip aus der Hand. War das womöglich das, was sie vermutete? »Und ich danke Ihnen für alles, was Sie für ihn getan haben in all den Jahren, die Sie … Wie lange waren Sie jetzt bei ihm?«

Geary schniefte leise. »Dreiundzwanzig Jahre, Eure Majestät.«

Dreiundzwanzig Jahre. Genau die Hälfte von Elizabeths bisheriger Lebenszeit. Und nicht einmal *das* hatte sie gewusst! »Sie sollten jetzt nach Hause gehen und sich ausruhen«, empfahl sie Geary. »Falls Ihre Unterstützung gebraucht wird, ist ja bekannt, wo man Sie finden kann.«

»Ich danke Ihnen, Eure Majestät«, erwiderte Geary und schniefte erneut. »Wenn es Ihnen recht ist, würde ich lieber hierbleiben. Da ist … ich muss ein paar Sachen organisieren.

Seine Familie … und schon bald wird jemand anderes hier einziehen.«

Schon bald wird jemand anderes hier einziehen. »Natürlich«, sagte Elizabeth mit fast tauben Lippen. Dieser Gedanke war ihr noch überhaupt nicht gekommen.

Warum auch? Sie hatte sich noch nie Gedanken über die Zusammensetzung des Parlaments oder des Kabinetts machen müssen. Selbst in den Monaten seit ihrer Thronbesteigung hatte ihre einzige echte Entscheidung darin bestanden, die Kabinettsmitglieder auf genau dem Posten zu bestätigen, den sie unter ihrem Bruder ausgefüllt hatten.

Jetzt musste plötzlich der Posten des Premierministers neu besetzt werden.

Die Aufgabe, einen Kandidaten auszuwählen und dem Oberhaus zu präsentieren, oblag der Königin. Wem sonst.

Ihr erster, reflexartiger Gedanke war, sie müsste darüber unbedingt mit Burgundy sprechen. Der zweite, herzzerreißende Gedanke war, dass sie *niemals wieder* mit ihm würde sprechen können.

Im Kabinett oder auch in der Welt der Politik ganz allgemein gab es niemanden, dessen Führung Elizabeth sich anvertraut hätte, um das Problem zu lösen.

Nun, es gab auf ganz Manticore nur einen einzigen Menschen, dem sie vertraute. Einen einzigen.

Sie wartete, bis sie wieder in ihrem Flugwagen saß und die Rückfahrt zum Palast antrat. Dann aktivierte sie mit hämmerndem Herzen ihr UniLink.

Nach dem ersten Klingeln meldete sich schon ihr Vater. »Hallo, Elizabeth.« Seine Stimme klang noch rauer als sonst. »Wie hältst du dich?«

»Nicht allzu gut«, räumte Elizabeth ein. »Du weißt es also schon, nicht wahr?«

»Das mit Davis?« Ein kaum hörbares Seufzen. »Ja. Möchtest du reden?«

»Sehr gern sogar«, antwortete Elizabeth. »Hast du Zeit?«

»Immer«, versicherte Michael ihr. »Ich warte im Refugium auf dich.«

»Danke«, sagte Elizabeth. »Und … tut mir leid, dass das nicht sonderlich königlich ist, aber ich brauche jetzt einfach eine Umarmung von meinem Vater.«

»Das ist gut«, erwiderte Michael sanft. »Ich könnte jetzt nämlich sehr gut eine Umarmung von meiner Tochter gebrauchen. Bis gleich.«

Llyns ganz persönlicher Meinung nach war der Mann, den Gensonne ausgewählt hatte, um das Gesicht der Volsung-Piraten zu sein, dafür eigentlich ungeeignet.

Raubeinig und bärtig war der Muskelberg ein Mittelding zwischen Söldner und Pirat, ganz wie die Volsungs selbst. Damit vermittelte der Mann potenziellen Kunden ein ziemlich genaues Bild davon, was sie zu erwarten hatten.

Eine Kontaktperson aber sollte wenigstens *so tun*, als wollte er behilflich sein, und das *versuchte* Lieutenant Commander Syncho nicht einmal.

»Nein«, sagte er und schüttelte den Kopf noch heftiger als bei den beiden Neins zuvor. »Ich habe keine Ahnung, wo sich Admiral Gensonne befindet. Wahrscheinlich erfüllt er gerade irgendwo einen Auftrag.«

Das war, und Llyn wusste das, natürlich völliger Unfug. Gensonne war nicht aufgebrochen, um irgendwo Geld zu verdienen. Entweder hielt er sich in seiner geheimen Operationszentrale versteckt, leckte sich die Wunden und versuchte seine Flotte zusammenzuflicken, oder er schmollte und brütete dort vor sich hin. Schließlich hatte man ihn aus dem Manticore-

System vertrieben, ohne dass ein einziger Schuss abgefeuert worden war.

Oder er befand sich auf dem Rückweg von Poznan, nachdem es ihm nicht gelungen war, Llyns Schiff abzufangen.

»Können Sie mir wenigstens einen Hinweis geben?«, beharrte er.

»Wie oft muss ich es denn noch sagen?!«, blaffte Syncho. »Ich weiß nichts. Und wenn Sie meine persönliche Meinung hören wollen: Sie haben ganz schön Mumm, hier einfach aufzutauchen – nach dem, was in Manticore abgelaufen ist!«

»Ach, tatsächlich?«, gab Llyn zurück. Bedauerlicherweise brachte ihn die letzte Aussage seines Gegenübers auch nicht weiter. Keine der drei Möglichkeiten ließ sich damit ausschließen.

Höflichkeit hatte ihn also nicht weitergebracht. Dann war es wohl Zeit, die Taktik zu ändern.

Seine Rückendeckung befand sich im Vorzimmer. Ein Wort von ihm, und er könnte mit ihrer Hilfe Syncho die sprichwörtlichen Daumenschrauben anlegen. Doch auch Synchos Rückendeckung befand sich dort und behielt die Besucher misstrauisch im Blick. Synchos Leute ohne zu viel Lärm auszuschalten war schlichtweg ummöglich. Syncho wäre also rasch gewarnt.

Tja, dann musste Llyn das eben im Alleingang erledigen.

»Also gut … reden wir doch mal über Mumm«, entschied er. »Jetzt bitte ich nicht mehr um eine Antwort, jetzt *verlange* ich sie. Sagen Sie mir, wo er ist!«

Synchos Gesicht verdüsterte sich. »Oder was?«, knurrte er.

»Oder ich bleibe hier«, Llyn tippte mit den Fingerspitzen auf den Rand von Synchos Computerbildschirm, »und zwar genau *hier.*« Er trommelte mit den Fingern auf den Bildschirmrand, dieses Mal ein wenig lauter. »Bis Sie in Ihre kleine

Zauberkiste schauen …«, *klopf-klopf,* »… und mir verraten …«, *klopf-klopf-klopf,* »… wo zum Teufel Gensonne steckt!«

»Hören Sie auf damit!«, fauchte Syncho und schlug nach Llyns Hand.

Llyn zog sie gerade weit genug zurück, um dem Schlag auszuweichen. Kaum dass der Pirat seine Hand sinken ließ, schossen Llyns Finger vor, und er trommelte erneut auf den Bildschirmrand. »Gefällt Ihnen das nicht?«, fragte er und trommelte.

»Verdammt noch mal … hören Sie auf!« Syncho beugte sich vor, wollte Llyn beim Handgelenk packen.

Llyn aber war schneller, zog die Hand aus Synchos Reichweite, und der Volsung reagierte wie bestellt: Im Bestreben, Llyns Handgelenk doch noch zu erwischen, beugte er sich ein Stück weiter vor. Blitzschnell schoss Llyns Rechte nach vorn, wie ein Schraubstock umschlossen seine Finger Synchos Handgelenk. Einen Sekundenbruchteil später hatte Llyn den Unterarm des Gegners in der linken Armbeuge eingeklemmt.

Reflexartig wollte sich der Volsung zurückziehen – aber weil er saß und Llyn stand, war Llyn in der eindeutig besseren Position, Kraft auf den Gegner auszuüben – was Llyn dann auch tat: Ein Ruck, und Synchos Arm war durchgestreckt, der Ellenbogen genau über der Monitorkante.

Noch gab sich der überraschte Volsung nicht geschlagen. Er stemmte die Linke auf die Tischplatte, um sein Gleichgewicht wiederzufinden und Llyn etwas entgegensetzen zu können. Ein bisschen mehr Druck und eine Drehbewegung reichten Llyn, und Synchos Ellenbogen lag auf der Monitorkante. Wenn er sich jetzt vorbeugte, nur ein klein wenig mehr, und mit seinem ganzen Körpergewicht Druck auf den durchgestreckten Arm des Volsungs ausübte …

Syncho fluchte, und neben Wut war Furcht darin. Er

wusste genau, Llyn bräuchte nur sein Gewicht zu verlagern, und Syncho wäre sein funktionstüchtiges Ellbogengelenk los: Es würde brechen wie ein trockener Ast. In einem letzten verzweifelten Versuch, auf die Füße zu kommen und den auf seinem Gelenk lastenden Druck zu verringern, trat er den Stuhl weg. Alles, was er erreichte, war, dass er mit dem Oberkörper über die Schreibtischplatte weiter in Richtung Llyn rutschte.

Gürtel mit Holster und Handfeuerwaffe kamen in Llyns Reichweite. Wie eine Viper stieß Llyns Linke hinunter auf den Kolben der Handfeuerwaffe, packte ihn und zog die Waffe. Gleichzeitig versetzte er mit der Rechten dem jetzt aus dem Schraubstock entlassenen Gegner einen derben Stoß. Volsungs Aushängeschild flog rücklings in den Schreibtischstuhl.

Damit war Syncho wieder genau dort, wo Llyn ihn vorerst haben wollte.

»Kein Wort!«, zischte Llyn ihn an. Mit einer Kopfbewegung deutete er in Richtung Tür. »Es sei denn, Sie wollen, dass Ihren Leuten das Lebenslicht ausgeblasen wird.«

Einen Moment lang glaubte er, Syncho würde es trotzdem versuchen und auf die Konsequenzen pfeifen. Doch der Mann war nicht ganz so dumm, wie er aussah. Er nahm die Hände hoch, die Lippen zu einer schmalen Linie zusammengepresst.

»Gut«, sagte Llyn. »Aufstehen und mit dem Rücken bis an die Wand.«

Wortlos, die Hände immer noch erhoben, kam Syncho der Aufforderung nach. Dann fragte er: »Und jetzt? Schießen Sie mir jetzt in die Knie und die Ellenbogen und dann zwischen die Beine, bis ich rede?«

»Ach, bitte«, mokierte sich Llyn, »wir aus der Solaren Liga geben uns doch gern zivilisiert. Legen Sie sich auf den Boden, Gesicht zur Wand, Hände hinter den Kopf, die Finger verschränkt. Sie kennen die Routine ja sicher.«

Er wartete, bis Syncho auch dieser Aufforderung nachgekommen war. »Wie ich schon sagte: Ich bin mir sicher, alles, was ich wissen will, lässt sich in dem kleinen Zauberkästchen finden«, fuhr er fort und umrundete den Schreibtisch. Er streckte die freie Hand nach der Tastatur aus …

Seine Hand erstarrte mitten in der Bewegung. Der Computer, zuvor zweifellos noch eingeschaltet, war jetzt heruntergefahren. Llyn schürzte die Lippen. »Totmannschalter?«, fragte er.

»Ein Pedal«, antwortete Syncho. »Wird aktiviert, wenn jemand auf ein Gespräch hereinkommt, den wir nicht kennen. Oder jemand, dem wir nicht trauen.«

»Das wäre dann wohl ich«, bemerkte Llyn und spähte unter den Schreibtisch. Dort unten fand sich tatsächlich ein kleines Pedal. Wirklich clever. »Wie ich schon sagte: Zauberkästchen«, murmelte er. Mit einem Auge behielt er nach wie vor Syncho im Blick, während er den Computer ausstöpselte. »Immer noch alles drin, was ich brauche.«

»Das kriegen Sie niemals hin!«

»Ich glaube doch. Ich kenne jemanden, der richtig gerne Zauberkästchen knackt. Grüßen Sie Admiral Gensonne von mir, wenn Sie ihn das nächste Mal sehen. Oder lassen Sie's – ich sehe ihn ja schon bald persönlich.«

»Ach, kein Sorge«, knurrte Syncho. »Er wartet sogar auf Sie.«

»Sie missverstehen mich«, protestierte Llyn. »Er wird sich sogar freuen, mich zu sehen.«

»Das glauben Sie, ja?«

»Ich *weiß* es sogar«, bekräftigte Llyn. Er zog den Sensor aus der Tasche, den er beim Betreten des Raumes aktiviert hatte, und überprüfte die Datenanzeige. Mit einem zufriedenen Lächeln ließ er ihn wieder in der Tasche verschwinden und holte stattdessen das Buchlesegerät hervor, das er auf dem Weg zum Büro der Volsungs gekauft hatte. »Ich lassen Ihnen jetzt mein eigenes kleines Totmanngerät hier«, erklärte er und legte das Lesegerät ganz an die Kante des Schreibtischs, Syncho so nah wie möglich. »Das ist ein Neurotoxin-Dispenser. In einer Stunde wird die interne Sicherung vollständig durchoxidiert sein. Dann ist das Gerät völlig harmlos. Bis dahin aber müssen Sie sich nur eine Winzigkeit in diese Richtung bewegen, und Sie brauchen sich nie wieder Gedanken darüber zu machen, wie Sie Gensonne diesen kleinen Zwischenfall erklären sollen. Unter diesen Umständen rate ich Ihnen zu einem Mittagsschläfchen.«

Er zog sein UniLink hervor, tippte auf die Signaltaste und wartete die zwanzig Sekunden ab, die es dauerte, bis der Lärm im Vorzimmer wieder abgeklungen war. Dann, die Waffe nach wie vor auf Syncho gerichtet, verließ er rückwärts das Büro.

Die sechs Volsungs, die Wache gestanden hatten, lagen auf dem Boden. Augenscheinlich war keiner von ihnen schwerer verletzt. Nun, immerhin atmeten sie alle noch. Das war gut und entsprach genau den Anweisungen, die er seinem Drei-Mann-Team erteilt hatte. Schließlich hätte es Gensonne wohl nicht sonderlich wohlwollend aufgenommen, noch mehr Leute zu verlieren – vor allem nicht durch Llyns Hand.

Kurz darauf standen sein Team und er schon wieder auf der Straße. Fünfundfünfzig Minuten später befanden sie sich an Bord der *Pacemaker* – ohne weitere Zwischenfälle … und ohne verfolgt zu werden.

Captain Katura war nicht beeindruckt.

»Ihnen ist doch wohl klar, dass dieses Ding durch mindestens drei Verschlüsselungsebenen geschützt ist, oder?«, gab er zu bedenken, als Llyn den Volsung-Computer in die Messe der

Pacemaker stellte. »Dazu kommen Passwörter, biometrische Daten und vermutlich sogar ein Rolling-Code.«

»Kein Rolling-Code«, widersprach Llyn. »Der braucht ein periodisches Synchronisationssignal, und danach habe ich aktiv gesucht, bevor ich Captain Synchos kleines Büro verlassen habe. Was Passwörter und biometrische Daten betrifft: Die kann man hacken, ändern oder umgehen.«

»Bleibt immer noch die Mehrfachverschlüsselung.«

»An Bord befindet sich eine Dame namens Hester Fife«, sagte Llyn. »Viel gesehen haben dürften Sie nicht von ihr. Sie neigt dazu, sich sehr zurückzuziehen. Sie ist ein Hacker-Genie. Die lasse ich auf den Computer los, während wir darauf warten, dass Syncho oder einer seiner Spießgesellen losstürzt, um Gensonne vor mir zu warnen.«

»Wobei die *Shrike* oder die *Banshee* den Unglücksboten dann orten?«

»Genau«, bestätigte Llyn. »Natürlich wird Syncho davon ausgehen, verfolgt zu werden. Also wird er entweder einen Umweg fahren oder in die falsche Richtung aufbrechen, weshalb beide Schiffe angewiesen sind, nach zwei Tagen die Verfolgung abzubrechen und hierher zurückzukehren.«

»Also gut«, räumte Katura ein, »aber warum dann das Ganze, wenn Sie weder darauf bauen, dass uns Syncho zu Gensonne führt, noch ihm lange genug auf den Fersen bleiben wollen, bis er Ihre kleine Botschaft zustellt?«

»Ich verschaffe uns Zeit.« Llyn tätschelte den Computer. »Genug Zeit für Hester, um das Zauberkästchen zu knacken. Wenn wir Syncho nicht verfolgen, wird er geradewegs zu Gensonne düsen und ihm alles haarklein berichten. Mir wäre lieber, wenn er zuerst *meine* Sicht der Dinge zu hören bekommt.«

»Also zwingen wir Syncho dazu, entweder einen Umweg zu fahren oder zu versuchen, uns in die Irre zu führen«, begriff Katura und nickte. »Und selbst wenn er glaubt, seine ursprünglichen Verfolger abgeschüttelt zu haben, kann er sich nicht sicher sein, ob nicht längst der nächste an ihm klebt.«

»Ganz genau«, bestätigte Llyn. »Er dürfte sogar exotische Solarier-Technologie vermuten, mit der wir ihn verfolgen, ohne dass er das überhaupt mitbekommt. Ich schätze, Hester wird vier Tage brauchen, um den Rechner zu knacken. Danach sind wir im Geschäft und können los.«

»Ich hoffe, Sie haben recht, Sir«, blieb Katura skeptisch.

»Habe ich.« Llyn zuckte mit den Schultern. »Und wenn das alles nicht funktioniert, kehren wir hierher zurück und versuchen es mit Synchos eigener Technik.«

»Die wäre?«

»Wenn ich mich recht entsinne, ist Schritt eins eine Kugel ins Knie.«

18

Rasch war Gavin Vellacott, Baron von Winterfall, aufgegangen, dass es in letzter Zeit leicht war, Breakwater zu erzürnen. Besonders an einem Tag wie heute.

Heute hatte die offizielle Bekanntgabe aus dem Palast, die wohl nicht seinen Erwartungen entsprach, entsprechende Vorarbeit geleistet.

»Harwich!«, fauchte Breakwater und ging in seinem Büro auf und ab wie ein aufgeputschter Riesenkodiak. »Ausgerechnet der! Sie hat das ganze Oberhaus zur Auswahl, und sie entscheidet sich für Harwich als Premierminister!«

»Mir erscheint das eine durchaus vernünftige Wahl«, meinte Winterfall bedächtig. »Bei den letzten drei Debatten über die Finanzierung des MPARS hat er ebenso gestimmt wie wir.«

Vielleicht – nur vielleicht! – hatte es in Breakwaters Augen zornig aufgeblitzt, als Winterfall das Wort ›wir‹ verwendet hatte. »Darum geht es doch nicht!«, knurrte der Schatzkanzler. »Natürlich hat er ebenso gestimmt wie wir – er stimmt für *alles*, was Manticores Industrie und Wirtschaft fördert. Aber er ist schwerfällig und einfallslos. Er ist vollkommen ungeeignet für die Aufgabe, das politische Gleichgewicht zu wahren, und das gehört nun einmal zu den Hauptaufgaben eines Premierministers. Und wie um alles in der Welt hat er es geschafft, eine Mehrheit zusammenzubekommen?«

»Vielleicht geht es der Königin ja nicht um das politische Gleichgewicht«, gab Winterfall zu bedenken. »Und vielleicht hat er die Mehrheit bekommen, gerade *weil* sie deutlich gezeigt hat, dass sie ihn auf diesem Posten will?«

Dieses Mal blitzte eindeutig Zorn in Breakwaters Augen auf. »*Natürlich* ist es so gewesen!«, blaffte er. »Elizabeth macht ihren Zug. Das ist die erste Salve eines massiven Frontalangriffs gegen uns!«

Und da war es wieder, darauf liefen Breakwaters Fantastereien der jüngsten Zeit immer hinaus: Der Schatzkanzler war davon überzeugt, die Königin wäre hinter ihm her – hinter ihm *persönlich*. Gegenteilige Hinweise oder logische Überlegungen zählten für ihn nicht mehr.

»Sie könnten sich dem entgegenstellen«, gab Winterfall zu bedenken. »Wenn Sie genug Gefallen einfordern, bekämen Sie eine Mehrheit zusammen, die ihn zum Umdenken bewegt.«

»Ich bin ernstlich versucht, das zu tun«, grollte L'Estrange. »Glauben Sie bloß nicht, dem wäre nicht so! Aber wir sollten uns die Munition für später aufsparen.« Er schnaubte auf. »Ja, vielleicht legt sie es ja genau darauf an. Sie hofft, dass wir all jene, die uns unterstützen, aufscheuchen und ihr damit präsentieren. Dann weiß sie genau, wen sie angreifen muss, bevor sie mit all den schönen Projekten ankommt, die Harwich durchboxen soll.«

»Aber vielleicht hat sie auch etwas ganz anderes im Sinn«, warf Winterfall ein. »Vielleicht geht es ihr viel weniger darum, ihn zum Premierminister zu machen, als vielmehr, ihn vom Posten des Wirtschaftsministers *abzuziehen*.«

»Wenn sie glaubt …« Breakwater hielt inne und legte die Stirn in tiefe Falten. »Interessanter Gedanke, Gavin«, bemerkte er in deutlich ruhigerem Ton. »Sehr interessant sogar. Was meinen Sie wohl, wen sie auf diesen Posten setzen möchte?«

»Das hängt wohl davon ab, welche Ziele sie letztendlich verfolgt«, antwortete Winterfall. Wenigstens hatte er L'Estranges paranoider Schimpftirade ein Ende gemacht. »Wenn sie sich auf den Aufbau der Handelsmarine konzentriert, dürfte sie Gräfin Acton favorisieren. Ich weiß, dass sie zusammen mit Heinrich Hauptmann neue Kontakte zu Bezugsquellen in Silesia, Haven und der Liga knüpft. Ganz zu schweigen von Orten wie Casca und …«

»Nein«, fiel ihm L'Estrange ins Wort und blieb unvermittelt stehen, »es geht nicht um die Handelsmarine. Verdammt noch eins … die will Edwards verrückte Idee fortführen!«

»Meinen Sie *König* Edward?«

»Damals war er nur Kronprinz, aber: ja, den meine ich«, bestätigte Breakwater. »Er hatte damals diese verrückte Idee, Manticore zum wichtigsten Schiffskonstrukteur der Region zu machen. Wir reden hier von *vollständigen* Schiffen, bis hin zu Impellerringen aus Eigenfertigung.«

»Ich dachte immer, das ist ziemlich aufwendig.«

»Extrem aufwendig und extrem kostspielig – geld- wie arbeitsstundentechnisch«, bestätigte Breakwater. »Das wird Ressourcen und Leute verschlucken wie ein schwarzes Loch.«

»Gibt es denn da draußen genug Bedarf an neuen Schiffen, als dass wir damit Profit erwirtschaften würden?«

»Das bezweifle ich«, antwortete Breakwater, und wieder lief er ruhelos auf und ab. »Lassen Sie mich nachdenken … lassen Sie mich nachdenken. Er wollte … genau, er wollte die *Casey* der Reihe nach zu allen Nachbarsystemen schicken, um denen zu zeigen, zu was wir in der Lage sind.«

»Aber die Impeller und der Fusionsreaktor der *Casey* sind doch …«

»Ja, ja, natürlich«, unterbrach ihn Breakwater erneut. »Darum geht es doch gar nicht.« Scharf sog er die Luft ein. »Ach, verdammt! Die *Casey*.« Mahnend wedelte er mit dem Zeigefinger. »Rufen Sie sie auf – jetzt sofort. Wird sie immer noch repariert?«

»Lassen Sie mich kurz nachschauen, Mylord …« Winterfall setzte sich an Breakwaters Schreibtisch und aktivierte den Computer. Eine kurze Suche … »Ja, wird sie«, bestätigte er dann. »Laut Plan sollen die Arbeiten in etwa einem Monat abgeschlossen sein.«

»Und wie sieht deren weiterer Zeitplan aus? Ist da schon irgendetwas vermerkt?«

»Nichts, was öffentlich zugänglich wäre«, sagte Winterfall und scrollte die Seite weiter hinab. »Lassen Sie mich ein bisschen genauer nachschauen.«

»Versuchen Sie es mit privaten Aufzeichnungen.«

»Genau das tue ich gerade.« Vellacott rief die Sonderdateien auf und musste sich sehr zusammenreißen, um nicht ein Gesicht zu ziehen. Diese Dateien waren streng geheim, nur für Kabinettsmitglieder zugänglich. Eigentlich sollte Winterfall darauf nicht zugreifen, geschweige denn, darin Einträge vornehmen können. Breakwater hatte ihm die Zugangscodes schon vor Monaten im Zuge eines anderen Projekts genannt und sich seitdem nicht mehr die Mühe gemacht, sie zu ändern. Wahrscheinlich, weil er sich für derlei Tätigkeiten immer weniger auf seinen eigenen Stab verließ, sondern mehr und mehr auf einen gewissen Gavin Vellacott.

Es hatte eine Zeit gegeben, da Winterfall das als Kompliment aufgenommen hatte – als Zeichen dafür, dass Breakwater seine Karriere unterstützte. Eines Tages sollte, so Breakwaters Plan, Gavin seinen Platz als Leiter einer Gruppe gleichdenkender Oberhausmitglieder einnehmen. Jetzt war er sich fast sicher, dass er Breakwaters Vertrauen einzig der Tatsache verdankte, einer der wenigen zu sein, denen Anderson L'Estrange immer noch glaubte vertrauen zu können.

Irrwitzigerweise. Denn andere aus der Gruppe waren dem Schatzkanzler und der politischen Linie, für die er stand, ebenso treu ergeben wie Winterfall – zumindest Gavins Wissen nach.

Andererseits glaubten die meisten Oberhausmitglieder auch nicht, die Königin persönlich wäre hinter ihnen her.

Glaubte Breakwater mittlerweile, außer Winterfall wären *alle* gegen ihn?

Ein Dateneintrag fiel ihm ins Auge. »Da wäre etwas, Mylord«, sagte er. »Die *Casey* ist dafür vorgesehen, in etwas weniger als einem Monat zu einer längeren Fahrt aufzubrechen, und zwar …« Erstaunt blinzelte er. »Und zwar zur Silesianischen Konföderation.«

»Nach Silesia?« Mit großen Schritten trat Breakwater an seinen Schreibtisch heran und blieb unmittelbar hinter Vellacott stehen. »Was um alles in der Welt wollen die denn in Silesia?«

»Keine Ahnung«, erwiderte Winterfall grimmig, »aber es sieht ganz so aus, als hätten Sie recht, was die Idee des verstorbenen Königs betrifft.« Mit ausgestrecktem Finger wies er auf das Display. »Schauen Sie doch, wer da als Passagier vermerkt ist.«

»Hauptmann«, murmelte Breakwater. »Actons Laufbursche. Der ideale Kandidat dafür, anderen die zukünftigen Schiffbaumöglichkeiten von Manticore zu verkaufen.«

»Ist das denn so schlecht, Mylord?«, fragte Winterfall nach und beobachtete Breakwater aus dem Augenwinkel. Er wollte nicht den Eindruck erwecken, seinem Mentor prinzipiell widersprechen zu wollen. »Wenn wir in der Lage wären, eigenständig Schiffe zu bauen, ohne die erforderlichen Komponenten von anderen kaufen zu müssen, würde das doch unsere Sicherheit steigern.«

»Sie sehen nicht das große Ganze, Gavin«, erklärte Breakwater und legte Winterfall eine schwere Hand auf die Schulter. »Angenommen, Hauptmann kommt mit einer Bestellung über zehn Schiffe aus manticoranischer Fertigung zurück. Ach, was soll's? Sagen wir doch gleich: über hundert Schiffe. In welchem Ausmaß würden unsere Ressourcen dann umgehend den neuen Fertigungsstätten für Impeller und Reaktoren gewidmet?«

»Das weiß ich nicht. In beachtlichem Maße, würde ich annehmen.«

»In *beachtlichem* Maße?«, wiederholte L'Estrange gereizt. »In *extremem* Maße! Ressourcen, die dann natürlich nicht mehr für die Konstruktion neuer MPARS-Schiffe und die Wartung alter Schiffe zur Verfügung stehen.« Wieder schnaubte er. »Was ebenso für die Navy zutrifft. Es ist natürlich nie gut, wenn uns eine Hand auf den Rücken gebunden wird, aber besonders schlimm wird das bei einem neuerlichen Angriff auf das Sternenkönigreich ohne Vorwarnung.«

»Ich verstehe«, sagte Winterfall. Er versuchte ruhig und gleichzeitig beruhigend zu klingen. Andererseits: Würden nicht eigene Schiffbaukapazitäten dafür sorgen, dass langfristig gesehen der Bau neuer MPARS-Schiffe einfacher würde? Genau in der jeweils gewünschten Konfiguration sogar? Das musste Breakwater doch auch sehen! Konzentrierte er sich so sehr auf die kurzfristigen Nachteile, dass er die langfristigen Vorteile übersah?

»Gut«, gab Breakwater zurück, »denn da ist noch mehr. Angenommen, Sie wären die Liga und hören, dass wir an einer eigenen Impellerfabrikationsanlage arbeiten. Wären Sie geneigt, uns unter diesen Umständen noch weitere Impeller zu verkaufen? Oder würden Sie davon ausgehen, dass dieser Markt damit für Sie verschlossen wäre, und Ihr Glück woanders suchen?«

»Ich würde so lange weiterverkaufen, bis der Markt wirklich ausgetrocknet ist.«

»*Das* gilt wohl nur für gute, aufrechte Geschäftsleute«, meinte Breakwater. »Aber was, wenn die zu Rachsucht neigen und es vorziehen, uns hängen zu lassen, während wir unsere eigenen Anlagen an den Start bringen? Vergessen Sie nicht: Es wird Jahre dauern, bevor der erste Impellerring vom Band läuft, und weitere Jahre, bis wir den ersten Profit sehen.«

»Dann nicht zu verkaufen, solange der Markt da ist, wäre aber schon sehr gegen die eigenen Interessen«, gab Winterfall zu bedenken.

»Wirklich?«, versetzte Breakwater. »Ein cleverer Hersteller aus der Liga könnte zu dem Schluss kommen, dass wir letztendlich scheitern, und wenn wir dann in ein paar Jahren wieder angekrochen kommen, könnte er für sein Produkt das Doppelte verlangen.«

»Wenn er der *einzige* Hersteller wäre, ja. Aber es gibt genug Konkurrenz.«

»Die fast alle zu einer der Handvoll transstellaren Konzerne gehören«, korrigierte Breakwater. »Technodyne, Shadwell, Axelrod, Timmerman und vielleicht noch einer oder zwei andere. Wenn einer von denen die Geschäftsbeziehungen zu uns abbricht, greifen andere diesen Gedanken womöglich auf und tun es ihnen gleich – oder erhöhen sofort die Preise.« Noch ein Schnauben. »Und ›keine Impeller‹ bedeutet dann auch: Kein Ausbau des MPARS. *Oder* der Navy.«

»Ja«, meinte Winterfall leise, und sein Magen krampfte sich zusammen.

Ein leidenschaftlich vorgetragenes, aber seinem Urteil nach absolut lächerliches Argument. Die transstellaren Konzerne trieben viel zu viel Handel mit Manticore und den anderen Systemen der Region, um sich die Mühe zu machen, das

Sternenkönigreich auf eine schwarze Liste zu setzen. Abgesehen davon: Selbst wenn sie hier draußen *nie wieder* Impellerringe verkauften – was niemals passieren würde! –, strichen sie doch in allen nur erdenklichen anderen Sparten immer noch reichlich Profite ein.

»Also läuft es darauf hinaus, dass wir das Ganze aufhalten müssen«, schlussfolgerte Breakwater. »Irgendwelche Vorschläge?«

Winterfall schürzte die Lippen und betrachtete die Daten auf dem Bildschirm. Wenn Breakwaters paranoide Szenarien tatsächlich einen wahren Kern hätten, dann war der Aufbruch der *Casey* der Anstoß, dieses Szenario tatsächlich Wirklichkeit werden zu lassen.

Und wenn sie *nicht* aufbräche?

Was wäre, wenn sie zwar aufbräche, aber für potenzielle Käufer nicht ansatzweise so gut aussähe wie jetzt?

Selbstverständlich konnten sie dem Schiff selbst keinen Schaden zufügen. Das wäre unverantwortlich, ja, schlichtweg Hochverrat!

Aber wenn man ein wenig an der Besatzung herumschraubte …

»Das Kommando über die *Casey* hat Commodore Heissman«, sagte er, »ein anerkannter Kriegsheld.«

»Vor allem, nachdem unser Antrag, ihn öffentlich zu rügen, ins Leere gelaufen ist«, knurrte Breakwater. »Noch ein Rückschlag, den wir Harwich in die Schuhe schieben können.«

»Genau«, fuhr Vellacott hastig fort. Noch eine Tirade konnte er jetzt wirklich nicht gebrauchen. »Damit ist er natürlich genau die Sorte Mensch, für die Würdenträger anderer Sternnationen nur zu gern Staatsbankette geben. Wahrscheinlich spielt man schon Fingerhakeln oder Armdrücken, um als

Erster das Privileg zu bekommen, Heissmans Gastgeber sein zu dürfen.«

»Ich verstehe, worauf Sie hinauswollen«, sagte Breakwater. »Wenn die Navy allerdings einen Niemand an seine Stelle setzt …?«

»Dann mag Hauptmann über die Wunder manticoranischen Schiffbaus predigen«, setzte Winterfall seinen Satz fort, »aber nicht mehr aus einer so prominenten Kanzel heraus.«

»Ausgezeichnet, Gavin«, lobte Breakwater, »wirklich ausgezeichnet!« Er deutete auf den Computer. »Genau so!«

Winterfall blickte ihn erstaunt an. »Wie meinen, Mylord?«

»Genau so«, wiederholte Breakwater. »Lassen Sie das genau *so* geschehen.« Er warf einen Blick auf sein Chronometer. »Ich habe jetzt einen Termin mit Castle Rock und Chillon. Nutzen Sie ruhig mein Büro. Bis ich zurück bin, erwarte ich, dass der Plan eingeleitet ist.«

Winterfall seufzte. Wenigstens erwartete der Schatzkanzler nicht, dass Heissmans Absetzung in den Abendnachrichten erwähnt würde.

»Jawohl, Mylord.«

Eine Minute später war er allein. Er starrte das Display an und fragte sich, wie um alles in der Welt er den Plan nur umsetzen sollte. Heissmans Ruf als Held hatte er keineswegs übertrieben dargestellt. Dafür zu sorgen, dass er gefeuert würde, war praktisch unmöglich.

Also war das nicht der richtige Weg. Dann musste er eben *befördert* werden.

Winterfall zögerte. Einen Moment hatte er ernstlich Zweifel. Doch die Zögerlichkeit verflog wieder. Er tat das ja nicht für sich selbst, er tat das nicht einmal für Breakwater, nein, er tat das für seine Sternnation.

Aus offensichtlichen Gründen konnte er sich nicht an

Breakwaters übliche Verbündete wenden. Der Schatzkanzler hatte sich zwar während der gesamten Debatte über die offizielle Rüge des Commodore äußerst bedeckt gehalten, aber zu täuschen hatte er damit niemanden vermocht. An einen von Breakwaters Gegnern konnte sich Gavin ebensowenig wenden wie an jene aus dem um Neutralität bemühten Lager. Hüben wie drüben würde man den Braten sofort riechen.

Aber Breakwater hatte auch *außerhalb* des Oberhauses Verbündete. Winterfall hatte davon bislang nur einige wenige kennengelernt, und sie alle waren ihm ein wenig … dubios erschienen. Doch einige von ihnen hatten Kontakte zur Navy und sogar zu Angehörigen des Oberhauses. Das rechte Wort zur rechten Zeit der rechten Person ins Ohr geraunt – und das von jemandem, der mit dem Schatzkanzler nicht das Geringste zu tun hatte … doch, das sollte ausreichen.

Er machte ein paar Lockerungsübungen für die Finger, dann ging er ans Werk.

Als Travis zehn T-Jahre alt gewesen war, hatte ihn sein Onkel einmal in eine Zaubershow mitgenommen. Zu den verschiedenen Nummern des Zauberers hatte gehört, mit einer blitzschnellen Bewegung die Tischdecke einer vollständig eingedeckten Tafel unter all dem feinen Kristall und Porzellan wegzureißen, ohne dass etwas umgefallen war – auch nicht die gefüllten Weingläser.

Momentan war er eines dieser Weingläser.

»Bei allem schuldigen Respekt, Mylady«, sagte er und blickte von seinem Tablet auf, »das ist keine gute Idee.«

»Das sehe ich auch so«, meinte Calvingdell säuerlich. »Aber das liegt nicht in meiner Hand. Cazenestro und Locatelli halten die Idee für ausgezeichnet und haben sie abgesegnet, bevor ich überhaupt erfahren habe, dass darüber auch nur nachgedacht wurde.«

»Können Sie die beiden denn nicht *jetzt* ansprechen, Mylady?«, beharrte Travis. »Nicht nur, dass Commodore Heissman der ideale Kandidat für diese Mission war: Die Führungsebene eines Schiffes auszutauschen, so kurz vor dem Auslaufen, ist niemals eine gute Idee.«

»Glauben Sie mir das oder lassen Sie's, Lieutenant, aber es gibt sogar *außerhalb* der Navy Menschen, die das verstehen«, sagte sie. »Ich denke, ich darf behaupten, zu diesem erlesenen Personenkreis gehören auch Ihre Majestät die Königin und meine Wenigkeit.«

»Und der Premierminister?«

Calvingdell zog die Nase kraus. »Wenn nicht, dann lernt er das schon bald«, gab sie zurück. »Baron von Harwich ist ein wirklich anständiger Mensch, auch wenn er gelegentlich zum Tunnelblick neigt. Anders als andere, die ich hier namentlich nennen könnte, war er meines Erachtens ein glänzender Kandidat für das Amt des Premierministers.« Ungeduldig winkte sie ab. »Aber es geht hier um etwas anderes: Es ist schon zu spät – weder er noch Dapplelake können jetzt noch eingreifen. Wird plötzlich Heissmans Beförderung zurückgezogen und Kampfverband *Swiftsure* wieder aufgelöst, führte das nicht nur zu vielen hochgezogenen Augenbrauen, sondern auch zu unbequemen Fragen und Mutmaßungen, und nichts davon können wir uns derzeit leisten.«

Travis blickte wieder auf das Tablet. Innerlich kochte er. Nach all der Zeit beim MPARS und nach dem durchaus anstrengenden Delphi-Training hatte er sich immens darauf gefreut, wieder unter Heissman zu dienen.

Nur dass Heissman jetzt ausgebootet war: befördert zum Admiral – zweifellos verdient. Und nun wurde er auf das Kommando über einen neuen Kampfverband der Navy vorbereitet – was er zweifellos ebenso verdient hatte.

Aber das Timing der Beförderung war … befremdlich. Auf Calvingdells Betreiben hin und mit dem Einverständnis der Königin fand alles, was mit Delphi zu tun hatte, unter Ausschluss der Öffentlichkeit statt. Der Erste Lord und der System Commander aber waren selbstverständlich eingeweiht. Hätte einer der beiden daran gedacht, Rücksprache mit Calvingdell zu nehmen, ehe die Entscheidung fiel, hätte sich das Ganze vielleicht noch aufhalten lassen.

Aber keiner hatte daran gedacht, und jetzt war es zu spät dafür.

»Ich glaube nicht, dass ich Captain Clegg kenne«, sagte er und blickte erneut vom Tablet auf. »Wie ist sie denn so?«

»Zuverlässig«, antwortete Calvingdell. »Kompetent, klug, engagiert und einsatzbereit. Aber nicht gerade die Geselligste. Ein bisschen schwierig, wie man hört.«

»Großartig«, murmelte Travis in seinen nichtvorhandenen Bart, »genau, was wir für die *Casey* brauchen.«

»Oh, die Begeisterung beruht auf Gegenseitigkeit«, versicherte ihm Calvingdell. »Wie ich höre, empfindet sie die *Casey* als einen karrieretechnischen Rückschritt im Vergleich zu ihrem bisherigen Posten an Bord der *Vanguard*. Ist ihrer Laune nicht gerade zuträglich.«

»Und wenn Admiral Eigen darum ersucht, sie behalten zu dürfen?«, schlug Travis vor. »Vielleicht könnten wir dann jemand anderen bekommen.«

»Ihnen ist offenkundig entgangen«, meinte Calvingdell, »dass Eigen sie für diesen Posten überhaupt erst vorgeschlagen hat.«

»Sind Sie sich sicher, dass er sie nicht bloß loswerden wollte?«

Calvingdell schüttelte den Kopf. »Im Protokoll hat er ausdrücklich vermerkt, sie sei der beste Captain, mit dem er je zusammengearbeitet hat. In seiner Empfehlung betont er sogar, wie sehr er es bedauere, sie zu verlieren, aber die *Casey* habe nur das Beste verdient, und deswegen lege er Wert darauf, dass wir sie erhalten.«

»Ah …«, machte Travis. »Na ja … hoffentlich wird sie sich irgendwann für uns erwärmen.«

»Das wird sie schon«, versicherte ihm Calvingdell. »Ich werde mein Bestes geben, alles in ein besseres Licht zu rücken, wenn wir uns irgendwann später in dieser Woche unterhalten.« Sie wedelte mit der Hand. »Ach, jetzt schauen Sie nicht so düster drein! Commander Belokas ist leider immer noch an der MPARS-Schulungsstätte, aber Sie haben dann ja immer noch Woodburn auf der Brücke und Norris im Maschinenraum. Sie drei gemeinsam sollten doch im ganzen Schiff für genug Kommando-Kontinuität sorgen können.«

»Das hoffe ich«, gab Travis zurück und runzelte die Stirn. Das Memo über Cleggs Bestallung als Kommandantin der *Casey* hatte auch den gesamten restlichen Dienstplan enthalten. Sonderbar. »Sie hatten gesagt, Commander Woodburn bleibe weiterhin Taktischer Offizier?«

»Genau genommen wurde der *Lieutenant* Commander mittlerweile zum Commander befördert. Er übernimmt jetzt von Commander Belokas den Posten des Ersten Offiziers«, korrigierte ihn Calvingdell, und ein Lächeln umspielte ihre Lippen. »Den Posten des Taktischen Offiziers übernimmt … lassen Sie mich schauen … ach ja, richtig: ein Lieutenant Commander Travis Long. Hatte ich zu erwähnen vergessen, dass Sie ebenfalls befördert wurden?«

Travis klappte der Kiefer herunter. Allen üblichen Beförderungsgepflogenheiten zufolge wäre er frühestens in mehreren T-Jahren an der Reihe gewesen. »Mylady?«, brachte er schließlich hervor.

»Sie haben sich nicht verhört, Commander«, sagte Calvingdell und lächelte ihn nun ganz offen an. »Meine Gratulation. Sie haben sich das verdient.«

»Ich … danke, Mylady.«

»Und damit war's das auch an guten Nachrichten für diesen Tag«, sagte Calvingdell. »Sie haben weniger als einen Monat, bis Sie aufbrechen. Also machen Sie sich gefälligst wieder an die Arbeit.«

Travis hatte schon die Hälfte des Weges zum Haupt-Delphi-Raum zurückgelegt, als ihm ein Gedanke kam: Diese unerwartete Beförderung würde es deutlich vereinfachen, im Notfall im Zuge der Mission auch mit seinem Dienstgrad zu argumentieren.

War das vielleicht der einzige Grund dafür, dass er so unerwartet früh befördert worden war?

Einen kurzen Moment ebbte das angenehm-warme Gefühl in der Magengrube ab, dann war es wieder da. Welche Motive Calvingdell letztendlich auch im Blick hatte: Travis Uriah Long war auf jeden Fall jetzt Lieutenant Commander!

Und wie hatte ihm einmal jemand gesagt: Kein größeres Glück, als wenn alle profitieren. Er würde sein Bestes geben, dass die *Casey* und jeder an Bord des Schiffes von seiner Beförderung zum Taktischen Offizier profitierte.

Er hoffte nur, dass Captain Clegg eines Tages über ihre neue Position genauso dächte.

Joshua Miller war zweiundfünfzig T-Jahre alt. Er sah gut aus, auch wenn sich schon viele Falten in sein Gesicht gegraben hatten. Einst war er schlank und muskulös gewesen, in den letzten Jahren jedoch hatte er ein wenig angesetzt, weil er immer mehr

Zeit im Unterhaus saß, statt auf seiner Farm zu arbeiten. Seine Kleidung war gepflegt, aber nicht kostspielig, so wie es sich für jemanden gehörte, der vom Ertrag seiner Scholle gelebt hatte und sich hartnäckig weigerte, sich zu ändern: Er wollte seine Weltsicht, seine Werte, seine Gewohnheiten und sein Temperament nicht aufgeben, nur weil er nun in der Stadt arbeitete.

Momentan fühlte er sich in jeder Hinsicht unwohl, auch wenn er sich redlich bemühte, sich das nicht anmerken zu lassen.

Das war nicht sonderlich überraschend. Schließlich wurde ein einfaches Parlamentsmitglied nicht jeden Tag zum Lunch mit der Königin eingeladen.

»Ich hoffe, Sie genießen, was der Küchenchef vorbereitet hat«, sagte Elizabeth, griff nach ihrer Serviette und breitete sie auf ihrem Schoß aus. Dabei versuchte sie, es so wirken zu lassen, als widmete sie dieser Aufgabe deutlich mehr Aufmerksamkeit als ihrem Gast.

Vermutlich vergebene Liebesmüh. Ebenso wie ihre Gäste der Vorwoche achtete Miller auf alles, was seine Monarchin tat, und fragte sich zweifellos, was er hier zu suchen hatte.

Bedauerlicherweise war er damit in guter Gesellschaft, denn Elizabeth wusste es auch nicht. Sie wusste nur, dass er der Dritte von sieben Männern auf der Liste war, die Burgundy ihr hinterlassen hatte.

Auf der Liste standen Namen – und nichts als Namen. Es gab keinerlei Details über Qualifikationen, über die Familie, über das genetische Profil … und auch sonst nichts, was ihn oder die anderen sieben in Burgundys Augen zum geeigneten Prinzgemahl machte, wie es der verstorbene Premierminister seinerzeit so taktvoll ausgedrückt hatte.

Die anderen Namen auf der Liste waren ähnlich schlicht und schmucklos gewesen. Vermutlich hatte Burgundy im Sinn gehabt, all diese Informationen später noch zu ergänzen – entweder in der Datei selbst oder im persönlichen Gespräch mit seiner Königin.

Leider war es dazu nicht mehr gekommen. Elizabeth hatte es also mit einer kleinen Gruppe menschlicher Rätsel zu tun.

Natürlich hatte sie ihre Hausaufgaben gemacht. Sie hatte über jeden der sieben Männer Nachforschungen angestellt, hatte deren öffentliche Profile studiert und dann auch privatere Daten so weit durchgesehen, wie ihr das möglich war, ohne sich wie eine Voyeurin zu fühlen. Sie hatte Daten, Fakten und Zahlen … aber keinerlei Gespür für die Männer, zu denen diese Daten, Fakten und Zahlen gehörten.

Daher der gemeinsame Lunch.

»Es wird gewiss wunderbar sein, Eure Majestät«, versicherte ihr Miller und breitete ebenfalls seine Serviette auf dem Schoß aus. Seine Bewegungen, das bemerkte Elizabeth sofort, waren das exakte Spiegelbild der ihren. Also: Ein guter Beobachter und nicht bereit, bei einem ihm unbekannten Protokoll auch nur das kleinste Risiko einzugehen.

»Meine Spione berichten mir, dass Sie Hühnchen Kiewer Art mögen, am liebsten so, dass die gefüllte Hühnerbrust frittiert wird«, fuhr Elizabeth fort. »Aber der Küchenchef des Palasts hat sich für eine Variante entschieden, die Sie vermutlich bislang nicht kennen.«

»Es wird gewiss wunderbar sein, Eure Majestät«, wiederholte Miller. Er zögerte, dann wagte er ein behutsames Lächeln. »Dabei hätten Ihre Spione doch nur nach dem Rezept zu fragen brauchen. Ich bin mir sicher, meine Köchin wäre gern bereit gewesen, es weiterzugeben.«

»Beim nächsten Mal«, versprach ihm Elizabeth. Humor hatte er also auch. »Ich hoffe, diese Variante wird zufriedenstellend sein.«

»Ganz gewiss«, meinte Miller. »Es wäre nicht die erste Variante mir prinzipiell vertrauter Küche, die ich während meiner Jahre im Parlament probiert habe.«

»Das kann ich mir vorstellen«, sagte Elizabeth und klang wehmütig, weil Erinnerungen zurückkehrten. »Ich weiß noch, wie ich zum ersten Mal die Küche von San Giorgio probiert habe. Das war für meine Geschmacksknospen ein ziemlicher Schock.«

»Das brauchen Sie mir nicht zu sagen«, versetzte Miller trocken. »Ich hätte da meine erste Erfahrung mit Gou-Stew im Angebot: Ich war der festen Überzeugung, als der Koch die Gewürze in den Topf gestreut hat, müsste dem der Deckel der Vorratsdose abgefallen sein. Bis heute kann ich dieses Zeug nicht einmal *riechen*, ohne dass mir sofort der Mund brennt.« Plötzlich wurde seine Miene starr. »Eure Majestät«, setzte er dann hastig hinzu.

Elizabeth verkniff sich ein Seufzen. Da war sie wieder: die praktisch undurchdringliche Barriere zwischen Souverän und Untertan. Das hatte ihr schon nicht sonderlich gefallen, als sie nur Prinzessin Elizabeth gewesen war. Aber jetzt, als Königin Elizabeth, gab es Momente, in denen sie diese Barriere wirklich abgrundtief verabscheute. Vor ihrem geistigen Auge erschien ein Bild: ihr frisch erwählter Prinzgemahl in der Hochzeitsnacht. Voller Leidenschaft rief er ihren Namen und setzte dann rasch ›Eure Majestät‹ hinzu.

Mit einem Kopfschütteln vertrieb sie dieses völlig unangebrachte Bild. Hier ging es nicht darum, ihr den Hof zu machen. Das hier war ein erster zaghafter Schritt in eine neue Phase, die nämlich, jemand Neues kennenzulernen. Man saß hier zusammen, um gemeinsam zu essen und ein wenig übereinander zu erfahren, das war alles.

Ihr Magen krampfte sich zusammen. Nein, das hier hatte

nichts mit miteinander Ausgehen zu tun, nicht das Geringste. Im Grunde genommen ging es um die Auswahl eines geeigneten Zuchthengstes.

»So schlimm war es bei mir nicht«, sagte sie. »Aber es gibt eindeutig Gerichte und auch einige Gewürze, bei denen ich gelernt habe, mit aller gebotenen Höflichkeit ›Danke, nein‹ zu sagen. Glücklicherweise sollte sich dieses Problem heute nicht stellen.«

»Gewiss nicht, Eure Majestät«, sagte ihr Gast, dann stockte er. »Wenn Sie gestatten, und bitte verzeihen Sie meine Offenheit, aber … warum genau bin ich hier?«

Das war die offensichtliche Frage, und Millers Vorgänger hatten sie ebenfalls gestellt. Glücklicherweise hatte Elizabeth, die diese Situation schon zweimal durchgemacht hatte, mittlerweile eine Antwort vorbereitet. »Vor seinem plötzlichen Tod hat Premierminister Burgundy eine kurze Liste mit Namen erstellt, die den Titel ›Für die Königin‹ trug«, erklärte sie. »Auf dieser Liste fand sich auch Ihr Name.«

Eine Auster hätte, kurz angetippt, sich nicht schneller geschlossen. »Tatsächlich?«, fragte er in einem sonderbaren Tonfall. »Das ist wirklich ungewöhnlich, Eure Majestät. Darf ich mich erkundigen, welchen Zweck diese Liste hatte?«

»Das ist eine gute Frage«, gab Elizabeth zurück. »Bedauerlicherweise habe auch ich darauf keine Antwort. Deswegen habe ich Sie heute hierher gebeten. Könnten Sie sich vorstellen, warum der Herzog von Burgundy mich auf Sie würde aufmerksam machen wollen?«

»Eigentlich nicht, Eure Majestät«, antwortete Miller und blickte stirnrunzelnd so konzentriert das Blumengesteck auf der Tischmitte an, als wäre die Antwort auf die Frage seiner Monarchin irgendwo zwischen den Blütenblättern und den kunstvoll geflochtenen Pflanzenstängeln zu finden. »Zuhause bin ich ein leidlich erfolgreicher Landwirt und Viehzüchter. Hier in Landing bin ich ein nicht übermäßig geschätztes Parlamentsmitglied, das vornehmlich dafür bekannt ist, nicht zu wissen, wann es den Mund zu halten hat. Nichts davon scheint mich aus den Reihen deutlich angesehener Personen hervorzuheben.«

»Stellen Sie Ihr Licht nicht unter den Scheffel, Mr. Miller«, mahnte ihn Elizabeth. »Herzog Burgundy wird einen Grund gehabt haben, Sie auf diese Liste zu setzen. Wir müssen nur noch herausfinden, nach welchen Fähigkeiten und Interessen er ausgewählt hat.«

»Nun, ich wünsche Ihnen viel Glück, Eure Majestät«, gab Miller zurück. »Ich werde selbstverständlich auch noch darüber nachdenken, und natürlich stehe ich jederzeit bereit, Ihnen in jeder nur erdenklichen Weise zu helfen. Aber derzeit bin ich überfragt.«

»Dann werden wir das wohl gemeinsam herausfinden müssen.« Elizabeth drückte den Knopf, der das Personal herbeirief. »Aber erst einmal müssen wir uns um Hühnchen Kiewer Art kümmern. Während wir essen, könnten Sie mir ja ein wenig über sich erzählen.«

Die beiden letzten gemeinsamen Lunches waren durchaus angenehm gewesen. Selbiges, so stellte sich heraus, galt auch für diesen. Auf jeden Fall war es eine willkommene Abwechslung im Vergleich zu den Geschäftsessen mit den verschiedensten Lords, Industriellengruppierungen oder auch engen Verbündeten wie Dapplelake.

Letztendlich jedoch hatte niemand etwas von diesem gemeinsamen Lunch. Miller war ein anständiger Mann mit einem flinken Verstand und einem angenehmen Sinn für Humor – zumindest, soweit er es wagte, ihn in Gegenwart seiner Königin aufblitzen zu lassen. Aber Elizabeth konnte nichts von dem spüren, was man wohl als ›stimmige Chemie‹ bezeichnen könnte. Es fand sich nichts, was Joshua Miller geeignet erscheinen ließ, als Prinzgemahl an der Seite seiner Monarchin zu stehen.

Ganz gewiss nicht, wo ihr die Erinnerung an Carmichael immer noch so schmerzhaft frisch im Gedächtnis war – eingebrannt ins Herz.

Aber natürlich wurde in der Verfassung eine ›stimmige Chemie‹ nicht erwähnt. Erwähnt wurden nur die Regeln für die Vereinigung eines Monarchen und für die aus dieser Vereinigung hervorgehenden Kinder.

Als der gemeinsame Lunch beendet war und Miller sich verabschiedet hatte, fragte sich Elizabeth, ob es sie womöglich ins Mittelalter aus der Zeit lange vor der Diaspora zurückgeschleudert hatte.

19

In Llyns Branche war es wichtig, die zu verstehen, mit denen er zu tun hatte. Doch egal, wie sorgfältig er plante oder wie kenntnisreich seine Lageeinschätzung ausfiel: Bedauerlicherweise gelang es so manchem trotzdem, ihn zu überraschen.

Wie sich herausstellte, gehörte Syncho zu diesem erlesenen Personenkreis.

Nun, immerhin nur als Randfigur. Als die *Pacemaker* aufbrach, befanden sich zwei Schiffe im Orbit: ein Kurierboot und ein Frachter mittlerer Größe. Llyn hatte angenommen, dass das Kurierboot das Volsung-Schiff war. Stattdessen jedoch war es der Frachter, der die Triebwerke zündete, bevor Llyn auch nur die Hälfte der Strecke zur Hypergrenze zurückgelegt hatte.

Der Frachter fuhr schnell, durchschnitt das All mit wahrscheinlich neunzig Prozent seiner maximalen Kapazität.

Zumindest den leichtzugänglichen Dateien gemäß war er Privateigentum des Systemgouverneurs. Eine gründlichere Recherche förderte zutage, dass der Frachter ihm erst kürzlich von einer namenlos gebliebenen Gruppe überstellt worden war – zweifellos den Volsungs. Anscheinend hatte sich Syncho das Schiff ›ausgeliehen‹, um Gensonne die Nachricht von Llyns Auftauchen zu überbringen.

Vermutlich, ja, sogar mit hoher Wahrscheinlichkeit sähe der Gouverneur die ›Ausleihe‹ als etwas grundlegend anderes an. Gewiss wäre deswegen zwischen Gensonne und ihm das letzte Wort noch nicht gesprochen.

Synchos List war obendrein völlig nutzlos. Längst hatte

Llyn das System mit seinen Schiffen in die Zange genommen. Zwar war der Vektor, den Syncho anlegte, offenkundig so ausgerichtet, dass die *Pacemaker* unmöglich noch rechtzeitig den Kurs wechseln konnte, um ihm zu folgen, aber die *Shrike* befand sich in der idealen Position dafür.

Sie blieb Syncho auf den Fersen, als er schließlich in den Hyperraum entkam.

Vier Tage später war sie gemäß Llyns Anweisung nach Telmach zurückgekehrt. Wie Captain Vaagen zu berichten wusste, hatte sich Syncho sehr bemüht, ihn abzuschütteln oder ihn wenigstens vom Stützpunkt der Volsungs abzulenken. Auch dabei war dem Söldner kein Erfolg beschieden. Vier Tage hatten Hester gereicht, um sich durch die Sicherheitssperren des erbeuteten Computers zu hacken, tricksen und mogeln, und Llyn konnte auf die so schützenswerten Daten zugreifen.

Daher wusste er auch, wo sich Gensonnes geheimer Stützpunkt befand.

Walther lag nur acht Lichtjahre von Telmach entfernt. Es gab systemweit nur einen einzigen bewohnbaren Planeten, und den hatte bislang noch niemand als interessant genug empfunden, um ihn wirtschaftlich zu entwickeln oder auch nur zu besiedeln. Anscheinend war das ein für Silesia typisches Muster: Wer Anspruch auf einen Planeten oder ein System erhob, tat dies – nur, damit die Eigentumsverhältnisse schon einmal offiziell verzeichnet waren. Dann investierte er in ein paar Hundert Kolonisten oder in eine Fregatte, die in den Orbit des Planeten abgestellt wurde, um den Anspruch formal durchzusetzen. Später, wenn dem Eigentümer der Sinn danach stand, konnte er ja immer noch ernst zu nehmende Mengen Zeit und Geld aufwenden, um sein kleines Stückchen vom All tatsächlich zu entwickeln.

Wie es Gensonne geschafft hatte, den Stützpunkt seiner Volsungs im Orbit zu installieren, wusste Llyn nicht. Vermutlich aber hatte Gensonne dem Eigentümer des Planeten einmal einen – natürlich nirgends offiziell verzeichneten – Gefallen getan. Einen Gefallen, der, darauf hätte Llyn jede Summe verwettet, etwas mit Gewaltanwendung und Feuerkraft zu tun gehabt hatte.

Denn das war natürlich Gensonnes hauptsächliches Handelsgut. Die Frage war nun, ob die Volsungs hier und jetzt noch ein wenig mehr von diesem Handelsgut unter die Leute würden bringen wollen.

»Irgendwelche neuen Informationen über das Schiff dort draußen?«, erkundigte sich Llyn.

»Wir sind fast in vernünftiger Sensorreichweite«, gab Katura zurück. »Sie sagten, Sie hätten einen Plan für dieses Wiedersehen, oder?«

»Ich habe sogar vier«, versicherte ihm Llyn. »Ganz abhängig davon, mit welchem Szenario wir es letztendlich zu tun bekommen.«

»Jawohl, Sir«, kam es von Katura. Er klang aber nicht unbegrenzt zuversichtlich.

Llyn konnte es ihm nicht verübeln. Solange ihnen nicht deutlich mehr Daten vorlagen, gab es geradezu erschreckend viele Variablen und Möglichkeiten.

Trotzdem durfte Llyn hierbei auf die große Erfahrung bauen, die er im Laufe seines Berufslebens angesammelt hatte. Er würde, da war er sich sicher, alle Eventualitäten abzudecken verstehen.

Szenario eins: Die Volsungs haben die Flucht angetreten, als sie gesehen haben, über welche Feuerkraft die Manticoraner verfügen, und deswegen keine Schäden davongetragen. Plan A: Neu gruppieren und besprechen, wie Manticore erneut anzugreifen ist.

»Sensordaten von der *Banshee* treffen jetzt ein, Sir«, meldete Katura. »Eindeutig ein Schlachtkreuzer, aber immer noch ohne Kennung. Captain Rhamas meldet, dass die Dorsalabwärmesegel funktionsunfähig sind und der Steuerbord-Seitenschild merklich flackert.«

»Danke«, nahm Llyn die Informationen zur Kenntnis und rieb sich die Wange. Die *Banshee*, die parallel zur *Pacemaker* auf den Planeten zuhielt, allerdings eintausend Kilometer über ihr, verfügte über deutlich bessere Sensoren und Analysatoren als Llyns einfaches Kurierboot. Er war daher nicht in der Lage, die Schlussfolgerungen der *Banshee* zu bestätigen. Aber er hatte auch keinen Grund, an ihnen zu zweifeln.

Rhamas' Analyse war recht vielsagend: Probleme mit dem Abwärmesegel ließen sich natürlich auf eine schiffsinterne Fehlfunktion zurückführen. Ein flackernder Seitenschild hingegen legte einen Gefechtsschaden nahe. Aller Wahrscheinlichkeit nach gehörte der Schlachtkreuzer, der sich ihnen gerade näherte, zu den Schiffen, mit denen Gensonne nach Manticore aufgebrochen war.

So viel zu Szenario eins.

Die Frage war nun, warum Gensonne ein beschädigtes Schiff ausgeschickt hatte, um Llyn zu empfangen. Wollte er seine Verluste vor Manticore betonen? »Immer noch keine Reaktion auf unseren Anruf, richtig?«

»Nein, Sir«, bestätigte Katura, »soll ich ihn noch einmal absetzen?«

»Nein, versuchen wir lieber etwas anderes«, entschied Llyn. Der Standardfunkspruch zur Kontaktaufnahmen war ziemlich nichtssagend und allgemeingültig. Vielleicht wurde es jetzt Zeit, dem Gegenüber das Ganze ein wenig zu versüßen. »Richten Sie einen Signallaser auf den Kreuzer aus. Lassen Sie mich wissen, wenn er einsatzbereit ist.«

Szenario zwei: Die Volsungs haben sich nach schweren Treffern zurückgezogen. Plan B: Neu gruppieren, Reparaturen vornehmen, neu bewaffnen und dann besprechen, wie Manticore erneut anzugreifen ist.

»Bereit, Sir.«

Llyn berührte das entsprechende Tastfeld.

»Hier spricht Jeremiah Llyn, im Versuch der Kontaktaufnahme mit Admiral Gensonne«, sprach er in das Mikrofon. »Ich bringe Ihnen die zweite Rate, sie ist jederzeit zur Übergabe bereit. Ich darf davon ausgehen, dass Sie persönlich uns eskortieren?«

Er verstummte, wartete die kurze Signalverzögerung ab …

»Llyn, Sie haben ja wirklich Nerven, hierherzukommen!«, dröhnte Gensonnes Stimme aus dem Lautsprecher.

»Ah, Admiral«, gab Llyn ruhig zurück, »dacht ich's mir, dass Sie das persönlich sind! Sie sind aber flott. Wir sind doch erst vor einhundertvierzig Minuten ins System gekommen.«

»Überrascht, was? Ich wusste aber, dass Sie kommen würden«, knurrte Gensonne. »Als Sie alle so eifrig hinter dem Frachter her waren, hat Syncho einem meiner anderen Schiffe im System eine Nachricht übermittelt. Das Schiff haben Sie übersehen, obwohl Sie es praktisch direkt unter der Nase hatten, und das hat mich dann informiert, dass Sie zurück sind. So weit das, und jetzt nennen Sie mir einen guten Grund, warum ich Sie nicht vom Himmel putzen soll!«

»Ich nenne Ihnen sogar zwei«, erwiderte Llyn und spürte, wie sich unter seinem Hemdkragen Schweiß sammelte. Er hatte zwar damit gerechnet, dass Gensonne verärgert sein würde, aber die Stimme des Söldners verriet blanke Wut. Damit hatte er nicht gerechnet. »Erstens habe ich, wie gesagt, die zweite Rate Ihrer Entlohnung hier für das, was Sie in Manticore geschafft haben. Zweitens möchte ich mit Ihnen darüber sprechen, wie wir einen neuerlichen Versuch …«

»*Geschafft* haben wir vor allem, uns von denen in den Hintern treten zu lassen!«, unterbrach ihn Gensonne zornig, kaum dass der erste Teil von Llyns Übertragung ihn erreicht hatte. »Dank Ihrer nutzlosen Aufklärungsdaten über deren Flotte! Diese kleine Expedition hat mich zwo meiner Schlachtkreuzer gekostet, und ich schwöre Ihnen: Die hole ich mir von Ihnen wieder, und wenn ich sie Ihnen aus den Rippen schneiden muss!«

Llyn wartete noch eine Sekunde lang ab, um sicherzugehen, dass er wirklich den gesamten Wutanfall mitangehört hatte. »Ich verstehe Ihren Zorn gut«, sagte er. »Das bringt mich zu Punkt zwei: Ich möchte mit Ihnen darüber sprechen, wie unser zweiter Versuch aussehen muss, um erfolgreicher zu sein.«

»Wenn Sie glauben, ich hätte auch nur das geringste Interesse, jemals wieder mit Ihnen zusammenzuarbeiten, dann haben Sie sich geschnitten!«, presste Gensonne zwischen den Zähnen hervor.

»Ich hoffe, ich kann Sie umstimmen«, gab Llyn zurück. »Zunächst einmal müssen wir darüber reden, was eigentlich passiert ist da in …«

»Hören Sie mir überhaupt zu?«, fiel ihm Gensonne erneut ins Wort. »Wir sind raus! *Wir* nehmen jetzt die Bezahlung, und dann nehmen *Sie* Ihren Abschied. Wo ist unsere Ware?«

»Wie ich schon sagte, hier«, antwortete Llyn seufzend. All die Vorbereitung, all die Arbeit, und alles umsonst.

So viel zu Szenario zwei.

Szenario drei: Die Volsungs wurden richtig hart getroffen. Gensonne oder dessen Ersatz ist nicht gewillt, es erneut zu versuchen. Plan C: Sie auszahlen und dann nach einem neuen Söldnertrupp Ausschau halten.

»Ich meine: Auf welchem Schiff befindet sie sich?«, setzte Gensonne nach.

Irgendwo in Llyns Hinterkopf wurde eine kleine rote Flagge geschwenkt. Er drückte die Stummtaste …

»Katura, Signal an die *Banshee*: Sie soll sämtliche Sensoren doppelt überprüfen«, wies er an. Gensonne hatte gewusst, dass Llyn käme, und auch, *woher* er käme, und das bedeutete, dass er eine ziemlich genaue Vorstellung davon hatte, an welcher Stelle die *Pacemaker* und die *Banshee* in das System eintreten würden. »Ich gehe davon aus, dass hier ein Schiff auf der Lauer liegt – mucksmäuschenstill, wahrscheinlich irgendwo hinter uns.«

»Jawohl, Sir«, bestätigte Katura und aktivierte sein Com.

Llyn betätigte die Stummtaste, um sie auszuschalten. »Wie von Ihnen gewünscht, erfolgt die Entlohnung in Form von Ausrüstung und Ersatzteilen«, erklärte er Gensonne.

»Das weiß ich«, gab Gensonne ungeduldig zurück. »Ich habe gefragt, an Bord welches Schiffes sich mein Zeug befindet.«

»Sir?«, raunte ihm Katura angespannt zu.

Mit einer Handbewegung gebot ihm Llyn zu schweigen. »Die *Pacemaker* ist ein Kurierboot«, sagte er. »Die *Banshee* hingegen ist ein Frachter. Ob Sie die Frage wohl allein beantworten können?«

»Danke«, gab Gensonne eisig zurück.

Wieder drückte Llyn die Stummtaste. »Was wollten Sie gerade sagen, Captain?«, fragte er.

»Ich wollte sagen, Sir, dass das keine so gute Idee …« Katura verstummte, als ein heulender Alarmton die ganze Brücke ausfüllte. »Raketenspur!«, fauchte er dann.

Llyn schluckte heftig, als die Raketenspur auf dem taktischen Plot erschien. Ja, es war eindeutig eine Rakete – das verriet schon das Beschleunigungsprofil –, und sie kam von irgendeinem Punkt achteraus von ihnen … wie erwartet.

So viel zu Szenario drei.

Allerdings war es eine sehr langsame Rakete, zumindest nach modernen Begriffen: Die Beschleunigung lag bei weniger als zweitausend Gravos. Das verschaffte ihr vermutlich eine größere Reichweite, bevor die Impeller ausbrannten, Llyn aber auch beinahe vier Minuten, um zu reagieren.

Trotzdem: Eine Rakete war eine Rakete, also ein extrem teures Stück militärischer Hardware. Was hoffte Gensonne damit zu gewinnen, ihn derart mit Geld zu bewerfen? Vor allem, da die *Pacemaker* doch nur den Keil herumzurollen bräuchte, und schon würde die Rakete harmlos an den Verzerrungsbändern zerschellen.

Es sei denn, Gensonne hätte noch eine andere Karte im Ärmel.

»Sir?«, forderte ihn Katura auf, irgendetwas zu sagen. »Sollen wir den Keil herumrollen?«

Llyn starrte die Raketenspur an. Über die aktuelle Entfernung hinweg war es unmöglich zu beurteilen, auf welches der beiden Axelrod-Schiffe sie zielte. Angenommen, Gensonne wollte immer noch seine Bezahlung, und angesichts der Tatsache, dass Llyn dem selbsternannten Admiral gerade verraten hatte, dass sich diese an Bord der *Banshee* befand …

»Weisen Sie Captain Vaagen an, den Keil zur Raketenabwehr herumzurollen«, sagte er zu Katura.

»Jawohl, Sir, und wir?«

Llyn schürzte die Lippen. »Captain, ich glaube, es wird Zeit für eine weitere Runde ›Wer zuerst zuckt‹.« Er straffte sich. »Streichen Sie unseren Keil.«

Er drehte sich gerade rechtzeitig um, um zu sehen, dass Katura der Kiefer herunterklappte. Einen Augenblick lang starrten die beiden Männer einander an.

Katura schloss den Mund wieder und nickte. »Ruder: Keil

streichen«, befahl er. Deutlich leiser setzte er hinzu: »Ich hoffe, Sie wissen, was Sie tun, Sir.«

Llyn nickte. Das hoffte er auch.

Erneut aktivierte er das Com. »Admiral Gensonne«, sagte er.

»Hier bin ich«, antwortete Gensonne. »Wie ich sehe, haben Sie Ihren Keil gestrichen. Kapitulieren Sie?«

»Wenn ja, brechen Sie dann den Angriff ab?«

»Weiß ich noch nicht«, antwortete Gensonne. »Zu wie viel Kriecherei sind Sie denn bereit?«

»Zu keiner Kriecherei«, entschied Llyn. »Aber da ist noch ein Faktor, den Sie berücksichtigen sollten. Ich hatte Ihnen vorhin gesagt, es gebe zwei Gründe dafür, mich nicht vom Himmel zu putzen. Tatsächlich gibt es sogar drei.«

»Eine zweite und eine dritte Rate?«

»In gewisser Weise. Ihre Idee, mit deaktivierten Keilen unbemerkt ins Manticore-System vorzustoßen, hat mir gefallen – sogar so sehr, dass ich beschlossen habe, sie auch gegen Sie einzusetzen.«

Die Pause, die sich anschloss, ließ sich nicht nur mit der Signalverzögerung erklären.

»Wovon reden Sie da?«, verlangte Gensonne dann misstrauisch zu wissen.

»Ich rede von meinem anderen Schiff«, erklärte Llyn. »Dem Schiff, das schon vor mehreren Tagen hier eingetroffen ist. Dem Schiff, das schon bald in Raketenweichweite zu Ihrem Stützpunkt kommt.

Dem Schiff, das gerade gesehen hat, wie mein Schild ›ausgefallen‹ ist und deswegen jetzt davon ausgeht, mein Kurierboot wäre zerstört worden.«

Dieses Mal fiel die Pause noch länger aus.

»Sie bluffen.«

»Ich *bluffe?*«, höhnte Llyn. »Etwas Besseres fällt Ihnen nicht ein? Ich *bluffe?*«

»Kann doch gut sein«, schoss Gensonne zurück. »Glauben Sie wirklich, mein Stützpunkt wäre nicht darauf vorbereitet, einen Angriff jederzeit zurückzuschlagen? Wir haben Schiffe bereit, dazu stationseigene Schnellfeuerkanonen und Antiraketen-Batterien. Ihr Schiff und dessen Raketen kommen doch nicht einmal in unsere *Nähe!*«

»Wer hat denn gesagt, ich hätte auf Ihren *Stützpunkt* zielen lassen?«, gab Llyn zurück. »Sie wissen doch, dass der Eridanus-Erlass nur auf *bewohnte* Planeten anzuwenden ist, oder?«

»Sie …« Gensonne stockte. »Das ist nicht Ihr Ernst!«

»Oh, das ist sogar mein *voller* Ernst«, versicherte ihm Llyn. »Nun, ich weiß natürlich nicht genau, was passiert, wenn mein Schiff eine volle Ladung Raketen auf die Oberfläche des Planeten abfeuert und die Keile der Raketen noch aktiv sind. Genauso wenig weiß ich, was passiert, wenn die Raketen die Oberfläche treffen, nachdem die Keile ausgebrannt sind.«

»Verdammt nochmal, da unten sind Menschen!«, fauchte Gensonne. Aber sein Tonfall war längst nicht mehr so … beißend. »Familienangehörige, Truppen …«

»Offiziell gesehen nicht«, rief ihm Llyn ins Gedächtnis zurück. »Allen offiziellen Angaben zufolge ist Walther unbesiedelt. Viel Glück bei dem Versuch, diese Anschuldigung in irgendeiner Weise stichhaltig zu machen. Aber ich wollte Ihnen noch etwas sagen: Wir vermuten, dass die Raketen die Kruste des Planeten aufreißen. Dann wird wohl ein Teil der Atmosphäre explosionsartig ins All hinausgeschleudert. Beides dürfte einen beachtlichen Effekt haben – selbst über die Entfernung hinweg, in der Ihr Stützpunkt den Planeten umkreist. Aber das ist natürlich reine Mutmaßung. Wollen wir das im Namen der Wissenschaft gemeinsam herausfinden?«

Ein langes, zischendes Seufzen war zu hören. »Ich bin nicht davon überzeugt, dass das meine Basis träfe«, grollte Gensonne. »Aber ich verstehe, was Sie meinen. Sie haben doch Mittel und Wege, den Angriff abbrechen zu lassen?«

»Selbstverständlich. Ich brauche ja nur meinen Keil wieder hochzufahren«, antwortete Llyn. »Also? Wollen wir mit diesem Unfug jetzt aufhören? Ich habe da immer noch einen Vorschlag für Sie, und den würde ich Ihnen gern unterbreiten, ohne dass über uns beiden der Tod schwebt.«

Wieder eine lange Pause. »Also gut«, entschied Gensonne. Sein Tonfall verriet immer noch Zorn, aber es schwangen nun auch Vorsicht und ein gewisses Maß Verdrossenheit darin mit. »Um die Rakete brauchen Sie sich keine Sorgen zu machen – das ist eine alte Übungsrakete, die ich irgendwann einmal in die Finger bekommen habe. Uralt und ohne Gefechtskopf. Ich wollte da lediglich etwas klarstellen.«

»Dass Sie mich nicht brauchen?«, mutmaßte Llyn.

»Dass Sie sich auf eigene Gefahr mit den Volsung-Söldnern anlegen«, erklärte Gensonne düster. »Und das gilt auch für Ihre Bosse. Eines sollten Sie wissen: Ich vergesse *nie* etwas! Was auch immer Sie mir anbieten, was auch immer Sie tun zu können glauben, damit ich alles vergesse … das wird niemals geschehen, niemals!«

»Ich werd's mir merken«, versprach Llyn, den Blick auf die Raketenspur gerichtet. Das Geschoss kam immer noch näher.

»Also? Werden Sie den Keil wieder hochfahren?«, setzte Gensonne nach.

»Sobald die Rakete weg ist«, gab Llyn zurück.

Eine weitere Pause … und dann verschwand die Rakete vom Display: Vom Schlachtkreuzer aus musste der Selbstzerstörungscode übermittelt worden sein.

»Danke«, sagte Llyn, »so ist es doch gleich viel zivilisierter.

Eigentlich passt dieser kleine Zwischenfall recht gut zu meinen Anmerkungen von vorhin, bezüglich unseres nächsten Angriffs. Wie Sie gerade eben selbst bewiesen haben, ist Ihr Raketenarsenal ein wildes Gemisch aus allen möglichen Alters-, Stil- und Effizienzklassen. Ich finde, um Manticore zu erledigen, brauchen wir etwas, das ein bisschen mehr auf dem neuesten Stand ist.«

»*Wie sehr* auf dem neuesten Stand?«

»Sehr«, versicherte ihm Llyn. »Wollen wir die Details auf Ihrem Stützpunkt besprechen?«

»Vorausgesetzt, er ist noch da.«

Llyn wies auf Katura, der seinerseits auf den Rudergänger zeigte. Auf dem Statusdisplay erschien wieder der Keil der *Pacemaker.*

»Ihrem Stützpunkt geht es prächtig«, versicherte Llyn dem Anführer der Söldner. Er betrachtete die relativen Vektoren und rechnete im Kopf kurz etwas durch. »Sieht so aus, als würden Sie ein paar Stunden nach uns eintreffen. Vielleicht möchten Sie ja schon eine Nachricht bezüglich unserer Unterkunft übermitteln? Besondere Vorbereitungen sind nicht nötig. Es würde mir voll und ganz reichen, wenn ich mich in Ihr Büro setzen könnte. Wäre Ihnen das recht?«

»Wir haben Platz genug, um Ihnen einen eigenen Raum zuzuweisen.«

»Gut«, gab Llyn zurück. »Ich schlage vor, dass Sie mir das Datenmaterial über die Schlacht zusammenstellen lassen. Ich muss sämtliche Abläufe und Details kennen. Wenn ich die Daten jetzt schon durchgehen kann, brauchen Sie mir auf Ihrer Basis nicht tatenlos dabei zuzuschauen.«

»Die bekommen Sie.« Kurz schwieg Gensonne, dann ein: »Aber vergessen Sie nicht, mit wem Sie es zu tun haben!«

»Selbstverständlich nicht«, versicherte ihm Llyn. »Das sollten *Sie* aber auch nicht vergessen.«

»Tue ich nicht«, knurrte Gensonne. »Gute Reise, Mr. Llyn. Ich freue mich darauf, mehr über diese Raketen zu erfahren.«

»Ich bin mir sicher, dass Sie das Gespräch höchst interessant finden werden«, versprach ihm Llyn. »Wir sehen uns dann auf Ihrem Stützpunkt.«

Er vollführte eine kurze Handbewegung, und Katura deaktivierte das Com.

Einen langen Moment starrte Llyn auf das taktische Display und schaute zu, wie seine Schiffe und die Volsungs neuen Kurs anlegten. Nun, gewiss würde sich Gensonne die Gelegenheit, an ein paar moderne Raketen zu kommen, nicht entgehen lassen. Dafür, sie in die Finger zu bekommen, würde er zweifellos alles Notwendige tun, auch Llyns Anweisungen buchstabengetreu nachzukommen.

Szenario vier: Die Volsungs wurden schwer getroffen. Gensonne oder dessen Ersatz schwört Rache.

Plan D: Alle töten.

20

Gensonnes Leute waren nicht begeistert von der Vorstellung, Besucher zu empfangen – vor allem Besucher, die wegen unzureichender Feindaufklärung in den Augen der meisten Volsungs die Schuld an der krachenden Niederlage gegen Manticore trugen. Noch weniger begeistert war man von Gensonnes Anweisung, den Besuchern sämtliche Aufzeichnungen zu eben jener Schlacht zukommen zu lassen.

Aber Gensonnes Leute waren Profis – zumindest in gewisser Hinsicht. Sie wussten, was ein Befehl war. Sie gehorchten nicht gerade bereitwillig, aber sie gehorchten.

Llyn verübelte ihnen ihre Vorbehalte nicht. Bevor er die Aufzeichnungen über die Schlacht auch nur zur Hälfte hatte begutachten können, war ihm klar, warum es den Volsungs nicht recht war, dass er sich das Material anschaute.

Der ganze Angriff war von Anfang an ein einziges Desaster gewesen. Die Idee, den Verband in zwei Angriffswellen aufzuteilen, war nur theoretisch sinnvoll gewesen. Gleich nach dem Verlust des ersten Schlachtkreuzers hätte Gensonne die Formation enger zusammenziehen müssen. Gut, in einer einzelnen Angriffswelle ließen sich weniger manticoranische Schiffe zerstören. Das stimmte vor allem angesichts der Geschwindigkeit, mit der beide Kampfverbände aneinander vorbeigejagt wären. Nur ein extrem kleines Zeitfenster hätte dann für die eigentlichen Kampfhandlungen zur Verfügung gestanden. Aber selbst das wäre am eigentlichen Operationsziel völlig vorbeitaktiert gewesen. Wie beim Schach war das Ziel, den König mattzusetzen – in diesem Falle sogar buchstäblich. Es hätte nie darum gehen dürfen, so viele Bauern, Springer und Läufer zu schlagen, wie man erwischen konnte.

Es war frustrierend, ein Fehler folgte auf den anderen. Zuerst hatte Gensonne verabsäumt, sich zu vergewissern, dass ein angeschlagenes feindliches Schiff auch wirklich kampfunfähig war – ein Fehler, der ihn den zweiten Schlachtkreuzer gekostet hatte! Gleich danach hatte er verabsäumt, sich zurückzuziehen. Hätte er das getan, hätte er über ausreichend Schiffe, das erforderliche Arsenal und die nötige Erfahrung verfügt, um noch rechtzeitig den Orbit von Manticore zu erreichen und von dort aus König Edwards Kapitulation zu fordern.

Der letzte Trick der Manticoraner war, und das war offenkundig, nichts anderes als ein Bluff. Bedauerlicherweise war Gensonne zu diesem Zeitpunkt schon so verunsichert gewesen, dass er darauf hereingefallen war. Damit hatte er Manticore den Sieg geschenkt.

Bis Gensonne im Volsung-Stützpunkt ankam und Llyn in sein Büro zitierte, hatte dieser Zeit gehabt, die Aufzeichnungen zweimal durchzusehen. Er hatte nun eine ziemlich klare Vorstellung davon, welche Fehler letztendlich zu dem Fiasko vor Manticore geführt hatten.

Die Fehler der Volsungs würde er in der anstehenden Besprechung natürlich herunterspielen müssen. Es wäre keineswegs sinnvoll, einen übermäßig kritischen Eindruck zu machen. Schließlich war er darauf angewiesen, dass Gensonne ihm vertraute. Die Fehler, die seitens der *Manticoraner* gemacht worden waren, konnte Llyn in der nun anstehenden Lageanalyse ebenfalls ignorieren.

Aber er hatte sorgsam auf eben diese Fehler geachtet. Sie würde er mit den Nachfolgern der Volsungs besprechen müssen – wer auch immer besagte Nachfolger wären.

»Zunächst einmal bin ich der Ansicht, dass unter den gegebenen Umständen Ihre Männer und Sie großartige Arbeit geleistet haben«, erklärte er Gensonne. »Sie waren den Manticoranern gegenüber in der Überzahl, und Sie waren auch schwerer bewaffnet. Es war reines Pech, dass Sie sich letztendlich haben zurückziehen müssen.«

»Pech?«, brachte Gensonne über die Lippen. »So nennen Sie das, wenn man zwei Schlachtkreuzer und einen Zerstörer verliert? *Pech?*«

»Na, dann nennen wir es eben ›unglaubliches Glück auf Seiten der Manticoraner‹«, räumte Llyn achselzuckend ein. Doch er konnte Gensonne ansehen, dass er genau den richtigen Punkt gefunden hatte. Der Admiral war schon jetzt sehr geneigt, diese Niederlage mit mangelndem Kriegsglück zu erklären. Jetzt brauchte Llyn ihn in dieser Idee nur noch zu bestärken.

»Ganz genau«, blaffte Gensonne verbittert. »Kreuzer und Zerstörer sollten Schlachtkreuzer gefälligst nicht besiegen können – zumindest nicht ohne massive Mithilfe der Glücksgöttin höchstpersönlich.«

»So sehe ich das auch«, pflichtete ihm Llyn bei. »Und unterstützt wurde das Ganze dann noch durch einige kleinere fragwürdige Entscheidungen Ihrer mittlerweile von uns gegangenen Captains.« Wenn Glück nur eine Hälfte ausmachte, dann, so Llyns Erfahrung, ließ sich der Rest meist erklären, indem man die Schuld einem anderen in die Schuhe schob … idealerweise jemandem, der sich nicht (mehr) wehren konnte. »Captain Blakely hätte niemals derart dicht zum Feind aufkommen dürfen. Nur so hat er sich den Schlag eingefangen, der ihn erledigt hat. Und Captain De la Roza hätte sich vor seinem Eingreifen ins Schlachtgeschehen vergewissern müssen, dass alle beschädigten Feindschiffe kampfunfähig sind.«

»Die Hitze des Gefechts«, meinte Gensonne und stierte mürrisch vor sich hin. »Und übertriebenes Selbstvertrauen.«

»Ganz genau«, bestätigte Llyn. »Und was die beiden manticoranischen Schlachtkreuzer betrifft, die Sie in die Schlacht haben ziehen sehen …«

»Ja, über die sollten wir uns unterhalten«, unterbrach ihn Gensonne. »Keiner der beiden war in Ihren angeblich aktuellen Aufklärungsdaten auch nur *aufgeführt.*«

»Bei allem schuldigen Respekt, Admiral, aber sie befanden sich *sehr wohl* auf der Liste«, gab Llyn sanft zurück. »Sie waren nur nicht als *funktionsfähig* aufgeführt.«

»Ha, dafür haben sie aber verdammt funktionsfähig agiert!«

»Sie haben insofern recht, als sie eindeutig fahrtüchtig waren. Aber Fahrtüchtigkeit allein macht sie noch lange nicht zu Kriegsschiffen.« Er deutete auf sein Tablet. »Und die Durchsicht Ihrer Aufzeichnungen bestätigt mich in meiner Meinung, dass beide Schiffe nichts als Papiertiger waren. Keine Waffen, keine Abwehrsysteme, wahrscheinlich noch nicht einmal vollständig bemannt! Hätten Sie sich nicht zurückgezogen, hätte es wahrscheinlich jeweils nur eines einzigen Raketentreffers bedurft, um sie zu zerstören.«

»Glauben Sie doch, was Sie wollen!«, versetzte Gensonne steif. »Sie waren nicht dabei. Sie haben diese Schiffe nicht gesehen!«

»Stimmt, das habe ich nicht«, räumte Llyn ein. Aber kurz nach der Schlacht hatte er sie sehr wohl gesehen.

Allerdings wäre keineswegs zielführend, Gensonne jetzt unter die Nase zu reiben, dass das barcanische Nachfolgeteam seinen Einsatz gerade wegen des Scheiterns der Volsungs hatte abbrechen müssen. Jetzt wurde es Zeit, sich vorsichtig zurückzuziehen. »Aber was geschehen ist, ist geschehen. Jetzt sollten wir uns auf die Zukunft konzentrieren.«

»Ja, sollten wir«, meinte Gensonne. »Und anfangen sollten wir mit den neuen Raketen, die Sie erwähnt haben.« Fragend neigte er den Kopf zur Seite. »Und vielleicht auch noch mit ein paar passenden neuen Schiffen. Große Schiffe, so was wie aktuelle Spitzenmodelle von Schlachtkreuzern.«

Llyn schüttelte den Kopf. Er hatte sich auf der Überfahrt hierher ausgiebig auf dieses Gespräch vorbereitet, und Gensonne hielt sich genau ans Drehbuch.

»Ich habe Ihnen schon gesagt, wie die Liga darüber denken würde«, setzte er an und ließ gezielt Bedauern in der Stimme mitschwingen. »Dort hat man nun einmal das Monopol auf moderne Kriegsschiffe, und man ist fest entschlossen, daran nichts zu ändern.«

»Gewiss doch«, gab Gensonne abfällig zurück. »Und ebenso gewiss interessiert es Axelrod keinen Schlag, was die Liga will oder nicht will.«

Es verlangte Llyn beachtliche Selbstbeherrschung ab, sich nichts anmerken zu lassen, als der Firmenname fiel. Großer Gott, wie hatte Gensonne *das* nur herausgefunden?! »Axelrod?«, wiederholte er fragend und runzelte demonstrativ die Stirn.

»Die terranische Axelrod Corporation«, erläuterte Gensonne und lächelte spöttisch – so spöttisch, wie nur jemand lächeln kann, der das bestgehütete Geheimnis seines Gegenübers kannte. »Ihre Bosse. Die, die Manticore übernehmen wollen.«

Einen Sekundenbruchteil lang zog Llyn in Erwägung, das rundweg abzustreiten. Er hatte sich doch so viel Mühe gegeben, niemanden wissen zu lassen, dass Axelrod mit der ganzen Sache zu tun hatte!

Doch er kannte diesen Gesichtsausdruck – kannte ihn nur allzu gut. Irgendwie hatte Gensonne die Wahrheit herausgefunden … und nichts, was Llyn jetzt noch vorbrächte, würde ihn dazu bewegen, etwas anderes zu glauben.

Egal. Llyn war ohnehin schon zu dem Schluss gekommen, dass Gensonne und seine Leute würden sterben müssen. Jetzt müsste er diese Politik der verbrannten Erde eben nur größer anlegen und auch für die Zerstörung ihres gesamten Stützpunkts und sämtlicher Aufzeichnungen sorgen.

»Also gut«, sagte er und zuckte beiläufig mit den Schultern. »Aber selbst Axelrod kann Schlachtkreuzer nicht aus dem Hut zaubern. Außerdem sollten neue Raketen, abgefeuert von Ihren derzeitigen Schiffen, ausreichen, um die Royal Manticoran Navy aus dem Weg zu räumen.«

»Tatsächlich?«, gab Gensonne zurück und blickte Llyn sehr aufmerksam an. »Also gut, ich höre.«

»Wir reden hier über Hellflares.«

»Ach was«, meinte Gensonne. Seine Miene war immer noch steinern und verriet Misstrauen.

Doch Llyn war nicht entgangen, dass Gensonnes Augen geweiteter als eben noch und auch seine Lippen nicht mehr ganz so fest aufeinandergepresst waren. Llyn hatte ihn am Haken, gar keine Frage. Jetzt musste er den Fang nur noch mit der gebotenen Vorsicht an Land ziehen.

»Ja«, sagte er, »von ein paar AKM sechs-drei-vier, um genau zu sein. Vielleicht kommen sogar noch ein paar Drei-Achter dazu, das hängt davon ab, was mein Kontaktmann in die Finger bekommen hat.«

»Ich dachte, Hellflares sind mit dem Sperrvermerk AA versehen?«

»Das gilt für alles aus der Sechshunderter-Reihe, ja«, bestätigte Llyn. »Noch einmal: Ich weiß noch nicht, was mein Einkäufer bekommen hat. Aber mit allem davon kommen Sie durch die Reihen der Manticoraner wie durch Butter.«

»Moment mal«, merkte Gensonne auf, und die Falten auf seiner Stirn vertieften sich noch, »haben Sie gerade gesagt, dass Ihr Einkäufer die bereits gekauft *hat?* So wie: gekauft und bezahlt?«

»Gekauft und bezahlt, verschifft und jederzeit einsatzbereit«, versicherte ihm Llyn. »Deswegen bin ich ja überhaupt nur persönlich hergekommen – das sollte eine Überraschung werden.« Er hob beide Hände und wedelte damit. »Überraschung!«

»Und dabei habe ich noch nicht einmal Geburtstag«, versetzte Gensonne sarkastisch, den Blick fest auf Llyn gerichtet. »Warum haben Sie denn nichts davon gesagt, als Sie mir mit der Zerstörung meiner Basis gedroht haben?«

»Was denn, über eine offene Com-Verbindung?«, gab Llyn zurück. »Verstöße gegen einen AA-Sperrvermerk der Liga sind jetzt nicht gerade das ideale Thema für zwanglose Plaudereien. Da bräuchte doch nur einer ihrer Leute in irgendeiner Bar in Telmach ein bisschen zu viel zu erzählen, und schon landen wir alle auf ewige Zeiten hinter Gittern.« Erneut deutete er auf sein Tablet. »Außerdem musste ich mir die Aufzeichnungen der Schlacht ansehen und mich davon überzeugen, dass Sie fähig sind, in Manticore einen zweiten Versuch zu starten. Überzeugt davon bin ich erst jetzt.«

»Wir fühlen uns geehrt.« Gensonnes Miene war immer noch steinern. »Und wann werden die Hellflares hier eintreffen?«

»Zunächst einmal kommen sie gar nicht *hierher*«, widersprach Llyn. »Hier fehlt die notwendige Ausrüstung, um die Upgrades vorzunehmen.«

»Was denn für Upgrades?«, verlangte Gensonne zu wissen. »Werfer habe ich doch schon!«

»Keine, die für Hellflares geeignet wären«, widersprach

Llyn geduldig. »Wegen der Plasmazuleitungen sind Modifikationen an Ihrem Werfersystem erforderlich, und für die neue Zielsuchersoftware braucht es ein vollständig neues Zielerfassungs- und Telemetriesystem.«

Gensonne musste sich anstrengen, um die harte, misstrauische Miene beizubehalten. Aber seine Augen leuchteten, als habe er endlich die wahre Liebe gefunden.

»Und die wollen Sie uns *geben?*«

»Ich gebe Ihnen die *Raketen*«, korrigierte ihn Llyn. Man durfte es dem Opfer niemals zu leicht machen! »Die Upgrades der Werfer werden Sie wohl selbst stemmen müssen.«

»Und wie teuer wird der Spaß, verdammt?«

»Keine Sorge, Ihre zweite Rate sollte das abdecken«, gab Llyn zurück. »Es sei denn, Sie ließen zu, dass Ihre Mannschaft alles für Bier und Damengesellschaft auf den Kopf haut.«

»Ich glaube, ich verstehe allmählich, welche Prioritäten hier eine Rolle spielen«, erklärte Gensonne mit einer gewissen grimmigen Belustigung.

»Und es gibt da noch ein paar Einschränkungen«, fuhr Llyn fort. »Ihnen ist ja wohl klar, dass wir solche Waffen nicht einfach so verteilen, ohne den Einsatz dann auch im Blick zu behalten. Wann immer Sie die Hellflares einsetzen wollen, geschieht das unter meiner oder der Aufsicht eines meiner Kollegen.«

»Sind wir jetzt auf einmal eine Tochtergesellschaft von Axelrod, oder was?«

»Sagen wir lieber: Sie werden unser erster Ansprechpartner sein, wann immer wir jemanden mit ausreichend Schlagkraft benötigen«, erläuterte Llyn. »Das bedeutet ja nicht, dass Sie nicht auch andere Aufträge annehmen können. Wir haben bloß, was Ihren Zeitplan betrifft, oberste Priorität.«

»Hmpf«, machte Gensonne, und wieder sah Llyn sich die

Mimik seines Gegenübers geringfügig verändern. Wenn Axelrod die Raketen stets im Blick behalten wollte, stünde stets Llyn – oder jemand wie Llyn – als Ratgeber und Aufsicht gleichermaßen an Gensonnes Seite.

Und als Geisel.

»Das gilt natürlich nur, wenn es Ihnen nichts ausmacht, als Erstes nach Manticore zurückzukehren und die dort schlucken zu lassen, was die Ihnen und Ihren Leuten in den Rachen gestopft haben«, setzte Llyn hinzu.

Ganz kurz lief Gensonne rot vor Wut an. Dann jedoch legte sich der aufwallende Zorn wieder, und der Anführer der Volsungs lächelte sogar.

»Sie haben eine interessante Art und Weise, mit Worten umzugehen«, sagte er. »Also gut, wir sind im Geschäft. Was steht als Erstes auf der Liste?«

»Sie fangen damit an, die *Banshee* zu entladen«, erklärte Llyn. »Und während Sie damit beschäftigt sind, bereite ich die *Pacemaker* vor – für die Überfahrt nach Haven.«

»Nach *Haven*?«, fragte Gensonne nach und kniff die Augen zusammen. »Sie wollen mir illegale Raketen *in Haven* überstellen?«

»Nicht in Haven, in Danak«, beeilte sich Llyn richtigzustellen. »Da ist es deutlich ruhiger. Es liegt ja ein wenig weiter vom Schuss. Die dortige Regierung ist als Anteilseigner an dem Industriekonsortium beteiligt, das Danak gerade entwickelt, und die Freigabe der Raketen muss in der Zentrale des Konsortiums abgezeichnet werden. Und diese Zentrale befindet sich in Nouveau Paris.«

»Also wird es eine Datenspur geben, ja?«

»Bei Raketen lässt sich das nicht vermeiden«, erwiderte Llyn. »Machen Sie sich keine Sorgen: Nichts davon lässt sich zu Ihnen oder zu mir zurückverfolgen.«

»Oder zu Axelrod?«

Llyn spürte, wie es ihm die Kehle zuschnürte. »Oder zu Axelrod«, bestätigte er. »Und, nur damit wir uns ganz richtig verstehen: Es werden keine Raketen an jemanden überantwortet, dessen Besuch nicht seitens der Zentrale in Haven vorangekündigt worden wäre. Also müssen wir dafür sorgen, dass die *Pacemaker* genug Zeit hat, nach Haven und dann nach Danak zu kommen.«

»Ich verstehe«, brummte Gensonne. Seine Augen, das bemerkte Llyn, waren immer noch zusammengekniffen. »Und um den ganzen Datenkram werden Sie sich wohl persönlich kümmern müssen, richtig?«

»Was denn, sorgen Sie sich, ich könnte mich aus dem Staub machen?« Abwehrend hob Llyn die Hand, bevor Gensonne zu einer Entgegnung ansetzen konnte. »Entspannen Sie sich! Die *Banshee* und ich werden die ganze Zeit über an Ihrer Seite sein.«

»Sie wollen das schlichte Leben an Bord eines *Frachters* genießen?«, setzte Gensonne nach, und wenigstens ein Teil seiner Anspannung schien sich nun zu legen.

»Warum denn nicht?« Llyn wagte ein kleines Lächeln. »Selbst die Frachter von Axelrod sind ziemlich komfortabel. Oder wollen Sie mir einen Platz an Bord der *Odin* verschaffen?«

»Ich glaube, das wäre keine gute Idee«, erklärte Gensonne mit grimmiger Stimme. »Von der Besatzung haben viele an Bord der *Tyr*, der *Thor* und der *Umbriel* gute Freunde verloren. Wenigstens einige werden vermutlich der Ansicht sein, für deren Tod sind Sie und Ihre jämmerlichen Aufklärungsdaten verantwortlich.«

Ein Schauer lief Llyn über den Rücken. Das war ein Aspekt seiner Bilanzkosmetik, den er nicht bedacht hatte. »Wenn ich im Schlaf ermordet würde, bekämen Sie die Raketen nie.«

»Manche Leute denken nicht so weit.«

»Verstanden«, sagte Llyn. »Dann würde ich es *definitiv* vorziehen, an Bord der *Banshee* mitzureisen.«

Eigentlich wäre er lieber an Bord der *Pacemaker* als an Bord der *Banshee* gereist. Aber die *Pacemaker* war schneller und könnte daher früher in Haven eintreffen. So bliebe mehr Zeit, die Dinge ins Rollen zu bringen. Außerdem würde einen so schwer bewaffneten Frachter wie die *Banshee* in den Orbit von Haven zu bringen zweifellos für offizielle Untersuchungen und reichlich offizielles Stirnrunzeln sorgen. Beides konnte Llyn nicht gebrauchen.

»Wie dem auch sei: Wenn die *Banshee* entladen ist, müssen Sie Ihre großen Schiffe für die Überfahrt vorbereiten«, fuhr er fort. »Sie haben derzeit … was? Zwei Schlachtkreuzer und sechs Schwere Kreuzer?«

»Und dazu noch drei Leichte Kreuzer, sieben Zerstörer und drei Fregatten«, ergänzte Gensonne. »Ein weiterer Schlachtkreuzer kommt auch noch dazu, aber das dauert noch fünf bis zehn T-Monate.«

»Ich glaube nicht, dass wir auf den werden warten können«, sagte Llyn und musste sehr darauf achten, nicht gequält das Gesicht zu verziehen. Also befand sich tatsächlich noch ein weiteres schweres Kriegsschiff auf dem Weg hierher. Verdammt.

»Ich könnte eine Nachricht hinterlassen mit der Anweisung, uns zu folgen.«

»Nein, wir können es uns nicht leisten, die Raketen derart lange herumliegen zu lassen«, gab Llyn zögerlich zurück. Er hätte es eindeutig vorgezogen, alle auf einen Streich zu erledigen, aber manches ließ sich eben nicht ändern. »Rasch rein, rasch wieder raus, das ist der sicherste Weg, nicht groß aufzufallen.«

»Vermutlich schon«, räumte Gensonne ein. »Wie viele Hellflares bringen Ihre Leute denn mit?«

»Genug«, versicherte ihm Llyn. »Vor allem, da nur die Schlachtkreuzer und die Schweren Kreuzer überhaupt für die Upgrades in Frage kommen. Wir brauchen also nur acht Schiffe zu versorgen. Wie schnell haben Sie die abfahrtbereit?«

»Schnell genug«, gab Gensonne zurück. »In drei, vielleicht vier Wochen.« Er runzelte die Stirn. »Wissen Sie, für meinen Geschmack liegt Danak wirklich viel zu nah an Haven. Ist das nicht zu auffällig, wenn wir mit zwei Schlachtkreuzern in havenitisches Territorium einreisen?«

»Ach was«, beruhigte ihn Llyn, »Danak mag Haven ja räumlich wirklich ziemlich nahe sein, aber es gehört eben nicht zum Commonwealth. Das sind Handelspartner, keine echten Verbündeten. Deswegen bringen wir die Raketen ja dorthin: Sie sind in der Nähe von Haven, verfügen über eine gut ausgestattete Werft, aber sind nicht offiziell mit Haven verbunden oder Haven in irgendeiner Weise verpflichtet. Was mindestens genauso wichtig ist: Sie wissen, wann und wo man den Mund zu halten hat.«

Genau deswegen hatte Axelrod dort ein Kontaktbüro eröffnet – unter einem offiziellen Namen und mit einer vollständigen Hintergrundgeschichte. Llyns Herren und Meister wären nicht gerade begeistert, wenn er diesen Kontakt verbrennen würde, aber unter Umständen wie diesen hätten sie gewiss Verständnis.

»Wenn Sie meinen«, knurrte Gensonne. »Aber vergessen Sie nicht: Wenn irgendetwas schiefläuft, stehen Sie genauso in der Schusslinie wie wir!«

»Grund genug, nichts schiefgehen zu lassen«, setzte Llyn dagegen. »Aber um das Wasser noch mehr zu trüben, reisen wir nicht als Volsungs dort an. Jeder von uns bekommt eine neue Identität – schönere und bessere hat ganz Danak noch nicht gesehen.«

»Gut.« Gensonne lachte leise. »Aber tun Sie mir einen Gefallen, ja? Wenn Sie die anfertigen lassen, bauen Sie was ein, was eine Verbindung zu den Andermanern nahelegt.«

»Was immer Sie wünschen«, sagte Llyn und unterdrückte ein Stirnrunzeln. *Zu den Andermanern.* Hieß das, dass der Frachter, vor dem die *Pacemaker* im Poznan-System geflohen war, tatsächlich zu Gensonne gehörte? Oder war das ein echtes Andermaner-Schiff gewesen, und Llyn entging nur der Subtext? »Bevor ich an Bord der *Banshee* gehe, muss ich noch eine Nachricht aufzeichnen. Die wird Captain Katura dann im Büro des Konsortiums auf Haven abliefern«, fuhr er fort und erhob sich. »Wenn er mit den erforderlichen Daten vor uns nach Danak zurückkehrt, kann er schon die korrekte Vorbereitung der Raketen und der Elektronik veranlassen. Dann kann die eigentliche Arbeit in dem Moment beginnen, in dem Ihre Schiffe im Orbit eintreffen.«

»Gut. Ihr Shuttle wird bereitstehen, wenn Sie im Dock ankommen. Ich gebe Anweisung, dass Ihre beiden Schiffe aufgetankt werden, und meine Leute überprüfen auch die anderen Versorgungsgüter.«

»Vielen Dank. Ich weise meine Captains darauf hin, dass eine entsprechende Prüfung ansteht. Ich wünsche Ihnen noch einen schönen Tag, Admiral.« Er wandte sich zur Tür …

»Noch etwas«, rief ihm Gensonne hinterher. »Dieses dritte Schiff, von dem Sie gesprochen hatten – das, von dem Sie behauptet haben, es stünde jederzeit bereit, seine Raketen auf den Planeten abzufeuern: War das ein Bluff?«

Llyn, der Gensonne immer noch den Rücken zuwandte, gestattete sich ein kleines, grimmiges Lächeln. In diesem Augenblick trieb die *Shrike* im freien Fall unentdeckt durch das

Walther-System – der Keil war heruntergefahren, das Smart-Material des Schiffsrumpfes auf maximalen Ortungsschutz eingestellt. Das war sein Joker, und Llyn hatte die Absicht, ihn mit maximaler Wirkung einzusetzen.

»Es gibt eine todsichere Methode, das herauszufinden«, gab er über die Schulter hinweg zurück. »Einen schönen Tag noch, Admiral.«

Zwei Tage später verließ die *Pacemaker* den Orbit des Planeten und steuerte Haven an.

Mit Bauchgrimmen beobachtete Llyn auf dem taktischen Hauptschirm der Volsungs, wie das Schiff in Richtung Hypergrenze beschleunigte. Captain Katura war aufgebrochen: Die sprichwörtlichen Würfel waren gefallen, und der Plan nun endgültig in ebenso sprichwörtlichen Stein gemeißelt.

Llyn hatte die Lage so gründlich durchdacht, wie er nur konnte. Doch eine unbequeme Tatsache blieb: Der ganze Plan war, zumindest relativ gesehen, die Folge einer Spontanentscheidung. Das aber, so lehrte die Erfahrung, ermöglichte eine Unzahl unbemerkter Denkfehler, die ungeahnte Konsequenzen nach sich ziehen konnten.

Wie auch immer: Jeremiah Llyn hatte gar keine andere Wahl, als den Plan durchzuziehen. Gensonne wusste von seiner Verbindung zu Axelrod, und allein für diesen Beweis seiner Klugheit musste der selbsternannte Admiral sterben … zusammen mit all jenen, denen er davon möglicherweise berichtet hatte.

Mit anderen Worten: zusammen mit sämtlichen Volsung-Söldnern.

Gensonne dazu zu bewegen, seinen Verband aufzuteilen, war der erste Schritt gewesen. Die *Pacemaker* und Katura mit geheimer Nachricht nach Haven zu schicken der zweite.

Und was den dritten betraf …

Beiläufig ließ Llyn den Blick auf die Stelle des taktischen Displays wandern, an der sich laut Captain Rhamas' Berechnungen derzeit die *Shrike* befand: Auf einem Hyperbelkurs durchquerte sie das System. Nichts. Ganz in Übereinstimmung mit der Anweisung. Beim Verlassen des Systems hatte Katura sie per Richtstrahl von der *Pacemaker* aus übertragen. Captain Vaagen würde zeitgleich sein Schiff im freien Fall durch das All treiben lassen, wovon die Volsungs nichts mitbekämen, und das so halten, bis er die Hypergrenze auf der anderen Seite des Systems erreichte.

Bis dahin wären die schlagkräftigsten Volsung-Kriegsschiffe natürlich schon längst fort. Die Handvoll Leichter Kreuzer, Zerstörer und Fregatten, die Gensonne noch zurückhalten mochte, würden den Hyperabdruck der *Shrike* nicht bemerken, wenn diese dann zu ihrem eigenen Rendezvous aufbräche.

Die Uhr der Volsung-Söldner war abgelaufen. Sie wussten es bloß noch nicht.

21

»So sieht's aus«, erklärte Admiral Locatelli in militärischer Kürze. »Noch Fragen?«

Captain Clegg warf einen Blick auf ihr Tablet, und ihr schlug das Herz bis zum Hals. Ob sie noch *Fragen* hatte?!

Und ob!

Welcher Idiot hielt es denn bitteschön für eine gute Idee, eines der fortschrittlichsten Kriegsschiffe der Navy bis nach Silesia zu schicken? Wie lange sollte dieser Einsatz, ohnehin nur vergebliche Liebesmühe, denn dauern?

Wer hatte überhaupt den Plan abgesegnet, auf eine Militärmission einen *Zivilisten* mitzunehmen?

Und das Schlimmste von allem: Wurde von ihr allen Ernstes erwartet, dass sie Befehle von einem Taktischen Offizier und einem Chief – einem *Chief!* – entgegennähme, wenn einer der beiden zu dem Schluss käme, genau das sei erforderlich?

»Keine Fragen, Sir«, sagte Commander Alfred Woodburn zu Cleggs Rechten.

»Hier auch nicht«, setzte Lieutenant Commander Jeffrey Norris zu ihrer Linken hinzu.

Clegg schürzte die Lippen. Ihr neuer Eins-O und ihr Leitender Ingenieur kniffen also! Na schön. Das hier bekam sie auch im Alleingang hin.

»Jawohl, Sir«, sagte sie, »ich hätte da einige Fragen.«

Locatelli blickte zur Gräfin von Calvingdell hinüber, die schweigend zu seiner Linken saß, und schien tiefer in seinen Sessel hineinzukriechen. »Legen Sie los, Captain.«

»Fangen wir mit einigen Bedenken an, Sir«, begann Clegg und wählte ihre Worte mit äußerstem Bedacht. »Am drängendsten erscheinen mir die Zusammenstellung der Besatzung und die Weisungskette. Sie sagten, der SIS sei eine vornehmlich zivile Organisation. Trotzdem fällt dieser Auftrag unter dessen Leitung und nicht unter die des ONI?«

»Die Beziehungen hier sind ein wenig verworren«, räumte Locatelli ein. »Zum Teil liegt das daran, dass der SIS ganz frisch aus dem Boden gestampft wurde und bislang niemand so recht weiß, wie er in die bestehenden Strukturen einzugliedern ist. Aber Sie können sich sicher sein, dass das ONI und auch System Command stets auf dem Laufenden gehalten werden.«

»Tatsächlich ist die Lage sogar noch ein wenig komplizierter«, schaltete sich Lady Clara ein, der Tonfall ruhig und bestimmt. »Derzeit zumindest weiß das ONI nicht, dass der SIS existiert.«

Clegg tauschte einen zornigen Blick mit Woodburn. »Wie meinen?«, entfuhr es ihr.

»Politisches, das es zu berücksichtigen gilt«, erläuterte Locatelli zögerlich. »Was das ONI betrifft, ist der wahre Grund für die Fahrt der *Casey* das Erproben des neuen Ortungssystems: Damit sollen sämtliche Fahrzeuge und Abwehrstationen, zu denen Sie aufkommen, einer Freund-oder-Feind-Analyse unterzogen werden. Für diese Daten trägt dann Chief Townsend Verantwortung, und zwar in seiner Funktion als Leiter des neuen Ressorts Signalauswertung. Gleichzeitig werden Mr. Long und er in den Einsatz die dritte Schicht einziehen: das Zusammentragen von Informationen, die uns hoffentlich zu Tamerlane und der Gruppe führen, die uns angegriffen hat.«

»Ich verstehe«, gab Clegg zurück, obwohl das eigentlich

nicht stimmte. Diese ganze Heimlichtuerei war bizarr, um nicht zu sagen: lächerlich. »Und an Bord der *Casey* werden neben Long und Townsend nur wir drei in das Ganze eingeweiht sein?«

»Und Mr. Hauptmann, ja«, erklärte Calvingdell. »Die derzeitige Weisungskette des Special Intelligence Service läuft über mich zum Verteidigungsminister.« Sie blickte zu Locatelli hinüber. »Wobei System Command selbstverständlich ebenfalls auf dem Laufenden gehalten wird.«

»Ich verstehe, Mylady«, sagte Clegg.

»Und ich sehe, dass Sie weitere Vorbehalte haben«, versetzte Lady Clara.

Clegg atmete tief durch. Na gut, die Lady hatte danach gefragt …

»Sie hatten gerade die Weisungskette erwähnt«, setzte sie an. »Dazu kommt, dass die an mich ergangenen Befehle sehr vage abgefasst und offen sind. Außerdem liegt die letztendliche Autorität nicht etwa beim Captain, sondern bei zwei Besatzungsmitgliedern, die niemandem an Bord Rechenschaft schuldig sind.« *Besatzungsmitgliedern,* setzte sie in Gedanken hinzu, *deren Taten durch kurze Verwendung eines Eingabestifts problemlos geleugnet werden können.*

»Ganz so schlimm ist es nicht«, widersprach Calvingdell. »Nur bei sehr genau definierten Aspekten des Einsatzes liegt die letztendliche Autorität in den Händen von Lieutenant Commander Long … und ganz gewiss nicht in Situationen, bei denen Gefahr für das Schiff besteht.«

»Ich verstehe«, wiederholte Clegg. »Aber das bedeutet nicht, dass er nicht irgendwann im Rahmen seines Auftrags einen Fehler machen könnte, durch den das Schiff letztendlich in eine nicht vertretbare Situation *gerät.*«

Wieder blickten Locatelli und Lady Clara einander an. »Sie

sind die Kommandantin und damit die letztendliche Autorität an Bord der *Casey*, Captain«, erklärte Locatelli. »Wenn Long oder Townsend sich auf ihre Geheimbefehle berufen und etwas anweisen, das Sie für ungerechtfertigt oder für gefährlich halten, dann steht es Ihnen selbstverständlich frei, diese Anweisung zu widerrufen.«

»Um dann die Konsequenzen dieser Entscheidung zu tragen?«

Ein müdes Lächeln umspielte Locatellis Lippen. »Oder die Konsequenzen der Entscheidung, den beiden freie Hand gelassen zu haben«, sagte er. »Darauf läuft es bei Langzeiteinsätzen für *jeden* Captain hinaus.«

»Vielleicht hilft Ihnen ja die Zusicherung, dass wir Long und Townsend nicht für diesen Einsatz ausgewählt hätten, wenn wir nicht der Ansicht wären, die beiden sind klug und umsichtig genug, ihre Grenzen zu kennen«, setzte Calvingdell hinzu.

»Ebensowenig, wie man *Ihnen* dieses Schiff unterstellt und sie für diesen Einsatz ausgewählt hätte, wenn nicht von Admiral Eigen an aufwärts wirklich jeder der Ansicht wäre, Sie würden eine hervorragende Kommandantin abgeben und kämen mit jeder nur erdenklichen Situation zurecht«, ergänzte Locatelli.

Trotz ihrer Vorbehalte spürte Clegg, wie ein warmes Gefühl sie durchströmte. Sie verabscheute den Gedanken, die *Vanguard* zu verlassen – und noch mehr verabscheute sie die Vorstellung, dass Bertinelli in der Warteschlange dafür, selbst einmal das Kommando zu übernehmen, ganz vorn stand! Doch Eigen hatte in den glühendsten Farben nicht nur ihre eigenen Fähigkeiten gelobt, sondern auch geschildert, wie die *Casey* eine schnelle Karriere praktisch garantierte: zum Admiral oder womöglich sogar noch darüber hinaus.

Natürlich hatte Eigen unerwähnt gelassen, dass sie dafür bei ihrem ersten Einsatz mit dem Schiff ein Geheimniskrämerei-Kontingent am Hals haben würde. Wahrscheinlich hatte er das nicht gewusst.

»Also«, unterbrach Locatelli ihre Gedanken. »Gibt es sonst noch etwas?«

Bedenken, dass dieser Einsatz überhaupt durchführbar war. Die Überzeugung, dass die Weisungskette entschieden zu kompliziert war und höchstwahrscheinlich an allen Ecken und Enden platzte. Bedenken, es könnten Spione an Bord sein. Bedenken, weil ein Zivilist an Bord sein würde.

»Nein, Sir«, sagte Clegg, »das wäre wohl alles. Ich danke Ihnen.«

»Dann lasse ich Sie jetzt wieder an Ihre Arbeit«, entschied Locatelli, forsch wie eh und je. »Sie haben drei Wochen Zeit, und es gibt zweifellos noch reichlich zu tun.«

»Jawohl, Sir, das gibt es«, bestätigte Clegg. Sie erhob sich, und ihre beiden Kameraden taten es ihr gleich. »Ich darf doch wohl davon ausgehen, dass Commander Long und Chief Townsend sich so zügig, wie es ihnen möglich ist, an Bord des Schiffes einfinden?«

»Das werden sie«, versprach Calvingdell. »Derzeit durchlaufen sie noch eine letzte Schulung, aber bald kommen sie an Bord.«

»Gut«, sagte Clegg. *Das will ich doch schwer hoffen!*

»Dann wünsche ich Ihnen allen einen angenehmen Tag«, sagte Locatelli. »Und falls wir uns nicht mehr wiedersehen, bis Sie Segel setzen, wünsche ich Ihnen viel Glück.«

Clegg wartete, bis ihre beiden Ressortoffiziere und sie wieder im Flugwagen saßen, bevor sie das Wort ergriff. »Kommentare?«, fragte sie nur.

»Ich halte das für ausgemachten Schwachsinn, Ma'am«,

sagte Woodburn. »Ich wüsste nicht, wie man einen silesianischen von einem havenitischen Quad unterscheiden könnte. Oder was auch immer.«

»Möglich ist das schon«, meinte Norris. »Mich interessiert viel mehr dieser Long. Natürlich habe ich die Berichte gelesen, Alfred, aber Sie haben schon mit ihm auf der Brücke zusammengearbeitet. Wie denken Sie über ihn?«

»Ziemlich clever, aber auf eine ganz eigene Art«, antwortete Woodburn. »Wenn es um Dienstvorschriften geht, kann er ganz schön nerven, aber das hat sich schon gebessert. Wenn Calvingdell für diesen Einsatz jemanden aus dem Hut hat zaubern müssen, hätte sie leicht einen Schlechteren als Long erwischen können.« Er schnaubte auf. »Was Townsend angeht, kann ich für nichts garantieren. Nach allem, was man so hört, kann der *so richtig* nerven.«

»Das gilt für Hauptmann genauso«, ergänzte Norris. »Aber über Schiffe und über Schiffbau weiß er wirklich verdammt gut Bescheid.

»Na, sieht so aus, als hätten wir die drei jetzt am Hals«, sagte Clegg erkennbar zögerlich. »Gentlemen, ich verlasse mich darauf, dass Sie mir dabei helfen, die Herde zusammenzuhalten.«

»Selbstverständlich, Ma'am«, versprach Woodburn. »Und jetzt zurück zum Schiff?«

»Zurück zum Schiff«, bestätigte Clegg. »Wie unser System Commander schon gesagt hat: Es gibt noch reichlich zu tun.«

Ausnahmsweise – und ganz anders als beim letzten Mal – war die wöchentliche Kabinettssitzung ruhig verlaufen. Vielleicht durfte man sogar – vorsichtig – zum Wort ›freundlich‹ greifen.

Breakwater und Dapplelake hatten sich nicht offen gestritten. Bildungsminister Broken Cliff hatte lediglich um mehr

Geld *gebeten*, statt es zu fordern. Premierminister Harwich ließ sich gut dabei an, das Ganze zu beaufsichtigen und zu lenken, ohne dabei den Eindruck zu erwecken, er übe übermäßigen Druck auf bestimmte Personen oder Fraktionen aus. Es war fast, als hätte die Schlacht von Manticore, der dann auch noch der unerwartete Tod von König und Kronprinzessin gefolgt war, zu einem Umdenken in der manticoranischen Politik geführt.

Das aber glaubte Elizabeth keine Sekunde lang. Ihren persönlichen Erfahrungen nach galt es immer dann, wenn alles anscheinend reibungslos lief, besonders wachsam zu sein.

Doch manchmal kommen Überraschungen auch noch aus einer überraschenden Richtung.

Das erste Anzeichen dafür, dass etwas nicht stimmte, bemerkte sie bereits, als sie sich dem Königlichen Refugium näherte – so nannte das Personal des Palastes ihr privates Büro. Colonel Jackson hielt dort in Paradehaltung vor der Tür Wache. Normalerweise bekam Elizabeth den Kommandeur des Queen's Own Regiment nur zu besonderen Anlässen zu Gesicht. Ansonsten nämlich vergrub er sich in seinem Büro in Arbeit, oder er beaufsichtigte die vorbereitende Sicherheitsüberprüfung der nächsten Region, die seine Regentin laut Terminplan aufsuchte.

»Eure Majestät«, begrüßte er sie, als sie näher trat, und verneigte sich angemessen. »Ihr Besuch ist eingetroffen.«

Ein unangenehmes Kribbeln in ihrem Nacken. *Besuch?* Sie erwartete doch niemanden!

Irgendetwas an Jacksons Miene mahnte sie, nicht einmal in der doch recht sicheren Privatsphäre eines Palastkorridors Fragen dazu zu stellen.

»Ich danke Ihnen, Colonel«, sagte sie stattdessen. Er öffnete ihr die Tür, und Elizabeth trat ein.

Auf dem Sofa ihrer Sitzecke hatte ihr Vater Platz genommen. »Hallo, Elizabeth«, begrüßte er sie, »wie schlägst du dich so durch?«

»Mittlerweile viel besser«, gab Elizabeth zurück und durchquerte den Raum nun deutlich schnelleren Schrittes. Wie oft ihr Vater auch bei ihr vorbeischaute, es kam ihr vor, als wäre es nie oft genug. »Gut siehst du aus, Dad.«

»Du meinst, ich sehe alt aus«, verbesserte er sie, als sie ihn erreicht hatte und in die Arme schloss. »Vorsicht, Vorsicht … ich bin jetzt deutlich gebrechlicher als damals, als du noch auf Ponys geritten bist!«

»Ach, komm schon – du bist doch stark wie ein Ochse«, spottete Elizabeth, während sie ihn umarmte.

Doch ihr wurde ganz bang ums Herz, als ihr bewusst wurde, dass er recht hatte. Sie spürte, wie dünn er geworden war, spürte seine Gebrechlichkeit. Er war zwar erst siebenundachtzig Jahre alt, aber er wirkte, als wäre er schon hoch in den Neunzigern. Offenkundig hatten ihm die vergangenen Monate mehr zugesetzt, als sie begriffen hatte.

»Was führt dich hierher?«, fragte sie, während sie sich vorsichtig aus ihrer wechselseitigen Umarmung löste. »Magst du vielleicht einen Tee? Scones dazu? Der Konditor hat das Rezept gefunden, das in deiner Kindheit benutzt wurde. Vielleicht möchtest du da ja noch einmal hineinschmecken? Oder wie wär's mit Lunch? Wir könnten ja etwas früher zu Mittag essen.«

»Nein, danke«, sagte Michael, »ich habe gut gefrühstückt, und zum Lunch kehre ich in den Tower zurück. Ich bin vor allem hier, um dir eine Nachricht zu überbringen.« Seine Miene verhärtete sich. »Und eine Warnung.«

»Ich verstehe«, gab Elizabeth zurück. Sie griff nach seiner Hand, und sie setzten sich gemeinsam auf das Sofa. »Soll ich Colonel Jackson hereinrufen?«

»Nein, diese Art Warnung habe ich nicht gemeint«, versicherte ihr Michael. »Physisch bist du nicht in Gefahr – zumindest, soweit ich weiß.«

»Das klingt nicht sonderlich definitiv.«

»Interessanterweise hat Jackson genau das gleiche Wort verwendet, als er mich zum Refugium begleitet hat.«

»Er nimmt seine Pflichten sehr ernst«, erklärte Elizabeth.

»Ja, zweifellos. Ich bin mir sicher, dass er die Schuld an dem Unfall immer noch bei sich selbst sucht.«

Elizabeths Magen verkrampfte sich. In den Medienberichten war auf Details verzichtet worden: Die Öffentlichkeit wurde lediglich darüber informiert, an Sophies Schnellboot habe es eine Fehlfunktion gegeben.

Doch Elizabeth und die obersten Regierungskreise kannten die ganze Wahrheit: Sophie war gegen etwas geprallt, das nur knapp unterhalb der Wasseroberfläche getrieben hatte, vielleicht ein Bruchstück eines billigen Eiskühlers. Was auch immer es gewesen sein mochte, es hatte sich im Schutzgitter vor dem Einlass der Steuerborddüse verklemmt und so den Einstrom so weit vermindert, dass der Schub der Düse nachließ, was das Boot erkennbar hatte gieren lassen. Einen Sekundenbruchteil später, als die Düse das störende Objekt zerrissen hatte und der Einlass wieder frei war, hatte der unvermittelt einsetzende Extraschub die Gierrichtung umgekehrt. Das Boot war ruckartig in die entgegengesetzte Richtung vom Kurs abgekommen. Beide Effekte an sich waren nicht übermäßig schlimm, aber gemeinsam hatten sie angesichts der Geschwindigkeit, mit der das Boot über die Wellen gejagt war, ausgereicht, um es zu destabilisieren und letztendlich kentern zu lassen.

Dank ihres Schutzkäfigs hätte Sophie den Unfall trotz der hohen Geschwindigkeit noch überlebt, wenn sich nicht der Wasserstoff aus den gerissenen Treibstofftanks mit dem Notsauerstoff vermischt hätte – und das auch noch in der Nähe einer beschädigten, Funken sprühenden Schaltung. Doch sie *hatten* sich vermischt, und sie waren gezündet worden, und die Explosion hatte die Kronprinzessin das Leben gekostet.

Und der König, dem mehr daran gelegen war, seine Tochter zu retten, als selbst unbeschadet davonzukommen, hatte sie bei ihrer letzten Reise begleitet.

»Das war doch nicht seine Schuld«, meinte Elizabeth leise.

»Das sehe ich auch so«, bestätigte Michael. »Aber wie ich schon sagte: Ich bezweifle, dass *er* das so sieht. In den letzten Monaten ist er massiv gealtert.« Er winkte ab. »Aber darum geht es jetzt nicht. Ich will darauf hinaus, dass mich vor ungefähr einer Stunde unser guter Schatzkanzler aufgesucht hat – zusammen mit ein paar Freunden.«

»Ach, tatsächlich?«, gab Elizabeth zurück und zog die Nase kraus. Jackson würden natürlich sämtliche Informationen vorliegen, die für sie von Belang wären, und normalerweise hätte er diese Informationen bei der kommenden morgendlichen Besprechung an ihren Stab weitergegeben. Doch anscheinend war das hier ihrem Vater so wichtig, dass er den Prozess noch abkürzen und es ihr persönlich mitteilen wollte. Und wenn es neben Breakwater noch eine weitere Person gab, die es offenkundig darauf anlegte, der Stachel in ihrem Fleisch zu sein … »Lass mich raten: Gehörte zu besagten Freunden auch Winterfall?«

»Ich wusste, dass du das fragen würdest«, erwiderte Michael. Offenkundig hatte er den jungen Baron ebenfalls als Störfaktor ausgemacht. »Und interessanterweise lautet die Antwort auf diese Frage: Nein, Winterfall war nicht dabei. Dieses Mal hatte Breakwater nur Castle Rock und Tweenriver an seiner Seite. Ich hätte also eigentlich sagen müssen, er ist zusammen mit ein paar Freundinnen gekommen, dann hättest du nach Winterfall gar nicht erst fragen müssen. Kurz gesagt: Sie wollten, dass ich darüber nachdenke, wieder den Thron zu besteigen.«

Elizabeth starrte ihren Vater an. »Wieder den Thron … Geht das überhaupt?«

»Ich habe keine Ahnung«, antwortete Michael. »Aber ich vermute: nein. Sonderbarerweise – aber vielleicht *ist* das ja gar nicht so sonderbar – haben wir damals, als wir die Verfassung entwarfen, überhaupt nicht über die Möglichkeit nachgedacht, ein König könnte es sich nach seiner Abdankung noch einmal anders überlegen.«

»Soll ich New Bern anrufen und sie bitten, einen entsprechenden Entwurf zu erstellen?«

»Das halte ich für keine gute Idee«, sagte Michael. »Je weniger Personen davon wissen, desto besser.« Seine Lippen zuckten. »Vor allem angesichts von Breakwaters vorgeblichem Grund dafür, das Thema überhaupt anzusprechen.«

Elizabeth schloss die Augen. »Dieses Heiratsding.«

»Und das Fehlen eines Thronerben.« Michael zögerte. »Und wenn ich ganz ehrlich sein darf, Elizabeth: Er hat da nicht ganz unrecht.«

»Also gut, ich sorge für einen Erben«, presste seine Tochter hervor. »Carmichael hat Sperma einfrieren lassen. Das kann ich jederzeit …«

»Carmichael hat dem Adel angehört«, fiel ihr Michael sanft ins Wort. »Die Verfassung verlangt aber, dass …«

»Ich weiß, was die Verfassung verlangt!«, ließ Elizabeth ihn nicht aussprechen. »Und ich werde ganz bestimmt nicht wieder heiraten oder das Kind von irgendjemandem austragen, bloß um einer unausgegorenen Vorschrift nachzukommen, die auf meine persönliche Situation nicht anwendbar ist!«

Ihr Vater neigte den Kopf zur Seite. »Wirklich? Verfassungen und Gesetze werden abgefasst und erlassen, gerade um zu verhindern, dass sich jeder auf besondere Umstände beruft, mit denen sich dann das jeweilige Handeln rechtfertigen lässt – wie du ganz genau weißt.«

Elizabeth biss die Zähne zusammen. Er hatte recht. Leider. »Warum ist Breakwater davon überhaupt so besessen?«, knurrte sie. »Wer weiß? Sollte ich sterben, ohne einen Erben zu hinterlassen, wird ja vielleicht *er* zum König ernannt!«

»Darüber solltest du noch nicht einmal scherzen«, mahnte ihr Vater sie ernst. »Auch darüber steht nichts in der Verfassung – wahrscheinlich haben wir einfach alle gedacht, das Geschlecht Winton wäre unsterblich. Wenn du stirbst, ohne einen Erben zu hinterlassen, löst du damit eine Verfassungskrise aus. Also lass das bitte.«

»Ich werde mich bemühen.«

»Gut«, entgegnete Michael. »Und was die Frage angeht, warum er auf diesem Thema so herumreitet … na ja, ich habe das dumpfe Gefühl, dass du dich für ihn als Enttäuschung erwiesen hast.«

»Als *Enttäuschung?*«

»Im Sinne von: Du hast dich als längst nicht so leicht manipulierbar herausgestellt, wie er erwartet hat«, erläuterte Michael, und ein Lächeln umspielte seine Lippen. »Er denkt sich wahrscheinlich, so ein tatteriger alter Zausel wie ich lässt sich leichter in die gewünschte Richtung lenken. Also versucht er, dich in die Hundehütte zu schicken, bis du deine Lektion gelernt hast.« Sein Achselzucken verriet, dass er sich mit diesem Gedanken alles andere als wohl fühlte. »Und vielleicht auch noch ein oder zwei Kinder bekommst.«

Elizabeth blickte auf ihre Hände, die die ihres Vaters hielten. Wie war ihre Körpersprache? Schicklich, ruhig – so wie es es sich für eine Königin geziemte.

Dabei hätte sie mit diesen ihren Händen Breakwater am liebsten auf der Stelle erdrosselt!

»Und was machst du jetzt?«, fragte sie und blickte wieder zu ihrem Vater auf.

»Was ich jetzt mache?« Michael zuckte mit den Schultern. »Es gibt ja nun nicht viel, was ich machen *könnte*. Ich werde ganz gewiss kein Gesuch beim Parlament einreichen, mich bitte wieder auf den Thron zu setzen, und ohne meine aktive Mithilfe läuft Breakwaters Aktion ins Leere. Es sei denn, er würde die ganze Sache in die Öffentlichkeit tragen.«

»Was er nicht wird«, griff Elizabeth den Gedanken auf. »Er würde wohl kaum riskieren, so dazustehen, als wollte er die Königin schikanieren.«

»Zumindest nicht direkt«, fuhr Michael fort. »Aber das heißt ja nicht, dass er es nicht mit irgendeinem Manöver doch versuchen wird. Es würde mich nicht wundern, wenn er es darauf anlegen würde, dein Ansehen entweder beim Parlament oder Volk zu schmälern. Vielleicht wird er dir irgendein Fiasko andichten – oder ein Beinahe-Fiasko.«

Elizabeth schluckte. Der SIS, der völlig unabhängig vom ONI, einem Großteil der Navy und sogar dem Parlament aktiv war! Sollte Breakwater je Wind davon bekommen, was Calvingdell gerade tat, hätte er wirklich seinen großen Tag.

Und fände er dann noch einen Zusammenhang mit der anstehenden Überfahrt der *Casey* zur Silesianischen Konföderation …

»Ich vermute, dass es irgendwo etwas gibt, was er gegen dich verwenden könnte, oder?«

Die Worte rissen Elizabeth aus ihren Gedanken, und sie widmete ihre Aufmerksamkeit wieder ihrem Vater. »Was meinst du damit?«

Seine Miene wirkte beunruhigend … wissend. »Ach, komm

schon, Schätzchen«, gab er zurück. »Dass ich jetzt im Ruhestand bin, heißt doch nicht, dass ich nicht mehr rieche, wenn irgendwo etwas faul ist.« Nachdenklich blickte er sie an. »Na gut, das ist jetzt nicht annähernd so clever herübergekommen, wie es in meinem Kopf geklungen hat. Vergiss es. Also: Ich spüre, wenn etwas vor sich geht. Wenn plötzlich jemand das ihm zugewiesene Geld anscheinend irgendwie ... verlegt. Wenn jemand plötzlich Leute um sich schart, ohne dass es klare Aussagen darüber gibt, warum und wofür. Oder wenn jemand, der schon immer durch lautstarkes und kritisches Auftreten aufgefallen ist, plötzlich ganz still wird.«

»Dass jemand dort draußen plötzlich still geworden ist, habe ich gar nicht bemerkt«, versetzte Elizabeth trocken.

»Ein paar Leute gibt es schon. Joshua Miller beispielsweise. Der hat im Unterhaus ständig das Wort eingefordert und dann das Oberhaus beschimpft. Aber in jüngster Zeit ist er wirklich sonderbar still geblieben.«

Elizabeth spürte, wie sich ihre Wangen erwärmten, und war – wie so häufig – dankbar dafür, dass der Ebenholzteint der Wintons viel zu dunkel war, als dass man erkennen konnte, wenn sie errötete. Offiziell hatte sie Miller genau zweimal gesehen: einmal bei dem gemeinsamen Essen und dann noch einmal, als er ihr ein wenig Honig von seiner Farm im Friedman's Valley vorbeigebracht hatte.

Doch es hatte auch noch ein inoffizielles, geheimes Treffen gegeben: Dafür hatte Elizabeth die gute Adler angewiesen, ihn am späten Abend durch einen Wartungstunnel hereinzulassen, wo ihn niemand beobachten konnte.

Adler hatte darüber gewiss kein Wort fallen lassen, Miller auch nicht. Trotzdem würde Elizabeth ihre Anstrengungen verdoppeln müssen, um sicher sein zu können, dass ihre zukünftigen Zusammentreffen *noch weniger* auffällig ausfielen.

»Ich hatte dir schon vorher gesagt, dass ich bei all dem nicht meine Finger im Spiel haben will«, sagte Michael leise. »Du bist die Königin, du leitest das Sternenkönigreich, und zwar, ohne dass ich mich ständig irgendwo in deiner Nähe herumdrücke. Deswegen habe ich nicht darum gebeten, bei Sicherheitsbesprechungen dabei sein zu dürfen, und deswegen habe ich auch meine Neigung unterdrückt, allem und jedem hinterherzuspionieren.«

»Das weiß ich zu schätzen, Dad.« Elizabeth rang sich ein Lächeln ab. »Aber wenn man dich jetzt auf die Schultern nimmt und zum Thron zurückträgt …«

»Mach darüber nicht einmal Witze!«, knurrte Michael. »Das wird nicht passieren!«

»Verstanden«, sagte Elizabeth. »Danke für die Warnung.«

»Gern geschehen«, entgegnete Michael. Er erhob sich, wieder mit auffällig vorsichtigen Bewegungen. »Ich kehre zum Tower zurück. Bitte vergiss nicht, dass du immer zu mir kommen kannst.«

»Musst du jetzt sofort gehen?« Automatisch war auch Elizabeth aufgestanden. Das wäre zwar nicht notwendig gewesen, aber es fühlte sich richtig an. »Du könntest vielleicht *doch* zum Lunch bleiben.«

»Verführerischer Gedanke. Aber die Leute werden ja schon neugierig und geraten ins Spekulieren, wenn ich dich nur für ein paar Minuten besuche oder wenn ich mit meinen Enkeln spielen will. Bei etwas so Weltbewegendem wie einem gemeinsamen Mittagessen würde zweifellos das große Tratschen losgehen.«

»Und dass irgendjemand hier etwas falsch versteht oder missdeutet, das wollen wir ganz gewiss nicht«, bestätigte Elizabeth. »Aber wir könnten uns das Essen hier servieren lassen. Dann würde niemand davon erfahren.«

»Ja, das ginge wohl. Ach, ich weiß nicht! Gibt es denn sonst noch etwas, worüber wir sprechen müssten?«

Elizabeths Gedanken sprangen zu Joshua Miller. Sie sehnte sich so sehr nach dem Rat ihres Vaters … und wenn es im ganzen Königreich einen Menschen gab, dem sie vertrauen konnte, dann war das zweifellos er. »Nein, nichts, worüber wir sprechen *müssten*«, sagte sie gedehnt. »Aber es gibt da das eine oder andere Thema, das dich vielleicht interessiert.«

»Ach, tatsächlich?« Michael musterte seine Tochter aufmerksam und nahm wieder Platz. »Ja, dann schon«, sagte er und lächelte sie an. »Meinen Lunch mit dir einzunehmen wäre mir sehr recht.«

22

Gerade hatte Lisa den Tisch gedeckt und einen kurzen Blick auf die Hühnchenkasserolle geworfen, da klingelte es an der Tür.

Sie runzelte die Stirn. Von irgendwelchen Besuchern heute Abend hatte Travis nichts gesagt, und Freunde, die einfach unangemeldet vorbeischneiten, hatte er nicht.

Hatte er seinen Schlüssel vergessen? Nein, das war wohl noch unwahrscheinlicher als unangekündigter Besuch!

Es klingelte erneut. Lisa rümpfte die Nase, streifte die Schürze ab, legte sie auf den Küchentisch und durchquerte das Apartment. Gegen alle Wahrscheinlichkeit hoffte sie immer noch, Travis hätte tatsächlich den Schlüssel verlegt. Sie entriegelte die Tür und öffnete.

Dem Mann vor ihr war sie noch nie zuvor persönlich begegnet, dennoch kannte sie sein Gesicht. Sogar sehr gut. »Ja?«, fragte sie vorsichtig.

»Hallo, ich bin Gavin Vellacott«, stellte sich ihr der Besucher vor und blickte sie stirnrunzelnd an. Offensichtlich hatte er nicht damit gerechnet, in Travis' Apartment jemand anderen als Travis vorzufinden. »Travis' Halbbruder.« Sein Blick glitt über Lisas Schulter hinweg in das Wohnzimmer hinter ihr. »Ist er da?«

»Nein«, antwortete Lisa nur knapp. Travis hatte nicht oft über seinen Bruder gesprochen, doch sie wusste genug, um zu vermuten, dass ihm die Vorstellung eines spontanen Zusammentreffens mit Gavin nicht gerade in Begeisterungsstürme ausbrechen ließe. »Vielleicht könnten Sie ihn später anrufen, Mylord.«

»Bitte, nennen Sie mich doch einfach Gavin«, sagte Winterfall, und erste Anzeichen eines vorsichtigen Lächelns zeigten sich. »Das hier ist überhaupt nichts Offizielles. Rechnen Sie bald mit Travis' Rückkehr, ähm …?«

Lisa seufzte. Sie hatte nichts dagegen, entschlossen und distanziert aufzutreten, aber unhöflich sein wollte sie deswegen nicht. »Lisa«, stellte sie sich vor.

»Es freut mich, Sie kennenzulernen.« Winterfall nickte höflich. »Ich habe schon von Ihnen gehört, Sie gelten als besonders gute Freundin von Travis. Haben Sie eine Ahnung, wann er zurück sein wird?« Er schnupperte. »Vielleicht zum Abendessen?«

»Das weiß ich wirklich nicht«, antwortete Lisa. »Wie schon gesagt, vielleicht sollten Sie ihn lieber anrufen.«

Winterfall schüttelte den Kopf. »Es tut mir leid, Sie zu stören, Commander, aber was ich zu sagen habe, muss unbedingt persönlich gesagt werden.« Er zögerte. »Ich bewege mich hier auf ziemlich dünnem Eis.«

Das war vermutlich, nein, höchstwahrscheinlich nur ein Trick, dessen war sich Lisa fast sicher. Winterfall gehörte dem Oberhaus an, einer von Breakwaters engsten Verbündeten. Beides legte den Schluss nahe, dass er ein Meister darin war, andere zu manipulieren.

Doch eine Masche als solche zu erkennen war nicht das Gleiche, wie ihr zu widerstehen. Lisa wollte auch dieses Mal nicht unhöflich sein. Nicht ohne guten Grund.

Einen guten Grund aber hatte ihr Winterfall bislang nicht geliefert.

»Also gut.« Sie trat einen Schritt zur Seite und bedeutete ihm mit einer Handbewegung einzutreten. »Travis sollte bald hier sein. Und um die von Ihnen angedeutete Frage zu beantworten: Ich bin nicht Travis' *besonders gute* Freundin. Ich bin einfach nur *eine* Freundin.«

»Mein Fehler.« Winterfall ging an ihr vorbei und blickte sich auf dem Weg zum Sofa ein wenig um. »Hübsch hier. Ich wusste gar nicht, dass mein Bruder einen so guten Geschmack hat.«

»Es gibt eine ganze Menge Dinge, die Sie über ihn nicht wissen«, versetzte Lisa. Zugegeben, eigentlich hatte Travis keinen besonders guten Geschmack, nicht, was Inneneinrichtung betraf. Das Mobiliar hatte er zwar selbst ausgesucht – es stammte aus der Zeit, bevor sie einander besser kennengelernt hatten –, doch alles Wohnliche, Bilder, Deko etc. hatte er auf ihren Vorschlag hin angeschafft.

Lisa wurde den Verdacht nicht los, dass sich Winterfall genau das schon gedacht hatte. Verdammt.

Aber Travis war kein *besonders guter* Freund. Nein, war er *nicht!*

»Touché«, räumte Winterfall ein. »Sicher wissen Sie, dass er und ich … nun ja, dass wir einander nicht sonderlich nahestehen.«

»Es so auszudrücken, könnte man eine Untertreibung nennen«, erwiderte Lisa. »Schließlich waren Sie nicht gerade für Travis da, als er Sie gebraucht hätte, und was Ihre Mutter angeht, nein, damit will ich gar nicht erst anfangen.«

»Dessen bin ich mir schmerzlich bewusst«, sagte Winterfall düster. »Auch wenn ich zugeben muss, dass mir erst … na ja, erst kurz vor dem tragischen Tod Seiner Majestät des Königs aufgegangen ist, wie groß die Distanz zwischen den beiden ist.«

»Das hat aber gedauert.«

»Auch dessen bin ich mir bewusst«, gestand Winterfall. »Was unsere Mutter betrifft, kann ich bedauerlicherweise nichts tun.

Aber ich hoffe wirklich, dass wenigstens Travis und ich … vielleicht die eine oder andere Brücke wieder aufbauen können.«

»Wirklich?« Aufmerksam musterte Lisa ihn. So offen, wie er unter diesen Umständen hätte sein müssen, war er wohl nicht. Vielleicht tat er nur so, als wollte er Brücken schlagen. Vielleicht glaubte er das sogar selbst. Doch zu manipulieren war Teil von ihm. Dieses Bedürfnis lauerte gleich unter der Oberfläche scheinbaren Interesses. »Und damit wollten Sie heute Abend anfangen?«

Winterfalls Mundwinkel zuckten. »Na ja … nein, wahrscheinlich nicht«, antwortete er zögernd. »Beim heutigen Gespräch wird es eher …«

Er stockte, als er das Schloss hörte. Lisa stand auf und atmete tief durch.

Die Tür öffnete sich, und Travis trat ein.

Erst sah er Lisa und lächelte das unbeschwerte, herzliche Lächeln, mit dem er sie stets begrüßte, ein Lächeln, das von Nähe erzählte und davon, dass er in ihrer Gegenwart hatte, was er brauchte: eine Freundin, eine Vertraute und eine Verbündete gegen die Unbilden der Welt.

Dann erhob sich Winterfall, und Travis' Blick glitt zu ihm hinüber.

Das Lächeln verschwand.

Während Travis das Apartment betrat, zuckte sein Blick zwischen Lisa und Winterfall hin und her. Er schloss die Tür hinter sich. »Hallo, Gavin«, sagte er in einem Tonfall, den Lisa von Travis nur gewohnt war, wenn dieser es mit ihm unbekannten oder ihm gegenüber unfreundlich eingestellten Vorgesetzten zu tun hatte. »Was für eine Überraschung!«

»Ich weiß«, entgegnete Winterfall, »und ich bitte um Verzeihung, unangekündigt vorbeigekommen zu sein. Aber wie ich gerade Commander Donnelly erklärt habe, gibt es da etwas, worüber ich mit dir sprechen muss. Es geht um etwas sehr Privates, ein in jeder Hinsicht inoffizielles Gespräch.«

»Ich verstehe.« Kurz zögerte Travis, dann kam er näher. »Wie inoffiziell denn?«

Nun war es Winterfalls Blick, der zu Lisa hinüberzuckte. »Niemand hat mich hergeschickt, falls du das meinen solltest«, erklärte er und suchte wieder Augenkontakt zu Travis. »Genau genommen weiß niemand, dass ich hier bin.«

»Na dann. Unser Abendessen ist fast fertig, also fass dich kurz.«

Winterfall deutete ein Nicken an. »Natürlich. In zehn Tagen sollst du an Bord der *Casey* Manticore mit Ziel Silesianische Konföderation verlassen. Ich bin hier, um dich um des Sternenkönigreichs willen darum zu bitten, auf jeden Fall dafür zu sorgen, dass dieser Einsatz ein Misserfolg wird.«

»Was meinst du damit?« Travis' Stimme klang völlig ruhig. Lisa aber sah, dass er blass geworden war.

»Ich kenne eure geheimen Pläne«, erklärte Winterfall. »Aber du musst begreifen, dass der Versuch, derlei Anlagen aus dem Boden zu stampfen, Ressourcen verschlingen wird, die zum Aufbau der Abwehr im Sternenkönigreich unverzichtbar sind. Und ich meine nicht nur die Navy und den MPARS, sondern auch …«

»Moment mal, warte«, fiel ihm Travis ins Wort und wirkte nun endgültig verwirrt. »Was für Anlagen? Wovon redest du?«

»Ich meine den Versuch, genug Bestellungen für neu zu bauende Schiffe zusammenzubekommen, um damit den Aufbau einer eigenständigen Impellerindustrie zu rechtfertigen«, sagte Winterfall. »Du brauchst mir nichts vorzuspielen – ich habe den Bericht selbst gelesen. Ich weiß, dass sich das auch gut liest, und irgendwann in der Zukunft werden wir vielleicht sogar so vorgehen wollen.«

»Aber jetzt noch nicht?«, fragte Travis. Lisa bemerkte, dass seine natürliche Gesichtsfarbe zurückgekehrt war.

»Ganz genau«, bestätigte Winterfall. »Hier und jetzt müssen wir sämtliche militärischen Ressourcen darauf verwenden, die Navy, den MPARS und unsere ortsfesten Abwehranlagen wiederaufzubauen – all das, was wir in den nächsten Monaten oder Jahren wirklich brauchen. Bei allem Respekt, aber unsere eigene Impellerfabrik zu haben gehört nicht dazu.«

»Und das alles hast du aus Geheimdateien des Parlaments?«, bohrte Travis nach.

»Ja, habe ich ja gerade gesagt.« In Winterfalls Tonfall schwang ein Hauch von Ungeduld mit. »Hör mal, ich weiß auch, dass du das weder bestätigen noch leugnen kann…« Er verstummte, und seine Miene versteinerte, als sein Blick auf Lisa fiel. »Oh!«, entfuhr es ihm nur noch.

»Ganz genau«, bestätigte Travis. »Ich weiß nicht, ob du zu diesen Informationen überhaupt Zugang haben solltest, Gavin, aber definitiv nicht Commander Donnelly!«

»Nein, natürlich nicht«, bekräftige Winterfall mit starrer Miene. »Verdammt.«

»Okay, entspann dich, es ist nicht ganz so schlimm, wie du glaubst«, versuchte Travis ihn zu beruhigend und streckte ihm die Hand entgegen. »Ich glaube, wir drei können uns darauf einigen, dass dieses Gespräch nie stattgefunden hat. *Ich* werde nichts davon erzählen, *du* wirst gewiss nichts davon erzählen wollen, und da Commander Donnelly durchaus von ihrem eigenen anstehenden Einsatz abgezogen werden könnte, wenn sie davon erzählt, wird *sie* das gewiss auch nicht tun.« Dann deutete er mit dem Kinn in Richtung Tür. »Aber du solltest jetzt lieber gehen.«

»Ja«, pflichtete ihm Winterfall bei. Er atmete tief durch.

»Aber denk über das nach, was ich gesagt habe, ja? Das muss ja nichts Offenkundiges sein oder nichts zu Augenfälliges. Nur ein kleiner Stoß in die richtige Richtung …«

»Mach's gut, Gavin.«

Winterfall schürzte die Lippen, dann nickte er. »Mach's gut, Travis.« Er nickte Lisa zu. »Commander Donnelly, ich wünsche Ihnen eine gute Reise.« Dann blickte er wieder Travis an. »Dir auch.« Mit großen Schritten ging er an Travis vorbei, öffnete die Tür und war verschwunden.

»Na, das nenn ich mal einen Auftritt!«, meinte Lisa, nachdem Travis die Tür geschlossen und verriegelt hatte.

»Und du hast dich auf ein nettes Abendessen gefreut, bei dem es sich entspannt plaudern lässt«, pflichtete ihr Travis bei. »Ist er einfach vorbeigeschneit?«

»Ein paar Minuten, bevor du gekommen bist.« Lisa wappnete sich. Wenn sie mit Vorwürfen rechnen musste, weil sie ihn hereingelassen hatte, dann war hier und jetzt der richtige Zeitpunkt dafür. »Es tut mir leid, dass ich ihn hereingelassen habe. Aber ich wollte ihm nicht einfach die Tür vor der Nase zuknallen.«

Zu ihrer Erleichterung nickte Travis nur. »Ach was, alles okay«, versicherte er ihr. »Ich war einfach nur … sehr überrascht, ihn hier zu sehen.«

»Das war ich auch … falls dir das irgendwie weiterhilft«, bemerkte Lisa. »Öhm … was er da gesagt hat … Eigentlich darf ich keine Details über den anstehenden Einsatz der *Casey* wissen, aber weil schließlich *er* davon gesprochen hat … kannst du mir wenigstens sagen, ob er recht hatte und es tatsächlich um Schiffbau geht?«

»Du hast gehört, was er gesagt hat«, rief ihr Travis ins Gedächtnis zurück. »Mehr darf ich darüber wirklich nicht sagen und auch nichts bestätigen.«

»Okay.« Lisa ließ es dabei bewenden, trotzdem war es einen Versuch wert gewesen.

Nun, auch sie hatte ihre Geheimnisse. Die anstehende Fahrt der *Damocles* etwa war keineswegs die Goodwill-Reise, die Cazenestro dem Parlament und der Öffentlichkeit verkauft hatte. Captain Marcello sollte einige Trümmer aus der Schlacht nach Haven bringen – in der Hoffnung, die dortigen Experten dazu überreden zu können, ein paar ganz und gar inoffizielle Untersuchungen vorzunehmen.

Aber dahinter steckte noch mehr. In den geheimen Parlamentsdateien, auf die nur Kabinettsmitglieder zugreifen konnten, fanden sich diese Details. Was sich dort *nicht* fand, waren Aussagen darüber, was geschehen würde, sollten sich durch die in Haven vorgenommenen Analysen Tamerlanes wahre Identität und Aufenthaltsort ermitteln lassen. Dann nämlich war Captain Marcello autorisiert, eigenverantwortlich eine gemeinsame militärische Reaktion von Haven und Manticore anzuregen.

Nicht, dass die beiden Sternnationen nicht schon früher zusammengearbeitet hätten. Der große Unterschied dieses Mal bestand darin, dass es eine offizielle Übereinkunft geben musste, dokumentiert und offiziell unterzeichnet. Das war etwas völlig anderes, als spontan angesichts aktueller Notwendigkeiten gemeinsam zu improvisieren.

Das war knifflig. Denn zumindest fürs Erste hatten ihre Majestät die Königin und Premierminister Harwich beschlossen, das Problem rein militärisch anzugehen. Das restliche Kabinett sollte deshalb nicht einmal über die weiteren Entwicklungen auf dem Laufenden gehalten werden. Selbst das Außenministerium war nicht eingeweiht.

Lisa kam das Ganze wie eine tickende Zeitbombe vor. Sie konnte durchaus Harwichs Wunsch verstehen, die Politik außen vor zu lassen – vor allem, da Breakwater beinahe schon reflexartig alles ablehnte, was in irgendeiner Weise mit der Navy zu tun hatte. Aber würde dann eine Übereinkunft erzielt, würde deren Bekanntgabe im Nachhinein Empörung hervorrufen, die auch einige von Harwichs entschlossensten Befürwortern zum Umdenken bewegen könnte.

Doch die Entscheidung war gefallen, und das weit oberhalb von Lisas Rang und Soldstufe. Als Eins-O der *Damocles* war es ihre Pflicht, Schiff und Kommandant rückhaltlos zu unterstützen. Sie konnte den Dingen nur ihren Lauf lassen.

Wenigstens hatte der neue Einsatz dafür gesorgt, dass sie endlich aus dieser frustrierenden MPARS-Schulungsstätte herausgekommen war! Hätte sie dort noch weiter lehren müssen, hätte sie in ein paar Monaten mit bloßen Händen Löcher in Wände gerissen, nur um endlich zu entkommen.

»Aber ich kann auf jeden Fall bestätigen, dass das Abendessen köstlich duftet«, fuhr Travis fort. »Das ist deine Hühnchen-Reis-Brokkoli-Kasserole, oder?«

»Genau«, bestätigte Lisa und verdrängte jegliche Gedanken an Einsätze, Politik und Verwandtschaft. In zehn Tagen würden Travis und sie Manticore verlassen – an Bord verschiedener Schiffe. Sie würden fast in entgegengesetzte Richtungen fahren und einander mindestens ein Jahr lang nicht sehen, wenn nicht sogar noch länger. Das hier mochte ihr letzter gemeinsamer Abend sein, und Lisa war fest entschlossen, das Beste daraus zu machen. »Und wenn ich die nicht bald aus dem Ofen hole, duftet sie nicht mehr köstlich.«

»Verstanden«, sagte Travis, und während er sie in Richtung Küche begleitete, lag seine Hand sanft in ihrem Rücken.

Auf halbem Weg zum Ofen durchschoss Lisa ein Gedanke.

»Diese Geheimdateien des Parlaments«, wollte sie wissen, »darf dein Bruder auf die zugreifen?«

»Das bezweifle ich«, antwortete Travis. »Soweit ich weiß, dürfen das nur Kabinettsmitglieder. Breakwater muss ihm den Zugriff gestattet haben.«

»Ist das denn statthaft?«, setzte Lisa nach.

Und wünschte augenblicklich, die Worte zurücknehmen zu können. Travis stand in dem – wohlverdienten – Ruf, sich stets an die Vorschriften zu halten, und …

»Wahrscheinlich nicht«, räumte er ein, und sie erkannte die Anspannung in seinem Tonfall. Seine Finger, die immer noch an ihrem Rücken lagen, verkrampften sich. »Um genau zu sein: *höchst*wahrscheinlich nicht.«

»Wahrscheinlich hat er das für Breakwater nachgeschaut«, schlug Lisa rasch vor. »Er ist in letzter Zeit ja sowieso fast ständig an dessen Seite. Oder er hat Breakwater über die Schulter gelinst.«

»Vielleicht.«

»Ich will damit nur sagen, dass das wohl nichts ist, was du melden müsstest.«

Einige weitere Schritte schwieg Travis. Lisa hielt den Atem an … und spürte seine Hand in ihrem Rücken sich wieder entspannen. »Ja, wahrscheinlich«, sagte er, »eine Zivilistenangelegenheit. Geht uns eigentlich gar nichts an. Außerdem hat er's völlig falsch verstanden.«

»Ach, wirklich?«, fragte Lisa interessiert nach. »Wie wäre es denn richtig?«

»Jetzt fang du nicht auch noch an!«, schalt Travis sie. »Du gehörst zur Navy. Dich müsste ich einsperren lassen.«

»Dann bekämst du kein Abendessen, weil ich die Kasserolle mitnehmen würde.«

»Und du bekämst keinen Salat«, versetzte er. »Denn der ist heute mein Job.«

»Das gäbe also nur Ärger«, schlussfolgerte Lisa.

»Ganz genau«, bestätigte Travis. »Also frag mich nicht nach meinem Auftrag, dann frage ich auch nicht nach deinem. Hast du daran gedacht, noch eine Portion Croutons mitzubringen?«

Erst später, als Lisa fast schon einschlief, ging ihr Travis' sonderbare Bemerkung noch einmal durch den Kopf. *Frag mich nicht nach meinem Auftrag, dann frage ich auch nicht nach deinem.*

War das Gefrotzel gewesen? Oder vermutetet er aus irgendeinem Grund, dass die *Damocles* ihren eigenen Geheimauftrag hatte?

Ach was, das musste Gefrotzel gewesen sein!

Er konnte es ja nicht wissen, wie auch? Nein, er konnte das *unmöglich* wissen!

»Beschleunigung, zwo Komma null Kps Quadrat«, meldete Commander Woodburn. »Alle Systeme im grünen Bereich.«

»Verstanden«, bestätigte Captain Clegg förmlich. »Behalten Sie die Vorschiffsensoren im Auge. Die sind mir beim letzten Testlauf ein bisschen unzuverlässig erschienen.«

»Jawohl, Ma'am«, bestätigte Woodburn. »Wenigstens die Beta-Emitter scheinen sich beruhigt zu haben. Da hat Jeffrey gute Arbeit geleistet.«

»Es gehört zu Commander Norris' Job, gute Arbeit zu leisten.«

Aus dem Augenwinkel sah Travis, wie Woodburn das Gesicht verzog. »Jawohl, Ma'am.«

Travis unterdrückte ein Kopfschütteln. Alle Offiziere und Mannschaftsdienstgrade an Bord mühten sich redlich – die meisten schufteten sich ab. Doch Clegg machte es ihnen wirklich nicht einfach, war nie zufrieden.

Teilweise war das sicher Stress. Clegg hatte ein Schiff zu übernehmen, dessen Besatzung aufeinander eingespielt war.

Travis' Erfahrung nach, und er hatte schon einiges an Erfahrung auf diesem Feld gesammelt, verlief das nie ganz reibungslos.

Captain Clegg aber schien obendrein ständig gereizt zu sein. Diese Gereiztheit führte Travis auf seine und Chomps' Anwesenheit an Bord zurück.

Und ganz ehrlich: Ihre Skepsis mochte durchaus berechtigt sein. Travis konnte natürlich nicht für Chomps sprechen, aber nach gerade einmal sechs Wochen Training fühlte er sich auf die vor ihm liegende Aufgabe nur unzureichend vorbereitet.

Was auch sonst? Schließlich war das Ganze nicht nur Neuland für Travis: Es war Neuland für das ganze Sternenkönigreich.

In seiner Kindheit hatte er hin und wieder Geschichten gelesen, in denen es um Sonderagenten der Solaren Liga gegangen war: Spione, Gegenspione, Intrigen, Gefahr, Action – das ganze Programm. Aber das waren erfundene Geschichten gewesen, sein Auftrag aber war *Realität.* Und was auch immer er tat, was auch immer ihm gelang oder misslang: Es hätte reale Auswirkungen auf real existierende Menschen einer real existierenden Sternnation.

Er hatte sechs Wochen Ausbildung hinter sich. Er hatte Chomps. Er hatte eine Kiste voller Spezialausrüstung. Aber er hatte einen Offizierskader über sich, der ihm gegenüber zumindest misstrauisch, und eine Kommandantin, die ihm gegenüber sogar offen feindselig war.

Zweieinhalb Monate Fahrt bis nach Silesia, dann noch so lange, wie es eben brauchte, um Tamerlane aufzuspüren, gefolgt von einer langen Heimreise.

Und die ganze Zeit über keine Lisa.

Lautlos seufzte Travis. Das würde ein sehr langer Einsatz.

»Beschleunigung, eins Komma sechs fünf Kps Quadrat«, meldete Lisa. »Alle Systeme im grünen Bereich.«

»Verstanden«, bestätigte Captain Marcello. »Also, Eins-O? Nun sagen Sie schon: Wie fühlt es sich denn an, wieder im All zu sein?«

»Ganz wunderbar, Sir«, gab Lisa zurück und blickte sich auf der Brücke der *Damocles* um. Es war buchstäblich so, wie nach Hause zu kommen.

»Dass wir Sie wieder zurückhaben, ist auf jeden Fall ein Verlust für den MPARS«, bemerkte Marcello trocken. »Wie man hört, haben Sie in der Schulungsstätte gute Arbeit geleistet.«

»So weit würde ich gewiss nicht gehen, Sir«, gab Lisa zurück, »bestenfalls leidlich bis brauchbar.«

»Verzeihen Sie, Ma'am, aber da muss ich dem Captain recht geben«, meldete sich schüchtern Lieutenant Commander Wanda Ravel zu Wort, der neue Taktische Offizier des Schiffes. »Einer meiner Neffen war in Ihrem Kurs. Er hat gesagt, Sie seien mustergültig gewesen.«

»Sehen Sie?«, betonte Marcello und winkte Ravel zu. »Ich hab's ja gesagt. Wie ich zu sagen pflege: Qualität steigt immer nach oben.«

»Danke, Sir«, sagte Lisa und lächelte, als sie kurz zu Ravel hinüberblickte. Die Frau war ein Neuzugang auf der Brücke der *Damocles*: Bislang war sie Zwoter Taktischer Offizier von HMS *Salamander* gewesen, doch nun hatte man sie auf die *Damocles* versetzt, auf der ihr dann Lisas bisheriger Posten zukam.

Lisa sah wohl, dass die Frau bei allem, was sie tat, sehr vorsichtig vorging. Sie war sich offenkundig noch nicht ganz sicher, wo ihr Platz innerhalb einer schon lange eingespielten Mannschaft war. Doch sie war schon jetzt deutlich entspannter als Lisa bei ihrem ersten Einsatz an Bord. Ravel würde sich gut schlagen.

Die eigentliche Frage lautete jedoch, wie sich *Lisa* schlagen würde.

Erster Offizier. Das war ein Posten, den jeder Offizier der Navy herbeisehnte: der letzte Schritt vor dem eigenen Kommando. Und wenn man der allgemein anekdotisch vorgetragenen Ansicht folgen durfte, hatte sich nie ein Offizier angemessen auf diesen Posten vorbereitet gefühlt.

Aber Lisa würde es schaffen. Sie hatte einen Captain, der ihr vertraute, sie hatte Offizierskameraden und eine Mannschaft, die sie respektierten, und sie konnte auf lange T-Jahre Ausbildung und Erfahrung zurückblicken.

Außerdem wäre Haven erst in viereinhalb Monaten erreicht. Also hatte Lisa noch viereinhalb Monate im Hyperraum, in denen sie sich an die neue Aufgabe gewöhnen konnte.

Gewiss, es würde noch ein Jahr oder sogar noch länger dauern, bis sie Travis wiedersähe, und dieser Gedanke war niederschmetternd. Aber das war der einzige Nachteil der ganzen Sache.

Sie lächelte in sich hinein. Das würde ein guter Einsatz.

Perfekt synchron – fast zumindest – transistierten die zwei Volsung-Schlachtkreuzer und die sechs Schweren Kreuzer in das Alpha-Band.

Im Zentrum der Formation, sauber zwischen den Schlachtkreuzern versteckt, befand sich die *Banshee.*

»Llyn?«, drang knisternd Gensonnes Stimme aus dem Lautsprecher. »Alles in Ordnung bei Ihnen?«

»Alles bestens, Admiral«, versicherte ihm Llyn. »Saubere Transition übrigens. Sehr schön koordiniert.«

»Haben Sie etwas anderes erwartet?«, schnarrte Gensonne. »Wir werden die Formation jetzt ein wenig öffnen. Bleiben Sie, wo Sie sind – wir schwärmen rings um Sie aus.«

Llyn lächelte angespannt. Mit anderen Worten: Gensonne hegte immer noch den Verdacht, Llyn würde bei der erstbesten Gelegenheit türmen und die Volsungs im Alleingang nach Danak fahren lassen. Ihn in die Mitte der Formation zu setzen war die alles andere als subtile Methode des Admirals, ihn von Ideen wie dieser abzubringen.

Was völlig nutzlos war. Ein leitender Axelrod-Agent würde niemals einfach so türmen. Vor allem nicht, wenn der Plan reibungslos verlief.

Und Llyns Plan lief sogar außerordentlich reibungslos. Vor vier Wochen war die *Pacemaker* nach Haven aufgebrochen; an Bord befanden sich sowohl die Nachricht, von der Gensonne *glaubte*, Captain Katura sollte sie nach Danak bringen, und die Nachricht, die Katura *tatsächlich* überbringen würde. Vor drei Tagen war die *Shrike* auf ihrem Hyperbelkurs quer durch das Walther-System bis zur Hypergrenze gekommen und bemühte sich bereits, Kontakt mit einem kleinen Schattenkommando-Verband aufzunehmen, der gerade für einen anderen Einsatz zusammengezogen wurde. An den ersten Planungsphasen dieses Einsatzes war Llyn beteiligt gewesen, aber da das nun schon Jahre zurücklag, konnte dieser Einsatz noch ein wenig länger warten. Das Schattenkommando sollte sich also des Volsung-Stützpunktes annehmen. Die Entscheidung läge zwar letztendlich beim Axelrod-Agenten vor Ort, doch die Daten, die Llyn ihm übermittelt hatte, ließen eigentlich nur eine einzige Entscheidung zu.

Damit wäre dann auch der letzte Würfel gefallen. Das Spiel würde beginnen. In fünfeinhalb Monaten, wenn Gensonnes Flotte Danak erreichte, wären die Volsungs Geschichte.

Und das Beste daran: Llyns Arbeit war praktisch schon getan. Jetzt brauchte er sich nur noch zurückzulehnen und konnte die Show genießen.

Er lächelte in sich hinein. Das würde ein gelungener Einsatz.

BUCH DREI

1544 P. D.

23

Jacques Corlain war ein echtes Raubein. Das fiel sofort an ihm auf, ebenso wie sein rundes Gesicht und sein herzliches Lachen. Derzeit war er zwar Single, aber in seinem Kielwasser gab es bereits zwei Exfrauen. Ebenso wie Joshua Miller war er Parlamentsmitglied. Anders als Joshua …

Höflich lächelte Elizabeth ihren Gast an, der ihr am Tisch gegenübersaß und gerade die Pointe seiner letzten Geschichte zum Besten gab. Anders als Joshua, Punkt. In praktisch jeder Hinsicht.

Miller war still und aufmerksam. Corlain war beiläufig-dominant und schien sich in Gedanken vor allem um sich selbst zu drehen – bis hin zu dem Punkt, nicht zu bemerken, dass sich Elizabeth die Serviette auf den Schoß gelegt hatte. Millers Verstand arbeitete rasch und präzise, und er hatte nur in dem Maße über sich selbst gesprochen, wie das die Fragen seiner Monarchin erforderlich gemacht hatten. Corlain brauchte Ewigkeiten, um überhaupt auf den Punkt zu kommen, und ein Stichwort reichte aus, um ihn gleich zum nächsten Schwank aus seinem Leben ansetzen oder irgendein Detail aus seinem Lebenslauf gründlich ausführen zu lassen. Miller war ein treuer Anhänger der Krone. Der einzige Grund, aus dem sich Corlain ins Parlament hatte wählen lassen, schien zu sein, dass er auf diese Weise endlich ein paar Angehörigen des Oberhauses, mit denen er sich im Laufe der Jahre angelegt hatte, eins auswischen konnte.

Während Elizabeth mehr als glücklich mit der Vorstellung war, Miller erneut zum Lunch einzuladen, hatte sie keineswegs die Absicht, bei Corlain ebenso zu verfahren. Dafür sorgte allein schon seine unbekümmerte Art, mit vollem Mund zu sprechen.

Der Nachtisch war längst verzehrt, als er zum Abschluss seiner letzten, ein wenig höhepunktslosen Geschichte kam. »Und jetzt sollte ich wirklich wieder ins Parlament zurückkehren«, sagte er, wischte sich mit der Serviette über die Lippen und legte sie neben den Teller auf den Tisch. Wenigstens hatte er sie nicht einfach fallen lassen oder gar geworfen. »Es steht eine Abstimmung über den Haushalt an, und ich werde ganz bestimmt nicht zulassen, dass die das dem Oberhaus zuschieben. Ein *ganz klein bisschen* Mitspracherecht gesteht die Verfassung ja auch dem Unterhaus zu, und die damit einhergehende Verantwortung werden wir verda… werden wir ganz bestimmt ernst nehmen.«

»Ich bin froh, dass Sie so denken, Mr. Corlain«, entgegnete Elizabeth höflich, obwohl die Vorstellung, sich im Unterhaus eine seiner Reden anhören zu müssen, ohne dem irgendwie entkommen zu können, durchaus dazu angetan war, ihr die Milch im Tee sauer werden zu lassen. »Mir ist nicht entgangen, dass einige Ihrer Kolleginnen und Kollegen Abgeordnetenprivilegien genießen, ohne die damit einhergehende Arbeit zu tun.«

»Viel zu viele sogar«, bestätigte Corlain. »Machen Sie sich keine Sorgen, Eure Majestät, ich bearbeite sie schon nach Kräften!« Er hielt inne und runzelte dann die Stirn. »Dann gehe ich jetzt einfach wieder, oder?«

»Wie es Ihnen beliebt«, bestätigte Elizabeth und beendete das Zusammentreffen mit einem letzten höflichen Lächeln. »Danke, dass Sie gekommen sind.«

»Vielen Dank für Speis und Trank, Eure Majestät«, erwiderte Corlain, kam auf die Beine und verneigte sich vor ihr. »Irgendwer wird mich rausführen, oder?«

»Gleich vor dem Speisezimmer steht eine Wache.«

»Klar.« Corlain blickte über ihre Schulter hinweg zum anderen Ende des Raums und verneigte sich erneut. »Noch einmal vielen Dank, Eure Majestät. Vielleicht kann ich mich eines Tages im Speisesaal des Unterhauses revanchieren.«

»Vielleicht«, gab Elizabeth zurück. »Einen schönen Tag noch, Mr. Corlain.«

Nachdem er den Raum verlassen hatte, wartete sie noch zwei Minuten ab: Vielleicht hatte er ja noch vor der Tür jemanden abgefangen, um eine letzte Anekdote loszuwerden. Dann seufzte die Monarchin Manticores, stand auf und ging auf die Tür zu.

In ihrer üblich ruhigen, fast unsichtbaren Art standen dort Adler und Penescu. »Sind während des Essens irgendwelche Nachrichten eingetroffen?«

»Nichts, was eine Unterbrechung rechtfertigt hätte, Eure Majestät«, antwortete Penescu. Dann blickte er kurz zu Adler hinüber. »Und wir haben wirklich nach einem Grund für eine Unterbrechung gesucht.«

»Das weiß ich zu schätzen«, gab Elizabeth lächelnd zurück. »Aber wie ich Mr. Corlain schon gesagt habe, gehen mit einer gewissen Position auch gewisse Pflichten einher. Diese hier oblag ganz allein mir.«

»Sehr wohl, Eure Majestät«, erwiderte Adler. Doch als ihr Blick zum anderen Ende des Tisches hinüberzuckte und sie dort Corlains Serviette sah, wirkte ihr Blick besorgt. »Darf ich mir erlauben zu fragen, Eure Majestät, wie viele Gäste Sie noch einzuladen gedenken?«

»Machen Sie sich Gedanken um meine Sicherheit?«, erkundigte sich Elizabeth leise.

»Nein, Eure Majestät«, widersprach Adler, »nur …« Sie stockte und schürzte die Lippen. Ganz offenkundig überlegte sie, wie weit sich selbst eine Leibwache vorwagen durfte. »Nur um Ihre geistige Gesundheit.«

»Ach, jetzt kommen Sie aber!«, schimpfte Elizabeth. »*Ganz* so schlimm waren die meisten ja nun doch nicht!«

Trotzdem hatte Adler recht. Elizabeth arbeitete Burgundys Liste so langsam und vorsichtig ab, wie ihr das möglich war, ohne Aufsehen zu erregen. Sie tat so, als grübelte sie viel oder müsste gründlich nachdenken, doch in Wahrheit spielte sie auf Zeit und zog den Prozess nach Kräften in die Länge … auf der Suche nach einer anderen Lösung. Zumindest oberflächlich betrachtet mochte sich ihre chronische Zögerlichkeit doch durch Stress erklären lassen.

»Nein, die meisten nicht, Eure Majestät«, bestätigte Penescu. »Aber wenn ich wagen darf, das so offen anzusprechen: Sergeant Adler hat nicht unrecht. Es ist unsere Pflicht, Sie zu beschützen, und Colonel Jackson hat stets betont, dass zu diesem Schutz mehr gehöre als nur ihre körperliche Unversehrtheit.«

»Damit hat der Colonel recht«, bestätigte Elizabeth. »Aber machen Sie sich keine Sorgen: Das war der Letzte.«

»Sehr wohl, Eure Majestät«, wiederholte Penescu. »Wohin jetzt?«

»In mein Arbeitszimmer.«

Denn bedauerlicherweise beschränkten sich die Pflichten einer Königin mitnichten darauf, geeignete Heiratskandidaten einzuladen, um die Erfordernisse eines sechzig T-Jahre alten Dokuments zu erfüllen, dessen Verfasser es ganz offenkundig nicht anständig durchdacht hatten.

Im Laufe der vergangenen Wochen hatte sie sich mit einigen besagter Verfasser persönlich getroffen. Zum einen hatte sie deren Meinung erfahren wollen, zum anderen ihnen verbal eine Kopfnuss dafür verpasst, ihr auf diese Weise so viel Kummer zu machen. Es waren interessante Begegnungen gewesen, durchaus, ja. Aber geführt hatte es zu nichts.

Nun ja, es gab ja nun wirklich noch reichlich Datenkram durchzuarbeiten.

»Um vier Uhr kommt Premierminister Harwich, um über die Debatte hinsichtlich der Finanzierung der Navy Bericht zu erstatten«, erklärte sie ihren Leibwachen, während sie den opulent mit Wandgemälden ausgestatteten Korridor in Richtung ihres Arbeitszimmers hinabschritten. »Nach Breakwaters Interview in den Nachrichten gestern dürfte das eine recht lebhafte Debatte werden. Bitte sorgen Sie dafür, dass der Küchenchef ein paar dieser Pasteten bereithält, die Seine Lordschaft gern zum Tee nimmt. Wahrscheinlich wird er sie gut brauchen können.«

»Selbstverständlich sind wir hocherfreut, einen Vertreter der Regierung Ihrer Majestät in Saginaw willkommen zu heißen«, erklärte Gouverneur Karl Olbrycht, und Tonlage und Gesichtsausdruck verrieten Anspannung. »Trotzdem muss ich sagen, dass dieses Vorgehen äußerst ungewöhnlich ist. Gemeinhin schaut man nicht einfach so ohne Vorwarnung in einem fremden System vorbei.«

»Das *ist* Ihre Vorwarnung, Governor«, gab Clegg zurück und bemühte sich vergeblich, die Qualität der Übertragung zu verbessern. Angesichts der Entfernung, in der sich die *Casey* derzeit noch zum Planeten befand, war Olbrychts Signal ohnehin nur unsauber aufzufangen, und seit der Überholung des Schiffes war die Signalübertragung von der Brücke hierher in die Kabine nun einmal … hakelig.

Doch dafür bot die Ortswahl ein Ausmaß an Privatsphäre, das der Brücke nun einmal abging. Travis wusste nicht genau, warum Chomps auf Abgeschiedenheit bestanden hatte. Doch er war bereit, angesichts von dessen deutlich umfassenderer Ausbildung auf das Bauchgefühl seines Kameraden zu hören.

Clegg war nicht einmal annähernd angetan von diesem Vorschlag gewesen. Aber wenigstens hatte sie nicht groß diskutieren wollen. Zumindest nicht lange.

Sie hatte sich auch nicht dagegen ausgesprochen, dass sich Travis, Chomps und Hauptmann gemeinsam mit ihr in der Kabine befanden. Aber auch darüber war sie offenkundig nicht erbaut.

»Wir sind noch sechs Stunden vom Planeten entfernt«, fuhr sie fort. »Dazu kommen zwo weitere zum Einschwenken in den Orbit und dafür, die nötigen Abschlussarbeiten einer langen Überfahrt zu erledigen. Ihnen bleibt also noch reichlich Zeit für jedwede Ihnen erforderlich erscheinenden Formalitäten.«

Eine kurze Signalverzögerung … »Darum geht es nicht, Captain«, protestierte Olbrycht. »Wir müssen die entsprechenden Meetings vorbereiten, die Empfänge, Veranstaltungen etc. Wir erhalten schließlich nicht jeden Tag Besuch aus Regionen jenseits der Konföderation.«

»Nun, gewiss nicht«, sagte Clegg. »Aber einen solchen Aufwand zu treiben ist überhaupt nicht notwendig. Wir sind vornehmlich hier, um bei Ihnen mit Leuten zu sprechen, die viel mit Schiffen zu tun haben: Konstrukteuren, Ausstattern, Spediteuren und vielleicht auch einigen Angehörigen Ihrer Navy.«

»Ach, tatsächlich?«, setzte Olbrycht nach, und seine Stimme klang nun unverkennbar kühler. »Darf ich mich erkundigen, *warum* Sie diese Personen vernehmen wollen?«

»Ich sagte, ich wollte mit Ihnen *sprechen*, und nicht, sie *vernehmen*«, gab Clegg mit deutlich zur Schau gestellter Geduld zurück. »Königin Elizabeth ist im Begriff, den manticoranischen Schiffbau aufzuwerten und auszubauen, und wir sind hier, um in Erfahrung zu bringen, welche Art von Schiffen die Silesianische Konföderation möglicherweise bei uns würde ordern wollen.«

»Ich glaube kaum, dass wir den ganzen Weg bis nach Manticore würden zurücklegen wollen, um Schiffe zu kaufen«, entgegnete Olbrycht. »Auf dem Territorium der Föderation befinden sich schließlich drei entsprechende Anbieter.«

»Aber keiner davon verfügt über eigene Impeller-Fertigungseinheiten«, warf Hauptmann ein und schwebte nun neben Clegg. »Innerhalb weniger Jahre sollte Manticore damit dienen können.«

Wie eine misstrauische Eule blickte ihn Olbrycht an. »Und Sie sind …?«

»Heinrich Hauptmann«, stellte er sich vor. »Ich hatte geschäftlich schon mehrmals mit Ms. Simone Sei und ihren Eiderdown Cocoon Ship Systems zu tun. Vornehmlich ging es dabei um Lebenserhaltungssysteme, aber ich habe auch einige ihrer Lebensmittelversorgungsgerätschaften gekauft. Meine Auftraggeberin, Barbara Gräfin von Acton, nutzt sie auf ihren Langstreckenfrachtern und einigen ihrer Schürfschiffe.«

Nachdem Hauptmann seinen Namen genannt hatte, war Olbrychts Blick zu jemandem oder etwas hinübergewandert, das sich außerhalb des Aufzeichnerbereichs befand – vermutlich hatte er etwas in seiner Datenbank nachgeschaut. Nun blickte er wieder auf.

»Ja … Mr. Hauptmann«, sagte er. Die Falten auf seiner Stirn verschwanden, und seine Stimme besaß plötzlich wieder die anfängliche Wärme und Freundlichkeit. »Ms. Sei hat Sie mir gegenüber erwähnt – und sich sehr positiv über Sie geäußert, wie ich hinzufügen möchte. Den entsprechenden

Schilderungen zufolge haben Sie Ihr einige Vorschläge unterbreitet, die zu einer deutlichen Verbesserung der gesamten Produktlinie von Eiderdown Cocoon geführt haben.«

»Es waren wirklich nur ein paar kleine Vorschläge, Governor«, räumte Hauptmann bescheiden ein. »Ich freue mich darauf, Ms. Sei wiederzusehen. Ja, tatsächlich ist sie sogar der Hauptgrund dafür, dass ich Captain Clegg gebeten habe, Saginaw als erste Station unserer Rundreise anzusteuern.«

»Ein Zusammentreffen wird sich gewiss arrangieren lassen«, versicherte ihm Olbrycht. »Und vielleicht auch eine Besichtigung von Eiderdown Cocoon, wenn Ihre Zeit das zulässt.«

»Über eine Besichtigung würde ich mich sehr freuen«, gab Hauptmann zurück. »Vielleicht können meine Kolleginnen und Kollegen und ich ja das Werk besichtigen, während Captain Clegg mit ausgewählten Vertretern der Navy Möglichkeiten und Wünsche bespricht.«

»Das dürfte sich auch arrangieren lassen«, entschied Olbrycht, und sein Blick wanderte wieder zu Clegg zurück. »Auch wenn ich noch einmal betonen möchte, dass wir wahrscheinlich kein größeres Interesse an importierten Kriegsschiffen haben werden.«

»Vielleicht werden die technischen Möglichkeiten der *Casey* Sie ja umstimmen«, meinte Clegg. »Darf ich davon ausgehen, dass wir jetzt die Freigabe haben, uns dem Planeten zu nähern?«

»Selbstverständlich, Captain«, antwortete Olbrycht. »Wir freuen uns auf Sie. Und für Sie, Mr. Hauptmann, werde ich umgehend Ms. Sei kontaktieren.«

»Ich danke Ihnen, Governor«, sagte Hauptmann. Dann blickte er zu Clegg hinüber, die Augenbrauen zu einer stillen Frage gewölbt.

Zu Travis' leichter Überraschung erkannte Clegg das wortlose Stichwort und den damit einhergehenden lautlosen Befehl ohne Widerrede. »Wir sehen uns dann in wenigen Stunden, Governor. *Casey*, Ende.« Sie kappte die Verbindung.

»Ich glaube, wir sind drin«, meinte Hauptmann und drehte sich zu Travis und Chomps herum. »Als Erstes …«

»Bevor hier irgendetwas passiert«, fiel ihm Clegg ins Wort, »will ich etwas mehr über diese ›Vorschläge‹ erfahren, die Sie laut Olbrycht Simone Sei unterbreitet haben.«

»Ach, beruhigen Sie sich, Captain«, erwiderte Hauptmann, und die sanfte, kultivierte Stimme, die er soeben noch verwendet hatte, wich nun wieder seiner üblichen Schroffheit. Wie oft Travis diese unvermittelte Verwandlung auch miterlebte, sie überraschte ihn stets aufs Neue. »Ich habe ihr keinerlei Branchengeheimnisse verraten … und schon einmal gar nichts, was originär aus dem Sternenkönigreich stammt. Das waren nur ein paar Ideen, wie man die Form bestimmter Komponenten so ändern kann, dass sie besser dorthin passen, wo wir sie gern hätten.«

»Und was ist mit *unseren* Herstellern?«, versetzte Clegg. »Manches davon stellen wir schließlich auch her! Haben Sie unseren Leute die gleichen Vorschläge unterbreitet?«

»Ich hab's versucht«, gab Hauptmann steif zurück. »Aber es hat niemanden interessiert.« Seine Lippe zuckte. »Aber um denen gegenüber nicht ungerecht zu sein: Das war ja nicht allein deren Schuld«, setzte er in deutlich weniger aggressivem Tonfall hinzu. »Ein Großteil der Produktion von Manticore geht zur Navy und den Erzverarbeitungsschiffen. Für Schürfschiffe und Frachter werden ganz andere Dinge gebraucht.«

»Ich glaube, Captain«, warf Chomps nun ein, »letztendlich läuft es darauf hinaus, dass wir genau den Zugang erhalten haben, den wir haben wollten. Sie, Commander Woodburn und

Commander Norris werden eine Gelegenheit bekommen, sich von Gouverneur Olbrycht und Anhang fürstlich bewirten zu lassen. Währenddessen verschaffen Commander Long, Mr. Hauptmann und ich uns Zugang zu Seis Fabrik … und zu deren Aufzeichnungen.«

»Mit anderen Worten: Sie machen die *eigentliche* Arbeit, ja?«, setzte Clegg säuerlich nach.

»He, es ist ja nun nicht so, als hätten wir auch ohne Sie hierherkommen können«, bemerkte Hauptmann. »Von Manticore hierher, das ist schon ein ziemlicher Spaziergang.«

»Genau genommen, Ma'am, sind wir auf Sie und die anderen Leitenden Offiziere angewiesen«, steuerte Chomps erneut die Richtung des Gesprächs und warf Hauptmann dieses Mal sogar einen warnenden Blick zu. »Wenn Tamerlane wirklich von Silesia aus aktiv ist, dann muss *irgendjemand* in der Konföderation davon wissen.

»Und zwar jemand auf sehr hoher Ebene«, ergänzte Travis.

»Ganz genau«, bestätigte Chomps. »Sie und die anderen werden sich in einer deutlich besseren Position befinden, die beiläufigen Gespräche in die richtige Richtung zu lenken und vielleicht jemanden, der genau weiß, was vor sich geht, dazu zu bewegen, Hinweise fallen zu lassen. Commander Long und ich verfügen über diese Art Zugang nicht.«

»Wir ziehen hier wirklich alle am gleichen Strang, Ma'am«, erläuterte Travis. »Nur dass wir uns dem Ganzen von der Hardware-Seite aus nähern, während Sie die *Menschen* nach Informationen anzapfen.«

»Und zweifellos werden all unsere Arbeit und all unsere Opferbereitschaft auch gründlich dokumentiert«, sagte Clegg, offenkundig nach wie vor verärgert. »Ist ja auch egal! Wir alle haben unsere Befehle. Gewiss werden wir sie auch bestmöglich ausführen.« Demonstrativ blickte sie Hauptmann an.

»Ganz und gar«, versicherte er ihr. »Ich habe ebenso Anweisungen erhalten wie Sie.«

»Dann sehen Sie zu, dass Sie das nicht vergessen.« Einen Moment lang ließ Clegg ihren stechenden Blick noch auf Gräfin von Actons Direktionsassistenten ruhen, dann schaute sie wieder zu Travis und Chomps hinüber. »Und Sie alle sind hiermit herzlich eingeladen, meine Kajüte zu verlassen! Long, Sie haben wohl noch etwas auf der Brücke zu tun, und Sie, Townsend, werden wohl einem Ensign die Nase putzen oder einem Spacer in den Hintern treten müssen.« Dann richtete sie den Blick erneut auf Hauptmann. »Und *Sie* bleiben mir einfach aus den Füßen. Wegtreten.«

Simone Sei war das Gegenteil von Gouverneur Olbrycht: entspannt, freundlich und aufrichtig darüber erfreut, Besuch zu empfangen.

Zugleich war sie – bedauerlich für sie – besagtem Besuch gegenüber entschieden zu vertrauensselig.

»Ich muss schon sagen, Ms. Sei: Diese Anlagen hier sind fantastisch«, strahlte Hauptmann, als die Führung durch die Fertigungsstraße zu einem Abschluss gekommen war und Sei ihre Besucher wieder zu ihrem kleinen Büro führte, das sich in einem abgelegeneren Teil des Gebäudes befand. »Ich hatte mir das alles etwas kleiner, viel beengter und deutlich stärker automatisiert vorgestellt.«

»Das ist das Geheimnis unseres Erfolgs«, klärte Sei ihn auf. »Nur deswegen konnten wir vor ein paar Jahren Ihren Umformungsvorschlag aufgreifen. Wenn der gesamte Zusammenbau automatisiert ist, dann muss man die gesamte Konfigurationsausrüstung und sämtliche Raumdimensionierer modifizieren, um die Form einer einzelnen Komponente zu verändern. Sind jedoch Menschen in die Fertigung eingebunden, braucht man nur alles für einen neuen Zusammenbau vorzubereiten und kann anschließend den Arbeitern sagen: ›Ab jetzt macht ihr das *so*.‹« Sie öffnete die Tür zu ihrem Büro und bedeutete ihren drei Besuchern einzutreten.

Beiläufig blickte Travis zu den Sesseln hinüber, die einen Halbkreis um ihren Schreibtisch beschrieben. Ein Teil seiner Anspannung legte sich allmählich. Die Überprüfung der sozialen Netzwerke – die natürlich schon vor ihrer Landung erfolgt war –, dazu die Kleinigkeiten, die sie auf dem Weg vom Raumhafen hierher hatten aufschnappen können, ließen darauf schließen, dass der jüngste Schrei beim Thema Inneneinrichtung sehr filigrane, ja nachgerade zerbrechlich wirkende Stühle waren. Chomps und er hatten darauf gebaut, dass Sei, was jegliche Form der Mode betraf, immer auf dem Laufenden wäre … und es hatte sich herausgestellt, dass sie damit recht gehabt hatten.

Perfekt.

»Wir bieten seitdem maßgefertigte Formen für alle an, nicht nur für Manticore«, fuhr Sei fort. »Das dauert zwar alles ein bisschen länger, aber es ist eben auch sehr praktisch für Kunden, die beispielsweise an alte Schiffe gekommen sind oder deren Schiffe eigentümliche Konfigurationen aufweisen und bei denen sie trotzdem die Lebenserhaltungssysteme verbessern wollen. Bei manchen Modellen sind die zugehörigen Bauteile wirklich an den eigentümlichsten Stellen untergebracht!«

»Ich weiß genau, was Sie meinen«, bekräftigte Hauptmann. »Wir haben im Sternenkönigreich zwar deutlich weniger Schiffsverkehr als Sie hier, aber hin und wieder ist schon einmal ein Frachter oder Kurier vorbeigekommen, dem es ein paar Komponenten zerlegt hat, sodass dringend Reparaturen oder Ersatzteilaustausch angesagt waren. Bei manchen davon brauchte man für die Reparatur wirklich ordentlich Einfallsreichtum.«

»Genau diese Sorte Herausforderung erleben wir auch immer wieder«, bestätigte Sei. »Bitte, nehmen Sie doch Platz! Ich lasse uns gleich Tee bringen. Ich könnte mir vorstellen, dass Ihnen meine Lieblingssorte zusagen wird. Sie stammt von einer Insel in der Südsee – ja, Chief Townsend?«

»Verzeihen Sie, Ma'am«, setzte Chomps zögerlich an und hob die Hand, als wollte er in einem Klassenzimmer oder Schulungsraum eine Frage stellen. »Ich glaube nicht, dass Ihre Stühle mich werden tragen können.«

»Oh, ähm, ja.« Sei errötete ein wenig. »Wie unbedacht von mir! Sie waren die ganze Zeit so weit hinter uns, dass ich beinahe vergessen hatte, wie …«

»Wie schwere Knochen ich habe, heißt das bei uns immer«, beendete Chomps den Satz grinsend. »Für übersteigertes Taktgefühl besteht wirklich kein Anlass – wir sind es gewohnt, jenseits von Sphinx immer und überall besondere Möbel und Geräte zu brauchen. Könnte ich hier irgendwo etwas Robusteres bekommen? Wenn nicht, kann ich mich auch auf den Boden setzen oder einfach stehen bleiben.«

»Das wäre ja nun wohl kaum höflich, oder?«, widersprach Sei und eilte schon auf ihren Schreibtisch zu. »In der Mitarbeiterlounge gleich hier um die Ecke gibt es ein paar kleine Sofas. Ich lasse eines davon herholen.«

»Dann wäre es wohl besser, wenn ich mitginge«, schlug Chomps vor. »Ich muss da ja schließlich auch draufpassen. Und Sie brauchen auch nicht extra jemanden zu rufen! Wenn Sie mir zeigen, wo die sind, bekomme ich eines allein getragen.«

»Na gut, wenn Sie meinen.« Sei war offenkundig ein wenig skeptisch.

»Das klappt schon«, versicherte ihr Chomps. »Würden Sie mir wohl zeigen, wohin ich muss?«

»Selbstverständlich!« Sei steuerte wieder auf die Tür ihres Büros zu. »Bitte folgen Sie mir! Mr. Hauptmann, Commander Long? Nehmen Sie doch bitte schon Platz, wir sind in einer Minute wieder zurück.«

»Jawohl, Ma'am«, bestätigte Chomps und folgte ihr in Richtung Tür.

Als er an Travis vorbeikam, drückte er ihm unauffällig einen Datenchip in die Hand. Einen Augenblick später waren Chomps und ihre Gastgeberin verschwunden, und Seis fröhliche Plapperstimme verschwamm im Hintergrundraunen verschiedener, gleichzeitig geführter Gespräche.

»Passen Sie auf die Tür auf!«, wies Travis Hauptmann an und umrundete den Schreibtisch, um sich an Seis Computer zu begeben. Da war die Anspannung wieder! Sein Herz hämmerte, die Hände zitterten. Sein erster echter Versuch, zu spionieren …

»Und Sie wissen wirklich, was Sie da tun?«, raunte Hauptmann, während er an die Tür herantrat und sich lässig gegen deren Rahmen lehnte.

»Das werden wir schon bald wissen«, gab Travis zurück. Aber Chomps hatte ja nun wirklich Zeit genug gehabt, den Arbeitern an ihren verschiedenen Computerterminals über die Schulter zu blicken. Wenn er tatsächlich genug Hinweise hatte finden können, welche Variante des hier üblichen Betriebssystems verwendet wurde, sollte er Travis auch den passenden Hack-Chip zugesteckt haben, bevor er zusammen mit Sei auf Möbeljagd gegangen war.

Praktischerweise war Seis Computer bereits eingeschaltet, also brauchte Travis keine Passwörter oder andere erste Zugangshindernisse zu knacken. Innerlich drückte er sich selbst die Daumen, als er den Chip in den passenden Schlitz schob.

Einige Sekunden lang passierte gar nichts. Mit einem Auge schaute Travis auf das Display, mit dem anderen blickte er zu Hauptmann hinüber, der immer noch am Türrahmen stand. Travis' Herzschlag beschleunigte sich noch mehr. Der Chip sollte es ihnen ermöglichen, sämtliche der recht schlichten Sicherheitsvorkehrungen zu umgehen, wie sie bei nicht-kritischen Systemen wie diesem hier üblich waren. Wären die Kunden- und Rechnungsdateien von Eiderdown Cocoon ähnlich ungeschützt – und warum sollten andere Vorkehrungen auch nötig ein? –, dann müsste das hier funktionieren.

So stand es zu hoffen. Die Trümmer aus den Lebenserhaltungssystemen der Invasoren waren der deutlichste Hinweis dafür, dass Silesia etwas mit Tamerlane zu tun hatte – sogar noch deutlicher als die Gravitationstechnikkomponenten, die Travis zuerst aufgefallen waren. Besser noch: Hauptmann war sich zu achtzig Prozent sicher, dass wenigstens eines dieser Systeme von Eiderdown Cocoon stammte. Wenn sie eine Kundenkartei in die Finger bekämen, würde ihnen das einen klaren Zugang zu Namen und Ort liefern, nach denen sie suchten.

Falls das hier *nicht* klappen sollte, würden Chomps und er auf Plan B zurückgreifen: eine deutlich aufdringlichere – und ungleich gefährlichere – Nacht-und-Nebel-Aktion, bei der sie beide schwarze Masken würden tragen müssen. Davon wäre Clegg gewiss begeistert!

Dann erschien – zu Travis' immenser Erleichterung – eine lange Liste von Dateien auf dem Bildschirm.

»Ich hab's«, raunte er Hauptmann zu und leitete den Kopiervorgang ein.

»Kopieren Sie die ganze Datenbank?«, fragte Hauptmann nach.

»Klar«, antwortete Travis. »Ist doch einfacher, das alles in Ruhe an Bord durchzugehen, als jetzt auf die Schnelle das finden zu wollen, wonach wir suchen.«

»Na, dann machen Sie schnell«, warnte ihn Hauptmann. »Die kommen schon zurück.«

»Wie viel Zeit hab ich noch?«

»Zehn Sekunden?«

Travis warf einen Blick auf den Bildschirm und schätzte kurz ab … die Zeit reichte nicht. »Kommen Sie hier rüber«, raunte er und eilte zum Ende des Schreibtischs. »Sobald der Download abgeschlossen ist, ziehen Sie den Chip raus. Ich versuche, die beiden auszubremsen.«

Sei und Chomps waren noch drei Sekunden von der Tür entfernt, als Travis sie erreichte. »Kommen Sie, lassen Sie sich helfen«, bot er an und verstellte Sei den Weg. »Oh je, verzeihen Sie«, sagte er sofort. »Ich übernehme das hier, ja?«, fuhr er fort und versperrte ihr weiterhin den Weg, während er irgendwie versuchte, das Sofa zu packen.

»Ist schon gut, Sir … ich krieg das allein hin«, versicherte ihm Chomps und schwenkte das ganze Möbelstück ein wenig zur Seite – wodurch Sei der Weg erst recht versperrt war.

Travis schaltete sofort: Er wich aus und trat einen Schritt zur Seite, sodass er erneut zwischen Sei und der Bürotür stand. Seine Gastgeberin versuchte, an ihm vorbeizukommen.

Doch jetzt kam Chomps erst richtig in Fahrt, schwenkte das andere Ende des Sofas noch weiter herum und war wieder derjenige, der ihren Weg blockierte. »Wirklich, Sir, ich kriege das hin!«

»Jetzt hören Sie doch auf, sich zu *drehen*«, schimpfte Travis mit überzeugend gespielter Frustration.

»Um Himmels willen, Commander, nun lassen Sie ihn doch!«, drang Hauptmanns Stimme durch die offene Tür. »Was ist denn bloß los mit Ihnen?«

»Also gut«, knurrte Travis und trat einen weiteren Schritt zurück. »Verzeihen Sie, Ma'am«, setzte er noch hinzu, während Chomps ein weiteres Mal versuchte, das Sofa durch die Tür zu bugsieren.

»Ist schon gut«, versicherte ihm Sei. Gemeinsam mit Travis trat sie zur Seite, und Chomps manövrierte das Möbelstück in das Büro.

Hauptmann drückte Travis derweil den Datenchip in die Hand.

Der Rest des Nachmittags verstrich rasch, der Abend verlief sogar recht behaglich. Denn als erledigt war, was erledigt werden musste, konnte sich Travis endlich entspannen und stellte fest, dass ihre Gastgeberin eine sehr angenehme Zeitgenossin war: Sie hatte einen blitzschnellen Verstand, was er bislang nicht bemerkt hatte, weil in seinem Kopf Details, Sorgen und Befürchtungen wegen des Einsatzes wild durcheinandergepurzelt waren. Sei hatte ihnen erst Tee serviert, und zum Arbeitsende an der Fertigungsstraße einige ihrer Top-Leute zusammengerufen. Gemeinsam war man dann zum Abendessen in ein nahegelegenes Restaurant eingeladen. Bei einem Großteil der Gespräche ging es um Eiderdown Cocoon und die Details ihrer Produkte und Produktionsweisen – alles Informationen, die bei Travis zum einen Ohr hinein- und zum anderen wieder hinausgingen. Glücklicherweise konnte Hauptmann bestens die manticoranische Seite des Gesprächs übernehmen.

Das war Travis nur recht. Das Essen war zwar exotisch, aber wirklich köstlich, und es war nett, sich einen Abend entspannt zurücklehnen zu können und sich um nichts und niemanden Gedanken machen zu müssen.

Als schließlich Commander Woodburn anrief, um ihm zu melden, Clegg und er seien mit ihren Gesprächsrunden fertig und es sei Zeit, wieder zum Schiff zurückzukehren, bedauerte Travis fast, dass sie sich schon verabschieden mussten.

Zwei Stunden später waren Chomps und er tief in die von Seis Computer kopierten Dateien versunken und durchsuchten die Kundenkartei.

Drei Tage später, während die Offiziere immer noch mit den entsprechenden offiziellen Meetings, mit geselligem Beisammensein und Essenseinladungen auf der Oberfläche des Planeten beschäftigt waren und die Mannschaft Zeit und Geld für nicht ganz so förmliche Landgangaktivitäten investierte, fanden Chomps und Travis, wonach sie gesucht hatten.

»Das also ist es?«, erkundigte sich Clegg und betrachtete stirnrunzelnd die Liste, die Chomps auf das Display des Computers in ihrem Arbeitszimmer übertragen hatte.

»Jawohl, Ma'am«, bestätigte Chomps. »Seis Kundenkartei ... und damit der erste Schritt dazu, Tamerlanes Versorgungswege zurückzuverfolgen.«

»Und wie viele Schritte werden wir brauchen, bevor wir dem Ganzen ein Ende machen können?«

Rasch blickte Chomps zu Travis hinüber, und sein Gesicht verwandelte sich in eine ausdruckslose Maske. »Das weiß ich nicht, Ma'am«, erwiderte er. »Bei dieser Art Suche weiß man erst, dass man das Ziel erreicht hat, wenn man da ist.«

»Und natürlich scharren Sie schon jetzt mit den Hufen, damit wir endlich loslegen können.«

Erneut schaute Chomps zu Travis hinüber. »Uns ist durchaus bewusst, dass auch noch andere Faktoren im Spiel sind.«

»Schön, das zu hören«, sagte Clegg sehr ernst. »Denn während Sie hier Spion spielen, befindet sich der Rest von uns auf einer echten Goodwill-Tour. Das bedeutet: Um den Schein zu wahren, müssen wir in jedem System mindestens eine Woche lang bleiben.« Ihr Blick wanderte zu Travis hinüber. »Und ich dachte, Sie würden Hauptmann im Auge behalten.«

»Jawohl, Ma'am, das tun wir auch«, gab Travis zurück. »Warum? Gibt es mit ihm ein Problem?«

»Von *seiner* Warte aus betrachtet nicht«, antwortete Clegg. »Er knüpft Kontakte und rückte sich bei allem und jedem in genau das richtige Licht. Zugleich unterbreitet er Angebote und handelt Verträge aus, die er unmöglich einhalten kann.«

»Wir reden mit ihm, Ma'am«, versprach Chomps.

»Sie sagten, wir würden noch vier weitere Tage hier bleiben, Ma'am?«, setzte Travis nach.

»Möglicherweise sogar noch länger«, bestätigte Clegg, und ihre ohnehin schon düstere Miene verfinsterte sich noch weiter. »Es sei denn, Sie hätten den Plan, mein Schiff in Ihre Gewalt zu bringen.«

Travis verzog das Gesicht. *Das* hatte er ganz gewiss nicht vor. »Nein, Ma'am, natürlich nicht«, brachte er mühsam hervor. »Ich dachte nur …«

»Sie dachten nur, die Flagge zu zeigen steht auf unserer Prioritätenliste erst auf Platz drei?«, fiel ihm Clegg ins Wort. »Dass wir uns, wenn Sie und Hauptmann haben, was sie brauchen, rasch verabschieden und zum nächsten Punkt aufbrechen, die wir letztendlich der Reihe nach miteinander verbinden müssen, um das Große Ganze zu sehen?«

»Ich glaube, was Commander Long sagen wollte …«, setzte Chomps an.

»Ich an Ihrer Stelle würde mich hier raushalten, Chief«, unterbrach Clegg auch ihn. »Falls Sie nicht dank Ihrer Zauberkräfte Gedanken lesen können, sollten Sie Mr. Long die Gelegenheit geben, sich selbst zu erklären.«

Das Intercom klingelte. »Captain?«, war Woodburns Stimme zu vernehmen. »Eventuell haben wir ein Problem.«

»Oh, ein Problem haben wir zweifellos«, knurrte Clegg. Dann schlug sie mit ausgestrecktem Arm nach dem ›Annehmen‹-Knopf. »Clegg hier. Wo liegt das Problem?«

»Wir werden gerufen, Ma'am«, antwortete Woodburn. »Ein andermanischer Frachter, die *Hamann*. Der Kommandant …«

»*Andermanisch?*«, wiederholte Clegg voller Unglauben. »Was sollte ein Andermaner von uns wollen?«

»Das können Sie ihn selbst fragen, Ma'am«, gab Woodburn zurück. »Ihr Kommandant, Captain Charles Kane, würde Sie gern sprechen.«

»Weswegen denn?«

»Das weiß ich nicht, Ma'am«, erwiderte Woodburn. »Er hat nur gesagt, er wünsche den Captain der *Casey* zu sprechen.«

Clegg schoss Travis einen finsteren Blick zu. »Na gut«, sagte sie und gab Travis und Chomps durch einen Wink zu verstehen, zu verschwinden. »Ich bin sofort da.«

»Danke, Ma'am. Und vielleicht möchten Sie Commander Long mitbringen.«

Mitten in der Bewegung hielt Clegg inne. »Wie meinen, Eins-O?«

»Ich weiß, Captain«, setzte Woodburn zögerlich an, »aber irgendetwas an diesem Kane scheint mir ein bisschen … ungewöhnlich. Ich hätte gern die Einschätzung des T-O.«

»Na gut«, wiederholte Clegg mit zusammengebissenen Zähnen. »Wir sind *beide* sofort da.«

Drei Minuten später erreichten sie die Brücke.

»Ist er noch da?«, verlangte Clegg zu wissen, während sie sich an den Haltegriffen quer durch die Brücke zog.

»Jawohl, Ma'am«, bestätigte Woodburn und löste zügig seine Haltegurte im Kommandantensessel. »Die durchqueren das System – es sieht nicht so aus, als würden die hier einen Zwischenstopp einplanen. Ungefähr eine Stunde, nachdem die unseren Kenncode aufgefangen haben dürften, haben sie das Abbremsmanöver eingeleitet. »

»Klingt ganz, als hätten wir deren Interesse geweckt«, meinte Clegg. »Dann heißt es jetzt herauszufinden, womit.« Sie gab der Signalstation einen Wink.

»Mikro live, Captain.«

»Captain Kane, hier spricht Captain Trina Clegg«, meldete sich die Kommandantin der *Casey*. »Wie ich höre, hatten Sie darum gebeten, mich zu sprechen. Haben Sie irgendwelche Schwierigkeiten?«

»Keine Schwierigkeiten, Captain«, war dann eine melodische Stimme zu vernehmen, beinahe schon ein Singsang. »Mir ist zu Ohren gekommen, dass das Sternenkönigreich von Manticore kürzlich einen Invasionsverband zurückgeschlagen hat – einen Invasionsverband unter dem Kommando eines Mannes, der sich selbst Admiral Tamerlane nannte. Weiterhin ist mir zu Ohren gekommen, dass Ihr Schiff HMS *Casey* maßgeblich daran beteiligt war. Liege ich in beiderlei Hinsicht richtig?«

»Liegen Sie«, bestätigte Clegg und bedachte Woodburn mit einem Stirnrunzeln. »Und weswegen ist das für Sie von Interesse?«

»Ich interessiere mich für Militärangelegenheiten«, erklärte Kane, »eine Art Hobby von mir.«

»Ein Hobby«, wiederholte Clegg tonlos.

»Ein Hobby, das sich im Reich beachtlicher Beliebtheit erfreut«, ergänzte Kane. »Zudem wissen wir, wie es sich anfühlt, grundlos angegriffen zu werden. Daher bringen wir all jenen großen Respekt entgegen, die eine solche Aggression erfolgreich haben abwehren können.«

»Es freut uns, dass Sie so positiv über uns denken«, bemerkte Clegg, im Tonfall nur ein Hauch von Sarkasmus. »Gibt es sonst noch etwas, das wir für Sie tun könnten?«

»Das gibt es tatsächlich«, bestätigte Kane. »Ich hatte gehofft, Sie hätten vielleicht eine oder zwo Stunden Zeit, um mir an Bord der *Hamann* beim Essen Gesellschaft zu leisten.«

Aus dem Augenwinkel schaute Travis konzentriert seine Kommandantin an. Seit ihrer ersten Begegnung hatte er Captain Clegg nie so vollständig überrascht gesehen. »Das ist sehr großzügig von Ihnen«, sagte sie schließlich. Sie warf Woodburn einen nachdenklichen Blick zu. »Beschränkt sich diese Einladung auf mich persönlich?«

»Oh nein, keineswegs«, versicherte Kane ihr. »Bringen Sie so viele Offiziere mit, wie Ihnen beliebt. Je mehr ich über Ihre Rolle in der Schlacht von Manticore in Erfahrung bringen kann, desto besser.«

»Unsere Rolle bestand darin, einen von Tamerlanes Schlachtkreuzern auszuschalten«, erklärte Clegg pointiert. »Aus kürzester Entfernung, möchte ich noch hinzufügen.«

»So wurde es mir zugetragen. Ich muss zugeben, dass mich gerade dieser Aspekt ganz besonders fasziniert.«

»Aha«, sagte Clegg nur. »Einen Moment bitte.« Sie gab ihrem Signaloffizier ein Zeichen, und auf dem Display erschien das Icon, dass das Mikrofon ausgeschaltet war.

»Sie wollen doch nicht wirklich dort hinüberfahren, Captain … oder?«, erkundigte sich Woodburn besorgt. »Das ist ein fremdes Schiff, aus einer Sternnation, über die wir nur sehr wenig wissen.«

»Aber wir wissen, dass Kaiser Gustav einem Ehrenkodex folgt«, gab Clegg zu bedenken.

»Dem Ehrenkodex eines *Söldners.*«

»Aber trotzdem einem Ehrenkodex.« Clegg deutete auf den Bildschirm. »Ich meine mich auch zu erinnern, andermanische Frachter würden üblicherweise Waffen mit sich führen. Es wäre doch ganz informativ, mit eigenen Augen zu sehen, wie diese Waffensysteme aufgestellt sind.« Sie blickte zu Travis hinüber. »Ich könnte mir vorstellen, unser T-O würde sich das auch gern aus der Nähe anschauen.«

Travis spürte, wie sich sein Magen zusammenkrampfte. Oh ja, ihr T-O würde sich dieses Schiff wirklich gern anschauen – sowohl in seiner Funktion als Taktischer Offizier wie als Delphi-Agent.

Aber an Bord eines unbekannten Schiffes zu gehen, mit einer unbekannten Besatzung, die unbekannte Ziele verfolgte … das war eine Vorstellung, die ihm mehr als einen Schauer den Rücken hinunterjagte. Soweit er wusste, hatte das Sternenkönigreich bislang noch nicht einmal diplomatische Beziehungen zu den Andermanern aufgenommen.

Kanes Einladung anzunehmen wäre … riskant. Die Frage war, ob die sich daraus möglicherweise ergebenden Vorteile das Risiko rechtfertigten.

Clegg wartete immer noch auf eine Antwort.

»Jawohl, Ma'am«, sagte Travis. »Ich würde dieses Schiff sehr gern sehen.«

»Damit wäre das geklärt.« Wieder gab Clegg dem Signaloffizier ein Zeichen.

»Einen Moment, Captain«, warf Woodburn ein und vollführte ebenfalls ein Handzeichen in Richtung des Signaloffiziers. »Sollten Sie nicht wenigstens drei oder vier weitere Offiziere mitnehmen?«

»Wofür denn?«, versetzte Clegg. »Er hat gesagt, er sei an der Rolle der *Casey* in dieser Schlacht interessiert. Wenn ich mich nicht täusche, waren Sie und Long zu jenem Zeitpunkt die einzigen Offiziere auf der Brücke.«

»Dann sollten Sie mich auf jeden Fall ebenfalls mitnehmen, Ma'am«, setzte Woodburn hartnäckig nach. »Falls es Schwierigkeiten gibt, möchte ich nicht, dass Sie beide allein dort sind.«

»Ich weiß das Angebot ebenso zu schätzen wie Ihre Besorgnis, Eins-O. Aber mit Schwierigkeiten rechne ich nicht.« Clegg hob die Augenbrauen. »Und falls es *doch* welche geben sollte, wäre es mir lieber, Sie auf der Brücke der *Casey* zu wissen. Von dort aus könnten Sie ihm dann zeigen, was es heißt, *richtig* in Schwierigkeiten zu geraten.«

Woodburn presste die Lippen so fest zusammen, dass sie nur noch ein schmaler Strich waren, doch er nickte. »Jawohl, Ma'am.«

Erneut deutete Clegg in Richtung Com, und das Icon, das für ein deaktiviertes Mikrofon stand, verschwand wieder vom Display. »Captain Kane, mein Taktischer Offizier und ich würden uns geehrt fühlen, Ihre Einladung annehmen zu dürfen«, sagte sie. »Es sieht aus, als wären Sie nur auf der Durchreise. Wollen Sie hier in den Orbit einschwenken, oder sollen wir in Ihre Richtung fahren?«

»Vielleicht können wir ja einen Kompromiss finden«, schlug Kane vor. »Ich übermittle Ihnen mein Bremsprofil. Könnten Sie uns entgegenkommen? Falls nicht, können wir unseren Zeitplan auch so anpassen, dass wir uns im Orbit treffen.«

»Ist ja sehr entgegenkommend, der Bursche«, raunte Woodburn.

»So viel Aufwand möchte ich Ihnen keinesfalls machen«, entschied Clegg. »Wir sollten uns mit Ihnen auf halber Strecke treffen können. Ich gebe Sie an meinen Ersten Offizier weiter. Dann können Sie sich auf den optimalen Rendezvouspunkt verständigen.«

»Ich danke Ihnen, Captain«, sagte Kane, und die Begeisterung in seiner Stimme war unmöglich zu überhören. »Ich freue mich darauf, Sie persönlich kennenzulernen … und auch auf unser gemeinsames Essen – was auch immer es sein wird. Haben Sie hinsichtlich der Küche irgendwelche Vorlieben?«

24

Während die *Casey* zur *Hamman* aufkam, wirkte das andermanische Schiff wie ein völlig normaler Frachter. Erst als der Rendezvouspunkt fast erreicht war, die Distanz zwischen den Schiffen leicht durch einen Shuttle überwunden werden konnte, wurde der Unterschied offenkundig.

»Hat immer noch einen Quartierring in Standardausführung, wie ich sehe«, bemerkte Clegg, während sie neben Travis in der Luft schwebte und über dessen Schulter hinwegblickte. »Von welcher Art Bewaffnung reden wir hier?«

»Ich sehe zwo Werfer«, antwortete Woodburn, »und die zugehörigen Zielerfassungssensoren. Außerdem sieht es ganz so aus, als hätten die mehrere Schnellfeuerkanonen.«

»Wenn Gustav seine Frachter bewaffnet, macht der keine halben Sachen«, murmelte Clegg. »Doppelwerfer?«

»Einzelwerfer«, widersprach Woodburn. »Ähneln ziemlich den alten Typ-Zwos unserer *Salamander.*«

»Mit anderen Worten: Hochleistungsmilitärausführung«, fasste Clegg nachdenklich zusammen. »Ich will diese Schönheit auf jeden Fall von innen sehen. Ach, wo ich das gerade sage: Wir sollten dann wohl loslegen.«

Sie stieß sich von einem Handgriff neben Travis ab und schwebte zur Kommandostation hinter ihm hinüber. Woodburn behielt seine Position bei, denn von dort aus konnte er die Navigationskonsole ebenso im Blick behalten wie die Signalstation und Travis' taktisches Display. Travis warf einen Blick über die Schulter und sah, dass Clegg einige letzte Veränderungen an ihrem Uniformkragen vornahm und dem Signalgast dann ein Zeichen gab. Dieser drückte einige Tasten, und sofort erschien Kanes Gesicht auf dem Display.

»Guten Abend, Captain Kane«, begrüßte Clegg ihn. »Wir sind bereit, an Bord zu kommen. Gibt es besondere Instruktionen oder Protokolle, die wir einzuhalten haben?«

»Sie meinen, ob es Eindringlingsabwehrfallen oder spezielle Andockcodes gibt?«, fragte Kane und wirkte unverkennbar amüsiert. »Nein, nichts dergleichen. Kommen Sie einfach ganz nach Belieben an Bord.«

»Ich danke Ihnen.« Eine weitere Geste Cleggs, und das Gesicht verschwand wieder. »Zeit zum Aufbruch, Long. Sind Sie so weit?«

Angespannt atmete Travis durch. »Jawohl, Ma'am.«

»Gut. Dann ziehen wir das jetzt durch.«

Clegg hatte Woodburn angewiesen, die *Casey* in angemessener Entfernung zum andermanischen Schiff zum Stillstand kommen zu lassen, und das Ablegen des Shuttles, die Überfahrt sowie das Andocken dauerten zusammen fast eine halbe Stunde. Die ganze Zeit über sagte Clegg kein Wort, von gelegentlichen Anweisungen an den Coxswain einmal abgesehen. Ob sie Travis gezielt ignorierte oder einfach nur in Gedanken versunken war, wusste er nicht. Er selbst widmete seine Aufmerksamkeit abwechselnd den Displays der Navigationssensoren und dem Blick aus dem Fenster des Shuttles … und hielt den Mund.

Wie Travis schon vermutet hatte, erwartete sie Kane gleich vor der Luftschleusenluke.

»Willkommen, Captain Clegg«, sagte er und lächelte breit. »Es ist mir wirklich eine Ehre, Sie an Bord meines bescheidenen Frachters begrüßen zu dürfen. Ich hoffe, Sie gestatten mir, Ihnen mehr als nur einen kleinen Imbiss anzubieten.«

»Ein kleiner Imbiss würde es schon tun, Captain«, versicherte ihm Clegg. »Ein interessantes Schiff haben Sie.«

»Ich weiß, ich weiß, das entspricht nicht ganz der Norm für Transporter«, räumte Kane reumütig ein. »Aber das Reich hat nun einmal Feinde, und dem Kaiser ist es wichtig, auf alle Eventualitäten vorbereitet zu sein.« Kaum merklich wölbte er die Augenbrauen. »Was ganz offenkundig ebenso auf das Sternenkönigreich von Manticore zutrifft. Ich gratuliere Ihnen zu Ihren ausgezeichneten Führungsqualitäten und Taktiken während der jüngsten Schlacht.«

»Ich danke Ihnen«, entgegnete Clegg. »Aber mir scheint, Sie sitzen einem Missverständnis auf. Während des Gefechts hatte nicht ich das Kommando über die *Casey* inne. Das hatte Commodore Rudolph Heissman, der seitdem auf eine neue Verwendung versetzt wurde.«

»Ach?« Kane klang überrascht. »Ich bitte um Verzeihung für diesen Fehler. Ich hatte angenommen, die Gewinner ... aber natürlich wurde er nach einem solchen Erfolg befördert! Dann gratuliere ich Ihnen dazu, dieses Schiff übernommen zu haben.«

»Ich danke Ihnen«, sagte Clegg ein weiteres Mal. »Bitte gestatten Sie mir, Ihnen meinen Taktischen Offizier vorzustellen: Lieutenant Commander Travis Long. Er gehörte tatsächlich dem Team an, das Tamerlanes Schlachtkreuzer ausgeschaltet hat.«

»Tatsächlich«, griff Kane das Wort auf und musterte Travis aufmerksam, während er zum Gruß kurz den Kopf neigte. »Wie dem auch sei, Captain, der Imbiss ist schon vorbereitet. Wenn Sie mir bitte folgen wollen?«

Der Weg vom Shuttle zur Messe war durchaus interessant. Die rotierende Sektion des Schiffes schien, das bemerkte Travis während ihres Spaziergangs, größer als bei den meisten anderen Handelsschiffen, ohne dass erkennbar war, warum und wie sie genutzt wurde. Vielleicht gab es Passagiersektionen, durch die Kane sie nicht führte, oder es gab spezielle Laderäume für Frachtgüter, die idealerweise nicht unter Mikroschwerkraftbedingungen befördert wurden. Travis hatte von Planeten gelesen, die sich auf den Transport exotischer Tierarten kreuz und quer durch die Galaxis spezialisiert hatten, auch wenn die Obrigkeit auf den meisten Planeten vermutlich missbilligte, nicht-lokale Fauna anlanden zu lassen.

Nun, natürlich war eine deutlich größere Besatzung erforderlich, um all die Waffen zu bemannen, von denen der Rumpf des Schiffes nachgerade strotzte.

»Ich bin ein wenig erstaunt, dass Ihre Bewaffnung so offensichtlich ist«, merkte Clegg an, während sie weitergingen.

»Daran ist nichts Geheimnisvolles«, gab Kane zurück. »Kaiser Gustav vertritt die Ansicht, dass ein bewaffnetes Schiff weder seine Identität noch seine Leistungsfähigkeit verbergen sollte – weder vor Feinden noch vor potenziellen Freunden.«

»Macht die Dinge auf jeden Fall einfacher«, bestätigte Clegg und blickte zu Travis hinüber. »Ich frage mich, in welche dieser Kategorien das Sternenkönigreich fällt.«

»Der Kaiser informiert die Handelsflotte nicht über seine Außenpolitik«, sagte Kane trocken. »Und auch nicht bescheidene Reservisten wie mich.«

»Dann waren Sie beim Militär?«, fragte Clegg.

»Das gilt für viele an Bord«, erklärte Kane. »Die Handelsflotte ist in vielerlei Hinsicht die bewaffnete Hilfstruppe der Kaiserlich-Andermanischen Weltraumflotte, auch wenn ich es im alltäglichen Betrieb vorziehe, auf Uniformen und militärische Förmlichkeit zu verzichten. Aber um noch einmal auf Ihre Bemerkung einzugehen: Es ist ein Gebot der Logik, dass Manticore für das Reich weder Feind noch Freund ist. Kaiser

Gustav war noch nie auf Eroberungen aus, sondern hat sein Volk lediglich vor Aggressionen anderer beschützt.« Mit einem säuerlichen Lächeln setzte er hinzu: »Ohne beleidigend sein zu wollen, Captain: Ich vermute, dass das Sternenkönigreich zu klein und viel zu weit entfernt ist, um die Aufmerksamkeit des Kaisers auf sich zu ziehen.«

»Ich darf aber davon ausgehen, auch der Kaiser ist sich bewusst, dass es hin und wieder erforderlich ist, Informationen auf unbemerkte Art und Weise zusammenzutragen?«, fragte Clegg.

Kane runzelte die Stirn. »Wie meinen?«

»Normale Frachter halten sich an sehr enge Zeitpläne«, erläuterte Clegg. »Und trotzdem waren Sie bereit, für diese Zusammenkunft Ihre Fahrt für mehrere Stunden zu unterbrechen.«

»Sehr scharfsinnig von Ihnen, Captain«, lobte Kane und deutete eine Verneigung an. »Darf ich im Gegenzug anmerken, dass einem Flottenoffizier normalerweise wohl nicht als Erstes eine verdeckte Aufklärungsmission in den Sinn käme – es sei denn, Derartiges hätte besagter Offizier ohnehin im Hinterkopf, weil er oder sie sich selbst gerade auf einer solchen befindet?« Er hob beide Brauen.

Travis spürte, wie es ihm den Magen zusammenschnürte. Doch Clegg winkte nur beiläufig ab. »Sie werden gewiss verstehen, dass ich den Einsatz der *Casey* oder meine Befehle nicht mit Ihnen erörtern kann.«

»Selbstverständlich nicht«, bestätigte Kane. »Aber vielleicht könnten wir ja über rein Hypothetisches sprechen.«

Sie erreichten eine Luke, und Kane drückte einen Knopf. Die Luke glitt zur Seite, und Kane bedeutete seinen Gästen höflich einzutreten.

Die Kabine erwies sich als kleine Offiziersmesse, ausgestattet mit Servierbereich, Kaffee- und Teespendern und mehreren säuberlich aufgereihten Tischen nebst Stühlen. Einer der Tische war vollständig eingedeckt, in der Tischmitte stand eine Servierplatte mit Pasteten.

»Es tut mir leid, dass ich Ihnen keine weitere Gesellschaft anbieten kann«, erklärte Kane. »Aber wie Sie selbst schon angedeutet haben: Stillstandszeit kann sich ein Frachter nicht erlauben. Daher nutzen wir die Gelegenheit, einige dringend erforderliche Wartungsarbeiten durchzuführen, und das nimmt meine gesamte restliche Besatzung in Anspruch.« Er deutete zu den Getränkespendern. »Ich war davon ausgegangen, dass Sie beide vermutlich werden Tee trinken wollen, aber wir hätten auch Kaffee im Angebot.«

»Tee ist bestens, vielen Dank«, entschied Clegg. Sie ließ sich auf den Stuhl rechts neben dem Skipper des Frachters nieder und bedeutete Travis mit einem Nicken, sich links vom Gastgeber zu positionieren. »Sie hatten gerade Hypothetisches angesprochen.«

»Dazu kommen wir sofort«, sagte Kane, trat an einen der Getränkespender heran und zog eine Tasse Tee. »Aber zuerst würde ich wirklich gern mehr über das Gefecht erfahren.«

Clegg nickte Travis zu. »Legen Sie los, Commander.«

Abgesehen vom Beitrag der *Casey* zu dieser Schlacht und der für die Öffentlichkeit bestimmten Schilderungen wusste Travis nur sehr wenig, doch selbst unter diesen Einschränkungen vergingen zwei Tassen Tee und anderthalb Pasteten, bis er zum Abschluss kam.

Kane hatte, die ganze Zeit den Blick auf Travis gerichtet, seinen Tee kaum angerührt.

»Interessant«, brummte er, als Travis schließlich verstummt war, »vor allem die Taktik.«

»Wir befanden uns einfach nur zur richtigen Zeit an der

richtigen Position«, erklärte Travis und spürte, wie sich seine Wangen aufheizten. Selbst ein einfacher andermanischer Frachterkapitän wusste seinen Beitrag zum Ganzen mehr zu schätzen als die Royal Manticoran Navy.

»Was?«, entfuhr es Kane, und er runzelte kurz die Stirn. »Ach so, ich verstehe. Nein, ich hatte nicht *Ihre* Taktik gemeint, Commander, so schlau sie auch gewesen ist. Ich hatte mich auf Tamerlane bezogen.«

»Kennen Sie ihn?«, fragte Clegg in bewusst neutralem Tonfall.

»Nicht unter diesem Namen«, antwortete Kane. »Die offiziellen Verlautbarungen des Sternenkönigreichs über dieses Gefecht waren doch recht knapp gehalten. Deswegen konnte ich ihnen natürlich auch nicht allzu viel entnehmen. Aber ich fand den Trick, mit dem dieser sogenannte Tamerlane Sie zu sich heranlocken wollte, wirklich interessant. Und wo ich das jetzt alles gehört habe, bin ich mir sicherer denn je, was seine wahre Identität betrifft.«

»Darf ich mich erkundigen, wie Sie zu Tamerlanes offenkundig einzigartigem Stil stehen?«, fragte Clegg mit unverkennbarem Nachdruck.

Wieder lächelte Kane. »Sie meinen, ob er ein Freund ist oder ein Feind? Zu verschiedenen Zeiten war er das eine oder das andere. Derzeit ist er eindeutig ein Feind des Reiches.«

»Ich dachte, der Kaiser informiere Sie nicht über seine Außenpolitik«, erinnerte Clegg ihn.

»Militärangelegenheiten sind mein Hobby«, rief Kane seinerseits Clegg ins Gedächtnis zurück.

»Ach, richtig, das hatte ich ganz vergessen. Also? Wer ist dieser Tamerlane denn nun?«

Kane schürzte die Lippen. »Ich vermute, es handelt sich um einen Mann namens Cutler van Tischendorf, der sich mittlerweile Cutler Gensonne nennt. Ich kann es noch nicht beweisen, aber die Indizien scheinen mir sehr dafür zu sprechen.«

»Und Sie glauben, er befinde sich derzeit auf silesianischem Territorium?«, setzte Clegg nach.

»Es liegen uns gewisse Hinweise vor, die in Richtung Konföderation deuten.« Dann vollführte Kane eine auffordernde Handbewegung. »Ich könnte mir vorstellen, dass auch Ihnen gewisse Indizien vorliegen … rein hypothetisch, versteht sich.«

»Mir scheint, Sie bringen da ein paar Dinge durcheinander, Captain«, sagte Clegg. »Wir sind nicht hier, um unsere Invasoren zu jagen. Wir sind hier, um Raumschiffbestellungen an Land zu ziehen.«

»Bitte *was?!*«

»Mir erschließt sich das auch nicht so recht«, räumte Clegg ein. »Aber es gibt auf Manticore einige einflussreiche Personen, die der Ansicht sind, wird sollten unsere eigenen Impeller herstellen. Und *das* wäre für uns auch nur ansatzweise finanzierbar, wenn wir deutlich mehr Schiffe bauten, als wir selbst benötigen. Daher diese Rundreise.«

»Eine *Verkaufsfahrt?*«, setzte Kane nach, offenkundig skeptisch. »Mit Ihrem fortschrittlichsten Kriegsschiff?«

»Ganz genau deswegen wurde die *Casey* ja ausgewählt«, erläuterte Clegg. »Sie ist das beste Beispiel für unsere Schiffbaufähigkeiten.«

»Ah.« Kane blickte zwischen seinen Gästen hin und her. Die anfängliche Verwirrung hatte sich gelegt, und nun blickte er drein, als läse er sehr deutlich zwischen den Zeilen. »Aber sollten Sie während dieser Fahrt Informationen hinsichtlich Tamerlane aufschnappen, würden Sie diese selbstverständlich nicht ignorieren, richtig? Gewiss würde sich das Reich bei derlei Informationen nicht lumpen lassen.«

»Ich wünschte wirklich, wir könnten Ihnen helfen«, sagte Clegg. »Aber der aktuelle Auftrag der *Casey* lautet einfach nur, Kunden zu finden. Es tut mir leid.«

»Mir auch.« Gelassen zuckte Kane mit den Schultern. »Na ja, wenigstens habe ich einen Bericht über die Schlacht aus allererster Hand hören dürfen. Gestatten Sie mir, Sie zu Ihrem Shuttle zu begleiten, dann können wir wieder getrennter Wege gehen.«

»Noch einmal vielen Dank für Ihre Gastfreundschaft, Captain«, sagte Clegg und erhob sich. »Vielleicht können wir uns für diese Großzügigkeit beizeiten revanchieren.« Sie deutete auf Travis. »Commander?«

Zu seiner eigenen Überraschung – und Bestürzung – wusste Travis nicht, was er nun tun sollte: Er stand zwischen den Fronten.

Clegg war seine Vorgesetzte. Der Eid, den er abgelegt hatte, als er zu Navy gegangen war, verlangte von ihm, jeden rechtmäßigen von ihr erteilten Befehl zu befolgen, und hier und jetzt befahl sie ihm gerade, gemeinsam mit ihr das andermanische Schiff zu verlassen.

Aber er arbeitete eben auch für Lady Clara, Gräfin von Calvingdell, und *sie* hatte ihm befohlen, alles in seiner Macht Stehende zu unternehmen, um Tamerlane zu finden.

Kane verfügte über Informationen, die für diese Suche entscheidend sein könnten. Für den richtigen Preis mochte er bereit sein, entsprechende Daten weiterzugeben. Aber wenn sie jetzt aufbrächen …

»Commander?«, wiederholte Clegg, und dieses Mal lag unbestreitbare Schärfe in ihrem Ton.

Lady Clara war nicht hier, sie gehörte nicht der Weisungskette der Royal Manticoran Navy an, und ihre Befehle waren allgemein gehalten und unspezifisch gewesen. Clegg war hier, sie *gehörte* der Weisungskette an, und der in dieser Frage unmissverständlich implizierte Befehl war so wenig zu leugnen wie das Vakuum des Weltraums.

Die Vorschriften besagten, dass ein direkter Befehl eines Vorgesetzten stets zu befolgen sei. *Stets.* Es mochte Situationen geben, in denen zwei rechtmäßige Befehle einander widersprachen, und auch dafür gab es bei der Navy eine Regel: In einem solchen Fall war stets der *jüngst* erteilte rechtmäßige Befehl zu befolgen.

Und Clegg hatte ihm diesen Befehl gerade eben erteilt.

Genau der Vorschriften wegen war Travis überhaupt erst zur Navy gegangen. Das Gerüst aus Struktur und Ordnung, das eben diese Vorschriften erzeugten, war für ihn entscheidend gewesen, schon während der zweiten Hälfte seiner Teenagerzeit und noch darüber hinaus. Er konnte es nicht einfach ignorieren, selbst nicht zum Erreichen eines höheren Ziels.

Aber das *musste* er! Manticore war angegriffen worden. Viele gute Männer und Frauen waren gestorben, und das gesamte Sternenkönigreich war bedroht gewesen. Nur wegen dieser Sache hier waren Chomps und er doch überhaupt der Besatzung der *Casey* zugewiesen worden! Nun hatte er zumindest eine Chance, Vergeltung für diesen Angriff zu üben. Vielleicht könnte er sogar dafür sorgen, dass sich Derartiges niemals wiederholte.

Und er war der Einzige hier, der das könnte. Der *Einzige.*

Und damit hatte er keine andere Wahl. Gar keine.

»Wie wäre es mit einem Tauschgeschäft?«, fragte er, ohne von seinem Stuhl aufzustehen.

Beide blickten ihn an: Kane gelinde überrascht, Clegg ungläubig.

»Wie bitte?«, fragte Kane.

»Sie sagten, für Informationen über Tamerlane würden Sie sich nicht lumpen lassen«, sagte Travis, und das Herz schlug ihm bis zum Hals. Cleggs Unglauben und Ärger schnellten in die Höhe, es war ihr am Gesicht leicht abzulesen, ein loderndes Feuer, das sich in sein Herz und in seinen Verstand hineinfraß, das spürte er überdeutlich.

Was gerade passierte, war nicht, was er bevorzugte. Was gerade passierte, hatte nur wenig mit der Ordnung und der Disziplin zu tun, die für ihn so tröstlich waren.

Doch er hatte seine Entscheidung getroffen. Jetzt blieb ihm nichts anderes mehr übrig, als weiterzumachen.

»Wie wäre es, statt mit einer Bezahlung«, sagt er, »mit einem Tauschgeschäft?«

»Eben noch hieß es, Ihr Auftrag sei, Kunden für den Schiffbau zu akquirieren.«

»Das ist der Auftrag der *Casey*«, entgegnete Travis. »*Mein* Auftrag ist es, Tamerlane aufzuspüren.«

Kanes Blick zuckte zu Clegg hinüber, dann wieder zurück zu Travis.

»Also sind Sie vom Nachrichtendienst Ihrer Flotte?«

»Ich habe verschiedene Pflichten«, sagte Travis und hoffte darauf, dieser Allgemeinplatz werde als Bestätigung aufgefasst. Durch nichts ließe sich rechtfertigen, einem Fremden von Delphi zu berichten.

»Und wenn Sie ihn finden? Wie sehen Ihre Pläne dann aus?«

Travis blickte zu Clegg hinüber. Seine Vorgesetzte erschien ihm derzeit weniger wie ein Offizier, als vielmehr wie ein sehr, sehr zorniges Raubtier.

»Dann finden wir heraus, *warum* widerrechtlich in unser Territorium eingedrungen wurde«, erklärte Travis, den Blick wieder auf Kane gerichtet. »Es steht zu hoffen, dass wir gleichzeitig herausfinden, ob Tamerlane eigenständig gehandelt hat oder von jemandem für diesen Angriff angeheuert wurde.«

»Jetzt Sie, Captain«, sagte Clegg, und ihr Tonfall verriet immense Beherrschung. Vermutlich war sie immer noch fuchsteufelswild, aber sie war sich bewusst, dass sie entweder Travis' Spiel mitspielen oder es ruinieren konnte … und sie hatte sich für Ersteres entschieden. Vorerst zumindest. »Sie wissen darüber mehr, als Sie uns glauben machen wollen. Wer sind Sie wirklich?«

Kane zuckte mit den Schultern. »Also gut, dann die Karten auf den Tisch. Ich gehöre zu einem größeren Einsatz mit dem Ziel, Gensonne aufzuspüren und seinen Umtrieben ein Ende zu machen. Mehr brauchen Sie nicht zu wissen.« Er schenkte Travis ein schwaches Lächeln. »Das ist wahrscheinlich mehr, als ich … oder vielmehr: als *wir alle* eigentlich hätten sagen sollen.«

»Glücklicherweise hatten wir uns ja im Vorfeld darauf geeinigt, dass das hier alles sowieso rein hypothetisch ist«, bemerkte Clegg. »Also? Wer genau ist dieser Gensonne?«

»Cutler Gensonne war einer der führenden Offiziere des Kaisers«, erklärte Kane, setzte sich wieder und forderte Clegg mit einer Geste auf, es ihm gleichzutun. »Erfreulich zügig stieg er dort seinerzeit die Karriereleiter hinauf, bis … na, sagen wir einfach, er nicht mehr in des Kaisers Gunst stand. Also hat er das Reich verlassen und ist verschwunden. Vor ein paar Jahren sind uns dann Gerüchte zu Ohren gekommen, er sei wieder aufgetaucht und würde mit einem der nicht gerade angesehenen Söldnertrupps zusammenarbeiten … oder ihn vielleicht sogar anführen.«

»Jou, das klingt ziemlich nach Tamerlanes Leuten«, meinte Travis leise.

»Könnte gut sein«, pflichtete ihm Kane bei. »Wir haben die Bewegungen der Söldner, so gut wir konnten, nachverfolgt und haben uns dabei vor allem auf Schadensreparaturen und Ersatzteilbeschaffungen konzentriert, die Gefechtsschäden vermuten ließen. Zugleich haben wir auch nach anonymen oder nicht zurückverfolgbaren Geldeingängen Ausschau gehalten. Für sämtliche andermanischen Schiffe steht der Dauerbefehl, Systeme, in die wir kommen, inoffiziell zu inspizieren und dabei besonders auf Schiffe zu achten, die unter fragwürdiger oder verdächtiger Kennung fahren oder … fehl am Platze wirken.« Er lächelte dünn. »Wie beispielsweise ein manticoranisches Kriegsschiff in Silesia.«

»Darf ich mich erkundigen, wie lange Sie Gensonne schon jagen?«, fragte Travis.

»Aktiv? Leider erst seit Kurzem.« Kane zuckte mit den Schultern. »Nach seinem Ausscheiden aus dem kaiserlichen Dienst geschahen, so munkelte man, Dinge an Orten, die weit genug von Neu-Berlin entfernt waren, um zu beschließen, mit dem Problem sollten sich andere herumschlagen.«

»Wir zum Beispiel?«, fragte Clegg spitz.

»Es war ganz gewiss nicht die Absicht des Kaisers, ihm zu ermöglichen, andere zu plündern«, entgegnete Kane. »Es war vor allem die Entfernung, die ein direktes Eingreifen zumindest unpraktisch gemacht hat. Wie dem auch sei: Spätere Informationen legten dann die Vermutung nahe, er stellt sich eine hinreichend schlagkräftige Streitmacht zusammen, um zurückzukehren und den Kaiser herauszufordern. Und das konnte der Kaiser natürlich nicht dulden.«

»Also wurden Sie ausgeschickt, ihn aufzuspüren«, fasste Clegg zusammen.

»Ganz genau«, nickte Kane. »Kürzlich sind uns Gerüchte zu Ohren gekommen, ein Mann, auf den seine Beschreibung passt, sei in Silesia gesehen worden, also habe ich hier mit der Suche angefangen.«

»Ist aber ein ganz schön großer Heuhaufen.«

»Stimmt, aber ein paar Erfolge haben wir tatsächlich erzielt. Dass er seinen Stützpunkt in einem der größeren Systeme hat, können wir weitgehend ausschließen, und von den kleineren haben wir auch schon einen Großteil überprüft. Jegliche Hilfe, die Sie uns angedeihen lassen könnten, würden wir sehr zu würdigen wissen.«

Fragend blickte Travis zu Clegg hinüber. »Captain?«

»Berufen Sie sich auf Sonderbefehl sieben?«, versetzte sie kühl.

Travis verzog das Gesicht. *Sonderbefehl sieben* – der Befehl, der es Travis oder Chomps effektiv gestattete, das Kommando über das Schiff zu übernehmen. In ihrem Gespräch mit Locatelli und Calvingdell hatte sich Clegg dem Vernehmen nach vehement dagegen ausgesprochen, und auch Travis selbst war in dieser Hinsicht ganz und gar nicht mit sich im Reinen.

Schon das Konzept von Sonderbefehl sieben verstieß gegen jegliche Tradition der Royal Manticoran Navy. Zugleich gefährdete es die Weisungskette, und die war für die effiziente Handhabung eines Schiffes oder sogar dessen Überleben nun einmal unerlässlich. Die Vorstellung, jemand könnte sich über einen Befehl seines Vorgesetzten hinwegsetzten, bot mehr Möglichkeiten, gefährlich-unhaltbare Situationen herbeizuführen, als Travis hätte aufzählen können. Schlimmer noch: Auch wenn Clegg vielleicht eine … etwas schwierige Persönlichkeit besaß, war sie doch offenkundig ein höchst fähiger, höchst professioneller Captain, während Travis nun einmal nur ein Lieutenant Commander war.

Er wollte sich nicht über sie hinwegsetzen. Ja, er selbst hatte sich ausdrücklich gegen Sonderbefehl sieben ausgesprochen, als Lady Clara ihm dessen Sinn und Bedeutung erklärt hatte.

Denn die Navy hatte ganz und gar recht: Die Kommandogewalt über ein Sternenschiff *durfte* nicht auf zwei Personen aufgeteilt werden – und schon einmal gar nicht, wenn sich besagtes Sternenschiff so fernab der Heimat im Einsatz befand.

Vermutlich wusste Clegg nicht, dass Travis so dachte, und vermutlich hätte sie es ihm nicht einmal geglaubt, wenn er es ihr erklärt hätte. Doch die Wahrheit war: Es wäre ihm deutlich lieber gewesen, seinem Captain Vorschläge zu unterbreiten, denen besagter Captain dann zustimmte.

Aber das tat sein Captain hier und jetzt nicht. Travis fragte sich, wie es daran lag, dass sie dieses Gespräch hier nach ihrer kühl durchdachten, professionellen Meinung für eine sehr, sehr dumme Idee hielt … und sie es ihm völlig verständlicherweise verübelte, von ihm in eine derart missliche Situation gebracht zu werden.

Doch wie auch immer sie darüber dachte: Travis hatte einen Auftrag zu erfüllen, und seine Vorgesetzten bei Delphi hatten sich sehr klar und deutlich ausgedrückt, als sie ihm die Gründe dafür erläuterten, ihn mit Sonderbefehl sieben auszustatten. Er mochte ja nicht allem davon zustimmen wollen, aber er konnte nicht so tun, als hätte man es ihm nicht *en detail* erklärt.

»Wahrscheinlich schon, Ma'am«, beantwortete er ihre Frage. »Aber …«

»Dann ist das hier Ihre Show, Commander«, unterbrach sie ihn. »Weitermachen.«

Travis schluckte. Es sah ganz so aus, als wäre der Captain über Sonderbefehl sieben sogar noch verärgerter, als er befürchtet hatte. Das verhieß nichts Gutes für den Rest ihrer Fahrt.

Aber nun war es zu spät, noch einen Rückzieher zu machen. »Jawohl, Ma'am«, sagte er und wandte sich dann wieder Kane zu. »Captain, darf ich davon ausgehen, dass Sie bislang keine der Datenübertragungen zwischen Tamerlane und unseren Verbänden vor dem Gefecht zu Gesicht bekommen haben?«

»Das ist richtig«, bestätigte Kane. »Uns liegen nur die Daten vor, die das Sternenkönigreich allgemein zugänglich gemacht hat, und die haben wir auch nur dank unserer Leute in der Republik von Haven. Direkte Datenübertragungen gehörten nicht dazu, weder zwischen noch innerhalb der beteiligten Verbände.«

»Haben Sie ein Bild von Gensonne, das Sie mir zeigen könnten?«

»Selbstverständlich.« Kane zog ein Tablet hervor. Er drückte einige Tasten, betrachtete stirnrunzelnd das Ergebnis und drückte weitere Tasten. Dann veränderte er noch etwas an dem Bildschirm, drehte ihn um und reichte ihn Travis. »Das links ist das letzte Bild von ihm, bevor er das Reich verlassen hat. Das andere ist deutlich jünger. Es stammt von einer silesianischen Überwachungskamera. Bei letzterem Bild wird *behauptet*, das sei er.«

Travis spürte, wie sich sein Magen noch mehr zusammenkrampfte. Das erste Bild war vermutlich zwanzig Jahre alt. Das zweite war so unscharf, dass man darauf kaum etwas erkennen konnte.

Aber beide zusammen ... gestatteten keinerlei Raum für Zweifel mehr.

»Das ist er«, bestätigte er und reichte Clegg das Tablet hinüber. »Das ist Tamerlane.«

»Das sehe ich auch so«, bestätigte ihrerseits Clegg, nachdem sie sich beide Bilder genau angeschaut hatte. »Alles in allem hat er sich ziemlich gut gehalten für sein Alter.«

»Der Kaiser hat den Wunsch geäußert, ihn nicht mehr viel älter werden zu lassen«, sagte Kane grimmig. »Ich danke Ihnen, Captain … Commander. Jetzt wissen wir wenigstens, dass wir auf der richtigen Spur sind.« Er hob die Augenbrauen. »Gibt es sonst noch etwas, das Sie mit uns teilen möchten?«

»Was bieten Sie uns im Gegenzug?«, fragte Clegg.

Erneut schürzte Kane die Lippen. »Ich kann Ihnen unsere Datensammlung über Gensonne und seine möglichen silesianischen Verbindungsleute übergeben. Hauptsächlich handelt es sich nur um Gerüchte und unverifiziertes Bildmaterial, so wie dieses Bild hier. Ich kann auch noch unsere Lageeinschätzung dazupacken, wo seine Söldner und er sich *nicht* aufhalten, und noch etwas über Gelder und Einkäufe, auch wenn ein Großteil davon schon ein wenig älter ist.«

»Das wäre sehr hilfreich«, entschied Travis.

»Und auch sehr großzügig«, setzte Clegg hinzu. »Ich will Ihre Autorität keineswegs infrage stellen, Captain, aber sind Sie autorisiert, all diese Informationen an uns weiterzureichen?«

Kane lächelte. »Ich höre da gleich zwei Fragen zum Preis von einer, Captain. Frage eins lautet: Werde ich Schwierigkeiten mit meinen Vorgesetzten bekommen, weil ich kaiserliche Geheimnisse weitergegeben habe? Die zwote Frage lautet dann zweifellos, gerade angesichts von Frage eins, ob Sie sich darauf verlassen können, dass meine Informationen verlässlich sind, oder ob ich Ihnen möglicherweise nutzlose oder sogar gefälschte Daten unterschieben will.«

»Sie sind sehr geschickt darin, Dinge unverblümt auszudrücken«, entgegnete Clegg. »Aber nehmen wir einfach einmal an, genau das wären meine Sorgen. Was würden Sie dazu sagen?«

»Die Antwort auf Frage eins ist einfach«, erklärte Kane. »Mir wurde eine Aufgabe zugewiesen – Gensonne aufzuspüren. Solange ich nicht mein Schiff und meine Besatzung unnötigen Risiken aussetze, habe ich reichlich Spiel- und Ermessensraum.« Er zuckte mit den Schultern. »Es ist zwar richtig, dass man das Kaiserreich und das Sternenkönigreich von Manticore kaum als Verbündete bezeichnen kann. Aber ich wüsste wirklich nicht, warum der Aufenthaltsort und die Aktivitäten eines gemeinsamen Feindes als Staatsgeheimnisse angesehen werden könnten.«

Travis musste sich sehr zusammenreißen, nicht das Gesicht zu verziehen: Gräfin von Calvingdell könnte durchaus eine etwas andere Meinung hinsichtlich der Frage vertreten, was genau nun ein Staatsgeheimnis war. Sofort kamen ihm die Trümmeranalysen im Nachgang des Gefechts in den Sinn, die letztendlich die *Casey* überhaupt erst nach Silesia geführt hatten … und auch die Daten, die Chomps und er aus Seis Unterlagen kopiert hatten.

Doch der Andermaner war Gensonne offenkundig schon deutlich länger auf der Spur als Delphi. Zu welcher Übereinkunft sie hier auch fanden: Mit allergrößter Wahrscheinlichkeit würde Manticore dabei nicht zu kurz kommen.

»Ihre zwote Frage ist tatsächlich ein wenig heikler«, fuhr Kane fort. »Vielleicht sollte ich die Position, in der ich mich derzeit befinde, ein bisschen anders darstellen: Unseren jüngsten Informationen zufolge beläuft sich der Bestand der Royal Manticoran Navy auf etwa zwanzig Schiffe, darunter fünf Schlachtkreuzer. Sagen Sie, wie viele dieser Schiffe würden Gensonne in die Hände fallen, sollte er erneut angreifen und das Sternenkönigreich zur Kapitulation zwingen?«

Ein Schauer durchfuhr Travis. Gensonne hatte sie mit drei Schlachtkreuzern angegriffen, von denen zwei im Zuge des Gefechts zerstört worden waren. Selbst wenn er noch ein zwotes oder drittes Schiffe irgendwo in der Hinterhand halten sollte, würde die erfolgreiche Einnahme von Manticore und die Übernahme des Navy-Bestands die Größe seiner Flotte möglicherweise verdoppeln.

Wenn er wirklich einen Groll gegen Gustav Anderman hegte, mochte sein nächstes Ziel dann durchaus das Kaiserreich sein.

»Ich verstehe, worauf Sie hinauswollen«, brummte Clegg. »Sie haben gesagt, wir seien weder Verbündete noch Feinde des Reiches. Aber wir sind eben möglicherweise für jemand anderen ein geeignetes Einkaufszentrum.«

»Sehr hübsch ausgedrückt, Captain«, meinte Kane. »Sie verstehen jetzt also, dass unsere Interessen zumindest in dieser Hinsicht sehr miteinander verschränkt sind. Lassen Sie es mich so ausdrücken: Was würde es uns nützen, Ihnen gezielt falsche oder nutzlose Informationen zuzuschustern?«

»Stimmt wohl«, kam es von Clegg. »Ich danke Ihnen für Ihre Offenheit. Also, wie gehen wir vor?«

»Ich gehe nicht davon aus, dass Sie Ihre Daten mitgebracht haben«, sagte Kane. »Also werde ich einen Datenchip vorbereiten, den Sie mitnehmen können, und wenn Sie wieder an Bord der *Casey* sind, können Sie mir Ihre Informationen übermitteln. Wäre das für Sie akzeptabel?«

»Ja, sehr akzeptabel sogar«, stimmte Travis zu. »Ich danke Ihnen.«

»Mehr als gern geschehen«, gab Kane zurück. »Ach, und falls Ihnen ein vollständiger Bericht über das Gefecht vorliegen sollte, packen Sie den doch bitte auch noch dazu. Es könnte durchaus nützlich sein zu erfahren, ob Gensonne im Laufe der Zeit neue Tricks aufgeschnappt hat.«

»Selbstverständlich«, sagte Travis.

»Ausgezeichnet«, lächelte Kane. »Und da der Chip erst noch vorbereitet werden muss, sollte die Zeit zumindest noch für eine letzte Tasse Tee reichen.«

»Nein«, erklärte Clegg kategorisch, »kommt nicht infrage.«

»Aber ich habe ein Versprechen gegeben, Captain«, protestierte Travis. »Unsere Daten im Austausch für …«

»Ich *weiß*, wie Ihr Versprechen gelautet hat«, schnitt ihm Clegg das Wort ab. »Und ich sage es Ihnen noch einmal: Ich werde die vollständigen Daten über dieses Gefecht keiner fremden Sternnation überlassen.«

»Aber daraus lässt sich Gensonnes taktisches Geschick ersehen. Die benötigen diese Informationen doch, bevor sie gegen ihn vorgehen können.«

»Ich bin mir sicher, dass diese Informationen für die Andermaner gewiss wertvoll wären. Aber ich bezweifle doch sehr, dass sie *unerlässlich* sind. Das Problem ist: Diese Aufzeichnungen zeigen auch Details *unseres* taktischen Geschicks und Details über unsere Schiffe, über unsere Organisation, unsere Kommunikationsmuster, die Leistungsfähigkeit unserer Sensoren – so ziemlich *alles* über uns! Derlei Informationen einem Flottenoffizier einer fremden Sternnation auszuhändigen – egal ob Reservist im Ruhestand oder nicht –, heißt sicher nicht, die Interessen der Navy oder des Sternenkönigreichs zu wahren!«

Travis schluckte. Im seinem Eifer, an Bord der *Hamman* an neue Informationen über Tamerlane zu gelangen, hatte er die Tatsache, dass der komplette Datensatz über das Gefecht natürlich auch derlei Informationen enthalten würde, überhaupt nicht bedacht. »Captain …«

»Halten Sie die Backen und hören Sie zu!«, knurrte Clegg. »Sonderbefehl sieben ist eine dumme Idee, und genau das haben Sie gerade sehr deutlich zur Schau gestellt. Mit Ihrem Mangel an Erfahrung, kombiniert mit Ihrem Tunnelblick wegen dieser Jagd nach Tamerlane, haben Sie völlig unberücksichtigt gelassen, welche logischen Implikationen das Versprechen birgt, das Sie einem Offizier einer fremden Sternnation gegeben haben. Ich rate Ihnen dringend, Ihre Position noch einmal zu überdenken, Commander! Denn Sonderbefehl hin oder her: Wenn Sie weiterhin darauf bestehen, sich über meine wohldurchdachte Lageeinschätzung hinwegzusetzen, was nach meinem Dafürhalten im entscheidenden strategischen Interesse des Sternenkönigreichs von Manticore liegt, dann *wird* das Konsequenzen haben!«

Unter Mühen gelang es Travis, seine Kiefermuskeln wieder zu entkrampfen. Sie hatte recht – ganz und gar, völlig … und überhaupt.

Andererseits jedoch …

»Ma'am, das ist ein stichhaltiges Argument«, sagte er und ließ seine Stimme dabei so emotionslos wie möglich klingen. »Sie haben recht: Ich habe nicht an die Implikationen gedacht.«

Clegg wölbte beide Augenbrauen. »*Aber* …?«, forderte sie ihn zum Weitersprechen auf.

»Aber Captain Kane hat uns exakt die Daten geliefert, die er uns versprochen hat«, fuhr Travis fort. »Das hat Chief Townsend bereits verifiziert. Und ob ich nun Mist gebaut habe oder nicht: Er erwartet von uns, ihm im Umkehrzug die ihm versprochenen Daten zukommen zu lassen. Wenn wir dieses Versprechen jetzt nicht einhalten – das Versprechen, das *ich* unbedacht abgegeben habe –, dann riskieren wir eine uneingeschränkte Kooperation mit den Andermanern. Ich meine damit nicht nur Kane, sondern das ganze Kaiserreich.«

»Anderman ist verdammt weit weg«, gab Clegg eisig zurück. »Die Wahrscheinlichkeit, dass das Sternenkönigreich in absehbarer Zeit erneut seine uneingeschränkte Kooperation benötigt, erscheint mir verdammt klein.«

Trotzdem hörte Travis einen Anflug von Nachdenklichkeit in ihrem Tonfall. Sie hatte die Implikationen erkannt, die damit einhergingen, Kane zu viele Daten zu übermitteln. Vielleicht erkannte sie auch die Implikationen, die damit einhergingen, einen Nachbarn zu verärgern … selbst einen weit entfernten Nachbarn.

»Ich denke hier weniger an das Sternenkönigreich als vielmehr ganz konkret an *uns*«, erklärte Travis. »Was, wenn wir noch einmal Kanes oder Andermans Hilfe benötigen, bevor wir Gensonne finden? Wir habe immer noch keine Ahnung, warum er für diese Invasion gerade Manticore ausgewählt hat, und den Grund dafür müssen wir unbedingt herausfinden. Die Andermaner sind hinter ihm mindestens genauso her wie wir, und sie verfügen über eine ungleich größere Navy. Wenn wir Gensonne ausschalten wollen, bevor er uns erneut angreift, erreichen wir das am ehesten, indem wir Anderman alles geben, was wir nur …«, er zögerte, »was wir Anderman *guten Gewissens* geben können.«

Einen Moment lang starrte ihn Clegg über ihren Schreibtisch hinweg an, die Arme auf die Lehnen ihres Sessels gestützt. Ihre Blick war finster, sehr finster sogar. »Also gut«, sagte sie schließlich. »Dann möchte ich nur noch eines hinzufügen: Sonderbefehl sieben ist ein *schlechter* Befehl. Aber er ist nun nun einmal ein Befehl, ausgegeben von einer rechtmäßigen, weisungsbefugten nationalen Organisation, und wenn Sie darauf bestehen, sich auf diesen Befehl zu berufen, dann bin ich als Offizier der Royal Manticoran Navy zum Gehorsam verpflichtet. Ich werde den Befehl also befolgen – nur unter deutlichst zum Ausdruck gebrachtem Protest, aber ich *werde* ihn befolgen. Aber eines sollten Sie noch wissen.«

Sie hielt inne, und ihre Augen wurden noch dunkler.

»Wenn wir wieder in das Sternenkönigreich zurückgekehrt sind, können Sie sich auf eines verlassen: Ich werde es mir zum persönlichen Kreuzzug machen sicherzustellen, dass ein Offizier, dessen Urteilsvermögen hinreichend zu wünschen übrig ließ, die damit einhergehende Autorität in dieser Art und Weise zum Einsatz zu bringen, niemals wieder in eine Position gelangt, aus der heraus dergleichen je wieder geschehen kann. *Niemals.* Haben Sie mich verstanden?«

»Jawohl, Ma'am, habe ich.« Es verlangte Travis alles an Kraft ab, diese Worte auszusprechen. Doch es gelang ihm, und zu seiner eigenen Überraschung hatte seine Stimme nicht einmal gezittert.

»Also gut«, sagte Clegg. Möglicherweise war in ihren Augen ein Funken von Respekt aufgeflammt, doch er war schon fort, bevor sich Travis sicher sein konnte. »Dann …«

»Verzeihen Sie, Captain«, meldete sich nun Chomps zu Wort.

Er stand in einer Ecke des Arbeitszimmers und hatte bislang konzentriert an seinem Tablet gearbeitet. Seit sie beide von Clegg in dieses Arbeitszimmer gezerrt worden waren, hatte er kein Wort gesagt, und Travis hatte bislang angenommen, sein rangniedrigerer Kamerad halte einfach nur die Füße still, damit sein Vorgesetzter die ganze Wucht von Cleggs Breitseite abbekäme.

Doch nun, wo der breitschultrige Sphinxianer ruhig Cleggs finsteren Blick erwiderte, begriff Travis, dass die Dinge anders lagen.

»Was?«, schnarrte Clegg.

»Ich hätte da eine Idee, Ma'am«, setzte Chomps an. »Ich kann die Daten über Tamerlanes Schiff aus dem Datensatz des Gefechts extrahieren und eine Simulation zusammenstellen. Unsere technischen Möglichkeiten, Daten aufzunehmen und zu verarbeiten, kann ich dabei nicht verbergen – nicht, wenn wir ihm überhaupt etwas für ihn Nützliches über dieses

Gefecht zukommen lassen wollen. Aber ich kann alle Com-Protokolle tilgen, alle ausgegebenen Befehle, alle Bord-Bord-Übertragungen, jeden Waffeneinsatz unsererseits. Natürlich werden Kane und seine Leute sehen, dass unsere Raketen zu Tamerlanes Schiffen aufkommen, aber ... wirklich, Captain, ich bin mir ziemlich sicher, dass denen schon längst sämtliche Leistungswerte und technischen Spezifikationen über unsere Raketen vorliegen. Auf diese Weise erhält Anderman zwar keinen vollständigen Datensatz über das Gefecht, aber wenn wir das mit dem kombinieren, was Delphi den Trümmern und den Kundenlisten von Saginaw hat entnehmen können, sollte Kane das Ergebnis vermutlich als Bemühung unsererseits sehen, in Treu und Glauben unser Wort zu halten. Und ganz wie Commander Long gesagt hat: Er wird diese Informationen in die Hände der leistungsstärksten Navy der gesamten Region geben ... einer Navy, die schon jetzt Tamerlanes Kopf verlangt.«

Einen weiteren Moment lang lag Cleggs Blick auf ihm, ehe er zu Travis und dann wieder zurück zu Chomps wanderte. »Wie lange wird es dauern, mir eine Begutachtungsprobe davon zu erstellen?«

»Habe ich hier«, antwortete Chomps, trat vor und reichte ihr sein Tablet. »Das sind jetzt nur ungefähr drei Minuten – die Idee ist mir eben erst gekommen. Die Originalaufzeichnung ist links, meine ... bereinigte Version rechts.«

Clegg nahm ihm das Tablet ab, warf Travis noch einen letzten Blick zu und begutachtete dann das Material.

Travis schaute zu Chomps hinüber, doch sein Kamerad fixierte mit festem Blick den Captain. Kurz fragte sich Travis, ob er es wohl wagen konnte, Clegg um die Erlaubnis zu bitten, ihr über die Schulter zu schauen, doch er wusste sofort, dass das eine sehr schlechte Idee wäre.

So stand er in perfekter Grundstellung da, spürte Schweißperlen seinen Rücken hinablaufen. Es waren die längsten drei Minuten seines Lebens.

Endlich – endlich! – blickte Clegg wieder auf. »Interessant«, sagte sie. Noch einmal schaute sie auf das Tablet, dann warf sie den beiden Kameraden einen abschließenden finsteren Blick zu und gab Chomps den kleinen Computer zurück.

»Bringen Sie das umgehend zu Commander Woodburn«, entschied sie. »Er wird das Ganze überwachen und Sie darüber informieren, welche Daten geheimzuhalten und daher aus dem Datenpaket zu tilgen sind. Das Endergebnis werde ich persönlich begutachten, und falls – *falls*, sage ich! – ich damit voll und ganz einverstanden bin, wird es der *Hamman* übermittelt. Glauben Sie, Sie bekommen das fertig, bevor die das System verlässt?«

»Mit Leichtigkeit, Ma'am«, versicherte ihr Chomps. »Wahrscheinlich sogar noch, bevor wir wieder in den Orbit einschwenken.«

»Dann gehen Sie.« Sie schoss Travis einen letzten Blick zu. »Beide.«

»Zehn Minuten bis zum Erreichen des Orbits«, meldete Commander Woodburn.

»Sehr gut«, erwiderte Clegg.

Üblicherweise war es auf der Brücke eines Kriegsschiffs sehr leise. Unnötige Gespräche wurden nicht gern gesehen. Doch in diesem Moment, da die *Casey* nach Saginaw zurückkehrte, um weiterhin Flagge zu zeigen, war es auf der Brücke sogar noch stiller als sonst.

Travis wurde das Gefühl nicht los, alle würden ihn anstarren.

In Wahrheit war das natürlich nicht der Fall. Abgesehen

von Woodburn und Clegg wusste niemand der auf der Brücke Anwesenden von den Geschehnissen im Arbeitszimmer des Captains. Trotzdem hatten zumindest einige der Offiziere zweifellos bemerkt, dass Clegg mit ihrem Taktischen Offizier nicht gerade zufrieden war. Zweifellos gingen bereits die ersten Gerüchte um, *wie genau* er sich danebenbenommen hatte.

Aber das war nichts im Vergleich zu dem, was ihm bevorstand, wenn sie erst wieder in die Heimat zurückgekehrt wären.

Immer und immer wieder hatte Travis die Szene vor seinem geistigen Auge ablaufen lassen – ebenso wie die Szene an Bord der *Hamman*. Was auch immer seine Unzulänglichkeit war, wie auch immer die Konsequenzen ausfielen: Er war immer noch davon überzeugt, das Richtige zu tun.

Selbst wenn er ohne Federlesens aus der Navy flöge, könnte er immer noch guten Gewissens in den Spiegel blicken, und …

»Ma'am«, sagte der Signaloffizier unvermittelt, »wir empfangen eine Übertragung von der *Hamman*. Für Sie persönlich von Captain Kane.«

Clegg blickte von dem Nachrichtenpad auf, dessen Inhalt sie bislang studiert hatte. Auf ihrer Stirn erschienen kleine Falten. »Schicken Sie es an meine Konsole«, wies sie ihn an. »Long? Mitkommen.«

»Jawohl, Ma'am«, bestätigte Travis, löste seine Haltegurte und zog sich zu einer Position hinter dem Sessel des Captains hinüber. Was auch immer Kane nun sagen würde, welches Ausmaß an Empörung er angesichts der bereinigten Daten über die Schlacht zum Ausdruck brächte: Wenigstens würde es nicht die gesamte Schiffswache mitbekommen.

Er optimierte seine Position, und Clegg drückte einen Knopf. Auf dem Display erschien Kanes Gesicht.

Travis runzelte die Stirn. Falls der Andermaner verärgert war, war es ihm zumindest nicht anzusehen.

»Captain Clegg«, begann er, »ich möchte mich herzlich für Ihre Großzügigkeit und die Vollständigkeit des Datenpakets bedanken, das Sie mir zur Verfügung gestellt haben. Ich bin mir sicher: Wenn Sie unsere beiden Datensätze kombinieren, werden Sie mehrere interessante Korrelationen zwischen Ihren Entdeckungen hier in Silesia und dem erkennen, was wir herausgefunden haben. Ich bin zuversichtlich, dass das für unsere jeweiligen Aufträge von beachtlichem Wert sein wird.

Ich hatte nicht erwartet, dass Sie auch die … sagen wir: inoffiziell zusammengetragenen Informationen derart vollumfänglich übermitteln würden.« Er lächelte mild und deutete eine Verneigung an. »Sehr effizient! Meine Gratulation an alle Beteiligten.

Aber mit Abstand am nützlichsten sind die taktischen Daten des Angriffs. Mir scheint neuerliche Gratulation an all jene geboten, die sie zusammengestellt haben. Es muss eine echte Herausforderung gewesen sein, derart viele Hintergrundinformationen zu tilgen und trotzdem Details über das Gefecht zu vermitteln.« Sein Lächeln wurde breiter und noch ironischer. »Ich hatte mich schon gefragt, wie Ihr Commander Long diesen Aspekt angehen würde.«

Einen kurzen Moment fragte sich Travis, ob sich Clegg zu ihm umdrehen würde. Sie tat es nicht.

Kanes Lächeln verschwand. »Ich weiß nicht, ob Sie schon eine Gelegenheit hatten, sich meinen Datensatz *Tarnung* anzuschauen. Ich vermute, dass dem nicht so ist, schließlich gilt Ihr Hauptaugenmerk ja Ihrem offiziellen Einsatz in Saginaw. Aber ich lege Ihnen nahe, das so bald wie möglich nachzuholen. Darin finden Sie eine Auflistung an Schiffsprofilen – sowohl physisch als auch elektronisch und gravitatorisch – und dazu Sensoraufzeichnungen dessen, was *möglicherweise* eines von Gensonnes Schiffen war. Eine dieser Aufzeichnungen, die aus dem gleichen Sonnensystem stammt, in dem auch das Bild von Gensonne entstanden ist, das ich Ihnen gezeigt habe, ist von besonderem Interesse. Denn dieses Schiff scheint effektiv mit *Tamerlanes* Flaggschiff identisch zu sein.«

Travis atmete lautlos aus. Das war es also: Tamerlane und Gensonne …

»Dass Ihr Tamerlane und mein Gensonne tatsächlich ein und dieselbe Person sind, ist damit wohl belegt«, fuhr Kane fort. »Das wiederum bedeutet, dass Sie und ich – und damit auch das Sternenkönigreich und das Kaiserreich – einen gemeinsamen Feind haben, und das bringt mich zum wichtigsten Grund für diese Übertragung.«

Er hielt inne. Nach wie vor richtete Clegg ihren Blick fest auf den Bildschirm.

»Es ist unwahrscheinlich, dass sich der Kurs der *Hamman* und der *Casey* erneut kreuzen«, sagte Kane. »Aber nun kann ich Ihnen verraten, dass noch andere Schiffe des Reiches in Silesia nach Gensonne Ausschau halten. Sollten Sie einem dieser Schiffe begegnen, seien Sie doch bitte so freundlich, ihm ebenfalls eine Kopie Ihrer Daten zu übermitteln. Dafür wäre ich Ihnen extrem dankbar. Das würde meine offizielle Freigabe in meiner Funktion als Reservist im Dienste Seiner Majestät nach sich ziehen, uneingeschränkt mit Ihnen zu kooperieren. Zu dieser Kooperation gehört gegebenenfalls auch, so das Ganze in vernünftigem Rahmen bleibt, militärische Unterstützung, sollte sich eine entsprechende Notwendigkeit ergeben.«

In ihrem Sessel versteifte sich Clegg. Travis sah nur ihren Hinterkopf, doch es erforderte kein sonderliches Geschick im Interpretieren von Körpersprache, um zu erkennen, dass sie von diesem Angebot ebenso erstaunt war wie Travis selbst.

»Dieser Mann ist eine Gefahr für Kaiser und Reich, und ebenso eine Gefahr für Ihr Sternenkönigreich. Basierend auf den Informationen, die uns bislang vorliegen, ist er ein Massenmörder«, erklärte Kane mit eisiger Stimme. »Faktisch hat er sich Verbrechen gegen die Menschlichkeit schuldig gemacht, und es wäre meinem Kaiser eine Ehre, jedem dabei behilflich zu sein, ihn zur Strecke zu bringen.

Ich danke Ihnen erneut, Captain Clegg, und wünsche Ihnen eine gute Jagd. Kane, Ende.«

Die Übertragung endete. Einen langen Moment sagten weder Clegg noch Travis etwas.

Travis war sich nicht einmal sicher, ob es hier und jetzt überhaupt etwas zu sagen gab.

»Orbit erreicht, Captain«, meldete Woodburn.

Seine Stimme schien einen Bann zu brechen. »Danke«, sagte Clegg.

»Darf ich den Captain weiterhin darauf hinweisen, dass in drei Stunden eine Einladung zum Dinner ansteht?«, setzte Woodburn hinzu.

»Danke«, wiederholte Clegg. Dann atmete sie tief durch …

… und blickte Travis endlich doch an. Sie wirkte gefasst, doch in ihren Augen erkannte Travis ein Funkeln, das er nie zuvor bei ihr gesehen hatte. »Machen Sie meinen Shuttle für einen Start in einer Stunde klar«, wies sie ihren Eins-O an. »Bis dahin bin ich in meinem Arbeitszimmer. Commander Long, Chief Townsend und Sie sind eingeladen, sich zu mir zu gesellen.«

25

Wie alles, was lebt, kannte auch das Oberhaus Stimmungen.

Hin und wieder war es Zorn, manchmal Selbstzufriedenheit. Gelegentlich – etwa, wenn man in diesem lebenden politischen Organ zum Nichtstun verurteilt war, wie während der Schlacht von Manticore – war Angst zu spüren.

Soweit Winterfall das beurteilen konnte, stand das Stimmungsbarometer an diesem Tag auf ›erwartungsvoll‹.

Nur wusste er dafür keinen Verursacher oder Grund zu nennen.

Auf der Tagesordnung standen keine größeren Abstimmungen. Niemand hatte ein neu einzubringendes Gesetz angekündigt. Keiner der üblichen Hitzköpfe würde eine Rede halten, auch Breakwater nicht.

Also: Worauf warteten sie alle?

Einen Großteil des Morgens sinnierte Winterfall darüber, griff immer wieder auf Nachrichtenkanäle zu und nahm Kontakt mit Kollegen auf, die üblicherweise ebenfalls die Ohren spitzten. Nirgends fand er einen Hinweis, nirgends eine Erklärung. Die meisten hatte noch nicht einmal bemerkt, dass im Oberhaus die sprichwörtliche Ruhe vor dem Sturm herrschte.

Erst nach dem Lunch ging ihm auf, dass das, was er für die allgemeine Stimmung im Oberhaus gehalten hatte, in Wahrheit einzig und allein Breakwaters Stimmung war – und die seines inneren Zirkels.

Eines Zirkels, dem Winterfall selbst derzeit offenkundig nicht angehörte.

Das war neu. Es beunruhigte ihn mehr, als er zuzugeben bereit gewesen wäre. Seit Jahren war er Breakwaters Laufbursche und Verbündeter gewesen, sein engster Vertrauter. Das zumindest hatte er immer angenommen.

Vielleicht war das ja eine Lüge gewesen. Vielleicht spielte Breakwater mit ihm das gleiche Spiel wie mit allen anderen: Ihnen allen gab er das Gefühl, man wäre die jeweils wichtigste Person seines Zirkels.

In den letzten Jahren hätte Winterfall den ganzen restlichen Tag darüber nachgegrübelt. Das war vorbei. Breakwater war ein Meister der Täuschung: Wenn es ihm jetzt wichtig erschien, dass Winterfall *nicht mehr* zu den Eingeweihten gehörte, war die eigentliche Frage, was der Schatzkanzler denn erwartete.

Also nahm Winterfall seine Nachforschungen wieder auf … und stieß endlich, endlich auf eine Möglichkeit.

In einer Stunde würde laut Zeitplan Joshua Miller, ein Abgeordneter aus Friedman's Valley, eine Rede vor dem Unterhaus halten.

Das allein hätte vermutlich nicht Winterfalls Aufmerksamkeit erregt, hätte er sich nicht so lebhaft an Millers *letzte* Rede erinnert: eine detaillierte, scharfe und äußerst präzise Kritik am Oberhaus hinsichtlich einiger Entscheidungen bezüglich der Navy, dem MPARS und der allgemeinen Verteidigung des Sternenkönigreichs.

Anschließend hatte sich Winterfall Millers Lebenslauf genau angeschaut. Entdeckt hatte er ein sich über sechs T-Jahre hinweg langsam, aber stetig steigerndes rhetorisches Geschick und einen ebensolchen Zuwachs an Zuspruch im Unterhaus. Im Laufe der Zeit war er zum Ansprechpartner für all jene geworden, die der Ansicht waren, das Oberhaus habe entschieden zu viel Einfluss gewonnen – Einfluss, der einst dem

Unterhaus zugekommen war. Miller war, kurz gesagt, Sprachrohr all jener geworden, die sich nicht mit dem Privileg zufriedengaben, das damit einherging, hinter ihren Namen die Buchstabenkombination MdU setzen zu dürfen – Mitglied des Unterhauses. Letztere beschränkten sich meist darauf, ihre Diäten einzustreichen, ohne ernstlich Verantwortung zu übernehmen.

Und dann, vor etwas mehr als drei Monaten, war Miller plötzlich ungewohnt still geworden.

Damals hatte es ein paar Spekulationen gegeben, vornehmlich im Unterhaus, was wohl geschehen sein mochte. Einige glaubten, er sei gekauft worden. Andere vermuteten, er hätte begriffen, wie fruchtlos sein Kampf gegen die Dominanz des Oberhauses doch war, und deshalb aufgegeben. Wieder andere fragten sich, ob er wohl unvermittelt gesundheitliche Probleme hätte. Doch alle diese Mutmaßungen waren früher oder später ins Leere gegangen, und letztendlich waren die Gerüchte verklungen, waren übertönt worden von neuerem, interessanterem Klatsch und Tratsch … und in Vergessenheit geraten.

Doch nun wollte Miller wieder ans Podium treten. Wollte er etwas sagen, das Staub aufwirbeln würde? Und wenn ja: Was an der geplanten Rede hatte Breakwater aufgescheucht?

Winterfall widmete sich gerade Breakwaters alten Daten, als ihm etwas Sonderbares auffiel. Nicht nur, dass Breakwater Millers öffentliche Auftritte – und auch dessen faktisches Verschwinden aus der Öffentlichkeit – genauestens nachverfolgt hatte: In gleicher Weise war er auch bei sechs weiteren Männern vorgegangen. Einer davon war ebenfalls ein Abgeordneter, doch bei den anderen fünf handelte es sich um Privatpersonen – allesamt recht prominent, aber eben doch Privatpersonen. Eine zehnminütige Suche reichte nicht aus, um eine offenkundige Verbindung zwischen ihnen zu finden.

Was also interessierte Breakwater hier?

Die andere Lektion, die Breakwater Winterfall im Laufe der Jahre eingebläut hatte, lautete: *Subtilität hat ihre Zeit, wie Direktheit ihre Zeit hat.* Als Winterfall mit großen Schritten das Vorzimmer durchquerte und die Tür aufstieß, nickte ihm Angela nur schweigend zu.

Der ganze Zirkel war da. Breakwater. Ross Macinroy, Earl von Chillon. Maria Stahlberg, Baronin von Castle Rock. Yvonne Rowlandson, Baronin von Tweenriver. Sie alle saßen in der Sitzgruppe in Anderson L'Estranges Büro und blickten auf ein großes Display, das Breakwater dort eigens aufgestellt hatte. Ob Winterfalls Eintreten zeigten alle vier Überraschung – in unterschiedlichem Ausmaß. »Gavin«, begrüßte ihn Breakwater, erhob sich halb aus seinem Sessel, ließ sich jedoch sofort wieder sinken. »Mit Ihnen hatten wir heute gar nicht gerechnet.«

»Ich bitte um Verzeihung, Myladys … Mylords«, sagte Winterfall, während er sich der Sitzgruppe näherte. »Aber ich dachte mir, wir sollten uns alle gemeinsam anhören, was Joshua Miller zu sagen hat.«

Kurz flackerte Bestürzung in Breakwaters Gesicht auf, bevor er sich wieder im Griff hatte. »Aber natürlich«, sagte er und wies auf einen freien Sitz neben Castle Rock. »Bitte gesellen Sie sich doch zu uns.«

»Oder auch nicht«, warf Tweenriver ein und deutete angewidert auf das Display. »Sieht ganz so aus, als hätte er abgesagt.«

Winterfall blickte in die Richtung, in die Rowlandsons Finger wies. Eine junge Frau war an das Rednerpult des Unterhauses getreten. Eine Texteinblendung identifizierte sie als Sarah Tonquis aus White Sand. Darunter waren die Namen der anschließend anstehenden Sprecher aufgelistet. Miller war nicht darunter.

»Na, das ist ja mal hilfreich«, knurrte Chillon. »Hat jemand eine Idee, *worüber* er eigentlich hat sprechen wollen?«

»Wenn wir das wüssten, dann bräuchten wir ihn uns ja nicht anzuhören«, gab Breakwater zu bedenken, den Blick immer noch auf Gavin gerichtet. »Sie fragen sich vermutlich, warum Sie zu unserer heutigen Sitzung nicht ebenfalls eingeladen wurden.«

»Ja, Mylord, das tue ich tatsächlich«, bestätigte Winterfall und versuchte, die Stimmung des Schatzkanzlers einzuschätzen. Er schien nicht verärgert darüber zu sein, dass Gavin in die private Zusammenkunft hineingeplatzt war … oder sich vielleicht sogar ganz bewusst dafür entschieden hatte, uneingeladen zu erscheinen.

»Das hatte nichts mit Ihnen persönlich zu tun, das kann ich Ihnen versichern«, erklärte Breakwater. »Na ja, ein bisschen vielleicht doch. Aber nur wegen Ihrer bemerkenswerten Fähigkeit, auf Befehl hin Empörung vorzuspielen.«

»Empörung vorzuspielen?«, wiederholte Winterfall, deutlich lauter als zuvor und mit einer sehr viel tieferen und dunkleren Stimme als sonst. »Ja, glauben Sie tatsächlich, ich würde tatenlos zusehen, wie Sie sich hinter meinem Rücken zusammensetzen? Ich habe schließlich Rechte, Mylords – glauben Sie bloß nicht, ich wäre mir dessen nicht bewusst!« Er hielt inne, hob die Augenbrauen. »War das hinreichend empört, Mylord?«

Breakwater lächelte säuerlich. »Touché, Gavin. Sehr sauber. Was möchten Sie wissen?«

»Fangen wir mit sieben Namen an«, schlug Winterfall vor. »Jeremy Miller, Jacques Corlain, Placido Amadeo …«

»Woher haben Sie diese Namen?«, verlangte Chillon zu wissen.

»Earl Breakwater beobachtet diese sieben«, erklärte Winterfall. »Aber das wissen Sie vermutlich bereits.«

»Was *wir* wissen, steht hier nicht zur Debatte«, versetzte Chillon. »Ich habe gefragt, woher *Sie* diese Namen haben.«

»Aus meinen Daten, natürlich«, erklärte Breakwater. »Entspannen Sie sich, Ross – Gavin hat im Laufe der Jahre so viel für mich gearbeitet, dass ich ihm uneingeschränkten Zugang gegeben habe.« Er lächelte. »Na ja, *nahezu* uneingeschränkten Zugang. Die Antwort auf Ihre Frage, Gavin, lautet: Diese Namen finden sich auf einer Liste, die der verstorbene Premierminister Burgundy kurz vor seinem Ableben für Ihre Majestät die Königin zusammengestellt hat.«

»Und der Sinn dieser Liste ist …?«

»Das wissen wir noch nicht genau«, antwortete Breakwater. »Aber wir wissen, dass er ihr geeignete Heiratskandidaten vorschlagen wollte. Höchstwahrscheinlich ist das zumindest der Anfang besagter Liste.« Kurz kniff er die Lippen zusammen. »Es gibt Anzeichen dafür, dass er an dieser Liste gearbeitet hat, als er seinem Herzinfarkt erlegen ist.«

»Ich verstehe.« Winterfalls Verstand raste gleichzeitig in mindestens drei verschiedene Richtungen. »Und woher wissen *Sie* von dieser Liste?«

»Aber bitte, Gavin«, sagte Breakwater und lächelte erneut, »ich habe auch noch andere Quellen als Sie und die anderen hier in diesem Raum. Entscheidend ist nur, *dass* wir von ihr wissen.« Er deutete in Richtung Display. »Und wir hatten uns gefragt, ob Miller heute etwas ankündigen wollte, was eventuell damit zusammenhängt. Aber das ist anscheinend nicht der Fall.«

»Entschuldigung, aber ich bin immer noch verwirrt«, sagte Winterfall. »Wieso benötigt Ihre Majestät die Königin überhaupt eine Liste geeigneter Heiratskandidaten? Ich meine, wieso braucht sie dafür eine Liste, die Burgundy erstellt oder sonst jemand? Kommt sie von allein auf niemanden?«

»Mylord, dafür ist jetzt vielleicht nicht der richtige Zeitpunkt«, warnte Castle Rock.

»Schon gut, Maria«, beruhigte Breakwater sie. »Jetzt, wo Gavin davon weiß, kann er auch gleich *alles* wissen.« Erneut bedeutete er Winterfall mit einer Handbewegung, Platz zu nehmen. »Wir stehen vor einer potenziellen Regierungskrise, Gavin. Und wie Sie wissen, kann man in jeder Krise gewinnen oder verlieren. Die Crux an der Sache ist die: Königin Elizabeth II. hat keinen Thronerben. Dafür braucht man logischerweise ein Kind, und die Verfassung verlangt, dass der Vater dieses Kindes ein Bürgerlicher ist.«

»Nun, dessen bin ich mir bewusst«, entgegnete Winterfall. »Zu diesem Thema machen ja nun genug Gerüchte die Runde. Aber so, wie ich das sehe, befindet sie sich noch im Trauerjahr. Auch das scheint mir ein Problem, das Ihre Majestät allein lösen kann – und in dem ihr eigenen Tempo.«

»Das sehen wir anders«, erklärte Breakwater. »Wir vertreten die Position, dass es Ihre Majestät angesichts der ungewissen Zukunft – wie ungewiss sie ist, haben wir erst kürzlich wieder am unvermittelten Tod ihres Bruders und ihrer Nichte gesehen – einfach nicht riskieren kann, diese Pflicht auf unbestimmte Zeit aufzuschieben.«

»Es sind doch erst ein paar Monate«, gab Winterfall zu bedenken.

»Sie haben das nicht richtig durchdacht«, warf Chillon in nun deutlich ernsterem Tonfall ein. »Abgesehen von den rein praktischen Gründen lässt sich aus der Lage politisch Gewinn ziehen. Wir wollen sicherstellen, dass dieser Gewinn *uns* zukommt.«

»Ganz genau«, bestätigte Breakwater. »Wir gehen davon aus, dass sich Königin Elizabeth für eine von drei Optionen entscheidet: Entweder sie beugt sich unserem Druck und wählt einen der Männer auf besagter Liste als ihren neuen Ehemann aus. Das verschafft uns zwar nur wenig direkten Einfluss, aber das würde zum Präzedenzfall für das Vorgehen der Königin. Sie wäre danach vielleicht geneigt, auch in Zukunft bei uns Rat zu suchen – was unsere Position zweifellos stärken würde. Möglichkeit zwei ist, dass sie sich der Forderung nach einer neuerlichen Eheschließung widersetzt. Dann werden wir erklären, dass ihr Vorgehen verfassungswidrig ist, und einen entsprechenden Gesetzesentwurf vorlegen, wieder König Michael auf den Thron zu setzen.«

»Geht das überhaupt?«, fragte Winterfall stirnrunzelnd. »Ich dachte, seine Abdankung wäre dauerhaft.«

»Da es eine solche Situation bislang noch nie gegeben hat, wissen wir das nicht«, räumte Breakwater ein. »Daher ja auch der Gesetzesentwurf. Das wäre eine für uns deutlich bessere Entwicklung, denn wir wissen ja bereits, dass sich Michael lenken und manipulieren lässt. Bleibt noch die dritte Möglichkeit: Elizabeth erbittet einen Verfassungszusatz, der es ihr gestattet, mit dem eingefrorenen Sperma ihres verstorbenen Ehemannes ein Kind zu zeugen. Das wäre dann die bestmögliche Entwicklung, denn für einen Verfassungszusatz bräuchte sie eine Zweidrittelmehrheit sowohl im Ober- wie im Unterhaus.«

»Und für die Unterstützung wird sie zahlen müssen«, setzte Tweenriver hinzu.

»In der einen oder anderen Form.« Breakwater neigte den Kopf zur Seite. »Ihre Aufgabe, Gavin, sollte darin bestehen, der Empörung des Oberhauses angesichts der Anmaßung Ihrer Majestät der Königin, sich der Verfassung zu widersetzen, Ausdruck zu verleihen. Da wir uns hinsichtlich Ihres Schauspieltalents nicht ganz sicher waren – zumindest bis zu Ihrer Darbietung gerade eben«, setzte er trocken hinzu, »hielten wir es für das Beste, wenn in Ihren Worten auch ein wenig echt empfundene Überraschung läge.«

»Ich verstehe«, wiederholte Winterfall und achtete sorgsam darauf, nicht empört zu klingen. Sie sprachen in aller Seelenruhe über Manipulation. Aber hier ging es nicht bloß um ein anderes Mitglied des Oberhauses, einen Minister oder einen Industriellen. Hier ging es um die Königin. *Ihre Majestät die Königin.* »Gibt es einen Stichtag, bis zu dem sie ihre Entscheidung verkünden muss?«

»Bislang nicht«, antwortete Breakwater. »Ich werde noch weitere vier oder fünf Wochen abwarten, bis das Mitleid, das die Öffentlichkeit ihr derzeit noch angesichts des Todes ihres Bruders entgegenbringt, abgeklungen ist. Danach werde ich ihr ruhig ein Ultimatum stellen: Entweder, sie verlobt sich, oder wir werden öffentlich erklären, ihr Vorgehen sei verfassungswidrig, und entsprechend eine Entscheidung erzwingen.«

»Haben wir denn genug Unterstützer, um damit auch durchzukommen?«

»Wir haben die möglichen Stimmen auf unserer Seite schon durchgezählt«, erklärte nun Castle Rock. »Ist natürlich ein bisschen knifflig, wenn wir kaum den eigentlichen Punkt der Frage ansprechen können. Aber wir sind der Ansicht, dass es reicht.«

»Und was ist mit dem Unterhaus?«, setzte Winterfall nach.

»Das geringste unserer Probleme«, versicherte ihm Chillon und winkte beiläufig ab. »Da wird es zwar ein wenig Pro-Forma-Opposition geben, aber letztendlich werden sie sich fügen … wie immer.«

»Es sei denn, Elizabeth würde entweder Miller oder Corlain als Prinzgemahl auswählen«, ergänzte Castle Rock. »Damit könnte sie zumindest in einem gewissen Maße ihre Herzen gewinnen. Aber derlei Sentimentalitäten vergehen rasch wieder. Und wie ich schon sagte: Es würde den Präzedenzfall schaffen, dass sie damit unserer Forderung nachgekommen wäre.«

»Gavin, Sie müssen verstehen, dass uns Elizabeth immer noch Rätsel aufgibt«, erläuterte nun wieder Breakwater. »Wir müssen mehr über sie wissen, um Mittel und Wege zu finden, sie in Zukunft zu lenken. Abgesehen davon, dass es wirklich um die Zukunft des Sternenkönigreichs geht, ist diese Erben-Sache das perfekte Werkzeug dafür – ein richtig schwerer Hammer. Wenn wir uns anschauen, in welche Richtung sich der Nagel biegt, wenn wir zuschlagen, wird uns das viel darüber verraten, wie wir den nächsten Hammer einzusetzen haben, wenn er uns in die Hände fällt.«

»Natürlich, Mylord«, sagte Winterfall. »Letztendlich werde also ich die entscheidende Rede halten müssen. Und was kann ich bis dahin tun?«

Breakwater hob die Augenbrauen und blickte der Reihe nach alle Anwesenden an. »Möchte jemand von Ihnen etwas anmerken?«

»Derzeit haben wir wohl alles im Griff«, entschied Castle Rock. »Vornehmlich befinden wir uns im Warte-Modus.«

»Wahrscheinlich wäre es das Beste, wenn Sie sich jetzt erst einmal um Ihre anderen Angelegenheiten kümmern würden«, setzte Chillon hinzu. »Je weniger man Sie zusammen mit uns sieht, desto glaubwürdiger werden Ihre Empörung und Ihr Nachdruck wirken, wenn Sie dann auf das Podium treten.«

»Das sehe ich auch so«, sagte Breakwater. »Danke, dass Sie gekommen sind, Gavin. Es tut mir leid, dass wir Ihnen das nicht früher haben sagen können, aber eines muss ich zugeben: Ich bin ziemlich beeindruckt, dass Sie das auch so herausgefunden haben. Gut gemacht.«

»Ich danke Ihnen, Mylord«, gab Winterfall zurück. »Und

bitte verzeihen Sie noch einmal mein unangemeldetes Eindringen. Ich darf mich dann jetzt verabschieden.«

Mit bewusst ausdrucksloser Miene kehrte er in sein Büro zurück. Erst als er sich in Sicherheit befand, hinter geschlossener Bürotür, gestattete er sich Missbilligung zu zeigen und die scharfen Worte auszusprechen, die ihm schon im Büro des Schatzkanzlers auf der Zunge gelegen hatten.

Breakwater hatte die Tatsache, dass die Navy Tamerlanes Invasionsstreitmacht besiegt hatte, so verdreht, dass er letztendlich mehr Geld und mehr Personal für den MPARS herausgeschlagen hatte. Pure Manipulation. Er hatte das Kabinett, das gesamte Oberhaus manipuliert – möglicherweise sogar König Michael. Letztendlich aber war es ihm nur um die Steigerung seiner eigenen Macht und seines eigenen Ansehens gegangen.

Ja, er hatte auch Winterfall manipuliert. Er hatte ihn auf einen äußerst prominenten Posten gesetzt, und das nur, weil der Bruder eines gewissen Gavin Vellacott zur Navy gegangen war. Aber die Königin würde Breakwater *nicht* manipulieren – nicht, wenn Winterfall dagegen etwas tun könnte!

Er ließ sich in seinen Sessel fallen und schaltete den Computer ein. Wie Breakwater angemerkt hatte, verfügte er über zahlreiche Quellen – Männer und Frauen, deren Informationen sich für die zahlreichen Aktivitäten und Manöver der Gruppe als äußerst nützlich erwiesen hatten. Bislang hatte Winterfall Breakwaters Ethik ebenso wenig hinterfragt wie die Identität besagter Quellen.

Es wurde Zeit, so manches zu hinterfragen.

Der erste Schritt musste darin bestehen, herauszufinden, wer von der Existenz von Burgundys Liste mit potenziellen Heiratskandidaten wusste.

Konzentriert machte Winterfall sich an die Arbeit.

Während Gensonne blicklos auf das taktische Display starrte, auf dem zu sehen war, wie sein Shuttle das wabernde Grauschwarz des Hyperraums durchquerte, kam er zu dem Schluss, dass das Dinner angenehm gewesen war.

Selbst wenn man bedachte, wer ihm Gesellschaft geleistet hatte.

»Rhamas scheint ein ganz netter Bursche zu sein«, meinte Captain Sweeney Imbar, der Kommandant der *Odin*, von seinem Sitzplatz hinter Gensonne. »Wenn man seinen Schilderungen glauben schenken darf, muss er ja ein ziemlich interessantes Leben geführt haben.«

»Das bezweifle ich«, gab Gensonne zurück. »Diese Geschichten hat Llyn vermutlich eigens für ihn ersonnen, damit er etwas zu erzählen hat.«

»Vielleicht«, sagte Imbar. »War aber trotzdem unterhaltsam. Ich frage mich, wie die beiden zusammengefunden haben.«

»Wahrscheinlich durch Geld«, antwortete Gensonne. »Mir ist aufgefallen, dass Rhamas' Geschichten bemerkenswert im Unklaren gelassen haben, für wen er jeweils gearbeitet hat. Deswegen vermute ich, dass seine Mannschaft und er nur von Axelrod angeheuert wurden, damit sie Llyns Schiff steuern.«

»Und die Waffen bedienen?«, setze Imbar hinzu. »Ihnen ist doch wohl aufgefallen, dass dieses verdammte Ding bewaffnet ist, oder?«

Gensonne warf ihm einen finsteren Blick zu. Als würde ihm *so etwas* jemals entgehen! »Wird kein Problem sein«, versicherte er dem Captain. »Solange wir ihn dicht genug bei uns behalten, kann er uns nicht anvisieren. Außerdem ist er nicht dumm genug, etwas abziehen zu wollen, solange er vom Rest der Flotte derart umschlossen ist.«

»Jou, hoffentlich«, gab Imbar zurück und stieß ein Grunzen aus. »Mir ist aufgefallen, dass er während des Dinners kaum ein Wort gesagt hat. Meinen Sie, das Essen hat ihm nicht zugesagt?«

»Wahrscheinlich versucht er noch herauszufinden, wie sauer wir über seine verbockten Aufklärungsdaten sind.«

»Oder er fragt sich, wie Sie herausgefunden haben, dass er für Axelrod arbeitet.«

»Na, das darf er sich gern weiterfragen. Er hat uns schließlich auch einige Geheimnisse vorenthalten. Da können wir es ihm doch mit gleiche Münze heimzahlen.«

»Erscheint mir fair.« Einen Moment lang schwieg Imbar. »Bevor wir nach Manticore aufgebrochen sind, habe ich mir noch einmal seinen letzten Aufklärungsbericht angeschaut. *Gelogen* hat er kein einziges Mal.«

»Es gibt Lügen, verdammte Lügen und Statistiken«, zitierte Gensonne eine alte Weisheit. »Ob er nun gelogen hat oder nicht: Er hat auf jeden Fall die Wahrheit verdammt noch eins verzerrt!«

»So könnte man das sehen, ja«, entgegnete Imbar. »Aber ich habe ein bisschen nachgedacht: Wenn er recht hatte und die beiden anderen Schlachtkreuzer sind wirklich unbewaffnet …?«

»Was dann?«, fiel ihm Gensonne ins Wort. »Haben wir uns mit unserem Rückzug zum Narren gemacht?«

»Nein, nein, ganz und gar nicht«, stellte Imbar hastig klar. »Unter den gegebenen Umständen war ein Rückzug das einzig Vernünftige. Ich will damit nur sagen, wenn die damals wirklich unbewaffnet waren, dann könnten sie selbst jetzt noch nicht mehr als nur minimal bewaffnet sein. Vor allem, weil Manticore wahrscheinlich in Haven oder bei der Liga um weitere Raketen bitten muss.«

Gensonne kratzte sich die Wange. Das war ein verdammt

guter Punkt. Und wenn Manticore wirklich die ganze Strecke bis zur Liga zurücklegen müsste … »Wollen Sie damit sagen, wir könnten gleich jetzt zurückkehren und Manticore endgültig erledigen?«

»Na ja, so in etwa«, meinte Imbar vorsichtig. »Aber nachdem wir jetzt erst einmal auf dem Weg nach Danak sind, können wir auch zunächst Llyns neue Raketen aufnehmen.«

»Stimmt. Wäre aber eine Schande, wenn Sie recht hätten. Kommt mir ziemlich unsinnig vor, eine schöne Hellflare auf ein leeres Schiff zu verschwenden.«

»Wir müssen ja nicht mit einer Hellflare *anfangen*«, gab Imbar zu bedenken. »Wir könnten erst eine konventionelle Rakete einsetzen, und wenn die Nahbereichsabwehr der Manticoraner die erledigt, können wir *dann* zur Hellflare greifen.«

»Könnten wir, ja«, meinte Gensonne. »Zu schade, dass das Zeitfenster für Abwehrmaßnahmen so klein ist. Ich hätte Locatelli zu gern am Com, wenn die Rakete seine Abwehr durchdringt. Was der wohl für ein Gesicht zieht, wenn er begreift, dass er gleich hin ist?«

»Wir könnten ja erst den Rest seines Verbands angreifen«, schlug Imbar vor. »Auf diese Weise könnten Sie wenigstens sehen, welches Gesicht er zieht, wenn wir *jedes andere* seiner Schiffe mit einer einzigen Rakete ausschalten.«

»Das könnte funktionieren«, räumte Gensonne ein und nickte bedächtig. »Das ist sogar eine ausgezeichnete Idee! Wenn wir genug Schiffe seiner Flankensicherung ausschalten, kapituliert er ja vielleicht schnell genug, um seinen Schlachtkreuzer intakt aufzubringen.«

»Na, wäre *das* nicht prima?«, grunzte Imbar. »Und wenn wir dem König genug Angst einjagen, dass er den ganzen Planeten aufgibt, bevor wir die anderen Schlachtkreuzer zerstören, könnten wir die Größe unserer eigenen Flotte verdoppeln.«

»Ganz genau.« Gensonne nickte selbstgefällig.

Natürlich blieben dann immer noch ein paar kleine Probleme: Aufgebrachte Schiffe wollten bewaffnet, repariert und bemannt sein. Aber dabei würde Llyns Abschlusszahlung ordentlich weiterhelfen.

Mit erstklassigen Hellflares in den Werfern stünde Kaiser Gustav dann ein äußerst böses Erwachen bevor.

»Da«, sagte Imbar und wies auf das Display, »der Shuttle kommt zurück.«

Wieder konzentrierte sich Gensonne auf das taktische Display. Der Shuttle kehrte tatsächlich zurück. Er hatte Llyn und Captain Rhamas auf deren Schiff abgeliefert.

Und darüber hinaus noch ein kleines Gerät, das die Besatzung des Shuttles am Rumpf der *Banshee* angebracht hatte, während die Passagiere von Bord gegangen waren.

Llyn hatte versprochen, er würde während der ganzen Überfahrt nach Danak bei Gensonnes Verband bleiben. Gensonne war sich recht sicher, dass keiner von ihnen glaubte, Llyn würde dieses Versprechen auch dann noch halten, wenn sich unvorhergesehene Schwierigkeiten auftäten.

Aber vielleicht *wären* diese Schwierigkeiten auch gar nicht unvorhergesehen. Vielleicht spielte Llyn wieder mit verdeckten Karten. Vielleicht gehörten die Raketen in Wahrheit gar nicht Llyn, so wie dieser behauptete. Vielleicht waren sie eigentlich für jemand anderen vorgesehen. Das ergab deutlich mehr Sinn als die Vorstellung, Axelrod hätte sie eigens angeschafft, um sie an die Volsungs zu verschenken. Vielleicht würde Llyn irgendwann, wenn das System ungefähr eine Woche hinter ihnen läge und es zu spät für eine Rückkehr wäre, mit gespielter Zerknirschtheit die Wahrheit eingestehen und erklären, Gensonne müsse die Raketen den rechtmäßigen Eigentümern mit Gewalt abnehmen.

Danach würde Llyn vermutlich versuchen, sich aus dem Kampfgebiet herauszuschleichen, bevor es richtig zur Sache ginge … genauso, wie er es geschafft hatte, sich aus dem Angriff auf Manticore herauszuhalten.

Wenn er wirklich würde flüchten wollen, könnte Gensonne vermutlich nichts tun, um ihn davon abzuhalten. Allerdings konnte er dafür sorgen, dass Llyns Flucht nur von kurzer Dauer wäre.

Sein UniLink klingelte und meldete, die betreffende Nachricht werde vom Com-System der *Odin* weitergeleitet. Gensonne hob das Gerät an. Die Nachricht war kurz: *Spielverderber zurücksetzen? J/N*

Er lächelte. *J*, bestätigte er.

Spielverderber zurückgesetzt. Timer: 12 Stunden.

Der Timer startete den Countdown. Einige Sekunden lang betrachtete Gensonne die Zahlen, dann wandte er sich wieder dem Programm zu, das im Hintergrund auf seinem UniLink lief. Von jetzt an würde er die ganze Überfahrt bis nach Danak hinweg alle zwölf Stunden die gleiche Anfrage erhalten. Wenn ›Spielverderber‹ nicht innerhalb einer Stunde, nachdem der Countdown bei null angekommen war, den richtigen Zurücksetzungscode empfinge, würde das Gerät davon ausgehen, dass keines von Gensonnes Schiffen in Reichweite war, und entsprechend zur Tat schreiten.

Ein Sternenschiff war bemerkenswert robust. Aber selbst ein so modernes und robustes Schiff wie Llyns würde es nicht überstehen, wenn es unmittelbar an dessen Rumpf zu einer Detonation mit einer halben Kilotonne Sprengkraft kam.

»Also haben wir ihn jetzt?«, fragte Imbar nach.

»Ja«, sagte Gensonne und lächelte grimmig. Endlich, endlich hatte er diesen kleinen Wurm genau dort, wo er ihn haben wollte. »Jetzt haben wir ihn!«

26

Der Palast war, an eine entsprechende Warnung ihres Vaters konnte sich Elizabeth lebhaft erinnern, zugleich der sicherste und der unsicherste Ort, um sich dort aufzuhalten.

Sicher machte ihn die lückenlose Bewachung durch das Queen's Own. Unsicher war er, weil kein Treffen wirklich privat, sondern stets und ausnahmslos vor den Ohren oder unter den Augen anderer stattfand.

Diese Augen und Ohren gehörten Palastwachdienst und Queen's Own, denen Elizabeth vertrauen können sollte. Doch auch wer der Monarchin unverbrüchliche Treue geschworen hatte und sein Leben für sie zu geben bereit war, konnte vom Pfad der Tugend abweichen, unbeabsichtigt das Falsche sagen oder bestochen oder erpresst werden.

Diese Gefahr zu vermindern, gab es Mittel und Wege, etwa geheime, nicht für neugierige Ohren gedachte Treffen nur im königlichen Refugium abzuhalten. Dieses war vom Rest des Palastgeschehens so weit abgeschirmt wie irgend möglich. Eine andere Möglichkeit bestand darin, Arrangements für ein Treffen jemandem mit erwiesener Kompetenz und Verschwiegenheit zu überlassen.

Elizabeth war schon viermal im Refugium auf und ab gegangen, als Adler schließlich durch den Privateingang der Königin hereinkam. »Eure Majestät«, begrüßte sie ihre Monarchin, »ich bitte um Verzeihung … es gab da eine kleine Verzögerung vor der Garagenzufahrt.«

»Schon in Ordnung«, versicherte Elizabeth ihr. Aber ihr

Hauptaugenmerk galt der Person, die sich hinter ihr im Schatten hielt. »Sie wurden doch nicht gesehen, oder?«

»Sie macht ihren Job sehr gut, Eure Majestät«, versicherte ihr Joshua Miller und betrat nun ebenfalls den Raum. »Vielleicht hat uns der eine oder andere Streuner gesichtet, aber sonst niemand.«

»Gut!« Ein wenig entspannter atmete Elizabeth durch. Sollte irgendjemand von diesem geheimen Treffen erfahren … »Danke, Adler. Warten Sie bitte draußen.«

»Jawohl, Eure Majestät«, sagte Adler und verneigte sich erneut. Sie warf Miller noch einen letzten angespannten Blick zu, dann verließ sie schweigend den Raum.

Die Tür schloss sich hinter ihr, und Miller grinste. »Sie hat keine Ahnung, oder?«

»Oh, ich bin mir sicher, sie weiß ganz genau, was hier gespielt wird«, entgegnete Elizabeth und zog die Nase kraus. »Geheimnisse vor einer Leibwache zu haben ist schwierig. Ich hoffe, dass sie genug Bescheid weiß, um auf den Rest der Wachen zu achten und sie davon abzuhalten, Fragen zu stellen.«

»Das wird sie«, versicherte ihr Miller mit fester Stimme. »Ich kenne Menschen wie sie. Sie wird Ihre Befehle befolgen, buchstabengetreu *und* sinngemäß, da ist kein Spielraum für persönliche Auslegungen. Außerdem baut sie darauf, dass Sie wissen, was Sie tun, Eure Majestät.«

»Na, hoffentlich!« Elizabeth, trat an das Sofa heran und bedeutete Miller, sich zu setzen. »In beiderlei Hinsicht. Breakwater und seine Fraktion hegen ohnehin schon einen Verdacht.«

»Was wir Ihnen zu verdanken haben, Eure Majestät«, sagte Miller ein wenig verzagt. »Die Anspannung im Oberhaus habe ich noch im Unterhaus spüren können. Woher haben Sie gewusst, dass meine Ankündigung, zu reden, eine derart heftige Reaktion hervorrufen würde?«

»Das war eigentlich nur geraten«, erwiderte Elizabeth. »Ein Testlauf, wenn Sie so wollen. Im Nachhinein betrachtet ergibt es aber durchaus Sinn. Breakwater hat schon immer deutlich mehr gewusst, als er eigentlich wissen *sollte,* selbst wenn man all seine Parteigänger und zahllosen Informationsquellen berücksichtigt. Dieser kleine Stunt hier hat das Ganze nur noch bestätigt.«

»Er weiß von Burgundys Liste«, sagte Miller nüchtern. »Das führt unweigerlich zur Frage, ob er auch weiß, was diese Liste bedeutet.«

»Tja, das ist die Frage. Aber er scheint tatsächlich alle sieben Namen zu kennen. Als ich Placido Amadeo heute zum Dinner eingeladen habe, hatte ich Colonel Jackson gebeten, jeglichen Com- und UniLink-Verkehr zu überwachen.«

»Und Breakwaters Links sind erkennbar heiß gelaufen?«

»Ganz so offensichtlich war es nicht«, widersprach Elizabeth und schüttelte den Kopf. »Aber Jackson meint, Beachtung geschenkt hat der Schatzkanzler diesem Treffen auf jeden Fall.«

»Mehr Beachtung, als angemessen ist, wenn eine Königin einen prominenten Schiffbauindustriellen einlädt, nehme ich an.«

»Genau. Und ich bin mir sicher, dass auch jeder *Ihrer* Schritte genauestens beobachtet wird.«

»Na, wenn er mir elektronisch über die Schulter spähen will, während ich mich zu Hause bei ein paar Vid-Klassikern entspanne, ist er herzlich dazu eingeladen.«

»Ich hoffe, es sind wenigstens Vids, die Sie mögen.«

»Aber natürlich. Wie ich schon sagte: Klassiker.«

»Gut.« Tief atmete Elizabeth durch. »Also gut. Sollen wir dann?«

»Bereit?«, drang Chomps Stimme leise aus Travis' Ohrhörer.

Travis biss die Zähne zusammen. »Bereit«, sagte er. *Wohl kaum,* dachte er.

Und dabei hatte der Abend so gut angefangen.

Größtenteils zumindest. Chomps und er hatten das Bürogebäude der Volsung-Söldner erkundet und dabei herausgefunden, dass sich alle ihnen bekannten Mitarbeiterinnen und Mitarbeiter entweder in ihren Räumlichkeiten im benachbarten Apartmentgebäude aufhielten oder durch die Bars zogen. Auf nicht näher spezifizierte Weise hatte Chomps zudem dafür gesorgt, dass die örtliche Polizei durch harmlose Kleinigkeiten abgelenkt war. Was alle an Bord der *Casey* betraf – abgesehen von Clegg und den Leitenden Offizieren natürlich –, hatten Chomps und Travis Hauptmann für ein weiteres Verkaufsgespräch zur Planetenoberfläche begleitet. So weit die Tarnung.

Als Nächstes hatte es gegolten, die Ausrüstung anzulegen. Für ihren Einbruch hatte sich Chomps mit einer Handfeuerwaffe und zwei großen, sehr gefährlich aussehenden Messern bewaffnet. Dazu kamen eine Kletterausstattung mit Seil und ein Gerät, mit dem sich das Alarmsystem der Büroräume umgehen ließ. Sie hatten die Stadt durchquert, und es war ihnen auch gelungen, unentdeckt auf das Dach des Gebäudes zu gelangen.

Das Fenster im zweiten Stock, hinter dem sich die abgeschotteten Räumlichkeiten der Volsungs befanden, war durch ein doppeltes Alarmsystem eigentlich bestens geschützt. Chomps aber war sehr versiert in der Kunst des Knackens, des Hackens und des Crackens. Während Travis für ihn auf der anderen Seite des Daches den Ausgucker spielte und den straßenseitigen Eingang des Gebäudes im Blick behielt, hatte sich Chomps des Fensters angenommen. Er hatte sämtliche Warnsysteme innerhalb von drei Minuten ausgeschaltet – für Travis waren das gefühlt sechzig oder mehr gewesen.

Und dann war das Ganze den Bach runtergegangen.

Irgendwie hatten sie bei ihren vorangegangenen Erkundungsgängen übersehen, dass das verdammte Fenster zu klein war, als dass Chomps seinen Sphinxianerkörper hätte hindurchzwängen können.

Damit blieb ihnen nur noch eine Option.

»Okay«, sagte Chomps, »wenn ich pfeife, möchte ich, dass du den telmach-weiten Rekord im Dachlaufen brichst.«

»Bist du sicher, dass ich nicht wieder hierhin zurückkommen und deine Ausrüstung übernehmen kann, und *dann* tauschen wir die Plätze?«

»Willst du wirklich eine Gebäudeseite so lange unbeaufsichtigt lassen?«, gab Chomps zurück. »Komm schon, du kriegst das hin! Zum Abseilen ist schon alles vorbereitet, und du weißt auch, wie man das zugehörige Geschirr anlegt. Du hast doch Pistole und Messer dabei, oder?«

»Natürlich«, erwiderte Travis.

Dabei war das der nächste Knackpunkt. Chomps war ein erstklassiger Fassadenkletterer und ein großartiger Pistolenschütze. Auf Travis traf beides nicht zu. Zudem quälte ihn die Frage, ob Bürger des Sternenkönigreichs von Manticore überhaupt auf einem fremden Planeten mit Waffen herumlaufen sollten.

Zögerlich hatte Chomps eingeräumt, dass Travis' Bedenken zumindest theoretisch nicht unsinnig seien. Trotzdem hatte er Travis eingeschärft, dass sie es mit echtem bösartigem Pack zu tun hätten, das seinerseits keine Skrupel hätte, Waffen zum Einsatz zu bringen. Das wiederum hatte Travis als stichhaltiges Argument anerkennen müssen, und so waren Handfeuerwaffen und Messer in ihre Taschen gewandert.

»Entspann dich, Travis«, beruhigte ihn Chomps. »Vertrau mir, das ist der einfache Teil.«

Travis verzog das Gesicht. »Jou, klar.«

»Oder nimm das hier einfach als den Abschluss«, schlug ihm Chomps vor. »Unsere letzte Szene, bevor wir das Ganze in andere Hände übergeben. Klingt das für dich besser?«

»Klar«, gab Travis zurück.

So war es aber nicht. Und das wussten sie auch beide.

Trotzdem musste er zugeben: Er hatte nicht damit gerechnet, dass sie überhaupt so weit kommen würden.

Zuerst hatten sie viel Lauferei und Datenarbeit bewältigen müssen. Sie hatten das Oberste zuunterst gekehrt und tatsächlich Gensonnes Spuren gefunden. Sie hatten seine Ausrüstung nachverfolgt, seine Leute und sein Geld. Dutzende von Männern und Frauen hatten sie aufgesucht, beschwatzt, bedrängt, ins Kreuzverhör genommen, elektronisch ausgespäht und notfalls deren Daten gehackt, und keine einzige dieser Personen hatte überhaupt bemerkt, dass sie vernommen worden war … geschweige denn, zu welchem Puzzle sie wohl gerade neue Teile lieferte. Nach nur zwei Monaten auf dem Territorium der Silesianischen Konföderation hatten sie den Angreifer von Manticore bis zu dessen Schlupfwinkel zurückverfolgt.

Fast.

Denn während sich das Hauptquartier der Volsung-Söldner tatsächlich auf Telmach befand, war von den Volsung-Schiffen weit und breit nichts zu entdecken. Die offiziellen Aufzeichnungen enthielten auch keine Hinweise auf geheimnisvolles Kommen und Gehen, das vielleicht auf die Existenz einer abgelegenen Basis hätte schließen lassen, irgendwo innerhalb des Systems, doch jenseits der Hypergrenze.

Nein, Gensonne hatte gewiss anderswo seine Basis, vermutlich relativ in der Nähe. Es *musste* diese andere Basis einfach geben.

Wenn sie Glück hatten, würden Chomps und er heute das letzte Puzzleteilchen finden, das ihnen noch fehlte, um diese Basis aufzuspüren.

»Gib mir eine Minute, die Fensterverriegelung zu knacken, dann kannst du loslegen«, sagte Chomps. »Und das mit dem Rekord habe ich ernst gemeint.«

»Mach dir keine Sorgen«, gab Travis zurück. »Ich bin drüben, bevor du hier bist.«

Chomps grunzte, danach herrschte Stille in Travis' Ohrhörer. Travis blickte auf den mäßigen Straßenverkehr hinab, der fünf Stockwerke tiefer vorbeizog, und zählte die Sekunden …

»Hab's! *Los!*«

»Geht klar.« Nach einem letzten Blick auf die Straße hastete Travis geduckt zum hinteren Teil des Gebäudes.

Er erreichte Chomps' Seite gerade in dem Moment, in dem sein Kamerad oben ankam. Der Sphinxianer rollte sich auf das Dach und streifte sein Geschirr ab. Er hatte die Straßenseite des Gebäudes schon fast erreicht, als Travis das Geschirr angelegt und festgezurrt hatte. Er machte sich an den motorisierten Abstieg. Bis er das Fenster der Volsungs erreicht hätte, stünde Chomps über ihm schon für ihn Schmiere.

Er hoffte inständig, dass während der dreißig Sekunden, die sie die Straßenseite des Gebäudes unbeaufsichtigt gelassen hatten, es niemand betreten hätte.

Entschlossen verdrängte er diesen Gedanken. Es war eine Sache, zu trainieren, wie man jemanden erschoss, und eine völlig andere, jemandem dabei in die Augen zu blicken.

Wie groß der Unterschied zwischen Training und Realität tatsächlich war, wollte Travis nicht herausfinden müssen.

Das Seil, an dem er hing, wirkte so filigran, als könnte es

nicht einmal das Gewicht eines Kindes halten. Aber die Abstiegshilfe arbeitete einwandfrei und lieferte ihn feinsäuberlich vor dem Fenster im zweiten Stock ab, das Chomps für ihn geöffnet hatte.

Travis glitt ins Innere und löste das Seil von seinem Haltegeschirr. Der Raum schien eine Art Ruhezone zu sein; auf der gegenüberliegenden Seite standen zwei Pritschen, in der Mitte des Raumes ein kleiner Tisch. Bedauerlicherweise gab es keine Computer, Tablets oder Aktenschränke, in denen sich möglicherweise die gesuchten Daten fänden. Travis steigerte die Leistung seiner auf den Restlichtverstärkermodus eingestellten Linsen um eine Stufe, ging dann, eine Hand an der Waffe, zur Tür hinüber und schlüpfte auf den Korridor hinaus.

Das Gebäude war vergleichsweise klein, und zwischen Travis und dem Treppenhaus lagen nur noch drei weitere Türen. Vor jeder hielt er inne und vergewisserte sich mit seinem Audioverstärker jedes Mal aufs Neue, dass sich dahinter wirklich keinerlei Zeichen für Aktivität fanden. Schließlich erreichte er das Treppenhaus und schlich vorsichtig nach unten.

Vom Treppenhaus aus kam er in ein großes Büro, das laut dem Grundriss, den Chomps aufgetrieben hatte, den Volsung-Söldnern als Besprechungsraum diente. Genau so sah es auch aus: Hier stand ein langer Tisch, um den herum ein Dutzend Stühle gruppiert waren. Hinter der nächsten Tür musste das Hauptbüro liegen, aus dem dann eine weitere Tür zum Empfangszimmer führen sollte, dem Raum, den ein Besucher normalerweise als Erstes zu Gesicht bekam. Es stand zu hoffen, dass sich in einem dieser Räume das fände, was Travis brauchte.

Die Tür zum Büro war nicht verriegelt. Vorsichtig öffnete Travis sie; er rechnete jederzeit mit Schwierigkeiten. Auch dieser Raum war leer. Travis ging zwischen zwei großen, langen Schränken hindurch, deren Oberflächengestaltung Felsgestein imitierte. Oben auf den Schränken standen Blumentöpfe mit exotischen Farnen. Travis steuerte den Schreibtisch aus Glas und Hartholz in der Mitte des Raumes an. Davor standen Besuchersessel, an der gegenüberliegenden Wand hingen handgemalte Bilder von Kriegsschiffen …

»Bist du drin?«, erklang Chomps' Stimme.

Travis zuckte zusammen. »Ja«, sagte er und spürte, wie das spontan angeflutete Adrenalin schon wieder nachließ. Sie hatten im Zuge dieses Auftrags schon mehrere Einbrüche hinter sich gebracht, dieser aber war mit Abstand der gruseligste. »Und auf dem Schreibtisch steht ein Computer.«

»Prima«, meinte Chomps. »Bleib da, bis ich bei dir bin – vielleicht gibt es auf der Innenseite der Tür die eine oder andere Überraschung, und ich will auf jeden Fall vor Ort sein, falls du zum Entschärfen meine Hilfe brauchst.«

»Klar«, bestätigte Travis und runzelte die Stirn. Ein sonderbares Grollen drang an sein Ohr. Störte hier irgendetwas die Übertragung? Oder hatte sein Ohrhörer plötzlich eine Macke?

Dann lief ihm ein Schauer über den Rücken. Das Grollen kam nicht aus seinem Ohrhörer … er nahm es mit seinem *anderen* Ohr wahr.

Er hatte sich getäuscht: Das, worauf die Blumentöpfe standen, waren keine Schränke. Es waren *Käfige.*

Und das tiefe Grollen war das Knurren zweier großer, schwarzer Hunde.

Travis' halbeingefrorenes Gehirn klassifizierte sie automatisch als Dobermannmischlinge. Seine Mutter hatte unter anderem auch Dobermänner gezüchtet, und er erinnerte sich, dass sie klug, kräftig und gefährlich waren – die perfekten Wachhunde für Leute, die nachts in Ruhe schlafen wollten.

Oder für Leute, denen es nichts ausmachte, in ihrem Büro ein Blutbad vorzufinden.

Die Hunde standen einfach da, starrten ihn an und knurrten. Ihre Schwänze wiesen nach unten, die Ohren hatten sie angelegt. Travis schluckte heftig und räusperte sich vorsichtig.

»Chomps?«, sagte er leise. »Wir haben ein Problem.«

»Kriegst du den Computer nicht an?«

»Vergiss den Computer. Ich habe hier schlafende Hunde geweckt.«

»Schlaf…? Oh verdammt. Was für 'ne Sorte?«

»Sorte groß und unschön«, antwortete Travis, und sein Blick zuckte von den Tieren zu den Käfigen hinüber. »Zu beiden Seiten der Bürotür steht ein Zwinger – groß genug für interne Wärmetauscher. Wahrscheinlich haben wir die deswegen auch nicht auf unserem IR-Scan gesehen.«

»Okay«, sagte Chomps. »Okay …«, wiederholte er dann. »Na, offensichtlich musst du die irgendwie ausschalten. Sind die in Reichweite für einen raschen Doppelschuss?«

»Weiß ich nicht.« Langsam und vorsichtig bewegte sich Travis in Richtung Tür, die zum Vorzimmer führte. Wenn es ihm gelänge, durch diese Tür hindurchzuschlüpfen und sie zwischen sich und die Hunde zu bringen, würde er damit Chomps und sich selbst wenigstens eine Atempause verschaffen.

Den Trick kannten die Hunde offensichtlich schon. Travis hatte kaum den ersten Schritt gemacht, als der Hund, der näher an der Tür war, enorm schnell die Bewegung parierte, ebenfalls in Richtung Tür. Travis erstarrte, dann machte er einen halben Schritt zurück. Der Hund blieb stehen, und beide, sein Partner und er, stierten Travis an.

»Travis?«

»Wenn die Reichweite vorher schon zu kurz war, dann ist

sie's jetzt erst recht«, antwortete Travis grimmig. »Außerdem bin ich mir nicht sicher, ob es hier nicht zur Sicherheit noch eine zusätzliche Falle gibt, die durch einen Schuss ausgelöst würde.«

»Jou, wenn die Hunde haben, dann haben die so etwas wahrscheinlich auch«, räumte Chomps ein. »Okay. Wenn das mit der Pistole nicht klappt, dann wirst du wohl die Messer nehmen müssen.«

Travis verzog das Gesicht und dachte an die beiden Messer in den Oberschenkelscheiden. »Chomps, das kann ich nicht. Ich *kann* einen Hund so nicht umbringen!«

»Wenn nicht, endest du als Hundefutter«, versetzte Chomps bemerkenswert direkt. »Du musst einfach nur ...«

»Warte mal«, schnitt ihm Travis das Wort ab. Anscheinend hatten die Hunde eine Entscheidung getroffen: Sie kamen langsam geradewegs auf ihn zu. »Die haben sich in Bewegung gesetzt«, erklärte er und wich mit der gleichen Geschwindigkeit vor den Hunden zurück, sodass ihr Abstand sich nicht veränderte. »Die wollen mich bis zur Rückwand des Raumes treiben.«

»Da ist wohl nicht zufälligerweise gerade eine Tür, oder?«

»Höchstens, wenn sie in einem der Gemälde versteckt ist.«

»Und was ist mit der Tür zum Vorzimmer? Kannst du die nicht erreichen?«

»Hab ich schon versucht«, antwortete Travis. Trotzdem versuchte er, sich bei seinem vorsichtigen Zurückweichen gleichzeitig ein wenig seitwärts zu bewegen. Sofort machte der betreffende Hund ein paar schnelle Schritte und schnitt ihm den Weg ab. »Nein, keine Chance.«

»Okay ...« Chomps schwieg so lange, dass Travis einige seiner Schritte in völliger Stille zurücklegte. »Du hast gesagt, da wären Bilder an der Wand hinter dir. Was ist da sonst noch?«

»Nichts«, sagte Travis.

»Irgendetwas *muss* da sein«, beharrte Chomps. »'n Blumentopf, 'ne Statue – meinetwegen auch 'n Wandteppich. Irgendwas, das du zur Verteidigung oder als Waffe verwenden kannst.«

»Tja, wär wirklich schön«, knurrte Travis. »Aber hinter dem Schreibtisch gibt's nichts außer einem Teppich.« Obwohl er vielleicht den Computerbildschirm dazu nutzen könnte, sich wenigstens einen der Hunde vom Leib zu halten. Also versuchte Travis, beim Zurückweichen zugleich ein wenig nach rechts zu gelangen: fort von der Tür, dem Schreibtisch entgegen.

Doch der Hund auf dieser Seite des Raumes war ebenso wachsam wie sein Partner. Mit zwei raschen Schritten verwehrte er Travis den Weg zum Schreibtisch. Also beschränkte sich Travis wieder auf das schnurgerade Zurückweichen, und die Hunde kamen schnurgerade weiter auf ihn zu.

»Was ist mit den Bildern?«, setzte Chomps nach. »Sind die Rahmen schwer genug, um den blöden Kötern damit einen zu verpassen?«

»Die sehen schwer aus … und sie sehen so aus, als wären sie an die Wand genietet«, erklärte Travis und runzelte die Stirn, als ihm ein völlig anderer Gedanke in den Sinn kam.

Warum war dieser Teil des Raumes so leer?

Dort, wo er hereingekommen war, standen die getarnten Hundezwinger und die Blumentöpfe. In der Raummitte gab es den Schreibtisch, auf dem nicht nur ein Computer stand, sondern dazu auch noch eine Handvoll Objekte, die wohl Erinnerungsstücke an Erfolge der Volsungs aus alten Zeiten waren. Doch dieser hintere Teil des Raumes war völlig leer.

Der Teil des Raumes, in den die Hunde Travis trieben.

»Gibt es laut Grundriss einen Keller?«, fragte er.

»Einen …? Warte, ich schau nach.«

Travis und die Hunde hatten zwei weitere Schritte zurückgelegt, als Chomps sich meldete. »Auf dem Plan selbst ist keiner eingezeichnet, aber die Nachbargebäude zu beiden Seiten haben einen. Siehst du da irgendwas?«

»Vielleicht.« Travis nahm seinen ganzen Mut zusammen, wandte den Blick von den Hunden ab und begutachtete kurz, aber konzentriert den Fußboden hinter sich.

Da war es. Es war unauffällig, fast unsichtbar sogar bei dem dunklen Teppichmuster. Aber es war da.

Eine Spannungsfalte im Material, zwei Meter von der Rückwand des Raumes entfernt – und sie verlief über die gesamte Raumbreite parallel zu ihr.

»Travis?«

»Jaja, warte«, sagte Travis. Er blickte zu den Hunden hinüber und stellte fest, dass sie sich immer noch auf ihn zubewegten, dann schaute er wieder über die Schulter hinweg die Wand hinter sich an. Mit einer Art Holz getäfelt, vermutete er. Es stand zu hoffen, dass das Material zwar robust war, aber nicht unzerstörbar.

»Ich komme rein«, entschied Chomps abrupt. »Wenn ich dabei Alarm auslöse, müssen wir halt Land gewinnen.«

»Nein, warte«, widersprach Travis. »Lass mich erst noch etwas ausprobieren.«

Lautstark sog Chomps die Luft durch die Zähne. »Aber beeil dich!«

»Vertrau mir.« Unter größten Mühen zwang Travis seine rechte Hand dazu, den Würgegriff um seine Pistole zu lockern, dann ließ er beide Hände langsam an seinen Oberschenkeln hinabwandern … hin zu den beiden Messern. Langsam zog er sie aus den Scheiden und achtete sorgsam auf die Reaktion der beiden Hunde.

Die Tiere legten die Ohren noch ein wenig stärker an,

doch keines kam aus dem Tritt. Travis wich weiter zurück und umfasste die Messer so, als wollte er sie von oben in ein Zielobjekt rammen.

Noch zwei Schritte bis zur Spannungsfalte. Innerlich bereitete sich Travis auf das nun Kommende vor und überprüfte noch einmal, dass die Waffen auch wirklich richtig in seinen Händen lagen …

Er wirbelte herum, ein letzter Schritt genau bis an die Spannungsfalte im Teppich, und er sprang auf die Wand zu, die Messer hocherhoben. Mit Wucht rammte er sie in die Wand: Mehr als die halbe Klingenlänge versanken sie im Holz, ehe Travis mit dem Brustkorb gegen die Täfelung knallte – so heftig, dass er beinahe die Messer losgelassen hätte. Hinter ihm heulten beide Hunde erzürnt auf und sprangen. Die Hände um die Messergriffe verkrampft, hing Travis zusammengekrümmt an der Wand und wagte über die Schulter hinweg einen Blick auf die angreifenden Hunde …

Gerade, als ihre Pfoten die Spannungsfalte berührten, klappte der gesamte Bodenabschnitt zwischen Falte und Wand nach unten. Die Hunde stürzten in den offiziell nicht existierenden Keller.

Aus zornigem Heulen wurde Jaulen, das Überraschung und Entsetzen verriet. Travis verdrehte sich fast den Hals und sah, wie beide Tiere in einer Grube landeten, die etwa hüfthoch mit faustgroßen Plastikbällen gefüllt war.

»Was zum Teufel *läuft* denn da bei dir?«, verlangte Chomps zu wissen. »Travis?«

»Alles okay.« Travis wagte wieder zu atmen. »Die Hunde sind außer Gefecht.«

»Bellen die noch? Ich höre gar nichts.«

»Die bellen nicht«, entgegnete Travis. »Sind so abgerichtet. Warte!«

Mit einem konzentrierten Blick schätzte er die Distanz ab: unangenehm groß, aber er sollte es schaffen. Travis zog die Knie bis an die Brust, stemmte dann die Füße gegen die Wand und stieß sich ab.

Ein Salto rückwärts, um zwei Meter zu überbrücken, war keine Kleinigkeit. Aber dass sich im Bällebad unter Travis zwei höchst verärgerte Hunde befanden, lieferte ihm genug Motivation, den Sprung auch hinzubekommen. Trotzdem war es knapp: Er landete auf dem Rücken, seine Beine baumelten über dem Abgrund. Augenblicklich rollte er sich von der Kante fort und wuchtete sich auf die Beine. »Okay«, keuchte er und musste sich sehr anstrengen, nicht zu hyperventilieren, »alles klar.«

Ein Blick in Chomps' besorgtes Gesicht genügte: Der Sphinxianer platzte beinahe, so viele Fragen wollte er stellen. Doch er hielt sich zurück. Er wartete, bis Travis am Computer stand, erst dann trat er an die Falltür heran und spähte hinab.

»Verdammte Bastarde«, knurrte er. »So ein Bällebad in einer Grube ist natürlich eine nette Idee. Erfordert keinerlei Wartung, und Eindringlinge nehmen keinen Schaden, sodass man noch Gelegenheit hat, sie zu verhören. Danach ist immer noch Zeit, sie Schaden nehmen zu lassen. Verdammt gut, dass du das noch rechtzeitig rausgekriegt hast!« Er beugte sich ein wenig weiter über die Kante. »Züchtet deine Mutter nicht Hunde?«

»Tut sie.« Der Computer erwachte zum Leben, und Travis gab den ersten Teil ihres Wurmprogramms ein. »Und: Ja, die da sind durchaus in der Lage, einen in Stücke zu reißen.«

»Dacht ich's mir.« Chomps warf noch einen letzten Blick auf die Tiere und gesellte sich dann zu Travis vor den Computer. »Bringen wir das hinter uns, und dann nichts wie raus hier.«

Der Computer der Volsungs erwies sich als deutlich schwerer zu knacken, als angenommen. Nachdem sie eine halbe Stunde lang hatten mitanhören müssen, wie die Hunde knurrten und unbeirrt aller Fehlschläge versuchten, der Grube zu entkommen, kamen Chomps und Travis zu dem Schluss, einfachheitshalber das ganze Ding mitzunehmen.

Nach mehrere Stunden an Bord der *Casey* fanden sie endlich, wonach sie gesucht hatten.

»Walther«, sagte Clegg tonlos und blickte stirnrunzelnd die Daten an. »Hier steht aber etwas anderes.«

»Stimmt, Ma'am«, bestätigte Travis, »aber wir vermuten, dass das bewusste Desinformation ist, mit der sie jeden, der sich so weit in ihr System vorgearbeitet hat, in die falsche Richtung schicken wollen.«

»Es gibt Hinweise darauf, dass Daten überschrieben wurden, Ma'am«, setzte Chomps hinzu und streckte den Arm an ihr vorbei, um auf die entsprechenden Passagen zu zeigen. »Hier und hier zum Beispiel. Diese beide Stellen sind besonders auffällig. Wenn man dem weiter nachgeht, sieht es so aus, als wäre Walther der Name, den es zu verschleiern galt.«

»Und woher wissen Sie, dass das keine *zwote* Desinformation ist?«, bohrte Clegg nach.

»Dahinter scheint nichts mehr zu kommen«, antwortete Travis. »Und was noch wichtiger ist: Wir haben Bestätigungen aus anderer Richtung. Gouverneur Bilshings Privatdateien deuten ebenfalls auf Walther hin.«

»Den Daten zufolge hat er einen Titel auf das System erworben, und die Dateien zeigen deutlich, dass er eng mit Gensonne und den Volsungs zusammenarbeitet«, ergänzte Chomps. »Wahrscheinlich sind das seine Ansprechpartner, wann immer es Unschönes zu erledigen gilt.«

»Genau«, bestätigte Travis. Tatsächlich war das kaum mehr als eine Spekulation seitens Chomps. Aber auch wenn das eine oder andere Puzzleteilchen fragwürdig schien, ergab sich doch ein mehr als eindeutiges Gesamtbild. Zumindest für sie beide.

Bedauerlicherweise bestand Clegg auf einen etwas höheren Standard, also mussten Chomps und er ihre Entdeckungen ein wenig … übermäßig anpreisen.

»Also gut«, sagte Clegg. »Was schlagen Sie als unseren nächsten Schritt vor?«

»Meines Erachtens sollten wir uns in Walther umsehen, Ma'am«, antwortete Travis. »Ganz dezent und unauffällig natürlich – zum Beispiel einmal kurz die Hypergrenze des Systems überqueren, mit abgeschaltetem Keil. Wenn man den Sensoren der *Casey* genug Informationen über das Grundrauschen vor Ort liefert, sollten die ein Gespür dafür entwickeln, was es dort alles gibt.«

»Also gut, ich werde entsprechende Anweisungen erteilen«, entschied Clegg. »Wegtreten.«

Travis nickte. »Ma'am.«

»Ma'am«, wiederholte Chomps.

Draußen auf dem Korridor, etliche Schritte vom Arbeitszimmer des Captains entfernt, sagte Travis: »Das ist ja gut gelaufen. Besser als erwartet.«

»Mach dir doch nichts vor!«, knurrte Chomps. »Die hofft, dass wir uns irren.«

»Mir schien sie ziemlich überzeugt zu sein«, gab Travis zurück und runzelte die Stirn.

»Warum auch nicht?«, versetzte Chomps. »Sie bekommt doch den gleichen Sold, ob wir nun vor Ort bloß Flagge zeigen und Hauptmann von einem Meeting zum nächsten hetzt, oder für uns alles vergebliche Liebesmüh bleibt. Sie ist offensichtlich der Ansicht, wir hätten das alles völlig falsch verstanden, und freut sich regelrecht darüber, dass wir uns unser eigenes Grab schaufeln.«

»Damit wir dann in Schimpf und Schande nach Manticore zurückkehren, meinst du?«

»Ganz genau«, bestätigte Chomps. »Wir sind hier ›die Neuen‹, und wenn wir daher im angestammten Revier anderer wildern, wird dieser andere uns das unweigerlich verübeln.«

»Aber warum sollte sich Clegg darum scheren? Wir treten damit doch nur dem ONI auf die Füße.«

»Wohl kaum«, widersprach Chomps. »Wir untergraben unter anderem die Autorität von Ober- und Unterhaus und all den vielen Aufsichtsgremien, kapiert? Breakwater hat bei Delphi keine Kontrolle über die Geldbörse des Sternenkönigreichs, und sicher gibt es noch anderes, das ich nicht bedacht habe. In jedem Fall ist das, was sich Captain Clegg nicht wegnehmen lassen will, die *Casey*. Dass wir ihr gegenüber notfalls weisungsbefugt sind, ist ihr entschieden zu viel.«

Darüber dachte Travis nach. »Aber wäre es denn dann nicht das Beste für sie, mit uns zu kooperieren? Wenn wir Erfolg haben, sind wir doch ganz schnell wieder runter von ihrem Schiff.«

»Oder sie kooperiert in der Hoffnung, dass wir in Bausch und Bogen scheitern. Dann muss sie niemals wieder uns oder sonst jemanden von Delphi an Bord dulden«, gab Chomps trocken zurück. »Clegg ist eine, die langfristig denkt.«

»Na, dann werden wir einfach darauf hoffen müssen, dass wir recht haben«, entschied Travis. »Um unserer selbst willen und für das Wohl von ganz Manticore.«

»Genau«, bestätigte Chomps, »um Manticore willen.«

27

Susan Tarleton war eine Frau von bemerkenswertem Körperbau: groß und breit wie ein Bär und mit einem Gesicht, das an einen Habicht erinnerte. Sie war schon lange in der Politik, länger, als Winterfall wusste, dass es so etwas wie Politik überhaupt gab. Mehr als die Hälfte all jener T-Jahre hatte sie in dem kleinen Büro neben den Arbeitsräumen des Premierministers verbracht, in dem das Außenministerium traditionell Hof hielt.

Diese Konstellation war nicht annähernd so beeindruckend, wie sie klang. Nun gut, dem Außenministerium vorzustehen bedeutete, einen Kabinettsposten zu bekleiden. Aber für Tarleton hieß das, von fast jedem – und gerade vom Premierminister – so behandelt zu werden, als wäre sie nur Gehilfin des Premierministers. Gemeinhin witzelte man, es heiße nur deswegen *Außen*ministerium, weil der oder die dem Ministerium Vorstehende nicht beim Premierminister *drinnen* sitzen dürfe.

Angesichts dessen war es kaum verwunderlich, dass Tarleton das Amt der Außenministerin vor allem deswegen schon so lange bekleidete, weil niemand sonst diesen Posten wollte. Bis zum Secour-Zwischenfall beschränkten sich in Manticore auswärtige Angelegenheiten auf Auswertung sporadisch an Bord von havenitischen oder Liga-Frachtern eintreffenden Daten. Nach Secour und Casca aber hatte die Anzahl der Kommunikationen mit anderen Regierungen zugenommen. Eine Weile lang, so hielten sich Gerüchte, hatten manche mit dem Gedanken gespielt, Tarleton aus dem Amt zu drängen, damit der Spross einer wichtigeren Adelsfamilie diesen anscheinend immer prestigeträchtigeren Posten übernehmen könnte.

Doch das Interesse war auch rasch wieder abgeflaut, da man bald begriff, dass ein Großteil der Informationen militärischer Natur war. Die einzige Aufgabe des Außenministeriums bestand daher darin, Daten zusammenzutragen und dann an Admiralität, Premierminister und Palast weiterzuleiten. Prestigeträchtig schien das niemandem mehr.

Zudem luden Tarletons Erscheinungsbild und Umgangsformen nicht gerade dazu ein, sich auf ihr Territorium vorzuwagen.

All das ging Winterfall durch den Kopf, während er sich ihrem Schreibtisch näherte – was seine innere Anspannung nicht gerade linderte.

»Selbstverständlich kenne ich Sie, Mylord«, sagte die Außenministerin und nickte ihm respektvoll zu. »Was kann ich für Sie tun?«

»Ich bin im Auftrage von Kanzler Breakwater hier«, erklärte Winterfall und drückte sich innerlich beide Daumen. »Ich brauche ein Dokument, an dem Herzog Burgundy zum Zeitpunkt seines Todes gearbeitet hat. Es handelt sich um die Antwort auf einen MPARS-Budget-Vorschlag seitens Breakwaters.«

»Diese Dokumente dürften sich samt und sonders in der Obhut von Premierminister Harwich befinden«, gab Tarleton zu bedenken.

»Ja, das weiß ich wohl«, pflichtete ihr Winterfall bei, »und auch, dass der Premierminister seine Antwort bereits Schatzkanzler und Palast übermittelt hat. Aber Seine Gnaden hatte mit Earl Breakwater über weitere Vorschläge gesprochen, die er seinerseits unterbreiten wollte – Vorschläge, die, davon ist auszugehen, für Überlegungen seitens der Regierung von beachtlichem Interesse sind.« Er schenkte ihr ein trauriges Halblächeln. »Sie haben mit Seiner Gnaden eng zusammengearbeitet«, setzte er dann hinzu. »Gewiss war Ihnen mehr als jedem anderen hier bewusst, wie tiefschürfend seine Gedanken waren und wie einzigartig seine Visionen und Ideen.«

»Allerdings«, gab Tarleton zurück, und Winterfall glaubte, Tränen in ihren Augen aufblitzen zu sehen. »Earl Breakwater würde mir gewiss beipflichten, dass der derzeitige Premierminister kaum in Herzog Burgundys Liga spielt.«

»Das sehen wir alle so«, bekräftigte Winterfall. »Breakwater und er haben sich oft in den Haaren gelegen, aber der Earl hat in Seiner Gnaden immer einen mehr als würdigen Gegner gesehen.«

»Allerdings«, wiederholte Tarleton. »Ich wünschte, ich könnte Ihnen helfen, Mylord. Bedauerlicherweise habe ich keinerlei Möglichkeit, auf die Dateien oder Dokumente Seiner Gnaden zuzugreifen.«

»Aber Premierminister Harwich verwendet doch gewiss den gleichen Computer, oder nicht?«, erkundigte sich Winterfall und legte die Stirn in Falten. »Dann werden die privaten Aufzeichnungen von Herzog Burgundy gewiss nur in einer Partition abgespeichert sein, die vor dem Standard-Zugriff geschützt ist.«

»Natürlich«, bestätigte Tarleton geduldig. »Aber auf diese Partitionen kann man nur mit den Passwörtern Seiner Gnaden zugreifen, und die besitze ich nicht.«

»Es gibt keine Hintertür und keinen Allgemeinzugriff?«, setzte Winterfall nach und drückte sich in Gedanken die Daumen noch fester. Tarleton war seine allerletzte Chance. »Ich habe gehört, jeder Computer im Oberhaus müsse mit Derartigem ausgestattet sein – für Notfälle.«

»Selbstverständlich gibt es die Möglichkeit eines Allgemeinzugriffs, Mylord. Aber deren Einsatz erfordert eine Anordnung der Queen's Bench.« Sie hob die Augenbrauen, wodurch sie nun weniger einem Habicht als vielmehr einer Eule glich. »Haben Sie eine solche Anordnung?«

»Nein, aber ich bin mir sicher, die ließe sich besorgen«, sagte Winterfall und achtete darauf, angemessen frustriert zu klingen. »Es geht hier ja schließlich um Breakwaters eigenes Dokument, nicht wahr, an die der Premierminister lediglich einige Notizen und Bemerkungen angefügt hat. Und der Kanzler hatte gehofft, darauf noch heute zugreifen zu können, damit wir das noch vor morgen in die Endfassung des Vorschlags einpflegen.« Er schüttelte den Kopf. »Er wird nicht gerade glücklich sein.«

Tarleton schürzte die Lippen. »Breakwater persönlich hat Sie geschickt?«

»Hat er«, bestätigte Winterfall.

»Und er braucht dieses Dokument wirklich bis morgen?«

»Es würde unsere Präsentation auf jeden Fall ausgewogener machen.«

Beim Wort ›unsere‹ mochten Tarletons Lippen kurz gezuckt haben. »Wenn Sie einen Moment hier warten würden, Mylord? Dann schaue ich, was ich tun kann«, sagte sie, schob ihren Stuhl zurück und erhob sich. »Es ist möglich, dass Premierminister Harwich über einen Zugangscode verfügt, der hier weiterhilft. Haben Sie denn eine Kopie des Originals, sodass leichter nach Herzog Burgundys Version der Datei gesucht werden kann?«

»Ja, natürlich.« Winterfall reichte ihr einen Datenchip.

»Dann schaue ich, was sich machen lässt.« Sie ging zur Tür hinüber, die in das Büro des Premierministers führte, klopfte einmal kurz an und öffnete dann. »Mylord?«, rief sie, trat durch die Tür und schloss sie hinter sich.

Winterfall war mit seinen Gedanken und seinen Befürchtungen alleine.

Und mit einem Funken Hoffnung.

Alles andere, was er bislang versucht hatte, war im Sande verlaufen. Während der letzten sechs Wochen hatte er Informationen über das Personal im Palast eingeholt – so viel, wie ihm möglich war, ohne die Aufmerksamkeit und den Unmut des Queen's Own auf sich zu lenken. Er hatte sich den Betreuerstab des Kabinetts vorgenommen. Er hatte sich mit den Technikern befasst, die für die Aufrechterhaltung der Computersysteme des Oberhauses zuständig waren. Er hatte sich sogar ausgiebig mit Leben und Werdegang von Burgundys nach wie vor untröstlicher Privatsekretärin Louisa Geary befasst. Bei nichts und niemandem davon hatte er auch nur den Hauch eines Hinweises dafür gefunden, genau diese Person wäre Breakwaters private Informationsquelle.

Beinahe hätte Winterfall aufgegeben, doch dann war ihm Tarleton in den Sinn gekommen.

Über fünfzehn T-Jahre lang hatte sie Seite an Seite mit Burgundy gearbeitet. Er hatte immer viel zu viel, sie hingegen stets zu wenig zu tun gehabt. So wie Breakwater einen Teil seiner Arbeit an Winterfall delegierte, mochte Burgundy Gleiches bei Tarleton getan haben. Nein, das schien nicht nur möglich, sondern sogar wahrscheinlich!

War dem aber so, dann hatte Breakwater diese Verbindung gewiss längst entdeckt und stets sein Bestes gegeben, sie nach Strich und Faden auszunutzen.

Natürlich nicht in offensichtlicher Art und Weise. Während all der Zeit, die Tarleton Seite an Seite mit Burgundy gearbeitet hatte, fanden sich in ihren Finanzen keinerlei geheimnisvolle Einnahmen, keine Boni, die sie erhalten haben mochte, keine Sonderurlaube oder andere Formen der Entlohnung, die traditionell mit Spionagetätigkeit einhergingen.

Doch dass es keinen Rauch gab, hieß ja noch lange nicht, dass es auch kein Feuer gab. Gewiss war Tarleton klug genug, Beweismittel nicht herumliegen zu lassen. Und falls *sie* nicht klug genug dafür war, war es Breakwater.

Winterfall starrte die Wand hinter Tarletons Schreibtisch an und ging in Gedanken die zahlreichen Orte auf Manticore und Sphinx durch, die durch die verschiedensten dort aufgestellten Souvenirs repräsentiert wurden. Er fragte sich gerade, ob irgendeine dieser Reisen vielleicht zu kostspielig für das Gehalt der Außenministerin gewesen sein mochte, als sich die Tür wieder öffnete und Tarleton zurückkehrte.

»Und? Hat es geklappt?«, fragte er.

»Ja und nein«, gab Tarleton zurück und streckte ihm seinen Datenchip entgegen. »Baron Harwich hat zwar die Kopie Seiner Gnaden des gewünschten Dokuments gefunden, aber Notizen und Anmerkungen finden sich darin nicht.«

»Tatsächlich?«, fragte Winterfall und nahm stirnrunzelnd den Chip entgegen. »Das ist aber sonderbar! Seine Gnaden hatte seinerzeit sehr deutlich betont – wie ich mich erinnere, sogar bei zwei unterschiedlichen Gelegenheiten –, er wolle Breakwater eine ganze Reihe weitreichender Gedanken zukommen lassen.«

»Baron Harwich hat gründlich gesucht«, versicherte ihm Tarleton. »Vielleicht hat Seine Gnaden die Bearbeitung bei sich zu Hause vorgenommen?«

»Möglich«, gab Winterfall schwer zurück. »Dann werden wir morgen einfach mit dem arbeiten müssen, was wir haben. Ich danke Ihnen, dass Sie sich die Zeit genommen haben, Ms. Tarleton. Bitte richten Sie auch dem Premierminister meinen Dank aus.«

»Gern«, sagte Tarleton. »Ich wünsche Ihnen noch einen schönen Tag, Mylord.«

»Ich Ihnen ebenso.«

Alles sauber gelaufen! Zufrieden schlenderte Winterfall den Korridor in Richtung seines eigenen Büros hinab. Sauber, ordentlich und ziemlich gut vertretbar. Harwich war dafür berüchtigt, sich nicht an übliche Zeitfenster zu halten, sei es für die Arbeit oder fürs Essen. Deswegen konnte ein gewöhnlicher Besucher unmöglich wissen, ob der Premierminister anwesend wäre oder nicht. Ein paar umsichtige Modifikationen an der Zeitmarke der durchgeführten Suche, und niemand könnte zweifelsfrei beweisen, dass *Tarleton* und nicht etwa Harwich die Person gewesen war, die sich soeben in den Computer des Premierministers gehackt und das alte Dokument ausgegraben hatte, das für diesen Test zu verwenden Winterfall beschlossen hatte.

Es war einfach Pech für Tarleton, dass Winterfall die vorangegangenen anderthalb Stunden damit verbracht hatte, sich im Speisesaal des Oberhauses herumzudrücken und darauf zu warten, dass Harwich dort auftauchte. Kaum war das geschehen, war Winterfall auch schon eigens für diesen Test und schnellstmöglich zum Büro der Außenministerin hinübergeeilt.

Winterfall hatte die Falle sehr sorgfältig vorbereitet, und Tarleton war hineingetappt.

Mürrisch verzog er das Gesicht. Er hatte Tarleton eiskalt erwischt und verfügte zumindest über genug Hinweise darauf, dass sie Burgundys Zugangscodes kannte, um damit für eine offizielle Untersuchung zu sorgen. Aber das bedeutete noch lange nicht, dass er einen Zusammenhang zwischen ihr und Breakwater herzustellen vermochte oder selbst eine entsprechende Untersuchung geeignete Beweise fände. Damit bliebe offen, ob *Tarleton* Breakwater die Liste möglicher Prinzgemahlkandidaten zugänglich gemacht hatte.

Nein, Winterfalls Arbeit war noch nicht beendet. Noch lange nicht.

Und die Zeit lief ihm davon.

Immer noch hielten sich Gerüchte, Klatsch und Tratsch. Doch der Palast hüllte sich in Schweigen, und das Oberhaus hüllte sich in noch tieferes Schweigen – manche Kommentatoren sprachen gar von ›unheilvollem Schweigen‹. Breakwater hatte gesagt, in vier oder fünf Wochen wolle er der Königin sein ungeheuerliches Ultimatum stellen. Mittlerweile waren sechs Wochen vergangen.

War das Ultimatum erst einmal gestellt, begänne unerbittlich der Countdown.

Winterfall hoffte, Breakwater möge mit seinem Plan scheitern, hoffte, dass sich Ober- und Unterhaus hinter ihre Königin stellten und damit gegen den Schatzkanzler. Doch lediglich darauf zu hoffen war ein Risiko, das er nicht einzugehen wagte. Wie auch immer die Konfrontation endete, die Gefahr blieb, dass der Ruf mancher Beteiligter Schaden nähme und Karrieren ruiniert würden. Wer stünde nachher unbefleckt da, und bliebe Breakwaters Manöver nicht vielleicht ein Schandfleck in der Geschichte des Sternenkönigreichs, den künftige Generationen voller Unglauben und Verachtung zur Kenntnis nehmen würden?

Das hatte das Sternenkönigreich nicht verdient. Das hatte *die Königin* nicht verdient. Winterfall war entschlossen, dergleichen nicht geschehen zu lassen.

Leider hatte er keine Ahnung, wie er es verhindern sollte.

Aber er würde es schaffen. Irgendwie.

Und das rasch.

»Dir ist doch wohl bewusst«, sagte Chomps in die Stille hinein, »dass das Ganze *deine* Schuld ist, oder?«

Travis drehte den Kopf zur Seite und achtete darauf, nicht mit dem Kinn gegen den Kragenring seines Raumanzugs zu stoßen. »Wie meinen?«

»An der Logik gibt's nichts zu rütteln«, erklärte Chomps. »Du warst derjenige, der mit diesem Sonderbefehl sieben angekommen ist und sie damit sauer gemacht hat. Du warst derjenige, der dem Andermaner diese ganzen Versprechen gegeben und sie damit sauer gemacht hat. Und du warst derjenige, der in die Büroräume der Volsungs eingebrochen ist und deren Daten geklaut hat.«

»Und wie habe ich sie *damit* sauer gemacht?«

»Keinen blassen Schimmer«, räumte Chomps ein. »Aber jetzt hängen wir hier mitten im Nichts, also kann ich wohl einfach mal davon ausgehen, dass das so ist.«

»Meinetwegen.« Travis deutete in Richtung der Leere, die sich gegen die Fenster des Shuttlecockpits drängte. »Ist schon interessant, dass das hier gleichzeitig der langweiligste und der am wenigsten langweiligste Ort im ganzen Universum ist, findest du nicht?«

»Oh, jetzt werden wir auch noch existenzialistisch!«, versetzte Chomps. »Großartig! Genau das Richtige, um etwas gegen die Monotonie zu unternehmen.«

»Wollen wir hoffen, die Monotonie hält noch … wie lange an?«

»Bis zum dichtesten Aufkommen?« Auf seiner Pilotenliege beugte sich Chomps ein wenig vor. »Mit unserer derzeitigen atemberaubenden Geschwindigkeit komme ich auf … vier Stunden und zwo Minuten.«

Travis nickte. *Mit unserer derzeitigen atemberaubenden Geschwindigkeit.* Das war Chomps beiläufig-spitze Art, ihn wissen zu lassen, nach seinem Dafürhalten hätte Travis sich im jüngsten Gefecht ruhig ein wenig mehr anstrengen können.

Vielleicht war es Ironie des Schicksals, dass von allen Gefechten mit Captain Clegg gerade bei diesem hier Travis am ehesten damit zufrieden war, verloren zu haben.

Er spähte aus dem Seitenfenster. Walther war ein ungewöhnliches System: Es gab zwei Asteroidengürtel innerhalb der Umlaufbahn von Walther Prime, dem einzigen bewohnbaren Planeten. Derzeit hatte ihr Shuttle einen Kurs angelegt, der zwischen dem äußeren der beiden Asteroidengürtel und Walther Prime hindurchführte. Es war ein Hyperbelkurs, der sie bis auf zweiunddreißig Lichtsekunden zum Planeten aufkommen lassen würde.

Zu dem Planeten, auf dem sich ihren besten Informationen zufolge die Basis der Volsung-Söldner befand.

Clegg hatte darauf bestanden, sich den Ort genauer anzuschauen, bevor etwas, egal was, unternommen werde. Doch das war leichter gesagt als getan.

Sie konnten ja schlecht mit der *Casey* auf eine Stippvisite vorbeikommen. Offiziell war Walther Privateigentum des Gouverneurs von Telmach, inoffiziell, allen Indizien zufolge, war es von den Volsungs mit Beschlag belegt, und mit größter Wahrscheinlichkeit war es für jeglichen Verkehr gesperrt, der sich nicht auf Geschäftsbeziehungen mit den Söldnern zurückführen ließ. Das hätte Clegg natürlich nicht daran gehindert, mit voller Beschleunigung ins System hineinzurauschen, es unter maximalem Schub zu durchqueren und sich wieder vom Acker zu machen, bevor die Volsungs klarmachten, womit man die *Casey* ins Visier nehmen könnte. Doch diese Vorgehensweise hätte es erforderlich gemacht, sich vernünftig weit von Walther Prime fernzuhalten. Dann aber hätte man nur wenig brauchbare Informationen aufschnappen können … oder auch gar keine. Schlimmer noch: Dadurch würden die Söldner vorgewarnt, dass ihnen Ärger bevorstand. Ihnen bliebe Zeit, ihre Abwehr zu verstärken oder sogar die Basis aufzugeben und sich an einen anderen Ort zurückzuziehen.

Alternativ hätte es die *Casey* mit der heimlichen Annäherung versuchen und sich mit abgeschaltetem Impellerkeil auf rein ballistischer Fahrt Walther Prime so weit wie möglich nähern können. Doch auch dann wäre man dem auszuspähenden Gebiet nur so nahe gekommen, wie das einem Schiff von der Größe eines Leichten Kreuzers nun einmal möglich war, ohne von den Sensoren der Volsungs erfasst zu werden.

Ein kleineres Schiff konnte näher zu dem Planeten aufkommen, ohne bemerkt zu werden. Ein kleineres Schiff, dessen Antrieb vollständig deaktiviert wäre, konnte ihm noch näher kommen. Und ein kleineres Schiff mit deaktiviertem Antrieb, das bis zum Anschlag mit Sensoren vollgestopft war und das an Bord je zwei Augen- und Handpaare hatte, die sich um alles kümmern und sicherstellen konnten, dass die Position des Shuttles so optimiert war, dass diese Sensoren ein Maximum an Informationen auffangen konnten … das war ideal.

Anderthalb Tage hatte es gedauert, die im Bauch des Shuttles untergebrachten Ortungsgeräte zusammenzustellen, behelfsmäßig zu verschalten und zu installieren. Vor fünf Stunden und einundzwanzig Minuten, nicht ganz zwölfhundert Millionen Kilometer achteraus zu Travis' Andruckliege, war die *Casey* aus dem Hyperraum transistiert. Dort hatte sie auf fünftausend Kps beschleunigt und kurz vor der Hypergrenze den umgebauten Shuttle auf den ballistischen Kurs gesetzt, der ihn im Abstand von besagten zweiunddreißig Lichtsekunden an Walther Prime vorbeitragen würde. Und während der

Shuttle lautlos das All durchquerte, hatte sich die *Casey* schon wieder im Alpha-Band verborgen, war mit einem Mikrosprung zur anderen Seite des Sonnensystems gesaust, um dann dort, wiederum jenseits der Hypergrenze, in den N-Raum zurückzukehren. Nun wartete sie dort auf Chomps und Travis.

Welche persönlichen Probleme Travis auch mit Clegg haben mochte: Er musste zugeben, dass diese Frau schlau war und ihr Handwerk verstand. Sie hatte die zusammenimprovisierte Aufklärungsplattform, auf der Chomps und er sich nun befanden, mattschwarz lackieren lassen, was zusammen mit der ohnehin schon minimierten Radarsignatur dafür sorgte, dass es fast unmöglich wäre, sie zu orten. Clegg hatte auch den Kurs für die Aufklärungsfahrt gründlich durchdacht: Der Shuttle würde Walther Prime auf der sonnenzugewandten Seite passieren, wo die massive Strahlung von Walther ihn abschirmte. Zugleich aber führte der Kurs den Shuttle nicht direkt über die Sonnenscheibe hinweg, denn sonst hätte zumindest ein aufmerksamer Ortungstechniker womöglich die kurzzeitige Sonnenbedeckung bemerkt.

Clegg hatte sich auch über Travis' Einwände hinweggesetzt und die Anfangsgeschwindigkeit auf fünftausend Kps begrenzt, statt ihnen die von Travis vorgeschlagenen zehntausend Kps zuzugestehen. Dadurch wurde die zehnstündige Fahrt, die dem Taktischen Offizier der *Casey* vorgeschwebt hatte, auf das Doppelte in die Länge gezogen.

Doch auch für diese Entscheidung hatte der Captain gute Gründe gehabt: Bei niedrigerer Geschwindigkeit waren die Zusammenstöße der Plattform mit geladenen Partikeln in der Stoßwelle des Shuttles merklich energieärmer, und auch *das* verringerte die Wahrscheinlichkeit, dass jemand von den Volsungs sie ortete. Und wichtiger noch, schließlich hätten Chomps und er nur eine einzige Chance, den Planeten zu passieren: Je länger sie in Ortungsreichweite wären, desto mehr Daten könnten sie sammeln.

Travis wusste die Logik seines Captains durchaus zu schätzen. Er hoffte einfach nur, dass die Ortungsgeräte sie nicht im Stich ließen. Die Aufgabe, passive und optische Sensoren der erforderlichen Reichweite und Empfindlichkeit in einen derart engen Raum zu packen – und dabei ausschließlich Komponenten zu verwenden, die sich gerade an Bord der *Casey* befanden –, war alle andere als trivial gewesen. Commander Norris' Schiffstechnische Abteilung hatte rund um die Uhr gearbeitet, um das Ganze ans Laufen zu bekommen, und einige völlig zu unrecht unbesungene Genies hatten es tatsächlich geschafft, aus dem Stegreif heraus ein elektronisch gesteuertes Ortungssystem für die Optiken zusammenzuimprovisieren.

Travis zweifelte nicht an der theoretischen Leistungsfähigkeit der Sensorsuite. Aber er verabscheute es zutiefst, sich nur auf ein einzelnes System verlassen zu müssen, für das es kein Backup gab und das nie zuvor getestet worden war.

Und von dem höchstwahrscheinlich das Überleben des Sternenkönigreichs abhing.

Sein Magen knurrte. »Mittag!«, verkündete er und verdrängte die düsteren Gedanken. Er griff hinter seine Andruckliege in den kleinen Schrank mit ihren Wasserflaschen und Einmannpacks. Drei zog er hervor und reichte zwei davon Chomps. »Übrigens …«, setzte er dann noch hinzu.

»Ja?«

»Es heißt ›Sie waren derjenige, der mit diesem Sonderbefehl sieben angekommen ist und sie damit sauer gemacht hat, *Sir*‹.«

Chomps grinste. »Genau, Sir. Ich werd's mir merken, Sir. Bitte werfen Sie mir doch eine Flasche Wasser zu, ja, Sir? Und schauen wir doch mal, Sir, ob Sie es schaffen, die über Bande zu spielen – sagen wir: die Abdeckung der Com-Konsole? Ich wette zehn Mäuse, Sir, dass nicht.«

»Gemacht, Chief.« Travis griff sich eine der Flaschen, hielt sie sich vor das Gesicht und zielte sorgfältig.

»Da«, sagte Chomps und deutete auf den Monitor auf Cleggs Schreibtisch, während er gleichzeitig einen Cursor auf dem Display erscheinen ließ. Dann gab er einen Befehl ein, und das computerbereinigte Restlichtverstärkerbild wuchs an, bis es den ganzen Bildschirm ausfüllte.

»Aha«, sagte Clegg beinahe beiläufig, während sie Chomps über die Schulter spähte, »eine Raumstation.«

»Jawohl, Ma'am«, bestätigte Travis von seinem Posten am anderen Ende ihres Schreibtischs aus. Er bemühte sich nach Kräften, Cleggs Mimik und Körpersprache zu lesen … und wie stets scheiterte er jämmerlich. »Vernünftige Größe, große Rotationssektion. Der perfekte Ort für einen Söldnertrupp, seine Zelte aufzuschlagen.«

»Was bringt Sie zu der Annahme, dass Gensonne dahintersteckt?«, fragte Clegg. »Sie haben gesagt, das System sei Gouverneur Bilshings Privatbesitz. Warum sollte das hier nicht ebenfalls ihm gehören?«

»Wegen dieser Docks dort«, erläuterte Chomps. »Da und da, und, schauen Sie, Ma'am, dahinten gibt es noch zwo weitere.«

Clegg machte eine kurze Handbewegung, und Chomps räumte ihren Sessel. Der Captain nahm Platz und beugte sich stirnrunzelnd dem Display entgegen. »Sind Sie sicher, dass das Docks sind?«, bohrte sie nach und tippte mit der Fingerspitze auf den Bildschirm. »Für mich sehen die eher aus wie ganz normale Anlandeplätze.«

»Das sind silesianische MiniBs, Ma'am«, erläuterte Travis. »Ein minimalistischer Typus Raumdock. Schnell und leicht einzurichten und vergleichsweise billig. Während unserer Untersuchungen haben wir eine ganze Menge über die erfahren.«

»Sogar die technischen Spezifikationen konnten wir uns kurz anschauen«, ergänzte Chomps und nickte. »Ziemlich genial, auch wenn sich zumindest ein Teil der Kosteneinsparung darauf zurückführen lässt, dass auf Sicherheitsredundanzen verzichtet wird. Entscheidend ist hier aber etwas anderes: Wenn man eine derart große Raumstation mit derart vielen Docks ausstattet, dann kommt dabei etwas heraus, was selbst für das Gefolge des großspurigsten Gouverneurs einfach zu groß ausfällt. Und noch wichtiger ist, dass zwo dieser Docks entschieden zu groß für alles sind, womit ein Gouverneur wahrscheinlich durchs All kreuzt.«

»Sie wollen damit sagen, die sind auf Schlachtkreuzer ausgelegt.«

»Jawohl, Ma'am«, bestätigte Chomps. »Das Problem ist, dass es nirgendwo in diesem System Schiffe dieser Größe zu geben scheint, zumindest nicht in Reichweite unserer Sensoren. Während wir den Planeten passiert haben, haben wir einmal den gesamten sphärischen Großkreis gescannt. Wenn man sich ansieht, wie dicht an der Station die meisten Fahrzeuge auf Reede lagen, scheint mir doch ziemlich sicher, dass wir Schlachtkreuzer bemerkt hätten. Das Problem ist: Wir wissen auch, dass Gensonne noch über mindestens einen Schlachtkreuzer verfügt, und irgendwo *muss* der ja sein. Vielleicht hat er sein großes Schiff – oder seine großen Schiffe – ja auf einen Einsatz geschickt.« Er blickte zu Travis hinüber, und seine Miene verriet Anspannung. »Wir hoffen, dass dieser Einsatz nicht ein zwoter Versuch in Manticore ist.«

Einen Moment lang schwieg Clegg, auch ihre Miene angespannt. Ihr Blick ruhte auf dem Display und der Seitenleiste, die eine Auflistung sämtlicher Schiffe anzeigte, die Travis und Chomps während ihres Vorbeiflugs in der Nähe der Station geortet hatten.

»Wenn die großen Schiffe fort sind«, sagte der Captain schließlich, »können wir unmöglich beweisen, dass das hier Gensonnes Basis ist.«

»Ich denke doch, Ma'am«, widersprach Chomps und tippte auf die Seitenleiste. »Keines dieser Schiffe hatte die Radar- oder Ortungssysteme aktiviert, aber diese beiden da sind offenkundig Zerstörer, und die besitzen *immense* Ähnlichkeit mit unserer Telemetrie aus dem Gefecht.«

Clegg rieb sich über die Wange. »Fein, nehmen wir einmal an, Sie hätten recht. Was dann?«

»Selbst MiniBs lassen sich, sind sie erst einmal aufgebaut, nicht ganz so leicht wieder zusammenpacken und fortschaffen, Ma'am«, erläuterte Chomps. »Also sind wir uns ziemlich sicher, dass Gensonne hierhin auch wieder wird zurückkehren wollen.«

»Mit einem oder mehr Schlachtkreuzern«, setzte sie spitz hinzu.

»Vermutlich«, bestätigte Travis. »Aber jetzt sind sie eben nicht hier, und das heißt, dass uns ein Zeitfenster bleibt.«

»Ein Zeitfenster für …?«

»Wie der Chief schon gesagt hat: Dieser Ort da zeigt, dass hier sehr, sehr viel Geld im Spiel ist. Wenn wir alles kurz und klein schlagen, sollte das Gensonnes Möglichkeiten, in den Krieg zu ziehen, merklich einschränken.«

»Ach ja? Alles kurz und klein schlagen, ja? Einfach so?« Mit ausgestrecktem Zeigefinger wies Clegg auf die Seitenleiste. »Während da drei Kreuzer und acht Zerstörer bereitstehen, um uns zu zeigen, dass sie uns das sehr verübeln?«

»Wir gehen davon aus, dass es bloß zwo Kreuzer und fünf oder sechs Zerstörer sind, zuzüglich zu den Frachtern, Ma'am«, warf Travis ein. »Und drei davon könnten silesianische Fregatten der *Ordra*-Klasse sein. Aber Sie haben natürlich recht: Wie auch immer die Details nun genau aussehen: Wir haben keine Chance, die alle auszuschalten.«

»Eine sehr prägnante Lageeinschätzung, T-O«, versetzte Clegg beißend. »Was also schlagen Sie vor? Sollen wir nach Manticore zurückkehren und Admiral Locatelli darum bitten, uns ein paar Schlachtkreuzer zu leihen?«

Travis verzog das Gesicht. Falls Manticore überhaupt noch existierte.

»Das könnten wir tun, Ma'am«, antwortete er. »Aber bei einer Reisezeit von fünf Monaten, zuzüglich der Zeit, die es bräuchte, ein Expeditionskorps vorzubereiten, ist es sehr gut möglich, dass Gensonne mit seiner gesamten Flotte hierhin zurückgekehrt sein wird, bevor in der Heimat überhaupt Einsatzbereitschaft hergestellt ist.«

»Und ich glaube nicht, dass die Royal Manticoran Navy bereit für diese Schlacht wäre«, ergänzte Chomps nüchtern.

»Das sehe ich genauso«, sagte Clegg. »Also werfen Sie die heiße Kartoffel jetzt mir zu, ja?«

»Nicht ganz, Ma'am«, gab Travis zurück und unterdrückte den aufsteigenden Ärger wegen ihres Tonfalls. Und so oder so: In gewisser Weise *hatte* sie die heiße Kartoffel schon. Sie war der Captain, und was auch immer geschehen würde: Das letzte Wort hatte *sie*. »Wir hätten noch einen anderen Vorschlag.«

»Also?«

Innerlich wappnete sich Travis. Gefallen würde der Vorschlag dem Captain nicht. »Wir kennen das Suchmuster der *Hamman*, und wir wissen, dass Kane beauftragt wurde, Gensonne zu finden. Wenn wir also Kane finden könnten …«

»Sie brauchen gar nicht weiterzusprechen, Commander«, fiel ihm Clegg ins Wort. »Wollen Sie allen Ernstes vorschlagen, dass wir einen Frachter – einen Frachter aus einer anderen Sternnation – in unseren Auftrag hineinziehen? Und selbst, wenn Kane dazu bereit wäre: Glauben Sie wirklich, ein Q-Schiff würde das Ungleichgewicht der Kräfte auf magische Weise beseitigen?« Erneut deutete sie auf die Seitenleiste.

»Ich glaube nicht, dass Kane allein handelt«, gab Travis zu bedenken. Er hatte recht gehabt: Sein Vorschlag *hatte* dem Captain nicht gefallen. »In seiner letzten Nachricht hat er andere Andermaner auf silesianischem Territorium erwähnt. Ich vermute, dass sich hier noch weitere Q-Schiffe verbergen, und vielleicht auch ein oder zwo Kriegsschiffe.«

»Kriegsschiffe hat er nicht ein einziges Mal erwähnt.«

»Nein, aber sie *müssen* hier sein«, sagte Travis. »Sie haben doch selbst gehört, wie Kane über Gensonne gesprochen hat, Ma'am. Die Andermaner wollen den unbedingt in die Finger bekommen, und sie würden gewiss nicht riskieren, ihn im Zuge eines Aufklärungseinsatzes aufzuscheuchen, wenn sie nicht auch darauf vorbereitet wären, bei Bedarf sofort einen ausgewachsenen Angriff folgen zu lassen.«

»Und weswegen glauben Sie, die würden so vorgehen? Ach, natürlich«, setzte sie sofort nach, bevor er zu einer Antwort ansetzen konnte, »weil *Sie* so vorgehen würden.«

Unter großer Mühe schluckte Travis seinen Zorn hinunter. Clegg war klug, effizient und erfahren. Warum erkannte sie nicht die zwingende Logik seiner Überlegungen?

Oder lag es gar nicht daran, dass ihr die Logik seiner Überlegung entging? Lag es an ihrer feindseligen Haltung ihm gegenüber, und gegenüber Sonderbefehl sieben? Standen diese Aspekte ihrer Vernunft im Weg?

Wahrscheinlich. Das bedeutete, dass er den gesamten Einsatz gefährdete – allein dadurch, dass er war, wer er nun einmal war. Hilflos blickte er zu Chomps hinüber …

»Mir ist da gerade ein Gedanke gekommen, Ma'am«, ergriff der Chief nachdenklich das Wort. »Diese Bemerkung, die Kane am Ende seiner letzten Übertragung hat fallen lassen – über Kooperation und militärische Unterstützung, solange sie ›in einem vernünftigen Rahmen bleibt‹. Erinnern Sie sich noch?«

»Was ist damit?«, verlangte Clegg zu wissen, den Blick immer noch auf Travis gerichtet. »Es war doch ziemlich offenkundig, dass er sich auf eine bisher nicht näher zu benennende offizielle Kooperation von Andermanern und Manticoranern bezogen hat, die irgendwann in vager Zukunft erfolgen könnte.«

»Das hatte ich auch zunächst angenommen, Ma'am«, pflichtete ihr Chomps bei. »Aber er ist Reservist, kein offizielles Regierungsmitglied der Andermaner. Derlei Vorschläge sollte er eigentlich gar nicht unterbreiten, geschweige denn, etwas von sich geben, was wie ein Versprechen oder eine feste Zusage aufgefasst werden könnte.«

Beinahe unwillig, so schien es Travis, wandte Clegg den Blick von ihm ab und schaute Chomps an. »Wollen Sie damit sagen, dass Kane genauso denkt wie Long?«

»Wie Commander Long schon gesagt hat: Die Andermaner wollen Gensonne unbedingt in die Finger bekommen.«

»Also empfehlen Sie, dass wir die *Hamman* suchen und dann sprichwörtlich zu Kreuze kriechen und Kane demütig darum bitten, uns zu helfen?«

»Mehr oder minder, Ma'am«, sagte Chomps. »Falls er selbst uns nicht helfen kann, sollte er uns zumindest an jemanden verweisen können, der dazu in der Lage ist.«

»Hmm.« Einen Moment lang betrachtete Clegg schweigend das Abbild der mutmaßlichen Volsung-Basis. »Bei Ihnen klingt das so einfach«, sagte sie dann. »Ist es aber nicht. Die Andermaner wollen Gensonne und die Volsungs tot sehen.«

»Ist doch gut so. Genau das wollen wir doch auch«, bemerkte Chomps.

»Tatsächlich?«, versetzte Clegg sofort. Ihr Blick wanderte wieder zu Travis hinüber. »Wollen wir das auch, Long?«

»Nein, Ma'am«, widersprach Travis. »Unser Hauptziel ist es, Informationen darüber zu erhalten, *warum* uns Gensonne angegriffen hat. Es ist gut möglich, dass *das* den Andermanern völlig egal ist.«

»Sehr gut«, sagte Clegg und senkte um eine Winzigkeit den Kopf. »Und wie würden Sie vorgehen, damit das auch zu *deren* Ziel würde?«

»Das weiß ich nicht, Ma'am«, gestand Travis.

»Obwohl die doch genauso denken wie Sie?«

Travis spürte seine Lippe zittern. »Ich besitze keinerlei diplomatisches Geschick, Ma'am.« Er zögerte. »Wie der Captain gewiss bemerkt hat.«

Etwas, das vielleicht – vielleicht – ein kleines Lächeln gewesen sein mochte, huschte kurz über Cleggs Gesicht. »Allerdings, das *hat* der Captain bemerkt«, bestätigte sie. »Chief? Wie sieht's bei Ihnen aus?«

»Ich kann so etwas nicht besser als Commander Long, Ma'am«, antwortete Chomps und schüttelte den Kopf.

»Sie wissen einfach bloß besser als er, wann Sie den Mund zu halten haben, was?«

»Jawohl, Ma'am.« Dieses Mal gab es keine Zweifel: Über Chomps' Gesicht war eindeutig ein Lächeln gehuscht. »Er wird es gewiss noch lernen, Ma'am.«

»Wenn er lange genug lebt.« Clegg schnaubte auf. »Ich muss schon sagen, Gentlemen: Wenn Sie das Beste sind, was

Calvingdell hat auftreiben können, ist der SIS schon jetzt in einem ziemlich beklagenswerten Zustand.« Fragend hob sie eine Augenbraue und blickte erneut Chomps an. »Oder meinen Sie, dass *sie* das gewiss auch noch lernen wird?«

»Dergleichen würde ich über eine Angehörige der Peerage niemals sagen, Ma'am«, protestierte Chomps.

»Ach, ganz gewiss nicht«, knurrte Clegg. »Ich werde über Ihre Vorschläge nachdenken. Wegtreten, Sie beide.«

Allein im Arbeitszimmer, starrte Clegg noch eine Weile die Kajütenluke an. Schließlich atmete sie hörbar aus und widmete ihre Aufmerksamkeit wieder dem Display.

Bei der Royal Manticoran Navy gab es viele Offiziere, die begabt im Umgang mit anderen waren. Zu diesem Kreis gehörte sie eindeutig nicht.

Gewiss, meistens lag das daran, dass die Menschen, mit denen sie hatte zurechtkommen müssen, egoistische Karrieristen gewesen waren, stinkfaul oder unfassbar dumm. Clegg hatte sich gezwungen gesehen, mit Offizieren zurechtzukommen, die tatenlos darauf warteten, dass sie dank ihres Dienstalters Posten erreichten, für die sie völlig ungeeignet waren. Sie hatte Mannschaftsdienstgrade führen müssen, die im Rahmen ihrer Dienstpflicht zu echter Kompetenz weder angeführt noch angetrieben worden waren, und hatte mitansehen müssen, wie diese Männer und Frauen im Mittelmaß versanken.

Was also störte sie so sehr an Commander Travis Uriah Long?

Schließlich gehörte er nicht zu der Sorte Navy-Angehöriger, die sie zu verabscheuen gelernt hatte. Er war nicht inkompetent, er war nicht faul, er war nicht unmotiviert. Er war intelligent, er war engagiert, und hin und wieder grenzte sein Einfallsreichtum an Genialität.

Zudem hatte sich in vielen Fällen – bei vielen ihrer Meinungsverschiedenheiten – herausgestellt, dass er recht gehabt hatte.

Störte sie vielleicht genau das? Hoffentlich nicht, denn dann wäre sie ein Kleingeist erster Güte!

Vielleicht störte sie ja gerade seine Ernsthaftigkeit, seine Sturheit oder dass er dazu neigte, draufloszureden, statt die Dinge erst einmal gründlich zu durchdenken. Das Problem war: Häufig ähnelte ihr erster Impuls durchaus dem Longs.

Sich an Kane und die Andermaner zu wenden ergab Sinn. Ja, angesichts der Schlagkraft der Volsung-Flotte war das gar die einzige Möglichkeit.

Sie schüttelte den Kopf über sich. Was hatte sie Long erst kürzlich über Offiziere erklärt, die logische Implikationen völlig unberücksichtigt ließen?

Long war ein Lieutenant Commander, dem es an Sozialkompetenz gebrach. Clegg war Captain. Sie sollte es also besser wissen und besser machen als er.

Einen Fluch auf den Lippen, aktivierte sie das Intercom.

»Brücke, Woodburn hier«, meldete sich der Erste Offizier.

»Clegg hier«, identifizierte sie sich. »Rufen Sie die geplante Reiseroute der *Hamman* auf und finden Sie heraus, ob ein Rendezvous mit ihr gangbar wäre. Rechnen Sie die beiden besten Möglichkeiten durch, und dazu noch ein paar Alternativen – für den Fall, dass sie besser vorankommt, als Kane erwartet.«

Das Schweigen, das sich anschloss, war nur eine Winzigkeit zu lang.

»Jawohl, Captain«, sagte Woodburn dann in sorgsam neutralem Ton. »Ich übermittle Ihnen die Routen, sobald sie vorliegen.«

»Danke.« Sie schaltete das Intercom aus.

Und seufzte erneut. Long wäre zweifellos erleichtert, und Townsend und er würden sich bestätigt sehen. Schlimmer noch: Sie wüssten beide, dass sich ihr Captain umentschieden und sich ihrer zwingenden Logik gebeugt hatte – oder zumindest ihren Argumenten.

Man mochte es so auslegen, dass sie die Stichhaltigkeit ihrer Vorschläge und Überlegungen erkannt und ihren eigenen Widerwillen überwunden hatte, sie zu akzeptieren. Man konnte darin aber auch sehen, dass die beiden ihren Captain so manipuliert hatten, dass alles nach ihren Plänen lief.

Aber das war egal. Hier ging es um das Überleben des Sternenkönigreichs. Angesichts dieser Bedrohung, die wie ein Damoklesschwert über ihnen allen hing, sollten Long und Townsend doch denken, was sie wollten!

Clegg wandte sich wieder ihrem Computer zu, und in ihrem Kopf wirbelten Strategien und Taktiken umher.

Und diplomatische Aspekte.

28

Elizabeth hatte gewusst, dass dieser Tag irgendwann kommen würde. Doch selbst mit diesem Wissen und einer gewissen mentalen Vorbereitung auf das Kommende, vermochten manche Ereignisse trotzdem, Entsetzen auszulösen.

Was an diesem Tag geschah, gehörte dazu.

»Ich hatte gehofft, das würde nicht notwendig, Eure Majestät«, sagte Breakwater, und seine Stimme klang so gesetzt und aufrichtig, als meinte er es ernst. »Aber meine Pflicht und die Pflicht eines jeden Kabinettsmitglieds gilt der Verfassung des Sternenkönigreichs. Daher muss ich schweren Herzens folgende Erklärung abgeben.«

Er räusperte sich, und innerlich wappnete sich Elizabeth. Jetzt kam's.

»Sofern Eure Majestät nicht innerhalb der nächsten dreißig Tage einen Ehemann aus bürgerlichem Hause wählt, auf dass dem Sternenkönigreich wie in der Verfassung vorgesehen ein Erbe geschenkt wird, sehe ich mich gezwungen, im Oberhaus den Antrag einzubringen, das Thema an die Öffentlichkeit zu tragen und Eure Majestät zu zwingen, sich vor dem Volke zu diesem Thema zu äußern.«

Elizabeth war, als wäre ihr eine immense Last von den Schultern genommen. Dreißig Tage. Sechs Monate lang hatte sich Breakwater in dieser Hinsicht nicht entscheiden können, und nun schenkte er ihr weitere dreißig Tage?

Es war wie ein Gottesgeschenk. Wenn ihr noch dreißig Tage blieben, und Joshua Miller immer noch bereit war …

»Ich verstehe, Mylord«, sagte sie ernst. »Ich bin in dieser Angelegenheit gänzlich anderer Ansicht als Sie, aber Sie müssen natürlich tun, was Sie für richtig halten. Wir alle müssen das.«

»Selbstverständlich, Eure Majestät«, entgegnete Breakwater. »Und ich möchte noch einmal betonen, wie sehr ich diese Notwendigkeit bedauere.«

Na, das glaub ich dir. »Wie gesagt: Ich verstehe Ihre Beweggründe«, sagte Elizabeth. »Ich danke Ihnen für Ihre Offenheit.«

Nachdem er den Palast verlassen hatte, wartete sie noch zehn Minuten ab – einfach nur, um ganz sicherzugehen. Dann rief sie, nicht übermäßig beklommen, Joshua an.

»Der ist schon ein echtes Herzchen, was?«, meinte dieser, nachdem ihn Elizabeth über die jüngsten Entwicklungen in Kenntnis gesetzt hatte. »Okay, und was machen wir jetzt?«

»Genau das, was wir schon die ganze Zeit tun«, antwortete Elizabeth. »Aber jetzt haben wir einen endgültigen Zeitplan und einen Stichtag.«

»Stimmt wohl«, gab Joshua offenkundig zweifelnd zurück. »Aber wir alle wissen, wie sich Stress bei derlei Dingen auswirken kann, oder?«

»Versuchen wir, einfach nicht daran zu denken«, sagte Elizabeth. »Wir tun einfach nur, was wir können, und hoffen das Beste.«

»Jou. Hoffen«, knurrte Joshua. »Das Wort habe ich noch nie gemocht. Vor allem möchte ich mich ungern darauf verlassen.«

»Ich auch nicht«, gestand Elizabeth. »Aber im Augenblick ist das alles, was uns bleibt.«

»Stimmt«, wiederholte Joshua. »Soll ich heute Abend vorbeikommen?«

»Wäre das denn eine gute Idee?«

»Ich glaube schon. Außerdem: Wenn wir das wirklich hinbekommen, müssen wir ein paar Antworten auf die drängendsten Fragen und ein paar Erklärungen parat haben. Wenn uns nichts einfällt, was wir sonst so machen könnten, können wir uns immer noch damit befassen.«

Elizabeth seufzte. Bei ihm klang das so … *klinisch.* »Ja, das ist wirklich eine gute Idee«, sagte sie. »Ich schicke Adler vorbei. Zur üblichen Zeit?«

»Das wäre mir recht«, sagte er. »Wir sehen uns dann nachher«, und setzte leicht verspätet noch die obligatorische Ehrenbezeugung hinzu: »Eure Majestät«.

Elizabeth lächelte traurig. Wirklich sehr klinisch. Schade.

Aber so sah ihr Leben, das Leben *der Königin,* jetzt nun einmal aus. »Dann sehen wir uns um acht«, sagte sie. »Bis dahin, Joshua.«

»Bis dahin, Eure Majestät.«

Zu den unumstößlichen Gegebenheiten der Raumfahrt – insbesondere angesichts der Tatsache, dass Kurierboote nicht schneller fuhren als Kriegsschiffe – gehörte, dass ein Schiff, das einen Nachbarn besuchte, selten oder nie die Gelegenheit hatte, sein Eintreffen im Vorfeld anzukündigen. War das betreffende Kriegsschiff auffallend groß und bedrohlich oder besagter Nachbar auffallend nervös, führte dieser Umstand zu Schwierigkeiten und rief äußerste diplomatische Unruhe hervor.

Ein Zerstörer wie die *Damocles* war weder auffallend groß noch bedrohlich – und für ein so schwer bewaffnetes und gut gesichertes System wie Haven schon einmal gar nicht. Außerdem neigte Haven an sich nicht zu Nervosität.

Aus diesem Grund wirkte die kühl-förmliche Kommunikation von Haven Control zugleich verwirrend und, so empfand es zumindest Lisa, geradezu bedrohlich. Eigentlich sollten Regierung und Republic Navy nicht den gemeinsamen Einsatz in Secour vor zehn T-Jahren vergessen haben und daher ein zu Besuch kommendes manticoranisches Schiff warm oder zumindest freundlich empfangen!

Während der ganzen Anreise nagte dieser Umstand an ihr, und sie war sich recht sicher, dass Captain Marcello ebenso verwirrt war wie sie selbst. Glücklicherweise waren sie dem Orbit von Haven schon recht nahe, als der Grund für das unerwartete Verhalten offenkundig wurde.

»Weil es natürlich mein Wunsch war, Sie persönlich willkommen zu heißen«, erklärte Commodore Gustave Charnay und strahlte über das ganze breite Gesicht. »Bitte vergeben Sie mir die Theatralik, aber man erhält nur selten Gelegenheit, einstige Bekanntschaften mit längst verloren geglaubten Mitstreitern wiederaufleben zu lassen.« Er neigte den Kopf zur Seite. »Aber vielleicht erinnern Sie sich ja gar nicht mehr an mich, Commander Donnelly? Ich war damals der Eins-O der *Saintonge* unter Commodore Jason Flanders, und zu meinem Bedauern muss ich sagen, dass ich mich nicht sonderlich gut gehalten habe.«

»Ich glaube, anfänglich hat keiner von uns sonderlich gut ausgesehen, Commodore«, sagte Lisa diplomatisch. Tatsächlich erinnerte sie sich sogar noch recht gut an Charnay. Doch die Jahre waren wirklich nicht spurlos an ihm vorübergegangen. »Aber nachdem wir erst einmal zueinander gefunden hatten, ist doch alles ordentlich gelaufen.«

»Es ist sehr freundlich von Ihnen, das so zu sagen«, gab Charnay zurück und deutete eine Verneigung an. »Sie werden später gewiss meine Neugier befriedigen, was den weiteren Werdegang von Captain Eigen und Commander Metzger betrifft.«

»Es wäre mir eine Freude«, versicherte Lisa und bemerkte aus dem Augenwinkel Captain Marcellos befriedigten Gesichtsausdruck. Einige Commander, das wusste sie, würden es gewiss als beleidigend empfinden, effektiv ignoriert zu werden, während einem deutlich rangniedrigeren Offizier derart viel Aufmerksamkeit zuteilwurde. Doch Marcello hatte sorgsam den Verlauf des gesamten Einsatzes im Blick, und je freundlicher und kooperativer die Führungsebene von Haven mit seinen Offizieren umging – *gleich welchen* Offizieren! –, desto besser. »Und ich würde gern erfahren, wie es Commodore Flanders seitdem ergangen ist.«

»Wir werden dafür sorgen, dass für derartige Erinnerungen genügend Zeit bleibt«, versprach ihr Charnay. »Und vielleicht wird sich noch ein Dritter – oder vielmehr *eine Dritte* – hinzugesellen. Brigadier? Sind sie da?«

»Ich bin hier, Commodore«, war eine vertraute Stimme zu vernehmen. Das Bild auf dem Com-Display teilte sich; auf der anderen Hälfte erschien …

»Colonel *Massingill?*«, fragte Lisa. Die Frage war reiner Reflex. Abgesehen davon, dass nun deutlich mehr weiße Strähnen ihr Haar durchzogen, sah Massingill exakt so aus wie vor zehn T-Jahren. Manticore verlassen zu haben, um für die Haveniten zu arbeiten, tat ihr offenkundig gut. »Bitte verzeihen Sie: Wie ich sehe, jetzt natürlich *Brigadier* Massingill.«

»Ich freue mich auch, Sie zu sehen, Commander«, sagte Massingill lächelnd. »Und um der völligen Offenheit willen sollte ich wohl zugeben, dass *ich* diejenige war, die Commodore Charnay gebeten hat, die förmliche Begrüßung hinauszuzögern, bis ich auf der *Saintonge* war. Als ich Ihren Namen auf der Offiziersliste gesehen habe, die Captain Marcello uns übermittelt hat, musste ich einfach hier sein!«

»Ich freue mich sehr darüber, Brigadier«, betonte Lisa

und drückte sich innerlich beide Daumen. Jetzt käme der Moment, der alles entscheiden würde. Vielleicht wäre es gleich mit der Herzlichkeit vorbei. »Allerdings ist dies hier weder ein Privatbesuch, noch geht es darum, einfach nur Flagge zu zeigen.«

»Selbstverständlich nicht«, bestätigte Charnay ruhig. »Es war von Anfang an klar, dass Sie gekommen sind, um über den Angriff auf Manticore zu sprechen. Das war ja auch der Hauptgrund, weswegen Brigadier Massingill und ich so lange abwarten wollten, bis wir uns bei Ihnen melden.«

»In der politischen Einflusssphäre von Nouveau Paris gibt es so manche, die eine Unterstützung Manticores missbilligen – vor allem, wenn das Haven Ressourcen kostet«, setzte Massingill hinzu. »Glücklicherweise gibt es auch Andersdenkende.« Sie schenkte Lisa ein halbes Lächeln. »Und die meisten davon erinnern sich noch sehr gut an Secour.«

»Trotzdem ist das nichts, worüber wir einfach ungezwungen plaudern könnten«, ergriff nun wieder Charnay das Wort. »Was die Öffentlichkeit betrifft, sind Sie hier, um im Namen Ihrer neuen Monarchin der Republik Gruß und beste Wünsche zu übermitteln.« Er lächelte. »Und während Captain Marcello fürstlich bewirtet wird und eine Rede nach der anderen über sich ergehen lassen muss, können Commander Donnelly, Brigadier Massingill und ich ja vielleicht ungestört miteinander reden. Wäre das für Sie akzeptabel, Captain?«

»Voll und ganz«, bestätigte Marcello. »Das entspricht in etwa dem, was ich selbst vorgeschlagen hätte.« Er nickte Massingill zu. »Dass Manticore wieder das Privileg hätte, Brigadier Massingills Unterstützung zu erhalten, wäre ein unerwarteter, aber höchst willkommener Bonus.«

»Ein größeres Privileg, als Sie womöglich wissen«, erklärte Charnay. »Der Brigadier ist mittlerweile Havens führende

Expertin im Aufspüren und Beseitigen von Gefahren durch Piraten und widerrechtlich tätige Söldner.« Er hob die Augenbrauen. »Also, Captain Marcello, dann sagen Sie mir doch bitte, was Sie von uns wünschen.«

»Wir haben einige kleine Überreste aus dem Gefecht mitgebracht«, erläuterte Marcello. »Einiges davon scheint havenitischen Ursprungs zu sein.«

»Ich gehe davon aus, dass Sie uns nicht verdächtigen, in die Geschehnisse direkt involviert gewesen zu sein.«

»Ganz und gar nicht«, versicherte ihm Marcello. »Wir hatten uns gedacht, dass entweder jemand aus der Republik mit unserem geheimnisvollen Admiral Tamerlane zusammenarbeitet oder, was wir für wahrscheinlicher halten, dass Tamerlane irgendwann in letzter Zeit havenitische Militär-Hardware gekauft hat. Wie dem auch sei: Wir hoffen, dass unsere Angreifer eine Spur hinterlassen haben, die sich mit Ihrer Hilfe verfolgen ließe.«

»Es wäre wohl für alle Beteiligten das Beste, wenn diese Untersuchungen inoffiziell abliefen«, setzte Lisa hinzu.

»Absolut«, pflichtete ihr Charnay bei. »Und sei es auch nur, weil eine offizielle Untersuchung womöglich die falschen Personen aufscheucht.« Er lächelte, und seine Augen funkelten vor Vorfreude. »Ich rufe jetzt den Leiter des Flottennachrichtendienstes an, und dann schauen wir, was sich machen lässt.«

Die Datei war so obskur, so vage und so alt, dass Winterfall sie bei seiner Recherche beinahe übersehen hätte. Aber er hatte sie entdeckt, und nach einigen Abenden konzentrierter Arbeit führte sie ihn zu ihrem Ursprung und einer lange verborgenen Wahrheit. Einige weitere Abende, an denen er mit Archivaren gesprochen und halbwegs plausibel wirkende

Geschichten ersonnen hatte, und ihm lag eine Kopie des Originaldokuments vor.

Es war brisant. Brisant wie eine Wasserstoffbombe. Bei Breakwaters dezenter Kampagne, die Königin zu unterminieren, mochte diese Datei den entscheidenden Unterschied machen.

Das Problem: Winterfall hatte keine Ahnung, was er damit anstellen sollte.

Seine Recherchen dem Oberhaus aushändigen konnte er nicht. Nicht den gesamten Text, nicht einmal einen Auszug. Auch zur Königin konnte er damit nicht gehen, und auf keinen Fall konnte er damit an die Öffentlichkeit. Wenn das Ganze hochginge, würden Winterfalls Ruf wie Zukunft innerhalb des Wirkungsbereichs dieses gesellschaftlichen Sprengsatzes liegen.

Aber das Ganze für sich behalten konnte er auch nicht. Breakwaters Konfrontation mit der Königin stand kurz bevor, und jedes Regierungsmitglied dachte schon darüber nach, wo man am besten in Deckung ginge, begänne das Feuerwerk erst. Winterfall musste sich Mittel und Wege überlegen, dieses Dokument an die richtigen Personen weiterzuleiten – und das rasch.

Ihm fiel nur eine einzige Person ein, an die er sich wenden könnte. Sein Bruder Travis verfügte über genau jene Art überentwickelten Pflichtgefühls, das ihn in jeglicher politischen Auseinandersetzung dazu brächte, auf jeden Fall auf der Seite seines Souveräns zu stehen. Travis kannte beim Militär vermutlich auch Leute, die das Dokument den richtigen Personen zukommen lassen konnten, ohne dass die Fingerabdrücke eines gewissen Gavin Vellacott darauf zu erkennen wären.

Die ganze Sache hatte nur einen kleinen Haken.

»Nein, er ist vor ungefähr fünf Monaten ausgelaufen«, erklärte Travis' Vermieter. »Passiert bei Leuten von der Navy ständig.«

Winterfall biss die Zähne zusammen. Gerade dieses eine Mal, wo er seinen Bruder nicht nur kontaktieren *wollte*, sondern ihn unbedingt kontaktieren *musste*, war Travis unauffindbar!

»Hat er gesagt, wann er zurückkommt?«

»Nö«, antwortete der Mann. »Er hat die Miete ein Jahr im Voraus bezahlt – und das ist deutlich länger, als die Navy-Heinis normalerweise fort bleiben. Aber selbst bei kürzeren Einsätzen liegen die bei Zeitabschätzungen nicht immer richtig. Deswegen gibt's bei der Navy ja eine Mietfortzahlungsgarantie, wissen Sie? Damit wir die nicht einfach auf die Straße setzen, wenn …«

»Jaja«, unterbrach ihn Winterfall, »und was ist mit seiner Freundin, Lisa Donnelly?«

»Keine Ahnung«, gab der Vermieter zurück. »Die wohnt ja nicht in einem meiner Häuser. Aber ich glaube, die ist so ungefähr gleichzeitig mit Long abgereist.«

»Und sie bleibt auch ein Jahr lang weg?«

»Keine Ahnung«, wiederholte er. »Die melden sich bei mir ja nicht ab und dann wieder an. Wenn Sie solche Informationen haben wollen, sollten Sie sich an die Admiralität wenden.«

»Ja, vielleicht mache ich das. Danke.«

Aber vielleicht, so sinnierte er, während er auf seinen Flugwagen zuschritt, *ist das ja gar kein Problem.* Breakwater hatte gesagt, er werde der Königin schon bald ein Ultimatum stellen, aber mittlerweile schien er es sich anders überlegt zu haben. Auf jeden Fall hatte er nichts davon gesagt, das Ultimatum stehe unmittelbar bevor.

Es passte Vellacott zwar überhaupt nicht, hiermit länger

als unbedingt nötig warten zu müssen, aber vielleicht wäre das ja gar nicht so schlimm. In sieben Monaten wäre Travis wahrscheinlich wieder zurück, und bislang hatte sich Breakwater noch nicht zu seinem Ultimatum durchringen können. Wenn der Schatzkanzler noch ein wenig länger zögerte, ließe sich der Plan immer noch durchziehen.

Und falls ihn Breakwater irgendwann im Laufe dieser Zeit darüber informierte, dass er Ihrer Majestät das Ultimatum nun *doch* schon sehr bald stellen würde … na, darüber könnte er sich immer noch den Kopf zerbrechen, wenn es tatsächlich so käme.

»Hallo, Gavin.«

Winterfall zuckte zusammen und sein Kopf fuhr herum, so rasch, dass er sich fast den Hals verrenkt hätte. Unbemerkt war die Baronin von Castle Rock ihm so nahe gekommen, dass kaum noch drei Meter sie voneinander trennten. »Mylady«, brachte er heraus, »Sie haben mich aber erschreckt!«

»Tatsächlich? Ich bitte um Verzeihung«, sagte Maria Stahlberg, offenkundig belustigt. »Ich wusste gar nicht, dass ich mich derart anschleichen kann. Was führt Sie denn in diese Gegend hier?«

Winterfalls Gesichtszüge erstarrten. Wusste sie aus irgendeinem Grund von seinen privaten Recherchen? Was sollte er jetzt nur sagen?

Ach was, es war ja gar nicht nötig, eine Ausrede zu ersinnen! Er hatte schließlich einen sehr guten Grund für sein Hiersein.

»Ich hatte gehofft, bei meinem Bruder vorbeischauen zu können«, erklärte er. »Aber sein Vermieter hat mir gesagt, er sei im Einsatz und gar nicht da.«

»Ja, in Silesia«, sagte Castle Rock und blickte ihm ruhig und fest ins Gesicht. »Ich dachte, das wüssten Sie.«

»Ich habe Travis leider nicht so fest im Blick, wie ich das vielleicht tun sollte«, räumte Winterfall ein. »Und was ist mit Ihnen? Haben Sie auch Familie hier? Oder Freunde?«

»Ich gehe gern lange spazieren«, beantwortete sie die Frage. »Sie hingegen hätten sich den Weg hierher sparen können. Sie hätten ihn ja bloß anzurufen brauchen.«

»Ja, das hätte ich wohl«, pflichtete ihr Winterfall bei. »Doch, hätte ich wohl wirklich machen sollen. Aber manchmal muss ich einfach aus dem Oberhaus raus. Dieser Ort kann selbst noch den ruhigsten, vernünftigsten Menschen in den Wahnsinn treiben.«

Castle Rock lächelte. Aber es war ein oberflächliches Lächeln: Winterfall konnte darin keine Spur Wärme erkennen.

Warum sollte sie ihm auch ein herzliches, echtes Lächeln schenken? Sie hatte ihn erschreckt, hatte ihm ein paar unschuldig klingende Fragen zugeworfen ... und mitbekommen, wie er darüber gestolpert war.

Sie wusste, dass etwas vor sich ging. Es stand zu hoffen, dass sie bislang noch keine Details erraten hatte. Aber sie würde gewiss zu dem offensichtlichen Schluss kommen, es müsste etwas sein, das weder ihr noch Breakwater recht sein konnte.

Aber vielleicht *hatte* sie ja schon das eine oder andere Detail erraten. Vielleicht wussten sie oder Breakwater über seine nächtlichen Recherchen oder seine abendlichen Besuche bei gewissen Archivaren Bescheid.

Unvermittelt wurde sich Winterfall neuerlich des immens belastenden Datenchips in seiner Tasche bewusst.

»Ja, gelegentlich ist es dort nicht sonderlich angenehm«, pflichtete ihm Castle Rock bei. »Aber genau da wird nun einmal über die Geschicke des Sternenkönigreichs entschieden. Ach, wo ich das gerade so sage: Für Sie steht doch gewiss irgendein Meeting oder irgendeine Debatte an!«

»Ja, etwas später heute habe ich tatsächlich einen Termin«, bestätigte Winterfall und musste dem Drang widerstehen, sich körperlich von der Baronin zurückzuziehen. Er wirkte schon jetzt äußerst schuldbewusst – da musste er nicht auch noch Eindruck von aufgescheuchter Paranoia machen.

»Gut«, sagte sie, »dann sehen wir uns später.«

»Ja, selbstverständlich, Mylady.«

Sie schenkte ihm ein neuerliches flüchtiges Lächeln und wandte sich ab. Einige Schritte lang blickte Winterfall ihr noch hinterher, dann drehte er sich um und ging auf seinen Flugwagen zu.

Wenigstens hatte sie nicht die Polizei gerufen, damit diese ihn durchsuchte. Er hatte keine Ahnung, ob sie dergleichen rechtmäßig geschehen lassen konnte, aber gewiss hatte sie Tricks auf Lager, die ihm völlig fremd waren.

Dankenswerterweise war er aus dem Schneider. Vorerst.

Doch die Zeit lief ihm davon. Er musste jemanden finden, an den er den Chip weitergeben konnte, und zwar zügig.

So oder so: Er war immer noch Abgeordneter und musste seine Arbeit machen. Also würde er zum Oberhaus zurückkehren und genau das auch tun.

Das Oberhaus war schließlich groß. Gewiss würde er es in dem riesigen Gebäude schaffen, Breakwater und dessen Parteigängern für den Rest des Tages aus dem Wege zu gehen.

Später würde er sich dann überlegen, was er unternehmen wollte.

29

Ein Großteil der Kommunikation zwischen Ober- und Unterhaus erfolgte auf digitalem Wege. Hin und wieder jedoch gab es Dokumente oder anderes Material, das als zu brisant oder zu sperrig dafür angesehen wurde, und dann wurde ein Kurier eingesetzt, der den Datenchip – oder was auch immer es sein mochte – persönlich vom einen Gebäude zum nächsten transportierte.

Winterfall brauchte eine ganze Woche, bis er ein entsprechendes Dokument entworfen hatte ... und einen triftigen Grund dafür gefunden, es persönlich zu überbringen.

Seit fast drei Jahren hatte er das Gebäude des Unterhauses nicht mehr betreten. Doch als er dort nun den Korridore hinabschritt, war eines sofort augenfällig: Nichts in dem Gebäude hatte sich verändert. Während das Oberhaus vor Aktivität und Entschlossenheit geradezu strotzte, wirkte das Unterhaus stets friedlich, beinahe schon lethargisch.

Einerseits ergab das überhaupt keinen Sinn. Nachdem Königin Elizabeth I. von ihrem Vater die Regierungsgeschäfte übernommen hatte, gehörte zu ihren ersten Amtshandlungen die Bemühung, den hübschen kleinen ›Nur-für-Mitglieder‹-Regierungsclub aufzumischen, zu dem die Urheber der Verfassung das Oberhaus gemacht hatten. Die Königin hatte sich der sorgsam ersonnenen Zentralisierung der Macht angenommen und Teile davon den Bürgerlichen zugeschlagen, andere Teile der Krone. Darüber hatten sich die Lords und Ladys des Oberhauses furchtbar aufgeregt, doch dank der tatkräftigen

Unterstützung durch das Unterhaus hatte die Königin ihren Willen durchgesetzt.

Andererseits war es durchaus nachvollziehbar, dass es hier so ruhig war. Das Sternenkönigreich zu regieren war harte Arbeit, die reichlich Zeit verschlang, bei der es zahlreiche Kleinigkeiten zu beachten gab und die Durchhaltevermögen erforderte. Ein Großteil der Peerage war so erzogen worden, dass sie sich für Anführer und Gouverneure hielten – selbst diejenigen, die nicht nur im Parlament saßen, sondern auch noch einem Brotberuf nachgingen. Bei den Bürgerlichen war das anders, und so hatte das Unterhaus trotz des Erbes geteilter Macht, das Elizabeth I. hatte hinterlassen wollen, im Laufe der Jahre mehr und mehr Macht den Lords und Ladys aus dem Oberhaus zurückgegeben.

Die meisten Lords und Ladys hielten das zweifellos für gut – falls sie überhaupt darüber nachdachten. Winterfall hingegen war in dieser Hinsicht geteilter Meinung. Die Macht zu konzentrieren, das war zweifellos effizient, aber konzentrierte Macht ließ sich auch viel leichter missbrauchen.

Glücklicherweise stand an diesem Tag nicht Staatsphilosophie auf dem Terminplan. Es hieße nur, den Datenchip abzuliefern und eine kurze Nachricht zu übermitteln, dann könnte Winterfall wieder gehen. Idealerweise, ohne dass ihn Personen von politischem Gewicht dabei sahen.

Ein völlig unauffälliger Flur führte zu dem Büro, das er ansteuerte. Neben der Tür war ein Namensschild angebracht, doch davor saßen weder Sekretär oder Sekretärin noch ein Torwächter anderer Art. Das war völlig anders als in den Kreisen jener hochrangigen Lords und Ladys, mit denen Winterfall üblicherweise zu tun hatte. Die Tür selbst war nur angelehnt. Das nahm Winterfall als Einladung. Leise klopfte er gegen das Türblatt und schob die Tür auf.

Das dahinterliegende Büro war kleiner als erwartet, und nur sehr spärlich möbliert und dekoriert. Der Mann, der hinter dem Schreibtisch saß, wirkte ebenfalls schmucklos: Er hatte das Jackett abgelegt, sein Halstuch war gelöst und hing schlaff herab, und die Hemdsärmel hatte er halb aufgerollt. Doch als er aufblickte, spürte Winterfall sehr deutlich, dass sich dieser Mann hier voll und ganz zu Hause fühlte.

»Kann ich Ihnen behilflich sein?«

»Verzeihen Sie«, setzte Winterfall an, »die Tür stand offen. Sie kennen mich nicht, Mr. Miller, aber …«

»Oh doch, ich kenne Sie, Mylord«, unterbrach ihn Joshua Miller ruhig. »Ich würde zu behaupten wagen, *alle Welt* kennt Sie hier, zumindest die politische Welt. Was kann ich für Sie tun?«

»Ich würde Sie gern um einen Gefallen bitten«, sagte Winterfall und schloss leise die Tür hinter sich. Miller kniff verdutzt die Augen zusammen, doch er sagte nichts. »Ich habe hier ein Dokument, das dringend Ihrer Majestät der Königin ausgehändigt werden muss. Ich hatte gehofft, Sie könnten das für mich tun.«

Millers Augenbrauen wanderten einen Millimeterbruchteil aufwärts.

»So schwer ist der Palast nicht zu finden«, entgegnete er dann. »Sprechen Sie einfach jemanden auf der Straße an. Man wird Ihnen gewiss die richtige Richtung weisen.«

»Ich kann dieses Dokument nicht persönlich zu Ihrer Majestät bringen«, führte Winterfall aus. »Das ist … sagen wir einfach, es handelt sich um ein recht heikles Dokument. Ich kann mir nicht leisten, dass man dort von dessen Ablieferung erfährt.«

»Und wie kommen Sie darauf, es wäre weniger auffallend, wenn *ich* es dorthin bringe?«

»Ich dachte, die Wachen dort wären mit Ihnen ein wenig vertrauter«, erklärte Winterfall. »Vielleicht lässt man Sie ohne größeres Gewese vor.«

»Mir scheint, Sie verwechseln mich«, gab Miller zurück. »Ich war genau zweimal im Palast, das letzte Mal vor sechs Monaten. Wenn Sie einen unauffälligen Kurier brauchen, sollten Sie das Dokument lieber ihrem Förderer in die Hand drücken: Breakwater geht doch nach Herzenslust im Palast ein und aus.«

»Ja, stimmt schon.« Winterfall schnürte es die Kehle zu. Ja, das wäre natürlich eine *ganz besonders clevere* Idee. »Aber Sie sind ein angesehener Abgeordneter. Niemand wird sich Gedanken machen, wenn Sie …«

»Zeigen Sie her.«

Winterfall runzelte die Stirn. Millers Mimik hatte sich nicht verändert, doch nun streckte er seinem Besucher die Hand entgegen.

»Wie meinen?«

»Zeigen Sie mir das Dokument.«

»Werden Sie es zur Königin bringen?«

»Ich kann es versuchen. Ich kenne im Palast ein paar Leute, die ich aber nicht belästige, solange ich nicht weiß, dass es sinnvoll ist, ihnen ihre kostbare Zeit zu stehlen.«

»Es darf an niemand anderen ausgehändigt werden«, warnte ihn Winterfall. »Es muss geradewegs Ihre Majestät die Königin erreichen!«

»Ja, das habe ich verstanden.« Miller machte eine auffordernde Geste. »Das Dokument, bitte.«

Winterfall zögerte. Plötzlich aufwallende Zweifel brachten seine Entschlossenheit ins Wanken. Millers Reden und Gesetzesentwürfe zeigten deutlich, dass er zu denjenigen gehörte, die zumindest einen Teil der erodierten Macht wieder beim

Unterhaus wissen wollten. Das war der Hauptgrund, weswegen sich Winterfall entschieden hatte, gerade ihn anzusprechen. Außerdem stand er auf Burgundys Liste, also musste er zumindest ein anständiger Mensch sein.

Doch selbst ein anständiger Mensch mochte Ehrgeiz entwickeln, und das Dokument in Winterfalls Tasche ließe sich unterschiedlich nutzen. Vielleicht ging es Miller ja in Wahrheit doch nur um *persönliche* Macht. Vielleicht war es für ihn nur Mittel zum Zweck, den Einfluss des Unterhauses wiederherzustellen. Dann könnte er mit Winterfalls Datenchip geradezu unvorstellbare Macht auf sich konzentrieren. Er bräuchte ihn nur an der richtigen Stelle zum Einsatz zu bringen.

Damit würde er auch Winterfall ruinieren – augenblicklich und endgültig.

Das war ein Risiko. Aber letztendlich war ja das ganze Leben ein einziges Risiko.

Und irgendwann im Leben musste jeder Mensch einem anderen Menschen vertrauen.

Winterfall nahm all seinen Mut zusammen und zog den Chip aus der Tasche. »Für die Königin«, sagte er und legte ihn Miller auf die ausgestreckte Handfläche.

»Eine interessante Wortwahl«, bemerkte Miller, warf einen kurzen Blick auf den Chip und ließ ihn dann in seiner Tasche verschwinden. »War das jetzt gemeint im Sinne von ›Geben Sie das der Königin‹, oder mehr eine Art Schlachtruf?«

»Genaugenommen von beidem etwas.«

Zu Winterfalls gelinder Überraschung lächelte Miller.

»Ich werde sehen, was ich tun kann, Mylord«, sagte er. »Nein, besser noch: Ich werde *alles* tun, was ich kann.«

»Ich danke Ihnen, Mr. Miller«, gab Winterfall zurück. »Ich wünsche Ihnen noch einen schönen Tag, Sir. Und viel Glück.«

»Ich langweile mich«, erklärte Hester Fife und verschränkte die Arme vor der Brust.

»Wirklich?«, erkundigte sich Llyn und blickte sie über den Tisch hinweg an.

»Ja, wirklich.« Hester löste die verschränkten Arme wieder und deutet der Reihe nach auf die vier Schachbretter, die zwischen ihnen aufgestellt waren. »Das da habe ich gewonnen, das da und das da.«

»Wirklich?«, wiederholte Llyn und ließ den Blick über die Schachbretter wandern. Bei jedem der Spiele hatten sie kaum zehn Züge gemacht, und sie erklärte sich bereits bei dreien davon zur Siegerin. Wie das?

Aber sie tat es, und das Schlimmste daran war, dass sie wahrscheinlich recht hatte. »Und was ist mit dem da?«, fragte er und deutete auf das vierte Brett.

»Das könnten Sie noch gewinnen«, räumte sie ein. »Werden Sie aber wahrscheinlich nicht. Sie haben die schlechte Angewohnheit, nur fünf oder sechs Züge weit im Voraus zu denken, also werden Sie's wahrscheinlich verbocken. Machen Sie meistens.«

»Na, lassen Sie mir wenigstens eine Chance«, gab Llyn zurück und betrachtete stirnrunzelnd das Brett. Noch vor einer Minute war er hinsichtlich seiner Strategie recht zuversichtlich gewesen. Jetzt sollte er seinen Plan vielleicht noch einmal durchdenken.

»Egal«, meinte Hester. »Kann ich die schon wieder aufstellen?«

»Klar«, antwortete Llyn, der in Gedanken immer noch seine anstehenden Züge durchging. »Machen Sie nur.«

Normalerweise verabscheute er es, bei Strategiespielen zu verlieren, abgrundtief sogar! Doch bei Hester war er bereit, jegliche Alphamännchen-Instinkte zu verdrängen. Zum einen war es ohnehin sinnlos, im Schach gegen sie gewinnen zu wollen, zum anderen war sie entschieden zu wichtig für ihn, um zuzulassen, dass sie sich langweilte, frustriert herumsaß und die Zahnrädchen in ihrem Verstand in den Leerlauf schaltete. Alles, was dafür sorgte, dass ihr Verstand auf Touren blieb, war jedes Quäntchen Schmerz, gekränkte Eitelkeit und Scham wert – selbst wenn die Quäntchen sich zu einer Summe in Lawinenmaßstab addierten.

A propos Zahnrädchen …

»Wie kommen Sie denn mit dem anderen Problemchen zurecht, das ich Ihnen vorgelegt habe?«, erkundigte er sich, während er den ihm noch verbliebenen Springer zu einem vorsichtigen Angriff positionierte.

»Ach, damit bin ich durch«, sagte sie, während sie mit dem Handrücken sämtliche Figuren des ersten Bretts zur Seite wischte und sie dann in die Grundstellung brachte. »Das habe ich gelöst, gerade als Sie beim zweiten Spiel Ihren Läufer gegen meinen Springer eingetauscht haben.«

Llyn runzelte die Stirn. »Also haben Sie es noch nicht beendet?«

»Doch, habe ich«, sagte sie mit zur Schau gestellter Geduld. »Habe ich doch gerade gesagt.«

»Aber die Verschlüsselung haben Sie noch nicht geknackt?«

»Doch, *habe* ich«, wiederholte sie, und ihre Geduld wirkte noch forcierter. »Ich habe das bloß noch nicht aufgeschrieben.«

»Ah«, entfuhr es Llyn, »hatten Sie sich schon einen passenden Zeitpunkt dafür überlegt?«

»Ach, nicht so recht«, sagte sie und machte sich daran, das zweite Brett abzuräumen. »Nach noch ein paar Siegen wahrscheinlich.«

»Na, das wird wohl hinhauen«, stimmte Llyn zu und nahm sich vor, seine Gegenwehr zu minimieren.

»Ich weiß ja nicht, warum Sie Gensonnes Com-Verschlüsselung überhaupt geknackt haben wollen«, setzte sie hinzu und unterbrach kurz das Abräumen des Brettes, um Llyns Springerzug mit ihrem Turm zu kontern. »Die werden doch wohl kaum was *wirklich* Wichtiges sagen, wenn Sie denen nahe genug sind, um die Leitung anzuzapfen, oder?«

»Das weiß man nie«, antwortete er und bedachte ihren Turm mit einem finsteren Blick. Diesen Zug hatte er von ihr nun wirklich nicht erwartet. »Gensonne ist arrogant genug zu glauben, er könnte damit durchkommen.«

»Und dumm genug, es auch zu versuchen?«

»Im Prinzip schon.«

»Idioten!« Sie schüttelte den Kopf und räumte weiter die Bretter ab.

»Sie sollten Idioten nicht so verunglimpfen, meine liebe Hester«, sagte er. »Sie sind ziemlich nützlich. Man braucht nur einen dummen Menschen zu finden, der sich selbst für clever hält, und schon kann man ihn dazu bringen, fast alles zu tun, was man will.«

»Sie meinen, so etwas wie: Ihn den ganzen Tag Schach spielen lassen, wenn er es doch so sehr verabscheut zu verlieren?«

»Oder jemanden dazu zu bewegen, ein Datenverschlüsselungsproblem zu lösen, auch wenn er – oder sie – sich entsetzlich bei dem zugehörigen Datenkram langweilt.«

Sie warf ihm einen erstaunten Blick zu. Dann zog sie die Schultern hinauf und senkte den Blick auf den Tisch. »Das war nicht nett«, sagte sie leise.

»Verzeihung«, sagte Llyn und schalt sich innerlich einen Vollidioten. Die Frau war ein Mathematikgenie, doch ihr Selbstwertgefühl war so zerbrechlich wie knuspriger Pastetenteig – was gerade er doch nun wirklich wissen sollte! »Bloß ein Scherz.« Er streckte die Hand aus, legte ihr einen Finger unter das Kinn und hob sanft ihren Kopf an, damit sie ihn wieder anblickte. »Genau wie das, was Sie gesagt haben«, fuhr er fort und warf ihr ein Lächeln zu.

Nun war es an ihr, die Stirn zu runzeln, und dann hellte sich ihr Gesicht auf. »Ach so, klar, ein Scherz. Weil keiner von uns beiden *wirklich* dumm ist.«

»Genau«, pflichtete ihr Llyn bei und konnte mit einem Mal wieder deutlich entspannter durchatmen. »Wir sind nicht dumm, wir sind nicht entbehrlich …«

»… und wir machen das nicht«, beendete sie die Paraphrasierung des fast schon legendären Dialogs eines Vid-Klassikers. Jetzt grinste sie breit, Llyns verletzende Bemerkung war vorerst vergessen. Doch dann verwandelte sich das Grinsen in neuerliches Stirnrunzeln. »Wir *machen* das doch nicht, oder?«

»Nein, gewiss nicht«, versicherte er ihr. »Zumindest ziehen wir das nicht bis zum Ende durch.«

»Gut«, entschied sie. »Das klingt nämlich nicht spaßig.«

»Oh, *für uns* wird das schon spaßig«, widersprach Llyn. »Ist auch bloß ein Spiel. Wie das hier.«

»Genau.« Sie deutete auf die wieder aufgestellten Schachbretter. »Bereit?«

»Bereit«, bestätigte er und zog auf dem ersten Brett mit seinem Königsbauern. »Und Sie programmieren den Verschlüsselungscode gleich nach den Spielen ein, richtig?«

»Ja«, sagte sie und zog mit ihrem Springer über die Bauernreihe. »Gleich nach den Spielen.«

Das Rendezvous zu bewerkstelligen erwies sich als nicht ganz so einfach, wie Kane es hatte klingen lassen, als er seine Positionsvorgaben dargelegt hatte.

Eigentlich konnte man niemandem dafür die Schuld geben. Interstellare Positionen zu berechnen war schon dann schwierig genug, wenn beide Schiffe genau festgelegte Zeitpläne einhielten. Positionen zu koordinieren, wenn die Beteiligten nicht genau wussten, wann ein bestimmter Punkt auf dem angelegten Kurs erreicht wäre, machte es deutlich schwieriger.

Schon seit der Abreise von Walther wusste Clegg, dass das Zeitfenster, Kane vor Lau Hiler abzufangen, eng ausfiele, aber dennoch ausreichen sollte. Außerdem bedurfte es für die Überfahrt nach Lau Hiler nur vier T-Tage im Hyperraum, während es immerhin neun T-Tage bis nach Sachsen wären, dem nächsten Zielsystem auf Woodburns Liste. Erwischte die *Casey* Kane vor Lau Hiler, brächte das ganze acht Tage Ersparnis. Wenn sie ihn jedoch verpasste, würde sie das zehn weitere T-Tage kosten, weil sie ihm nach Sachsen würde folgen müssen.

Leider erwischte sie ihn vor Lau Hiler nicht.

Clegg saß in ihrem Kommandosessel und bedachte das Display mit einem finsteren Blick. Travis saß an der Konsole des Taktischen Offiziers und versuchte, auf keinen Fall die Aufmerksamkeit seines Captains auf sich zu lenken. Es war ja nun kaum seine Schuld, dass Kane sich nicht an seinen eigenen Zeitplan gehalten hatte. Allerdings vermutete Travis, dass Clegg sehr wohl versuchen würde, auch das seinem Schuldkonto gutzuschreiben.

Bedauerlicherweise war Pasha der einzige bewohnte Planet des Lau-Hiler-Systems. Wenn die *Hamman* weder dort noch dabei war, in das System ein- oder aus ihm auszureisen, gab es keinen anderen systeminternen Ort, an dem sie noch hätte sein können.

»Eins-O, Beschleunigung auf null«, entschied der Captain

nach kurzem, brütendem Schweigen. »Signal, ist die Pasha-Station in Laser-Reichweite?«

»Jawohl, Ma'am«, bestätigte Lieutenant Sulini Hira.

»Richten Sie den Laser auf die Station aus und übermitteln Sie eine Anfrage nach etwaigen dort hinterlassenen Nachrichten.«

»Aye, aye, Ma'am. Übertragung eingeleitet.«

Travis überprüfte die Statustafel. Seit einer Stunde und vierzig Minuten befand sich die *Casey* im System. Derzeit stand sie etwa fünf Minuten und vier Komma acht Millionen Kilometer innerhalb der Hypergrenze und war damit ungefähr zweiundsechzig Millionen Kilometer vom Orbit von Pasha entfernt. Über diese Entfernung hinweg lag die Signalverzögerung bis zum Eintreffen einer Antwort bei fast sieben Minuten.

Travis unterdrückte einen Seufzer und ergab sich dann, ebenso wie Clegg und alle anderen auf der Brücke Anwesenden, in das Unvermeidliche: Er wartete.

»Signal von Pascha Station, Ma'am«, meldete Hira.

»Sehr gut, Signal«, bestätigte Clegg. »Entschlüsseln und auf meinen Schirm legen.«

»Aye, aye, Ma'am.«

Einige Sekunden lang starrte Clegg auf ihr Display. Verstohlen blickte Travis zu ihr hinüber und sah, wie ihre Augen hin und her zuckten: Sie las etwas. Dann presste sie kurz die Lippen zusammen.

»Wir haben ihn um weniger als fünfzehn Stunden verpasst, Eins-O«, verkündete sie und blickte zu Woodburn hinüber.

Travis verzog das Gesicht. Fünfzehn Stunden – nach einer Fahrt von neun Lichtjahren. Das würde Clegg ganz und gar nicht gefallen!

Zu seiner großen Überraschung explodierte Clegg nicht.

Ganz ruhig setzte sie hinzu: »Dann müssen wir ihm wohl nach Sachsen folgen.«

»Vorausgesetzt, er ist wirklich dort«, warf Woodburn ein wenig säuerlich ein.

»Wird er schon sein«, gab Clegg ruhig zurück. »Captain Kane hat angedeutet, seine Route habe sich nicht geändert. Er hat einfach nur ungefähr zwoundsiebzig Stunden früher als erwartet Lau Hiler erreicht. In Sachsen sollten wir ihn also endlich einholen.«

Sie blickte zu Travis hinüber. Für ihn war ihre Miene unergründlich. Dann schaute sie zum Astrogator. »Bringen Sie uns wieder über die Grenze, Ms. Lukanov«, befahl sie. »Und dann legen Sie Kurs nach Sachsen an.«

Elf Tage später überquerte die *Casey* die Hypergrenze von Sachsen und steuerte das Systeminnere an.

»Wir sollten jetzt allmählich etwas Gutes zu vermelden finden, Sir«, meinte Lieutenant Kojong Ip, der Zwote Taktische Offizier des Schiffes, an der Konsole des Taktischen Offiziers. »Ich glaube, wenn das nicht bald geschieht, beißt der Captain die ersten Rumpfplatten durch.«

»Passen Sie auf, was Sie über Vorgesetzte sagen, Mr. Ip«, warnte ihn Travis. Unter gewissen Umständen hätte er Ips Bemerkung unkommentiert gelassen, doch als wachhabender Offizier musste er den Standard wahren.

Dabei war er keineswegs anderer Ansicht als der Zwote T-O. Während der Überfahrt nach Sachsen hatte Cleggs innerliche Anspannung mit jedem Tag, der unvermeidlich verstrich, sichtlich zugenommen.

Es hatte eine Zeit gegeben, da hätte Travis angenommen, sie wäre auf ihn sauer … oder auf Chomps oder sonst jemanden an Bord. Dann hätte er es mit seiner üblichen Vorgehensweise versucht: Sich in ihrer Nähe zu bewegen, als liefe er auf rohen Eiern … und hätte darauf gewartet, dass es zur Explosion käme. Doch seit drei Tagen, nach einem langen Gespräch mit Chomps und angesichts von dessen Menschenkenntnis – die Travis selbst schmerzlich abging –, hatte er endlich verstanden, was tatsächlich vor sich ging.

Ausschlaggebend war dieses Mal nicht Cleggs Reizbarkeit, auch wenn diese unbestreitbar Teil ihrer Persönlichkeit war. Weitaus mehr Gewicht hatte der Umstand, dass ihr Handeln hier in Silesia Handlungsgrundlage für die gesamte Royal Manticoran Navy würde.

Andermanische Kommandanten wie Kane dienten bei einer Flotte, die routinemäßig Schiffe über mehrere Sonnensysteme hinweg aussandte, und das schon seit Jahren. Interstellarfahrten, fernab jeglichen direkten Kontakts zu Vorgesetzten, waren etwas, was diese Kommandanten mittlerweile gewohnt waren. Außerdem hatten schon damals, als Gustav Anderman noch der möglicherweise erfolgreichste Anführer eines Söldnertrupps der Solaren Liga gewesen war, die ihm unterstehenden Schiffe nie gewusst, wohin sie im nächsten oder übernächsten Monat aufbrechen würden.

Einsatzmuster der Royal Manticoran Navy waren fast das genaue Gegenteil davon. Schon seit der Schreckensherrschaft der Freien Bruderschaft hatten die Schiffe des Sternenkönigreichs das Heimatsystem kaum verlassen. Doch wenn es – selten genug – geschah, dann meist in Geschwader- oder wenigstens Divisionsstärke.

Clegg betrat gerade einsatztechnisches Neuland. Die *Casey* und sie waren auf sich allein gestellt, weiter vom Hoheitsgebiet des Sternenkönigreichs entfernt als jedes Schiff der Royal Manticoran Navy zuvor. Clegg war hier also nicht nur die ranghöchste Flottenrepräsentantin, sondern zugleich auch die ranghöchste diplomatische Vertreterin Manticores. Ihr Wort, ihre Entscheidungen, ihr Handeln – das alles konnte weitreichende Folgen für das Sternenkönigreich haben.

Wenn sie sich zu sehr an die Seite von jemandem wie Kane stellte, mochte das Erwartungen wecken. Würden diese dann seitens Königin Elizabeths Regierung in Abrede gestellt, könnte das unerfreuliche Konsequenzen für die zukünftigen Beziehungen mit den Andermanern bedeuten. Wenn sie jedoch andererseits die Andermaner vor den Kopf stieße, indem sie eine Kooperation mit ihnen ablehnte, mochten die Konsequenzen ebenso unerfreulich sein. Diplomatische Überlegungen anzustellen war in jedem der Sonnensysteme unerlässlich, die von der *Casey* angesteuert würden.

Zum Diplomatischen addierten sich militärische Überlegungen. Die *Casey* konnte auf keinerlei Unterstützung oder Rückendeckung zurückgreifen. Sollte ihr etwas zustoßen, was sich nicht mit Ressourcen vor Ort reparieren ließe, ja, käme es zu einem ganz gewöhnlichen Betriebsunfall, würde sie möglicherweise in einem der lokalen Systeme stranden, bis Entsatz einträfe.

Wofür eine gute Portion Glück nötig wäre. Hätte die *Casey* dieses Glück nicht, verschwände sie mit ihrer ganzen Besatzung vielleicht auf Nimmerwiedersehen.

Diese schwere Verantwortung lastete auf Captain Trina Clegg. Sie war nicht mehr nur eine von vielen Staatsbürgerinnen und Staatsbürgern des Sternenkönigreichs von Manticore: Sie *war* das Sternenkönigreich von Manticore.

»Holla – na bitte, Sir«, sagte Ip, und die Erleichterung in seiner Stimme war unverkennbar. »Was für ein Glückstag, Commander!«

»Allerdings, ein Glückstag, Lieutenant«, bestätigte Travis und betrachtete das Transpondersignal von SMS *Hamman*, das leuchtend auf dem Plot stand. Im System Sachsen gab es deutlich mehr Verkehr als in Lau Hiler und entsprechend mehr Infrastruktur, und in seiner Nachricht hatte Kane erklärt, er werde hier mehr Zeit für seine Suche benötigen. Derzeit befand sich der andermanische Frachter im Orbit von Dresden, dem einzigen bewohnten Planeten des Systems. Travis fragte sich kurz, wie viel von seinen Untersuchungen Kane wohl schon abgeschlossen hatte.

Er fragte sich auch, wie Kane wohl auf das reagieren würde, was Chomps und er in Walther entdeckt hatten.

Er drückte den Intercom-Knopf.

»Clegg«, war sofort die Stimme des Captains zu hören.

»Long hier, Captain«, meldete er sich. »Wir haben soeben die Hypergrenze überquert. Wir orten den Transponder der *Hamman* in einer Distanz von neun Komma fünf Lichtminuten im Orbit von Dresden.«

»Sehr gut, Mr. Long.« Es war fast ein Knurren. »Übermitteln Sie unser erstes Signal. Ich bin in fünf Minuten da.«

»Aye, aye, Ma'am.«

Zu Travis' Erleichterung war Captain Kane hocherfreut, von ihnen zu hören. Aufmerksam hatte er Cleggs Bericht über Walther gelauscht, einige Fragen gestellt und über die Antworten zufrieden gewirkt.

Aber statt die *Casey* dann systemeinwärts nach Dresden einzuladen, hatte er vorgeschlagen, dass man gemeinsam zur Hypergrenze hinausfahre, und zwar zu einem noch nicht näher bezeichneten Treffpunkt.

Clegg hatte ihrerseits einige Fragen gestellt. Die einzigen Antworten, die Kane ihr darauf gegeben hatte, liefen auf das Versprechen hinaus, die Fahrt würde sich für die Manticoraner mehr als lohnen.

Seit sechzehn Stunden folgte die *Casey* nun schon der *Hamman* durch die Alpha-Bänder. Schließlich, viereinhalb Lichttage von Sachsen entfernt, übermittelte Kane die Nachricht, sie seien eingetroffen.

Offenkundig verfügte die *Hamman* über einen ausgezeichneten Astrogator. Nach einem kurzen Moment der Orientierung gab Kane durch, sie seien noch fünf Lichtminuten vom Ziel entfernt. Wieder bat er die *Casey*, ihm zu folgen.

Zwei Stunden der Beschleunigung, gefolgt von zwei weiteren Stunden Abbremsung. Travis blickte die Displays an, lauschte der Stille auf der Brücke der *Casey* und fragte sich, was Kane vorhatte.

Dann, zehn Minuten von ihrem eigentlichen Ziel entfernt, sah er Lichter.

»Eins-O?«, fragte Clegg. Sie beugte sich in ihrem Sessel ein wenig vor, als könnte sie besser erkennen, was dort draußen vor sich ging, wenn sie dem Display näher war.

»Dort draußen scheinen mehrere Schiffe zu stehen, Ma'am«, erklärte Woodburn. »Die liegen da – keine Keile. Sie scheinen auf irgendetwas zu warten.«

»Auf Kane«, bohrte Clegg nach, »oder auf uns?«

»Auf uns beide hoffentlich«, drang Woodburns Stimme aus dem OPZ-Lautsprecher. »Wenn das da draußen Positionsleuchten sind, dürfte es sich bei dem Schiff, das uns am nächsten steht, um einen Kreuzer handeln. Das Schiff backbord ein Stück weiter achteraus könnte ein Schlachtkreuzer sein. Die beiden auf Steuerbord sehen nach einem Zerstörer und einem weiteren Kreuzer …«

Plötzlich flammten hinter Kreuzer und Schlachtkreuzer weitere Positionsleuchten auf.

Travis stockte der Atem. Was zum Teufel …?!

»Eins-O?«, kam es von Clegg. Ihre Stimme klang zwar ruhig, aber es schwang doch eine gewisse Anspannung darin mit. »Erklären Sie mir, was wir hier sehen!«

»Das ist kein Schlachtkreuzer, Ma'am«, kam Woodburn der Aufforderung nach. Er klang fassungsloser, als es Travis je bei ihm erlebt hatte. »Dafür ist es zu groß, und wir orten viel zu viele Werfer. Wenn die Andermaner nicht irgendeine Rumpf-Sonderanfertigung ersonnen haben ...« Er hielt inne, und vor seinem geistigen Auge sah Travis, wie der Erste Offizier den Kopf schüttelte. »Captain, ich glaube, wir haben ein waschechtes Schlachtschiff vor uns.«

Jemand auf der Brücke stieß einen leisen Pfiff aus. Der Laut riss Travis aus seiner ehrfurchtsvollen Paralyse, und er griff auf diverse Dateien zu.

»Das ist ... beeindruckend«, unterbrach Clegg die Stille. »Ich hatte bislang angenommen, nur die Liga verfüge über Schlachtschiffe. T-O?«

»Derselben Meinung ist *Jane's*, Ma'am«, bestätigte Travis. »Da heißt es, die *Solarian League Navy* sei die einzige Flotte, die über Schlachtschiffe verfügt.«

»Anscheinend haben die Erbsenzähler was übersehen«, bemerkte Clegg spitz.

»Jawohl, Ma'am«, pflichtete ihr Travis bei.

Und anscheinend hatten er, Clegg und alle anderen an Bord *ernstlich* unterschätzt, wie sehr Kaiser Gustav einen gewissen Gensonne aus dem Verkehr gezogen wissen wollte.

»Signal, öffnen Sie einen Kanal«, fuhr Clegg fort. »Schauen wir doch mal, mit wem wir es zu tun haben.«

»Es trifft schon eine Nachricht ein, Captain«, meldete Lieutenant Hira. »Ein Admiral Gotthold Riefenstahl, Graf von Basaltberg.«

»Danke«, nahm Clegg die Information zur Kenntnis. »Stellen Sie durch.«

Das Com-Display flammte auf und zeigte einen älteren Mann mit faltigem Gesicht und auffallend kurzem, schlohweißem Haar. Frisur und Erscheinungsbild erinnerten Travis sofort an Gensonne.

Doch während Gensonnes Uniform unter einem Raumanzug verborgen gewesen war, aus dem nur der Kragen hervorgeragt hatte, war Basaltbergs prunkvolle weiße Uniform, rot abgesetzt und mit Goldlitzen überladen, in aller Pracht zu sehen.

»Captain Clegg«, drang die dröhnende Stimme des Mannes aus dem Lautsprecher. »Hier spricht Admiral Gotthold Riefenstahl, Graf von Basaltberg, Kommandant Seiner Majestät Schiff *Vergeltung*. Ich bitte um Verzeihung für die Unannehmlichkeiten, die die Wahl unseres Treffpunkts nach sich gezogen haben dürfte. Aber Sie werden gewiss verstehen, dass unsere Anwesenheit auf Konföderationsgebiet so unbemerkt wie möglich bleiben muss, um unsere Jagdbeute nicht aufzuscheuchen.«

»Das verstehe ich voll und ganz, Admiral«, versicherte ihm Clegg. »Ich hatte mich schon gefragt, ob Captain Kane zu dem Schluss gekommen wäre, Sie aufzuspüren stelle eine gute Prüfung unserer Geduld dar.«

»Er hätte sicherlich keine Bedenken, eine solche Prüfung zu ersinnen«, pflichtete ihr Basaltberg lächelnd bei. »Aber in diesem Fall ist ihm ebenso wie mir bewusst, dass die Zeit drängt. Er hat mir berichtet, Sie hätten die Basis des Verräters Gensonne entdeckt?«

Des Verräters. Diese Formulierung fand Travis interessant. Offensichtlich ging hier deutlich mehr vor, als Kane ihnen berichtet hatte.

»Das haben wir«, bestätigte Clegg. »Hat er Ihnen auch das Quidproquo erläutert, das wir im Austausch gegen diese Information erbitten?«

»Hat er«, erwiderte Basaltberg. »Zudem deutete er an, Sie würden Zweifel daran hegen, ein Admiral und Adeliger des Andermanischen Reiches würde auf einen einfachen Frachter-Skipper hören.«

»Ich muss zugeben, dass ich in dieser Hinsicht einige Bedenken hatte«, räumte Clegg ein. »Aber um nicht ungerecht zu sein, hege ich auch gewisse Zweifel daran, dass er ein einfacher Frachter-Skipper *ist.*«

»Sehr scharfsinnig, Captain«, sagte Basaltberg und wurde ernst. »Ich habe im Laufe der Jahre viele Frachter-Skipper kennengelernt, die alles sagen und tun würden, um den eigenen Profit zu maximieren. Aber Sie werden feststellen«, kurz zuckte sein Blick zur Seite, »dass Ihre Zweifel in dieser Hinsicht unbegründet sind.«

Der Com-Bildschirm teilte sich, und neben dem Admiral erschien Captain Kane.

Nun jedoch trug er nicht mehr den zweckmäßig schlichten Overall, in dem sie ihn bei ihrem Zusammentreffen an Bord der *Hamman* kennengelernt hatten. Vielmehr hatte er eine ganz ähnliche Uniform angelegt wie Basaltberg.

»Gestatten Sie mir, Ihnen Major Chien-lu Zhou vorzustellen«, sagte Basaltberg förmlich. »Leiter der silesianischen Operationskräfte der Abteilung III, unseres Geheimdienstes.« Er lächelte schief. »Außerdem ist er mein Schwiegersohn. Er ist der Ansicht, eine gemeinsame Operation wäre eine gute und ratsame Idee.«

»So sehen wir das ebenfalls, Admiral«, bestätigte Clegg ruhig, was Travis' – widerwillig – bewunderte. Hier jagte eine Überraschung die nächste, und der Captain nahm das alles hin, ohne mit der Wimper zu zucken. »Und wie Sie schon sagten: Die Zeit drängt.«

»Hier geht es um Zeit *und* um Informationen«, pflichtete

ihr Basaltberg bei. »So. Major Zhou hat mir berichtet, dass Sie im Gegenzug für Gensonnes Aufenthaltsort um unsere Unterstützung dabei ersuchen, die Computer seiner Basis intakt zu erbeuten.« Er beugte sich einige Zentimeter weit vor. »Ich glaube, damit können wir dienen.«

30

»So viel Arbeit«, sagte Commodore Charnay und schüttelte den Kopf, »und so wenig Ergebnisse!«

»Ja«, murmelte Lisa, während sie den Blick über die Liste von Seriennummern, Herstellern, Käufern und Lieferadressen wandern ließ. Zweieinhalb Wochen lang hatten die Analysten alle nur erdenklichen Möglichkeiten durchgearbeitet, und das Einzige, was sie mit Sicherheit zu sagen wussten, war, dass ein Großteil dessen, was die Royal Manticoran Navy während der Schlacht von Manticore in Stücke geschossen hatte, von einem havenitischen Hersteller stammte und an Kunden in Silesia weiterverkauft worden war.

Was als praktisch schon bekannt anzusehen war.

»Völlige Zeitverschwendung war's trotzdem nicht«, gab Marcello zu bedenken. »Einige der silesianischen Kunden waren höchstwahrscheinlich Universalimporteure, die ihre Ware an entsprechende Kunden weiterverkaufen. Wenn wir deren Aufzeichnungen durchschauen, sollten wir die Emitter zu ihrem Endverbraucher nachverfolgen können.«

»Es sei denn, der letztendliche Verkauf war ein Schwarzmarktgeschäft«, gab Charnay zu bedenken. »Bei einem ehrbaren Söldner wie dem Gustav Anderman früherer Zeiten wäre das vermutlich nicht vorgekommen, aber Ihr Freund Tamerlane scheint anders zu denken. Jede Sternnation hat ihre unehrlichen Waffenhändler, und mit dieser Sorte wird Tamerlane seine Geschäfte machen. Sie können natürlich gern versuchen, seine Lieferanten ausfindig zu machen, aber ich vermute, dass die Suche jedes Mal ins Leere laufen wird.«

»Stimmt wohl«, bestätigte Marcello. »Aber über diese Entscheidung soll sich ein anderer den Kopf zerbrechen, nicht ich. Wie dem auch sei: Wir wissen Ihre Hilfe sehr zu schätzen.«

»Gern geschehen«, sagte Charnay. »Man hat mir versichert, wir gingen den Dingen nach Ihrer Abreise weiter auf den Grund. Tamerlane dürfte kein weiterer Anführer der Bruderschaft sein, aber vielleicht sieht er sich ja als Gründer eines neuen Kultes. Es liegt also in Havens ureigenem Interesse, ihn und alles, was er plant, in den Griff zu bekommen – wie auch immer diese seine langfristigen Pläne aussehen mögen.« Er warf einen Blick auf sein UniLink. »Entschuldigen Sie bitte, da kommt gerade ein Anruf rein.« Er hob das UniLink an die Lippen. »Charnay hier.«

»Dass die Lieferantenspur Zeitverschwendung sein wird, wird stimmen«, wandte sich Marcello leise an Lisa. »Und ich bezweifle, dass der Admiral übermäßig erfreut sein wird, welche Kosten pro Informationseinheit bei dieser Fahrt aufgelaufen sind.«

»Es hat doch jeder gewusst, dass das ein ziemlicher Schuss ins Blaue war«, rief ihm Lisa ins Gedächtnis zurück. »Und immerhin haben wir die Bestätigung, dass sich Tamerlane irgendwo in Silesia aufhält.«

»Dass er sich dort aufgehalten *hat*, das wissen wir«, versetzte Marcello, »was nicht heißt, dass er noch dort ist. Die Bruderschaft war berüchtigt dafür, stets ihre gesamte Infrastruktur mitzuführen, und um sich von denen was abzugucken, braucht Tamerlane nicht gleich Anführer eines neuen Kults zu sein.«

»Stimmt«, räumte Lisa ein. »Also? Fahren wir jetzt nach Hause, oder warten wir noch ab und lassen die Analysten noch einmal an die Daten?«

Marcello schürzte die Lippen.

»Verzeihen Sie, Captain … Commander«, unterbrach Charnay die Gedanken des Captains und klang unvermittelt grimmig. »Da hat sich etwas ergeben. Wir werden umgehend in Kommando-eins erwartet.«

Kommando-eins befand sich ebenfalls im Oktagon, dem Verteidigungsministerium Havens, und zwar im vierten Stock des gewaltigen Gebäudes. Von dem Konferenzraum, in dem bislang gearbeitet worden war, war es zehn bis zwölf Korridorkilometer entfernt. Der lange Weg betonte noch einmal überdeutlich den Unterschied zwischen dem Oktagon und dem doch deutlich bescheideneren Gebäude der manticoranischen Admiralität. Commodore Charnay führte sie durch die Kommandozentrale, in der emsig gearbeitet wurde, und dann hinein in einen kleineren, abhörsicheren Besprechungsraum an deren gegenüberliegendem Ende.

»Ich habe es Ihnen doch schon gesagt: Ich weiß nicht, wer die sind«, knurrte der ältere der beiden Männer auf den Sitzen, die gemeinhin Zeugen und anderen zu Befragenden vorbehalten waren. Zornig funkelte er die havenitischen Offiziere im Raum an, die im Halbkreis am langen Konferenztisch saßen. Lautlos traten Lisa, Marcello und Charnay ein. »Ich weiß bloß, dass Master Baird seit sechs Monaten von diesen Verbrechern gefangen gehalten wird, und es wird Zeit, dass jemand etwas dagegen *unternimmt!*«

Ein havenitischer Offizier, am Kragen das Rangabzeichen eines Admirals, auf dem Namensschild stand ›Dorvelle‹ zu lesen, bemerkte die Neuankömmlinge als Erster.

»Ah, Commodore«, ergriff er mit grimmiger Stimme das Wort und winkte Charnay zu sich. »Willkommen in unserer kleinen Höllenrunde. Dies hier ist Captain Lionel Katura, frisch eingetroffen aus dem Walther-System drüben in Silesia. Er hat uns berichtet, sein Auftraggeber, ein solarischer Händler namens Max Baird, sei von einer Piratenbande gefangen genommen worden.«

»Nicht gefangen genommen: *gekidnappt*«, korrigierte ihn Katura knapp. »*Gefangen genommen* klingt, als hätte Master Baird sie angegriffen oder bedroht. Hat er aber nicht. Wir wollten Kontakt mit den Silesianern aufnehmen, ganz so, wie das Master Rowbtham angeordnet hatte, als wir angegriffen wurden. *Angegriffen!*«

»Wer ist Master Rowbtham?«, erkundigte sich Charnay.

»Master Rafe Rowbtham«, meldete sich nun der zweite Mann im Zeugenstand zu Wort. Anders als Katura sprach er mit havenitischem Akzent und machte nicht nur seiner Kleidung, sondern auch seiner Körperhaltung wegen den Eindruck eines Zivilisten. »Ein solarischer Händler, ziemlich wohlhabend. Hat vor zwölf T-Jahren eine Filiale auf Danak Alpha eröffnet. Bei einem meiner regelmäßigen Geschäftsreisen nach Danak bin ich ihm persönlich begegnet. Laut unseren Unterlagen war er selbst nur ein paarmal vor Ort, aber seine Firmenräume werden von seinen Handelsvertretern und Marketingleuten genutzt, wann immer die in der Gegend sind.«

»Darf ich vorstellen: Daval Weissman«, warf Dorvelle ein, als Charnay fragend eine Augenbraue hob. »Unser Repräsentant im Aufsichtsrat des Jerriais Consortium – das ist eine der größeren Development Groups«, setzte er dann für Lisa und Marcello hinzu, »die im Danak-System reichlich aktiv sind.«

»Ich verstehe«, sagte Charnay. »Und wir wissen mit Sicherheit, dass Captain Katura zu Master Rowbthams Leuten gehört?«

»Aber natürlich«, bestätigte Weissman in sichtlich aufwallendem Zorn. »Die Obrigkeit des Systems überprüft stets die Legitimation sämtlicher Schiffe, und Gleiches gilt für das Sicherheitspersonal des Konsortiums. Außerdem verfügen sie über die entsprechenden Zugangscodes.«

»Ich wollte Ihnen nicht zu nahe treten, Mr. Weissman«, versuchte ihn Charnay zu besänftigen. »Diese ganze Geschichte mit dem Kidnapping klingt so unglaublich, dass ich mich vergewissern wollte, ob uns wirklich alle Fakten vorliegen.«

»Wenn Sie das schon unglaublich finden, sollten Sie abwarten, bis Sie erfahren, was die Piraten *verlangt* haben«, warf Dorvelle grimmig ein.

»Einen Moment noch, wenn Sie gestatten, Admiral«, sagte Charnay. »Mr. Weissman, Sie sagten, Sie seien Master Rowbtham schon persönlich begegnet. Gilt das auch für Master Baird?«

»Für mich persönlich nicht, aber für mehrere meiner Kollegen«, antwortete Weissman. »Das letzte Mal hat er vor ungefähr drei T-Jahren das System durchquert, und ich meine mich zu erinnern, damals sei eine Übertragung von ihm aufgezeichnet worden, in der er gesagt hat, er sei auf dem Weg zur Silesianischen Konföderation.« Er wies auf Katura. »Wie dem auch sei, als Captain Katura mit dieser schrecklichen Nachricht zu uns gekommen ist, habe ich gleich gewusst, dass wir sofort mit der Navy würden sprechen müssen.«

»Die kommen nämlich, verstehen Sie?«, sprudelte Katura hervor. »Die Piratenbande, meine ich, die allesamt! Und die bringen zwei Schlachtkreuzer und wahrscheinlich sechs Schwere Kreuzer mit.«

Lisa gingen beinahe die Augen über. Eine Piratenbande, die über zwo *Schlachtkreuzer* verfügte?

»Nach Danak, meint er, nicht nach Haven«, setzte Weissman hastig hinzu. »Master Baird hat denen anscheinend erzählt, in unserer Werft würden demnächst ein paar Liga-Raketen in Spitzenausführung eintreffen, und …«

»Moment, Moment«, unterbrach ihn Charnay und warf Dorvelle einen erstaunten Blick zu. »Raketen der *Liga* werden nach *Danak* geschickt?«

»Nein, natürlich nicht«, widersprach Weissman, bevor der Admiral noch etwas erwidern konnte. »Was sollte Jerriais denn mit *Raketen*?«

»Aber irgendwas *musste* Master Baird denen ja schließlich erzählen«, warf Katura ein, und nun klang er beinahe schon flehentlich. »Die haben seine ganze Familie in ihrer Gewalt – seine Frau und beide Töchter. Aus irgendeinem Grund hat sich der Anführer der Piraten – er nennt sich selbst Admiral Swenson – in den Kopf gesetzt, Master Rowbtham hätte Kontakte mit einigen der wichtigsten Rüstungshersteller der Liga. Die Piraten glauben, er habe Waffen an die Andermaner verkauft und verdiene sich an Kaiser Gustavs Aufrüstungsprogramm eine goldene Nase. Für seine Freilassung fordern sie, dass ihre eigenen Schiffe fortschrittlichste Raketenwerfersysteme erhalten. Also hat Master Baird denen erzählt, Raketen seien bereits auf dem Weg dorthin.«

»Verfügt Rowbtham denn über derlei Kontakte?«, fragte Charnay.

»Nicht, dass wir wüssten«, antwortete Weissman. »Aber falls doch, wäre es vielleicht nur logisch, dass er die lokalen Kontakte von Danak dazu nutzt, die Raketen wirklich dort einzulagern oder sogar installieren zu lassen.« Er zuckte mit den Schultern. »Das Konsortium hat seine Werften ständig weiter ausgebaut, aber derzeit sind wir allen Prognosen nach ein gutes Stück voraus und benötigen unsere gesamte momentane Kapazität nicht. Statt die Anlagen ungenutzt zu lassen, werden Überkapazitäten jetzt zu Lagerzwecken verwendet, und am lokalen Schiffbau und an Instandsetzungsarbeiten sind wir ordentlich beteiligt. Wenn Rowbtham tatsächlich Raketensysteme für jemanden installieren will, wäre Danak dafür ein guter Ort.«

»Es ist bedeutungslos, ob Master Rowbtham Kontakte zu Waffenlieferanten hat oder nicht«, presste Katura heraus. »Wichtig ist, dass Master Baird gar keine andere Wahl hat, als Swenson alles zu versprechen, was er verlangt – sonst muss Master Baird mitansehen, wie seine Familie zu Tode gefoltert wird!«

Ein Schauer lief Lisa über den Rücken. Sie ertappte sich bei dem Wunsch, Breakwater und all die anderen gegen die Navy eingestellten Leute, die fest davon überzeugt waren, die Galaxis sei ein von Grund auf sicherer Ort, könnten das hier mitanhören.

»Also hat er, ich habe es ja schon gesagt, erzählt, es würden sich Raketen und nachgerüstete Werfer auf dem Weg nach Danak befinden«, fuhr Katura fort. »Und dass die Regierung von Danak gegen entsprechende Gebühr durchaus bereit wäre, ein Auge zuzudrücken, wenn sie fälschlicherweise an Swensons Schiffe geliefert würden. Aber Master Baird hat auch gesagt, die Leute in den Werften würden sich weigern, die entsprechenden Arbeiten durchzuführen, solange ihnen keine offizielle Autorisierung seitens des Jerriais-Büros hier in Nouveau Paris vorliege.«

»Und warum sollten die Piraten ihm das glauben?«, wollte Charnay wissen.

»Laut Master Bairds voraufgezeichneter Nachricht glaubt Swenson, Rowbtham habe die Raketen mit Genehmigung der Inspektoren der Republik ins System geholt«, erläuterte nun wieder Weissman. »Die Vorstellung ist längst nicht so lächerlich, wie sie vielleicht klingen mag. Denn auch die Regierung von Danak gehört zu den Anspruchsberechtigten des Konsortiums. Unser Anteil liegt bei zwölf Prozent, und bei Jerriais will niemand, dass wir glauben, sie wären in Schwarzmarkt-Waffengeschäfte verstrickt. Also ergibt es durchaus Sinn, wenn sie darauf bestehen, dass Rowbtham Waffen nur mit unserem Wissen überstellt.«

»Ja, genau«, bestätigte Katura. »Nur so konnte Master Baird diesen Swenson überhaupt dazu bewegen, mich hierherkommen zu lassen. Er hat behauptet, das Büro hier müsse die Freigabe der Raketen abzeichnen. Ich soll also Master Bairds Autorisierung hier abliefern und dann so schnell wie möglich nach Danak zurückkehren.«

»Aber Master Baird war schlau genug, auch noch zu behaupten, der ganze Plan gelinge nur, wenn *er persönlich* nach Danak komme, um den Auftrag zu bestätigen«, griff Weissman den Faden auf. »Und er hat darauf bestanden, dass ihn seine Familie bei der Überfahrt begleitet.«

»Zweifellos an Bord eines der Schlachtkreuzer der Piraten«, knurrte Charnay.

»Ach nein, bestimmt nicht«, widersprach Katura. »Master Baird und seine Familie befanden sich an Bord der *Pacemaker*, aber wir wurden von der *Banshee* begleitet, einem von Master Rowbthams Frachtern. Als Swenson mich angewiesen hat, an Bord der *Pacemaker* hierher zu fahren, hat Master Baird darauf bestanden, an Bord der *Banshee* zu gehen anstatt auf eines von Swensons Schiffen.« Zitternd atmete er tief durch. »Die Piraten sind eiskalt, Commodore. Wir haben gehört, sie schlagen, vergewaltigen und foltern ihre Gefangenen, manche wurden sogar umgebracht. Master Baird wollte nicht, dass seine Familie so etwas durchmachen muss, und deswegen hat er gedroht, die *Pacemaker* und die *Banshee* in die Luft zu jagen. Es wäre ihm lieber, wenn sie alle ums Leben kommen, als dass seine Frau und seine Töchter diesen Unmenschen in die Hände fallen.«

»Ganz schön mutig«, meinte Charnay. »Und wenn die es hätten darauf ankommen lassen?«

Katura schluckte sichtlich. »Das war kein Bluff«, sagte er leise. »Glücklicherweise haben das auch die Piraten begriffen. Also haben sie zugelassen, dass er zusammen mit seiner Frau und den Mädchen auf die *Banshee* hinübergewechselt ist. Die ist langsamer als alles, was Swenson hat, also kann er nicht entkommen, und Swenson besteht darauf, dass sie maximal eine Viertelmillion Kilometer Abstand zu seinem Flaggschiff hält. Sie bleibt also immer in Schussweite. Ich kenne Captain Rhamas, den Skipper der *Banshee.* Der wird keine Dummheiten machen.«

»Na, hoffentlich!«, stieß Dorvelle hervor.

»Offiziell bin ich also hier, um die Freigabe der Raketen und die Installationsautorisierung für die Jerriais-Werften abzuholen«, schloss Katura. »Aber meine *eigentliche* Nachricht ist das, was ich erst Mr. Weissman erzählt habe, und jetzt Ihnen.«

»Ich kann mir die Begeisterung des Konsortiums lebhaft vorstellen«, knurrte Charnay. »Und ich wette, auf Danak wird man völlig aus dem Häuschen sein, wenn man dort herausfindet, dass zwei Piraten-Schlachtkreuzer auf dem Weg zu ihnen sind. Wie viel Zeit bleibt uns noch, Admiral?«

»Genau da liegt das Problem«, sagte Dorvelle schwer. »Bairds ursprünglicher Plan war, die Abreise der Piraten von Walther lange genug hinauszuzögern. Captain Katura sollte so genug Zeit haben, Haven zu erreichen, und wir, um ein Empfangskomitee zusammenzutrommeln, das dann gemeinsam mit der *Pacemaker* nach Danak aufbricht. Bedauerlicherweise ist Swenson kein Geduldsmensch. Er hat sich geweigert, Katura mehr Zeit zuzugestehen als unbedingt nötig.«

»Die wollten ihm keine zusätzliche Zeit einräumen. Aber Master Baird hat sie davon überzeugt, dass es mindestens vierundzwanzig Stunden dauert, um hier in Nouveau Paris die Freigabe zu erwirken«, warf Katura ein. »Und die wissen nicht, wie schnell die *Pacemaker* wirklich ist.«

»Glücklicherweise hat er die vorausberechnete Überfahrtszeit um fast achtundvierzig Stunden verkürzen können, indem er sich durch die Gamma-Bänder gekämpft hat«, setzte Dorvelle hinzu. »Unterm Strich heißt das: Die Piraten werden in elf T-Tagen dort eintreffen, und von hier nach Danak braucht man sieben Tage.«

»Womit Ihnen noch vier Tage bleiben, eine entsprechende Reaktion vorzubereiten«, meinte Lisa gequält.

»Rein rechnerisch, mehr aber auch nicht«, widersprach der Admiral, »und es kommt noch schlimmer: Die *Saintonge* und ihre Geleitschiffe sind tatsächlich die einzige Schlachtkreuzer-Kampfgruppe, die wir überhaupt rechtzeitig nach Danak schicken könnten.«

Lisa warf Marcello einen erschrockenen Blick zu. »Ich dachte …« Sie verstummte.

»Sie dachten, wir hätten die größte Flotte im ganzen Sektor«, vollendete Charnay den Satz. Die Stimme des Commodores klang in Lisas Ohren sonderbar, und er schien ins Nichts zu blicken. »Aber wir haben eben auch reichlich assoziierte Systeme, die sich darauf verlassen, dass wir ihre Sicherheit garantieren. Abgesehen vom Zentralgeschwader …«

»… das wir nicht nutzen können«, warf Dorvelle ein.

»… das ich nicht einmal würde nutzen wollen, wenn ich es *könnte*«, bekräftigte Charnay, »vor allem nicht angesichts eines größeren Piratenverbandes in der Region. Also, abgesehen vom Zentralgeschwader ist unsere gesamte Kampfstärke auf Schlachtkreuzergruppen verteilt, die andere Sonnensysteme sichern. Admiral, sind die *Artois* und die *Provence* immer noch in der Werft?«

»Ja«, bestätigte Dorvelle. »Und die *Poitou* ist mit einem defekten Alpha-Emitter ausgefallen. Natürlich könnten die Piraten weniger Kampfgeschick haben oder schlechter bewaffnet sein als wir, aber das wäre eine vielleicht unberechtigte Hoffnung. Die Zahlen selbst sind alles andere als vielversprechend.«

»Ich habe Ihnen Captain Rhamas' Einschätzungen hinsichtlich der Schiffstypen und Beschleunigungsprofile der Piratenschiffe mitgebracht«, warf Katura ein.

Alle blickten ihn an. »Wie bitte?«, fragte Dorvelle.

»Rhamas hat dreiundzwanzig T-Jahre bei der Solarian Navy gedient, bevor Master Rowbtham ihn angeworben hat«, erläuterte Katura. »Mit Kriegsschiffen kennt er sich aus, und er hatte reichlich Zeit, die Passiv-Sensoren zum Einsatz zu bringen. Für die Beschleunigungsprofile kann er natürlich keine Garantie übernehmen, aber was die Schiffsidentifikationen und Waffensysteme betrifft, ist er sich ziemlich sicher.«

»Na, das ist hilfreich«, bemerkte Charnay. »Zwar nicht so hilfreich wie ein oder zwo weitere Schlachtkreuzer, aber im Augenblick nehmen wir alles, was wir kriegen können.«

Marcello, der nach wie vor neben Lisa stand, rührte sich. »Commodore Charnay? Admiral Dorvelle? Könnten wir kurz ungestört miteinander reden?«

Ein paar der havenitischen Offiziere runzelten die Stirn. Dorvelle jedoch nahm die Frage ungerührt hin.

»Natürlich«, sagte er. »Hier entlang.«

Der Admiral ging voran und betrat ein kleines Arbeitszimmer unmittelbar neben dem Besprechungsraum. Marcello wollte schon eintreten, doch auf der Schwelle drehte er sich noch einmal um.

»Sagen Sie, Captain Katura, haben Sie zufälligerweise Aufnahmen von Swenson oder einem der anderen Piraten?«

»Nein«, antwortete Katura, und gequält von der Erinnerung presste er die Lippen zusammen. »Nachdem man unser Schiff aufgebracht hat, wurde als Erstes auf die Bordcomputer beider Schiffe zugegriffen und jedes Signallogbuch gelöscht – und alles, was damit zu tun hat.«

»Natürlich«, sagte Marcello. »Ich danke Ihnen.«

Er gesellte sich zu den anderen in dem kleinen Arbeitszimmer und schloss die Tür hinter sich.

»Ich weiß, was Sie jetzt sagen wollen, Captain«, begann Dorvelle, bevor Marcello auch nur den Mund öffnen konnte. »Und auch wenn ich das Angebot sehr zu schätzen weiß, kann ich nicht zulassen, dass uns die *Damocles* unterstützt.«

»Darauf wollte ich tatsächlich gleich zu sprechen kommen, Sir«, bestätigte Marcello. »Aber zunächst geht es mir darum, dass die ganze Geschichte eine einzige gewaltige Finte sein könnte.«

»Mit welchem Ziel?«, gab Dorvelle zurück.

»Möglicherweise mit dem Ziel, dass Ihre Schiffe von ihren aktuellen Positionen abgezogen werden«, antwortete Marcello sofort. »Sie haben es selbst angesprochen: Sie sind im Augenblick mehr als ausgelastet. Vielleicht hoffen die Piraten darauf, dass Sie als Reaktion auf die Lage in Danak die Sicherung von Nouveau Paris aufgeben. Sie sagten zwar, dass Sie das Zentralgeschwader nicht nutzen wollen, aber das weiß Swenson ja nicht. Außerdem gehen die Piraten möglicherweise davon aus, dass Sie bereit sein könnten, die Vorschriften ein wenig zu … dehnen, wenn es um das Leben einer unschuldigen Familie geht.«

»Darüber will ich gar nicht nachdenken«, sagte Dorvelle grimmig. »Aber diese Entscheidung steht nicht zur Debatte.«

»Natürlich nicht«, bestätigte Marcello. »Aber auch das kann Swenson nicht wissen.«

»Das Ziel könnte auch die *Saintonge* sein«, ergänzte Lisa. »Wenn die Piraten davon ausgehen, dass Sie das Zentralgeschwader nicht anrühren, und wenn sie auch über Ihre Dislozierungen informiert sind, könnten sie sich ausgerechnet haben, dass eine einzige Schlachtkreuzergruppe alles ist, was Sie entbehren können.«

»Und was die Anzahl der Gegner betrifft, haben wir nur Katuras Aussage«, griff Marcello den Gedanken auf und nickte. »Ich will ihn nicht der Lüge bezichtigen, aber vielleicht hat man ihn gezielt in die Irre geführt. Wenn Sie dorthin fahren und mit acht Schiffen rechnen, dann aber zwölf oder sechzehn gegenüberstehen, reichen womöglich waffentechnischer Vorsprung der Republik und gut trainierte Crews nicht aus.«

»Es könnte sogar noch schlimmer kommen«, übernahm nun wieder Lisa. »Was für eine Piratenbande verfügt denn über die notwenigen Ressourcen, um zwo Schlachtkreuzer zu erstehen und in Betrieb zu halten? Was für eine Piratenbande *braucht* denn überhaupt derart schwere Schiffe? Um ehrlich zu sein, klingt alles, was Katura gesagt hat, für mich deutlich mehr nach Söldnern als nach Piraten.«

»Söldner, die möglicherweise Verbindungen zu ihrem Freund Tamerlane haben?«, fragte Dorvelle.

»Ich bin mir sicher, dieser Gedanke ist uns allen schon gekommen«, erwiderte Marcello. »Deswegen hatte ich auf ein paar noch intakte Aufzeichnungen der *Pacemaker* gehofft. Ich will auf Folgendes hinaus: Falls Swenson tatsächlich Tamerlane ist, und wenn sein Kampfverband größer ist, als wir wissen, könnte das einer von mehreren koordinierten Angriffen auf spezifische havenitische Ziele sein.«

»Möglich wäre das, ja«, sagte Dorvelle gedehnt und legte die Stirn in Falten, »aber doch höchst unwahrscheinlich. Eine derart große Gruppe bräuchte eine tragfähige Logistik- und

Versorgungsstruktur, und ich kann mir nicht vorstellen, dass sich hier in der Nähe etwas in dieser Art versteckt. Nicht, wo Brigadier Massingill in allen nur erdenklichen Ameisenhügeln herumstochert.«

»Und es gibt durchaus Mittel und Wege, wie eine Piratenbande an zwo Schlachtkreuzer kommen könnte«, ergänzte Charnay. »Genau das hatte ja schließlich auch die Bande in Secour versucht, erinnern Sie sich?«

»Stimmt, ja«, pflichtete ihm Marcello bei. »Und ehrlich gesagt bezweifle ich, dass jemand das eben von mir beschriebene Szenario wirklich durchzuziehen willens wäre. Ich wollte nur auf jeden Fall sichergestellt wissen, dass auch diese Möglichkeit bedacht wird.«

»Aber Sie glauben, Swenson hat mit Tamerlane zu tun, nicht wahr?«, setzte Dorvelle nach.

»Ich halte es für möglich«, beantwortete Marcello die Frage. »Und sollte das wirklich der Fall sein, gebe ich respektvoll zu bedenken, dass gemäß unserem bestehenden Abkommen die *Damocles* nicht nur das Recht hätte, in das Vorgehen gegen ihn involviert zu sein, sondern dazu ausdrücklich verpflichtet wäre.«

Dorvelle stieß einen leisen Pfiff aus. »Und damit wäre die Büchse der Pandora offiziell geöffnet«, sagte er. »Ihnen ist klar, dass das nicht nur der Chef des Admiralsstabs abzeichnen müsste, sondern auch noch die Rechtsabteilung ein Wörtchen mitzureden hätte, ganz zu schweigen vom Außenministerium? Ich bin mir wirklich nicht sicher, ob vier Tage ausreichen, das alles auseinanderzudröseln.«

»Dessen bin ich mir bewusst, Sir«, erwiderte Marcello. »Nichtsdestotrotz bleibe ich bei meinem Gesuch.«

Dorvelle blickte Charnay an.

»Bei der Navy gibt es eine alte Tradition, dem ranghöchsten Offizier vor Ort hinsichtlich der Umsetzung seiner Befehle beachtlichen Spielraum zu gewähren, Commodore«, sagte er. »Und im Augenblick sieht es ganz so aus, als wären *Sie* besagter ranghöchster Offizier. Irgendwelche Ideen?«

»Ich stimme der Lageeinschätzung zu: Der Admiralsstab muss einbezogen sein, Sir«, antwortete Charnay. »Und sei es auch nur, um bei Bedarf Rechtsabteilung und Außenministerium Druck zu machen. Gewiss dürfte niemanden die Vorstellung glücklich machen, ein manticoranisches Kriegsschiff könnte zerschossen werden, während es einem havenitischen Kommando unterstellt ist.«

Nachdenklich blickte er Marcello und Lisa an, ehe er weitersprach: »Andererseits hat Captain Marcello durchaus recht hinsichtlich des hier geltenden moralischen Gebots. Zudem haben wir in der Vergangenheit sehr erfolgreich mit Manticore zusammengearbeitet – nicht nur in Secour, sondern auch bei unserem gemeinsamen Piraten-Jagd-Programm. Ihre Leute und Leistungsfähigkeit sind bei unseren Truppen ebenso bekannt wie in der Kommandoführung.« Angespannt lächelte er. »Aus rein praktischen Erwägungen möchte ich noch einmal erwähnen, dass für einen der drei Abschüsse der Royal Manticoran Navy bei der Schlacht von Manticore die *Damocles* ein entscheidender Faktor war. Ich könnte mir sehr gut vorstellen, für einen zusätzlichen Zerstörer Verwendung zu finden.«

»Also gut«, entschied Dorvelle, »dann starte ich jetzt einen Versuchsballon. Sehen wir doch, ob jemand dagegen Einwände erhebt. Ich wünschte nur, Sie hätten nicht so recht mit Ihrer Einschätzung, wie nützlich Ihnen die *Damocles* sein könnte. Wenn ich irgendwo noch ein paar unserer eigenen Schiffe auftreiben könnte, wäre mir das verdammt lieber.«

»Das weiß ich, Sir.« Charnay blickte Marcello und Lisa an.

»Also lautet unsere Aufstellung: die *Saintonge*, drei Schwere Kreuzer, vier Zerstörer, eine Fregatte und HMS *Damocles*. Das ist jetzt nicht die beruhigendste Aufstellung gegen zwo Schlachtkreuzer und sechs Schwere Kreuzer, aber ich habe schon Schlimmeres erlebt. Und wir haben plangemäß sieben Tage für die Überfahrt.« Nun schaute er wieder zu Dorvelle hinüber und nahm Haltung an. »War das ein Befehl, Admiral Dorvelle?«

»War es, Commodore Charnay«, antwortete Dorvelle und nahm ebenfalls Haltung an. *Sonderlich glücklich sieht er nicht aus*, ging es Lisa durch den Kopf, doch glücklich zu sein war in letzter Zeit anscheinend Mangelware. »Leiten Sie umgehend Ihre Vorbereitungen ein. Requirieren Sie, was immer Sie brauchen. Ich möchte, dass Sie innerhalb von sechsunddreißig Stunden bereit für die Inmarschsetzung sind.«

»Sind wir, Sir.«

»Gut«, sagte Dorvelle. »Viel Glück.«

»Danke, Sir«, erwiderte Charnay. »Und wenn ich noch einen Vorschlag machen dürfte: Wir sollten unser Gespräch über Finten oder Täuschungen nicht in Gegenwart von Katura oder Weissman erwähnen.«

»Für den Fall, dass es tatsächlich eine Finte ist?«

»Jawohl, Sir«, sagte Charnay, »ganz genau.«

Die *Saintonge* und ihre Geleitschiffe waren tatsächlich innerhalb des von Dorvelle vorgegebenen Zeitfensters bereit für die Inmarschsetzung. Gleiches galt für die *Damocles*.

»Ich bezweifle, dass die Admiralität sonderlich erbaut wäre, wüsste sie, was wir vorhaben«, warnte Lisa ihren Captain, während sie sich der Hypergrenze näherten.

»Was haben wir doch für ein Glück, dass die jetzt nicht hier sind, was?«, erwiderte Marcello. »Oder war das ein sehr umständlicher Versuch Ihrerseits, mich wissen zu lassen, dass Sie Bedenken hegen?«

»›Bedenken‹ ist nicht ganz das richtige Wort, Sir«, wich Lisa aus. Marcello lehnte dezent vorgebrachte Kritik nicht ganz so rigoros ab wie manch anderer Offizier, unter dem sie schon gedient hatte. Das hieß jedoch nicht, dass sie diesen Umstand ausnutzen sollte. »Ich mache mir nur Gedanken wegen der Logistik. Ganz zu schweigen von der neuen Software.«

»Wir können ja nun kaum mit Charnay zusammenarbeiten, wenn unsere Computer und Sensoren mit den seinen nicht kommunizieren können«, gab Marcello zu bedenken. »Und vergessen Sie bitte nicht, dass die havenitischen Schiffe zwar vor Ort gebaut werden, aber all unsere Schiffe im Grunde genommen von Solariern konstruiert sind. In gewisser Weise sind wir also darauf ausgelegt, über ein Interface miteinander verknüpft zu werden.«

»Jawohl, Sir«, sagte Lisa. Es stimmte, ihre Hardware war tatsächlich weitgehend kompatibel – nur dass natürlich die havenitischen Schiffe deutlich neueren Datums waren und daher einige Upgrades erfahren hatten. »Am meisten Sorgen bereitet mir, wie tief die Haveniten in unsere Systeme hineinschauen können.«

»Hauptsächlich geht es hier doch um das Interface für die Kommunikation«, entgegnete Marcello. »Ich wünschte wirklich, wir könnten noch mehr tun. Ein schiffsübergreifendes Feuerleitnetzwerk beispielsweise wäre extrem hilfreich. Aber unsere Raketen sind zu alt und sprechen auf Havens Systeme entschieden zu schlecht an.«

»Da bleiben immer noch die Sensordaten und der Signalverkehr«, wandte Lisa ein. »Mich stört weniger, ob der Zugriffsfilter nun funktioniert oder nicht, als vielmehr, in welchem Ausmaß wir den Haveniten Zugriff gewähren mussten.

Selbst wenn Papadakis' Leute denen die ganze Zeit über die Schulter geschaut haben: Wer kann schon sagen, ob uns nicht doch ein Computerwurm oder ein Datensaugerprogramm untergejubelt worden ist.«

»Ich wüsste nicht, was von dem, was wir haben, für die von Interesse sein könnte«, gab Marcello trocken zurück. »Aber zumindest theoretisch sollten unsere Verschlüsselungen und unsere privaten Daten und Protokolle durch die Icewall geschützt sein, die wir vor dem Zugriff der Haveniten aktiviert haben. Wenn die über einen Wurm verfügen, der das alles durchdringen kann – und sie einen Grund haben sollten, das zu versuchen ... ja, dann sind wir in Schwierigkeiten. Aber Verschlüsselungen und Protokolle lassen sich auch wieder ändern. Ich könnte mir vorstellen, dass die Admiralität genau das tun wird, sobald wir zurückkehren.«

»Jawohl, Sir«, bestätigte Lisa mit unangenehm trockener Kehle. Sobald sie zurückgekehrten.

Falls sie zurückkehrten.

In vielerlei Hinsicht war das hier schlimmer als die Invasion von Manticore. Damals waren ihnen nur wenige Stunden geblieben, um zu begreifen, was geschah. Die ganze Zeit war mit emsig hektischer Aktivität gefüllt gewesen, weil jedes Schiff der Navy irgendwie versucht hatte, Frontbereitschaft herzustellen.

Hier hingegen hatten sie gleich mehrere Tage für die Vorbereitungen, Tage, an denen jedem an Bord reichlich Zeit bliebe, in der Koje zu liegen und darüber nachzugrübeln, was ihnen bevorstand.

Ihre Ausbildung, das Training, der Drill ... all das hätte sie eigentlich auf diese Art Situation vorbereiten sollen. Doch als Lisa nun so darüber nachdachte, fand sie ihre Vorbereitung darauf mehr als lückenhaft.

Aber lückenlose Vorbereitung vermochte wohl keine Ausbildung, kein Training, kein Drill zu leisten.

»Also sollten wir jetzt nicht mehr über *möglicherweise* auftretende Probleme mit unseren Verbündeten nachdenken, sondern uns lieber auf die *eindeutig* vor uns liegenden Probleme mit unseren Gegnern konzentrieren«, fuhr Marcello fort. »Wir haben sieben Tage Zeit, um sicherzustellen, dass alles und jeder auf alles vorbereitet ist, was uns bevorstehen mag. Diesen Punkt werden Sie Ravel gegenüber doch wohl betont haben?«

»Jawohl, Sir, habe ich«, versicherte ihm Lisa. »Nicht, dass sie diese Gedächtnisstütze benötigt hätte. Schon seit wir informiert wurden, hat sie sich bis über beide Ohren in Analysen vergraben, in Simulationen und Mehrschichtpläne.«

Lisas Ansicht nach war Wanda Ravel ein wirklich tüchtiger Taktischer Offizier. Trotzdem schien sie nicht den Funken des Quer- oder Um-die-Ecke-Denkens in sich zu tragen, der Travis so auszeichnete.

Wäre doch nur Travis hier! Nicht nur, weil seine unkonventionelle Denkweise für das bevorstehende Gefecht womöglich entscheidend sein könnte, sondern auch, weil sie ihn vermisste.

»Haben wir schon Commodore Charnays vorgeschlagenen Zeitplan für die Gefechtsübungen erhalten?«

»Jawohl, Sir, sein Operationsoffizier hat ihn bereits übermittelt«, bestätigte Lisa erneut. »Nicht, dass ich ihn schon weitergeleitet hätte.«

»Hatten Sie das denn vor?«

»Na, Sir, nein, natürlich nicht ohne Ihr Einverständnis!«

»Gut«, sagte Marcello. »Aber Ihnen ist doch klar, dass es uns nicht gerade in ein gutes Licht rückt, wenn unsere Leute die allererste gemeinsame Übung mit dem Rest des Verbands verkorksen.«

»Mit Commander Laforge habe ich darüber gesprochen«, sagte Lisa. »Ich habe ihr gesagt, was ich im Sinn habe, und sie hat es begeistert aufgegriffen.«

»Sie wird ihren Leuten den Zeitplan dann auch nicht verraten?«

»Wird sie nicht, nein«, bestätigte Lisa. »Wenn also etwas verkorkst wird, passiert das auf breiter Front.«

»Soll mir reichen«, meinte Marcello. »Aber eines sollten Sie noch wissen: Wenn Ravel und ihre Leute ihrerseits unterdurchschnittliche Leistungen zeigen, werden sie dafür büßen – mit mehr Arbeit und weniger Schlaf.«

»Verstanden, Sir«, sagte Lisa. »Wir wollen ja nicht in Danak eintreffen, ohne dass alle Höchstleistungen vorlegen.«

Marcello schnaubte leise. »Erinnern Sie sich noch an die gute alte Zeit, Commander? Als Manöver und Drill immer nur nach langer, langer Vorwarnzeit stattfanden?«

»Sie meinen die gute alte Zeit von vor ungefähr einem Jahr?«

»Genau die.«

Lisa nickte. Das waren tatsächlich ruhigere, bequemere Zeiten gewesen.

Viel Zeit einzurechnen war damals Notwendigkeit gewesen. Schließlich mussten widerspenstige oder völlig beschädigte Schiffssysteme und Schiffe zunächst einmal mühselig in einen Zustand versetzt werden, der zumindest eine gewisse Ähnlichkeit mit Frontbereitschaft besaß. Ein anderer Grund war das ›Alte-Freunde‹-Netzwerk gewesen, das dafür gesorgt hatte, dass den Offizieren betroffener Abteilungen stets genug Zeit geblieben war, diese auch auf Vordermann zu bringen. Für die Karriere unerlässliche Leistungsberichte basierten schließlich darauf, wie sich die jeweilige Einheit schlug. Es wäre schlichtweg undenkbar gewesen, Tinte ins Schönschreibheft zu tropfen, bloß weil die betreffende Einheit nicht mehrere Wochen Vorbereitungszeit erhalten hatte!

Diese Zeiten waren endgültig vorbei. Das Sternenkönigreich war angegriffen worden, und seine Navy würde niemals wieder ein bequemes Plätzchen sein, in dem man Zeit verstreichen lassen und darauf warten konnte, irgendwann in einen ähnlich bequemen Ruhestand hineinzudriften.

Verblassten die alten Zeiten, mussten es alte Angewohnheiten und alte Seilschaften ihnen gleichtun.

»Trotzdem: *Sic transit gloria mundi,* wie es so schön heißt«, fuhr Marcello fort. Er hob beide Brauen. »Aber *mir* wollten Sie diesen Zeitplan doch durchaus mitteilen, oder?«

»Selbstverständlich, Sir«, bestätigte Lisa in ihrer respektvollsten Unschuldsstimme. »Wie können Sie etwas anderes überhaupt nur in Erwägung ziehen!«

»Ihnen ist doch wohl bewusst«, warnte Joshua Miller, »dass das Dokument seiner Grundaussage wegen als Druckmittel weitestgehend wertlos ist.«

»Das stimmt«, räumte Elizabeth ein, »und wenn er sich entscheidet, das Ganze auf diesem Niveau durchzuziehen, wird eine sowieso unerfreuliche Situation nur noch verschärft.«

»Breakwater wird sich nicht auf einen Kampf einlassen«, warf Michael von der anderen Seite des Tisches aus ein. »Er versteht, zwischen Schein und Sein zu unterscheiden und beides für sich einzusetzen. Er weiß sehr genau, wann der Schein gewahrt werden muss. Er wird tun, was immer du von ihm verlangst, Elizabeth – und sei es auch nur, um seinen Ruf nicht zu beschädigen.«

Elizabeth schnürte es die Kehle zu. *Er wird tun, was immer du von ihm verlangst.* Nicht das, was sein ehemaliger König von ihm verlangte oder ein namhaftes Mitglied des Unterhauses – oder auch sie alle drei gemeinsam. *Was* du *verlangst.*

Seit Elizabeths Krönung war mehr als ein Jahr vergangen. Seither hatte es vielleicht ein halbes Dutzend Situationen gegeben, nichts weiter als kurze Momente, in denen sie sich tatsächlich wie eine echte Regentin gefühlt hatte.

Jetzt hatte es eines einzigen Wortes bedurft – *du* –, und sie wurde von der ganzen Wucht ihrer Position und der damit einhergehenden Macht und Verantwortung getroffen.

»Ich hoffe, Sie haben recht, Euer Hoheit«, sagte Joshua und deutete Michael gegenüber eine Verneigung an. »Wahrscheinlich weist das erst die Zeit.« Nach einer kurzen Pause fuhr er an Elizabeth gewandt fort: »Aber was auch immer geschehen mag, Eure Majestät«, er klang beinahe schüchtern, »ich möchte Ihnen auf jeden Fall dafür danken, mich einbezogen zu haben.«

»Gern geschehen, Mr. Miller«, versicherte ihm Elizabeth. »Ich für meinen Teil stehe ewig in Ihrer Schuld. Sie haben der Krone einen großen Dienst erwiesen – und mir persönlich.«

»Es war eine Pflicht, die zu erfüllen mir mehr als eine Freude war.« Millers Schulter und Arm zuckten vor, als hätte er die Hand auf ihre legen wollen. Nicht in einer aufdringlichen, unziemlichen Weise, das spürte Elizabeth, sondern zum Zeichen freundschaftlicher Verbundenheit.

Im letzten Moment schien er gespürt zu haben, dass es unangemessen oder vielleicht nicht gern gesehen worden wäre. Die Hand blieb, wo sie war.

Da Elizabeth aber ebenfalls unvermittelt das Bedürfnis nach Kontakt verspürte, ergriff sie die Initiative und legte ihre Hand auf die seine.

Miller schien zu erstarren – kaum merklich. Auf der anderen Seite des Tisches rührte sich Elizabeths Vater in seinem

Sessel – kaum merklich –, als wollte er etwas sagen. Doch er schwieg.

Sie zog die Hand wieder zurück. »Es bleibt noch viel zu tun«, sagte sie, »Sie sollten jetzt lieber gehen.«

»Sehr wohl, Eure Majestät«, sagte Miller, stand auf und verneigte sich vor ihr. »Lassen Sie mich wissen, wann immer Sie mich brauchen. Ich bin allzeit bereit.« Er wandte sich Michael zu. »Euer Hoheit.«

»Mr. Miller«, erwiderte Manticores ehemaliger König ernst.

Miller drehte sich um, durchquerte das Studierzimmer und ging auf die Tür zu, an der Sergeant Adler bereits wartete, um ihn nach Hause zu begleiten.

Elizabeth blickte ihm nach. Zu einer anderen Zeit, an einem anderen Ort …

Mit einem Kopfschütteln verdrängte sie diesen Gedanken. Oder vielmehr: Der Gedanke verflüchtige sich ganz von selbst. Solange die Erinnerung an Carmichael noch so lebendig war, Erinnerungen an ihn durch ihre Träume tanzten und Herz und Verstand beschäftigten, konnte sie keinem anderen Mann gestatten, den leeren Platz an ihrer Seite einzunehmen.

In einer geschmacklos ironischen Weise war es beinahe schon lustig, dass jeder angenommen hatten, bei Burgundys letzter Datei müsste es sich um eine Liste potenzieller Prinzgemahle gehandelt haben. Ihr war es so ergangen, Burgundys Privatsekretärin und auch der Person, die Breakwater die Liste zugespielt hatte.

Vielleicht wäre genau das ja die nächste Liste gewesen, die der Premierminister angelegt hätte, hätte er noch einige Wochen länger gelebt. Doch was anscheinend alle und jeder vergessen hatten, war, dass Burgundy ebenso ein Diener der Krone gewesen war wie ein enger Freund des Hauses Winton.

Er hatte den aufziehenden Streit über die Thronfolge ebenso deutlich kommen sehen wie Breakwater.

Also hatte er seiner Königin ein Vermächtnis hinterlassen.

Auf der anderen Seite des Arbeitszimmers traten Miller und Adler leise und unauffällig auf den leeren Korridor hinaus, und Adler schloss die Tür hinter ihnen.

»Ein guter, loyaler Mann«, meinte Michael leise. Sein Tonfall, das entging Elizabeth nicht, ließ keinerlei Rückschluss darauf zu, auf welche der beiden möglichen Interpretationen der Liste er sich mit diesen Worten bezog.

»Ja, das ist er«, pflichtete Elizabeth ihrem Vater bei. Einen Moment lang war sie versucht, ihm ähnlich zweideutig zu antworten, nur so zum Spaß. Aber sie war die Königin und Spaß nichts, was sie sich spontan ermöglichen durfte. Spaß war nun ein kostbares Gut, das es sorgsam für genau definierte Zeiten und Orte aufzubewahren galt. »Er wird einen guten Verbündeten im Unterhaus abgeben.«

Wieder sah sie ihren Vater im Sessel die Sitzposition verändern, doch sie hätte nicht sagen können, ob aus Erleichterung oder aus Enttäuschung. »Und die anderen?«

»Jacques Corlain wird Mr. Miller gewiss standhaft zur Seite stehen«, antwortete Elizabeth. »Placido Amadeo …«

»Du kannst ihn einfach Joshua nennen, doch, wirklich!«, gab Michael leise zu bedenken. »Zumindest wenn wir unter uns sind. Es ist offenkundig, dass du ihn magst.«

»Placido Amadeo und seine Firma besitzen großen Einfluss auf mehrere andere Abgeordnete«, fuhr Elizabeth beharrlich fort. »Ich bin zuversichtlich, dass er ebenfalls Mr. Millers Bitte nachkommen wird, bei Bedarf ein wenig Druck auszuüben. Alles in allem, meine ich, haben wir eine gute Chance.«

Kaum hörbar seufzte ihr Vater. »Das sehe ich auch so«, sagte er dann. »Aber wenn Breakwater nicht … aber das wird er natürlich«, korrigierte er sich selbst hastig. »Und jetzt ist es für mich an der Zeit, diese müden alten Knochen ins Bett zu schaffen. Oder brauchst du mich heute Abend noch?«

»Ich werde dich *immer* brauchen, Dad«, sagte Elizabeth und drückte quer über den Tisch hinweg seine Hand. »Aber jetzt wünsche ich dir erst einmal angenehme Träume.«

»Du wirst mich keineswegs immer brauchen, Elizabeth«, widersprach Michael. Nun drückte er ihre Hand, ließ los und erhob sich. »Um genau zu sein, weiß ich nicht einmal, ob du mich *derzeit* brauchst. Und darüber bin ich froh. Wirklich sehr froh.« Er lächelte. »Aber auch wenn du mich vielleicht irgendwann nicht mehr brauchen solltest, hoffe ich doch, dass du mich dann immer noch gern an deine Seite siehst.«

»Immer, Dad«, versicherte Elizabeth leise. »Schlaf gut, und gib Mom einen Kuss von mir.«

»Wahrscheinlich schläft sie schon.«

»Dann küss sie einfach ganz, ganz vorsichtig.«

31

Der *Hamman* von Lau Hiler nach Sachsen zu folgen und dann die Rückfahrt von dort nach Walther würde insgesamt neununddreißig T-Tage dauern. Erst nach dieser Zeit würde die *Casey* also wieder in das Heimatsystem der Volsungs zurückkehren. Da die Vorgehensweise der Söldner nicht bekannt war, ließ sich unmöglich vorhersagen, ob einige – oder gar alle – ihrer restlichen Schiffe während der Abwesenheit des Kreuzers zurückgekehrt sein würden.

Ständig meldete sich dieser Gedanke in Travis' Hinterkopf. Dabei war er beschäftigt wie alle anderen. Denn die Verbündeten arbeiteten während der gemeinsamen Rückfahrt Pläne aus und hielten regelmäßig Besprechungen ab. Doch was Travis umtrieb, schien Clegg, Basaltberg und Kane – oder vielmehr Zhou – nicht sonderlich zu sorgen.

Zumindest *zeigten* sie keinerlei Besorgnis – was natürlich ein Unterschied war.

Trotzdem glaubte Travis in der Einstellung der Andermaner Gensonne gegenüber etwas … Eigentümliches zu entdecken. Chomps dachte ebenso, und sie hatten darüber – bei einem gemeinsamen Bier in Travis' Kajüte – schon mehrmals gesprochen.

Zu einer zwingenden Schlussfolgerung waren sie nicht gekommen. Sie waren sich aber einig, dass Basaltberg von mehr angetrieben wurde als nur dem Bedürfnis, sich einer potenziellen Bedrohung für das Kaiserreich anzunehmen.

Die Andermaner hielten sich also bedeckt, was den Grund

für ihren Zorn auf Gensonne anging. Wesentlich offenherziger, als Travis erwartet hatte, waren sie, was ihre Navy und deren Leistungsfähigkeit betraf. Das war ebenso aufschlussreich wie erstaunlich.

Und es war, so zumindest empfand es Travis, beschämend.

Die Andermaner gaben nämlich bereitwillig Auskunft und Ratschläge, weil die Royal Manticoran Navy nicht einmal ansatzweise in der gleichen Liga spielte wie sie. Selbst die *Casey*, Manticores modernstes Kriegsschiff, war deklassiert.

Rein technisch war die *Casey* zumindest … nun, vielleicht nicht dichtauf zu ihren neuen Geleitschiffen, aber doch in Rufweite. Nur war die *Casey* eben ein Einzelfall, das einzige Schiff ihrer Art in der Royal Manticoran Navy. Basaltbergs Schiffe hingegen verfügten allesamt über gleiche, ja, technisch identische moderne Waffensysteme und ebensolche Elektronik.

In vielerlei Hinsicht war die technische Unterlegenheit der Royal Manticoran Navy die von ihren Schwächen, die am *wenigsten* auffiel. Viel schlimmer war, dass es der Flotte des Sternenkönigreichs an institutionellem Wissen fehlte, an einer Infrastruktur, an technischem Wissen und – das war das Allerschlimmste – an Erfahrung.

Natürlich hatten die Andermaner darauf nicht ausdrücklich hingewiesen. Sie hatten Travis' und Cleggs Vorschlag zum Umgang mit den Raketenplattformen der Söldnerbasis angenommen, und sie hatten in höchsten Tönen die Rolle der *Casey* bei der Schlacht von Manticore gelobt. Trotzdem war zu spüren, jedenfalls für Travis, dass sie alle der Ansicht waren, der Sieg der Royal Manticoran Navy sei Glückssache gewesen, nicht militärisches Geschick. Keiner von ihnen schien den Mut oder die Entschlossenheit der Manticoraner anzuzweifeln, aber Travis konnte sich des Eindrucks nicht erwehren, die Andermaner rissen sich immens zusammen, um nicht die Augen zu verdrehen, wann immer über die Taktik der beiden Kombattanten des Gefechts gesprochen wurde.

Als Taktischer Offizier der *Casey* war Travis eng in die Planungssitzungen eingebunden, die während der Überfahrt nach Walther stattfanden. Viele davon waren reine Com-Konferenzen, doch auf Basaltbergs Beharren hin waren Clegg und er mehrmals auch als Ehrengäste des Admirals an Bord der *Vergeltung* zum Dinner eingeladen gewesen. Diese Abendessen waren Gesellschaftsereignisse, richtig, Fachgespräche hatte es dennoch gegeben. Eines Abends dann waren Travis die Augen aufgegangen: Basaltberg, Riefenstahl und Kapitän Luitpold Huschens, der Kommandant der *Vergeltung* und Admiral Basaltbergs Flaggkommandant, hielten während dieser Essen in Wahrheit sehr dezent ein Sonderseminar ab, von dem die Manticoraner profitieren sollten.

Damit hatte Travis kein Problem, ganz im Gegenteil: Er war fest entschlossen, Informationen, Erkenntnisgewinne und jedweden Einblick, den man ihm ermöglichte, in sich aufzusaugen wie ein Schwamm. Wie Clegg darüber dachte, war für Travis nicht leicht zu beurteilen, nur eines war augenfällig: Jede Antwort, die sie gab, jede Bemerkung, die sie fallen ließ, war knapp, präzise auf den Punkt gebracht und wohldurchdacht. Offensichtlich war sie sich ebenso bewusst wie ihr Taktischer Offizier, wie viel die Royal Manticoran Navy noch zu lernen hatte.

Zugleich aber war sie schon sehr viel länger als Travis Offizier Seiner Majestät des Königs beziehungsweise der Königin. Clegg gehörte zu denen, die seit Jahrzehnten darum rangen, die Navy überhaupt am Leben zu erhalten. Nun so deutlich vor Augen geführt zu bekommen, was die Royal Manticoran Navy *hätte werden können*, was ihr jedoch nie gestattet worden war, musste für den Captain noch ungleich härter sein als für Travis.

Die *Vergeltung* war ein Idealbeispiel dafür.

Das Schlachtschiff war viel neuer als die Schlachtkreuzer der Royal Manticoran Navy. Niemand, nicht einmal jemand aus der Solaren Liga, hatte derart große Schiffe gebaut, seit Manticore die Schlachtkreuzer der *Lexington*-Klasse angeschafft hatte – vor fast einem T-Jahrhundert.

Travis war in der Lage, zu erkennen, wann ein Schiff grundüberholt war. Ja, er vermutete sogar, dass die *Vergeltung* weniger überholt als vielmehr von Grund auf neu gebaut war. Es gab allerdings unverkennbar Anzeichen für schwere Gefechtsschäden – einschließlich externer wie interner Versteifungsplatten, wie sie zum Einsatz kamen, um Rumpf und Deckplatten nach schweren Schäden möglichst zu entlasten.

Kurz gesagt, gab es also Anzeichen für jene Sorte Beschädigung, die ein Schiffsrumpf selten überstand. Die Reparaturkosten mussten annähernd dem Anschaffungspreis für ein neueres Schiff dieser Klasse entsprochen haben. Gustav Anderman musste viel an dem Schiff liegen, wenn er derartige Summen investierte, um es wieder raumtüchtig zu machen.

Doch wie alt der Originalschiffsrumpf auch sein mochte, und wie schwer er in der Vergangenheit auch getroffen worden war: Travis zweifelte kein bisschen an dessen Robustheit und Raumsicherheit. Nichts an der *Vergeltung* wirkte auch nur im Mindesten in die Jahre gekommen, veraltet oder abgenutzt.

Ihre Elektroniksysteme waren auf dem allerneuesten Stand. Die Raketen des Schiffes hatte Travis nicht persönlich in Augenschein nehmen können, doch laut Stücklisten waren es Starstorms – genau die Sorte Rakete, die noch vor zwölf T-Jahren auch von der Solarian League Navy genutzt worden war. Die Fusionsbooster, von denen diese Raketen angetrieben wurden, waren mindestens doppelt so leistungsstark wie die der Raketen an Bord manticoranischer Schiffe. So kamen diese Lenkwaffen ungleich schneller aus der Gefahrenzone des eigenen Impellerkeils und damit auf den Weg zum Ziel. Der Mittschiffslinienlaser der *Vergeltung* war mindestens doppelt so leistungsstark wie alles Manticoranische. Das Schiff war zudem geradezu verschwenderisch mit aktiven Nahbereichsabwehrsystemen ausgestattet: Dazu gehörten eine Schwere Schnellfeuerkanone, höchst leistungsfähige Eloka-Systeme und ein Täuschkörperschleppsystem, das jedem Taktischen Offizier das Wasser im Munde zusammenlaufen ließ. Während der Rückfahrt von Sachsen nach Walther hatte der zusammenimprovisierte gemeinsame Verband sechs Gefechtsübungen durchgeführt … und schon dabei war schmerzlich offenkundig geworden, dass die Eloka der *Vergeltung* weitaus fortschrittlicher war als die der *Casey* selbst nach deren Überholung … vom Rest der Royal Manticoran Navy ganz zu schweigen.

Bei Basaltbergs anderen Schiffen sah es nicht viel anders aus. Sie waren zwar nicht alle neu, aber sie waren doch sorgsam und gründlich gewartet und regelmäßig auf neuen Stand gebracht. Andermans Flotte zeigte deutlich, welche Vorteile es mit sich brachte, wenn Einheiten in ihrer Einsatzfähigkeit homogen waren, und Schiffe stets in einem Zustand zu halten, in dem sie allem überlegen waren, was sich ihnen in den Weg stellen mochte.

Travis wünschte, einige der für flotteninterne Prioritätslisten Verantwortlichen auf Manticore könnten sehen, was er hier zu Gesicht bekam. Cleggs düstere Stimmung, nachdem sie die *Vergeltung* zum ersten Mal aufgesucht hatten, ließ vermuten, dass der Captain sehr ähnliche Gedanken hegte. Sie hatte deutlich länger als er tatenlos mitansehen müssen, wie die Navy – *ihre* Navy – immer mehr auseinandergefallen und zu einer kraftlosen, leeren Hülle verkommen war.

Und nun stand sie kurz davor, mit dem am wenigsten kraftlosen Schiff jener kraftlosen, leeren Hülle ins Gefecht zu ziehen.

Während der gesamten Überfahrt von Sachsen nagte an Travis die Befürchtung, die Andermaner könnten ein bisschen *zu viel* Vertrauen in die Daten legen, die Chomps und er während ihres Vorbeiflugs an der Basis der Volsungs gesammelt hatten.

Jetzt endlich, wo sie zehn Lichtminuten außerhalb der Hypergrenze von Walther in den N-Raum zurückgekehrt waren – in weitestmöglicher Entfernung zu Walther Prime, auf der anderen Seite des Systems –, erfuhr er, warum sich Basaltberg so wenig Sorgen gemacht hatte.

»So was *muss* ich auch haben«, raunte ihm Chomps zu, während er zusammen mit Travis und einem Dutzend weiterer Manticoraner auf dem Sichtschirm zuschaute, wie andermanische Techniker in Raumanzügen am Rumpf der *Vergeltung* arbeiteten. Während der Fahrt hatte Travis bislang keine erhellenden Blicke auf dieses Stück Technik an Bord von Seiner Majestät Schiff werfen können, und er bezweifelte, dass sich daran noch viel ändern würde.

»Ich frage mich, wie die das alles da hineinquetschen konnten«, fuhr Chomps fort und rieb sich nachdenklich das Kinn. »Das ist doch höchstens anderthalbmal so groß wie ein Standard-Shuttle.«

Travis nickte. Anderthalbmal größer als ein Shuttle in Standardausführung, und trotzdem hatten die Andermaner darin ein Ortungssystem untergebracht, das ungleich besser war als alles, was die Techniker der *Casey* hatten zusammenimprovisieren können.

Und es war sogar noch genug Platz für einen Satz Impeller gewesen.

Das musste solarische Technik sein! Irgendwie musste Gustav selbst in weiter Ferne, im Territorium des Andermanischen Reiches, noch einen Versorgungsweg nutzen können, der es ihm ermöglichte, an Spitzentechnik zu kommen.

Bedeutete das, dass auch die Solarier über Aufklärungsdrohnen wie diese verfügten? Wahrscheinlich.

Doch im Augenblick von Bedeutung war nur, dass die *Vergeltung* eine solche Drohne hatte.

Natürlich hatten derlei Wunderwerke der Technik ihren Preis – und durchaus Nachteile. Die Drohne war so groß, dass das Schlachtschiff eine Raketenwerferbatterie hatte opfern müssen, um am Rumpf einen Andockplatz bieten zu können. Das neue Andockgehäuse besaß, zweifellos beabsichtigt, äußerlich beachtliche Ähnlichkeit mit der zuvor ausgebauten Batterie. Doch das Gehäuse war mehr als nur eine geschickte Tarnung: Travis war sich sicher, dass es gasdicht war und daher die Wartung der Drohne auch unter hemdsärmeligen Bedingungen gestattete.

Vollständig zusammengesetzt war die Drohne zu groß, um in das Gehäuse zu passen. Die einzelnen Bauteile und Aufbauten zusammenzusetzen und dann auf Funktionsfähigkeit zu überprüfen hatte während der letzten siebeneinhalb Stunden eine erkleckliche Anzahl Technikerinnen und Techniker an Bord der *Vergeltung* gut ausgelastet. Doch nun schwebten sie in ihren Raumanzügen wieder dem Schlachtschiff entgegen.

Und dann, ohne großes Gewese, setzte sich die Drohne in Bewegung.

Sie war schwer auszumachen, obwohl der Sichtschirm schon auf maximale Vergrößerung eingestellt war. Ebenso wie der modifizierte Shuttle, mit dem Travis und Chomps das

Walther-System erkundet hatten, war auch die Aufklärungsdrohne so tief schwarz lackiert, dass sie das Licht aus den Helmlampen der andermanischen Techniker einfach zu verschlucken schien. Derzeit brannten noch die Positionsleuchten der Drohne, doch wären diese erst erloschen, wäre sie praktisch verschwunden. Wenn sie auf ihrem Kurs nicht gerade vor einen selbstleuchtenden Himmelskörper käme, hätte kein optischer Sensor auch nur den Hauch einer Chance, sie jemals zu orten.

Laut Fregattenkapitän Anholt, Admiral Basaltbergs Operationsoffizier, lag die Maximalbeschleunigung der Drohne bei fünfzehnhundert Gravos. Das war rund die Hälfte dessen, was eine Rakete auf Langstreckenfahrt zustande brachte. Aber anders als bei einer Rakete ließen sich die Impeller der Drohne ab- und wieder einschalten. Das war von entscheidender Bedeutung, schließlich war die Energieversorgung für die Drohne sehr begrenzt: Nicht einmal die Andermaner brachten es fertig, in etwas derart Kleines auch noch einen Reaktor einzubauen. Die Impeller würden daher nur in relativ kurzen Beschleunigungs- und Abbremsphasen aktiv, dazwischen lägen vergleichsweise lange Phasen rein ballistischer Fahrt. Das sorgte für einen gewaltigen Einsatzradius und trug natürlich ebenfalls dazu bei, dass die Drohne praktisch nicht geortet werden konnte.

Ein solches System besaß weitreichende Implikationen – nicht nur für taktische Drohnen oder Raketen, sondern auch für kleinere Schiffe. Travis musste an all die langen, langsamen Shuttlefahrten denken, die er im Laufe der Jahre bei der Royal Manticoran Navy schon hinter sich gebracht hatte. Wären Shuttle mit Impellern ausgestattet, bliebe ihm manche eintönig langweilige Stunde erspart.

Die Lichter der Aufklärungsdrohne waren nicht mehr zu

erkennen. Wahrscheinlich hatten sie sich eigenständig ausgeschaltet. Oder sie waren schlicht nicht mehr in Sichtweite, was bei einem Objekt, das sich mit einer Beschleunigung von fünfzehnhundert Gravos entfernte, sehr rasch der Fall war.

»Und weg sind sie«, murmelte Chomps. »Ich frage mich, was das Ding wohl finden wird?«

»Alles, was dort ist«, antwortete Travis. »Mich treibt eher um, ob das Ding auch den Heimweg findet.«

»Ich glaube, nicht einmal eine Drohne würde es wagen, sich einfach zu verirren und auf diese Weise Admiral Riefenstahl sauer zu machen«, versicherte ihm Chomps. Dann schüttelte er den Kopf. »Aber wie gesagt: So ein Ding will ich auch haben. Unbedingt.«

»Noch einmal meine Gratulation, Captain Marcello«, sagte Commodore Charnay. Der Com-Bildschirm zeigte ihn mit einem angespannten, aber unverkennbar befriedigten Lächeln. »Die *Damocles* hat Ihnen alle Ehre gemacht. Erneut.« Das Lächeln verschwand. »Ich wünschte, auf sämtlichen meiner Schiffe würde mit derselben Kontinuität derart gut gearbeitet. Vor allem die Besatzung der *Intrépide* hat reichlich Rost angesetzt.«

»Danke für das Kompliment, Commodore.« Marcello wusste es tatsächlich ganz und gar zu würdigen.

Die *Intrépide* gehörte zu Charnays modernen, leistungsstarken Zerstörern. Doch die Kommandantin war von Commander Laforges erstem Übungseinsatz völlig überrascht worden. Nachdem sie sich von ihrem ersten Schrecken erholt hatte, war ihre Leistung ganz der Situation angemessen ausgefallen.

Die *Damocles* aber war besser gewesen. Trotz des beachtlichen Alters des Zerstörers, und obwohl die Royal Manticoran Navy vergleichsweise unerfahren war, hatten während der ersten Übung nur drei der havenitischen Schiffe schneller als Marcellos Besatzung volle Frontbereitschaft hergestellt. In allen späteren vom Commodore angeordneten Übungen hatte die *Damocles* ebenso gut abgeschnitten: Stets war sie unter den ersten fünf gewesen.

Es hatte sich gelohnt, Zeit und Mühe zu investieren. Eine T-Woche voller Übungen mit Charnay und Commander Laforge hatten die ohnehin schon sehr professionell arbeitenden Offiziere und Mannschaftsdienstgrade zu einer Gruppe zusammengeschweißt, die nun mit genau jener klaren, zackigen Präzision vorging, die Marcello für die gesamte Royal Manticoran Navy ersehnte.

Eigentlich keine Überraschung. Unter normalen Umständen waren derlei Übungen einfach nur … Training. Doch hier war jedem Einzelnen an Bord voll und ganz bewusst, dass auf diese Übungen ein echter, erbarmungsloser Kampf folgen würde … und dass sie diejenigen waren, die, was Feuerkraft anging, das Nachsehen hatten.

»Haben Sie sich schon für eine Einsatzformation entschieden, Sir?«, fragte Marcello nach. Bei den letzten drei oder vier Übungen waren verschiedene Formationen ausprobiert worden, und Marcello wusste genau, welche davon er bevorzugte. Doch die *Damocles* war nur Gast im Team, und damit oblag die Entscheidung ganz allein dem Commodore.

»Habe ich«, antwortete Charnay. »Wenn es uns gelingt, *vor* den Piraten Danak zu erreichen, nehmen wir die Formation Aktion Hinterhalt. Wenn die *vor uns* dort eintreffen, nehmen wir Aktion Maskerade und müssen darauf hoffen, dass wir die davon überzeugen können, das System unbeschadet zu lassen.«

»Was bedeuten würde, dass wir Baird und dessen Familie im Stich lassen«, gab Marcello zu bedenken.

»Ich weiß«, gab Charnay mit schwerer Stimme zurück. »Die Piraten entkommen zu lassen ist gewiss nicht optimal – auch noch aus ganz anderen Gründen. Aber für einen Frontalangriff verfügen wir nicht über die nötige Schlagkraft. Abgesehen davon: Auch wenn mir nicht passt, was den Bairds dann höchstwahrscheinlich bevorsteht, kann ich unmöglich rechtfertigen, ein offenes Gefecht zweier Verbände im Herzen des Danak-Systems stattfinden zu lassen, wenn sich das vermeiden ließe. Die Kollateralschäden wären gewaltig, selbst wenn die Söldner nicht aus taktischen Gründen mit der Zerstörung der Infrastruktur im offenen All drohen würden.«

»Verstanden«, sagte Marcello.

Ebenso wie Charnay hoffte er, dass sie nicht auf Aktion Maskerade zurückgreifen müssten, selbst wenn ihnen das Vorgehen der *Damocles* während des Angriffs der Barcaner auf Manticore als Inspirationsquelle diente.

Es waren wirklich interessante Gespräche gewesen. Ihre havenitischen Gastgeber hatten – mit aller gebotenen Höflichkeit – Skepsis gezeigt, als Lisa und er gemeinsam Commander Longs Täuschung mit den leistungsverstärkten Impellern beschrieben hatten – vor allem, so vermutete Marcello, weil sie erstaunt waren, dass noch jemand auf eine derart alte Kamelle hereingefallen sein sollte.

Doch nach und nach hatte sich die Einstellung der Haveniten geändert. Ja, es war wirklich ein uralter Trick, aber er war eben *derart* alt, dass so manche Flotte ihn schon wieder völlig vergessen hatte. Außerdem, so hatte Charnay ihnen ins Gedächtnis zurückgerufen, war diese Taktik einst so üblich gewesen, weil jeder Angreifer, bis er auf die Reichweite der mehr Details liefernden Sensoren aufgekommen war, stets davon ausgehen *musste*, er habe es mit einem größeren und leistungsstärkeren Schiff zu tun. Die Folgen, die es hätte, käme er fälschlicherweise zu dem Schluss, einer Täuschung aufzusitzen, wären verheerend.

Also hatte Charnay das uralte Konzept aus der Mottenkiste gekramt und es in die Positionierung der Schiffe für Aktion Maskerade eingepflegt. Falls sich die Söldner bereits im Systeminneren befänden, wenn die Verbündeten einträfen, würden seine beiden Schweren Kreuzer – die *Jocelyne Pellian* und die *Jean-Claude Courtais* – ihre Impeller überlasten, um für die feindliche Ortung wie Schlachtkreuzer zu erscheinen, während die *Courageux* und die *Intrépide* in gleicher Weise vorgingen, um sich in Schwere Kreuzer zu verwandeln. Derart geballte vermeintliche Feuerkraft sollte die Piraten zumindest innehalten lassen und Charnays Forderung deutlich Nachdruck verleihen, umgehend das Territorium von Danak zu verlassen, weil sie sonst angegriffen würden.

Vielleicht klappte der Bluff ja.

Es stand zu hoffen, dass der Bluff erst gar nicht nötig würde. Wenn die Piraten ihren Zeitplan einhielten – wofür sie gute Gründe hatten, schließlich hatte Baird darauf beharrt, ein Eintreffen nach Zeitplan sei unerlässlich –, sollte Charnays Verband anderthalb Tage *vor* ihnen das System erreichen. Dann aber böte Aktion Hinterhalt deutlich größere Erfolgschancen. Nur einen einzigen Aspekt gab es, den Marcello tatsächlich für riskant hielt, doch er verstand sofort, warum Charnay diesen Aspekt in den Plan eingearbeitet hatte.

»Wie zuversichtlich ist Brigadier Massingill, dass sie in der Lage sein wird, ihre Leute an Bord beider Schiffe zu bringen, Sir?«, fragte er.

»Brigadier Massingill«, erwiderte Charnay mit einem etwas schiefen Lächeln, »ist zuversichtlich, dass ihre Leute *alles* schaffen. Und bislang hatte sie damit immer recht. Zugegeben, derzeit mache ich mir ein wenig mehr Sorgen als sonst.

Aber angesichts der Daten, die Captain Rhamas über die Piratenschiffe hat vorlegen können, bin ich durchaus bereit, ihre Teams dem Risiko auszusetzen. Schließlich bekommen wir so die Chance, schon früh einen ihrer verdammten Schlachtkreuzer auszuschalten.«

»*Sofern* sich Admiral Swenson nicht scheut, seine Truppen aufzuteilen.«

»Ich an seiner Stelle wäre da sehr misstrauisch«, pflichtete Charnay ihm bei. »Wir müssen ihn einfach davon überzeugen, dass keine unfreundlichen Empfangskomitees für ihn bereitstehen. Die Chance, dass er anbeißt, dürften bei dreißig Prozent liegen. Tut er das, wird er wohl die *Loki* schicken.«

»Weil das nicht sein Flaggschiff ist?«, äußerste Marcello eine Vermutung.

»Deswegen, und weil die Schiffe der *Bayezid*-Klasse ältere Kompensatoren haben. Das Schiff ist langsamer, also wäre es durchaus sinnvoll, es vom restlichen Verband zu detachieren. *Falls* er anbeißt, heißt das natürlich.«

Marcello nickte. Für die Haveniten wäre es besser, wenn Swenson die *Odin* schickte, das mit Abstand leistungsstärkste Schiff der Piraten. Aber Charnay hatte recht: Wenn Swenson überhaupt eines seiner Schiffe detachierte, dann wahrscheinlich das, das dank seiner niedrigeren Beschleunigungsrate die restlichen Schiffe seines Verbandes ausbremste.

»Und ein einziger Bissen reicht ja schon aus«, fuhr Charnay fort. »Sind die Truppen des Brigadiers erst einmal an Bord, ist jeder Schlachtkreuzer erledigt. Natürlich könnte Swenson über etwas Vergleichbares zu einem Kontingent Marineinfanteristen verfügen. Das wäre sicher der Fall, wenn wir es in Wahrheit mit Söldnern statt Piraten zu tun haben. Aber auch dieses Kontingent wäre nicht bereits gepanzert und gefechtsbereit, wenn Massingill das Schiff stürmen lässt. Also, wenn ich plötzlich an Bord eines Schiffes festsäße, das gerade vom Drei-Null-Dritten gestürmt würde … ich würde mich so schnell ergeben, dass ich mir wahrscheinlich was zerren oder verrenken würde.«

»Hoffentlich«, murmelte Marcello. Im Gespräch unter vier Augen hatten Donnelly und er bereits über ihre Zweifel an diesem Teil des Plans gesprochen. Andererseits: Falls es funktionierte, wäre es ein echter Geniestreich.

Und selbst dann, wenn Swenson den Köder verschmähen sollte, dürften sie nicht schlechter dastehen als derzeit.

Was den Rest von Aktion Hinterhalt betraf, war Marcello deutlich zuversichtlicher. Noch viel schnörkelloser konnte ein Schlachtplan kaum sein, und er sollte sie in die beste taktische Situation bringen, die man sich nur wünschen konnte.

Falls Swenson tatsächlich zuließe, das Massingills Truppen die Hälfte seiner Schlachtkreuzer ausschalteten, dann wäre zumindest von den Zahlen her das Kräfteverhältnis schon beinahe ausgeglichen.

Nach sechs Tagen Übungen mit Charnays Schiffen konnte Marcello mit der Chance, die sie bei einem solchen Gefecht hätten, gut leben.

Zehn Stunden nach dem Absetzen der Drohne trieb die *Casey* längsseits der *Vergeltung* – dieses Mal zehn Lichtminuten außerhalb der Hypergrenze auf der Seite des Systems, in der derzeit auch Walther Prime stand. In der Ferne war wie ein sehr mattes Glühwürmchen die Drohne zu erkennen, die abbremste und immer weiter zu ihrem hier verborgenen Verband aufkam.

Die Impeller der Drohne waren wirklich klein. Trotzdem hatte es kaum vierzig Minuten und eine Distanz von gerade einmal 41.731.000 Kilometern gebraucht – etwas mehr als

2,3 Lichtminuten –, um eine Geschwindigkeit von 35.000 Kps zu erreichen. Diese Geschwindigkeit hatte sie längst erreicht, als sie systemeinwärts die Hypergrenze von Walther übertreten hatte. Danach hatte die Drohne in weniger als sechs Stunden rein ballistisch die Hypersphäre – das von der Hypergrenze umschlossene Territorium – durchquert und auf der gegenüberliegenden Seite die Grenze systemauswärts passiert. Dort hatte sie die Impeller wieder aktiviert und die Abbremsung eingeleitet, um letztendlich vom Mutterschiff eingesammelt zu werden.

Travis schaute zu, wie das schwache Signal des bestens getarnten Impellerkeils weniger als fünfhundert Kilometer vor der *Vergeltung* zum Stillstand kam. Was die Sensoren dieses Wunderwerks der Technik wohl entdeckt hatten?

Wie sich herausstellte, lautete die Antwort auf diese Frage: eine ganze Menge.

»Ich muss schon sagen, Admiral«, wandte sich Captain Clegg an Basaltbergs Abbild auf dem Com-Bildschirm der Brücke, »dass Ihre Sonde der alten Weisheit darüber, wie schnell sich schlechte Nachrichten verbreiten, eine ganz neue Bedeutung gibt.«

»Beunruhigend ist das auf jeden Fall«, räumte Admiral Basaltberg ein. »Wir können von Glück reden, dass das Schiff nah genug zur Drohne aufgekommen ist, sodass die es sich vernünftig anschauen konnte.«

»Konnten Sie es denn identifizieren?«, fragte Clegg. »Mit unserer Schiffsdatenbank kommen wir nur auf eine Identifizierungswahrscheinlichkeit von zwoundachtzig Prozent.«

»Ich halte das für ein Schiff der alten *Stilio*-Klasse aus Beowulf«, antwortete Basaltberg. »Beowulf hat die zwar schon vor Jahrzehnten außer Dienst gestellt, aber es ist natürlich gut möglich, dass sie anderweitig nach wie vor genutzt werden.«

Travis hatte bereits sein Display aktiviert. Der entsprechende Eintrag erschien, und Travis überflog ihn rasch. Schiffe der *Stilio*-Klasse massten etwa zweihunderttausend Tonnen und waren etwas moderner als die Schlachtkreuzer der *Lexington*-Klasse, die bei der Royal Manticoran Navy noch verwendet wurden. Aufgelistet waren auch die ursprünglich installierten Waffensysteme, doch da die Volsungs selbige im Laufe der Jahre gewiss immer wieder erweitert, umgebaut und aktualisiert hatten, war diese Information vermutlich nur von nachrangigem Interesse.

Außerdem war seine Datenbank der Überzeugung, das unbekannte Schiff stimme mit dieser Klasse nur zu neunundsiebzig Prozent überein – noch ein Gebiet, auf dem die Andermaner ihnen voraus waren!

»Eine ernst zu nehmende Waffenplattform«, fuhr Basaltberg fort, »aber nichts, womit die *Vergeltung* nicht zurechtkäme.«

»Zweifellos«, erwiderte Clegg. »Trotzdem wäre es mir lieber, wenn es nicht noch auf die letzte Minute hinzugekommen wäre.«

»Sie sollten lernen, die Dinge positiver zu sehen, Captain«, warf Major Zhou ein. »Je mehr Schiffe vor Ort sind, desto mehr Schiffe können wir erledigen.«

»Ganz genau«, pflichtete ihm Basaltberg bei. Dann tippte er mit dem Finger auf den Plot vor sich. »Und nicht nur vor Ort, sondern praktischerweise auch noch schön für uns zusammengruppiert.«

In schweigender Zustimmung nickte Travis, während er erneut den Plot auf dem taktischen Display betrachtete. Die andermanische Drohne war nahe genug zur Basis der Volsungs und den Schiffen im Orbit von Walther Prime aufgekommen, um ausreichend Details aufgefangen zu haben. Insgesamt waren es sechsundzwanzig Schiffe – und damit drei mehr, als Travis und Chomps bei ihrer eigenen Durchquerung des Systems geortet hatten.

Zwei der Neuankömmlinge waren Frachter, die beim bevorstehenden Gefecht wohl kaum ins Gewicht fallen würden. Damit stieg die Zahl der Frachter im System auf insgesamt neun, darunter ein Tanker und, der Quartierbereich-Sektion nach, ein Personentransporter. Die anderen schienen ganz gewöhnliche Frachter zu sein, die meisten davon in der Größenordnung von zwei Millionen Tonnen. Mehrheitlich waren sie wohl unbewaffnet. Natürlich war möglich, aber unwahrscheinlich, dass es konventionellere Q-Schiffe als die *Hamman* waren und es daher vorzogen, ihre Zähne nicht offen zu zeigen. Travis vermutete, dass es sich bei den meisten Schiffen um Prisen handelte, die die Söldner nach und nach aufgebracht hatten.

Damit blieben siebzehn Kriegsschiffe übrig: zwei Leichte Kreuzer, zehn Zerstörer unterschiedlicher Klassen, und fünf silesianische Fregatten der *Ordra*-Klasse.

Dazu kam jetzt noch der neu eingetroffene Schlachtkreuzer der *Stilio*-Klasse.

Augenblicklich drängte sich Travis die Frage auf, warum sie so praktisch dicht beieinanderstanden … und für wen.

»Auf jeden Fall eine beeindruckende Ansammlung«, fuhr der andermanische Admiral fort. »Fregattenkapitän Anholt schätzt, dass sie uns jetzt, wo noch die *Stilio* hinzukommt, rein massentechnisch um einen Faktor von etwas mehr als zwo zu eins überlegen sind, die Geschützplattformen der Basis nicht mitgezählt.«

Travis, der zur selben Einschätzung gelangt war, nickte stumm und ganz für sich.

»Wenn alles plangemäß verläuft, sind diese Geschützplattformen mit Gefechtsbeginn schon kein Problem mehr«, erläuterte Basaltberg dann. »Wir schätzen, dass mindestens fünf Schiffe aus dem Zerstörer-Portfolio und drei Fregatten derzeit wegen Wartungsarbeiten ausfallen. Einige davon scheinen im größeren Maßstab umgebaut zu werden. Diese brauchen wir also in unsere Überlegungen nicht mit einzubeziehen. Bei den anderen scheint es nur um kleinere Reparaturen zu gehen. Aber angesichts der mutmaßlichen Effizienz der für Gensonne tätigen Technikabteilung bezweifle ich, dass die innerhalb des betreffenden Zeitfensters frontbereit gemacht werden können.«

Travis und Clegg warfen einander einen Blick zu. Sie beide, daran zweifelte Travis keinen Moment lang, dachten gerade an ein gewisses anderes Sonnensystem und an eine gewisse andere Gruppe von Kriegsschiffen, die in aller Eile und fieberhaft versucht hatte, die Wartungsdocks zu räumen.

»Damit bleiben nur neun kampftaugliche mobile Einheiten – gegen unsere sieben«, sagte Basaltberg, »und ich wage zu behaupten, dass im Masse-zu-Masse-Verhältnis unsere Schiffe besser bewaffnet und besser ausgestattet sind.« Seine Miene verhärtete sich. »Aber im Krieg geht es um mehr als nur um Tonnage oder Hardware. Es gibt einen gewaltigen Unterschied zwischen Söldnern, die Jagd auf Schwache und Hilflose machen, und einer Flotte, die sich zwischen Söldner und deren Opfer stellt. Diesen Unterschied begreifen wir Andermaner vielleicht besser als die meisten anderen. Feuerkraft und Zahlen sind von Bedeutung, zweifellos, aber ebenso auch die Bereitschaft, sich zum Kampf zu stellen.«

»Dem kann und will ich nicht widersprechen, Sir«, entgegnete Clegg. »Aber Feuerkraft und Zahlen sind eben *sehr wohl* wichtige Faktoren, und wir können nur darauf hoffen, dass in den äußeren Bereichen des Systems nicht noch mehr Schlachtkreuzer herumstreunen wie dieser hier.«

Basaltberg schüttelte den Kopf. »Ich bezweifle, dass es noch mehr gibt.«

»Darf ich fragen warum, Sir?«

»Weil ich nicht glaube, dass der in den äußeren Bereichen des Systems ›herumgestreunt‹ ist, wie Sie es ausgedrückt hatten«, antwortete Basaltberg. »Wir dürften dieses Schiff gerade bei der Einreise ins Systems ertappt haben, das ist offensichtlich. Gäbe es weitere Schiffe, hätten diese den Kreuzer unmittelbar begleitet und wären daher ebenso von der Drohne geortet worden.«

»Sie haben sicher recht: Wahrscheinlich ist die *Stilio* gerade erst im System eingetroffen und nicht just in diesem Moment von einer Übung oder dergleichen zurückgekehrt«, sagte Clegg und runzelte die Stirn. »Aber darf ich fragen, warum Sie das für *offensichtlich* halten, nicht einfach nur für *wahrscheinlich?*«

Mit Blick zu Zhou forderte Basaltberg diesen mit einem »Major?« auf, sich zu erklären.

»Gensonne hat gewisse Gewohnheiten, Captain«, nahm Zhou den Faden auf. »Gewohnheiten, die er auch von all seinen Skippern einfordert. Eine dieser Gewohnheiten ist eine letzte Runde um eine ortsfeste oder auch im Orbit befindliche Basis, wann immer eines seiner Schiffe bei der Station eintrifft. Und genau das hat dieses Schiff getan.«

»Tatsächlich?« Konzentriert spähte Clegg den Plot an. »Und was erhofft er sich von einem solchen Manöver?«

»Ein Hund, der sich vor dem Schlafenlegen im Kreis dreht«, murmelte Travis vor sich hin.

»Haben Sie etwas beizutragen, T-O?«, fragte Clegg sofort scharf.

»Verzeihung, Ma'am«, entschuldigte sich Travis und wurde rot. »Meine Mutter züchtet Hunde, und ich musste daran denken, dass sich manche Rassen erst ein paar Mal auf dem ausgesuchten Schlafplatz im Kreis drehen, bevor sie sich hinlegen. Das stammt noch aus der Zeit, in der sie in der Wildnis im Gras geschlafen haben und alle Schlangen oder größeren Insekten vertreiben wollten, die sich womöglich im Gras versteckt hielten.«

»Ganz genau, Commander Long«, sagte Basaltberg und nickte Travis kurz zu. Das war eine beachtliche Leistung, schließlich befand er sich nicht im Bereich von Cleggs Com-Aufzeichner. »Gensonne weiß, wie leicht im Orbit befindliche Stationen aus dem Hinterhalt angegriffen werden können. Deswegen wirft er gern und, wie er hofft, unerwartet einen Blick hinter alle Planeten oder Monde in der Nähe. Ein einkommendes Schiff, das sich ohnehin schon in Bewegung gesetzt hat, ist dafür natürlich ideal. Deswegen hat er diesen von Major Zhou ja soeben erläuterten Dauerbefehl ausgegeben.«

»Durchaus sinnvoll, tja«, meinte Clegg, klang aber unverkennbar skeptisch.

»Dieser Dauerbefehl ist die Folge einer harten Lektion, die ihm die Kaiserliche Flotte erteilt hat, Captain«, erklärte Basaltberg. »Aber wenn er sich die *ganze* Lektion zu Herzen genommen hätte, würde er auch in unregelmäßigen Abständen die Schiffe, die sich bereits im Systeminneren befinden, zu Aufklärungsmissionen ausschicken.«

»Oder einen Wachposten aufstellen, der ihnen Rückendeckung gibt«, ergänzte Clegg.

»Ganz genau«, bestätigte Basaltberg. »Aber selbst wenn die Gegenseite das mit diesem Kreuzer im Sinn hatte, hätte sie angesichts der von uns vorgeschlagenen Taktik nichts von einer solchen Terrainsicherung. Ich bin allerdings immer noch der Ansicht, dass das Schiff dem Flugprofil nach erst kürzlich hier eingetroffen sein kann – damit steht völlig außer Frage, ob Ihre Leute das vielleicht bei *Ihrer* Erkundung des Systems übersehen haben.«

»Ich verstehe und pflichte Ihnen bei«, sagte Clegg und neigte kurz den Kopf.

Basaltberg erwiderte das Nicken. »Nebenbei möchte ich noch anmerken, Captain, dass die Informationen, die uns unsere Drohne verschafft hat, fast perfekt zu den Aufzeichnungen Ihrer Sensoren passen. Für eine improvisierte Sensorgruppe ist das wirklich beeindruckend.«

»Wenn dieses Schiff tatsächlich erst kürzlich in das System eingereist ist«, warf nun Zhou düster ein, »ist es gut möglich, dass sich Gensonne selbst an Bord befindet. Er zieht es vor, seine Zeit an Bord von Schiffen zu verbringen statt auf Stationen oder Planeten. Vor allem, da ein Schiff jederzeit die Möglichkeit der Flucht bietet.«

»Ganz genau«, bestätigte Basaltberg auch das. »Nach meinem Dafürhalten haben wir den Drohnendaten jetzt alles Lohnenswerte entnommen. Informieren Sie alle Einheiten, dass wir in einer Stunde Unternehmen *Judaskuss* einleiten.«

»Auf den morgigen Tag!«, sagte Gensonne und hob sein Glas, um dem Com-Bildschirm zuzuprosten.

»Auf den morgigen Tag«, wiederholte Llyn Worte und Geste.

Ein sonderbares Dinner, dachte Gensonne, während er das Glas wieder auf den Tisch stellte … recht bedacht sogar bizarr. Ursprünglich hatte er Llyn für ein abschließendes gemeinsames Essen an Bord der *Odin* eingeladen, bevor sie Danak erreichten und die Bestückung mit den von Llyn versprochenen Raketen begänne. Sinn der Einladung war unter anderem gewesen, Llyn weitere Informationen zu allen möglichen Themen zu entlocken. Wichtig war Gensonne auch gewesen, mit aller gebotenen Höflichkeit darauf zu bestehen, dass Llyn während der verschiedenen Phasen des Einsatzes in Sichtweite bliebe ... nur für den Fall.

Vielleicht hatte Llyn diesen zweiten Hintergedanken erraten. Vielleicht hatte er auch vor dem Eintreffen in Danak Vorbereitungen zu treffen und wollte sein Schiff nicht einmal für wenige Stunden verlassen – nicht, wenn das Ende ihrer Überfahrt so kurz bevorstand.

Aber vielleicht hatte er ja auch das Gefühl, es wäre an ihm, Gastgeber dieses besonderen Dinners ihrer unregelmäßig stattfindenden gemeinsamen Essen zu sein. Er hatte Gensonne auch eingeladen, aber Gensonne hatte seinerseits einen guten Grund gefunden, die Einladung abzulehnen.

Deshalb hatten sie beide getrennt an Bord ihrer jeweiligen Schiffe diniert, jeder für sich ... und sich dabei über Com unterhalten wie ein Pärchen in einer Fernbeziehung.

Nun, auch wenn der zweite Teil von Gensonnes Plan offenkundig fehlgeschlagen war, blieb ihm ja noch der erste Teil. Gensonne hatte genauestens darauf geachtet, wie viel Alkohol Llyn getrunken hatte, und dabei nach den kleinen und dennoch unverkennbaren Hinweisen auf eingeschränkte Motorik Ausschau gehalten. Jetzt, da sich das gemeinsame Essen seinem Ende entgegenneigte, bot sich ihm die beste Chance, den kleinen Mann gesprächiger zu machen.

»Sagen Sie, Mr. Llyn«, setzte Gensonne an, während er einen letzten Bissen Steak auf die Gabel spießte, »was meinen Sie wohl, wie reibungslos alles laufen wird?«

»Das ist hier draußen im Grenzgebiet immer recht schwierig vorherzusagen«, antwortete Llyn achselzuckend. Er nahm einen weiteren Schluck aus seinem Glas. »Aber ich rechne nicht mit Problemen. Der Zeitplan ist vielleicht ein bisschen knapp, aber ich bin zuversichtlich, dass es Katura rechtzeitig nach Nouveau Paris und dann zurück nach Danak schaffen wird.«

»Und wenn nicht?«

»Dann werden Sie wohl leider vor der Hypergrenze sein Eintreffen abwarten müssen«, erklärte Llyn. »Aber von der Langeweile einmal abgesehen, sollte das kein Grund zur Beunruhigung sein. Ich bezweifle, dass man sich dort Sorgen macht, wenn wir uns anständig betragen und innerhalb von ein paar Tagen die Autorisierung eintrifft. Bei interstellaren Arrangements kommt es ja immer wieder zu Verzögerungen.«

Gensonne nickte. Der Axelrod-Mitarbeiter hatte bunte schöne Zukunftsvisionen über weitere Aufträge für die Volsungs bereitgehalten – und was er gesagt hatte, ergab alles Sinn.

Andererseits: Auch was er vor dem Angriff auf Manticore gesagt hatte, hatte Sinn ergeben.

Doch mit einem hatte Llyn auf jeden Fall recht: Der Verband würde jenseits der Hypergrenze des Systems bleiben – in Sicherheit –, falls die Einladung aus Haven nicht bereits eingetroffen wäre. Gensonne würde sich auf überhaupt nichts festlegen, solange er sich nicht absolut sicher sein konnte, dass Llyn nicht doch unter der Hand etwas Unschönes vorbereitet hatte.

Sollte dem so sein, wäre das Letzte, was Gensonne unternähme, bevor er sich wieder in den Hyperraum zurückzöge, den aalglatten kleinen Dreckskerl geradewegs in die Hölle zu schicken.

»Hoffen wir einfach, dass sich jedwede Verzögerung auf ein Minimum beschränkt«, sagte er zu Llyn. »Ich würde mich wirklich besser fühlen, wenn ich wüsste, welchen Lokalpolitiker wir hierfür schmieren müssen. Dafür *muss* doch ein Lokalpolitiker geschmiert werden, oder?«

»Anzunehmen, ja«, gab Llyn zurück. »Allerdings werde *ich*

derjenige sein, der das Schmieren übernimmt – Sie brauchen nichts zu tun. Bedauerlicherweise ändern sich die relevanten Namen und Gesichter hier draußen häufig. Aber mit dem, was Katura da aus der Jerriais-Filiale in Nouveau Paris mitbringt, werden wir das schon hinbekommen.«

»Sie glauben, wir werden nur eine einzige Person bestechen müssen?«

»Wahrscheinlich nur einen Politiker«, antwortete Llyn. »Vielleicht strecken auch noch ein oder zwei Werftvorarbeiter die Hand aus. Aber da reden wir im Vergleich nun wirklich über Kleingeld.«

»Und wie lange dauert es dann noch, bis ich meine Raketen bekomme?«

»Die *Freigabe* der Raketen sollte nicht lange auf sich warten lassen«, versicherte ihm Llyn. »Höchstens einen Tag, für den ganzen Datenkram. Und was die Installation der Systeme und dann die tatsächliche Beschickung angeht, werden Sie das wohl besser einschätzen können als ich. Wie lange dauert denn ein Waffen-Upgrade dieser Art normalerweise?«

»Das hängt davon ab, wie sehr das vorangetrieben wird und wer die Arbeiten ausführt«, erwiderte Gensonne. »In einer anständigen Werft, die auch mit Militärgerät vertraut ist, vielleicht ein paar Wochen. In einer Zivilwerft könnte es einen Monat dauern oder länger. Mir wäre lieb, ich könnte einschätzen, wo Jerriais einzusortieren ist.«

»Da muss ich leider passen«, sagte Llyn. »Die Leute, die sich bei Axelrod mit der Hardware befassen, könnten Ihnen da wahrscheinlich vernünftige Schätzungen vorlegen, aber das ist so gar nicht mein Metier.«

»Genau, Ihr Metier ist es ja, Söldner anzuheuern«, gab Gensonne zurück und behielt den kleinen Mann genau im Auge. »Was hat Axelrod eigentlich mit Manticore vor? Gibt es auf einem von deren Planeten Interessantes zu holen? Oder hat's in einem von deren Asteroidengürtel besonders ergiebiges Erz? Um die Baumkatzen geht's doch wohl nicht, oder?«

Llyn schürzte die Lippen und nahm Gensonne fest in den Blick. Gensonne studierte das Gesicht seines Gegenübers, suchte nach Anzeichen eines Rausches und wünschte sich inständig, jetzt den Atem des anderen riechen zu können. »Na, das wird wohl nicht mehr lange geheim bleiben«, sagte Llyn mit einem leichten Achselzucken. »Außerdem wird es für Sie spätestens bei Ihrem nächsten Auftrag ganz offensichtlich sein: Wir wollen aus Manticore einen Bereitstellungsraum für einen Angriff auf das Andermanische Reich machen.«

Gensonne setzte sich in seinem Sessel auf. Die wollten *Gustav* erledigen? »Ernsthaft, jetzt? Warum?«

»Also, das ist nach wie vor geheim«, sagte Llyn mit einem leicht diffusen, aber eindeutig selbstzufriedenen Lächeln. »Warum? Stört Sie das?«

»Nein, nein, ganz im Gegenteil«, versicherte ihm Gensonne. »Gustav Anderman und ich hatten in der Vergangenheit miteinander zu tun. Ich hoffe, Sie gestatten mir, dabei zu sein, wenn er stürzt.«

»Aber sicher«, versprach ihm Llyn. »Was meinen Sie denn wohl, warum wir Sie für diesen Einsatz ausgewählt haben? Darf ich also davon ausgehen, dass Sie voll dabei sind?«

»Selbstverständlich!«, bekräftigte Gensonne und fühlte sich so gut wie seit Wochen nicht mehr. Seit Wochen? Pah, seit *Jahren!* Vergeltung für diese peinliche Niederlage in Manticore und dann auch noch eine Gelegenheit, Gustav Anderman in Grund und Boden zu trampeln? Natürlich war er dabei! »Wie sieht unser Zeitplan aus?«

»Geduld, Admiral«, tadelte ihn Llyn. »Erst die Raketen, dann Manticore, *dann* Anderman.«

»Ja, ja, die Raketen«, sagte Gensonne und vertrieb die Visionen einer Rache an Onkel Gustav. »Wie genau soll das eigentlich funktionieren?«

»Ich dachte, das hätten wir schon besprochen«, antwortete Llyn stirnrunzelnd. »Wir begeben uns zu den betreffenden Plattformen – wahrscheinlich wird es Bergen-eins, da gibt es meinen letzten Informationen gemäß die leistungsstärkste Werft. Und wenn wir angekommen sind …«

»Nein, ich meine, in welcher Reihenfolge soll das ablaufen?«, unterbrach ihn Gensonne. »Man wird ja wohl nicht in der Lage sein, alle acht Schiffe gleichzeitig aufzurüsten.«

»Wahrscheinlich nicht«, bestätigte Llyn. »Es hängt natürlich auch davon ab, wie ausgelastet man bei unserem Eintreffen ist. Es steht zu hoffen, dass … sagen wir: vier Schiffe gleichzeitig umgebaut werden können. Vielleicht sogar mehr, aber vier ist als vorsichtige Schätzung sicher drin.«

»Und während dieser ganzen Zeit werden meine restlichen Schiffe tatenlos auf Reede liegen?«

»Oder Ihre Leute besuchen die Bergbauanlagen, schauen sich den Gasriesen oder die Zwillinge an oder erstehen Reaktormasse und neue Speicherchips mit Holodramas und Spielen.« Wieder runzelte Llyn die Stirn. »Was denn, machen Sie sich Sorgen, Sie könnten sich langweilen?«

»Ich mache mir Sorgen über neugierige Fragen all der Leute, die wir *nicht* bestochen haben«, gab Gensonne zurück. »Womit halten wir uns die vom Leib?«

»Deswegen habe ich doch Katura vorausgeschickt, erinnern Sie sich?«, sagte Llyn. »Ihre Leute brauchen nur daran zu denken, dass sie zur Kaiserlich-Andermanischen Weltraumflotte gehören.« Er zog die Nase kraus und nahm noch einen Schluck aus seinem Glas. »Auch wenn ich zugeben muss, dass Ihre Schiffszusammenstellung ein wenig erratisch wirkt. Trotzdem: Es weiß oder vermutet doch jeder, dass Gustav immer ein paar Schiffe außerhalb der Standardausführung in der Hinterhand hält. ›Glaubhafte Abstreitbarkeit‹, Sie verstehen? Nur für den Fall, dass es notwendig werden sollte.«

»Ich könnte mir vorstellen, dass auch Axelrod diese Herangehensweise das eine oder andere Mal nützlich gefunden hat«, merkte Gensonne an.

»Zweifellos«, bestätigte Llyn und schien unvermittelt ins Nichts zu starren. »Hauptsache ist, dass niemand Ihre Kennungen anzweifeln wird, solange die Daten aus der Zentrale behaupten, Sie wären, was Sie scheinen. Nun, ohne verdammt guten Grund wird es sich niemand mit Gustav verderben wollen.«

»Stimmt«, räumte Gensonne zögerlich ein.

»Natürlich stimmt das«, versicherte ihm Llyn. »Ach, und vielleicht habe ich vergessen, Ihnen zu sagen, dass ich hier als Max Baird bekannt bin, Agent eines reichen solarischen Händlers namens Rowbtham. Also wundern Sie sich nicht, wenn ein Anruf eintrifft, bei dem nach diesem Namen gefragt wird.«

»Verstanden«, sagte Gensonne. Also war dieser aalglatte Mistkerl auch in dieser Region ein aalglatter Mistkerl, ja? Aus irgendeinem unerfindlichen Grund überraschte das Cutler Gensonne kein bisschen.

»Und jetzt sollten wir unser kleines Essen beenden«, entschied Llyn nach einem kurzen Blick auf sein Chronometer. »Morgen ist der große Tag. Da muss ich jede Menge Com-Gespräche führen oder weiterleiten, und dafür sollte ich in Topform sein.«

»Das geht uns allen so«, pflichtete ihm Gensonne bei. »Es wird interessant sein, zu erfahren, wie viel Platz die Werften für uns haben.«

»Wenn Captain Katura so gute Arbeit abliefert wie sonst, sollte diese Information bereits auf uns warten, wenn wir uns bei der Verkehrsleitung von Danak melden.«

»Also gut«, sagte Gensonne, »dann reden wir weiter, sobald wir in den N-Raum transistiert haben.«

»Genau.« Llyn streckte schon die Hand nach dem Com aus, hielt aber mitten in der Bewegung inne. »Sagen Sie, ich kann mich doch darauf verlassen, dass Sie niemandem von meiner Verbindung zu Axelrod erzählt haben, oder?«

Gensonne spürte die innerliche Anspannung. Welche Antwort erwartete Llyn denn jetzt? Und was noch viel wichtiger war: Welche Antwort sollte er ihm geben?

»Seien Sie doch nicht albern«, sagte er dann. »Wissen ist Macht. Geteiltes Wissen ist nutzlos.«

Aufmerksam betrachtete er Llyns Gesicht. Doch er sah nichts außer einem zufriedenen Nicken.

»Gut. Meine Arbeitgeber wären sehr verärgert über mich, wenn sie wüssten, dass unsere Beziehung allgemein bekannt geworden ist. Gute Nacht, Admiral, erholen Sie sich gut.«

»Das werde ich«, antwortete Gensonne leise. Also hatte er die richtige Antwort gegeben. Irgendwo in seinem Hinterkopf fragte er sich, was wohl bei einer falschen Antwort geschehen wäre. »Sie auch.«

32

Travis Long fühlte sich einsam und verlassen an seiner Konsole auf der Brücke der *Casey*.

Noch einunddreißig Lichtminuten waren sie vom lodernden Zentral-Hochofen des Walther-Systems entfernt. Vor neun Stunden hatte der gesamte andermanische Verband die Triebwerke gezündet; eine Stunde später waren dessen Impellersignaturen von den Sensoren der *Casey* verschwunden.

Die *Casey* war ganz allein.

Travis' Gedanken wanderten zum Anfang der ganzen Geschichte – wie er Clegg vorgeschlagen hatte, Kontakt mit dem Mann aufzunehmen, den sie damals noch als Captain Kane gekannt hatten. Niemals hätte er damit gerechnet, dass diese Begegnung auf die aktuelle Situation hinauslaufen würde.

Am meisten überraschte ihn, wie sehr er die Andermaner respektieren gelernt hatte.

Gewiss, sie konnten pedantisch und bieder sein, und stets war da dieser subtile Subtext, das Gefühl, sie fänden, die Manticoraner hätten noch viel zu lernen. Doch sie waren mehr als großzügig dabei gewesen, einige der offenkundig dringend benötigten Lektionen beizusteuern, und in vielerlei Hinsicht hatten sie die Offiziere der *Casey* als gleichwertige Partner behandelt – die sie eindeutig nicht waren.

Sie hätten auch nicht auf Captain Cleggs Gesuch einzugehen brauchen, die Basis der Piraten und deren Computer intakt zu lassen, so sich das irgendwie bewerkstelligen ließe.

Natürlich stand noch abzuwarten, ob ihre Zustimmung auch ernst gemeint war. Sollte die von den Offizieren der *Casey* vorgeschlagene Taktik für den Umgang mit den Raketenplattformen nicht funktionieren, würde sich die Frage vermutlich ohnehin nicht mehr stellen.

Die Plattformen waren nicht übermäßig gut geschützt, aber sie verfügten über wirklich *viele* Werfer. Wäre man auf den Plattformen in der Lage, derart viele Raketen auch gleichzeitig zu lenken, wäre ein Gefecht mit ihnen verdammt gefährlich. Ja, über eine derartige Distanz hinweg wären die beiden Plattformen vermutlich ebenso viel Wert wie ein weiterer Schlachtkreuzer, vielleicht sogar wie zwei.

Dass Clegg die von Travis vorgeschlagene Idee gutgeheißen hatte, war eine weitere Überraschung gewesen. Dass sie offen aussprach, von wem diese Idee stammte, während sie offiziell ihren eigenen Hals riskierte, war auch mehr, als Travis von ihr erwartet hatte.

Basaltberg war von der Taktik rasch angetan gewesen, ebenso mit Cleggs Vorschlag zur psychologischen Kriegsführung, um die mobilen Einheiten der Söldner dazu zu bewegen, sich dem Kampf zu stellen.

»Lieutenant Lukanov?«, unterbrach Clegg unvermittelt die angespannte Stille.

»Jawohl, Ma'am?«, erwiderte die Astrogatorin sofort.

»Es ist so weit«, entschied der Captain mit eisiger, kälteklirrender Stimme. »Bringen Sie uns in den Hyperraum.«

Unmittelbar vor der Hypergrenze des Walther-Systems kehrte HMS *Casey* unter Abstrahlung einer Transitenergiekaskade in den Normalraum zurück. Wie Travis seinen Instrumenten entnehmen konnte, waren sie in einer Entfernung von rund zweihundertzweiundsiebzig Millionen Kilometern von Walther Prime eingetroffen – und damit weniger als siebentausend Kilometer von Cleggs eigentlich avisiertem Zielpunkt.

Und das alles bei einem Mikrosprung von zehn Lichtminuten.

»Beeindruckende Arbeit, Ms. Lukanov«, lobte Clegg. »Geben Sie den Status durch.«

»Jawohl, Ma'am«, bestätigte Lukanov und drückte rasch einige Tasten. »Wenn wir drei-sechs-sieben Sekunden lang mit zwohundert Gravos beschleunigen, können wir uns zurückfallen lassen und exakt das Profil erreichen.«

»Sehr gut«, entschied Clegg. »Commander Woodburn, bringen Sie uns rein!«

Anders als bei ihrem ersten Besuch im Walther-System würde die *Casey* dieses Mal ihre Anwesenheit nicht verheimlichen. Nachdem die von Lukanov vorgegebenen Werte eingegeben waren, steuerte das Schiff den Punkt im All an, den Walther Prime in sechs Stunden und zweiundvierzig Minuten erreichen würde. Dann, nachdem sich die *Casey* nun exakt auf dem sorgsam geplanten Kurs befand, reduzierte sie die Beschleunigung auf einhundertneunzig Gravos und hielt auf ihr Ziel zu.

Travis saß vor seiner Konsole und spürte, wie sich die vor ihnen liegenden Stunden in die Länge zogen. Entgegen allen Zweifeln – seinen eigenen, und wohl auch, so vermutete er, denen von Lady Clara –, hatten Chomps und er es tatsächlich hinbekommen. Dank Delphi, der dort erhaltenen Ausbildung und Ausrüstung wegen, mit viel Arbeit und vermutlich reichlich Glück hatten sie es geschafft, den Angreifer von Manticore bis zu dessen Versteck zurückzuverfolgen.

Und doch: Obwohl er mit ihrer Leistung zufrieden war und Chomps beteuerte, Travis sei der geborene Spion, reifte in ihm nach und nach die Erkenntnis, dass der Posten des

Taktischen Offiziers die Position war, in der er sich am wohlsten fühlte. Hier zu sitzen und sich darauf vorzubereiten, sich selbst, die ihm unterstellten Männer und Frauen und sein Schiff zwischen sein Sternenkönigreich und dessen Feinde zu stellen – genau dort gehörte er hin.

Und mehr noch: Genau dort *wollte* er auch sein.

Das war nicht der Posten, auf dem er sich dereinst hatte sitzen sehen, als er damals zur Navy gegangen war. Damals war der Dienst in der Flotte nur seine Möglichkeit zur Flucht gewesen, der Flucht sowohl vor einem trostlosen, öden Leben und vor einer unmittelbar bevorstehenden Gefängnisstrafe, wäre er doch der Mittäterschaft bei jenem Raubüberfall bezichtigt worden, von dessen Planung er damals nicht einmal gewusst hatte. Die Navy war seine Zuflucht gewesen, eine regelrechte Oase, und Travis Uriah Long hatte die Gelegenheit beim Schopfe gepackt – mit beiden Händen. Nach und nach hatte er festgestellt, dass er bei dem, was für ihn eigentlich nur hatte irgendein Job sein sollen, ziemlich gut war.

Schon vor der Schlacht von Manticore war diese Erkenntnis gereift. Langsam – so langsam, dass er es selbst erst jetzt begriff – war aus dem Beruf *Berufung* geworden. Irgendwann während der vergangenen Jahre hatte Travis verstanden, anfänglich nur unbewusst, dass es Menschen und Prinzipien gab, für deren Verteidigung er zu sterben bereit war.

Er hatte keine Ahnung, wann genau sich dieser Wandel vollzogen hatte. Doch genau so war es nun einmal, auch wenn es ihm selbst wahrscheinlich viel zu peinlich wäre, es offen zuzugeben … außer vielleicht Lisa gegenüber.

Er hatte immer geglaubt, nach Regeln und festen Strukturen gesucht zu haben. Doch in Wahrheit war es ihm um etwas anderes gegangen: um Klarheit und einen Sinn und Zweck im Leben.

Weit voraus standen achtzehn Kriegsschiffe. Sie gehörten zu einer Söldnerflotte, die schon einmal sein Heimatsystem angegriffen hatte.

Was auch immer geschehen mag, dachte er düster, *zumindest exakt* diese *Schiffe werden das niemals wieder tun.*

Es war völlig unmöglich, das wusste Gensonne, dass acht Kriegsschiffe und ein Frachter, die dicht aufeinanderfolgend in das Danak-System transistierten, etwas anderes sein sollten als Militär.

Glücklicherweise war genau das die Rolle, die die Volsungs spielen sollten.

Nicht dass Gensonne es den Behörden Danaks verübeln könnte, nervös zu reagieren. Llyn hatte gesagt, die Volsungs würden die Installation der Werfer abwarten müssen, und Jahre der Erfahrung hatten Gensonne gelehrt, dass nervöse Leute weniger dazu neigten, den Preis für ihre Kunden in die Höhe zu treiben.

Natürlich gab es noch einen weiteren Grund, sich wegen der danakanischen Unruhe keine Sorgen zu machen. Gensonne war vorgeblich ein Admiral der Kaiserlich-Andermanischen Weltraumflotte, und Kaiser Gustavs Leute verbrachten ihre Zeit nicht damit, sich um die Gefühle, Sorgen und Nöte anderer zu scheren.

Missmutig betrachtete Gensonne die Displays. Sein Verband war zwar in intakter Formation in das System eingereist, doch den Transitionspunkt hatten die Schiffe um fast einundzwanzig Lichtsekunden verfehlt, so dass sie mehr als zehn Lichtminuten vor dem Punkt in den Normalraum zurückgekehrt waren, von dem aus ein zeitoptimierter Kurs möglich war.

Ein echter andermanischer Kommandant würde dafür vermutlich jemandem eine Zigarre verpassen. Und hätten sie erst einmal Fahrt aufgenommen, würde Gensonne zusehen, dass genau das auch geschähe.

»Werfen Sie die Transponder an«, instruierte er Captain Imbar. »Andermanische Kriegsschiffe beachten immer die Gebote der Höflichkeit interstellarer Gesetzgebung. Aber sehen Sie zu, dass die auch die *richtige* Kennung übertragen.«

Zehn Minuten später traf die Antwort ein.

»Andermanisches Schiff *Winterfeldt*, hier spricht Danak Traffic Control«, drang eine Stimme aus dem Brückenlautsprecher. »Willkommen in Danak. Wir haben Sie bereits erwartet. Der Operations Manager von Jerriais lässt grüßen, und Wirtschaftsminister Charnay wurde gebeten, Ihnen auch Präsidentin Nelsons Gruß auszurichten.«

In seinem Sessel lehnte sich Gensonne zurück, umschloss mit beiden Händen die Armlehnen und lockerte dann zufrieden den Griff wieder. Also hatte es Llyns Laufbursche, dieser Katura, tatsächlich rechtzeitig nach Haven und hierher geschafft, zusammen mit dem erforderlichen Datenkram. Perfekt.

Gensonne gestattete sich einige Sekunden hämischer Freude, dann beugte er sich vor und drückte den Com-Knopf.

»Danke, Traffic Control«, erwiderte er und ließ dem andermanischen Akzent freien Lauf, den er sich über die Jahre mühsam abtrainiert hatte. »Hier spricht Admiral König von der Kaiserlich-Andermanischen Weltraumflotte. Ihre Begrüßung lässt mich vermuten, dass Sie wissen, warum wir hier sind.«

Erneut lehnte er sich zurück und beschäftigte sich während der zwanzigminütigen Signalverzögerung mit Statusberichten und der Feinjustierung der Volsung-Formation.

»Allerdings, Admiral«, erklang genau zum erwarteten Zeitpunkt wieder die Stimme der Verkehrsleitung. »Wir wurden angewiesen, Sie darüber zu informieren, dass Master Rowbthams Autorisierung der Arbeiten an Ihren Schiffen seitens der Jerriais-Filiale in Nouveau Paris abgezeichnet wurde. Von dem Arbeitsauftrag selbst haben wir erst vor einem Tag erfahren, aber wir haben einige Termine verschoben und sind zuversichtlich, Sie in dem von Master Rowbtham erbetenen Maße einschieben zu können.«

»Andermanisches Schiff *Winterfeldt*, hier spricht Danak Traffic Control. Willkommen in Danak. Wir haben Sie bereits erwartet.«

»Jetzt geht's los«, murmelte Captain Marcello.

Lisa nickte und lauschte der freundlichen Begrüßung, den Blick auf das Navigationsdisplay gerichtet. Dort war ein Icon-Cluster erschienen, mehr oder minder genau dort, wo es Commodore Charnay erwartet hatte. Nun war der Cluster mit der Bezeichnung *Swenson-eins* markiert.

Sie überprüfte die Instrumente und nahm einige rasche Berechnungen vor. Vor etwas mehr als dreizehn Minuten war die Nachricht der Verkehrsleitung gleichzeitig an die neu eingetroffene Piratenflotte und den Verbündeten-Verband übertragen worden. Das bedeutete, dass Swenson-eins sie zweihundertdreizehn Sekunden früher erhalten hatte und mittlerweile gewiss bereits eine Antwort übertrug. Es stand zu erwarten, dass die Verkehrsleitung Swensons Antwort schon an die *Saintonge* weitergeleitet hatte, aber sicher wissen würde die *Damocles* das erst in neun Minuten.

»Ist wohl gut, dass wir zwo Tage früher hier eingetroffen sind«, setzte Marcello hinzu.

»Wie meinen, Sir?«, fragte Lisa.

»Verzeihung … war ein Selbstgespräch«, bat Marcello um

Entschuldigung. »Mir ging nur gerade durch den Kopf, dass es wirklich gut war, hier noch zwo Extratage gehabt zu haben. Wäre es anders gewesen, wären die Danakaner womöglich immer noch nicht in die Hufe gekommen.«

Ein wenig erschöpft nickte Lisa. »Jawohl, Sir. Das stimmt wohl.«

Niemand hatte die danakanische Regierung darüber unterrichtet, dass ihr System bald Schlachtfeld würde, und Systempräsidentin Nelson war ob Commodore Charnays entsprechender Warnung alles andere als glücklich gewesen.

Und *extrem* unkooperativ.

Die Bevölkerung von Danak war immer noch sehr klein. Die meisten Bewohner fanden sich auf Danak Alpha, dem größeren der beiden Zwillingsplaneten des Systems. Doch zu praktisch jedem beliebigen Zeitpunkt befand sich mindestens ein Drittel der Gesamtbevölkerung in Bergen's Ring, einem Asteroidengürtel, der seiner Dichte und seines Rohstoffreichtums wegen bemerkenswert war. Von Alpha war er innerhalb erstaunlich kurzer Zeit erreichbar. Da er sich weit innerhalb der Hypergrenze des Systems befand, war die Überfahrt von der Hypergrenze zu den Werften und den Rohstoffextraktionsplattformen, die das Jerriais Consortium eifrig dort installierte, recht lang und alles andere als optimal. Dennoch bot die Lage des Gürtels zumindest eine gewisse militärische Sicherheit, da jedem potenziellen Angreifer eine Transitzeit von mindestens vier Stunden bevorstand, selbst bei einer Beschleunigung von zweihundert Gravos. Für ein echtes Rendezvous lag die Transitzeit sogar oberhalb von fünf Stunden, und das sollte den Verteidigern genügend Zeit lassen, sich eine Erwiderung zu überlegen – zumindest theoretisch.

Zugleich verschaffte es Zivilisten, die Invasoren ausgeliefert wären, genügend Zeit, sich zurückzuziehen. Genau das hatte während der vergangenen achtzehn Stunden, das war Lisa nicht entgangen, eine beachtliche Anzahl Zivilisten auch getan.

Die Werften und die orbitalen Erzverarbeitungsanlagen von Jerriais waren der wahre Grund für den wirtschaftlichen Aufstieg des Systems. Letztendlich sollten größere Cluster von Produktionsstätten, Schiffbauwerften und Reparaturplattformen an zwölf äquidistanten Positionen innerhalb des Rings entstehen, doch derzeit waren nur zwei davon betriebsbereit. Ein dritter stand allerdings kurz davor, den Betrieb aufzunehmen, und das erste Quartiermodul eines vierten wurde gerade eingerichtet. Danak war auf dem besten Wege, zu einer galaktischen Erfolgsgeschichte zu werden – was wahrscheinlich Präsidentin Nelsons mangelnden Enthusiasmus über die Vorstellung erklärte, derart tatkräftige und entschlossene Besucher zu empfangen.

Tatsächlich hatte sie sich fast vierundzwanzig Stunden lang hartnäckig geweigert, das Ganze überhaupt zuzulassen.

Ihre erste Reaktion hatte darin bestanden, die Verkehrsleitung des Systems anzuweisen, Swenson unmissverständlich wissen zu lassen, dass er hier nicht willkommen sei, dass Danak keinerlei Raketen oder auf den neuesten technischen Stand gebrachte Werfer für seine Schiffe zu bieten habe und ein havenitisches Geschwader bereitstand, das Feuer auf ihn zu eröffnen, sollte er die Hypergrenze des Systems überqueren. Die Vorstellung, was dann mit Familie Baird geschähe, hatte sie zwar offenkundig belastet, doch Vorrang hatte nun einmal ihre Verantwortung den Bürgern ihres Sonnensystems gegenüber, nicht die Familie eines solarischen Händlers.

Aus irgendeinem Grund hatte niemand in der Republik von Haven – oder auch an Bord von HMS *Damocles* – für möglich gehalten, die danakanische Regierung könnte derart rational eingestellt sein und derart kategorisch handeln. Nelson umzustimmen hatte die gesamte Überzeugungskraft Commodore Charnays und Captain Katuras erfordert – und auch die des Jerriais-Repräsentanten Weissman.

Das muss eine interessante Diskussion gewesen sein, dachte Lisa. Nach allem, was man hörte, war Präsidentin Nelson stur, und sie hatte ja auch wirklich stichhaltige Argumente vorzubringen.

Letztendlich entscheidend war vermutlich Charnays Argument gewesen, es sei in ihrer aller Interesse, einen derart schlagkräftigen Piratenverband auszuschalten. Dass er sich dabei auf das kollektive Sicherheitsbündnis zwischen der Republik und Danak berufen hatte, hatte seine Wirkung sicher nicht verfehlt. Lisa vermutete allerdings, dass Weissmans Position als Konzernvertreter des wichtigsten Arbeitgebers von Danak und offizielles Regierungsmitglied der Republik für Nelson eine noch wichtigere Rolle gespielt hatte als interstellare Bündnisverpflichtungen.

Was Katura betraf, so hatte er es, nachdem er der Präsidentin noch einmal Max Bairds verzweifelte Lage geschildert hatte, Weissman und Charnay überlassen, sie zur Kooperation zu bewegen. Er selbst war derweil mit der *Pacemaker* zum großen Gasraffineriekomplex im Orbit von Helier aufgebrochen, dem am meisten systemeinwärts gelegenen Gasriesen.

Unvernünftig war diese Entscheidung gewiss nicht – nach all seinen Fahrten unter maximalem Schub brauchte sein Schiff dringend Reaktormasse. Trotzdem fragte sich Lisa, ob sein Hauptmotiv nicht vielleicht gewesen war, dieser Diskussion zu entkommen. Seine persönliche Empörung über die missliche Lage der Familie Baird hatte er unmissverständlich zum Ausdruck gebracht. Dann tatenlos herumsitzen zu müssen, während das alles wieder und wieder durchgekaut wurde, war ihm gewiss nicht leichtgefallen.

Letztendlich jedoch hatte Präsidentin Nelson zugestimmt: Die Verkehrsleitung würde bei Aktion Hinterhalt mit den Verbündeten kooperieren.

Wenn diese Aktion funktionierte wie geplant, würde keine Rakete auch nur in der Nähe wichtiger Systeminfrastruktur abgefeuert. Das war ein weiterer Faktor bei Nelsons Entscheidung für die Kooperation gewesen. Doch sie weigerte sich strikt, auch nur eine einzige der Handvoll leichtgepanzerten Korvetten der Danak System Navy für das Gefecht freizustellen. Vielmehr hatte sie ihren Flottenkommandeur angewiesen, sie für die Verteidigung von Danak Alpha zu positionieren.

Ihre Absicht war offenkundig: Wenn schon jemand im Danak-System ums Leben kommen sollte, dann wollte sie mit aller Macht dafür sorgen, dass ausschließlich jene Seite Verluste zu beklagen hatte, die den Bürgern dieses Systems all diesen Ärger eingehandelt hatte.

Lisa Donnelly konnte Nelsons Einstellung gut nachvollziehen. Aber erbaut darüber war sie nicht.

»Das Entscheidende ist wohl, dass Nelson letztendlich doch mit ins Boot gekommen ist«, sagte sie.

»Das wohl«, bestätigte Marcello. »Trotzdem wünschte ich, Massingill und ihre Leute hätten ein bisschen mehr Zeit, sich auf Position drei einzurichten. Aber sie scheint zuversichtlich, dass alles an seinem rechten Platz sitzt.«

Leise pfiff Lisa zwischen den Zähnen. »Ich hoffe, dass sie recht hat, Sir.«

»Ja, ich auch.«

»… hat Master Rowbtham gehofft, Jerriais könnte sich Ihrer auf Bergen-eins annehmen«, erklärte die Verkehrsleitstelle von Danak, »aber leider ist man dort derzeit völlig ausgebucht. Mindestens eine ganze, eventuell sogar zwo T-Wochen lang wird keine einzige Aufschleppe frei. Aber so, wie wir das verstanden haben, soll die Aufrüstung Ihrer Schiffe beschleunigt vorangetrieben werden, richtig?«

Gensonne knirschte mit den Zähnen. *Natürlich* sollte die beschleunigt vorangetrieben werden!

Und was sollte das heißen, die Aufschleppen würden frühestens in einer Woche frei? Trieb Llyn noch auf die letzte Minute irgendwelche Spielchen?

Mit Macht verdrängte er das reflexartig aufkommende Misstrauen. Er hatte hier das Sagen, und das wusste Llyn auch.

»Richtig«, bestätigte er. »Also was genau wollen Sie mir sagen? Dass Jerriais sich nicht um uns kümmern kann?«

»Oh nein, Admiral, Jerriais kümmert sich um Sie«, widersprach die Verkehrsleitung nach einer weiteren Wartezeit von zwanzig Minuten, »nur nicht auf Bergen-eins. Ein Großteil der größeren Arbeiten wird daher auf Bergen-zwo stattfinden. Bedauerlicherweise befindet sich Bergen-zwo derzeit noch in der Erweiterungsphase, deswegen ist die Kapazität dort deutlich niedriger als bei Bergen-eins. Das bedeutet, dass nur jeweils an vieren Ihrer Schiffe gleichzeitig gearbeitet werden kann. Oder vielleicht auch nur an dreien, wenn zur ersten Charge Ihre beiden Schlachtkreuzer gehören sollen.

Aber Jerriais versteht Ihren Wunsch auf schnelle Abfertigung. Deswegen wurde arrangiert, dass einige der notwendigen Vorarbeiten auf Bergen-drei stattfinden. Dort lässt sich zwar nicht das Gesamtpaket der benötigten Systeme installieren, aber wenigstens die alten Systeme und die alten Werfer können dort schon ausgebaut werden. Damit wäre dieser Teil dann schon einmal erledigt. Minister Charnay und Ms. Dostoyevsky haben das schon einmal durchgerechnet und kommen zu dem Schluss, dass sich die reine Bearbeitungszeit für Ihre zwote Charge mindestens halbieren ließe, wenn Sie einen Schlachtkreuzer und einen Schweren Kreuzer nach Bergen-drei verlegen würden.«

Nachdenklich runzelte Gensonne die Stirn und betrachtete den Navigationsplot, auf dem die Astrogation schon die Icons der neuen Zielpositionen markiert hatte. Die Lage war nicht so schlimm, wie sie hätte sein können, aber schlimm genug. Bergen-2 und Bergen-3 befanden sich auf beinahe gegenüberliegenden Seiten des Hauptsterns, wobei im Bezug zum aktuellen Vektor der Volsungs, die nach wie vor Bergen-1 ansteuerten, Bergen-3 ungefähr 16,2 Lichtminuten nach Backbord zur *Odin* lag, Bergen-2 hingegen 23,27 Lichtminuten nach Steuerbord.

Es passte Gensonne gar nicht, seine Einheiten derart weiträumig aufteilen zu müssen. Dazu kam noch, dass er wusste, wie hier draußen lokale Regierungen und Werften tickten ... vor allem Laufkundschaft gegenüber. Zu deren Lieblingstricks gehörte es, entscheidende Systeme des Schiffes heimlich zu beschädigen oder anderweitig betriebsunfähig zu machen und dann Wucherpreise für die Reparatur der Probleme zu verlangen, die ihre sachkundigen Techniker ›glücklicherweise entdeckt‹ hatten.

Es brauchte reichlich Mut, einen andermanischen Verband in dieser Art und Weise auszunehmen. Doch das Kaiserreich lag weit von Danak entfernt, und die Einheimischen hier mochten durchaus glauben, sie könnten sich auch mit Onkel Gustavs Geld aus dem Staub machen.

Gensonne schwenkte seinen Sessel dem Com-Bildschirm entgegen, der ihn mit der Brücke der *Banshee* verband. »Haben Sie das mitbekommen?«

»Natürlich«, sagte Llyn. »Klingt für mich vernünftig.«

»Ja klar, Ihnen ist ja auch nicht soeben gesagt worden, Sie

sollten Ihre Flotte aufteilen!«, knurrte Gensonne. »Und wer ist überhaupt dieser Wirtschaftsminister Charnay? Gehört der zu den Leuten, die Sie noch bestechen müssen?«

»Ich habe Ihnen doch schon gesagt, dass ich unmöglich im Vorfeld wissen konnte, um wen genau ich mich würde kümmern müssen«, gab Llyn mit deutlich zur Schau gestellter Geduld zurück. »Als ich das letzte Mal hier war, wurde das Wirtschaftsministerium von einer Frau namens Bradshaw geführt. Aber das ist schon lange her. Außerdem hat es laut meinen Aufzeichnungen schon damals einen Charnay gegeben – den Vornamen konnte ich nicht herausfinden. Er war damals Unterstaatssekretär.« Sein Blick zuckte wohl zu einem Display außerhalb des Aufzeichnerbereichs. »Anscheinend ist das ein ausgebildeter Ingenieur, der über reichlich Erfahrung im Schiffbau verfügt.« Dann blickte er wieder auf. »Klingt doch ganz danach, als wäre das unser Mann.«

»Von ›Klingt doch ganz danach‹ halte ich nicht viel«, warnte ihn Gensonne.

»Jetzt machen Sie sich doch keine Sorgen!«, riet ihm Llyn. »Erinnern Sie sich noch, was er über den Gruß der Präsidentin gesagt hat? So etwas sagt man, wenn man ein Gespräch von Angesicht zu Angesicht wünscht. Ein *dezentes* Gespräch von Angesicht zu Angesicht.«

»Damit man seinen Creditchip abholen kann?«

»Ganz genau.«

Gensonne runzelte die Stirn. Nun, die Lageanalyse klang plausibel. Natürlich besagte sie nichts über die Gier des einen oder anderen Einheimischen.

Andererseits: Wenn er die Karten richtig ausspielte, hatte er vielleicht schon einen Weg gefunden, von hier zu verschwinden, bevor besagte Einheimische die Hände zu tief in seine Taschen steckten.

»Ich ziehe es vor, meine beiden Schlachtkreuzer nicht zu trennen und sie während der Arbeiten im Blick zu behalten«, sagte er dann ins Com-Mikrofon. »Andererseits klingt Ms. Dostoyevskys Idee, wie man die Arbeiten beschleunigen kann, plausibel. Deswegen schlage ich vor …«

Llyns Computer klingelte. Mit halbem Ohr lauschte er Gensonnes Antwort an die Verkehrsleitstelle, während er das Display betrachtete.

Seinen leicht veralteten Daten gemäß war Adelaide Bradshaw nach wie vor Wirtschaftsministerin der Danak-Systemregierung, und ein Unterstaatssekretär namens Charnay war nirgends zu finden.

Allerdings gab es in seinen Daten einen Captain Gustave Charnay von der Republic of Haven Navy.

Erleichtert stieß er die Luft aus. Er hatte gewusst, dass Katura durchgekommen war, als die Verkehrsleitstelle die ›*Winterfeldt*‹ als erwarteten Besuch begrüßt hatte. Wenn dieser Charnay, den die Leitstelle erwähnt hatte, wirklich der aus seiner Datenbank war, dann sah es ganz danach aus, als hätte Haven die Geschichte mit der Entführung geschluckt und sich dafür entschieden, tatkräftig einzugreifen.

Ob auch tatkräftig *genug*, also mit hinreichender Schlagkraft, bliebe noch abzuwarten. Aber vermutlich wären die Haveniten nicht hierhergekommen, wenn sie nicht der Überzeugung wären, die Lage im Griff behalten zu können.

Allerdings klang der Vorwand, Gensonnes Verband aufzuteilen, alles andere als vielversprechend. Wenn es nötig war, die Volsungs in mundgerechtere Stücke zu teilen …

»Sir?«, drang Rhamas' gedämpfte Stimme aus dem Intercom. »Wir empfangen einen Rafferspruch von der *Pacemaker*.«

Aufmerksam betrachtete Llyn den Plot und die Markierung, die ihm die Position des Absenders anzeigte. Das Schiff besaß keine Kennung, doch es befand sich weit backbords zum aktuellen Vektor der Volsungs, etwa zwei Lichtminuten innerhalb der Hypergrenze des Systems. Sein Kurs führte es aus der Nähe von Helier in Richtung Danak Alpha.

Oder vielmehr: Es *hatte* Danak Alpha angesteuert. Nun hatte es unvermittelt das Beschleunigen eingestellt und bremste aktiv ab. Offensichtlich war es bemüht, sich von jeglicher möglichen Konfrontation fernzuhalten.

Das hieß, Katura käme an der fast perfekten Stelle heraus, um seinen Teil des Einsatzes abzuschließen – vorausgesetzt, die Verlegung nach Bergen-2 funktionierte und die *Pacemaker* behielte ihren aktuellen Kurs bei.

Natürlich konnte das Ganze immer noch gewaltig den sprichwörtlichen Bach hinuntergehen. Aber dank Katuras Geschick und Gensonnes an Besessenheit grenzender Begeisterung für Pünktlichkeit schienen doch jetzt alle Spielsteine genau dort auf dem Brett zu stehen, wo Llyn sie haben wollte.

Es stand zu hoffen, dass Haven genug Feuerkraft mitgebracht hatte, um die Volsungs ein für alle Mal zu erledigen. Wenn nicht, könnte Llyn persönlich dafür sorgen, dass nichts, was Gensonne über Axelrod und das Interesse des Konzerns an Manticore wusste, weitergetragen würde.

»Entschlüsselung?«, fragte er Rhamas.

»Kommt gerade durch, Sir«, antwortete der Captain der *Banshee*, und schon erschien neuer Text auf Llyns Display.

Selbst wenn ein Signal nur über eine vergleichsweise kurze Distanz übermittelt wurde und zudem in einer geschlossenen Formation wie hier, bestand die Gefahr, dass ein Rafferspruch, übertragen von einem eng gebündelten Signallaser, unerwünschte Zuhörer erreichte. Das aber wusste Katura, und so hatte er sich für eine Verschlüsselungsmethode entschieden, die große Ähnlichkeit mit der besaß, die beim Jerriais Consortium für interne Übermittlungen üblich war. Wer diesen Spruch auffinge, würde darin vermutlich eine Routineübertragung wähnen.

Havenitischer Verband unter Commander Gustave Charnay. Ein Schlachtkreuzer, drei Schwere Kreuzer, fünf Zerstörer, eine Fregatte. Zudem zugewiesen ein manticoranischer Zerstörer.

Also war Charnay seit dem letzten Update von Llyns Dateien zum Commodore befördert worden. Überraschend kam das nicht.

Viel überraschender war, dass dem havenitischen Verband ein manticoranischer Zerstörer zugewiesen war.

Mürrisch verzog Llyn das Gesicht. Wenn da draußen ein Schiff der Royal Manticoran Navy stand, gab es dann noch andere? Vielleicht gar eine ganze Flotte, von der Katura nichts ahnte?

Wahrscheinlich nicht, möglich aber schon. Llyn konnte das nicht kurzerhand abtun. Gensonnes Einsatzbericht hatte das Bild einer deutlich angeschlageneren Royal Manticoran Navy gezeichnet als jene, der Llyn einige Wochen später begegnet war. Im Gespräch mit dem Volsung-Admiral hatte er diese Diskrepanz zwar heruntergespielt, doch gelöst war dieses Rätsel bislang nicht.

Fünf Schlachtkreuzer hatte Llyn geortet. Gensonne hatte darauf beharrt, bei seinem Rückzug habe es nur drei gegeben. Bei den restlichen zweien hatte es sich wohl um Besucher gehandelt – höchstwahrscheinlich um Haveniten, egal, als was sie deren Transponder auswiesen hatte.

Sinnvoller als so ließ sich die Diskrepanz zwischen Gensonnes Angaben und seinen eigenen Beobachtungen nicht auflösen. Es passte zu den Bemühungen der Republik, ein umfassendes Sicherheitsarrangement für das Territorium zu etablieren, das zunehmend als Haven-Quadrant bezeichnet wurde. Gewiss, dass sie zu dem betreffenden Zeitpunkt gerade vor Ort gewesen waren, war schon ein – äußerst ärgerlicher – Zufall, und es blieb die Frage, warum die beiden Schiffe *manticoranische* Transponderkennungen abgesetzt hatten.

Für eine Kooperation beider Systeme sprach aber noch etwas: Manticore selbst hätte nie gewagt, eines seiner schweren Schiffe aus dem Heimatsystem abzuziehen. Dort konnte ja niemand wissen, wann die fremden Angreifer womöglich zurückkämen. Eine oder zwei leichtere Einheiten für eine gemeinsame Operation mit Haven abzustellen hingegen ergab Sinn.

Zu schade! Llyn hätte einen anderen Fall vorgezogen, nämlich Haven mit überwältigendem Kräftevorteil und eine Horde Manticoraner, die es bei diesem Einsatz unterstützten.

Allerdings konnte die Anwesenheit des Manticoraners durchaus problematisch werden. Gensonne hatte sich selbst ein wenig getarnt – auf Llyns Beharren hin. Diese Tarnung jedoch war nur rudimentär – kaum mehr als eine Verkleidung. Mit Llyns Standards in dieser Hinsicht konnte der Anführer der Volsung nicht mithalten. Ein scharfsichtiger Manticoraner mochte über den Schnurrbart im preußischen Stil und die auffällige Narbe auf der Wange hinwegsehen, und wer gut zuzuhören verstand, könnte durchaus die Stimme jenes Mannes wiedererkennen, der in manticoranisches Hoheitsgebiet eingedrungen war und die Kapitulation des Königs verlangt hatte. Falls das geschähe, mochten die Manticoraner auf die Idee kommen, die Haveniten zu einem Angebot an Gensonne zu überreden: Dessen Leben im Austausch gegen Informationen.

Dank Hester aber hatte Llyn glücklicherweise immer noch ein Ass im Ärmel.

»Sir, Imbar gibt Signal an den Rest des Volsung-Verbands«, meldete Rhamas. »Er warnt sie, stets auf uns zu achten und sich bereitzuhalten – für den Fall, dass wir die Flucht antreten. Anscheinend traut uns Gensonne nicht so recht.«

»Och, da bin ich aber enttäuscht! Schon irgendwelche Reaktionen?«

»Die *Copperhead* und die *Fomalhaut* melden jeweils Bemannung der Laser und Feuerbereitschaft für eine Rakete«, antwortete Rhamas. »Imbar warnt sie jetzt vor aktiver Zielerfassung, damit man sich auf Danak nicht fragt, warum die ihren eigenen Frachter anvisieren. An Bord der *Fomalhaut* ist man gerade ein wenig verstimmt, weil sich Imbar bemüßigt fühlt, das Offensichtliche breitzutreten … Die *Copperhead* schließt sich dem an, verwendet dabei aber deutlich mehr Schimpfworte.«

Llyn lächelte. Hester glaubte vermutlich immer noch, all die kleinen Aufgaben, die er ihr im Laufe der letzten Monate zugewiesen hatte – darunter Gensonnes Com-Verschlüsselung zu knacken –, wären Arbeitsbeschaffungsmaßnahmen gegen ihre Langeweile gewesen.

»Wir dürften uns wohl darauf verlassen können, dass die das Feuer nicht eröffnen – zumindest vorerst«, erklärte er Rhamas. Dann warf er einen Blick auf den Hauptplot und beobachtete, wie sich die Vektoren und die extrapolierten Ankunftszeiten nach und nach veränderten. »Sieht so aus, als hätten wir noch dreieinhalb Stunden bis Exodus.«

»Jawohl, Sir«, sagte Rhamas. »Ich werde die Gute wirklich vermissen.«

»Darüber kommen Sie hinweg«, versicherte ihm Llyn. »Und machen Sie sich keine Sorgen: Wenn wir das hier hinter uns haben, bekommen Sie ein noch viel schöneres Spielzeug!«

»Andererseits klingt Ms. Dostoyevskys Idee, wie man die Arbeiten beschleunigen kann, plausibel«, drang die Stimme des Piraten-Admirals aus dem Brückenlautsprecher der *Damocles.* »Deswegen schlage ich vor, dass wir uns auf einen Kompromiss einigen. Mein Hauptverband legt jetzt einen neuen Kurs nach Bergen-zwo an, aber ich werde drei meiner Kreuzer nach Bergen-drei detachieren – die *Mollwitz*, die *Burkersdorf* und die *Rossbach.* Drei Schwere Kreuzer sollten in etwa gleich viel Arbeit machen wie ein Schlachtkreuzer und ein Schwerer Kreuzer, und damit wäre es mir möglich, persönlich den Umbau der *Winterfeldt* und der *Boyen* zu beaufsichtigen.«

»Verdammt«, murmelte Marcello und blickte zu Lisa hinüber.

Lisa nickte. Sie hatte zwar die Schiffsliste aufgerufen, die Captain Katura ihnen zur Verfügung gestellt hatte, doch eigentlich hätte sie das Material nicht benötigt. Ebenso wie ihr Captain hatte sie sich die Details eingeprägt, und die *Mollwitz*, die *Burkersdorf* und die *Rossbach* waren besser bekannt als die *Adder*, die *Copperhead* und die *Mamba*: Swensons drei Schiffe der *Thu'ban*-Klasse.

»Na, das kam jetzt unerwartet«, sagte Marcello. Erneut nickte Lisa und fragte sich, wie Brigadier Massingill und ihre Truppen das jetzt hinbekommen wollten.

Bergen-3 bestand aus zwei aktiven und zwei im Bau befindlichen Plattformen. Massingills Operationsplan sah vor, ihre Truppen gleichmäßig auf die beiden betriebsbereiten Plattformen zu verteilen – weil sie davon ausgegangen war, es nur mit zwei Schiffen zu tun zu bekommen. *Drei* Schiffe hingegen würde die ihr zur Verfügung stehende Kampfkraft nicht nur auf mindestens einer der Plattformen empfindlich ausdünnen: Die neue Lage bot auch deutlich mehr Potenzial für Schnitzer beim Timing.

Aber Commodore Charnay hatte recht: Wenn jemand mit einer Situation wie dieser zurechtkäme, dann Massingill und der Angriffstrupp des 303. Expeditionskommandos. Ein Positives hatte das Ganze: Auf Schweren Kreuzern war es unwahrscheinlicher als bei Schlachtkreuzern, dass sich ein größeres Kontingent Bodentruppen an Bord befand. Das sollte Massingills Probleme mit ausgedünnter Kampfkraft auszugleichen geeignet sein.

»Sie haben das gehört, Captain Marcello?«, erkundigte sich Charnay vom Com-Display des Kommandanten.

»Jawohl, Sir«, erwiderte Marcello. »Hat die Verkehrsleitung schon geantwortet?«

»Bedauerlicherweise ist denen nicht genug Zeit geblieben, die Kommunikation erst über unseren virtuellen Schreibtisch gehen zu lassen, bevor die Antwort gegeben werden musste«, erklärte Charnay. »Ohne wirklich guten Grund konnten die ja kaum nein sagen, und oberflächlich betrachtet ist das doch auf jeden Fall auch eine vollkommen logische Vorgehensweise.«

»Prächtig!«, brummte Marcello.

»Zugegeben«, bestätigte Charnay. »Das macht es für den Brigadier kniffliger. Bedauerlicherweise ist sie jetzt nicht die einzige mit Timing-Problemen.«

»Da sind sie«, knurrte Captain Imbar, als die entsprechend designierten Kreuzer nach Bergen-3 aufbrachen. »Von Belling und Michelson fahren wieder mal wie gesengte Säue. Soll ich die anrufen und ihnen klarmachen, dass sie gefälligst langsamer machen sollen?«

»Nein, lassen Sie denen den Spaß«, entschied Gensonne, den Blick fest auf den Plot gerichtet. »Außerdem weiß doch jeder, dass die Andermaner alles besser können als jeder andere in der Galaxis. Sollen sie den Danakanern ruhig zeigen, wie gut sie wirklich sind.«

Er machte sich nicht die Mühe, hinzuzusetzen, dass sein Hauptgrund, gerade sie zu detachieren, darin lag, dass ohnehin niemand mit ihnen Schritt halten könnte.

Die *Thu'bans* waren die schnellsten Schiffe im Volsung-Fuhrpark, mit einem Sechs-Gravo-Maximalbeschleunigungsvorteil schneller als die *Odin* und mit ähnlich belastbaren Kompensatoren. Entsprechend betrieben ihre Kommandanten sie, wann immer sie sich von den Rockschößen des restlichen Verbandes lösen durften, üblicherweise mit *fünf*undachtzig Prozent der Maximallast, nicht nur den sonst üblichen achtzig. Da ihre Hauptaufgabe meist darin bestand, die Schlachtkreuzer vor Raketen zu schützen, geschah das nicht allzu häufig, und so nutzten deren Captains jede sich bietende Gelegenheit.

Während die *Odin* also nun mit würdevollen 185 Gravos in Richtung Bergen-2 beschleunigte, legten die *Adder*, die *Copperhead* und die *Mamba* mit stetigen 223 Gravos eine deutlich flottere Beschleunigung vor.

»Sehen Sie nur zu, dass von Belling und Schneider informiert sind, keinen der Danak-Techniker an Bord zu lassen, bis Michelson sich von deren Kompetenz hat überzeugen können«, setzte Gensonne dann noch hinzu. »Kein Einheimischer soll auch nur in die Nähe von irgendetwas Wichtigem kommen, bis wir uns sicher sein können, dass das nicht bloß ein Versuch ist, uns Extragebühren aufzubürden.«

»Ich bezweifle, dass das wirklich notwendig ist, Admiral«, meldete sich Llyn über die Verbindung zur *Banshee* zu Wort. »Sie mögen ja vielleicht nur Laufkundschaft sein, aber Master Rowbtham macht auf Danak ausgiebig Geschäfte. Außerdem scheinen Sie zu vergessen, dass Sie zur Kaiserlich-Andermanischen Weltraumflotte gehören! Niemand möchte auf Gustav Andermans schwarzer Liste landen. Trotz all der Missbilligung, die er persönlich erfahren mag, hat sein Wort bei den Solariern immer noch Gewicht.«

»Das mag ja sein«, versetzte Gensonne, »aber ich gehe keine Risiken ein. Auf Bergen-zwo behalte ich die Dinge persönlich im Auge. Und von Belling und die anderen wären gut beraten, es ebenso zu halten.«

»So viel schneller, Sir?«, erkundigte sich Marcello.

»So viel schneller«, bestätigte Charnay grimmig.

Lisa verzog das Gesicht, während sie die Zahlen in ihre Konsole eingab. Der Plan, Swensons Einheiten unterschiedliche Zielkoordinaten zuzuweisen, hatte die Schlachtkreuzer einbezogen. Idealerweise hätte Swenson sein Flaggschiff geradewegs in die Falle gesteuert, Massingill hätte ihn gefangen nehmen und damit den gesamten Verband effektiv köpfen können. Wahrscheinlicher war ihnen von Anfang an ein anderes Szenario erschienen: Swenson würde die *Boyen* detachieren – anderweitig bekannt als die *Loki* –, deren Maximalbeschleunigung nur 185 Gravos betrug.

Zum Zeitpunkt, da sich die drei Kreuzer – jetzt als *Swenson-2* markiert – vom Hauptverband gelöst hätten, wäre Swenson-1 9,84 Lichtminuten vom ursprünglichen Ziel auf Bergen-1 entfernt gewesen und hätte damit 23,27 Lichtminuten vor Bergen-2 und 16,2 Lichtminuten vor Bergen-3 gestanden. Die *Loki* hätte bis zum Rendezvous mit Bergen-3 noch sieben Stunden und zwei Minuten benötigt.

Die *Thu'bans* aber bräuchten ihrer höheren Beschleunigungswerte wegen nur sechs Stunden und dreiundzwanzig Minuten, wären demnach neununddreißig Minuten früher dort als die *Loki*.

Massingills Angriff müsste also neununddreißig Minuten früher stattfinden, als die Idee von dem Gefecht vorgesehen hatte.

Schlimmer noch: Der Rest des Piratenverbandes wäre diese neununddreißig Minuten (was hieß: eine Strecke von immerhin 4,9 Millionen Kilometern) weiter entfernt und bewegte sich mit 4,254 Kps schneller, als in Commodore Charnays Schlachtplan einkalkuliert.

Lisa gab weitere Zahlen ein und studierte sie sorgfältig. Swenson-1 wäre immer noch zu tief im Systeminneren, um vor Erreichen der Gefechtsreichweite genug Geschwindigkeit abzubauen und dann unter neuerlicher Beschleunigung das System wieder zu verlassen. Aber wenn es auf Bergen-3 zu früh losginge und der Rest der bösen Jungs schlau genug wäre, in genau dem Moment Reißaus zu nehmen, wäre es sehr schwierig, sie noch abzufangen. Je nachdem, wie viel früher es losginge, würde dies den Abfangversuch vielleicht sogar vereiteln.

Nun, das Timing war von Anfang an die Crux des ganzen Plans. Auch die *Loki* hätte plangemäß Bergen-3 achtundvierzig Minuten vor dem Eintreffen des Restverbandes an Bergen-2 erreicht, genug Zeit, um die Geleitschiffe vor der Falle zu warnen, in die sie liefen. Da die Signalverzögerung zwischen Bergen-3 und Bergen-2 jedoch 15,8 Minuten betrug, wäre die Zeit für eine entsprechende Reaktion auf die Warnung auf etwas mehr als eine halbe Stunde geschrumpft.

Niemand war davon ausgegangen, Massingills Leute könnten zwei Schiffe ausschalten, ehe eines davon in der Lage wäre, eine Warnung abzusetzen. Daher sah der Plan ein sorgsam in seinem Ablauf choreographiertes Verfahren vor, das vierzig bis fünfzig Minuten zwischen Eintreffen und tatsächlichem Andocken der *Loki* füllen sollte. Auf diese Weise läge der Startpunkt für den Boardingversuch nur etwa zehn Minuten vor dem Moment, in dem die Piraten in der von Commodore Charnay gewünschten Distanz zu Bergen-2 stünden: Ab diesem Punkt würden sich Warnungen beider Teilverbände der Piraten in der Übertragung überkreuzen.

Neununddreißig Minuten mehr, die es zu überbrücken und zu füllen galt, das war knifflig. Aber so war es nun einmal, und damit mussten sie alle jetzt zurechtkommen. Als Lisa erneut die von OPZ berechneten, divergierenden Vektoren auf dem Hauptplot der *Damocles* betrachtete, hätte ihr das klarer nicht sein können.

Natürlich tauchte Llyns Gesicht genau in dem Moment auf Gensonnes Com-Bildschirm auf, als der Volsung-Admiral gerade seinen Zeitplan überdachte. »Was wollen *Sie* ausgerechnet jetzt?«, knurrte Gensonne. »Ich habe zu tun – Ihren emsigen Freunden sei Dank.«

»Ich verstehe«, gab Llyn in jenem Tonfall zurück, den er immer dann anschlug, wenn er Gensonne für zu dämlich für einen der von ihm ersonnenen, viel zu komplizierten Pläne hielt. »Und ich wollte Ihnen auch keine Extra-Komplikationen bescheren. Ich wollte Sie nur wissen lassen, dass bei mir ein verschlüsselter Rafferspruch eingegangen ist.«

Gensonne richtete sich in seinem Sessel auf. »Was für ein Rafferspruch?«

»Ein *Problem* ist das nicht«, versicherte ihm Llyn hastig. »Eher im Gegenteil. Es ist die Bestätigung, dass Minister Charnay tatsächlich derjenige ist, der auf seinen Creditchip wartet.«

»Gut.« Dieses mögliche Problem war durch alle anderen in jüngster Zeit weitestgehend verdrängt worden, doch ganz verschwunden gewesen war es nie. »Also können wir loslegen?«

»Im Prinzip ja«, antwortete Llyn. »Wie es aussieht, müssen wir uns auch noch um ein paar Vorarbeiter in den Werften kümmern. Auch das ist kein Problem, aber ich muss noch herausfinden, was mich das zusätzlich kostet.«

»Und warum belästigen Sie *mich* damit?«

»Weil Sie darüber informiert sein müssen, dass die zugehörigen Absprachen möglicherweise zu einer kleinen Verzögerung führen, wenn wir die Werftplattformen erreichen.«

»Ach wirklich?«, gab Gensonne zurück, und sein Blick verfinsterte sich um mehrere Farbnuancen. »Habe ich schon erwähnt, wie sehr ich Verzögerungen verabscheue?«

»Sonderlich begeistert bin ich davon nicht«, erwiderte Llyn mürrisch. »Vor allem, da meine ursprünglichen Anweisungen völlig unmissverständlich waren. Bedauerlicherweise scheint Katura keinen Hebel gefunden zu haben, dagegen etwas zu unternehmen. Wir werden also die Forderungen der Vorarbeiter ausdiskutieren, die entsprechenden Zahlungen autorisieren und schließlich auch noch Mittel und Wege finden müssen, ihnen das Geld zukommen zu lassen, ohne dass die Buchhaltung von Jerriais etwas davon mitbekommt.«

»Was Sie da sagen, stimmt mich nicht gerade glücklicher«, warnte ihn Gensonne.

»Machen Sie sich keine Sorgen, das ist nichts, was ich nicht schon Dutzende Male erledigt hätte«, versicherte ihm Llyn. »Aber ich werde wohl die nächsten Stunden gut beschäftigt sein, und ich wollte, dass Sie wissen, warum ich am Com hänge und deswegen vielleicht nicht sofort zur Verfügung stehe, falls Sie mich brauchen sollten.«

Gensonne schnaubte leise. Als würde er derzeit die Hilfe des kleines Mannes *brauchen!*

»Gut«, sagte er. »Sie sind derjenige, der alles abzeichnet. Dann schauen Sie doch mal, wie viele Credits Sie dieses Mal abdrücken dürfen.«

»Wie viele Credits *mein Auftraggeber* abdrücken darf, meinen Sie«, korrigierte ihn Llyn, und Gensonne musste sich ein Lächeln verkneifen, so sehr belustigte ihn der Ärger im Tonfall seines Gesprächspartners. Offenkundig mochte es Llyn ebensowenig wie Gensonne, von anderen ausgenommen zu werden, selbst wenn es dabei nicht um sein eigenes Geld ging.

»Ist ja auch egal«, sagte er. »Sehen Sie nur zu, dass die Details erledigt werden, bevor wir bereit zum Andocken sind. Ich will das hier langsam mal in Gang kriegen.«

»Natürlich, Admiral«, bestätigte Llyn. »Geht mir ja genauso.«

»Verdammt«, murmelte Brigadier Jean Massingill mit zusammengebissenen Zähnen, während sie Zahlen in ihr Tablet eingab und Namen hin und her schob. »Verdammt, verdammt, verdammt und nochmal verdammt.«

Der Zeitplan hatte von ihr verlangt, den einkommenden Schlachtkreuzer der Piraten vierzig bis fünfzig Minuten lang hinzuhalten, bevor ihre Truppen ihn boarden und den Angriff einleiten könnten. Nun müsste sie das Ganze noch *weitere* dreißig bis vierzig Minuten in die Länge ziehen. Ursprünglich hatte der Plan zwei Teams vorgesehen: je eines für je einen Schlachtkreuzer und einen Schweren Kreuzer. Jetzt hingegen wurden *drei* Teams gebraucht – für drei Schwere Kreuzer der *Thu'ban*-Klasse.

Es galt also nicht nur, neunzig Minuten unbemerkt Zeit zu schinden, sondern auch die Teams neu aufzuteilen und den drei frisch zusammengewürfelten Teams eine Schnelleinführung in den Aufbau der *Thu'bans* zu geben.

»Brigadier?«

Massingill blickte auf und sah mit großen Schritten Major Elsie Dorrman auf sie zukommen, ein Tablet in der Hand. »Ja?«

»Ich habe die technischen Spezifikationen der *Thu'bans* abgerufen«, sagte Dorrman. »Derzeit schauen sich alle das Material an, und Bastonge und Danzer entwickeln die erforderlichen Vorgehensweisen und die entsprechenden Routen an Bord.«

»Gut«, meinte Massingill. Lieutenant Bastonge und Captain Danzer hatten die ursprünglichen beiden Dreißig-Mann-Teams gegen die Piraten anführen sollen.

Jetzt würde jeder ein zwanzig Mann-Team haben. Gegen ein ganzes Schiff voller Piraten war das wirklich nicht viel.

»Wenigstens müssen unsere Leute sich dieses Mal nicht den Weg aus Frachtcontainern freischneiden«, rief ihr Dorrman ins Gedächtnis zurück.

»Stimmt.« Der Hauch eines Lächelns umspielte Massingills Lippen, als sie an den Solway-Einsatz zurückdachte: reibungslos verlaufen.

Damals war Zeit für intensive Vorbereitungen gewesen, nicht alles von Überraschungen auf die letzte Minute wieder umgekrempelt worden.

»Was ist mit den Teams?«, fragte sie. »Haben Sie und die anderen schon eine neue Aufteilung ausgetüftelt?«

»Wir hatten uns zwo Optionen überlegt«, antwortete Dorrman und hielt ihrer Vorgesetzten das Tablet hin. »Bei Idee eins würden wir den eingespielten, harten Kern von Bastonges und Danzers Teams weitgehend intakt lassen. Das hätte dann allerdings den Nachteil, dass das dritte Team weitgehend aus weniger erfahrenen Leuten bestünde.«

Massingill schnitt ein Gesicht. Da ein Großteil des 303. sich derzeit zu Trainingszwecken anderswo in der Republik aufhielt, waren die sechzig Männer und Frauen alles, was sich in der kurzen Zeit, die man Massingill zugestanden hatte, hatte zusammentrommeln lassen. Ihnen waren auch ein paar Tage gemeinsamer Übungen geblieben, doch anständig eingespielte Teams waren das nicht.

»Für Option zwo würden wir je fünf Zweiertrupps aus dem harten Kern der beiden Stammteams abziehen und daraus ein drittes zusammenstellen«, fuhr Dorrman fort. »Das würde die Kampferfahrung von Team eins und Team zwo zwar erkennbar schmälern, aber dafür wäre Team drei solide.«

»Verstanden«, gab Massingill zurück und ging in Gedanken noch einmal beide Möglichkeiten durch. »Hätten Sie schon einen Vorschlag, wer das Kommando über Team drei übernehmen soll?«

Kaum merklich zuckte Dorrman die Achseln. »Die einzige logische Wahl wäre nach meinem Dafürhalten ich.«

Massingill musste sich ein Seufzen verkneifen. Nun, das hatte sie kommen sehen.

Aber es passte ihr nicht. Gut, Dorrman hatte natürlich reichlich Erfahrung. Aber vom Alter her lag sie über dem Durchschnitt des 303., und damit lag sie, was Körperkraft und Ausdauer anging, darunter. Ironischerweise wurde sie genau wegen ihres Alters von ihren Gegnern häufig unterschätzt. Das verschaffte ihr natürlich einen gewaltigen Vorteil bei allen Einsätzen, in denen es um Hinterhalte, Täuschungen oder Tricks ging. Genau deswegen hatte Massingill sie auch zusammen mit Danzers Team als einfache Technikerin eingeschleust. Dicht an die Leute heranzukommen, die für die entscheidenden Systeme verantwortlich waren, gehörte zu Dorrmans Spezialitäten, und Massingill hatte gehofft, ihr Geschick in dieser Hinsicht ausnutzen zu können.

Aber natürlich hatte Dorrman recht. Erfahrung und Führungsqualitäten sprachen dafür, Dorrman das Kommando über Team drei zu geben, von ihrem Dienstgrad ganz zu schweigen.

»Und welche Empfehlung hinsichtlich der Aufteilung sprechen Sie aus?«

»Lassen Sie den beiden anderen Teams deren harten Kern, und geben Sie mir die Neulinge«, antwortete Dorrman, ohne zu zögern. »Solange ich Rushkoff habe, kriege ich das hin.«

Massingill nickte. Rushkoff war der Beste unter den Schiffstechnikern. Damit wäre er gewiss der Erste, der sämtliche Besonderheiten der *Thu'bans* auf der Pfanne hätte. Dazu kam, dass er das SAbtA-Prinzip, *sicheres Auftreten bei totaler Ahnungslosigkeit,* beherrschte wie kaum ein anderer: Mit seinem lockeren Mundwerk schaffte er es, selbst noch die hartgesottensten Skeptiker glauben zu machen, er wüsste ganz genau, wovon er redete.

»Also gut«, sagte Massingill und gab dem Major das Tablet zurück, »kümmern Sie sich darum. Ich treibe die Werftheinis zusammen und überlege mir etwas, wie wir aus dem Stegreif heraus noch eine halbe Stunde schinden können.«

»Wenn alles andere nicht klappt, Ma'am«, schlug Dorrman vor, »könnten Sie immer noch über die guten alten Zeiten reden.«

»Merk ich mir, Major«, sagte Massingill, »und Sie bereiten Ihr Team vor.«

33

»Commander?«, rief Lieutenant Wolfgang Moeller, der Zwote Taktische Offizier des Volsung-Schlachtkreuzers *Tarantel*, quer über die Brücke. »Hier ist was komisch, Sir.«

Lieutenant Commander Marco Feyman, der Taktische Offizier des Schiffes, hob den Blick von dem Roman auf seinem Lesegerät, und Hoffnung keimte in ihm auf. Wachdienst auf Raumstation *Schmiede* von Walther Prime war so ungefähr das Langweiligste, was einem Volsung-Söldner widerfahren konnte. Alles, was dieses einförmige Grau aufzuhellen vermochte, war ihm mehr als willkommen.

Auch wenn es nichts anderes sein konnte als ein unerklärbares Zucken in einem der Systeme der *Tarantel*. Nun, selbst das war besser als nichts.

»Was gibt's, Moeller?«, fragte er.

»Wir haben gerade einen einkommenden Impellerkeil geortet, Sir«, erwiderte Moeller und blickte über die Schulter hinweg Feyman an. »Ich habe den neuesten Terminplan von *Schmiede* überprüft, aber für die nächsten zwo Monate ist hier nichts eingetragen.«

»Ich verstehe.« Feyman machte sich ein Lesezeichen, löste die Sicherheitsgurte und schwamm dann gemächlich quer über die Brücke zur Taktischen Station. Mit einer Hand packte er den Haltegriff an der Rückenlehne von Moellers Sessel und spähte stirnrunzelnd über die Schulter des jüngeren Mannes hinweg auf den taktischen Plot mit dem unerwarteten Icon.

Ja, da war wirklich ein Keil, und er steuerte systemeinwärts.

Genau auf die Basis der Volsungs zu.

Moeller hatte sich schon die beiden jüngsten Fassungen des Terminplans auf ein separates Display geholt. Kurz blickte Feyman darauf, kam ebenfalls zu dem Schluss, dass derzeit keinerlei Besucher erwartet wurden, und blickte erneut auf das Icon.

Komisch? Eindeutig. Aber wohl kaum ein Grund zur Panik. Das Söldnergeschäft hielt sich schließlich nicht an den Zeitplan des Öffentlichen Personenverkehrs. Es mochte jede nur erdenkliche Anzahl an guten Gründen geben, weswegen ein einzelnes Schiff – der Impellersignatur nach vermutlich ein Zerstörer oder Kreuzer – nun nach Walther kam.

Nur fiel ihm im Augenblick kein einziger Grund ein, der wirklich Sinn ergab. Verliefe alles nach Plan, war Admiral Gensonne soeben erst in Danak eingetroffen. Er konnte unmöglich schon dort angekommen sein und etwas so Wichtiges erfahren haben, dass er ein Kurierboot nach Walther zurückzuschicken für nötig hielt, *und* dieser Kurier jetzt schon hier sein. Aber wer außer ihm sollte Grund haben, ein Kurierboot zu schicken?

Das hieß schlicht: Das einkommende Schiff war kein Volsung. Was natürlich wiederum eine ganze Reihe wirklich interessanter Fragen aufwarf.

»Signal?«, rief er über die Schulter hinweg. »Rufen Sie *Schmiede*. Informieren Sie Captain Hauser, dass wir einen einkommenden Impellerkeil geortet haben, im Anflug mit etwas mehr als viertausend Kps, Beschleunigung eins neun null Gravos. Das Schiff ist … wie schätzen Sie die Distanz, Wolfgang?«

»Sagen wir: vierzehn Komma neun Lichtminuten, Sir«, erwiderte Moeller. »Derzeit befindet sich das Schiff etwas mehr als vier Millionen Kilometer innerhalb der Hypergrenze.«

»Hängen Sie diese Information an Ihre Übertragung, Signal.«

»Jawohl, Sir.«

Feyman widmete seine Aufmerksamkeit wieder der Statustafel. Die *Leuchtfeuer* war derzeit wegen der längst überfälligen Wartung ihrer Alpha-Emitter außer Dienst gestellt, aber ihre Schwesterschiffe, die *Heliograph* und die *Semaphore*, befanden sich ordnungsgemäß in Bereitschaft. Wer auch immer die Eindringlinge waren, sie bekämen auf jeden Fall eine angemessene Volsung-Begrüßung.

»Glauben Sie, die haben uns schon gesehen, Sir?«, erkundigte sich Moeller leise und blickte zu Feynman auf.

»Sagen Sie's mir«, gab Feyman zurück. Moeller machte zwar einen vielversprechenden Eindruck, aber er war noch jung und unerfahren. Das hier wäre gewiss eine gute Übung für ihn.

»Jawohl, Sir.« Moeller dachte nach. »Wahrscheinlich nicht.«

»Wie kommen Sie darauf?«

»Derzeit haben nur vier Schiffe heiße Emitter: die *Heliograph*, die *Semaphore* und zwo der Frachter«, antwortete Moeller. »Über diese Entfernung hinweg aber dürfte es sehr schwierig sein, etwas anderes als einen Impellerkeil zu orten.«

»Sonst noch etwas?«, fragte Feyman nach.

»Na ja … ganz wissenschaftlich ist das nicht«, sicherte sich Moeller ab, »aber wenn das nicht eines unserer eigenen Schiffe ist, dann müssten die verrückt sein, systemeinwärts zu steuern, wenn sie auch nur den Hauch einer Ahnung hätten, was sie hier erwartet.«

»Gut«, lobte ihn Feyman. Ja, der Bursche war eindeutig vielversprechend. »Also gut. Wenn die es auf ein Rendezvous mit dem Planeten anlegen – und danach sieht deren extrapolierter Vektor aus –, erreichen sie in einhundertsechzig

Minuten den Schubumkehrpunkt. Bis dahin können sie vielleicht mehr erkennen. Wenn sie nicht bis zu diesem Zeitpunkt schon beigedreht haben, dürften die wohl ziemlich entschlossen sein, geradewegs in unser Wohnzimmer zu spazieren.«

»Wenn die also vor Erreichen des Schubumkehrpunktes abbremsen, dann heißt das, dass die uns eindeutig gesehen haben?«, wollte Moeller wissen.

»Oder ihnen ist plötzlich eingefallen, dass sie vergessen haben, zu Hause den Herd abzudrehen«, versetzte Feyman. »Und wenn das Schiff Kurs und Geschwindigkeit bis zum Schubumkehrpunkt beibehält, gerät es trotzdem noch in unsere Reichweite, selbst wenn sie irgendwann zu sich kommen und ihr Heil doch noch in der Flucht suchen.«

Moeller nickte. »Also: Ganz egal, wie es kommt, denen steht eine unangenehme Überraschung bevor.«

»Aber ja.« Feyman verdrehte die Augen. Wo gerade das Wort ›unangenehm‹ gefallen war … »Signal, Sie sollten Captain Stoffel bitten, sich zu uns auf die Brücke zu gesellen.«

Er beugte sich ein wenig näher an Moeller heran. »Den werden wir brauchen, damit er ein bisschen auf Hauser aufpasst«, setzte er leise hinzu.

Der 2-T-O nickte. »Jawohl, Sir.«

Es gab einen Grund, warum Soeren Hauser die *Schmiede* befehligte, eine Station im Orbit eines Planeten, weit, weit entfernt von allen Orten, an denen es heiß hergehen mochte. Der Kommandant der Raumstation war ein ausgezeichneter Logistiker und gewissenhafter Buchhalter, und er wusste auch, wie er seine Offizierskameraden angemessen zu bewirten hatte.

Aber er war nicht gerade der ruhigste, besonnenste und methodischste Kämpfer in der Geschichte der Galaxis.

Trotzdem!, dachte Feyman, den Blick wieder auf das Icon

gerichtet. *Wie ruhig, besonnen und methodisch muss man schon sein, um mit einer Watschelente fertigzuwerden?*

»Warum fahren Sie nicht die Impeller hoch?«, verlangte Captain Soeren Hauser zu wissen. Finster starrte er sein Gegenüber vom Com-Bildschirm auf der Brücke der *Tarantel* aus an, und sein Gesicht verfärbte sich allmählich zu einem bereits vertrauten Rotton.

Es entging Captain Ditmar Stoffel nicht, dass der Kommandant der Raumstation *Schmiede* unverkennbar nervös klang – was ihn nicht weiter überraschte. Feyman hatte recht gehabt mit seiner Vermutung, wie Hauser wohl reagieren würde, auch wenn es Stoffel ein wenig schwerfiel zu verstehen, wie selbst jemand wie Hauser angesichts eines einzelnen aufkommenden Kreuzers in Panik geraten konnte. Immerhin war der Skipper des Schiffes so dämlich – oder so unfassbar ignorant –, dass er offenkundig keine Ahnung hatte, wohin er gerade steuerte.

Glücklicherweise war Stoffel der Dienstältere von ihnen beiden, also würde Hauser dieses Mal jede Gelegenheit, das hier zu verbocken, schlichtweg nicht zugestanden.

»Weil, Captain«, setzte er an und bemühte sich wenigstens, so zu klingen, als hielte er Hauser nicht für einen ausgemachten Vollidioten, »unser Besuch immer noch mehr als eine Stunde vom Schubumkehrpunkt für ein Rendezvous mit Prime entfernt ist. Ich ziehe es vor abzuwarten, bis er diesen Punkt überschritten hat. Sonst begreift er vielleicht schon vorher, in was er hier herumzuschnüffeln versucht. Je näher er dem Schubumkehrpunkt ist, desto unwahrscheinlicher ist es, dass er uns entkommen kann, wenn wir ihm nachsetzen.«

»Und wenn er dicht genug aufkommt, um ein paar Raketen abzusetzen?«, verlangte Hauser zu wissen. »Ihnen ist vielleicht nicht klar, wie verdammt schutzlos *Schmiede* ist!«

Stoffel schürzte die Lippen. Wenigstens damit hatte sein Gegenüber recht.

Die Station war unbewaffnet. Zu ihrer Verteidigung gab es lediglich zwei Raketenplattformen, die in mehr als eintausend Kilometern Entfernung zu ihr im All standen. Für eine Offensive bestens geeignet, verfügte jede der Plattformen zur Verteidigung ihrer selbst und der Basis allerdings nur über einen einzigen Antiraketenwerfer und eine Schnellfeuerkanone.

Weder die Station noch die Plattformen waren zudem mit Impellerkeilen oder Seitenschilden ausgestattet. Keiner von ihnen, und das war so sicher wie das Amen in der Kirche, würde Ausweichmanöver vollführen.

Wenn also der ungebetene Gast beschlösse, Raketen auf sie abzufeuern, bestand nicht nur eindeutig die Gefahr, nein, es war sogar wahrscheinlich, dass etwas durchkam – vorausgesetzt natürlich, dass die *Tarantel* und die anderen Schiffe nichts dagegen unternähmen.

»Ich verstehe«, versuchte ihn Stoffel zu beruhigen. »Machen Sie sich keine Sorgen. Selbst wenn unser Besucher ganz bis ins Systeminnere vordringt, können wir ihn festnageln – und das lange, bevor er das Feuer eröffnet. Sehr viel wahrscheinlicher ist, dass er früher oder später begreift, sich ein bisschen übernommen zu haben. Dann wird seine ganze Aufmerksamkeit dem Versuch gelten, hier in einem Stück wieder herauszukommen.«

»Das gefällt mir nicht«, grollte Hauser. »Warum sollte jemand auf die Idee kommen, plötzlich hier herumzuflitzen? Vor allem jetzt, wo der Admiral nicht vor Ort ist?«

»Falls eines der Besatzungsmitglieder unseres ungebetenen Besuchs überlebt – und mir steht heute der Sinn nach Großzügigkeit, ich werde denen zumindest eine Chance zur Kapitulation einräumen! –, dann fragen wir danach«, versprach ihm Stoffel. »Aber was auch immer im Kopf des Skippers dieses Schiffes vorgeht: Ganz offenkundig hat er keine Ahnung, womit und mit wem er es zu tun hat. Selbst wenn man die *Tarantel* nicht mitrechnet, verfügen wir über mehr als genug einsatzbereite Einheiten, um mit einem einzelnen Kreuzer fertigzuwerden.«

»Schubumkehr in drei Minuten, Ma'am«, meldete Lieutenant Lukanov und brach damit die völlige Stille auf der Brücke der *Casey*.

»Sehr gut«, erwiderte Clegg.

Travis staunte. Wie außerordentlich ruhig der Captain doch klang!

So ähnlich war das auch während der Gefechtsübungen gewesen. Da aber hatte Travis doch immer noch die Anspannung herausgehört, die unter der Oberfläche schwelte. Diese Anspannung hatte sich auch in jener überdeutlichen Aufmerksamkeit all jenen Details gegenüber gezeigt, die einem armen Offizier oder Techniker bei der Einsatznachbesprechung einen hitzig-eisigen Tadel einbrächten.

Doch nichts davon zeigte sich jetzt. Heute nicht. Hier stand keine Übung an, sondern ein echtes Gefecht.

Gerade erst war Travis aufgegangen, dass der Posten des Taktischen Offiziers genau der Ort war, an den er gehörte. Vielleicht hatte ja Captain Trina Clegg begriffen, dass ihr Platz im Kommandosessel war. Drei Jahrzehnte ihres Lebens hatte sie damit verbracht, sich auf die Verteidigung ihres Sternenkönigreichs vorzubereiten.

Hier und jetzt, in diesem Moment, würden all diese Vorbereitungen und all ihre Erfahrungen zusammenkommen.

Vielleicht war das hier ihr persönlicher Wendepunkt. Vielleicht würde das auch ihren Charakter verändern – oder sie fände zu ihrer alten Kratzbürstigkeit zurück, sobald das Gefecht vorüber wäre.

Es sei denn, natürlich, sie schafften es, sich gleich in Stücke schießen zu lassen.

Innerlich schüttelte Travis den Kopf. Na, *das* war doch mal ein aufmunternder Gedanke!

»Schubumkehr in dreißig Sekunden, Ma'am«, meldete Woodburn.

»Ausführung wie geplant«, wies ihn Clegg mit der gleichen ruhigen Stimme an.

»Aye, aye, Ma'am. Ausführung ... jetzt.«

HMS *Casey* wendete um die Querachse und baute mit den gleichen einhundertneunzig Gravos Geschwindigkeit ab, geradewegs auf Walther Prime zu.

»Und *deswegen*, Captain Hauser«, sagte Captain Stoffel im Flüsterton, »habe ich die Impeller *nicht* hochgefahren.«

Feymans angespanntes Lächeln verhieß Zustimmung. Er war tatsächlich ein wenig erstaunt, dass der Eindringling die *Tarantel* nicht bereits geortet hatte, trotz der inaktiven Impelleremitter. Schließlich betrug der Abstand nun nur noch siebeneinhalb Lichtminuten. Aber dann rief er sich ins Gedächtnis zurück, dass das immer noch mehr als 139,5 Millionen Kilometer waren. Über eine solche Entfernung hinweg konnte wirklich so manches im Hintergrundrauschen verlorengehen – vor allem angesichts all der Emissionen von *Schmiede*.

Wenn die Sensorenauflösung des einkommenden Schiffes so schlecht war, dass man an Bord die *Tarantel* übersah, dann war höchst wahrscheinlich, dass man dort die Raketenplattformen der Orbitalstation für Nebenstationen oder einfache Orbital-Lagerhallen hielt.

Erneut lächelte Feyman. Das würde Hauser freuen.

»Jetzt wäre wohl ein guter Zeitpunkt, Captain Rhamas«, meinte Llyn nachdenklich.

Drei Stunden und vierzig Minuten waren vergangen, seit Gensonnes Verband sich aufgeteilt hatte. Während dieser Zeit war die Geschwindigkeit der *Banshee* auf 23.999 Kps angewachsen, und das Schiff hatte etwas mehr als 158.397.400 Kilometer in Richtung Bergen-2 zurückgelegt. In dreiunddreißig Minuten stünde für Gensonne das Abbremsen für seine Annäherung an die Schiffbauplattformen von Danak an.

Es wurde Zeit für Exodus.

»Jawohl, Sir«, bestätigte Rhamas. »Die Programmierung befindet sich sowohl im Primär- als auch im Backup-System, und ich habe alles doppelt überprüft. Wirklich Sorgen bereitet mir allerdings die Kommunikation. Was, wenn Gensonne darauf besteht, Sie zu sprechen? Derlei Aufzeichnungen sind ja nun einmal nicht perfekt.«

»Die Computer werden der Aufgabe gewachsen sein«, gab Llyn zurück. »Schlimmstenfalls wird er misstrauisch und drückt den Knopf ein bisschen zu früh. Dann vollführt die *Banshee* ihren Zaubertrick, und auf beiden Seiten werden sich alle fragen, was zum Teufel gerade passiert ist. Nicht ganz so sauber und adrett, wie ich das gern hätte, aber auch damit wird die Aufgabe erfüllt.«

»Jawohl, Sir«, wiederholte Rhamas.

Llyn wusste, dass der Captain immer noch gewisse Skepsis hegte.

Aber es gab weder Grund für Zweifel noch zur Sorge. Axelrod legte wert darauf, dass sämtliche Mitarbeiter auf die bestmögliche Computerunterstützung bauen konnten, und während der Fahrt nach Danak hatte Llyn das zu nutzen verstanden. Stunden hatten Rhamas und er damit verbracht, die Liste mit Stichworten zu optimieren, nach denen die Software bei jeder einkommenden Übertragung lauschen sollte. Noch mehr Stunden hatten sie dazu genutzt, den Computer mit voraufgezeichneten Antworten zu füttern – Audio und Video.

Bedauerlicherweise konnten diese Antworten naturgemäß nur sehr allgemein gehalten sein … und hier kam nun die äußerst ausgefeilte Software ins Spiel, die auszuwählen hatte, unter welchen Umständen welche voraufgezeichnete Antwort zu verwenden war. Zur Not konnte die Software sogar computergenerierte Talking-Heads liefern, falls das gesamte Archivmaterial der Voraufzeichnungen als unzureichend oder unpassend erachtet würde.

Von Letzterem war Llyn nicht begeistert, schließlich kannte er auch die Grenzen des Systems. Doch in diesem Falle bezweifelte er, dass genügend Zeit war, das Maß an Datenbereinigung zu betreiben, durch das die Täuschung als solche entlarvt werden könnte.

In Wahrheit fand Llyn die Vorstellung sogar recht erheiternd, Gensonne könnte ein Gespräch mit seinem Computer-Doppelgänger führen. Schließlich bereitete Llyn sich und den Volsung seit Beginn der Überfahrt nach Walther genau darauf vor: Nur deshalb war er in Gesprächen hin und wieder anscheinend unkonzentriert geworden oder abgeschweift, in Gedanken plötzlich mit etwas ganz anderem beschäftigt gewesen und dann unvermittelt wieder zum Thema zurückgekehrt.

Vermutlich hatte Gensonne angenommen, sein Gegenüber wollte ihn ärgern. Doch was der Volsung glaubte, war völlig bedeutungslos. Ein gewisses Verhaltensmuster war jetzt etabliert, und das war das einzig Interessante für Llyn.

Eigentlich schade, dass es so enden musste. Llyn war nicht oft Menschen begegnet, die sich derart leicht manipulieren ließen.

Ein letztes Mal blickte er sich um, dann griff er nach seinem Minicomp und der Aktentasche neben seiner Konsole.

»Es wird Zeit, Captain.« Er deutete auf die Luke. »Nach Ihnen.«

Massingills Verzögerungstaktik bestand in jeder Menge vermeintlicher Fehlkommunikation, in verlorenen Anweisungen, fehlenden Unterschriften von Vorgesetzten, falsch eingelagerten Trossverbindern, unerfahrenem Personal auf der Plattform, einer Fehlfunktion der Schleppautomatik und weitschweifigen Beteuerungen des Bedauerns und Bittens um Verzeihung: Es hätte gereicht, um einen ganzen Leichten Kreuzer zu füllen, und es funktionierte: Die drei Schweren Kreuzer der Piraten waren an den ihnen jeweils zugewiesenen Plattformen von Bergen-3 entsprechend spät angedockt; auch die Personenröhren waren schon ausgefahren. Soweit Massingill das beurteilen konnte, war man an Bord der Schiffe ahnungslos.

Und dann, völlig unerwartet, löste sich der ganze Plan in Wohlgefallen auf.

»Das ist doch lächerlich!«, ereiferte sich Massingill, den Blick starr auf die Displays gerichtet. »Deswegen sind die doch überhaupt *hier!*«

»Das weiß ich«, gab Lieutenant Bastonge leise über Com zurück. »Ich versteh's ja auch nicht. Es hieß bloß, dass niemand an Bord der *Mollwitz* und der *Burkersdorf* geht, bis der Kommandant der *Rossbach* sich persönlich davon überzeugt hat, dass die Techniker wissen, was sie tun, und nicht irgendetwas versauen.«

Massingill mahlte mit den Zähnen. »Wahrscheinlich machen die sich Sorgen, dass denen plötzlich die Reparatur neuer Schäden in Rechnung gestellt wird.«

Sinnvoll war dennoch anders! Bloß weil *ein* Team keinen Mist baute und sich nicht gleich alles in die eigene Tasche steckte, was nicht niet- und nagelfest war, würde das doch noch lange nicht für das nächste Team gelten – und das, ganz egal, wie lange besagtes Team dann würde warten müssen!

»Sehen Sie die Luke?«

»Oh jou, ist genau am anderen Ende der Röhre, direkt vor uns«, bestätigte Bastonge. »Dicht versiegelt.«

Massingill richtete ihren Blick wieder auf einen der anderen Monitore. Theoretisch hieß das, dass sich Bastonge zurückziehen könnte, bis die Piraten ihnen gnädigerweise Zutritt gewährten. Wenn er dann schnell genug zu Dorrmans Dock hinüberkommen könnte …

Nein, funktionierte nicht. Auf dem Monitor von Plattform drei sah sie, dass die *Rossbach* – oder die *Mamba,* unter diesem Namen kannte Massingill das Schiff schließlich – die Schleuse bereits geöffnet hatte. Dorrman und ihr dreiköpfiges Team überprüften noch einmal ihren Wagen mit Ausrüstung und bereiteten sich darauf vor, zur Personenröhre hinüberzugehen. Selbst wenn sich Bastonge und Danzer nach Bergen-3 hätten teleportieren können, hätte es doch zumindest zu erstaunt gewölbten Augenbrauen, Fragen und Misstrauen geführt, wenn sie plötzlich ersetzt würden.

Es lief also darauf hinaus, dass Massingills beste Teams die Füße stillhalten und tatenlos herumsitzen mussten, während Dorrman und ihre Gruppe allein in feindliches Territorium vorstießen.

Wenn sie dabei Mist bauten und auf allen drei Schiffen Alarm gegeben würde, gingen der 303. zwei Zielobjekte verloren, vielleicht sogar alle drei.

Massingill atmete tief durch. So. Plan A lag also auf Eis. Dann weiter mit Plan B.

»Sergeant Frijtom, haben Sie alles mitbekommen?«, fragte sie.

»Jawohl, Brigadier«, drang Frijtoms Stimme aus dem Inneren seiner schweren Sturmpanzerung, weshalb sie gedämpft klang und von einem sonderbaren Hall unterlegt war. »Sollen wir einen Frontalsturm vornehmen?«

»Noch nicht, aber halten Sie sich bereit«, antwortete Massingill. »Erst geben wir Dorrman eine Chance, sich an Bord der *Mamba* zu charmieren und dann die Schleuse für ihren Kommandotrupp zu öffnen. Aber wenn das schiefläuft und der Alarm losgeht, müssen Sie für einen Sturm bereitstehen und versuchen, sich auf die harte Tour einen Weg ins Schiff zu bahnen. Haben Sie das auch verstanden, Bastonge?«

»Jawohl, Ma'am«, bestätigte der Anführer von Team eins. »Soll ich dann den Befehl ausgeben, oder machen Sie das?«

»Das mache ich«, entschied Massingill. Sie war die Einzige, die im direkten Kontakt mit Dorrman und Team drei stand, also wäre sie auch die Erste, die erführe, wenn es losginge. »Broussard? Für Sie gelten die gleichen Regeln«, setzte sie dann noch hinzu.

»Verstanden, Ma'am«, bestätigte der Anführer von Danzers Schwergerät-Angriffsgruppe. »Wir sind bereit, sobald Sie uns brauchen.«

»Bestätigt«, meldete Danzer. »Außerdem sehe ich gerade in der Personenröhre nur eine Kamera direkt vor der Schleuse der *Copperhead.* Wenn wir die ausschalten können, kann ich der stürmenden Gruppe ein paar Extrasekunden verschaffen, bevor man an Bord kapiert, was vorgeht.«

»Ebenso«, meldete Bastonge. »Geben Sie uns ein paar Sekunden Vorwarnung, dann können wir uns darum kümmern.«

»Verstanden«, gab Massingill zurück.

Sie würde sich bemühen, wirklich bemühen, ihnen diese Sekunden zu verschaffen.

Denn der ganze Plan wurde gerade zu einem Drahtseilakt. Für Plan A hatten sie sich darauf verlassen, dass die als Techniker verkleideten Teams gleichzeitig an Bord aller drei Schiffe kämen und dann – ebenso gleichzeitig – die Schleusen öffneten und die gepanzerten Angriffstrupps hereinlassen würden. Nun wäre einzig Dorrmans Team in der Lage, dem Plan zu folgen.

Der Haken dabei: Wurde erst einmal Alarm geschlagen, gäbe es bei der *Adder* und bei der *Copperhead* immer noch diese massive Wand aus Rumpfplattenmetall. Theoretisch könnten sie die Schleusen wahrscheinlich innerhalb von neunzig Sekunden überwinden … aber neunzig Sekunden reichten einem kompetenten Skipper aus, um sich eine gute Reaktion zu überlegen.

Aber neunzig Sekunden reichten mehr als aus, um einen inkompetenten Skipper in Panik verfallen zu lassen.

Wenn ein bewaffnetes Schiff mit heißen Emittern an einem Raumdock vertäut war, konnte eine Panik-Reaktion *so richtig viele* unschöne Konsequenzen haben!

Mittlerweile hatten sich Dorrman und ihre Leute in Bewegung gesetzt und rollten ihren Werkzeugwagen die Personenröhre hinab. »Viel Glück«, raunte Massingill. »Ihnen allen.«

»Elsie Dorrman«, las der Leiter des sechsköpfigen Empfangskomitees der *Mamba* mit knurriger Stimme Dorrmans Namen von deren Namensschild ab.

»Stimmt«, bestätigte Dorrman und blickte sich beiläufig in der Schleusensektion um. Draußen, vor der Schleuse, gab es zwei Überwachungskameras, wobei eine davon durch die Personenröhre halb verdeckt war, doch hier im Schiffsinneren gab es nur eine.

Diese befand sich gleich unterhalb der Scheinwerfer, die von den Piraten so ausgerichtet worden waren, dass sie genau auf die Schleuse wiesen.

Innerlich schüttelte Dorrman den Kopf. Zweifellos hielt man es hier für einen Vorteil, einen Angreifer, der durch die Luke stürmen wollte, mit grellem Licht zu blenden. Ebenso zweifellos glaubte man hier, die Kamera unmittelbar darunter zu montieren, verberge sie halbwegs effektiv.

Aber die Scheinwerfer leuchteten mit halber Leistung und gaben gerade genug Licht, um Besucher gut zu erkennen. Also hatte beides nicht so richtig funktioniert. Besser wäre es gewesen, die Scheinwerfer ausgeschaltet zu lassen.

Sie blickte zu Corporal Rushkoff hinüber, der in seinem Overall reglos und behäbig dastand und die visuelle Inspektion über sich ergehen ließ. Ihre Blicke trafen sich, und Dorrman deutete – für jeden anderen unmerklich – mit dem Kinn in Richtung Scheinwerfer und Kamera. Zur Bestätigung erhielt sie ein – ebenfalls für andere nicht bemerkbares – Mikro-Nicken und wartete darauf, dass das Empfangskomitee auch mit den anderen beiden Teammitgliedern fertig würde.

»Also gut«, knurrte der Wortführer der *Mamba*-Crew schließlich – vielleicht gar kein Versuch, bedrohlich zu wirken: Möglicherweise war das tatsächlich seine echte Stimme. »Zwo Dinge. Erstens: Ihr behaltet eure Hände schön bei euch. Ihr packt nichts an, was nichts mit den Raketenwerfersystemen zu tun hat. Zwotens: Wir werden jede Minute, die ihr an Bord seid, dicht bei euch stehen und sicherstellen, dass ihr eure Hände *wirklich* schön bei euch behaltet. Habt ihr das kapiert? Was ist?«

»'tschuldigung«, kam es von Rushkoff. Er klang verwirrt und ließ die zuvor gehobene Hand wieder sinken. »Das waren aber doch *drei* Punkte.«

Einen kurzen Moment lang hatte es dem Piraten die Sprache verschlagen. Er blickte zu seinen schweigenden Empfangskomitee-Kameraden hinüber, dann wieder zu Rushkoff, und schließlich zu Dorrman. »Punkt Vier: Klugscheißer werden ins All hinausbefördert, kapiert?«

»Gewiss«, bestätigte Dorrman mit genau dem richtigen Ausmaß an Nervosität in der Stimme. »Wir wollen keinen Ärger mit Vertretern des Andermanischen Kaiserreichs.«

Kurz zuckten die Gesichtszüge des Piraten, als hätte er vergessen, in welche Rolle er zu schlüpfen hatte. »Genau«, knurrte er. »Dann gehen …«

»Haben Sie das kapiert, Rushkoff?«, unterbrach ihn Dorrman und blickte den Corporal scharf an. Ihre Augen schienen Blitze zu versprühen. »Ich bin Ihre blöden Spielchen nämlich auch leid! Und eines schwöre ich Ihnen: Wenn *die* Sie nicht ins All hinausstoßen, dann mach ich das!«

»Jou, jou«, gab Rushkoff zurück und verdrehte die Augen. »Den Song kenn ich schon. Und mein Onkel auch.«

»Wenn Sie es *wagen* …« Dorrman verstummte, und einen langen Moment starrten Rushkoff und sie einander an: Dorrman durchbohrte ihr Gegenüber mit finsterem Blick, den Rushkoff mit einem selbstgefälligen Grinsen erwiderte. Aus dem Augenwinkel sah sie, wie die beiden anderen Techniker leise ihren Werkzeugwagen zur Seite der Luke schoben. Sie machten ganz den Eindruck unschuldiger Unbeteiligter, die dafür sorgen wollten, dass es auch weiterhin so bliebe.

Schließlich, einen leisen Fluch auf den Lippen, wandte sich Dorrman wieder den Piraten zu. »Verzeihung«, murmelte sie. »Probleme mit dem Personal.«

»Wären Sie denn dann so weit?«, fragte der Sprecher des Empfangskomitees. Dorrman hatte sich getäuscht: Es ging ihm nicht – oder zumindest nicht *nur* – darum, mit seiner

Knurrstimme einschüchternd zu wirken, nein, Sarkasmus konnte er auch. »Gut. Dann sollten wir jetzt loslegen.«

Eine Handbewegung, und einer seiner Leute griff an dem Werkzeugwagen vorbei zur Schleusensteuerung. Der Anführer des Sechsertrupps schaute zu, wie sich die Luke schloss, dann machte er auf dem Absatz kehrt und führte die anderen aus der Schleuse hinaus. Mit einer Geste bedeutete er einem der anderen, an seine Seite zu kommen. Dorrman und Rushkoff folgten ihm dichtauf, hinter sich die beiden anderen Techniker. Die letzten vier Piraten bildeten die Nachhut.

Als Dorrman auf den Korridor hinaustrat, warf sie beiläufig einen Blick über die Schulter. Der Werkzeugwagen befand sich in Position, und das darin versteckte Elektronikpaket wartete nur darauf, induktiv den Schleusenöffnungsbefehl zu übermitteln, sobald Dorrman oder Sergeant DuMonde und dessen Schwergerät-Trupp danach verlangten.

Als Bonus hatte sie durch das Geplänkel mit Rushkoff genug Zeit geschunden und die Aufmerksamkeit auch der anderen Piraten genug auf sich gelenkt, dass die Techniker zusätzlich eine der glänzenden Abdeckungen des Werkzeugwagens ein wenig anders hatten ausrichten können: Nun reflektierte sie das Scheinwerferlicht geradewegs in die Optik der darunter montierten Kamera.

Das bedeutete: Wenn DuMonde einsatzbereit war, sollte sie ihr Team weit den Korridor hinab in Richtung der rotierenden Sektion des Schiffes und des dahinterliegenden Reaktors hinabführen können, bevor der Alarm losginge.

Natürlich würde sich DuMonde zuvor um die Außenkamera der Schleuse kümmern müssen. Aber sie war ja nicht auf den Kopf gefallen. Sie würde sich schon etwas einfallen lassen.

Die Ruhe vor dem Sturm.

Im Laufe ihres Lebens hatte Lisa diese Redensart gewiss schon tausendmal gehört. Doch nie zuvor hatte sie so deutlich begriffen, was das eigentlich bedeutete.

Die Einheiten der Haveniten waren einsatzbereit. Commodore Charnays mobile Streitmacht wartete unbemerkt an dem Punkt, den er ›Punkt Salve‹ getauft hatte – 130.000 Kilometer vor Bergen-2 auf dem Annäherungsvektor von Swenson-1. Der Feind war nur zehn Lichtsekunden weit entfernt, und sie waren effektiv unsichtbar.

Die Abwärme ihrer Reaktoren konnten sie natürlich nicht verschwinden lassen. Aber es war höchst unwahrscheinlich, dass die Piraten sie vor der Hintergrundabwärme der Plattformen von Bergen-2 und den geschäftig umherfahrenden Arbeitsbooten bemerken würden.

Auch die *Damocles* war bereit. Lisa ließ den Blick über die Statusanzeigen wandern, und während sie das tat, wurde ihr bewusst, dass das Schiff zum ersten Mal seit seiner Indienststellung – bei Übungen ebenso wie unter echten Kampfbedingungen – ins Gefecht ziehen würde, ohne dass zuvor auch nur ein einziges System als ›ausgefallen‹ gekennzeichnet werden musste. Das führte Lisa Donnelly nur um so deutlicher vor Augen, wie sehr die Royal Manticoran Navy doch stets von der Hand in den Mund lebte.

Und das bezog sich nicht nur auf Gerät, Ausrüstung und andere Hardware, sondern auch auf Führungskräfte und Erfahrung.

Es war schlicht unvorstellbar, dass Charnay seine Einheiten hätte aufteilen und sie damit einer möglichen Niederlage preisgeben müssen, so wie das Sternenkönigreich seinerzeit, nach der Schlacht von Manticore, seine Schiffe auf drei verschiedene Welten aufgeteilt hatte. Für seine taktische Planung hingegen konnte Charnay dreifach auf Erfahrung zurückgreifen: seine eigene, die institutionelle Erfahrung und die kollektiven Erinnerungen der Republic of Haven Navy.

Gleichzeitig – und was für ein Kontrast! – hatte er die Piraten dazu gebracht, eben diesen Fehler zu machen und drei ihrer Schiffe nach Bergen-3 zu schicken.

Lisa schnitt ein Gesicht, denn genau das mochte sich jetzt für sie selbst nachteilig auswirken. Charnay hatte Punkt Salve vor der Annahme ausgewählt, Admiral Swenson werde entweder seinen gesamten Verband zusammenhalten oder die *Loki* nach Bergen-3 schicken. Keinem der Planer war in den Sinn gekommen, anstelle der *Loki* könnten als Gruppe die drei Kreuzer der *Thu'ban*-Klasse dorthin geschickt werden … oder dass diese Schiffe derart hohe Beschleunigungswerte vorlegen könnten.

Und nun bedrohte diese eine kleine Änderung das Timing des gesamten Einsatzes. Die *Loki* wäre, dorthin geschickt, bereits vor vierzig Minuten eingetroffen. Brigadier Massingills Leuten wäre genug Zeit geblieben, die Boarding-Versuche zu unternehmen, ohne ihren Zielobjekten die Zeit zu lassen, Swenson-1 über die 15,8 Lichtminuten hinweg zu warnen, bevor der Hauptverband der Piraten Punkt Salve erreichte. Nun, wo die schnelleren *Thu'bans* ins Spiel gekommen waren, musste Massingill eine halbe Stunde zusätzlich herausschinden, um wieder zu Charnays Zeitplan zurückzufinden.

Es gab aber auch eine gute Nachricht: Laut ihrer letzten Übertragung war es dem Brigadier zumindest schon einmal gelungen, die Piraten fast eine Stunde lang hinzuhalten. Schlecht wiederum war, dass Swenson-2 anscheinend beschlossen hatte, die Techniker ein Schiff nach dem anderen an Bord zu lassen.

Die Verkehrsleitung von Danak hatte Wort gehalten

und ihnen kontinuierlich Berichte übermittelt; weitergeleitet wurden sie über Kommunikationssatelliten, die weitab des Annäherungsvektors der Eindringlinge positioniert waren, um sicherzustellen, dass deren Signallaser nicht vom Feind abgefangen werden konnten. Doch diese – dringend erforderliche – Signalumleitung sorgte für zusätzliche Signalverzögerung – im Hinblick auf das stetige Aufkommen zu Swenson-1 war das nicht weiter schlimm, aber hinsichtlich der brisanten Lage auf Bergen-3 konnte sich das sogar katastrophal auswirken. Wenn Massingill dort erst einmal loslegte, würde es an Punkt Salve vermutlich schon sehr rasch sehr hoch hergehen.

Angesichts der Zeitverzögerung war gut möglich, dass Massingill ihren Angriff bereits eingeleitet *hatte* … dass, während Lisa auf der Brücke der *Damocles* saß, bereits ein Com-Signal in dem ihm eigenen Schneckentempo auf sie zukroch, in dem es hieße, Massingills Trupps lieferten sich gerade mit den Piraten einen Kampf auf Leben und Tod.

Doch egal, was auf Bergen-3 geschah oder nicht: Swenson-1 war mittlerweile zu tief in das Systeminnere vorgedrungen, um noch entkommen zu können. Selbst wenn die Schiffe ihren Kompensatoren null Sicherheitsspielraum zugestünden, würde die *Loki* dreiundzwanzig Minuten brauchen, um überhaupt relativ zu Bergen-2 zum Stillstand zu kommen. Dann wäre sie eine halbe Million Kilometer von den Plattformen entfernt … und 140.000 Kilometer innerhalb der Raketenreichweite von Charnays Verband.

Je näher sie zum Feind aufkommen könnten und je langsamer sie wären, bevor sie das Feuer eröffneten, desto besser war das natürlich. Aber falls es jetzt nicht noch zu einer entsetzlichen Katastrophe käme …

In der völlige Stille der Brücke wirkte das Klingeln, das

eine eintreffende Übertragung ankündigte, geradezu schockierend laut. Lisa wandte sich der Signalstation zu.

Gerade rechtzeitig, um zu sehen, wie Chief Ulvestad die Augen aufriss.

»Chief?«, fragte sie.

»Das sollten Sie sich selbst ansehen, Ma'am«, erklärte Ulvestad grimmig. »Am besten jetzt gleich. Drüber vor Bergen-3 hat gerade jemand den Keil hochgefahren.«

Befehl, so dachte Captain von Belling säuerlich, *ist Befehl*.

Bedauerlicherweise galt das auch für richtig *dämliche* Befehle.

Er blickte sich auf der Brücke der *Copperhead* um, bemerkte jedes Augenpaar, das ins Nichts starrte, und jedes Paar reglose Hände. So würde es auf absehbare Zeit bleiben.

Und das alles nur, weil Admiral Cutler Gensonne eine regelrechte Paranoia davor entwickelt hatte, von Geschäftspartnern über den Tisch gezogen zu werden.

Von Belling nahm einen Schluck aus seiner Quetschflasche mit Kaffee. Dämlich, dämlich, dämlich! Sie hatten den ganzen Weg nach hier draußen zurückgelegt, damit ihnen die fortschrittlichsten Raketen ausgehändigt würden, die es hier draußen, mitten im Nichts, überhaupt gab, und statt das Ganze begeistert voranzutreiben, machte sich Gensonne Sorgen, jemand könnte ihm beim Preis für die Nachrüstung der Werfer übers Ohr hauen?

Das ergab doch überhaupt keinen Sinn! Vor allem, weil sich das ganze Problem ganz einfach hätte vermeiden lassen: Gensonne hätte doch nur dafür zu sorgen brauchen – genau, das hätte er tun *sollen!* –, dass die Installation der Werfer als dritter Teil der Gesamtsumme verrechnet würde, die für die nächste Zahlung an die Volsungs zu erwarten war. Wenn dann die Techniker von Danak versuchten, unsinnige ›Arbeiten‹ in Rechnung zu stellen, wäre das *Llyns* Problem, und der hätte sich dann entweder dagegen wehren oder es zähneknirschend hinnehmen müssen.

Wäre Gensonne so vorgegangen, könnten an Bord von Bellings *Adder* schon jetzt die alten Werfer ausgebaut werden, statt dass das Schiff, vertäut an einer Nabelschnur von einem halben Kilometer Länge, tatenlos im All herumstand und darauf wartete, dass Captain Lucian zu dem Schluss kam, man könnte die Techniker gefahrlos an Bord lassen.

Hätte von Belling das Kommando inne, hätte er für einen reibungslosen Ablauf gesorgt.

Nun ja, vielleicht *würde* er ja eines Tages das Kommando innehaben.

»Captain, ich erhalte hier sonderbare Daten von der *Mamba*«, ergriff der Mann an der Ortungsstation das Wort. »Hat Captain Lucian irgendetwas darüber gesagt, er wolle seinen Reaktor herunterfahren?«

»Nein«, gab von Belling zurück und betrachtete konzentriert die Sensordaten, die nun auf seinem Display erschienen. Offenkundig saß auf der Brücke der *Copperhead* doch nicht *jeder* nur tatenlos herum.

Die Daten zeigten eindeutig ein Absinken der Abwärme. »Sind Sie sich sicher, dass die Thermosignatur nicht vielleicht einfach nur durch einen der Schlepper oder Transporter verdeckt wird, die herumschwirren?«

»Das habe ich zuerst auch vermutet«, erwiderte der Mann. »Aber der Abwärmeausstoß nimmt seit sechs Minuten *stetig* ab.«

Von Belling runzelte die Stirn und warf einen Blick auf sein Chronometer. In seiner letzten Übertragung hatte Lucian keinerlei Schwierigkeiten erwähnt. »Vielleicht müssen die Techniker an irgendetwas herankommen«, sagte er … und sogar für seine eigenen Ohren klang das blöd. »Signal, stellen Sie eine Verbindung zu Lucian her.«

»Jawohl, Sir.« Eine Pause schloss sich an. »Verzeihung, Sir, aber die Nabelschnur funktioniert nicht richtig. Eine Aufzeichnung hat mich gerade darüber informiert, dass das System Schwierigkeiten hat.«

»Ach, tatsächlich?«, sagte von Belling, und die Falten auf seiner Stirn vertieften sich. Auf Arbeitsplattformen wie Bergen-3 liefen sämtliche Übertragungen, einschließlich aller Bord-Bord-Verbindungen, über Nabelschnüre und ein Zellensystem, um für Schlepper, Shuttles und andere Fahrzeuge, die eben nicht festverdrahtet werden konnten, Funkbandbreite zu sparen und die Signallaser freizuhalten.

Na, zur Hölle damit! Ein echter andermanischer Captain ließe sich derartige Schlamperei seitens des Personals auf Bergen-3 nicht bieten … und ein von Belling ebenfalls nicht, verdammt noch eins! »Signallaser auf die *Mamba* ausrichten!«, wies er an.

»Sir, der Laser ist gesperrt.«

»Na, dann *ent*sperren Sie ihn eben!«, versetzte von Belling scharf. Die Signallaser der Schiffe wurden in Werften routinemäßig gesperrt, um zu verhindern, dass sie unbeabsichtigt aktiviert würden und Löcher in Dinge wie Plattformen oder nichtsahnendes Personal brannten. Doch das hier war ein Sonderfall, und er war schließlich ein Kapitän des Andermanischen Kaiserreichs, also: Gepfiffen auf die üblichen Nettigkeiten! »Und während das Ding hochfährt, versuchen Sie es über Funk«, setzte er hinzu. »Wer auch immer sich dann meldet: Sagen Sie ihm oder ihr, Captain Lucian möge uns anderen freundlicherweise mitteilen, was zum Teufel er da gerade treibt!«

»Jawohl, Sir.«

Von Belling wandte sich wieder seiner Tastatur zu, klinkte sich selbst in die Leitung ein, um dem Ersten, der sich meldete, sofort einen Einlauf zu verpassen …

… und zuckte in seinem Sessel zurück, als aus dem Brückenlautsprecher unvermittelt ohrenbetäubende Störgeräusche plärrten.

Er hämmerte mit dem Finger so fest auf den Knopf, dass es schmerzte, aber wenigstens verstummte das Rauschen sofort. »Was war *das* denn?!«, fauchte er.

»Ich weiß es nicht, Sir«, sagte sein Signalgast so schnell, dass die Worte einander wechselseitig zu überholen schienen. »Das … die haben gesagt …«

»Sieht nach einem defekten Schweißgerät auf einem der Wartungsschlepper aus«, warf der Ortungsoffizier ein. »Der arbeitet an dem Lastkahn, ungefähr einen halben Kilometer achtern …«

»Einen halben Kilometer *achtern?*«, fauchte von Belling. »Die haben *ganz zufällig* ein lautstarkes, störendes Schweißgerät genau da, wo es unseren Funk völlig lahmlegt?!«

In dieser einen Sekunde, die in der Ewigkeit eingefroren schien, wurde aus seinem Verdacht Gewissheit. Captain von Belling wusste, was geschehen würde.

Oder vielmehr: Was *gerade jetzt* geschah.

Mit einer hastigen Bewegung aktivierte er das schiffsweite Intercom. »Roter Alarm!«, brüllte er. »An alle Abteilungen – roter Alarm! Alle Schleusen sichern und auf Enterung vorbereiten!«

Die Alarmsirene übertönte die Flüche, zu denen nun praktisch die gesamte Brückencrew ansetzte. Von Belling wandte sich den Instrumenten für die schiffsinterne Sicherheit zu und versuchte sich daran zu erinnern, wie die Schleusenkamera zu aktivieren war. Schließlich hatte er es geschafft und rief das Bildmaterial auf seinen Bildschirm.

Da waren sie: Sechzehn schwer gepanzerte Trupps, bewaffnet mit Maschinenpistolen der Schweren Infanterie. Sie führten computergesteuertes Betäubungsgeschoss-Raumsicherungsgerät mit sich und dazu schultermontierte Projektil-Türrammen. Sie hatten sich um die Schleuse versammelt und befestigten daran ringsherum etwas … was zweifellos Richtsprengladungen waren.

Jetzt blieb nicht die Zeit, sich zu fragen, woher zum Teufel die gekommen waren oder wie das hatte passieren können. Wären diese Ladungen erst einmal gezündet und die Luke offen, säße die *Copperhead* in der Falle. Die Trupps bräuchten nur die Personenröhre zu knacken und damit das Schiff ungeschützt dem Vakuum des Alls auszusetzen: Anschließend könnten sie sich in aller Seelenruhe den Weg durch das Labyrinth aus Druckschutztüren freischneiden und so nach und nach die Brücke, den Reaktor und die Impellerräume erreichen.

Die *Mamba* war anscheinend bereits geentert. Nein, von Belling würde nicht zulassen, dass der *Copperhead* das Gleiche widerfuhr!

»Ruder, holen Sie uns hier raus«, befahl er. »Voller Schub und was auch immer sonst noch dafür nötig ist, aber ich will diese Nabelschnüre von meinem Schiff gelöst haben!«

»Ich glaube ni…«

»Nicht *glauben*«, brüllte von Belling, »*machen!* Sofort!«

»Das geht nicht, Sir«, stöhnte der Rudergänger. »Die sind zu kräftig. Wir können uns nicht einfach losreißen.«

Von Belling biss die Zähne zusammen. Hier ging alles den Bach runter, und jetzt machte auch schon seine Mannschaft die ersten Anstalten auszufallen? »Dann reißen Sie nicht«, verlangte er, »rotieren Sie stattdessen! Drehen Sie uns um die Längsachse, verdammt noch eins, und *lösen Sie diese Nabelschnüre!*«

»Aye, aye«, bestätigte der Mann, und tatsächlich klang seine Stimme jetzt nicht mehr ganz nach nackter Panik. Die Schubwarnung war zu hören, und auf dem Plot veränderten sich die Lagedaten der *Copperhead*, als der Kreuzer zu einer Drehbewegung ansetzte.

Zu einer *schmerzlich langsamen* Drehbewegung. Von Belling fluchte leise; seine Aufmerksamkeit galt abwechselnd der Lageanzeige und dem Anblick der Truppen, die immer noch versuchten, in sein Schiff einzudringen. Kurz fragte er sich, was wohl mit der *Adder* geschehen war und ob es auch dort schon vor feindlichen Trupps nur so wimmelte. Doch Captain Schneider befand sich ebenfalls jenseits der direkten Sichtlinie, die für den Kontakt mit einem Signallaser nun einmal unerlässlich war, und von Belling zweifelte keine Sekunde daran, dass zwischen ihnen beiden ein weiterer Funkstörer stand.

Aber vielleicht gab es ja keinen Funkstörer zwischen ihm und Gensonne.

»Signal an die *Odin*«, wandte er sich an seinen Signalgast. »Packen Sie einen vollständigen Datenauszug in einen Rafferspruch und warnen Sie den Admiral, dass wir hier in eine Falle getappt sind.«

»Jawohl, Sir.«

Nur dass es höchstwahrscheinlich zu spät war, das wusste von Belling. Hier auf Bergen-3 war er fast sechzehn Lichtminuten von Gensonne auf Bergen-2 entfernt. Sechzehn Minuten, bis seine lichtschnelle Warnung quer durch das Danak-System gekrochen wäre.

Es sei denn …

»Ruder, wie lange dauert es, bis wir den Keil hochfahren können?«, rief er.

»Drei Minuten, Captain«, kam umgehend die Antwort.

Drei Minuten … und die Gravwelle eines Impellerkeils bewegte sich zeitverlustlos. Gensonne wüsste sofort, dass etwas schiefgelaufen war, auch wenn er keine Ahnung hätte, was.

Schiff und Brücke erschauerten. Von Belling blickte wieder auf die Lageanzeige und sah, dass die *Copperhead* ihre Rotation nicht fortsetzte. »Ruder?«

»Es tut mir leid, Sir, aber die Nabelschnüre halten immer noch.«

Von Belling lächelte freudlos. »Dann rotieren Sie jetzt in die andere Richtung«, befahl er. »Lassen Sie uns rotieren, so schnell Sie können – bauen Sie einen anständigen Impuls auf! – bis die Dinger reißen oder bis es die Teile aus ihren Verankerungen haut, mir völlig egal!«

»Jawohl, Sir.«

In der Personenröhre waren bis auf eine Person sämtliche Trupps einige Meter weit zurückgewichen. Die Ladungen mussten schon fast einsatzbereit sein. »Beeilung, Ruder, verdammt!«, fauchte er. »Und jeder, der jetzt nichts anderes zu tun hat, schnappt sich eine Waffe und schafft seinen Hintern zur Hauptschleuse!«

»Captain, ich orte hier zwanzig Schlepper«, erging die Meldung von der Ortungsstation. »Die kommen von der anderen Seite der Plattform – sieht aus, als würden die geradewegs auf uns zuhalten.«

»Natürlich halten die geradewegs auf uns zu«, presste von Belling zwischen zusammengebissenen Zähnen hervor. Dank Gensonnes Geld-Paranoia war die Strategie des heimlichen Eindringens, mit der die Feinde, die den Volsungs die *Mamba* abgenommen hatten, für die *Copperhead* nicht gangbar, und dank von Bellings Wachsamkeit würde auch der nicht ganz so dezent vorgehende Angriffstrupp scheitern. Wer auch immer bei diesem ganzen Zirkus das Sagen hatte, war anscheinend jetzt zu Plan C übergegangen.

Nur dass Plan C zur Katastrophe würde, jawoll! Nachdem jegliche danakanische Raffinesse nicht das gewünschte Ergebnis gezeitigt hatte, konnte Plan C nur die Mit-aller-Macht-zuschlagen-Option sein. Möglicherweise plante der Feind einen Frontalangriff auf jede Luke, jeden Lüftungsschacht und jede andere Öffnung des Schiffs. Noch wahrscheinlicher erschien von Belling die Befestigung von Nukleargefechtsköpfen an allen entscheidenden Schiffsteilen.

Das durfte er nicht zulassen! Was auch immer er dafür würde tun müssen, er durfte das nicht zulassen!

»Sir – die Personenröhre!«

Von Belling blickte zum Display hinüber …

… gerade rechtzeitig, um zu sehen, wie die Fahrgastbrücke am anderen Ende riss: Kurz geriet sie ins Flattern, als die Luft ausströmte, dann erstarrte sie und wurde immer steifer, je weiter die Drehbewegung der *Copperhead* das Material in die Länge streckte.

Zu von Bellings immenser Befriedigung verloren die Trupps den Halt: Sie trudelten aus der Röhre hinaus und verschwanden in dem dahinterliegenden Vakuum.

Zum ersten echten Lächeln seit Stunden ließ er die Zähne aufblitzen. Wenn sie es jetzt auch noch schafften, diese verdammten Schlepper und deren doppelt verdammten Nukleargefechtsköpfe fortzuscheuchen …

Aber das würde nicht geschehen, solange die *Copperhead* an die Plattform gefesselt war. »Rotation umkehren«, wies er seinen Rudergänger erneut an. Wenn sie die Nabelschnüre immer weiter unter Spannung hielten …

»Sir, der Keil baut sich auf«, meldete der Rudergänger.

Das zweite Lächeln des Tages breitete sich auf von Bellings Gesicht aus. Endlich! Wenn sie diese Nabelschnüre nicht durch rein mechanische Belastung zum Reißen brächten, dann könnten sie ja vielleicht einfach davonfahren, und wenn sie dabei die ganze verdammte Plattform hinter sich herziehen müssten!

Und dann, zu spät, kam ihm eine entsetzliche Erkenntnis.

Ebenso wie alle anderen Besucher an Bergen-3 waren auch die Volsung-Kreuzer sorgsam genau so vertäut worden, dass im Falle einer etwaigen, unbeabsichtigten Impeller-Aktivierung die Verzerrungsbänder gefahrlos weit oberhalb und unterhalb der Station aufgebaut würden.

Nur dass die *Copperhead* ihre Lage verändert hatte.

Die *Copperhead* hatte rotiert.

Und in der Ferne baute sich der Keil auf: quer über die Plattform und geradewegs durch die Quartierbereiche der dahinterliegenden Station. Bergen-3 löste sich auf.

Bergen-3 … und die *Mamba* und die *Adder*.

34

»Tja, Eins-O«, sagte Clegg, in ihrer Stimme ein Hauch von Anspannung, wo vorher nur Ruhe wie klares, kaltes Gletschereis gewesen war, »dann ist es jetzt wohl an der Zeit, dass wir sie offiziell bemerken.«

Travis begutachtete ein weiteres Mal die Zahlen. Die Schubumkehr der *Casey* lag fünfundzwanzig Minuten zurück, die Geschwindigkeit, mit der das Schiff systemeinwärts auf Walther Prime zuhielt, war unter zwanzig Kps abgefallen, der Abstand betrug nur noch einhundertdrei Millionen Kilometer. Mit ihrer derzeitigen Beschleunigung würde sie in einhundertsechsundsiebzig Minuten relativ zum Planeten zum Stillstand kommen.

»Jawohl, Ma'am, da haben Sie wohl recht«, bestätigte Commander Woodburn von OPZ aus.

»Signal«, ließ Clegg sich vernehmen, »wir sollten uns jetzt vorstellen.«

»Aye, aye, Ma'am.«

»Tja«, sagte Captain Stoffel auf der Brücke der *Tarantel*, »sieht ganz so aus, als hätten die uns endlich bemerkt.«

»Und falls nicht *uns*, dann eines der anderen Schiffe«, bemerkte Feyman. Denn eigentlich hätte die Reaktion der Eindringlinge auf einen Schlachtkreuzer anders ausfallen sollen.

Aber wenigstens war die Identität des Fremden jetzt kein Geheimnis mehr. Der Kreuzer hatte seinen Transponder aktiviert und übermittelte nun klar, deutlich und unverschlüsselt seine Kennung.

Es war exakt jene Sorte Geste, auf die Söldner und selbst die meisten wirklich angesehenen Flotten mittlerweile verzichteten. Aber sie war unbestreitbar dramatisch, ebenso wie das Hissen der Flagge damals, bei der historischen ›nassen Marine‹. Damit verkündete ein Schiff seine Entschlossenheit – und seine Kampfbereitschaft.

Sie stürmte ihnen entgegen: HMS *Casey* von der Royal Manticoran Navy.

»Die *Casey*«, kam es von Stoffel in einem völlig anderen Tonfall, und als auch Feyman den Namen wiedererkannte, spürte er, wie sich sein Magen zusammenkrampfte.

Die *Tarantel* hatte sich an der Schlacht von Manticore nicht beteiligt. Aber sämtliche von Gensonnes leitenden Offizieren hatten die Aufzeichnungen des Gefechts studiert. Von den rangniedrigeren Offizieren kannten nur wenige sämtliche Details, doch die Gerüchteküche hatte schon bald Informationslücken auszufüllen gewusst.

An Bord der *Tarantel* wusste daher jeder: Sie hatten es hier mit dem Schiff zu tun, das vor Manticore den Schlachtkreuzer *Tyr* abgeschossen hatte.

Die Zahlen auf Feymans Display veränderten sich. »Abbremsung um vierzig Gravos gesteigert, Sir«, meldete er. »Neue Abbremsung liegt bei zwo Komma zwo fünf Kps – das entspricht einer Steigerung um einundzwanzig Prozent. Wenn die zuvor den Sicherheitsspielraum ausgereizt haben, dann belasten sie ihren Kompensator jetzt massiv in den roten Bereich hinein.«

»Profilveränderung?«

»Sie werden einunddreißig Minuten früher relativ zu Prime zum Stillstand kommen, in etwa einhundertfünfundvierzig Minuten. Dann wird der Abstand siebzehn Komma drei Millionen Kilometer betragen.«

»Interessant.« Stoffel lehnte sich in seinem Sessel zurück und rieb sich das Kinn. »Hat deren Vektor eine Seitenkomponente?«

»Nein, Sir. Die kommen immer noch geradewegs auf uns zu.«

Einige Sekunden lang trommelte Stoffel mit den Fingern auf seine Armlehne. »Na, Chuzpe haben die, zugegeben! Aber glauben die tatsächlich, damit ein zwotes Mal durchzukommen?«

»Sir?«

»Deren Trick vor Manticore hat darin bestanden, sich auf inversem Kurs an der *Tyr* und der *Odin* vorbeizuschleichen«, erläuterte Stoffel. »Ich frage mich jetzt, ob die das noch einmal durchziehen wollen.«

Feyman runzelte die Stirn. »Aber wenn die sich an uns vorbeischleichen wollen, warum bremsen sie dann so stark ab?«

»Vielleicht wollen sie uns damit dazu bewegen, ihnen entgegenzukommen«, mutmaßte Stoffel. »Wenn die uns dazu bringen, dass wir uns auf einen Abfangvektor festlegen, haben sie eine deutlich bessere Chance, Löcher im Zaun zu finden, durch die sie dann verschwinden können. Wenn wir *nicht* beschleunigen, um sie abzufangen, und es denen gelingt, ihre relative Geschwindigkeit auf null abzusenken, dann haben wir nichts, um sie bei der aktuellen Beschleunigung noch einzuholen.«

»Aber wenn die es darauf anlegen, zu entkommen, warum dann die Transponder-Kennung?«

»Entweder hatten sie die schon aktiviert, bevor denen bewusst war, was sie erwartet – falls ihnen das *mittlerweile* überhaupt schon bewusst ist –, oder sie machen dieses Gewese, damit wir fest davon überzeugt sind, sie wollten wirklich kämpfen.« Er zuckte mit den Schultern. »Viel ist das nicht, aber was haben die sonst schon zu bieten?« Er richtete sich in seinem Sessel auf und begann laut nachzudenken: »Also … einhundertfünfundvierzig Minuten bis zum relativen Stillstand. Wir geben denen noch zwo weitere Stunden, dann fahren wir den Keil hoch und kommen ihnen entgegen. Die sollen ruhig ihre Annäherungsgeschwindigkeit vermindern – das verschafft uns ein besseres Ziel.«

»Und es wird Hauser glücklich machen, dass wir sie auf diese Weise außerhalb der Reichweite seiner geliebten Station halten«, merkte Feyman an.

»Daran hatte ich überhaupt nicht gedacht, T-O«, versicherte ihm Stoffel. »Aber wo Sie es jetzt sagen: Warum denn nicht?«

Die Minuten dehnten sich, wurden zu Stunden. Feyman füllte die Zeit damit, jedes einzelne seiner Systeme zweimal auf Einsatzbereitschaft zu überprüfen … und dafür zu sorgen, dass alle anderen auf der Brücke es mit ihren Systemen ebenso hielten.

Sie *würden* das Schiff erledigen, das so viele ihrer Freunde und Kameraden in den Tod geschickt hatte.

Endlich war es fast so weit.

Feyman blickte auf seine Displays …

»Signal, ich möchte Statusupdates von allen Einheiten«, wies Captain Stoffel an. Er drückte einen Knopf auf der Armlehne seines Kommandosessels. »Maschinenraum, hier spricht der Captain. Wie ist unser Impellerstatus?«

»Bereitschaft, Sir«, erwiderte Commander Eric Becker. »In drei Minuten sind sie heiß.«

»Gut. Halten Sie sich bereit, den Keil in dreiundzwanzig Minuten hochzufahren. Signal? Wo bleiben die Updates?«

Feyman hob den Finger. »Captain? Das hier müssen Sie sich ansehen.«

»Ich will hoffen, dass das wichtig ist, T-O«, warnte ihn Stoffel, während Feyman das Bildmaterial auf die Konsole des Kommandanten legte. »Was genau sehe ich denn da?«

»Das weiß ich noch nicht, Sir«, antwortete Feyman. »Aber da draußen scheint noch irgendetwas anderes zu sein.«

»Was soll das heißen, ›irgendetwas anderes‹?«, verlangte Stoffel zu wissen. »Was denn anderes?«

»Irgendetwas da draußen hat gerade eben einen Stern verdeckt, Sir«, sagte Feyman und gab rasch neue Befehle in seine Konsole ein. »Ich habe gerade die Wärmesensoren entsprechend ausgerichtet, um mir das besser ansehen zu können.«

»Und?«, forderte ihn Stoffel auf, weiterzusprechen.

»Wärmesignaturen, Captain«, entschied Feyman und bemerkte, dass seine Stimme deutlich grimmiger klang. »Mindestens zwo. Passt zu Reaktoren unter Minimalleistung.«

Kurz sog Stoffel scharf die Luft ein. »Wo?«

»Auf gleichem Kurs wie die *Casey*, Sir, etwas weniger als fünfhunderttausend Kilometer *vor* ihr. Wenn die *Casey* ihre aktuelle Abbremsung beibehält, werden deren Vektoren in etwas weniger als elf Minuten bei sieben null sechs null Kps und in einer Entfernung von achtzehn Millionen Kilometern zu Prime konvergieren – und zwar *exakt.*«

»Verdammt noch eins!«, entfuhr es Stoffel, und sein Tonfall ähnelte der bitteren Kälte des offenen Alls. »Die *wollten*, dass wir sie sehen! Sie, und nicht ... wer auch immer diese anderen Bastarde da sind!«

»Jawohl, Sir«, bestätigte Feyman und beeilte sich, neuerliche Zahlen einzugeben. »Die müssen schon Stunden vor der *Casey* unbemerkt die Hypergrenze überquert haben und dann heimlich, still und leise – und langsam – systemeinwärts gefahren sein.«

»Und man hat uns die *Casey* sehen lassen, die geradewegs

ins System hineinrast«, presste Stoffel heraus, ganz Abscheu. »Der ganzen verdammten Galaxis hat die ihren Impeller gezeigt, und es hat geklappt! Wie die dressierten Goldfische haben wir brav genau dorthin geglotzt, wohin man uns hat glotzen lassen wollen!«

Ein weiteres Dutzend Sekunden verstrich. Feyman schwieg wie jeder andere auf der Brücke.

Schließlich seufzte Stoffel leise. »Na ja«, knurrte er, und Zorn loderte in seinen Augen, »für eine pissige kleine Flotte aus einem Hinterwäldler-Sonnensystem haben die eine ganze Menge Tricks drauf, was? Na, *Casey* und Co. steht gleich eine Überraschung bevor! Denen müssen über Walther deutlich mehr Aufklärungsdaten vorliegen, als ich dachte. Etwaige Überlebende werden wir fragen müssen, woher die das Material haben.«

»Und es handelt sich um neues Material von einem Zeitpunkt nach dem Aufbruch des Admirals nach Danak«, setzte Feyman hinzu. »Denn selbst mit ein paar altersschwachen Schlachtkreuzern würden die Manticoraner sich nie mit uns anlegen, es sei denn, sie wüssten ganz genau, dass ein Großteil unserer großen Schiffe fort ist.«

»Also erfahren sie von seiner Abreise und beschließen, es mit einem Angriff auf unsere Basis zu versuchen«, griff Stoffel den Gedanken auf und nickte.

Das Ganze war natürlich verrückt. Das wusste Feyman auch. Verrückt und zugleich ganz schön mutig. Zwei alte Schlachtkreuzer mit hoffnungslos veralteter Hardware gegen die Raketenplattformen der Basis und die kampfbereiten Zerstörer und Fregatten vor Walther: Das wäre trotz Überraschungsmoment und selbst unter Optimalbedingungen ein unsicheres Unterfangen gewesen. Beides aber traf jetzt nicht zu. Zu schade für die Möchtegern-Angreifer!

Andererseits …

»Wenn Sie recht haben, Sir«, sagte er, »dann wissen die wahrscheinlich nicht, dass wir hier sind.«

»Ganz genau«, bestätigte Stoffel, »und wahrscheinlich gehen sie immer noch davon aus, wir glaubten, die *Casey* wäre allein.«

Feyman schüttelte den Kopf. Allmählich wurde es kompliziert. »Und was machen wir jetzt, Sir?«

»Ich kann Ihnen auf jeden Fall schon einmal sagen, was wir *nicht* tun: Wir werden denen nicht entgegenfahren – nicht früher, als sich das irgendwie vermeiden lässt«, krächzte Stoffel. »Wir lassen den Keil der *Tarantel* abgeschaltet und gönnen den Manticoranern so lange wie möglich selige Unwissenheit.«

»Und *Schmiede*?«

Einen Moment lang dachte Stoffel nach und sagte dann: »Also gut, der Plan sieht folgendermaßen aus: Vorerst rührt sich hier nichts und niemand. Fünf Minuten, bevor die Manticoraner in Raketenreichweite kommen, fahren wir den Keil hoch. Dann sind die, wenn die das Feuer eröffnen, neunzigtausend Kilometer außerhalb von Hausers Reichweite. Wir brauchen nur eine Minute, um diese Zone zu durchqueren. Aber dann reagieren die da drüben auf die Bedrohung durch uns, womit wir dann ihre ersten Schüsse auf uns ziehen.«

»Na, das klingt ja mal großartig!«, murmelte Feyman.

»Nicht frech werden!«, warnte ihn Stoffel. »Wir werden vielleicht etwas härter getroffen, als mir das recht sein kann, aber *die* eben auch, wahrscheinlich sogar *ganz schön* hart. Das macht *Schmiede* dann zu unserer Reserve. Kommen die Manticoraner schließlich in Reichweite der Station und die eröffnet das Feuer auf sie, hat es unser Besuch so richtig schwer, diese Vögelchen abzufangen.«

Feyman zog die Nase kraus. Sonderlich gut gefiel ihm dieser Plan nicht, aber er bot die beste Möglichkeit, ihre Feuerkraft zu maximieren.

Und damit ihre Überlebenschance.

»Also bleiben wir jetzt alle still wie die Mäuschen«, sagte Stoffel. »Bis der Moment kommt, in dem sich die Mäuschen in Tiger verwandeln.«

Der Vektor von HMS *Casey* konvergierte mit dem des andermanischen Verbands.

Geschickt glitt der Kreuzer in die für ihn vorgesehene Lücke in der Abschirmung der *Vergeltung* und stellte die Beschleunigung ein.

»Kommunikationsanfrage von Admiral Basaltberg«, meldete Ulvestad.

»Stellen Sie ihn durch«, wies Clegg sie an.

Auf dem Hauptschirm erschien das Abbild des andermanischen Admirals. »Gut gemacht, Captain Clegg«, sagte er voller Wärme in der Stimme. »Ich bin mir sicher, dass die mittlerweile wissen, was wir planen. Aber ich bezweifle sehr, dass sie schon herausgefunden haben, mit wem sie es zu tun haben.«

»Ich hätte jetzt behauptet, dazu hätten die nicht einmal den Hauch einer Chance, Sir«, bemerkte Clegg.

»Das wohl«, sagte Basaltberg und lächelte. »Also: Da die sich zieren, uns entgegenzukommen, sollten wir ihnen noch ein wenig selige Unwissenheit gönnen – für …«, er blickte auf sein Chronometer, »… elf Minuten und einundvierzig Sekunden.«

Nach und nach kam der manticoranische Verband dichter zu ihnen auf.

Feyman stand ins Gesicht geschrieben, wie wenig ihm das

passte. Sein Blick zuckte zwischen den Displays seiner Konsole hin und her. Er suchte nach etwas – ganz egal, was! –, das ihm mehr darüber verriete, was sich ihnen genau näherte.

Die *Casey* hatte sich der aufkommenden Formation unbekannter Schiffe angeschlossen. So viel war offensichtlich. Doch der Keil des Kreuzers war immer noch der Einzige, der zu erkennen war … und er erzeugte einen blinden Fleck von beachtlicher Größe.

Über diese Entfernung hinweg war aktives Ortungsgerät nutzlos, und Wärmesensoren konnten einen Impellerkeil nicht durchdringen. Trotzdem waren ein paar Thermosignaturen zu erkennen, jeweils einer ober- und unterhalb des Keils der *Casey*. Feyman aber war sich verdammt sicher, dass da auch auf der anderen Seite des Kreuzers etwas war. Der blinde Fleck, den er erzeugte, war ja schließlich der einzige Grund dafür, das Schiff geradewegs in der Mitte der vertikal übereinander gestaffelten Eindringlinge zu positionieren.

Aber was zum Teufel versteckte sich dort?

Es gab nur eine einzige Möglichkeit: Manticore hatte Haven dazu überredet, ihnen etwas an Feuerkraft mitzugeben.

Feyman fluchte leise vor sich hin. Nur eine einzige Möglichkeit, und die ergab überhaupt keinen Sinn! Haven und Manticore hatten tatsächlich schon einmal miteinander kooperiert – ein einziges Mal, vor sechs Jahren. Er hielte es auch für vorstellbar, dass Haven nicht über Söldner glücklich war, die ohne ersichtlichen Grund unabhängige Sternnationen in direkter Nachbarschaft zu Haven angriffen.

Aber es war doch völlig unmöglich, dass die Republic of Haven Navy bereit wäre – oder auch nur dazu in der Lage! –, modernste Feuerkraft zur Unterstützung von Manticore freizustellen, derart fern vom Heimatsystem! Die *Casey* und Begleiter konnten doch unmöglich den ganzen weiten Weg von

Manticore zurückgelegt haben, nur um dieses Sonnensystem hier anzugreifen. Die Position der Basis konnten sie doch erst nach ihrer Silesia-Reise in Erfahrung gebracht haben, also konnte ihnen Haven unmöglich …«

»Statusänderung!«, bellte Lieutenant Moeller unvermittelt. »Ich habe einen, zwo, vier … sechs … mindestens sechs zusätzliche Impellerkeile!«

»Was zum Henker …?!«, entfuhr es Captain Stoffel. »*Sechs* Keile?«

»Möglicherweise befindet sich noch ein siebter unmittelbar hinter der *Casey*«, ergänzte Feyman, und als er die Icons auf seinem Plot betrachtete, schlug ihm das Herz plötzlich bis zum Hals.

Stoffel stieß einen deftigen Fluch aus. »Na, fein! Und was können Sie mir über die Keile verraten, die wir schon sehen können?«

»Distanz zwölf Komma sieben Millionen Kilometer, Sir«, setzte Feyman an. »Über diese Distanz lässt die Auflösung zu wünschen übrig. Aber die bremsen jetzt mit zwohundert Gravos ab, womit sie in exakt sechs Minuten genau über uns zum Stillstand kommen.«

»Provisorische Identifizierung von zweien dieser Schiffe, Sir«, meldete wieder Moeller. »Beides mindestens Schwere Kreuzer. OPZ meldet eine Wahrscheinlichkeit von fünfundsechzig Prozent, dass eines davon ein Schlachtkreuzer ist.«

»Wahrscheinlich konnten die selbst bei dieser Distanz nicht beide hinter einem einzelnen verdammten Leichten Kreuzer verstecken«, knurrte Stoffel. »Also möchte Manticore jetzt seine ganze Flotte auf eine Karte setzen? Na gut, dann zeigen wir denen jetzt mal, was es kostet, mit den Großen spielen zu wollen!«

»Also gut, Commander Long«, sagte Clegg. »Das ist *Ihre* Show. Dann machen Sie dem Sternenkönigreich mal alle Ehre.«

»Jawohl, Ma'am«, erwiderte Travis. Es war so weit. Er atmete noch einmal tief durch, dann drückte er den Knopf.

Zwei Anzeigen sprangen auf Grün.

Feymans Blick hastete zwischen den Displays hin und her, und seine Finger zuckten über die Instrumente, während er versuchte, aus den Sensoren der *Tarantel* noch das letzte bisschen Information herauszuquetschen. Die aufkommenden Manticoraner hatten seit dem Hochfahren ihrer Keile etwas länger als fünfunddreißig Minuten abgebremst und wären in weiteren elf Minuten in Raketenreichweite. Der Keil und die Seitenschilde der *Tarantel* selbst sollten in ungefähr sechs Minuten hochgefahren sein. Feymans erste Salve war vorbereitet und wartete nur auf den Abschuss, und er hatte auch Feuerleitlösungen für den Keil vorbereitet, der laut Aussagen von OPZ eindeutig zu einem Schlachtkreuzer gehörte. Allerdings bliebe immer noch Zeit für Modifikationen der Zielerfassung, und genau dafür musste er sich bereithalten – nur für den Fall, dass die Manticoraner noch einen anderen Trick in der Hinterhand hatten.

Und dann, ohne Vorwarnung, änderte die *Casey* den Kurs nach Backbord und lieferte so demjenigen, der hinter ihr stand – wer auch immer das sein mochte –, freies Schussfeld, ohne dieses einem der anderen Schiffe zu nehmen.

»Die *Casey* verändert Position, Sir«, warnte er. »Die räumt das Feld für irgendetwas, das hinter ihr …«

»Transponder-Kennungen!«, erklang plötzlich der Ruf vom Signalstand. »Ich bekomme hier Transponderkennungen, und … Großer Gott!«

Die letzten beiden Worte hörte Feyman kaum noch, so fassungslos starrte er auf sein Display. SMS *Hamman*, SMS *München*, SMS *Ao Qin*, SMS *Loreley*, SMS *Zhong Kui* und …

»Das sind keine Manticoraner.« Obschon sein Herz widernatürlich laut hämmerte, hörte er doch noch die Stimme, die über seine tauben Lippen kam. »Das sind Andermaner, und das genau vor uns die *Vergeltung*.«

»Ich könnte mir vorstellen, dass da drüben ein paar Leute gerade sehr, sehr unglücklich sind«, meinte Captain Clegg leise, als sich rings um die *Casey* andermanische Impellerkeile und Seitenschilde aufbauten.

Travis nickte, doch seine Aufmerksamkeit galt hauptsächlich der Katalogisierung geeigneter Zielobjekte. Es sah ganz danach aus, als hätten die Daten der Aufklärungsdrohne, wer sich nun in Marsch gesetzt hatte und wer nicht, den Nagel ziemlich auf den Kopf getroffen.

Trotzdem: Bloß weil sich ein Schiff nicht bewegen und auch keine Seitenschilde hochfahren konnte, hieß das noch lange nicht, dass es nicht noch ein paar Raketen absetzen konnte, bevor es starb.

»Damit wäre wohl die Frage geklärt, ob wir denen entgegenfahren oder nicht«, zischte Stoffel mit so viel Zorn und Boshaftigkeit in der Stimme, wie es Feyman bei ihm noch nie erlebt hatte. »Häuser wird das wohl hinnehmen müssen. Denn angesichts dieser Feuerkraft werden wir definitiv auch die Raketenplattformen von *Schmiede* brauchen. Es gefällt mir zwar nicht, mit einer derart niedrigen Anfangsgeschwindigkeit ins Gefecht zu gehen, aber wir müssen die in die Raketenreichweite von *Schmiede* holen.«

»Jawohl, Sir.«

»OPZ kommt auf einen aktiven Schlachtkreuzer, zwo Leichte Kreuzer, dazu drei Zerstörer und drei Fregatten, Ma'am«, meldete Travis. »Das passt nahezu perfekt zu den Daten der andermanischen Drohne.«

»Freut mich zu hören«, erwiderte Clegg. »Dann hoffen wir, dass unsere großartige Idee auch funktioniert. Wenn *nicht*, dann können diese beide Raketenplattformen es mühelos mit einem Haufen Schiffe aufnehmen, der sich nicht bewegen kann.«

Travis biss die Zähne zusammen. »Jawohl, Ma'am.«

»Entspannen Sie sich, T-O«, sagte der Captain ruhig. »Ich habe Ihre brillante Idee abgesegnet, eben *weil* sie brillant ist.«

»Oh«, entfuhr es Travis, »äh … danke, Ma'am.«

»Nicht vergessen: Sie hatten auch schon ein paar Ideen, von denen ich nicht so viel gehalten habe«, setzte sie hinzu. »Aber die hier … na ja, ich könnte mir vorstellen, dass die tatsächlich funktioniert.«

Travis atmete tief durch. »Das hoffe ich, Ma'am.«

»Unser Ziel ist die *Zhong Kui*«, erklärte Captain Stoffel. Der Zorn in seiner Stimme war einer harschen Bitterkeit gewichen. »Die Zerstörer und Fregatten werden sich um *deren* Kreuzer und Zerstörer kümmern. Und *Schmiede* …«

Er beendete den Satz nicht, den Blick fest auf den Hauptschirm gerichtet, lodernd vor Hass.

Und neben Hass Furcht. Feyman konnte die Furcht spüren.

Es war die Furcht, die jeder auf der Brücke verspürte.

Einschließlich Feyman selbst.

Dass die *Vergeltung* hier aufgetaucht war, veränderte alles. Feyman versuchte, nicht über die bittere Ironie nachzudenken: Ausgerechnet dieses Schiff – die Kaiserlich-Andermanische Weltraumflotte war ja nun wirklich groß genug! – hatte es nach Walther geführt! Irgendwo in seinem Hinterkopf tauchte die Frage nach der Wahrscheinlichkeit für diesen Fall auf.

Die Antwort darauf aber war bedeutungslos. Von Bedeutung war nun nur die kalte, nackte, mitleidlose Tatsache, dass die *Vergeltung* im Alleingang höchstwahrscheinlich jedes einzelne kampftaugliche Volsung-Schiff in diesem System zerstören könnte.

Einschließlich der *Tarantel*.

Die *Zhong Kui* war eine lokal gebaute Variante der Schlachtkreuzer der *Seydlitz*-Klasse, die Gustav Anderman seinerzeit ins Potsdam-System mitgebracht hatte. Sie war länger, größer und leistungsstärker als die *Tarantel*, aber sie war kein unbesiegbarer Gegner. Mit ein wenig Glück – und einer überlegenen Crew – könnte es die *Tarantel* mit ihr aufnehmen und hätte eine gute Chance, siegreich aus dem Gefecht hervorzugehen.

Dann war da die *Ao Qin*. Sie basierte auf den Fregatten der *Drachen*-Klasse, und so wurde sie bei der andermanischen Flotte nach wie vor auch klassifiziert, auch wenn die meisten anderen Navys sie als Leichten Kreuzer angesehen hätten. Die *München* gehörte zur *Bremen*-Klasse, und diesen Schiffstyp kannte Feyman gut: Er hatte als Midshipman an Bord einer *Bremen* gedient. Die Schiffe zeichneten sich durch ihre über schwere Lenkwaffenarmierung aus, während sie keinerlei Strahlenwaffen mit sich führten – sie waren kompromisslos auf den Einsatz im Langstrecken-Raketengefecht ausgelegt. Für die *Hamman* lag ihm kein Profil vor, doch die Gravitations- und die Elektroniksignatur – und die Tatsache, dass sie überhaupt hier war – ließen vermuten, dass dieses Schiff ordentlich bewaffnet sein musste, auch wenn der Frachterrumpf das nicht erahnen ließ. Wahrscheinlich gehörte es zur *Musketier*-Klasse.

Doch das alles – ja, sogar der gesamte Kampfverband – verblasste im direkten Vergleich mit der *Vergeltung*. Sie verfügte nicht nur über die doppelte Lenkwaffenarmierung der *Zhong Kui*, sondern auch über noch einmal sechsundsechzig Prozent mehr Antiraketen.

Stoffel hatte seinen letzten Satz unbeendet gelassen. Weiterzusprechen war auch nicht nötig gewesen. Jeder an Bord der *Tarantel* wusste, dass die *Vergeltung* für *Schmiede* das einzig mögliche Zielobjekt war. Es war unwahrscheinlich, dass selbst die Raketenplattformen dem Riesenschiff genug Lenkwaffen entgegenschleudern könnten, um die Abwehr des Schlachtschiffs zu übersättigen – vor allem, wo diese Abwehr doch noch durch eine derart hochentwickelte Eloka unterstützt wurde! Aber wenn es *Schmiede* nicht schaffte, schaffte es nichts und niemand.

Wenigstens stünden ihnen nun keine weiteren Überraschungen mehr bevor. Jetzt war aus der ungeklärten Lage ein offenes Gefecht geworden, und praktisch alles hing davon ab, wer als Erster schoss.

Andererseits: Rein praktisch betrachtet machte es bei einer derart direkten Konfrontation eigentlich keinen Unterschied mehr, wer als Erster und wer als Zweiter feuerte.

Feymans Magen schien sich dauerhaft verkrampft zu haben, und er spürte die Schweißtropfen auf der Stirn und unter den Achseln. Gefechte hatte er schon erlebt, aber noch nie gegen einen Gegner mit vergleichbarer Kampfkraft, ganz zu schweigen von einem *überlegenen* Gegner.

Zum ersten Mal in seinem Leben begriff er, wie sich die Opfer der Volsungs gefühlt haben mussten.

»Erreichen Raketenreichweite in sechzig Sekunden«, meldete Lieutenant Ip von der Konsole des Zwoten Taktischen Offiziers.

»Ortungslinks aufgebaut«, setzte Travis hinzu. »Feuerleitlösungen aktualisiert.« Er blickte zu dem Countdown in der Ecke des Displays. »Noch fünfzehn Sekunden, Ma'am.«

»Sehr gut, T-O«, sagte Clegg. »Dann lassen Sie die Würfel rollen!«

»Zehn Sekunden. Fünf … vier … drei … zwo …«

»*Sir!*«, keuchte 2-T-O Moeller. »Sir … *Schmiede* …«

»Oh Gott!«, stieß Feyman hervor und wusste dabei selbst nicht genau, ob das nun ein Fluch war oder doch ein Stoßgebet.

Zwei Raketen waren plötzlich in weniger als achttausend Kilometern Entfernung zu *Schmiede* aus dem Nichts aufgetaucht. Unmöglich! Das *konnte* nicht sein!

Doch sie *waren* da, tauchten ganz am Rand des aktiv vom Radar von *Schmiede* überwachten Bereichs auf und näherten sich der Station mit einer Grundgeschwindigkeit von 3.640 Kps. Wenn sie sich jetzt genau dort befanden, dann mussten sie angesichts ihrer Geschwindigkeit und der Abbremsrate des Feindes schon vor achtzehn Minuten abgesetzt worden sein. Geometrisch betrachtet war das die einzige Möglichkeit.

Aber von keinem der einkommenden Schiffe hatten sie Boosterflammen gesehen. Also wie …?

Die *Casey!*

In einem kurzen, klaren Moment begriff der Taktische Offizier der *Tarantel*, wie der Feind das Kunststück fertiggebracht hatte. Feyman kannte Gensonnes Berichte, er hatte auch alle Gerüchte gehört … doch erst jetzt fiel ihm ein, dass das manticoranische Schiff, anders als dessen andermanische

Geleitschiffe, ein Schienenkanonen-Werfersystem nutzte. Deren Raketen *brauchten* keine Booster, und so strahlten sie beim Start auch keine verräterischen Boosterflammen ab, die kein Thermosensor übersehen konnte. Die *Casey* hatte einfach vier Raketen mit deaktiviertem Antrieb abgesetzt und sie dann lautlos und unbemerkt dem aufkommenden Verband vorausgeschickt. Mit ihrer Grundgeschwindigkeit waren sie im freien Fall, also ohne verräterischen Impellerkeil, durch das All getrieben. Währenddessen hatte die *Casey* abgebremst und sich so immer weiter hinter ihre eigenen Raketen zurückfallen lassen.

Und nun, vierzig Sekunden, bevor *Schmiede* überhaupt das Feuer eröffnen konnte, erwachten die Impellerkeile der vier Raketen zum Leben und rasten unter einer Beschleunigung von zehntausend Gravos ihrem Ziel entgegen.

Sie brauchten etwas weniger als zwei Sekunden, um den Abstand von siebentausendachthundert Kilometern zwischen ihnen und ihrem Zielobjekt zu überwinden – zwei Sekunden, in denen die Verteidiger sie zwar *sehen* konnten, aber unmöglich aufhalten. Dafür reichte schlicht die Ortungszeit nicht, Zeit, in irgendeiner Weise zu reagieren, blieb auch nicht. Die Raketen befanden sich schon jetzt *innerhalb* des Wirkungsbereichs der Abwehrsysteme, und in hilflosem Entsetzen musste Feyman mitansehen, wie beide Raketenplattformen von *Schmiede* in gewaltigen Blüten aus Nuklearflammen vergingen.

»Captain, hier trifft eine Übertragung ein«, brach der Signaloffizier fast im Flüsterton die sprachlose Stille.

Stoffel, der exakt so benommen wirkte, wie Feyman sich fühlte, deutete auf das Hauptcom-Display. »Auf den Schirm«, krächzte er.

Ein weißhaariger Offizier in der Uniform der Kaiserlich-Andermanischen Weltraumflotte erschien. »Sie wissen, wer ich bin«, sagte er mit einer Stimme, die Helium hätte gefrieren lassen können. Trotzdem gelang es seinen Augen, sogar *noch* kälter zu wirken. »Sie wissen ebenfalls, dass Sie sich in dreißig Sekunden in Gefechtsreichweite befinden. Wenn Sie länger als nur die nächsten fünf Minuten überleben wollen, streichen Sie die Keile.

Sie haben fünfundzwanzig Sekunden Zeit, meinen Anweisungen Folge zu leisten.«

Die Stille, die Gensonne auf der Brücke der *Odin* einhüllte, schien ohrenbetäubend. Er starrte Captain von Bellings Gesicht auf dem Com-Display an. Er konnte den Blick nicht davon abwenden. Eine Handvoll Sekunden war er dazu wirklich rein körperlich nicht imstande, während sein Verstand versuchte, den Inhalt des Rafferspruches zu verarbeiten. Er versuchte zu begreifen, dass die *Adder* und die *Mamba* nicht mehr existierten, bei einem unvermittelten, unprovozierten Angriff aus dem All gefegt.

Nein, nicht bei einem Angriff, begriff er.

Bei einem *Hinterhalt.*

Einem Hinterhalt, der lange im Vorfeld sorgfältig durchgeplant worden war. Gensonne wusste nicht – noch nicht! –, wie es von Belling geschafft hatte, dem Schicksal der Schwesterschiffe der *Copperhead* zu entrinnen. Doch das war jetzt bedeutungslos. Im Augenblick war nur von Bedeutung, dass dieser Hinterhalt lange im Voraus geplant worden sein musste, und das hieß …

»Signal, verbinden Sie mich mit der *Banshee!*«, fauchte er. »Und ich will von Rhamas keine weiteren gottverdammten Ausflüchte mehr hören, wie beschäftigt Llyn damit ist, mit irgendwelchen Leuten zu reden!«

Dann richtete er seinen zornigen Blick auf den Captain

der *Odin.* Imbar war bleich, er wirkte erschüttert – so wie sich Gensonne selbst fühlte.

»Invertieren Sie umgehend den Kurs«, brachte er über die Lippen, »und bremsen Sie mit zwohundert Gravos ab.«

»Jawohl, Sir«, bestätigte Imbar und bellte dann seinerseits Befehle.

Gensonne atmete tief durch und versuchte seinen Verstand dazu zu zwingen, wenigstens ansatzweise zu funktionieren. Also gut: Die *Adder* und die *Mamba* gab es nicht mehr. Die *Copperhead* flüchtete von Bergen-3, so rasch ihr Keil das zuließ. Nun, die Angreifer hatten, wenn sie schlau waren, zweifellos eine oder zwei weitere Angriffswellen zwischen ihm und der Hypergrenze postiert.

Damit blieben noch die *Odin* und die restlichen Volsung-Schiffe, die selbst geradewegs auf die für sie vorbereitete Falle zuhielten. Normalerweise hätte Imbar die anderen angewiesen, sich den Bewegungen der *Odin* anzupassen, was ihnen zumindest ein wenig mehr Zeit verschafft hätte. Hier war das ein Problem. Solange keine Details über den Hinterhalt bei Bergen-3 bekannt waren, konnte Imbar nicht einschätzen, was sie bei Bergen-2 erwartete. Daher konnte er die *Odin* nur abbremsen lassen.

Bliebe eine andere Angelegenheit, um die sich Admiral Cutler Gensonne jetzt sogar sehr gern kümmerte.

Auf dem Com-Display erschien Captain Rhamas' mürrisches Gesicht. »Admiral Gensonne«, sagte er und nickte knapp, »wie kann ich Ihnen behilflich sein? Leider ist Mr. Llyn immer noch …«

»Ich weiß ganz genau, was Llyn gerade tut!«, unterbrach ihn Gensonne zornig. »Und wenn er nicht innerhalb der nächsten drei Sekunden aus dem All geblasen werden will, sollte er verdammt noch eins sofort ans Com gehen!«

Ein wenig befremdet blickte ihn Rhamas an; Gensonnes Drohung schien ihn nicht einmal zu beunruhigen, geschweige denn in Panik zu versetzen. Irgendwo in seinem Hinterkopf nahm Gensonne das zur Kenntnis und wunderte sich.

Aber im Augenblick gab es wirklich genug anderes zu tun, da konnte er sich darum nicht auch noch kümmern. Er öffnete den Mund, um der Bedrohung Nachdruck zu verleihen …

»Selbstverständlich, Admiral«, sagte Rhamas. »Geben Sie mir einen Moment Zeit.«

»*Einen* Moment, mehr nicht!« Gensonnes Stimme war eisig.

Die vergangenen viereinhalb Stunden hatte der Hauptcomputer der *Banshee* sämtliche Kommunikation der Volsungs überwacht. Mehr hatte es für ihn während dieser Zeit nicht zu tun gegeben.

Seine Software war darauf eingestellt gewesen, während des letzten halben Dutzends Kommunikationen mit Admiral Gensonne Captain Rhamas' Abbild zu optimieren, doch es war der künstlichen Rhamas-Persona gelungen, echte Gespräche zwischen dem ebenso künstlichen Llyn und dem Befehlshaber der Volsungs zu verhindern.

Aus und vorbei. Die Filter der Computer hatten in der Übertragung der *Copperhead* zur *Odin* nicht weniger als elf im Vorfeld markierte Schlagworte erkannt, noch bevor Gensonne ausdrücklich verlangt hatte, Llyn zu sprechen. Das hatte eine ganze Befehlskaskade in Gang gesetzt.

Tief im Bauch der *Banshee* fuhr ein halbes Dutzend Systeme hoch, von deren Existenz die Volsungs nicht das Geringste ahnten.

»Kursänderung bei Swenson-eins«, meldete Lieutenant Commander Ravel klar und deutlich von der Konsole des Taktischen Offiziers der *Damocles.* »Sie haben den Schub umgekehrt und um zwo Komma eins zwo Kps Quadrat erhöht. Das entspricht sechsundachtzig Prozent des theoretischen Maximums eines Schlachtkreuzers der *Bayezid*-Klasse, Captain.«

»Offenkundig haben sie mitbekommen, was hier läuft«, meinte Marcello leise an Lisa gerichtet. Ebenso wie die restliche Brückencrew der *Casey* rang auch er immer noch mit dem Bericht aus Bergen-3.

»Meinen Sie, der hat uns gesehen, Sir?«, fragte Lisa.

»Ich wüsste nicht, wie das passiert sein sollte«, gab Marcello zurück. »Aber er *braucht* uns ja auch nicht zu sehen, um zu begreifen, dass wir hier draußen stehen, und dann …«

»An alle Einheiten, Flaggschiff hier«, drang Commodore Charnays Stimme über die Verbandsfrequenz. »Bereit zum Hochfahren der Keile in neunzig Sekunden, ab … jetzt.«

»Vorbereiten, Ruder«, befahl Marcello. »Signal? Befehl bestätigen.«

»Keil in neunzig Sekunden ab dem angewiesenen Zeitpunkt«, reagierte Lieutenant Vespasiano Guiccardini.

»Befehlseingang bestätigt, Sir«, setzte Chief Ulvestad hinzu. »Flaggschiff sendet jetzt an die Piraten.«

»Admiral Gensonne«, sagte Llyn auf dem Com-Display. Sein Tonfall klang ähnlich wie Rhamas' letzte Begrüßung. Das fiel Gensonne sofort auf. Natürlich eine bewusste Provokation – was ihn zutiefst erboste. »Was kann ich für Sie tun?«

»Sie können tot umfallen, Sie verlogener Bastard!«, versetzte Gensonne harsch. »Und wenn Sie jetzt auch nur einmal falsch *blinzeln,* wird genau das auch passieren! Ich weiß, dass

Sie uns verarscht haben, und ich weiß auch, dass Sie tot sind, bevor *irgendetwas* anderes passiert!«

Tief im Bordcomputer der *Banshee* sorgten die darauf vorprogrammierten Systeme dafür, dass zwei kleine Rumpfplatten abgeworfen wurden. Anschließend griff das Computerprogramm auf eine etwas andersartige Kommunikationsdatei zu.

Llyn lächelte.

Gensonne starrte ihn an und spürte, wie sein Blutdruck stieg. Der Kerl *lächelte?*

»Ich verstehe«, sagte das Gesicht auf dem Display. »Muss ich davon ausgehen, dass etwas Betrübliches passiert ist?«

Eine Sekunde lang verschlug diese unfassbare Chuzpe Gensonne ernstlich die Sprache. Etwas *Betrübliches?* Und er *lächelte?* »So nennen Sie das, betrüblich?«, setzte Gensonne nach. »Sie werden gleich herausfinden, was betrüblich *wirklich* bedeutet! Was auch immer Sie meinen Kreuzern vor Bergen-drei angetan haben, hier wird das nicht funktionieren! Wir haben Sie durchschaut, Sie aalglatter kleiner Dreckskerl! Wir werden Bergen-zwo nicht ansteuern, und wenn die armseligen Systemstreitkräfte von Danak versuchen, sich uns in den Weg zu stellen, haben wir mehr als genug Feuerkraft, um die alle in eine Wolke überhitzter Atome zu zerblasen! Wenn die rasch genug Reparationszahlungen für die *Mamba* und die *Adder* leisten, dann mache ich das vielleicht nicht gleich mit dem ganzen System!«

Ihm gingen die Worte aus, und so funkelte er Llyn auf dem Bildschirm nur *noch* finsterer an. Wenn der Dreckskerl nicht mittlerweile so zitterte, dass es ihm fast die Designerstiefelchen auszog, wurde es wirklich Zeit dafür!

Kein Zittern, kein Erbleichen. Diese falsche Schlange blickte ihn lediglich schweigend an, die Augenbrauen in einer höflichen Geste des Fragens leicht gewölbt.

Gensonne mahlte mit den Zähnen. Sein Daumen zuckte schon zu dem roten Knopf in der Armlehne. Dass er sich zurückhielt, bedurfte einer fast übermenschlichen Anstrengung.

»Und ich würde nicht darauf bauen, dass es nicht doch noch Überraschungen auf die letzte Sekunde gibt«, fuhr er dann fort. »Wissen Sie, Danak hat mit uns ja überhaupt keine Schwierigkeiten. Die hätten uns also niemals angegriffen, wenn *Sie* die nicht dazu angestachelt hätten. Wenn die sich also weigern, Reparationszahlungen zu leisten, werde ich denen die Pille ein wenig versüßen.

Ich werde *Sie* an die ausliefern!«

Wieder hielt er inne. Doch Llyn blickte ihn vom Display aus ruhig und gelassen an.

»*Sie* sind derjenige, der dieses ganze Schlamassel überhaupt erst ausgelöst hat!«, schimpfte Gensonne weiter. Irgendetwas *musste* den Kerl doch aus der Deckung locken! »*Sie* sind das Genie, das gerade eben dafür gesorgt hat, dass ein ganzer Haufen von deren Bürgern ums Leben gekommen ist. Ich bin mir ziemlich sicher: Wenn die erst einmal wissen, was hier passiert ist, sind die ganz scharf darauf, Sie in die Fingen zu kriegen. Wenn ich Sie denen in die Hände spiele, bekomme ich mit Kusshand meine Reparationen und brauche nicht einmal zu versprechen, ich käme nicht wieder, um das armselige kleine System in Schutt und Asche zu legen!«

Immer noch nichts.

»Und dann«, kam Gensonne zum Schluss, »sorge ich dafür, dass Manticore erfährt, wer uns angeheuert hat, um *deren* armseliges Sonnensystem zu zerlegen!«

»Wie ich sehe, sind Sie aufgebracht«, entgegnete Llyn beruhigend. »Gewiss können wir diese Angelegenheit irgendwie bereinigen, Admiral.«

Gensonne starrte ihn an. Hatte ihm der widerliche Zwerg überhaupt *zugehört?!*

»Rafferspruch trifft ein, Sir«, unterbrach der Signaloffizier Gensonnes verwirrten Unglauben. Der Admiral drehte sich um, um seinen Untergebenen anzufunkeln …

Mit offenem Mund und starrer Miene stand der Mann da. »Sir, der Spruch kommt von einem Commodore Charnay.«

Wie durcheinander der Signaloffizier doch war! Charnay war schließlich der Wirtschaftsminister des Systems, und kein …

Der Gedanke starb mitten in seiner Entstehung. Natürlich! Dieser Charnay gehörte mit zu Llyns groß angelegtem Betrug … armselig, verdammt armselig!

»Commodore Charnay?«, fauchte er. »*Commodore?*« Verächtlich spie er es aus. »Die Regierung von Danak hat ja wirklich ein Problem mit Größenwahn, wenn sie glaubt, ihr stehe ein Commodore zu. Oder war diese Beförderung *Ihre* Idee?«, wandte er sich dann wieder an Llyns Abbild.

»Das ist kein Danakaner, Sir«, brachte der Signaloffizier mit halb erstickter Stimme hervor, »das ist ein Havenit.«

Gensonne spürte, wie ihn eine eisige Hand am Genick packte. Ein *Havenit?*

Das reichte aus, um seine improvisierten Pläne, seine rasche Anpassung an Llyns Verrat … das alles verschwinden zu lassen wie Dampf im Hochvakuum.

»Auf den Schirm«, befahl er und spürte, wie seine Lippen taub wurden.

Auf dem sekundären Com-Bildschirm erschien ein Mann mittleren Alters: Sein Gesicht war grimmig, und er trug die Uniform der Republic of Haven Navy.

»Ich bin Commodore Gustave Charnay von der Flotte der Republik von Haven«, identifizierte er sich. »Seien Sie informiert, dass sich mein Verband in der geeigneten Position befindet und darauf vorbereitet ist, Ihre Einheiten abzufangen und anzugreifen. Sie werden jegliche Kampfvorbereitungen abbrechen, Ihre Keile streichen und meine Entermannschaften an Bord lassen. Anderenfalls werden Sie zerstört.« Er kniff die Augen noch einen Millimeter weiter zusammen. »Weiterhin sind Sie hiermit darüber informiert, dass Sie persönlich und auch sämtliche Ihrer Besatzungsmitglieder verantwortlich gemacht und entsprechend abgeurteilt werden, sollte Familie Baird irgendein Leid zustoßen. Charnay, Ende.«

Gensonne kniff die Augen zusammen. *Baird* – war das nicht das Pseudonym, das Llyn nach eigenem Bekunden in der Republik verwendete? Wann zum Teufel hatte er sich denn eine Familie zugelegt?

Gensonne schob den Gedanken beiseite für Wichtigeres. Also gut. Wenn Charnay über genug Feuerkraft verfügte, seine Warnung auch in die Tat umzusetzen, wäre alles vorbei.

Aber warum? Gut, die Volsungs hatten in der Vergangenheit den einen oder anderen zweifelhafte Einsatz gefahren. Nur fand sich da sicher kein Grund für eine Verärgerung Havens, die ein Vorgehen gegen die Volsungs gerechtfertigt hätte. Es existierte auch kein entsprechendes Datenmaterial, das ihn und seine Leute in Zusammenhang mit gleich welchen Geschehnissen stellte, an denen Nouveau Paris Anstoß nehmen mochte. Für Haven waren seine Leute und er ebenso respektabel wie alle anderen Söldnergruppen … und nach allem, was *Gensonne* wusste, bestand zwischen der Republik und dem Andermanischen Kaiserreich kein Auslieferungsabkommen. Professionell gesehen wäre eine Kapitulation hier und jetzt katastrophal, aber Kapitulation und Überleben waren allemal besser als glorreicher Widerstand und Tod in einer Flammenhölle.

Außerdem hatte er ja, ganz wie er es gerade Llyn gegenüber geäußert hatte, Informationen zum Tausch anzubieten. Dafür würde Haven vermutlich besser zahlen als selbst Danak.

»Admiral, die *Banshee* verändert ihre relative Lage«, meldete die Ortung unvermittelt. »Sie rollt nach Steuerbord und ändert dabei den Kurs auf null drei sieben Grad.«

Gensonnes Blick zuckte zum taktischen Display hinüber. Was glaubte dieser verschlagene Mistkerl denn, wie das für ihn jetzt weiterginge?

Denn wartete dort draußen wirklich die Republic of Haven Navy, ließe Gensonne doch gewiss nicht zu, dass sich sein Tauschobjekt einfach vom Acker machte.

»Was auch immer Sie da vorhaben, Llyn: Vergessen Sie's!«, fauchte er ins Com. »Ich schwöre, bei Gott, ich blase Sie aus dem All, wenn Sie es nicht sofort lassen!«

»Warum sind Sie denn so aufgebracht?«, gab Llyn zurück.

»Kursänderung wird fortgesetzt, Sir.«

»Llyn, lassen Sie's!«, brüllte Gensonne. »Ich habe *stopp* gesagt. *Sofort!*«

»Wie war das, Admiral?«, fragte Llyn nach, immer noch mit völlig ruhiger Miene. »Das Letzte habe ich leider nicht ganz mitbekommen.«

»Sir, die *Banshee* steigert die Beschleunigung«, meldete die Ortung, und in seinen drängenden Tonfall mischten sich jetzt Unglauben und aufsteigende Panik. »Sie entfernt sich in Richtung Steuerbord.«

»Es war mir eine Freude, mit Ihnen Geschäfte zu machen, Admiral«, fuhr Llyn auf dem Display fort. »Allerdings muss ich Ihnen zu meinem Bedauern mitteilen, dass ich unsere Geschäftsbeziehung hiermit beende. Hier noch ein letztes Abschiedsgeschenk: Ich weise Sie darauf hin, dass Captain Katura die Republik über die nicht unbeträchtliche Belohnung informiert hat, die seitens des Andermanischen Kaiserreichs für Sie ausgeschrieben wurde. An den betreffenden Zwischenfall werden Sie sich gewiss noch erinnern. Unter den gegebenen Umständen könnte ich mir vorstellen, dass Nouveau Paris Kaiser Gustav nur eine einzige Frage stellen wird: Ob er Sie lieber lebendig oder tot sehen würde.«

Zügellose, glutrote Wut loderte in Cutler Gensonnes Hirn.

Wut … und maßlose Furcht. Er war erledigt. Er war absolut und ganz und gar erledigt.

Jetzt blieb ihm nur noch dafür zu sorgen, dass seinerseits *Axelrod* erledigt wäre. Und wenn Llyn als Tauschobjekt nicht mehr verfügbar war …

Er blickte auf das visuelle Display, das gerade auf die *Banshee* ausgerichtet war, und verzog die Lippen zu einem boshaften Grinsen. Dann schlug er mit der Faust auf den roten Knopf.

Nichts geschah.

Ungläubig starrte er das Abbild des Schiffes an und hieb erneut auf den Knopf.

Wieder: nichts.

»Stimmt etwas nicht, Admiral?«, erkundigte sich Llyn ruhig. Dann legte er die Stirn in Falten, als dächte er angestrengt nach. Schließlich hellte sich seine Miene auf. »Ach, natürlich! Sie haben gerade die Bombe ausgelöst, richtig?«

Gensonne klappte der Unterkiefer hinab.

»Ich muss schon sagen, ich war doch sehr betrübt, als ich erfuhr, dass Sie sie am Rumpf der *Banshee* befestigen ließen«, fuhr Llyn in einem milde tadelnden Tonfall fort. »Ich dachte, wir würden hier eine Geschäftsbeziehung auf der Basis wechselseitigen Vertrauens aufbauen. Und dann gehen Sie hin und zeigen mir, wie sehr ich mich getäuscht habe …« Traurig schüttelte er den Kopf. »Ich hätte gar nicht zu sagen gewusst, was mich mehr enttäuscht hat: Ihr Verrat oder Ihre Annahme, ich wäre dumm genug, darauf hereinzufallen.« Er zuckte mit den Schultern. »Aber letztendlich hat es ja überhaupt keinen Sinn, enttäuscht von Ihnen zu sein. Nicht mehr.«

In diesem Moment begriff Gensonne, dass der Tod gekommen war, ihn zu holen.

»Llyn!«, keuchte er – der Name ein reiner Fluch, ein letztes Aufbäumen, eine letzte Geste des Trotzes.

Das Computerabbild auf Gensonnes Display fror kurz ein, als die Maskerade ihr Ende fand. »Leben Sie wohl, Admiral«, sagte die voraufgezeichnete Nachricht mit nun unbewegten Lippen.

»Taktik!«, brüllte Gensonne und löste sich mit aller Macht aus der Lähmung. »Zielerfassung auf die *Ban*…«

Die beiden Torpedowerfer in der Backbord-Breitseite der *Banshee* feuerten.

Energietorpedos waren lichtschnelle Waffen, und sie besaßen eine verheerende Wirkung, wenn sie Rumpfplatten, Plastik und Keramik durchschnitten.

Doch Schlachtkreuzer waren groß und robust. Sie gingen nicht augenblicklich in den Tod, anders als kleinere Schiffe, die in gleicher Weise gequält wurden. Gensonne blieb noch ein letzter Sekundenbruchteil, das ganze Ausmaß von Llyns Verrat zu begreifen, bevor die *Odin* in einem Mahlstrom der Vernichtung verging.

Drei Sekunden später detonierte die Bombe, die Gensonne am Rumpf der *Banshee* befestigt hatte, und kurz loderte ein kleiner, zornig glühender Stern inmitten der Volsung-Formation auf.

Charnay presste die Lippen zusammen, als zwei Impellersignaturen abrupt von seinem taktischen Plot verschwanden. Zehn Sekunden später erfassten die passiven Sensoren die lichtschnellen Emissionen der Explosionen.

Als die zugehörigen Funkfeuer verstummten, sah er seine größte Sorge bestätigt.

Bei einem der zerstörten Schiffe hatte es sich um die *Banshee* gehandelt.

Das war genau das, was er von Anfang an befürchtet hatte. Nicht, dass seine Pläne für den Umgang mit den Piraten scheiterten, sondern dass die unschuldige Händlerfamilie vor seinen Augen ermordet werden könnte.

»Sir, OPZ meldet da etwas ... Sonderbares«, sagte Commander Laforge.

Charnay verdrängte das hohle Gefühl in seiner Magengrube. Geschehen war geschehen, und er konnte nichts mehr daran ändern.

»Was meinen Sie damit, Isadora?«, fragte er nach.

»Sir, die größere der beiden Explosionen gehörte zu einem der Schlachtkreuzer – vermutlich der *Odin*, schließlich war die dem Frachter näher, aber es könnte auch die *Loki* gewesen sein«, erläuterte Laforge. »Das Sonderbare ist, dass es aussieht, als wäre sie ganz knapp *vor* dem Frachter explodiert.«

»*Vor* dem Frachter?«

»Jawohl, Sir«, bestätigte Laforge. »Der Abstand beträgt mehr als zehn Lichtsekunden, und wir arbeiten die Daten noch auf. Aber das Timing scheint recht eindeutig zu sein.«

Sie schaute Charnay geradewegs in die Augen, und die in ihrem Blick erkennbare Verwirrung passte exakt zu seiner eigenen Verfassung.

»Verstanden. Weitermachen«, wies er sie an. »Wir werden das früher oder später schon ergründen.«

Bis dahin blieb nur, die Verluste an Bord der *Banshee* zu den Verlusten hinzuzuaddieren, die Brigadier Massingills Leute und die Zivilisten auf Bergen-3 von Hand dieserUeckskerle erlitten hatten.

Es wurde Zeit, eine Schuld abzutragen.

»Signal«, rief der Commodore, »Alpha eins. Übertragen: Ausführung.«

»Ausführung Alpha eins, Sir«, rief Ulvestad von der Signalstation der *Damocles.*

»Empfang bestätigen, Signal«, wies ihn Marcello an.

»Empfang bestätigen, aye, Sir.«

Endlich.

»Ruder, führen Sie Alpha eins aus.«

»Aye, aye, Sir. Ausführung Alpha eins.«

Ungläubig und entsetzt starrte Captain Harcon Jaeger auf das visuelle Display. Die Meldung von der *Copperhead* war ja schon verheerend genug gewesen, aber er hatte keine Ahnung gehabt, *wie* spektakulär alles schieflief, bis Commodore Charnays Kapitulationsforderung eingetroffen war.

Die Implikationen, die ihm das Blut in den Adern gefrieren ließen, hatte er noch nicht ganz verarbeitet, als sich auf dem Display der Vektor der *Banshee* änderte.

Und dann, ohne jegliche Vorwarnung, war die *Odin* explodiert, und während Jaegers Verstand noch damit beschäftigt war, das Gesehene zu begreifen, löste sich auch schon Llyns Frachter auf.

Jaeger hatte keinen blassen Schimmer, was eigentlich gerade passiert war.

»Sir, wir orten Impellersignaturen – Distanz zwo Komma fünf Millionen Kilometer«, meldete sich der Taktische Offizier der *Loki* zu Wort; in ihrer Stimme schwangen Unglauben ebenso mit wie massives Entsetzen. »Genau zwischen uns und Bergen-zwo.«

»Anzahl?«

»Wir kommen auf zehn, Sir«, antwortete die junge Frau, offenkundig kurz davor, von Entsetzen zu nackter Panik zu wechseln. »Mindestens ein Schlachtkreuzer, wahrscheinlich drei oder vier Kreuzer. Der Rest sieht nach Zerstörern aus. OPZ ist der Ansicht, einer davon könnte eine Fregatte sein.«

Scharf atmete Jaeger ein und versuchte erneut, sein Hirn ans Laufen zu bringen. Die *Odin* und zwei *Thu'bans* existierten nicht mehr, und die *Copperhead* war zu weit entfernt, um ihnen von Nutzen zu sein, selbst wenn ihr die Flucht gelänge. Blieben ihm nur noch die *Loki*, die *Aldebaran*, die *Fomalhaut* und die *Shirokawa*. Die *Loki* war zwar langsam, aber in einem Raketengefecht vermochte sie eine ungewöhnliche massive Salvendichte vorzulegen.

Aber das dort draußen sah nach einem havenitischen Schlachtkreuzer neueren Typs aus. Die Chancen der *Loki* gegen ein derart modernes Schwergewicht standen nicht gut. Dazu kam noch die zahlenmäßige Unterlegenheit im Verhältnis zwei zu eins …

Also gut. Denn der, der kämpft und flieht hernach, wohl kämpfen kann an andrem Tag … »An alle Einheiten: Ausführung Himmelsrakete«, sagte er scharf. »Signal an die *Shirokawa*, an unserer Seite zu bleiben.«

Einen Moment lang herrschte völliges Schweigen, und dann …

»Ausführung Himmelsrakete«, kam die Bestätigung.

»Sir, der feindliche Verband schwärmt aus«, meldete Lieutenant Ravel.

»Ebenfalls ausschwärmen«, sagte Marcello leise, den Blick fest auf den Plot gerichtet.

Lisa gab ihm recht, das taktische Display ständig im Blick. Wer auch immer dort drüben das Kommando führte, hatte die Wahrscheinlichkeiten durchgerechnet und war zu dem Schluss gekommen, keine Zeit zu verlieren und sein Heil in der Flucht zu suchen. Der brutal zusammengestutzte Verband Swenson-1 hatte sich von einem gemeinsamen Zentrum aus über ein ungleich größeres Raumvolumen verteilt: eine erblühende Blume oder ein Feuerwerk in Zeitlupe. Sie legten vier – nein: drei – verschiedene Kurse an, die annähernd in einem 120°-Winkel zueinander standen.

»Beschleunigungswerte steigen«, fuhr Ravel fort, »aber nicht einheitlich. Es sieht so aus, als würden zwo der Kreuzer – wahrscheinlich die *Aldebaran* und die *Fomalhaut* – unabhängig voneinander fortstreben. Flaggschiff markiert sie neu als Swenson-zwo und Swenson-drei. Der dritte Kreuzer scheint dem noch verbliebenen Schlachtkreuzer Gesellschaft zu leisten. Flaggschiff hat sie jetzt als Swenson-vier und Swenson-eins markiert. Wir sind uns derzeit noch nicht sicher, ob es sich bei Swenson-eins um die *Odin* oder die *Loki* handelt, aber OPZ der *Saintonge* glaubt, es sei die *Loki.*«

»Wenn das wirklich die *Loki* ist, ist Swenson-vier wahrscheinlich die *Shirokawa*«, raunte Lisa Marcello zu. »Das ist der langsamste der Kreuzer.«

Sie überprüfte die Zahlen und ließ sich einen Plot zeigen. *Das wird knapp.*

»Beschleunigung der feindlichen Einheiten pendelt sich ein«, meldete Ravel kurz darauf. »Swenson-zwo und -drei sind bei zwo Komma zwo neun Kps Quadrat, Swenson-eins und -vier bei zwo Komma eins sechs.«

Lisa verzog das Gesicht. *Oder auch nicht.*

»Das war's dann wohl«, brummte Marcello und fasste damit Lisas eigene Lageeinschätzung zusammen. »Wenn zwo und drei die Schiffe der *Antares*-Klasse sind, entspricht das einem Beschleunigungseinstellungswert von fünfundneunzig Prozent.«

»Und falls eins die *Loki* ist, stimmt das«, pflichtete ihm Lisa bei. »Ist es die *Odin*, entspricht das nur sechsundachtzig Prozent. Damit wäre dann wohl die Frage geklärt, um welches der beiden Schiffe es sich handelt. Nicht, dass das *für uns* noch von Interesse wäre.«

»Leider nicht«, bestätigte Marcello.

Die aktuelle Beschleunigung von Swenson-eins lag acht Gravos höher als die Maximalbeschleunigung der *Damocles* unter maximal ausgereiztem Sicherheitsspielraum. Sie lag auch höher als alles, was jeder der beiden älteren havenitischen Zerstörer dabei vorlegen könnte, und kein geistig gesunder Kommandant könnte vor anderen oder vor sich selbst rechtfertigen, sich mit einem offenkundig besiegten, flüchtenden Feind eine Verfolgungsjagd mit ausgereiztem Sicherheitsspielraum zu liefern.

Lisa verfolgte wieder das Zeitlupen-Feuerwerk. Gerade hatte sich wieder einmal schmerzlich erwiesen, wie überaltert die Royal Manticoran Navy war. Wenn die langsameren Schlachtkreuzer des Feindes eine höhere Beschleunigung vorlegen konnten als Zerstörer, die weniger als ein Viertel von deren Tonnage massten, war es wirklich an der Zeit, die Kompensatoren aufzubohren.

»Signal vom Flaggschiff, Sir«, meldete Ulvestad.

»Stellen Sie durch.«

Charnays Abbild erschien auf dem Com-Display.

»Sie haben die Beschleunigungswerte gewiss schon gesehen«, sagte der Commodore.

»Jawohl, Sir«, bestätigte Marcello. »Dafür sind wir leider nicht flink genug.«

»Ist nicht Ihre Schuld. Außerdem sind die *Hache de Guerre* und die *Poignard* auch nicht flinker als Sie.«

Marcello nickte – ob das Nicken Zustimmung war, die Bitte

um Verzeihung oder Mitleid, vermochte Lisa nicht zu sagen. »Anweisungen, Sir?«

»Ich mache das nur ungern«, sagte Charnay, »aber ich sehe keine Alternative, als den Verband in Divisionen aufzuteilen. Die *Topaze*, die *Courageux*, die *Aigrett* und die *Saintonge* verfolgen Swenson-eins und Swenson-vier. Die *Jocelyn Pellian*, die *Jean-Claude Courtois* und die *Intrépide* schicke ich Swenson-zwo hinterher. Bedauerlicherweise bedeutet das, dass Swenson-drei ungeschoren davonkommt.«

»Jawohl, Sir«, bestätigte Marcello, und Lisa erkannte in seiner äußerlich so ruhigen Miene exakt jene Frustration, die sie selbst verspürte.

Einen flüchtenden Feind kurz vor der Hypergrenze zum Gefecht zu stellen, war nicht einfach, wollte besagter Feind den Kampf vermeiden. In diesem Fall konnten die Piraten es nicht verhindern, abgefangen zu werden, obwohl sie in der Lage wären, Geschwindigkeit auch lotrecht zu ihrem ursprünglichen Vektor aufzubauen. Denn der ursprüngliche Vektor zwänge sie dazu, die Verfolger zu passieren. Was sie allerdings tun konnten – oder zumindest zu tun *versuchen* –, war, hinreichenden Abstand zu gewinnen, um übergroße Gefechtsreichweiten zu erzwingen und für minimierte Angriffszeiten zu sorgen. Wenn sie ihren Abstand von drei- bis vierhunderttausend Kilometern aufrechterhalten könnten, würden nur Langstreckenraketen sie überhaupt erreichen. Manövrierten sie dann noch so, dass der Impellerkeil zwischen ihnen und etwaigen Raketen läge, wäre es für einen einzelnen Verfolger schlichtweg unmöglich, einen geeigneten Schusswinkel zu finden. Um Swenson-eins dazu zu zwingen, erneut den Schub umzukehren und sich zum Kampf zu stellen, müsste sich jemand in der Position befinden, ihr einen Schuss geradewegs in den Kilt zu verpassen – und dafür bräuchte es mehrere

Plattformen. Nun, und Charnay war ohnehin schon gefährlich überstrapaziert, wenn er auch nur versuchte, wenigstens zweien der Piraten nachzusetzen.

Aber die Verfolgung begann natürlich tief in der Hypersphäre. Das und der höhere Grundbeschleunigungswert der *Saintonge* bedeuteten, dass Charnay die *Loki* vermutlich noch vor der Hypergrenze einholen könnte, selbst wenn der andere Schlachtkreuzer dessen ursprüngliche Raketenreichweite unbeschadet hatte passieren können.

»Ich lasse die *Hache de Guerre* und die *Poignard* bei Ihnen zurück«, fuhr Charnay fort. »Sie sind dann der dienstälteste Captain, also fällt das Kommando über diesen detachierten Verband Ihnen zu. Ich möchte, dass Sie die Abbremsung einleiten und sich auf Raumnotrettung entlang des ursprünglichen Vektors der Piraten vorbereiten.«

Aus dem Augenwinkel sah Lisa Marcellos Augenbraue zucken. »Selbstverständlich, Sir.«

Offenkundig hatte auch Charnay die Augenbrauenbewegung bemerkt. »Ich verstehe Ihre Skepsis, Captain«, sagte der Commodore. »Ich habe ehrlich gesagt keine Ahnung, was eigentlich passiert ist. Aber ich würde es gern herausfinden, und es ist zumindest denkbar, dass Baird es geschafft hat, in eine Rettungskapsel zu flüchten oder wenigstens seine Frau und seine Töchter auf diese Weise in Sicherheit zu bringen – zwischen Einleitung des Abbremsvorgangs und Beginn des Gefechts etwa. Sonderlich wahrscheinlich ist das nicht, aber wenn es dort draußen Zivilisten gibt, die es bislang geschafft haben, sich nicht umbringen zu lassen, dann haben wir die Aufgabe, dafür zu sorgen, dass das auch so bleibt.«

»Verstanden, Sir.«

»Dann sehen wir uns später, Captain«, verabschiedete sich Charnay deutlich förmlicher. »Charnay, Ende.«

Das Com-Display wurde dunkel.

Marcello seufzte. »Sie haben den Commodore gehört, Chief Ulvestad. Nehmen Sie Kontakt mit den anderen Kommandanten auf und sorgen Sie für die Koordination des Rettungseinsatzes.«

»Jawohl, Sir«, erwiderte Ulvestad.

Lisa lehnte sich in ihrem Sessel zurück und lauschte mit halbem Ohr, wie Ulvestad diverse Gespräche führte. Ihr Blick hing die ganze Zeit an den Icons der Jäger und der Gejagten, die sich mit zunehmender Beschleunigung von der *Damocles* entfernten.

Sie warf einen Blick auf ihr Chronometer und verkniff sich ein Kopfschütteln. Stunden hatten sie alle an Bord angespannt mit nervösem Warten und angestrengtem Planen verbracht. Dann waren Sie Zeugen geworden, wie sich Charnays Plan perfekt entfaltet hatte … und sich ihr Teil des Plans in Luft auflöste, und das innerhalb von nur sieben Minuten. Genau so lange war es her, dass der Schlachtkreuzer der Piraten und die *Banshee* explodiert waren.

Nun würden sich die Stunden wieder in die Länge ziehen, während die überlebenden Piraten quer durch das Sonnensystem zu entkommen versuchten.

Es stimmte, was Travis gesagt hatte, und Lisa versuchte, sich an den exakten Wortlaut zu erinnern. *Krieg: Neunzig Prozent Langeweile, zehn Prozent nackte Panik.*

Leise seufzte sie. Manche Dinge änderten sich anscheinend nie.

»Na, das wäre das«, sagte Llyn, der auf dem Sessel des Copiloten im Sonderkommando-Shuttle saß.

Jetzt, wo das ganze Drama vorbei war, konnte er sich wieder anderen Dingen zuwenden.

Zum Beispiel, Hester etwas Gutes tun.

Natürlich, eine Gehaltserhöhung oder eine Bonuszahlung, das wäre das Übliche. Genau das hatte er für Rhamas, Katura und deren Crews im Sinn.

Aber Hester? Wüsste sie überhaupt, was sie mit mehr Geld anfangen sollte?

Es stand völlig außer Frage, dass er sich für sie etwas Besonderes einfallen lassen musste. Nur Hester hatten sie es zu verdanken, dass sie alle noch lebten.

Zuerst hatte sie die Com-Verschlüsselung der Volsungs geknackt, genau wie Llyn ihr aufgetragen hatte. Als Nächstes hatte sie sich der Software der Bombe zugewendet, die Gensonne heimlich am Rumpf der *Banshee* hatte befestigen lassen – die wenig elegante Lebensversicherung der Volsungs.

Llyn war Gensonnes Motiv nicht ganz klar: Hatte er erwartet, die Bombe bliebe unentdeckt, oder wollte er Llyn das Damoklesschwert spüren lassen, das über seinem Haupt hing? Nun, es hatte das Totmann-Protokoll gegeben, was eher auf Letzteres schließen ließ. Denn damit hatte er Llyn wissen lassen, dass jeder Versuch, sich an der Bombe zu schaffen zu machen oder sich über die Reichweite des Reset-Signals hinweg vom Verband zu entfernen, die Zündung ausgelöst hätte.

Schade für Gensonne, dass er nichts von Hester gewusst hatte! Außerdem wäre dem Admiral nie in den äußerst beschränkten Sinn gekommen, dass sich dieses sehr exzentrische Genie Llyn Zugang zur gesamten Programmierung der Bombe verschafft hatte – lange, bevor sie in Danak eingetroffen waren. Das System hatte zwar brav auf jedes von Gensonnes Reset-Signalen reagiert, aber schon zu dem damaligen Zeitpunkt waren der eigentliche Zündbefehl und die zugehörige Sequenz vollständig außer Kraft gesetzt gewesen.

Anschließend hätte Llyn die Bombe jederzeit nach Herzenslust entfernen können, wäre sie nicht *die* Gelegenheit gewesen, sich elegant der *Banshee* zu entledigen. Er bezweifelte nicht, dass Captain Jaegers *Loki* den Frachter auf jeden Fall aus dem All geblasen hätte. Das wäre geschehen, kaum dass die versteckten Energietorpedos die *Odin* zerstört und Gensonnes unliebsame Geheimnisse in die ewigen Jagdgründe befördert hatten. Gensonnes nutzlose Lebensversicherung aber hatte dafür gesorgt, dass wirklich nichts von der *Banshee* übrig geblieben war.

Das war beinahe ebenso wichtig, wie dafür zu sorgen, Gensonne für immer mundtot zu machen. Niemand durfte von den einzigartigen technischen Möglichkeiten der *Banshee* erfahren oder ihre Datenbanken danach abfragen, wer sie gebaut und wo sie sich während der vergangenen Jahre aufgehalten hatte.

Jetzt hatten angesichts des Timings Haven und Danak kaum noch eine andere Wahl, als zu dem Schluss zu kommen, der geheimnisvolle Auftraggeber, der hinter den jüngsten Einsätzen der Volsungs steckte, sei von dem rachsüchtigen Gensonne ermordet worden, als dieser begriffen hatte, betrogen worden zu sein.

In der Zwischenzeit hatten Captain Rhamas mit Crew und ein gewisser Jeremiah Llyn einen Termin einzuhalten.

Ebenso wie die meisten Axelrod-Mitarbeiter legte auch Llyn viel Wert darauf, immer noch ein paar zusätzliche Asse im Ärmel zu haben. Ein solches Ass war der zweite Shuttle der *Banshee*, in Frachtraum No. 2 vor den Augen der Welt verborgen. Selbst jemand, der dessen ganz und gar gewöhnliche Radarsignatur untersuchte, hätte vermutlich nicht begriffen, wie schlecht zu orten der Shuttle tatsächlich war: Zur Sonderausstattung gehörten etwa strategisch platzierte Radarreflektoren, um das resultierende Signal zu verstärken – wann immer

Llyn Wert darauf legte, mehr oder minder normal zu erscheinen.

War jedoch der Ortungsschutz vollständig aktiv, verschwanden besagte Reflektoren unter Schiebepanelen aus radarabsorbierender Kunstfaser. Obendrein besaß der Shuttle eine Sonderversion von Kaltschubdüsen – ungleich teurer als konventioneller Schubdüsen – und wesentlich langsamer, leider –, aber dafür mit einer so schwachen Wärmesignatur, dass sie praktisch nicht aufzuspüren war.

Der einzige Nachteil der Sonderausstattung bestand im stark eingeschränkten Raumangebot für den Quartierbereich: grade groß genug, um die kleine Besatzung der *Banshee* aufzunehmen, zumindest für die kurze Zeit, die sie gemeinsam an Bord eingepfercht wären.

In den ersten fünf Minuten nach Abkoppelung von der *Banshee* hatten sie sich treiben lassen. Gensonne und Verband hatten währenddessen in Richtung Bergen-2 beschleunigt – fort vom Shuttle. Dann, die Volsungs waren sichere sieben Millionen Kilometer weit entfernt, hatte Rhamas den Kaltschubantrieb gezündet und bei einer einzigen Zündung von fünfzig Minuten Dauer und einer Beschleunigung von acht Gravos praktisch die gesamte Reaktormasse des Shuttles verbraucht. Das Resultat war eine Geschwindigkeit von dürftigen 235 Kps, doch zugleich hatte ihm das zufriedenstellende 350.000 Kilometer Distanz zu seinem ursprünglichen Vektor eingebracht.

Gensonnes Schubumkehr und Abbremsung für das Rendezvous mit Bergen-2 hatte seine ursprüngliche Bewegung genau invertiert, und der Shuttle schloss allmählich zu dem immer langsamer werdenden Volsung-Verband auf. Dennoch würde dieser den Shuttle nicht orten – dank des zusätzlichen Seitwärtsvektors und der Tarnung des Shuttles. Sechsundsechzig Minuten nach der Abtrennung und dreiunddreißig Minuten nach dem Einleiten der Abbremsung von Gensonnes Verband, als sich die Geschwindigkeiten einander wieder angenähert hatten, war Llyn schon mehr als eine halbe Million Kilometer vom Kurs der Volsungs entfernt.

Ein Sternenschiff wäre damit immer noch in Reichweite für Passivsensoren, nicht so ein Shuttle. Der Abstand war entschieden zu groß, als dass aktive Ortung ein derart gut getarntes Zielobjekt hätte entdecken können.

Sechsunddreißig Minuten, nachdem die *Banshee* ihre letzten Befehle ausgeführt hätte, würde der Shuttle die Hypergrenze überqueren.

Dorthin käme die *Pacemaker* für Rendezvous und Aufnahme der Passagiere, die dann den Staub von Danak für alle Zeiten von ihren sprichwörtlichen Sandalen schütteln könnten.

Llyn blickte zu den Sternen hinaus und lächelte. Nein, Geld war nicht das Richtige. Nicht für Hester. Vielleicht ein schönes neues Schachprogramm, bei dem sie nicht mühelos neun von zehn Partien praktisch im Schlaf gewann?

Ja, damit könnte man dieses wunderbare und verrückte, frustrierende und unentbehrliche Genie gewiss glücklich machen!

35

»Ein Anruf von Bergen-zwo, Sir«, meldete Chief Ulvestad.

»Auf den Schirm«, wies Marcello an.

Das Abbild von Floyd Koski, dem Manager des Jerriais Consortiums von Bergen-2, erschien auf dem Com-Bildschirm.

Der Danakaner wirkte alles andere als erbaut. Lisa konnte es ihm nicht verdenken.

Der Strom an Folgeberichten über das Debakel von Bergen-3 riss nicht ab, ein Bericht schlimmer als der vorangegangene. Die Verlustzahlen waren entsetzlich hoch und stiegen immer noch; mindestens zwei der Plattformen von Bergen-3 waren vollständig verloren.

Brigadier Massingill war schwer verwundet. Diese Nachricht nagte schmerzhafter als alle anderen an Lisa.

Natürlich hätte es auch noch schlimmer kommen können. Bergen-3 war für den Hinterhalt ausgewählt worden, weil dort deutlich weniger Leben in Gefahr gewesen waren und die Plattform für die Entwicklungspläne von Jerriais weniger wichtig war als die beiden anderen. Ein schwacher Trost.

»Captain Marcello«, grüßte Koski, als Marcellos Abbild auf seinem Display erschien. Er war angespannt und musste sich sehr beherrschen, um Haltung und Anstand zu wahren.

»Guten Abend, Mr. Koski«, grüßte Marcello zurück. »Was kann ich für Sie tun?«

»Ich wurde gebeten, einen Bericht an Sie weiterzuleiten«, antwortete Koski nach einer Signalverzögerung von einer halben Sekunde. »Danak Traffic Control scheint Schwierigkeiten zu haben, die Kommunikation mit der *Pacemaker* aufrechtzuerhalten.«

»Wie meinen?«

»Die Verkehrsleitung erhält keine Antwort von der *Pacemaker*«, erklärte Koski mit erzwungener Geduld. »Und nun fragt man sich dort, ob Sie oder Commodore Charnay vielleicht eine Ahnung haben, was man an Bord vorhat.«

»Soweit ich weiß, *nichts*«, antwortete Marcello. »Darf ich mich erkundigen, warum sich die Verkehrsleitung Sorgen macht?«

»Weil die *Pacemaker* quer durch das Systeminnere mit mehr als zwo Kps Quadrat beschleunigt«, antwortete Koski. »Die Verkehrsleitung wurde nicht über Flugplanänderungen informiert, und das Schiff reagiert auf keine Anrufe. Handelt Captain Katura auf Anweisung Commodore Charnays?«

»Meines Wissens ging es Captain Katura ausschließlich darum, Master Baird und Familie zu retten«, erklärte Marcello. »Meinem Lageverständnis nach sollte die *Pacemaker* in den Orbit von Danak zurückkehren und das Gefecht aussitzen.«

»So hatten wir das auch verstanden«, sagte Koski, und sein Tonfall verriet, dass es ihm zunehmend schwerfiel, höflich zu bleiben. »Wollen Sie mir damit sagen, Commodore Charnay habe Katura *keine* neuen Anweisungen erteilt?«

»Soweit ich weiß, nicht«, beantwortete Marcello auch diese Frage. »Welchen Kurs hat die *Pacemaker* angelegt?«

Koski warf einen Blick wohl auf ein Display außerhalb des Aufzeichnerbereichs. »Die Daten sollten Ihnen jetzt vorliegen.«

»Eins-O?«, fragte Marcello.

»Eingetroffen, Sir«, bestätigte Lisa und überlagerte den Navigationsplot der *Damocles* mit den neu eingetroffenen Vektordaten. Dann runzelte sie die Stirn. Der extrapolierte Vektor der *Pacemaker* durchschnitt das Danak-System so, dass sie zur *Damocles* oder jedem der noch existierenden Volsung-Schiffe und deren havenitischen Verfolgern mindestens vierzehn Lichtminuten Abstand hielt.

Was hatte Katura bloß vor?

»Also?«, fragte Koski auffordernd.

»Es tut mir leid, aber ich habe keine Ahnung, was er da treibt«, antwortete Marcello. »Es sieht ganz so aus, als würde er flüchten.«

»Ja, nicht wahr?«, bestätigte Koski düster. »Ich finde das höchst verdächtig. Unter diesen Umständen würde sich meine Regierung gern noch einmal mit ihm unterhalten.«

»Verständlich, ja«, meinte Marcello. »Leider habe ich keine weiteren Informationen zu bieten.«

»Das ist mir nicht entgangen«, gab Koski spitz zurück. »Lassen Sie uns wissen, wenn die Raumnotrettung Früchte trägt. Koski, Ende.« Sein Abbild verschwand.

»Ich glaube nicht, dass Präsidentin Nelson Gelegenheit zu diesem Gespräch bekommen wird, Sir«, meinte Lisa nun. »Haben Sie bemerkt, wo der Vektor der *Pacemaker* die Hypergrenze durchschneidet?«

Stirnrunzelnd betrachtete Marcello den Plot. »Also …«, sagte er, und seine Miene hellte sich eine Winzigkeit auf, »verdammt noch eins!«

Lisa nickte und presste unwillkürlich die Lippen zusammen. Auf ihrem aktuellen extrapolierten Kurs würde die *Pacemaker* die Hypergrenze weniger als vier Lichtsekunden von dem Punkt entfernt überqueren, an dem es die *Banshee* getan hätte, wäre sie nicht zerstört worden.

»Meinen Sie, Katura ist auf dem Weg, einen Überlebenden von Swenson-eins abzuholen?«, fragte Marcello nach.

»Ich wüsste keinen anderen Grund, ausgerechnet diesen Punkt anzusteuern«, antwortete Lisa. »Von seiner ursprünglichen Position aus ist das auf jeden Fall nicht der kürzeste Weg zur Hypergrenze.«

Einen Moment lang schwieg Marcello. »Wir könnten großzügig sein und davon ausgehen, er will etwaige Rettungskapseln von der *Banshee* abfangen, die wir womöglich übersehen haben«, sagte er dann. »Aber wahrscheinlich glauben Sie das kein Stück mehr als ich.«

»Stimmt, Sir.« Lisa schüttelte den Kopf. »Das stinkt doch zum Himmel. Katura hat uns eine tolle Geschichte aufgetischt, und eine Weile hat es so ausgesehen, als liefe alles wie erwartet. Aber nach dem, was mit der *Odin* und der *Banshee* passiert ist …«

»Nicht zu vergessen, nach dem, was die *Pacemaker* gerade treibt«, ergänzte Marcello. »T-O, es sieht ganz so aus, als wären wir auf eine üble Masche hereingefallen. Jemand wollte Swenson und seinen Verband eliminiert wissen, und dieser Jemand hat wohlüberlegt uns und die Haveniten eingeladen, ihm die Arbeit abzunehmen. Die große Frage lautet jetzt, warum.«

»Und wer«, setzte Lisa hinzu.

»Stimmt«, bestätigte Marcello. »Und es sieht nicht danach aus, als würden wir darauf Antworten erhalten. Zumindest nicht heute.«

Lisa seufzte und nickte, während sie erneut die Zahlen durchging. Nichts im gesamten Danak-System wäre jetzt noch in der Lage, die *Pacemaker* auf ihrem aktuellen Kurs abzufangen – das gelänge erst mehrere Stunden, nachdem das Schiff die Hypergrenze bereits überquert hätte. Ihr Blick wanderte zu den Icons der flüchtenden Söldnerschiffe und ihrer havenitischen Verfolger, die rachsüchtig zu ihnen aufschlossen.

»Nein, heute nicht«, wiederholte sie. »Aber wenn Swensons Leute nicht absolute Vollidioten sind, erhalten wir vielleicht zumindest einige dieser Antworten morgen.«

Nur fünfzig Piraten hatten das Gefecht überlebt. Von jenen erfreute sich nur eine Handvoll hinreichend guter Gesundheit, um sofort befragt werden zu können. In Gegenwart einiger anderer Offiziere leitete Commodore Charnay die Vernehmung persönlich.

Doch während Charnay die meisten Fragen stellte und auch entsprechende Antwort bekam, war es Massingill, zu denen die meisten Gefangenen hinüberschauten, während sie besagte Antworten gaben.

Kein Wunder. Der Commodore und die anderen Offiziere waren die personifizierten unbeugsamen Sieger, die es nach Informationen verlangte … bereit, alles Notwendige zu tun, um diese Informationen auch zu erhalten.

Massingill hingegen sah aus wie der leibhaftige Tod.

Sie hatte Schmerzen, allen Medikamenten zum Trotz. Ein Großteil ihres Gesichts war von Bandagen bedeckt. All das zählte nicht. Einzig zählte, dass ihre Augen offen waren und ihr Blick klar … und dass die Piraten diesem Blick begegnen mussten.

Ihre Teams waren ums Leben gekommen. Bastonge, Cochran, Frijtom, Rushkoff – Elsie Dorrman … Sie alle und noch mehr waren in dem Impellerkeil gestorben, der auch die *Adder*, die *Mamba* und die Hälfte von Bergen-3 zerfetzt hatte. Sechzig der besten Männer und Frauen vom Angriffstrupp des 303. Expeditionskommandos waren auf der Stelle tot gewesen.

Abgeschlachtet.

Massingill interessierte nicht, welche vagen Vermutungen die Gefangenen zu Protokoll gaben oder warum sich die *Copperhead* so und nicht anders verhalten hatte. Massingill wusste nur, dass jemand an Bord des Kreuzers kaltblütig und bewusst die Entscheidung getroffen hatte, Massenmord zu begehen.

Da der Rest von Charnays Verband mit Swenson-eins beschäftigt war, hatte die *Copperhead* aus dem Danak-System fliehen können … aus Massingills Reichweite.

Aber jemand hatte dem Captain des Kreuzers Anweisungen erteilt. Jemand hatte gelogen und betrogen und alle Beteiligten so manipuliert, dass eben diese Entscheidung, die Massingills Leuten den Tod gebracht hatte, und keine andere getroffen worden war.

Derzeit mochte diese Person ja für sie unerreichbar sein. Aber das würde nicht ewig so bleiben. Eines Tages, irgendwie, würde Commodore Massingill diese Person finden.

Bis es so weit war, wollte sie persönlich bei Charnays Befragungen anwesend sein, die Gefangenen mit ihrem Blick durchbohren und alles über die Organisation in Erfahrung bringen, die von dem Piratenverband noch übrig war.

Unter diesem ihrem Blick würden die Gefangenen früher oder später auch etwas wirklich Nützliches ausspucken.

»Nun?«, fragte Llyn.

Captain Katura zuckte mit den Schultern. »Glücklich ist man nicht«, lautete seine Antwort. »Aber man schickt sich in das Unvermeidliche.«

»Ja«, brummte Llyn, überflog die auf den Displays eintreffenden Berichte und nippte an seinem Tee.

Es war, wie es war, und so passte es. Gensonne war tot, seine Schiffe sämtlich zerstört. Wie vermutet, hatte Jaeger einen Hang zum Dramatischen: Mit dem Schiff untergehen, so ein Captain war er. Die *Loki* hätte immer bis zum Untergang gekämpft, statt zu kapitulieren. Die meisten der Volsung-Söldner waren tot oder in Gefangenschaft. Die Überlebenden waren vornehmlich gewöhnliche Spacer, die Llyn nie zu Gesicht bekommen hatten. Sie wussten rein gar nichts. Zwar hieß es, unter den Gefangenen seien auch Offiziere mittleren Ranges, aber das war kein Problem.

Nun, der *Copperhead* war die Flucht von Bergen-3 gelungen. Probleme deswegen erwartete Llyn nicht. Gensonne dürfte seine belastenden Informationen über Axelrod kaum jemandem an Bord eines einfachen Kreuzers mitgeteilt haben.

Aber möglicherweise war das die Schwachstelle in Llyns so sorgfältig arrangierter Falle. Wenn Gensonne gelogen hatte und nicht der Einzige war, der von Llyns Verbindung zu Axelrod wusste, konnte Llyn noch alles um die Ohren fliegen.

Aber das war unwahrscheinlich. Wie Gensonne selbst gesagt hatte: Wissen war Macht, und Gensonne war entschieden zu schlau gewesen, um derlei Macht in die Hände eines seiner Offiziere zu legen.

Natürlich würde er irgendwo ein Backup-Datenpaket haben – als Rückversicherung dagegen, von Llyn umgebracht zu werden, sobald die Volsungs und ihr Admiral nicht mehr von Nutzen wären. Aber dieses Backup war höchstwahrscheinlich tief in einem der Computer auf der Walther-Basis verborgen. Wenn die *Shrike* und das Axelrod-Schattenkommando, das abzuholen Captain Vaagen angewiesen worden war, pünktlich einträfen, wären Raumstation und verbliebene Volsung-Schiffe nebst Besatzung ein sich stetig ausdehnender Ball aus überhitztem Gas, lange bevor irgendwelche Informationen über das Danak-Debakel sie erreicht hätten.

Leider war Llyns schöne Max-Baird-Tarnidentität verloren, und er könnte niemals wieder offen in diesen Raumabschnitt zurückkehren. Schade, wirklich schade, aber zu verschmerzen. Es gab noch andere Vertreter jenes geheimnisvollen Master Rowbtham, die in Erscheinung treten könnten, wenn Axelrod jemanden benötigte, der sich auf havenitischem Hoheitsgebiet umschaute.

Das mochte durchaus noch notwendig werden. Denn auch wenn sich die Sache mit den Volsungs erledigt hatte, blieben die Schwierigkeiten mit Manticore nach wie vor bestehen. Das Sternenkönigreich hatte immer noch keine Ahnung, auf welch gewaltiger wirtschaftlicher Macht es saß, und es war immer noch Llyns Aufgabe, Mittel und Wege zu finden, diesen unschätzbar wertvollen Aktivposten in die Bilanz von Axelrod einzupflegen.

Es gab viel nachzudenken, sehr viel, und Gerissenheit war dabei gefragt.

Llyn hatte Zeit, viel Zeit, und gerissen war er auf jeden Fall.

»Ziel, Sir?«, erkundigte sich Katura.

»Solway«, entschied Llyn. »Dort sollte ein Schiff stehen, für das Rhamas und Crew eine Freigabe erhalten können. Dann geht's für sie nach Jasper oder nach Beowulf, um sich neue Anweisungen abzuholen. Wahrscheinlich werde ich Rhamas anweisen, Hester mitzunehmen – an meinen Reisezielen würde sie sich zu Tode langweilen, und ich bin es leid, ständig beim Schach zu verlieren.«

»Klar, Sir.« Katura warf seinem Auftraggeber ein schwaches Lächeln zu. »Aber um die *Banshee* tut es mir immer noch leid. Sie war ein gutes Schiff, und ich weiß, dass Rhamas sie sehr geschätzt hat.«

»Ja, ein gutes Schiff war sie«, pflichtete ihm Llyn bei. »Aber grämen Sie sich nicht. Ich werde dafür sorgen, dass das nächste *noch* besser ist!«

Auf der Station herrschte völlige Ruhe; sie wurde unter minimaler Energieversorgung betrieben, und abgesehen von einigen Andermanern, die sich dort immer noch umschauten, schien sie verlassen.

»Schwierig war das nicht«, meinte Basaltberg, während er

die anderen an der Innenseite der rotierenden Sektion entlangführte. »Nachdem die Schiffe erst einmal verloren waren, hatten die Truppen an Bord der Station nicht mehr sonderlich viel Grund, den Kampf fortzusetzen.«

Travis entging nicht, dass damit nichts darüber ausgesagt war, ob sie nun kapituliert hatten oder mit wehenden Fahnen untergegangen waren. Aber niemand hatte die Absicht, dieses Thema anzuschneiden – nicht dem Mann gegenüber, der das Kommando über jenes Schiff geführt hatte, das in einer einzigen, massiven Drei-Wellen-Raketensalve einen feindlichen Schlachtkreuzer ausgeschaltet hatte.

Wenigstens lagen hier keine Leichen herum, deren Anblick Travis hätte ertragen müssen. Dafür war er wirklich dankbar.

»Captain Clegg, ich weiß Ihre Bereitschaft zu schätzen, sich mir anzuschließen«, fuhr Basaltberg fort. »Ich wollte Ihnen persönlich zeigen, dass es uns gelungen ist, den Hauptcomputer intakt zu erbeuten, und beim abschließenden Download wollte ich Sie gern dabeihaben.«

»Ich danke Ihnen, Admiral«, gab Clegg zurück. »Wir sind Ihnen für diese Zuvorkommenheit wirklich sehr verbunden. Vor allem, nachdem Sie doch einen Großteil der Last bei diesem Gefecht getragen haben.«

»Kaum eine gerechte Lageeinschätzung, Captain«, widersprach ihr Basaltberg. »Schließlich hat ja erst *Ihr* Plan die Grundlage für das Gefecht geliefert. Sie sollten wirklich stolz auf Ihren Beitrag sein – so wie ich sicher bin, dass Ihre Navy stolz auf Sie ist.« Sein Blick wanderte zu Travis hinüber. »Und Sie, Commander Long … Ich werde Seiner Exzellenz empfehlen, die Navy entsprechende Werfer installieren zu lassen – mit besonderem Augenmerk auf Ihre Taktik … für zukünftige Gefechte.«

»Danke, Sir«, gab Travis zurück.

»Eine Frage, Captain …«, wandte sich Basaltberg wieder an Clegg. »Interessanterweise haben Sie diese Idee zunächst als Ihre eigene ausgegeben, und erst nachdem ich ihr zugestimmt hatte, haben Sie erwähnt, dass sie eigentlich von Commander Long stammt. Darf ich mich erkundigen, warum Sie so vorgegangen sind?«

»Gewiss, Sir«, antwortete Clegg, »ich wollte deutlich zum Ausdruck bringen, dass alles, was von den Offizieren oder Mannschaftsdienstgraden der *Casey* stammt, von mir autorisiert und gebilligt ist. Aber nachdem der Plan dann akzeptiert war«, sie schoss Travis einen unergründlichen Blick zu, »lag es in meiner Verantwortung, dafür zu sorgen, dass allgemein bekannt wird, wem in Wahrheit die Anerkennung gebührt.«

»Ich verstehe«, sagte Basaltberg. »Interessant. Entspricht das den üblichen Gepflogenheiten und Standards von Manticore?«

Clegg schien zu zögern …

Und vor Travis' geistigem Auge erschien ein ganzes Kaleidoskop von Namen, Gesichtern und Stimmen: die lange Reihe von Männern und Frauen, unter denen er während seines Werdegangs bei der Royal Manticoran Navy gedient hatte. Einige dieser Männer und Frauen waren ehrenhaft und tapfer gewesen. Andere hatten dazu geneigt, zu betrügen, zu faulenzen und anderen in den Rücken zu fallen.

Bei der Navy gab es jede Menge Handbücher über Vorschriften und Verfahrensweisen, Gepflogenheiten und Standards. Travis hatte sie durchgearbeitet, hatte die Informationen aufgesogen, bis sie Teil von ihm geworden waren. Bedauerlicherweise wurde nicht jeder in der Navy den Standards gerecht, vielleicht nicht einmal die Hälfte.

Das war nichts, worauf die Navy stolz war. Aber es war

nichts, was man mit einem Offizier einer fremden Sternnation besprach.

»Das entspricht den Gepflogenheiten und Standards, an denen sich die Besten der Besten orientieren«, sagte er, bevor Clegg sich eine Entgegnung hatte überlegen können. »Bedauerlicherweise kann natürlich nicht jeder bei der Navy zu den Besten der Besten gehören.«

»Ja, vielleicht nicht«, sagte Basaltberg ernst. »Aber ich will es mal so ausdrücken: Diejenigen, die nicht zu den Besten gehören, halten bei der Kaiserlich-Andermanischen Weltraumflotte nicht lange durch.« Seine Miene wurde freundlicher. »Aber wir haben auch schon weidlich Krieg schmecken dürfen. Für Ihr Sternenkönigreich gilt das nicht.«

»Mittlerweile schon«, bemerkte Clegg leise.

»Allerdings«, pflichtete ihr Basaltberg bei. »Beten wir darum, dass Sie rasch alle nötigen Lektionen lernen, die zum Überleben nötig sind.«

»Ja«, stimmte ihm Clegg zu, »und wo wir gerade vom Überleben sprechen, Sir: Ist schon bekannt, ob sämtliche Gefangenen nebst Angehörigen von der Planetenoberfläche an Bord der Volsung-Frachter Platz finden?«

»Tun sie«, antwortete Basaltberg. »Es mag vielleicht nicht ganz bequem sein, aber sie werden es überleben. Ich habe die *Ao Qin* und die *Lorelei* dafür detachiert, sie nach Sachsen zu eskortieren, wo sie den dortigen Behörden überstellt werden. Ich wünsche denen viel Glück dort.«

Er deutete auf eine vor ihnen liegende Luke, die von zwei gepanzerten Andermanern flankiert wurde. »Und jetzt sollten wir schauen, ob die Früchte des Sieges geteilt werden können.«

Im Computerraum befanden sich Chomps und Hauptmann, dazu zwei andermanische Techniker und vier weitere Soldaten. Chomps saß vor einer der Konsolen, während Hauptmann sich über einen Rollwagen mit kleinen elektronischen Bauteilen beugte.

»Ah … Captain«, begrüßte Chomps sofort Clegg, »Sie kommen genau rechtzeitig. Wir laden gerade die letzten Dateien hinunter.«

»Haben Sie auch wirklich alles?«, fragte Clegg und betrachtete stirnrunzelnd Hauptmanns Rollwagen. »Versteckte Dateien, segmentierte Datensätze, Geisterdateien?«

»Alles«, versicherte ihr Chomps. »Aber es wird eine Weile dauern, das alles durchzugehen – wahrscheinlich Monate oder bei den ganz besonders störrischen Daten gar Jahre. Aber dafür gibt's ja Techniker.« Er nickte Hauptmann zu. »Derzeit kann vor allem Mr. Hauptmann interessante Beute vorweisen.«

»Möglicherweise«, schränkte Hauptmann vorsichtig ein. »Am Computer hat Townsend meine Hilfe nicht benötigt. Also habe ich stattdessen im Versorgungsraum herumgestöbert, um zu schauen, wo Gensonne überall eingekauft hat. Vieles von diesem Zeug stammt aus Silesia, aber es finden sich auch Teile aus havenitischer Produktion.«

»Beides nicht sonderlich überraschend«, warf Chomps ein.

»Stimmt.« Hauptmann deutete auf den Wagen. »Aber *dieses* Zeug hier könnte nach meinem Dafürhalten andermanischen Ursprungs sein.«

»Ach, tatsächlich?«, meinte Basaltberg, und Falten bildeten sich auf seiner Stirn, während er an den Wagen herantrat, um sich die Bauteile genauer anzuschauen. »Woran machen Sie das fest?«

»Vor allem an Negativbefunden«, gestand Hauptmann ein. »Ich weiß, dass das Muster der Seriennummern *nicht* havenitisch, silesianisch oder solarisch aussieht, und aus Manticore sind sie eindeutig nicht.« Wieder deutete er auf den Wagen. »Ich habe hier ein paar der leichter transportablen Bauteile zusammengetragen – für den Fall, dass Sie das mitnehmen wollen, bevor wir die Station zerstören.«

»Das will ich allerdings«, bestätigte Basaltberg. »Ich danke Ihnen, Herr Hauptmann.«

»Es war mir ein Vergnügen.« Hauptmann blickte zu Clegg hinüber. »Wir *wollen* die Station doch immer noch zerstören, oder?«

»Darum kümmert sich Admiral Basaltberg«, antwortete Clegg. »Unsere Befehle verlangen das nicht ausdrücklich, *seine* schon. Folglich darf er auch die Raketen dafür abdrücken.«

»Fertig«, verkündete Chomps, koppelte einige Datenmodule vom Computer ab und stand auf. »Das war's, Captain. Admiral, wenn ich das richtig verstanden habe, dann haben Ihre Leute bereits eigene Kopien angefertigt?«

»Haben sie«, bestätigte Basaltberg. »Und damit, Captain Clegg, ist es jetzt wohl für uns beide an der Zeit, in die Heimat zurückzukehren.« Er streckte ihr die Hand entgegen. »Ich danke Ihnen für Ihre Unterstützung und die Unterstützung seitens des Sternenkönigreichs von Manticore.«

»Ich bin froh, dass uns das hier gemeinsam gelungen ist, Sir«, gab Clegg zurück und schüttelte ihm die Hand. »Ich hoffe, das ist der Beginn einer engeren Beziehung zwischen unseren beiden Sternnationen.«

»Ehrlich gesagt, bezweifle ich das«, entgegnete Basaltberg. »Manticore ist ziemlich abgelegen, und den Kaiser beschäftigen deutlich mehr die näher an der Heimat gelegenen Regionen.« Seine Miene verdüsterte sich. »Bitte vergessen Sie nicht, Captain, dass unsere gemeinsamen Bemühungen hier in keiner Weise seitens unserer Regierungen sanktioniert waren. Was sich daraus ergeben mag oder ob meine Vorgesetzten sich dafür entscheiden, den Beitrag Manticores zum erfolgreichen Einsatz der *Vergeltung* offiziell zu Protokoll zu geben, vermag ich nicht zu sagen.«

»Verstanden«, sagte Clegg. »Wenn auch ich derart offen sprechen darf: Von unserer Seite betrachtet ist die ganze Sache wohl noch heikler. Angesichts der aktuellen politischen Atmosphäre im Sternenkönigreich könnte das hier durchaus ein Feuer anfachen, von dem man sich lieber fernhalten sollte. Ich werde dafür sorgen, dass meine Offiziere die Geschehnisse hier mit aller gebotenen Behutsamkeit behandeln und dies auch für die offiziellen Protokolle gilt.«

»Dann sollten wir nun Lebewohl sagen …«, Basaltberg lächelte leicht, »… und darauf hoffen, dass unser nächstes Zusammentreffen unter angenehmeren Umständen stattfindet.«

Die *Casey* war noch dreißig Minuten von der Hypergrenze entfernt, als die Gravitationssensoren den frischen Hyperabdruck entdeckten, siebzig Grad entlang der Grenze des Systems.

»Lagebericht?«, sagte Clegg, während sie sich auf die Brücke zog.

»Sieht nach sechs Schiffen aus«, meldete Woodburn aus der Operationszentrale. »Die Keile lassen auf Kriegsschiffe schließen. Ziemlich klein, Kreuzer oder Zerstörer. Die Transponder-Kennungen erreichen uns erst in einundzwanzig Minuten. Also wissen wir erst, wer das ist, wenn wir schon fast bereit zur Transition sind.«

»Vorausgesetzt, die haben ihre Transponder überhaupt aktiviert«, bemerkte Clegg, während sie schwebend neben Travis' Konsole zum Stillstand kam. »Optionen, T-O?«

»Wir könnten die Beschleunigung einstellen, Ma'am«, setzte Travis vorsichtig an. Clegg zog hier doch wohl nicht ernstlich in Erwägung, den Kurs zu ändern, um im Alleingang mit einem unbekannten Verband zusammenzutreffen, oder? »Das würde uns mehr Zeit verschaffen, Daten zu sammeln, bevor wir die Hypergrenze erreichen. Aber über diese Entfernung hinweg werden wir nicht allzu viel bekommen – ganz egal, was wir tun. Wir könnten versuchen, unsere Impeller herunterzufahren und uns zu verstecken, aber es ist recht wahrscheinlich, dass die unseren Keil bereits geortet haben.«

»Haben wir eine Chance, Basaltberg zu erreichen? Er möchte ja vielleicht wissen, dass es in Walther Neuankömmlinge gibt.«

»Nein, Ma'am«, antwortete Travis nach einem kurz Blick auf das Logbuch. »Die *Vergeltung* ist vor fast einer Stunde ins Alpha-Band transistiert, und das auch noch entlang eines zu uns völlig divergierenden Vektors. Die ist also längst weg.«

»Dacht ich's mir.« Clegg senkte die Stimme. »Sie haben nicht zufälligerweise einen Plan im Ärmel, wie wir es ganz allein mit sechs Kreuzern aufnehmen können, oder?«

Travis biss die Zähne zusammen. Zog sie ihn gerade auf? Wahrscheinlich.

»Nein, Ma'am.«

»Schade«, sagte sie, ebenso leise wie zuvor. »Sie scheinen ein Händchen für so etwas zu haben. Dann kann man wohl nur sagen: Pech für die Navy, Glück für Delphi.«

Travis runzelte die Stirn. Ein Kompliment? Von Clegg? »Ich … öhm … danke, Ma'am.«

»Gern geschehen, Commander«, gab Clegg zurück. »Wir mögen ja vielleicht von unserer Persönlichkeit her nicht sonderlich zueinander passen, aber im Gefecht sind Sie wirklich gut, und das weiß ich durchaus zu schätzen.«

»Danke, Ma'am.«

»Weitermachen«, sagte Clegg, nun wieder mit ihrer normalen Stimme, womit klar war, dass dieser Befehl allen Anwesenden galt. »Kurs beibehalten. Lassen Sie den Transponder deaktiviert – wenn das wirklich die sind, für die wir sie halten, wollen wir sie wohl kaum wissen lassen, dass wir gerade deren Basis zerlegt haben. OPZ, rufen Sie Chief Townsend und sagen Sie ihm, er hat eine Stunde Zeit, alles über diese Besucher herauszufinden, was sich herausfinden lässt.« Sie tippte Travis auf die Schulter. »Und während alle anderen nach hinten schauen, T-O, blicken Sie sich mit Adleraugen in alle anderen nur erdenklichen Richtungen um. Nur für den Fall, dass die sechs nicht allein gekommen sind.«

»Bogey eins ist gerade ins Alpha-Band transistiert, Sir«, meldete der Erste Offizier aus der Operationszentrale der *Shrike*. »Funkfeuer war nicht aktiviert, und wir konnten über Bogey eins nichts in Erfahrung bringen, von der Impellerstärke einmal abgesehen.«

Captain Vaagen schnitt eine Grimasse. Also war eines der Volsung-Schiffe entkommen. Ohne die Gefahr zu kennen. Schließlich hatte sich dieses Schiff schon längst in Bewegung gesetzt, bevor das Schattenkommando und er auch nur die Hypergrenze überquert hatten.

Trotzdem: Wenn dieser Herumtreiber schließlich zu einer völlig zerstörten Basis zurückkehrte, würde der Kommandant des Schiffes wohl kaum Schwierigkeiten haben, zwei und zwei zusammenzuzählen.

Das würde Mr. Llyn nicht gerade erfreuen. Er verabscheute es, wenn Unerledigtes übrig blieb. Aber es gab nichts, was Vaagen hätte tun können. Damit würden Llyn und er wohl einfach leben müssen.

Außerdem hatte er noch eine Aufgabe zu erledigen.

»Kurs beibehalten«, wies er an. »Und versuchen Sie weiterhin, die Volsung-Basis zu erreichen. Irgendjemand *muss* da doch wach genug sein, um mit uns zu sprechen!«

»Guten Tag, Mylord«, grüßte Elizabeth, während sie am Konferenztisch des Palastes Platz nahm. »Ich danke Ihnen, dass Sie so kurzfristig vorbeigekommen sind.«

»Wie stets, Eure Majestät, diene ich meiner Monarchin jederzeit«, erwiderte Breakwater und verneigte sich höflich.

Doch seine sanften Worte passten nicht zur angespannten Vorsicht, die ihm ins Gesicht geschrieben stand. Noch während er sich setzte, warf er einen verstohlenen Blick zu Elizabeths Vater hinüber, der am gegenüberliegenden Ende des langen Tisches saß.

Die Monarchin, der ehemalige Monarch und der Schatzkanzler ganz allein in einer Besprechung: *Elizabeth* an Breakwaters Stelle wäre wohl auch ein wenig nervös gewesen.

»Ich komme dann gleich auf den Punkt, Mylord«, sagte sie. »Genau genommen gibt es *vier* Punkte, die ich ansprechen möchte. Zunächst einmal: Ich bin schwanger.«

Breakwaters Augen weiteten sich. »Sie …? Äh … ich gratuliere, Eure Majestät! Darf ich fragen …?«

»Wer der Vater ist?« Elizabeth schüttelte den Kopf. »Nein, dürfen Sie nicht! Zweiter Punkt: Dieses Kind ist der rechtmäßige Erbe des Sternenkönigreichs und wird mir auf den Thron folgen. Dritter Punkt …«

»Verzeihen Sie, Eure Majestät«, fiel ihr Breakwater ins Wort. Der erste Schock hatte sich offenkundig gelegt, Anderson L'Estrange war geistig wieder ganz da. »Ich muss Sie noch einmal daran erinnern, dass der Monarch oder die Monarchin sich gemäß der Verfassung bürgerlich zu verheiraten hat, und das impliziert natürlich, dass der Thronerbe einer solchen Verbindung entstammen muss. Wenn das Kind unter Ihrem

Herzen von Ihrem verstorbenen Ehemann stammt, wäre das ein Verstoß gegen diesen Verfassungsartikel.«

»Die Verfassung mag das implizieren, besagt es aber nicht ausdrücklich«, widersprach Elizabeth. »Was mich zu Punkt drei führt: Mit Unterstützung des Unterhauses werde ich einen Verfassungszusatz vorschlagen, der jegliche diesbezügliche Zweideutigkeit ausräumt, sodass mein Kind ganz und gar gesetzeskonform in die Thronfolge eingegliedert wird.«

Breakwater erstarrte. »Mit Unterstützung des *Unterhauses*, Eure Majestät?«

»Ja, Mylord«, antwortete Elizabeth. »Wissen Sie, das Abschiedsgeschenk von Premierminister Burgundy war keineswegs eine Liste potenziell geeigneter Heiratskandidaten, wie wir alle zunächst angenommen hatten. Es war vielmehr eine Liste möglicher Verbündeter für die Verfassungskrise, die er bereits am Horizont aufziehen sah.«

»Ich verstehe.« Breakwater straffte die Schultern. »Es gibt natürlich noch eine andere Möglichkeit, eine solche Krise zu vermeiden.«

»Sogar mehrere«, pflichtete ihm Elizabeth bei. »Aber da ich nicht die Absicht habe, meine gesamte Zukunft auf Ihre Unterstützung zu verwetten, ist die beschriebene Möglichkeit genau die, derer ich mich bedienen werde.« Sie übertrug eine Datei von ihrem Tablet auf Breakwaters. »Vor allem angesichts von Punkt vier.«

Breakwater warf einen Blick auf das Tablet, warf einen zweiten Blick darauf. Mit spitzen Fingern griff er nach dem kleinen Computer und hielt ihn sich etwas näher vor die Augen.

Während er las, sah Elizabeth in erbleichen.

Reichlich Zeit schien vergangen, bis Breakwater wieder aufblickte. »Das war ich nicht«, sagte er – flüsterte es fast.

»Ich weiß«, entgegnete Elizabeth. »Aber die Schuldigen haben *Sie* unterstützt. Und Sie, Mylord, *wussten*, was sie getan haben!«

»Aber erst hinterher«, beharrte L'Estrange. »Erst hinterher!«

»Das ist irrelevant«, ergriff zum ersten Mal Michael das Wort. »Entscheidend ist, *dass* Sie davon wussten, und Sie haben nichts gesagt. Niemand hätte von dem *Phobos*-Desaster in der Art und Weise profitieren dürfen wie Castle Rock und Chillon. Schlimmer noch: Allein schon die Art Ihrer Hinterzimmerdeals legt den Verdacht nahe, dass beide im Vorfeld über die Mängel der Schaluppe informiert waren. *Trotzdem* haben die beiden nichts gesagt, und das hat einhundertdreißig Männer und Frauen das Leben gekostet.«

»Seit mehr als fünfzehn T-Jahren sind das Ihre engsten politischen Verbündeten«, übernahm nun wieder Elizabeth. »Deren Makel färbt auch auf Sie ab.«

Breakwaters Lippen zuckten. »Also erpressen Sie mich«, brachte er hervor. »Mit etwas, das ich nicht einmal getan habe.«

»Würden Sie sich besser fühlen, wenn wir Sie mit etwas erpressten, *was* Sie getan haben?«, wandte Michael ein. »Ich bin mir sicher, dass es in Ihrer langen Karriere reichlich Absprachen und dezent eingestrichene Profite gibt, von denen es Ihnen lieber wäre, die Öffentlichkeit erführe nichts. Aber das hier haben wir jetzt in der Hand. Also benutzen wir es auch.«

Erneut blickte Breakwater auf das Tablet. »Ich habe denen gesagt, dass es falsch ist«, sagte er leise. »Das ist die Ironie des Ganzen. Ich habe denen gesagt, sie sollen das Schiff in die Werft zurückschicken, die vollständige Rückzahlung sämtlicher Gelder fordern und sich umgehend von den Leuten distanzieren, mit denen sie ihre Deals gemacht haben. Aber die wollten nicht auf mich hören.«

»Und dann haben Sie es dabei bewenden lassen«, fasste Elizabeth zusammen. »Das ist die *wahre* Ironie des Ganzen, Mylord. Sie hatten die Gelegenheit, moralische Überlegenheit zu beweisen, und Sie haben sie sich entgehen lassen, um weiter Ihren politischen Plänen nachgehen zu können und Ihre persönliche Macht zu mehren. Und jetzt werden Sie das alles verlieren.«

»Alles?«, versetzte Breakwater in zweifelndem Tonfall und blickte sie erneut an.

»Alles«, gab sie mit fester Stimme zurück. »Allerdings nicht alles auf einmal. Vorerst brauche ich Sie noch in Ihrer aktuellen Position: Sie müssen schweigen, wenn Joshua Miller meinen Vorschlag im Unterhaus vorlegt. Sie brauchen ihn nicht zu unterstützen, sondern sich ihm nur nicht entgegenzustellen.«

Breakwater schüttelte den Kopf. »Sie unterschätzen das Oberhaus, Eure Majestät«, sagte er. »Oder Sie *über*schätzen das Unterhaus.«

»Das glaube ich nicht«, widersprach Elizabeth. »Ganz im Gegenteil: Ich glaube, Sie unterschätzen *das Volk.* Möchten Sie die Rede hören, die ich halten werde, nachdem Mr. Miller den Vorschlag verkündet hat?«

Breakwater hatte die Augen halb zusammengekniffen. »Eine Rede vor dem Parlament?«

»Eine Rede vor dem gesamten Sternenkönigreich«, widersprach Elizabeth. Vor ihrem geistigen Auge erschien das Abbild eines Tigers: in die Enge getrieben, zusammengekauert und ohne jede Fluchtmöglichkeit. »Das Herzstück wird sich ungefähr so anhören:

Dies ist das Kind meines verstorbenen Mannes – das Kind, das zur Welt zu bringen ich stets beabsichtigt habe. Ich habe den Mann verloren, den ich geliebt habe, auf sein Kind will und werde ich nicht verzichten. Ich glaube, jeder Unvoreingenommene wird die Notwendigkeit verstehen, die verfassungsrechtliche Zweideutigkeit auszuräumen, auf die sich der jüngst vorgestellte Verfassungszusatz bezieht. Wie auch immer die entsprechenden Abstimmungen ausgehen und welche politischen Schlachten es in der Zukunft noch zu schlagen gilt, bis endlich Vernunft herrschen kann: Ich *werde* dieses Kind zur Welt bringen, und dass es existiert, soll keine Wirkung auf die Lösungen haben, die rechtlich untermauert für oder gegen den von mir eingebrachten Vorschlag bezüglich der Eheschließungen herrschender Monarchinnen und Monarchen zur Abstimmung kommen.«

Sie verstummte, und einen Moment lang herrschte Schweigen.

»An den Formulierungen werde ich noch feilen, und die Rede wird dann sehr viel förmlicher klingen«, fuhr Elizabeth fort. »Aber der Inhalt wird bleiben und spricht für sich selbst.«

Wieder senkte sich Schweigen über den Konferenztisch. Gern hätte Elizabeth Blickkontakt zu ihrem Vater gesucht, um zu erfahren, wie er Breakwater in diesem Moment einschätzte. Doch das hier war eine Sache zwischen dem Schatzkanzler und ihr, und sie musste sich ihm allein stellen.

Breakwater rührte sich. »Und wenn ich Ihren Forderungen nachkomme?«

»Dann werden Sie in sechs T-Monaten ein Rücktrittsgesuch einreichen«, erklärte Elizabeth und behielt ihn dabei genau im Auge. Er verfügte über ein ganzes Repertoire an Techniken, sein Gegenüber zu manipulieren: Er weckte Schuldgefühle, appellierte an das Mitgefühl, übte moralischen Druck aus oder erpresste. Was würde es jetzt sein? »Es wird Ihnen gestattet bleiben, dem Oberhaus anzugehören und dort so viel an Einfluss auszuüben, wie Sie dann noch haben.« Sie deutete in Richtung Tablet. »Aber es wird nicht mehr so viel sein, wie Sie gewiss erwarten. Denn etwa gleichzeitig wird dieses Dokument an die Öffentlichkeit geraten. Es besteht eine sehr gute Chance, dass Castle Rock und Chillon anschließend unter Anklage gestellt werden.«

»Aber mich lässt man aus der Sache heraus?«

»Unter der Voraussetzung, dass Sie weiter kooperieren, ja«, antwortete Elizabeth. »Wie Sie schon sagten: Sie waren das ja nicht. Aber hier reden wir schon von der Zukunft. Jetzt müssen Sie erst einmal wissen, dass in zwei Tagen Mr. Miller dem Unterhaus den Vorschlag eines Verfassungszusatzes vorlegen wird. Bis dahin können Sie sich entscheiden, ob Sie Ihren Ruf und Ihre Würde behalten oder zulassen, dass auf Manticores politischer Bühne offen Krieg ausbricht.«

»Sollte das geschehen, wird das betreffende Dokument selbstverständlich deutlich früher veröffentlicht«, setzte Michael hinzu.

»Das habe ich mir gedacht«, murmelte Breakwater. Er löschte das Dokument vom Bildschirm des Tablets und starrte einen Moment lang blicklos darauf. Langsam hob er den Kopf. »Wenn es sonst nichts mehr gibt, Eure Majestät …?«

Der in die Enge getriebene Tiger hatte die Krallen eingefahren.

Vorerst.

»Sonst gibt es nichts mehr, Mylord«, bestätigte Elizabeth.

»Dann darf ich mich jetzt zurückziehen«, erklärte Breakwater, stand auf und verneigte sich. »Eure Majestät.« Er vollführte eine halbe Drehung und verneigte sich auch vor Michael. »Euer Hoheit.«

»Na«, sagte Elizabeth, nachdem sich die Tür hinter dem Schatzkanzler geschlossen hatte, »das ist ja besser gelaufen, als ich erwartet hatte!«

»Geh lieber nicht davon aus«, warnte Michael seine Tochter säuerlich. »Äußerlich mag er ja katzbuckeln, aber innerlich stellt er sich gerade trotzig auf die Hinterbeine. Er wird sich auflehnen und intrigieren – so rasch und so intensiv er kann, wart's nur ab!«

»Oh, das weiß ich«, versicherte ihm Elizabeth. »Aber ich verlasse mich darauf, dass zu seinen Intrigenspielchen unter anderem Susan Tarleton und sein ganz privates Hintertürchen zu Premierminister Harwichs Büro gehören – nebst Computer natürlich. Wenn Joshua erst einmal unseren Gesetzesentwurf durchgebracht hat und Breakwater an seinem Comeback arbeitet, werde ich ihm diese Tür versperren.«

»Das sollte ihn gehörig ausbremsen«, räumte Michael ein. »Hast du denn auch schon darüber nachgedacht, wen du als Außenminister vorschlagen wirst?«

»Ich habe sogar den perfekten Kandidaten«, meinte Elizabeth und lächelte. Eigentlich stammte die Idee zwar von Joshua, aber sie hatte sofort begeistert zugestimmt. »Baron Winterfall.«

»*Winterfall?*« Michael riss die Augen auf. »Du machst Witze!«

»Wüsstest du eine bessere Möglichkeit, Breakwaters Unterstützer zu besänftigen?«, gab Elizabeth zurück. »Ich bezweifle, dass sie schon von Winterfalls … Abtrünnigkeit Wind bekommen haben. Wenn keiner weiß, dass er übergelaufen ist, sieht es doch ganz so aus, als würde ich Breakwaters Druck nachgeben.«

»Zumindest, bis das Ganze dann mit Breakwaters Rücktritt in sich zusammenfällt«, bemerkte Michael nachdenklich. »Und dann ist es viel zu spät, noch dagegen zu protestieren. Aber einen wirklich großen Knochen wirfst du denen damit nicht hin.«

»Ach, ich weiß nicht«, widersprach Elizabeth. »Angesichts

unserer zunehmend engen Kontakte zu Haven und der nach wie vor laufenden regionalen Piratenjagd wird das Außenministerium ja irgendwann vielleicht mehr sein als nur ein netter Ruheposten.«

»Vielleicht«, sagte Michael. »Wäre auf jeden Fall mal etwas anderes.«

»›Anders‹ kann auch gut sein, Daddy«, hielt ihm Elizabeth leise entgegen.

»Stimmt.« Michael zuckte mit den Schultern. »Manchmal.«

36

Von einer langen Fahrt nach Hause zurückgekehrt war Travis schon öfters, aber nie von einer derart langen Fahrt.

Noch nie zuvor aber war die Heimkehr so hoffnungsfroh gewesen, so voller Vorfreude und so angstbesetzt. Beklommen hatte er darauf gewartet, dass auch Lisa zurückkehrte.

Endlich – endlich – war sie da, gesund und munter.

Und sie hatte eine beeindruckende Geschichte zu erzählen.

»Ich hoffe einfach nur, dass Massingill das alles letztendlich gut übersteht«, sagte sie, während Travis Teller aus dem Schrank nahm und zum Esszimmertisch trug. »An Jean Massingill erinnerst du dich doch, oder?«

»Ja«, antwortete Travis und drapierte sorgfältig die Löffel neben die Messer. »Hat sich ihr Zustand denn vor deiner Abreise gebessert?«

»Ihre Genesung wird viel Zeit beanspruchen«, antwortete Lisa. »Aber ihren Blick, den hättest du wirklich sehen müssen! Wenn sie herausfindet, wer für den Tod ihrer Teams verantwortlich ist und du dann zufälligerweise gerade im Weg stehst, solltest du machen, dass du zur Seite gehst!«

»Darauf kannst du dich verlassen«, versicherte ihr Travis und schürzte missbilligend die Lippen. Rasch zog er eine Falte in Lisas Serviette zurecht.

»Sie hat allen Ernstes davon gesprochen, sich freistellen zu lassen, wenn sie nicht irgendjemanden in Nouveau Paris dazu bringen kann, eine vollständige und angemessene Untersuchung einzuleiten, weil sie sich dann nämlich persönlich darum kümmern würde. Genau so hat sie's gesagt … und du bist heute wirklich *auffällig* still.«

»Stimmt«, gestand Travis. »Aber du bist heute auffällig in Redelaune, also mittelt sich das wieder aus.«

»Ich rede so viel, weil du nervös bist«, sagte Lisa und blickte ihn noch aufmerksamer an. »Und wenn *du* nervös bist, dann macht *mich* das nervös. Du hast doch nicht irgendwo einkommende Bogeys geortet, oder?«

»Nein, nein, überhaupt nichts in der Art.« Travis atmete tief durch. Ehrlich gestanden hätte er es jetzt lieber mit einem feindlichen Kampfverband zu tun. »Lisa … wir sind schon so lange befreundet. Ich fühle mich in deiner Gegenwart sehr wohl, und da du es mit mir aushältst, kann ich wohl davon ausgehen, dass es dir ebenso geht.«

»Ja, tut es«, sagte Lisa ernst, »sehr sogar«, und verstummte.

Travis atmete erneut tief durch. Wusste sie schon, worauf es hinauslaufen sollte? Wahrscheinlich. Sie war viel besser darin als er, andere Leute einzuschätzen und Emotionen und Mimik zu deuten. Wahrscheinlich wusste sie sogar *ganz genau*, worauf es hinauslaufen sollte.

Aber sie ließ ihn trotzdem das ganze Ding durchziehen.

Typisch ranghöherer Offizier!

»Die Sache ist die … Während des Silesia-Einsatzes hatte ich reichlich Zeit, nachzudenken«, fuhr er schließlich fort. »Und du warst in Haven, und hätte ich auch nur eine Ahnung gehabt, dass der Rest von Gensonnes Söldnern auf dem Weg zu euch war, hätte ich mir entsetzlich Sorgen gemacht. Ach, ich *habe* mir entsetzlich Sorgen gemacht, nachdem wir die Dateien über Danak gefunden haben!«

»Ging mir ebenso«, gab Lisa zu, und immer noch verriet ihre Stimme nicht das geringste bisschen. »Hätte ich gewusst, dass die einen Verband dort zurückgelassen haben, wo du warst … aber *so* viele Sorgen hätte ich mir auch wieder nicht gemacht.«

Travis spürte, wie ihm das Herz in die Hose rutschte. »Ach, nicht?«

»Nein«, sagte Lisa, und endlich umspielte der Hauch eines Lächelns ihre Lippen. »Weil ich dich schon im Einsatz erlebt habe. Ich weiß, zu was du in der Lage bist. Ich hätte von vorneherein gewusst, dass du irgendeinen brillanten Plan ersinnen würdest, mit dem ihr letztendlich doch gewinnen würdet – ganz egal, wogegen ihr hättet antreten müssen.«

»Na ja … manchmal kommt's ja tatsächlich so.« Travis wünschte sich, auch für diese Situation hier einen brillanten Plan in der Hinterhand zu haben.

Und dann, endlich, hatte sie Mitleid mit ihm. »Du hast recht, Travis, wir kennen einander ziemlich gut.« Sie griff nach seiner Hand. »Wenn du mir also irgendetwas sagen möchtest, brauchst du das nicht auf ganz besonders clevere Art und Weise zu tun. Sag's einfach.«

Travis atmete ein letztes Mal tief durch. »Lisa Donnelly …«, sagte er, und aus einem spontanen Impuls heraus kniete er vor ihr nieder – so machte man das doch, oder? »Willst du mich heiraten?«

Elizabeth spürte erneut das Baby treten.

»Meine Güte«, sagte sie und lehnte sich im Schreibtischsessel zurück. Sie zupfte ihren seidenen Morgenrock zurecht und schnitt ein Gesicht: Wie kugelrund sie doch geworden war! *Natürlich kann man einen Ballon in ein schönes Kleid stecken,* dachte sie trocken, *aber es ist und bleibt ein Ballon.* »Geduld, bitte! Du bist doch erst in drei Monaten gar!«

Das Baby – David – ignorierte die Anweisung. Es trat noch

einmal, ehe es sich dann doch beruhigte. Elizabeth wartete noch einen Moment ab, setzte sich wieder auf. Es fiel ihr zunehmend schwer, eine leidlich akzeptable Sitzposition zu finden … wahrscheinlich würde das in absehbarer Zeit noch schlimmer werden.

Ihr Intercom klingelte, und sie drückte den Annahme-Knopf. »Ja, Martine?«

»Eure Majestät, Premierminister Harwich und Verteidigungsminister Dapplelake würden Sie gern sprechen. Lord Harwich meint, es eile.«

Elizabeth spürte eine Bewegung in ihrer Magengrube, die nichts mit dem zappeligen Baby zu tun hatte. Hatten die beiden irgendetwas Neues über Gensonne ausgegraben? Oder schlimmer noch: Gab es neue Anzeichen dafür, dass er bei den Gefechten in Walther und Danak als Bedrohung doch nicht vollständig ausgeschaltet worden war?

»Schicken Sie sie bitte herein«, sagte sie.

Am gegenüberliegenden Ende ihres Arbeitszimmers öffnete sich die Tür, und die beiden Minister traten ein. »Bitte kommen Sie doch herein, Mylords«, begrüßte Elizabeth sie und winkte sie zu sich. »Was kann ich für Sie tun?«

»Wir bitten um Verzeihung, Eure Majestät«, ergriff Harwich das Wort, während sie beide an den königlichen Schreibtisch herantraten. Harwich wirkte grimmig – er blickte in etwa so drein wie damals, kurz nachdem die drohende Verfassungskrise eher mit leisem Wimmern als mit großem Knall ein Ende gefunden hatte.

Machte Breakwater neuerlichen Ärger?

»Bitte entschuldigen Sie, dass wir so kurzfristig hereinplatzen«, fuhr der Premierminister fort, »aber wir haben gerade eine Information vom SIS erhalten, über die Sie nach unserem Dafürhalten umgehend in Kenntnis gesetzt werden sollten.«

Elizabeth neigte den Kopf. »Selbstverständlich. Bitte fahren Sie fort.«

»Gräfin Calvingdells Leute sind die Aufzeichnungen durchgegangen, die aus der Volsung-Basis in Walther stammen«, übernahm Verteidigungsminister Dapplelake das Wort. »Es gibt dort mehrere Verschlüsselungsebenen und eine bislang unbekannte Anzahl verborgener Dateien, die zu finden und zu entschlüsseln Monate, wenn nicht gar Jahre dauern könnte. Aber drei wichtige Dinge konnten wir schon jetzt feststellen.

Erstens: Bei dem Verband, der drei Wochen nach Gensonnes Angriff kurzzeitig auf manticoranisches Hoheitsgebiet vorgestoßen ist, hat es sich um Einheiten des Freien Herzogtums Barca gehandelt.«

»Sind Sie sich sicher?«, fragte Elizabeth nach und blickte Dapplelake stirnrunzelnd an. »Ich dachte, wir wären zu dem Schluss gekommen, das waren einfach nur weitere Schiffe von Gensonne, die unter falscher Kennung gefahren sind.«

»Das hatten wir *angenommen*, Eure Majestät«, korrigierte sie der Verteidigungsminister. »Aber uns lagen keinerlei Daten darüber vor, in der einen wie in der anderen Richtung. Die Volsung-Aufzeichnungen bestätigen nun zweifellos, dass tatsächlich die Barcaner involviert waren.«

»Aber warum?«

»Anscheinend aus dem gleichen Grund, aus dem auch die Volsungs involviert waren«, antwortete Harwich grimmig. »Geld. Richtig, richtig viel Geld.«

Elizabeth lief ein Schauer über den Rücken. »Geld? Wessen Geld denn?«

»Das wissen wir noch nicht«, gab Dapplelake zurück. »Aber das führt uns zu Punkt zwei: Selbst wenn wir uns nur auf die Gelder konzentrieren, die wir bislang zurückverfolgen konnten, ist es doch eindeutig, dass bereits gewaltige Summen mit dem Ziel aufgewendet wurden, das Sternenkönigreich von Manticore zu zerschlagen. Das bedeutet, dass hier Leute mit richtig dicken Brieftaschen im Spiel sind – und Leute mit richtig dicken Brieftaschen werden wohl kaum einfach so aufgeben, bloß weil die Volsungs nicht mehr im Rennen sind.«

»Und was Punkt drei betrifft«, übernahm nun wieder Harwich, »die von Dapplelake erwähnte Spur des Geldes verliert sich leider viel zu früh. Sie lässt sich nicht bis zur Quelle zurückverfolgen, aber immerhin, da sind wir sicher, bis in die Solare Liga.«

Ein weiterer eisiger Schauer, eisiger noch als der erste. »Die *Liga* will uns vernichten?«

»Oder jemand *aus* der Liga«, gab Harwich zu bedenken. »Vielleicht eine Sternnation oder möglicherweise ein transstellarer Konzern.« Er zuckte mit den Schultern. »Theoretisch könnte es ja sogar eine Gruppe wohlhabender Individuen sein, die aus irgendeinem Grund einfach nicht will, dass Manticore Erfolg hat.«

»Ich verstehe«, sagte Elizabeth und zwang sich zur Ruhe. »Also wissen wir bislang nur, dass jemand uns vernichten will, aber wir wissen weder wer noch warum, und es ist davon auszugehen, dass es weitere Angriffe geben wird, wie auch immer die Antworten auf besagte Fragen lauten.«

Wortlos tauschten Harwich und Dapplelake Blicke. »Ja, Eure Majestät«, sagte Harwich dann, »so sehen wir die Lage.«

Elizabeth nickte, und wieder wurde sie sich des Babys bewusst, das in ihr heranwuchs. Ihre Aufgabe als Königin bestand darin, das Volk des Sternenkönigreichs zu beschützen. Ihre Aufgabe als Mutter war es, alles in ihrer Macht Stehende zu tun, um dafür zu sorgen, dass dieses Problem hier und jetzt gelöst und nicht später ihrem Sohn vererbt würde.

»Dann sollten wir uns wohl ans Werk machen«, sagte sie.

»Bitten Sie Lady Clara, ihre Anstrengungen beim Entschlüsseln der Volsung-Daten zu verdoppeln. Sehen Sie zu, dass ihr dafür sämtliche erforderlichen Ressourcen zur Verfügung stehen.«

»Verstanden, Eure Majestät«, bestätigte Dapplelake. »Gräfin Calvingdell tut bereits, was sie kann, und wir arbeiten eng mit ihr zusammen, um ihr alle nötigen Ressourcen und Arbeitskräfte zu verschaffen.«

»Gut.« Elizabeth atmete tief durch. »Wir stehen vor dem Abgrund, Mylords. Wir müssen ganz genau wissen, wie nah wir ihm sind, ehe uns der unbekannte Feind doch noch in die Tiefe stößt!«

Epilog

»… ist einer der zahlreichen Gründe, weswegen es mir schwerfällt, die Leistung des oben genannten Offiziers zu bewerten, ohne die Bewertung durch meine persönliche Meinung zu färben.

Davon einmal abgesehen, und auch ungeachtet unserer sehr unterschiedlichen Persönlichkeiten, bin ich nach wie vor der Ansicht, der betreffende Offizier achtet zu sehr auf die Erfüllung des exakten Wortlauts von Dienstvorschriften. Das disqualifiziert ihn als idealen Befehlsgeber bei der Erfüllung von Routineaufgaben der Navy. Im Umgang mit Untergebenen außerhalb strengster Auslegung der Vorschriften und Standardverfahrensweisen fühlt er sich offenkundig unwohl. Man erhält den Eindruck, dass er hinter Vorschriften und Standardverfahrensweisen Zuflucht sucht, statt darin eine Gelegenheit zu sehen, eine Verbindung zu den Untergebenen aufzubauen. Er zeigt sich unbeholfen im Umgang mit Zivilisten, wenn er als förmlicher Repräsentant Ihrer Majestät Navy auftritt. Weiterhin weiß ich aus persönlicher Erfahrung zu berichten, dass er sich nicht immer angemessen auszudrücken weiß und/oder einen unpassenden Zeitpunkt wählt, wenn es darum geht, einen anderen Standpunkt als den seiner Vorgesetzten zu vertreten.

Dies sind schwerwiegende Mängel für einen jeden Offizier Ihrer Majestät der Königin, und zwischen ihm und mir als seiner unmittelbaren Vorgesetzten beim jüngst abgeschlossenen Einsatz war das Verhältnis mehrmals unbestreitbar angespannt. Gleichzeitig erschien mir sein Verhalten hin und wieder unangemessen ungestüm – angesichts seines sonstigen Beharrens auf Vorschriften äußerst unpassend. In zahlreichen Fällen hat er sich auf der Basis eindeutig unsolider oder gar fadenscheiniger Indizien sehr rasch eine Meinung gebildet und ein Urteil abgegeben, ohne sich die Zeit zu nehmen, sämtliche Implikationen der jeweiligen Lage zu bedenken.

Kurz gesagt: Es fiel mir nicht leicht, diesen Offizier unter meinem Kommando zu wissen.

Zugleich jedoch ist er von Grund auf außerstande, bei jeder ihm zugewiesenen Aufgabe weniger als sein Bestes zu geben. Der Begriff ›Pflichtversäumnis‹ oder das zugehörige Konzept sind ihm völlig fremd, und trotz seiner offenkundigen Vorliebe für klar definierte Hierarchien und die soziale Rückversicherung durch Vorschriften und Standardverfahrensweisen zeichnet er sich dadurch aus, bei der Ausbildung ihm unterstellter Untergebener jedwede Schwächen zu erkennen und diesbezüglich Abhilfe zu schaffen. Seine Vorliebe für feste Regeln hält ihn auch nicht von sehr raschem, sehr klarem und sehr prägnantem Denken ab, ebensowenig davon, einfallsreiche, originelle, unkonventionelle und äußerst erfolgreiche taktische Lösungen zu ersinnen, auch unter äußerster Belastung gleich welcher Art. Obschon ich mich auf sein Urteilsvermögen deutlich bereitwilliger verlassen würde, wenn er sich vor etwaigen Schlussfolgerungen etwas mehr Zeit zum Nachdenken nähme, sofern es nicht gerade um drängende taktische Probleme geht, kommt er doch fast ausnahmslos zur *richtigen* Schlussfolgerung, wie willkürlich seine Argumentation für Außenstehende auch wirken mag.

Am wichtigsten ist vielleicht, dass dieser Offizier die intellektuelle Integrität und die Zivilcourage besitzt, nicht nur Pflichten auf sich zu nehmen, die niemals jemandem von vergleichbar niedrigem Dienstgrad aufgebürdet werden sollten, sondern auch die möglicherweise katastrophalen *persönlichen* Konsequenzen zu tragen, die es haben mag, wenn er im Zuge der Erfüllung besagter Pflichten ein Urteil oder eine Entscheidung fällen muss.

Nach Dafürhalten des unterzeichnenden Offiziers ist Lieutenant Commander Long einer der kompetentesten – wenngleich aufgrund seiner Art gelegentlich nur schwer erträglichen – und wertvollsten Offiziere, mit dem gemeinsam unterzeichnender Offizier zu dienen die Ehre hatte. Daher lautet die uneingeschränkte Empfehlung, ihm so zügig wie möglich ein eigenes Kommando zu übertragen.

Trina Miranda Clegg, Captain, Royal Manticoran Navy

Kommandantin von Ihrer Majestät Leichter Kreuzer *Casey*

10. 19. 75 AL.'»

Nachdem Admiral Carlton Locatelli den gesamten Text vorgelesen hatte, legte er das elektronische Klemmbrett wieder auf seinen Schreibtisch und lehnte sich in seinem Sessel zurück. »Da haben Sie es, Clara«, sagte er. »Da Sie selbst nie gedient haben und daher auch nie die Gelegenheit hatten, Captain Cleggs Bekanntschaft zu machen, werden Sie mir einfach glauben müssen, was es heißt, wenn sie eine derartige Leistungsbewertung abliefert …« Mit einem schiefen Lächeln schüttelte er den Kopf. »Sagen wir es so: Sie ist nicht gerade dafür bekannt, zu überschwänglichem Lob zu neigen.«

»Genau das meine ich.« Gräfin Calvingdell beugte sich in ihrem Sessel vor und tippte zur Betonung ihrer Worte mit dem Finger auf die Schreibtischplatte. »*Ganz genau* das meine ich!«

Locatelli schüttelte den Kopf. »Kommt nicht infrage«, sagte er. »Es wird eine Weile dauern, bis Ihre Majestät und Dapplelake – und natürlich auch Harwich – das alles durch das Parlament boxen, aber nach allem, was Gensonne uns angetan hat, *muss* die Navy einfach aufgerüstet werden. Und wir reden hier nicht nur von unserer Hardware. Ach verdammt, noch nicht einmal *vornehmlich* von unserer Hardware!«

Er hob abwehrend die Hände, sein Gesicht verdüsterte sich. »Wir haben ein paar gute Leute – ein paar sogar *sehr* gute Leute. Aber aus Ihrer Zeit als Verteidigungsministerin wissen Sie doch, dass es daneben reichlich Totholz bei uns gibt, das erst einmal weggeräumt werden muss. Und so ungern ich das sage: Selbst unsere besten Leute kennen sich in ihrem Job nicht in dem Maße aus, wie sie das tun sollten.«

»Sie selbst sind die rühmliche Ausnahme, nehme ich an?«

»Ich selbst bin *keineswegs* die rühmliche Ausnahme«, widersprach Locatelli. »Aber eigentlich ist das ja nicht deren Schuld. Ich will auf etwas anderes hinaus: Bevor wir anfangen können zu lernen, wie wir unsere Aufgaben anständig erfüllen können, müssen wir erst einmal herausfinden, was wir alles noch nicht wissen. Das braucht reichlich Zeit und reichlich Schweiß.« Er hob die Augenbrauen. »Und reichlich Leute wie Lieutenant Commander Long.«

»Wenn Sie ihn so dringend brauchen, warum ist er dann immer noch bloß Lieutenant Commander?«, versetzte Calvingdell.

Halb schnaubte Locatelli, halb lachte er. »Die Antwort auf diese Frage kennen Sie doch, Mylady. Aus rein politischen Gründen natürlich! Sie wissen doch besser als ich, dass uns die Politik ständig im Weg steht – jedes Mal, wenn wir uns umdrehen. Jedes Mal, wenn Long für einen Orden vorgeschlagen ist oder der eine oder andere Beförderungsausschuss über ihn nachdenkt, haben alle sofort die politischen Implikationen im Sinn, die es hätte, *Winterfalls Bruder* auszuzeichnen oder zu befördern.« Mürrisch verzog er das Gesicht. »Und mir geht es nicht anders. Das ist verdammt noch eins der einzige Grund, weswegen Long nicht schon längst die Anerkennung bekommt, die er verdient – und wenn ich einen Weg fände, das irgendwie zu umgehen, wäre das anders. Bislang habe ich zwar keinen Weg gefunden, aber das heißt nicht, dass ich es rechtfertigen kann, einen Offizier – vor allem einen *Taktischen* Offizier – mit Longs nachgewiesenen Qualitäten auf einen Posten als Spion zu verschwenden, wo wir alle uns doch gemeinsam erst aus einem verdammt tiefen Sumpf ziehen müssen.«

»Lassen Sie mich darauf hinweisen, dass wir nur dank Commander Long und Chief Townsend überhaupt so viel über die Volsungs wissen«, rief ihm Calvingdell ins Gedächtnis zurück, ihr Ton scharf. »Ich muss auch noch einmal unterstreichen, wie gerade der jüngste Einsatz deutlich gezeigt hat, dass die beiden als Team mehr sind als nur die Summe aus beiden Einzelpersonen.«

»Solange sie jederzeit Sonderbefehl sieben aus dem Hut zaubern können?«

Calvingdell schnitt ein Gesicht. »Na gut, das hatte ich verdient. So wenig es mir passt, das zugeben zu müssen: Im Nachhinein muss ich Cleggs ursprünglichen Einwänden bezüglich dieses Befehls voll und ganz zustimmen. Gleichzeitig jedoch zeigt ihr Bericht eindeutig, dass es nur dank Longs Bereitschaft, sich über seine Vorgesetzte hinwegzusetzen, überhaupt zu der Zusammenarbeit mit den Andermanern in Walther gekommen ist – und nur dadurch sind wir auch an Gensonnes Backup-Daten gekommen. Sie mögen ja Offiziere brauchen, die wissen, wie man den Feind *bekämpfen* kann, Carlton, aber ich brauche überragende Geheimdienstler, die herausfinden, wer zum Teufel der Feind *ist!*«

»Ich gebe ihn nicht her«, erklärte Locatelli kategorisch.

Dann ein weiteres schiefes Lächeln. »Andererseits gebe ich Ihnen ganz und gar recht, was das Team Long-Townsend betrifft. Ja, ich bin sogar fast geneigt zu fordern, dass Townsend wieder in den regulären Dienst zurückkehrt.«

»Träumen Sie weiter, Carlton«, gab Calvingdell zurück und erwiderte das Lächeln. »Sie bekommen Townsend nicht wieder, also versuchen Sie's gar nicht erst, und um Long aus dem Griff von Delphi herauszulösen, brauchen Sie einen deutlich besseren Hebel!«

»Nur, dass er sich offiziell gar nicht im Griff von Delphi befindet!«, warf Locatelli ein. »Streng genommen ist er lediglich zu Delphi *abkommandiert*. Mit anderen Worten: Er ist bloß ausgeliehen, und ich kann ihn jederzeit wieder zurückfordern.«

Einige Sekunden lang maßen sich die beiden mit Blicken.

Schließlich zuckte Calvingdell mit den Schultern. »Na gut. Wenn das Ihr letztes Wort ist, werde ich wohl über Ihren Kopf hinweg handeln müssen.«

Wieder schnaubte Locatelli auf. »Dapplelake? Also wirklich, Clara! Als Sie noch Verteidigungsministerin waren, wie haben *Sie* denn reagiert, wenn ein paar Ihrer ranghöheren Untergebenen sich benommen haben wie Kleinkinder, die sich im Sandkasten um das Schäufelchen streiten?«

»Nicht allzu wohlwollend«, räumte die Gräfin ein.

»Ganz genau«, sagte Locatelli. »Ich bezweifle, dass der Earl da sanftmütiger reagieren wird als seinerzeit Sie. Außerdem hat der Erste Lord seine Meinung bereits unmissverständlich zum Ausdruck gebracht.«

»*Cazenestro* hat die Entscheidung getroffen?« Calvingdells Augenbrauen wanderten sichtlich aufwärts. »Warum haben Sie das denn nicht gleich gesagt?«

»Ich sagte, er habe *seine Meinung* zum Ausdruck gebracht«, wiederholte Locatelli. »Ich habe keineswegs behauptet, er habe bereits entschieden, wer Long denn nun behalten dürfe.«

»Und wie genau hat besagte Meinung gelautet?«

»Dass er keinen Streit über den Kompetenz- und Zuständigkeitsbereich von ONI und SIS wünscht«, antwortete Locatelli. »Sein genauer Wortlaut war: ›Der Earl von Dapplelake will davon nichts hören, ich will davon nichts hören, und – glauben Sie mir – auch *Ihre Majestät* will davon nichts hören.‹ Falls Sie also nicht gerade die Absicht haben, sich an Gott persönlich zu wenden, sieht es ganz so aus, als wären Ihnen die Möglichkeiten ausgegangen, irgendwo Beschwerde einzulegen.«

»Das ergibt wohl tatsächlich Sinn«, räumte die Gräfin von Calvingdell zögerlich ein. »Cazenestro steht es nicht zu, uns direkte Befehle zu erteilen, aber ich verstehe seine Position durchaus. Keinem von uns kann es recht sein, wenn unser Versuch der Informationsgewinnung zu offenem Schlagabtausch im Oberhaus führt.«

»Wo dann wirklich jeder irgendetwas zu melden haben meint«, griff Locatelli den Gedanken sofort auf.

»Ganz genau«, bestätigte Calvingdell. »Und wenn wir so etwas nicht wollen, dann müssen wir im Alleingang klären, wie genau ONI und Delphi zueinander stehen. Mir scheint, die einfachste Lösung bestünde darin, Ihnen Long abzunehmen.«

Ein weiteres Mal schnaubte Locatelli. »Mylady, ich bin leitender Offizier in der Royal Manticoran Navy«, versetzte er streng und verschränkte die Arme vor der Brust. »Leitende Flottenoffiziere streichen nicht einfach den Keil und kapitulieren!«

»Und wie sollen wir das *Ihrer* Meinung nach klären, Admiral?«

»Nach reiflicher Überlegung«, setzte Locatelli an, löste die Arme wieder und ließ eine Hand in seine Uniformjacke gleiten, »bin ich zu dem Schluss gekommen, dass es vermutlich nur eine einzige Lösung gibt.«

»Und die wäre?«

»Das hier«, sagte er feierlich, zog die Hand wieder hervor und streckte sie der Gräfin entgegen. Auf der Handfläche lag eine kleine, glitzernde Münze.

»Da Sie der Peerage des Sternenkönigreichs angehören, Mylady«, sagte er dann, »steht die Entscheidung Ihnen zu. Kopf oder Zahl?«

Personenverzeichnis

Acton, Barbara – Gräfin von Acton; Angehörige des manticoranischen Hochadels; Eigentümerin einer der beiden Frachttransportfirmen im Sternenkönigreich von Manticore.

Adamskos-Winton, Samantha – Königin Samantha von Manticore; erste Ehefrau von König Michael I., Mutter von Edward und Timothy Winton; während der Seuche auf Manticore verstorben.

Adler; Sergeant – eine von Elizabeth Winton-De Quieroz' Leibwachen.

Alexander, Karina; Admiral, *Royal Manticoran Navy* – Gräfin von White Haven; Angehörige des manticoranischen Hochadels; an Bord ihres Flaggschiffs HMS *Nike* unter dem Kommando von Captain Ermolai Beckett im Orbit von Sphinx eingesetzt.

Amadeo, Placido – prominenter Reeder in Manticore.

Anderman, Gustav – interstellar tätiger Söldner; hat vor einigen Jahren den Planeten Kuan Yin erobert, der nun unter dem Namen Potsdam die Hauptwelt des Andermanischen Kaiserreichs darstellt, das Gustav Anderman als Gustav I. regiert.

Angela – Schatzkanzler Breakwaters Sekretärin.

Anholt; Fregattenkapitän, *Kaiserlich-Andermanische Weltraumflotte* – Admiral Riefenstahls Flaggkommandant, Operationsoffizier an Bord des Schlachtschiffes SMS *Vergeltung*.

Baird, Max – eines von Jeremiah Llyns Pseudonymen.

Basaltberg, Graf von – *siehe* Riefenstahl, Gotthold.

Bastonge; Lieutenant, *Republic of Haven Navy* – ein Zugführer des Angriffstrupps des 303. Expeditionskommandos.

Bastonge; Major, *Republic of Haven Navy* – Anführer eines Einsatzteams des Angriffstrupps des 303. Expeditionskommandos.

Becker, Eric; Commander, *Volsung-Söldner* – Leitender Ingenieur des Volsung-Schlachtkreuzers *Tarantel*.

Beckett, Ermolai; Captain, *Royal Manticoran Navy* – Kommandant des Schlachtkreuzers HMS *Nike*; Admiral White Havens Flaggkommandant.

Belgrand; Spacer Third Class, *Royal Manticoran Navy* – Verwendung an Bord des Zerstörers HMS *Damocles*.

Belokas, Celia; Commander, *Royal Manticoran Navy* – Erster Offizier des Leichten Kreuzers HMS *Casey*.

Bertinelli; Commander, *Royal Manticoran Navy* – Erster Offizier von HMS *Vanguard*.

Bilshing; Governor – Gouverneur des Planeten Telmach im Breslau-Sektor der Silesianischen Föderation.

Blackburn; Major, *Royal Manticoran Army* – Leitender Offizier im King's Own Regiment.

Blaine – Pirat der Roten Hand und Skipper des Roten-Hand-Schiffes *Bloodlust*.

Blakely; Captain, *Volsung-Söldner* – Kommandant des Schlachtkreuzers *Tyr*; bei der Schlacht von Manticore im Jahr 1543 P. D. gefallen.

Bloch, Ernst – Graf Ernst; eines von Jeremiah Llyns Pseudonymen.

Bosc – Pirat der Roten Hand.

Bozwell, David; Lieutenant, *Küstenwache von Manticore* – Kommandant des Küstenwachen-Kutters CGC *Jackstraw*.

Bradford, Wallace – Erzbischof von Landing, Hauptstadt des Sternenkönigreichs von Manticore auf dem Hauptplaneten Manticore-A, Manticore-System.

Bradshaw, Adelaide – Wirtschaftsministerin des Danak-Systems.

Breakwater, Earl von – *siehe* L'Estrange, Anderson.

Broken Cliff, Earl von – Angehöriger des manticoranischen Hochadels; Parlamentsmitglied mit Sitz im Oberhaus; Bildungsminister des Sternenkönigreichs von Manticore.

Broussard; *Republic of Haven Navy* – Anführer einer Schwergerät-Gruppe des Angriffstrupps des 303. Expeditionskommando.

Burgundy, Herzog von – *siehe* Harper, Davis.

Calvingdell, Gräfin von – *siehe* Sumner, Clara.

Carpenter, Vincent; Captain, *Royal Manticoran Navy* – Kommandant der Korvette HMS *Taurus.*

Castillo; Captain, *Royal Manticoran Navy* – Kommandant des Zerstörers HMS *Phoenix.*

Castle Rock, Baronin von – *siehe* Stahlberg, Maria.

Cazenestro, Thomas P.; Admiral a. D., *Royal Manticoran Navy* – Erster Lord der Admiralität.

Charnay, Gustave; Commodore, *Republic of Haven Navy* – Leitender Offizier der Flotte von Haven; ehemaliger Erster Offizier von RHNS *Saintonge.*

Chillon, Earl von – *siehe* Macinroy, Ross.

Clara, Lady – *siehe* Sumner, Clara.

Clegg, Trina Miranda; Captain, *Royal Manticoran Navy* – in der Nachfolge Commodore Heissmans Kommandantin des Leichten Kreuzers HMS *Casey*; zuvor als Kommandantin von HMS *Vanguard* Admiral Eigens Flaggkommandantin.

Cochran; Sergeant, *Republic of Haven Navy* – Truppführer des Angriffstrupps des 303. Expeditionskommandos im Einsatz in Solway.

Coldwater, Baronin von – *siehe* Tufele, Lisa.

Conroy, Pierre; Captain, *Royal Manticoran Navy* – Kommandant von HMS *Perseus.*

Corlain, Jacques – Parlamentsmitglied mit Sitz im Unterhaus des Sternenkönigreichs von Manticore.

Cromarty, Herzogin von – *siehe* Summervale, Adelaide.

Danzer; Captain, *Republic of Haven Navy* – Anführer eines Einsatzteams des Angriffstrupps des 303. Expeditionskommandos.

Dapplelake, Earl von – *siehe* Mantegna, James.

Davis, Lord – *siehe* Harper, Davis.

Davison; Captain (a.D.), *Royal Manticoran Navy* – ehemaliger Kommandant von HMS *Vanguard.*

De La Roza; Captain, *Volsung-Söldner* – Kommandant des Schlachtkreuzers *Thor*; bei der Schlacht in Manticore gefallen.

de Quieroz, Carmichael – Baron von New Madrid, Angehöriger des manticoranischen Hochadels; Gemahl von Prinzessin Elizabeth Winton; im Jahr 1539 P. D. bei einem Jagdunfall ums Leben gekommen.

Dembinski, Anastasiya; Admiral, *Royal Manticoran Navy* – eingesetzt bei BuPers, dem Bureau für Personal der Royal Manticoran Navy.

Donnelly, Lisa; Lieutenant Commander, *Royal Manticoran Navy* – Taktischer Offizier des Zerstörers HMS *Damocles*.

Dorrman, Elsie; Major, *Republic of Haven Navy* – Angehörige des Angriffstrupps des 303. Expeditionskommandos; im verdeckten Einsatz als Lagerarbeiterin im Orbit von Solway; in ähnlicher Verwendung auf Bergen-3, Danak-System.

DuMonde; Sergeant, *Republic of Haven Navy* – Anführerin eines Schwergerät-Gruppe des Angriffstrupps des 303. Expeditionskommandos.

Edward, König – *siehe* Winton, Edward.

Eigen, Kyle; Rear Admiral, *Royal Manticoran Navy* – Konteradmiral der manticoranischen Flotte; ehemaliger Kommandant des Zerstörers HMS *Guardian*.

Elizabeth I., Königin – *siehe* Winton, Elizabeth.

Ernst, Graf – *siehe* Bloch, Ernst.

Falcone, Jasmine (›**Jazz**‹); Petty Officer, *Royal Manticoran Navy* – Angehörige der Lademannschaft der Korvette HMS *Taurus.*

Felton, B. A.; Major, *Royal Manticoran Army* – Leitender Offizier im King's Own Regiment.

Felton, Sara; Sergeant, *Royal Manticoran Army* – Unteroffizier im King's Own Regiment; Cousine von B.A. Felton.

Fergueson; Major, *Royal Manticoran Army* – Leitender Offizier im King's Own Regiment; im Einsatz an Bord Ihrer Majestät Jacht *Samantha.*

Feyman, Marco; Lieutenant Commander, *Volsung-Söldner* – Taktischer Offizier des Volsung-Schlachtkreuzers *Tarantel.*

Fife, Hester – Computerexpertin an Bord des Kurierboots *Pacemaker* im Dienste der Axelrod-Cooperation, eines interstellaren Konzerns der Solaren Liga.

Flanders, Jason; Commodore, *Republic of Haven Navy* – im Jahr 1533 P. D. Kommandant von RHNS *Saintonge.*

Flannery, Thomas; Admiral, *Royal Manticoran Navy* – Kommandeur von Kampfgruppe Rot; sein Flaggschiff ist der Schlachtkreuzer HMS *Victory.*

Frijtom; Sergeant, *Republic of Haven Navy* – Angehöriger des Angriffstrupps des 303. Expeditionskommandos.

Garner, John – Baron von Low Delhi; Angehöriger des manticoranischen Hochadels; Parlamentsmitglied mit Sitz im Oberhaus; Werftenbeauftragter des Sternenkönigreichs von Manticore; Parteigänger von Verteidigungsminister Dapplelake.

Gauzweiller, Patricia; Private First Class, *Royal Manticoran Army* – Angehörige des King's Own Regiment.

Geary, Louisa – Harper Davis' Privatsekretärin.

Gensonne, Cutler; Admiral, *Volsung-Söldner* – selbst ernannter Admiral und Anführer der Volsung-Söldner; als Flaggschiff dient ihm der Schlachtkreuzer *Odin*; Kommandeur des Kampfverbandes, der im Jahr 1543 P. D. den Versuch unternahm, das Sternenkönigreich von Manticore zu erobern; wurde im Zuge der Schlacht von Manticore zurückgeschlagen.

Gnoli; Sergeant, *Republic of Haven Navy* – Truppführer des Angriffstrupps des 303. Expeditionskommandos im Einsatz in Solway.

Guiccardini, Vespasiano; Lieutenant, *Royal Manticoran Navy* – Astrogator des Zerstörers HMS *Damocles*.

Gundersen-Winton, Cynthia (›Cindy‹) – Edward Wintons Ehefrau.

Gustav I., Kaiser – *siehe* Anderman, Gustav.

Hardasty, Ellen; Captain, *Manticoran Patrol and Rescue Service* – Kommandantin der Korvette HMS *Aries.*

Harper, Davis – Lord Davis, Herzog von Burgundy; Angehöriger des manticoranischen Hochadels; Parlamentsmitglied mit Sitz im Oberhaus; Premierminister des Sternenkönigreichs von Manticore; Vorsitzender des Flottenausschusses, in Sachen Navy/MPARS um Neutralität bemüht.

Harwich, Baron von – *siehe* Mulholland, Julian.

Hauptmann, Heinrich – Geschäftsführer von Gräfin von Actons Frachttransportfirma und ihr Direktionsassistent.

Haus, Sigismund; Major General; *Königliche Sternenflotte des Freien Herzogtums Barca* – unterstützt von einem Beraterstab der Axelrod Corporation.

Hauser, Soeren; Captain, *Volsung-Söldner* – Kommandant von *Schmiede,* der von den Volsung-Piraten genutzten Raumstation im Orbit von Walther Prime, Walther-System.

Heissman, Rudolph; Commodore, *Royal Manticoran Navy* – Kommandant des Leichten Kreuzers HMS *Casey.*

Herzog, Robert; Sergeant, *Royal Manticoran Army* – Angehöriger des King's Own Regiment.

Hira, Sulini; Lieutenant, *Royal Manticoran Navy* – Signaloffizier des Leichten Kreuzers HMS *Casey.*

Hu-Jiang, Acharya – Imam von Landing, Hauptstadt des Sternenkönigreichs von Manticore, Manticore-A, Manticore-System.

Huschens, Luitpold; Kapitän, *Kaiserlich-Andermanische Weltraumflotte* – als Kommandant des Schlachtschiffs SMS *Vergeltung* Admiral Riefenstahls Flaggkommandant.

Huvoski, Jacob; Spacer Second Class, *Royal Manticoran Navy* – Verwendung an Bord des Zerstörers HMS *Damocles.*

Ichabod, Mister – eines von Jeremiah Llyns Pseudonymen.

Imbar, Sweeney; Captain, *Volsung-Söldner* – als Kommandant des Schlachtkreuzers *Odin* Admiral Gensonnes Flaggkommandant.

Innes, Allen; *Manticoran Patrol and Rescue Service* – Leiter des MPARS-Schulungszentrums auf Manticore-A, Manticore-System.

Ip, Kojong; Lieutenant, *Royal Manticoran Navy* – Zwoter Taktischer Offizier des Leichten Kreuzers HMS *Casey.*

Jackson, Petrov; Colonel, *Royal Manticoran Marine Corps* – Kommandeur des King's Own Regiment.

Jaeger, Harcon; Captain, *Volsung-Söldner* – Kommandant des Schlachtkreuzers *Loki.*

James, Lord – *siehe* Mantegna, James.

Jhomper, Carolynne – Direktorin für Schürfvorhaben im Gürtel des Sternenkönigreichs von Manticore; Mitglied im Flottenausschuss und dort Parteigängerin von Schatzmeister Breakwater.

Joffre, Louis – Sonderbotschafter von Haven, an Bord von RHNS *Terrier* im Einsatz mit Brigadier Jean Massingill.

Kaiser Gustav I. – *siehe* Anderman, Gustav.

Kane, Charles; Captain – Skipper des andermanischen Frachters *Hamann.*

Katura, Lionel; Captain – Kommandant des Kurierboots *Pacemaker* im Dienste der Axelrod-Cooperation, eines interstellaren Konzerns der Solaren Liga.

Keating, Bridget; Private First Class, *Royal Manticoran Army* – Angehörige des King's Own Regiment.

König; Admiral, *Kaiserlich-Andermanische Weltraumflotte* – eines von Cutler Gensonnes Pseudonymen.

Koski, Floyd – Manager des Jerriais Consortiums von Bergen-2, Danak-System.

Kostava; Captain, *Manticoran Patrol and Rescue Service* – Kommandant der Korvette HMS *Taurus.*

L'Estrange, Anderson – Earl von Breakwater; Angehöriger des manticoranischen Hochadels; Parlamentsmitglied mit Sitz im Oberhaus; Schatzkanzler des Sternenkönigreichs von Manticore; Mitglied im Flottenausschuss, dort pro-MPARS eingestellt.

Laforge, Isadora; Commander, *Republic of Haven Navy* – im Einsatz mit Commodore Charnay an Bord von RHNS *Saintonge.*

Llyn, Jeremiah – Mitarbeiter/Agent der transstellar tätigen Axelrod Corporation; unter wechselnden Pseudonymen mit dem Auftrag der Auslöschung des Sternenkönigreichs von Manticore betraut.

Locatelli, Carlton; Admiral, *Royal Manticoran Navy* – Berater des Ersten Lords der Admiralität.

Locatelli, Fenton; Ensign, *Royal Manticoran Navy* – Leiter der Abteilung Strahlenwaffen-Feuerleitung des Zerstörers HMS *Phoenix*; ein Neffe Admiral Carlton Locatellis; bei der Schlacht von Manticore im Jahr 1543 P. D. gefallen.

Long, Travis Uriah; Lieutenant (Junior Grade), *Royal Manticoran Navy* – in seiner letzten Verwendung Zwoter Taktischer Offizier des Leichten Kreuzers HMS *Casey*; geboren 1512 P. D. als Sohn von Melisande Vellacott Long; Halbbruder von Gavin Vellacott, Baron von Winterfall.

Low Delhi, Baron von – *siehe* Garner, John.

Lucian; Captain, *Volsung-Söldner* – Kommandant des Kreuzers *Mamba* aus Gensonnes Verband.

Lukanov; Lieutenant, *Royal Manticoran Navy* – Astrogatorin des Leichten Kreuzers HMS *Casey*.

Macinroy, Ross – Earl von Chillon; Angehöriger des manticoranischen Hochadels; Parlamentsmitglied mit Sitz im Oberhaus des Sternenkönigreichs; einer von Schatzkanzler Breakwaters Parteigängern.

Mantegna, James – Lord James, Earl von Dapplelake; Angehöriger des manticoranischen Hochadels; Parlamentsmitglied mit Sitz im Oberhaus; Verteidigungsminister des Sternenkönigreichs von Manticore, Mitglied im Flottenausschuss, dort pro-Navy eingestellt.

Marcello, Hari; Captain, *Royal Manticoran Navy* – Kommandant des Zerstörers HMS *Damocles*.

Martine – Sekretärin von Elizabeth II., Königin des Sternenkönigreichs von Manticore.

Massingill, Alvis (›**Gill**‹); Senior Chief Petty Officer, *Royal Manticoran Navy* – ehemaliger solarischer Flotteningenieur; Jean Massingills Ehemann.

Massingill, Jean; Brigadier, *Royal Manticoran Marine Corps* – ehemaliger Offizier der Solaren Liga; ehemalige Leiterin des Casey-Rosewood-Schulungszentrums; im Jahr 1533 P.D. zusammen mit ihrem Mann nach Haven übergesiedelt.

McKenzie; Lieutenant, *Royal Manticoran Navy* – im Einsatz in OPZ von HMS *Vanguard*.

Messner; Lieutenant, *Royal Manticoran Navy* – Signaloffizier von HMS *Vanguard.*

Metzger, Allegra; Captain, *Royal Manticoran Navy* – als Kommandantin des Schlachtkreuzers HMS *Invincible* Admiral Carlton Locatellis Flaggkommandantin.

Meyers, Adelaide; Captain, *Royal Manticoran Navy* – als Kommandantin von HMS *Victory* Admiral Flannerys Flaggkommandantin.

Michael I., König – *siehe* Winton, Michael.

Michelson; Captain, *Volsung-Söldner* – Kommandant eines von Gensonnes Kreuzern.

Miggles – einer von Melisande Vellacott Longs Hunden.

Miller, Joshua – Landwirt und Viehzüchter; Parlamentsmitglied mit Sitz im manticoranischen Unterhaus, wo er Friedman's Valley vertritt.

Moeller, Wolfgang; Lieutenant, *Volsung-Söldner* – Zwoter Taktischer Offizier des Volsung-Schlachtkreuzers *Tarantel.*

Moore, Basil – Eigner des Kabinenseglers *Happily Ever.*

Mulholland, Julian – Baron von Harwich; Angehöriger des manticoranischen Hochadels; Parlamentsmitglied mit Sitz im Oberhaus; Wirtschaftsminister des Sternenkönigreichs von Manticore; Mitglied im Flottenausschuss, dort neutral in Sachen Navy/MPARS.

Nelson – Präsidentin des Danak-Systems.

New Bern, Herzogin von – *siehe* Scannabecchi, Deborah.

New Madrid, Baron von – *siehe* de Quieroz, Carmichael.

Nitro; *Royal Manticoran Army* – Angehöriger des King's Own Regiment.

Norris; Commander, *Royal Manticoran Navy* – Leiter der Schiffstechnischen Abteilung des Leichen Kreuzers HMS *Casey.*

North Hollow, Earl von – *siehe* Young, Hadrian.

O'Higgins, Brian; Lieutenant, *Royal Manticoran Navy* – Taktischer Offizier der Korvette HMS *Taurus,* Estelle O'Higgins' Sohn.

O'Higgins, Estelle; Captain – Skipper von RMS *Hyderabad,* als Charterschiff der Reserve Kampfgruppe Aegis zugeteilt.

Olbrycht, Karl – Gouverneur des Planeten Saginaw in der Silesianischen Konföderation.

Osgood; Commander, *Royal Manticoran Navy* – im Einsatz auf HMS *Excellent.*

Osterman, Lorelei; Senior Chief Petty Officer, *Royal Manticoran Navy* – Feuerleittechnikerin, eingesetzt in der Abteilung Vorschiffbewaffnung des Zerstörers HMS *Phoenix.*

Paco, Greez – Zweiter Direktionsassistent eines Lagerhauses im Orbit von Solway.

Papadakis; Commander, *Royal Manticoran Navy* – Maschinist von HMS *Damocles*.

Pavón, Kenneth – Parlamentsmitglied mit Sitz im manticoranischen Unterhaus; Sprecher des Unterhauses des Sternenkönigreichs.

Penescu – eine von Elizabeth Winton-De Quieroz' Leibwachen.

Ravel, Wanda; Lieutenant Commander, *Royal Manticoran Navy* – ehemals Zwoter Offizier des Zerstörers HMS *Salamander*; im Jahr 1544 P. D. als Taktischer Offizier auf den Zerstörer HMS *Damocles* versetzt.

Rhamas; Captain – Kommandant der *Banshee*, eines Frachters im Dienste der Axelrod-Cooperation, eines interstellaren Konzerns der Solaren Liga.

Riefenstahl, Gotthold; Admiral, *Kaiserlich-Andermanische Weltraumflotte* – Graf von Basaltberg; Leiter des andermanischen Einsatzes auf silesianischem Territorium.

Roger I., König – *siehe* Winton, Roger.

Rowbtham, Rafe – solarischer Händler.

Rowlandson, Yvonne – Baronin von Tweenriver; Angehörige des manticoranischen Hochadels; Parlamentsmitglied mit Sitz im Oberhaus des Sternenkönigreichs; Mitglied im Komitees für militärische Vernunft.

Rushkoff; Corporal, *Republic of Haven Navy* – Truppführer des Angriffstrupps des 303. Expeditionskommandos im Einsatz in Solway.

Saltzman, Malcham – Rabbi von Landing, Hauptstadt des Sternenkönigreichs von Manticore, Manticore-A, Manticore-System.

Scannabecchi, Deborah – Herzogin von New Bern; Angehörige des manticoranischen Hochadels; Parlamentsmitglied mit Sitz im Oberhaus; Erster Rechtslord des Sternenkönigreichs von Manticore; Mitglied im Flottenausschuss und dort Parteigängerin von Schatzmeister Breakwater.

Schneider; Captain, *Volsung-Söldner* – Kommandant des Kreuzers *Adder* aus Gensonnes Verband.

Sei, Simone – Führungskraft der Eiderdown Cocoon Ship Systems auf dem Planeten Saginaw in der Silesianischen Konföderation.

Seikor – Besatzungsmitglied des Kurierboots *Pacemaker* im Dienste der Axelrod-Cooperation, eines interstellaren Konzerns der Solaren Liga.

Shiflett, Susan; Commander, *Royal Manticoran Navy* – Erster Offizier des Zerstörers HMS *Damocles*.

Shrivastava, Bagaskro – Guru von Landing, Hauptstadt des Sternenkönigreichs von Manticore, Manticore-A, Manticore-System.

Sladek, Vance; Commander, *Royal Manticoran Navy* – Erster Offizier des Zerstörers HMS *Phoenix*.

Slocum; Lieutenant – Signaloffizier von RMS *Hyderabad*.

Stahlberg, Maria – Baronin von Castle Rock; Angehörige des manticoranischen Hochadels; Parlamentsmitglied mit Sitz im Oberhaus des Sternenkönigreichs; Mitglied im Komitee für militärische Vernunft.

Stillman; Captain, *Royal Manticoran Navy* – Kommandant von HMS *Bellerophon*.

Stoffel, Ditmar; Captain, *Volsung-Söldner* – Kommandant des Schiffes *Tarantel*.

Summervale, Adelaide – Herzogin von Cromarty; Angehörige des manticoranischen Hochadels; Parlamentsmitglied mit Sitz im Oberhaus des Sternenkönigreichs; stellvertretende Vorsitzende des Oberhauses.

Sumner, Clara – Lady Clara, Gräfin von Calvingdell; Angehörige des manticoranischen Hochadels; Parlamentsmitglied mit Sitz im Oberhaus; ehemalige Verteidigungsministerin des Sternenkönigreichs von Manticore.

Syncho; Lieutenant Commander, *Volsung-Söldner* – Kontaktmann der Volsung-Söldner mit Büro auf Telmach, Telmach-System, Silesianische Konföderation.

Tamerlane; Admiral – Pseudonym von Cutler Gensonne.

Tarleton, Susan – Parlamentsmitglied im Parlament des Sternenkönigreichs von Manticore; Außenministerin des Sternenkönigreichs von Manticore mit kleinem Büro neben dem Amtszimmer des Premierministers; Mitglied im Flottenausschuss, dort neutral in Sachen Navy/MPARS.

Taylor, Flora – Lady Clara Calvingdells Sekretärin.

Thom – Besatzungsmitglied des Kurierboots *Pacemaker* der Axelrod-Cooperation, eines interstellaren Konzern der Solaren Liga.

Tilliotson, Samuel – Eigner von RMS *Hyderabad*, das als Charterschiff der Reserve Kampfgruppe Aegis zugeteilt wurde.

Timberlake; Captain, *Royal Manticoran Navy* – Kommandant von HMS *Erinye*.

Tonquis, Sarah – Parlamentsmitglied mit Sitz im manticoranischen Unterhaus; Vertreterin von White Sand.

Townsend, Charles (›Charlie‹, ›Chomps‹); Petty Officer First Class, *Royal Manticoran Navy* – auf Sphinx geborener Lenkwaffentechniker Erster Klasse, nach Abschluss der Ausbildung auf den Zerstörer HMS *Damocles* versetzt.

Tremain, Vladislav; Admiral, *Solarian League Navy* – berühmter historischer Taktiker der Solaren Liga.

Tufele, Lisa – Baronin von Coldwater; Parlamentsmitglied mit Sitz im manticoranischen Oberhaus; Ministerin für Biowissenschaften des Sternenkönigreichs; Parteigängerin von Verteidigungsminister Dapplelake.

Ulvestad, Lydia; Chief Petty Officer, *Royal Manticoran Navy* – Unteroffizier des Zerstörers HMS *Damocles*.

Vaagen; Captain – Kommandant der *Shrike*, eines Frachters im Dienste der Axelrod-Cooperation, eines interstellaren Konzerns der Solaren Liga.

VanHoose, Brian; Sergeant, *Küstenwache von Manticore* – tut Dienst an Bord des Küstenwachen-Kutters CGC *Jackstraw*.

Vellacott Long, Melisande – Angehörige des Hochadels von Manticore; Mutter von Gavin Vellacott und Travis Long.

Vellacott, Gavin – Baron von Winterfall; Angehöriger des manticoranischen Hochadels; Parlamentsmitglied mit Sitz im Oberhaus des Sternenkönigreichs; Parteigänger und Protegé von Schatzkanzler Breakwater; Travis Longs Halbbruder.

von Belling; Captain, *Volsung-Söldner* – Kommandant der Kreuzers *Adder* aus Gensonnes Verband.

Weissman, Daval – Repräsentant der Republic of Haven Navy im Aufsichtsrates des Jerriais Consortiums.

White Haven, Gräfin von – *siehe* Alexander, Karina.

Winterfall, Baron von – *siehe* Vellacott, Gavin.

Winton, Edward; Captain, *Royal Manticoran Navy* – Prinz Edward; älterer Sohn König Michaels I. und dessen erster Ehefrau Samantha; Kronprinz des Sternenkönigreichs von Manticore; nach der Abdankung des Vaters im Jahr 1539 P. D. als Edward I. König des Sternenkönigreichs von Manticore.

Winton, Elizabeth (1) – Königin Elizabeth I., zweite Regentin des Sternenkönigreichs von Manticore (1489–1521 P. D.); Mutter des einstigen Regenten Michael I., Großmutter von Edward Winton.

Winton, Elizabeth (2) – *siehe* Winton-De Quieroz, Elizabeth.

Winton, Michael – als König Michael I. ab dem Jahr 1521 P. D. dritter regierender Monarch des Sternenkönigreichs von Manticore; Enkel von Roger Winton, Sohn von Elizabeth Winton (1); in erster Ehe verheiratet mit Samantha Adamskos und Vater des Thronfolgers Edward und in zweiter Ehe mit Mary **Winton-Engelsman, Vater von Elizabeth Winton (2)**; Abdankung zugunsten seines Sohnes Edward im Jahr 1539 P. D.

Winton, Richard; Kadett, *Royal Manticoran Navy* – Sohn von Edward Winton, damals Kronprinz, und Cynthia Gundersen-Winton, Bruder von Sophie Winton; während der Schlacht von Manticore im Jahr 1543 P. D. bei der Zerstörung der Korvette HMS *Hercules* gefallen.

Winton, Roger – Aufsichtsratsvorsitzender der Manticore Colony Ltd.; als König Roger I. erster Monarch des Sternenkönigreichs von Manticore (1485–1489 P. D.); Elizabeth Wintons (1) Vater.

Winton, Sophie – Tochter von Edward und Cynthia Gundersen-Winton; Schwester von Richard Winton.

Winton, Timothy – jüngerer Sohn von Michael und Samantha Winton; verstorben.

Winton-De Quieroz, Elizabeth – Tochter von Michael Winton und dessen zweiter Ehefrau Mary; Edward Wintons Halbschwester; Witwe von Carmichael de Quieroz.

Winton-Engelsman, Mary – zweite Ehefrau von Michael Winton; Königsgemahlin und Elizabeth Wintons Mutter und Edward Wintons Stiefmutter.

Woodburn, Alfred; Lieutenant Commander, *Royal Manticoran Navy* – Erster Offizier des Leichten Kreuzers HMS *Casey*.

Wrenner; Chief, *Royal Manticoran Navy, Royal Manticoran Navy* – Techniker an Bord des Zerstörers HMS *Damocles*.

Young, Hadrian – Earl von North Hollow, Angehöriger des manticoranischen Hochadels; Parlamentsmitglied mit Sitz im Oberhaus des Sternenkönigreichs; Peter Youngs Vater.

Young, Peter – Hadrian Youngs ältester Sohn.

Zhou, Chien-lu; Major, *Kaiserlich-Andermanische Weltraumflotte* – Leiter von Abteilung III der silesianischen Operationskräfte; Admiral Riefenstahls Schwiegersohn; unter dem Pseudonym Charles Kane tätig.

Die Rebellion auf dem Mond ist noch nicht vorbei …

Jack Campbell
ETHAN STARK - NEUE VERBÜNDETE
Roman
Aus dem amerikanischen Englisch von Ralph Sander
416 Seiten
ISBN 978-3-404-20931-6

Ethan Stark hat die Truppen in einen Aufstand gegen die Befehlsgewalt der USA geführt. Unter seinem Kommando gehen die Rebellen eine Allianz mit den auf dem Mond lebenden Zivilisten ein und versprechen, sich für die Unabhängigkeit einzusetzen. Stark und seine Männer müssen nicht nur dem Feind auf dem Mond entgegenhalten, sondern sich auch den Konsequenzen ihres Aufstands stellen. Denn die übermächtigen US-Streitkräfte sind im Anmarsch, um mit aller Härte den Mond zurückzuerobern ...

Bastei Lübbe

Ein Computerspiel als Gefängnis?

Vasily Mahanenko
SURVIVAL QUEST: DER WEG DES SCHAMANEN
Roman
Aus dem Russischen
384 Seiten
ISBN 978-3-404-20933-0

Längst ist es möglich, sein ganzes Leben in Onlinespielen zu verbringen, während der Körper in Überlebenskapseln versorgt wird. Sie lassen die Spieler fühlen, was der Charakter im Spiel fühlt: Hunger, Müdigkeit, Schmerz – nur gedrosselt durch sensorische Filter.

Für Daniel Mahan gilt dies nicht. Er bekommt alle Empfindungen in voller Stärke übermittelt. Denn Mahan wurde zu acht Jahren Haft in dem Spiel Barliona verurteilt, wo er Zwangsarbeit in den Minen leisten muss. Jeder Tag ist eine Qual, bis er von der ultimativen Queste erfährt, die ihm erlauben würde, von der Mine ins Hauptspiel zu wechseln …

Bastei Lübbe

Die Community für alle, die Bücher lieben

Das Gefühl, wenn man ein Buch in einer einzigen Nacht verschlingt – teile es mit der Community

In der Lesejury kannst du

- ★ Bücher lesen und rezensieren, die noch nicht erschienen sind
- ★ Gemeinsam mit anderen buchbegeisterten Menschen in Leserunden diskutieren
- ★ Autoren persönlich kennenlernen
- ★ An exklusiven Gewinnspielen und Aktionen teilnehmen
- ★ Bonuspunkte sammeln und diese gegen tolle Prämien eintauschen

Jetzt kostenlos registrieren: www.lesejury.de
Folge uns auf Facebook:
www.facebook.com/lesejury